Kabul, 1975: Hassan und Amir wollen ihn unbedingt gewinnen, den großen Wettkampf im Drachensteigen. Trotz ihrer unterschiedlichen Herkunft sind die beiden beste Freunde. Ihr größter Traum wird wahr, doch Amir wird die Freundschaft schließlich auf schreckliche Weise verraten ... Mit »Drachenläufer« erzählt Khaled Hosseini eine tief bewegende Geschichte aus einem geschundenen Land.

Laila wächst unter »Tausend strahlenden Sonnen« auf, doch sie hat keine Wahl: als ihre Familie tragisch ums Leben kommt, verheiratet sie sich mit dem Nachbarn Raschid. Doch der hat schon eine Frau. Das anfängliche Misstrauen zwischen Mariam und Laila weicht einer tiefen Freundschaft, die durch keinen Schicksalsschlag getrübt werden kann.

Khaled Hosseini wurde 1965 in Kabul, Afghanistan, als Sohn eines Diplomaten und einer Lehrerin geboren. Anfang der Achtziger Jahre emigrierte seine Familie in die Vereinigten Staaten. »Drachenläufer«, sein erster Roman, erschien 2003 auf Deutsch. Er wurde in über 50 Sprachen übersetzt und verkaufte sich mehr als neun Millionen Mal. 2007 wurde er mit großem Erfolg von Marc Foster verfilmt. Das Flüchtlingskommissariat der Vereinten Nationen ernannte Hosseini 2006 zum amerikanischen Sondergesandten. 2007 gründete er die Khaled Hosseini Foundation, um den Menschen in Afghanistan humanitäre Hilfe zur Verfügung zu stellen und ihnen ein menschenwürdigeres Leben zu ermöglichen. Khaled Hosseini lebt mit seiner Familie in Kalifornien, wo er als Arzt und Autor arbeitet.

Drachenläufer

Dieses Buch widme ich Haris und Farah,
meinen beiden Augensternen,
und den Kindern von Afghanistan.

1

Dezember 2001

An einem eiskalten, bedeckten Wintertag des Jahres 1975 wurde ich – im Alter von zwölf Jahren – zu dem, der ich heute bin. Ich erinnere mich noch genau an den Moment: Ich hockte hinter einer bröckelnden Lehmmauer und spähte in die Gasse in der Nähe des zugefrorenen Bachs. Viel Zeit ist inzwischen vergangen, aber das, was man über die Vergangenheit sagt, dass man sie begraben kann, stimmt nicht. So viel weiß ich nun. Die Vergangenheit wühlt sich mit ihren Krallen immer wieder hervor. Wenn ich heute zurückblicke, wird mir bewusst, dass ich die letzten sechsundzwanzig Jahre immerzu in diese einsame Gasse gespäht habe.

Im vergangenen Sommer rief mich eines Tages mein Freund Rahim Khan aus Pakistan an. Er bat mich, ihn zu besuchen. Während ich in der Küche stand und den Hörer ans Ohr hielt, wusste ich, dass das da am Telefon nicht nur Rahim Khan war. Es war die ungesühnte Schuld meiner Vergangenheit. Nachdem ich aufgelegt hatte, machte ich einen Spaziergang entlang dem Spreckels Lake am nördlichen Rand des Golden Gate Parks. Die frühe Nachmittagssonne glitzerte auf dem Wasser, wo Dutzende von Spielzeugbooten, von einer frischen Brise angetrieben, dahinsegelten. Als ich aufblickte, entdeckte ich am Himmel zwei Drachen – rot mit langen blauen Schwänzen. Sie tanzten hoch oben über den Bäumen am westlichen Ende des Parks, schwebten Seite an Seite wie ein Augenpaar, das auf San Francisco hinunterblickte, die Stadt, die ich heute mein Zuhause nenne. Und plötzlich flüsterte Hassans Stimme in meinem Kopf: *Für dich – tausendmal.* Hassan mit der Hasenscharte, der so gern Drachen steigen ließ.

Ich setzte mich auf eine Parkbank in der Nähe einer Weide und dachte über etwas nach, was Rahim Khan, kurz bevor er auflegte – als wäre es ihm im letzten Moment noch eingefallen –, gesagt hatte. *Es gibt eine Möglichkeit, es wieder gutzumachen.* Ich blickte zu den beiden Drachen hinauf. Ich dachte an Hassan. An Baba. An Ali. An Kabul. Ich dachte an das Leben, das ich geführt hatte, bis jener Winter des Jahres 1975 kam und alles veränderte. Und mich zu dem machte, der ich heute bin.

2

Als Kinder kletterten Hassan und ich auf die Pappeln entlang der Auffahrt zum Haus meines Vaters und ärgerten unsere Nachbarn, indem wir die Sonnenstrahlen mit einer Spiegelscherbe in ihre Häuser reflektierten. Wir saßen mit baumelnden nackten Füßen auf zwei hohen Ästen einander gegenüber, die Taschen voller getrockneter Maulbeeren und Walnüsse, und wechselten uns mit dem Spiegel ab, während wir die Maulbeeren vertilgten und uns kichernd damit bewarfen. Ich sehe Hassan immer noch vor mir auf diesem Baum. Das durch die Blätter gefilterte Sonnenlicht schimmerte auf seinem beinahe perfekt gerundeten Gesicht, dem Gesicht einer chinesischen Puppe, aus Hartholz geschnitten: flache, breite Nase und schräge, schmale Augen, die an Bambusblätter erinnerten, Augen, die je nach Licht gold, grün oder sogar saphirblau glänzten. Ich sehe immer noch seine winzigen, tief am Kopf sitzenden Ohren und diesen spitzen Stummel von einem Kinn vor mir, der wie nachträglich angeklebt wirkte. Und den Spalt in der Oberlippe, direkt links neben der Einbuchtung, wo das Werkzeug des chinesischen Puppenmachers wohl abgerutscht sein musste – oder vielleicht war er auch einfach müde und nachlässig geworden.

Manchmal, wenn wir dort oben in den Bäumen saßen, überredete ich Hassan, mit seiner Schleuder Walnüsse auf den einäugigen deutschen Schäferhund unseres Nachbarn zu schießen. Hassan wollte das eigentlich nie, aber wenn ich ihn darum bat, ihn *wirklich* darum bat, konnte er es mir nicht abschlagen. Hassan schlug mir nie etwas ab. Und er war unglaublich treffsicher mit seiner Schleuder. Hassans Vater, Ali, erwischte uns für gewöhnlich dabei und wurde wütend – oder zumindest so wütend, wie jemand, der so sanft war wie Ali, eben werden konnte. Er drohte uns mit dem Finger und winkte uns vom Baum herunter. Dann nahm er uns den Spiegel ab und belehrte uns mit den Worten, die er von seiner Mutter kannte und die besagten, dass auch der Teufel mit Spiegeln blendete, sie dazu benutzte, Muslime vom Beten abzulenken. »Und er lacht dabei«, fügte er immer hinzu und bedachte seinen Sohn mit einem finsteren Blick.

»Ja, Vater«, murmelte Hassan dann und sah auf seine Füße hinunter. Aber er verriet mich nie. Verriet nie, dass der Spiegel ebenso wie das Schießen der Walnüsse auf den Nachbarhund immer meine Idee gewesen war.

Die Pappeln säumten die mit roten Ziegelsteinen gepflasterte Auffahrt, die zu dem schmiedeeisernen Flügeltor führte. Das Tor wiederum öffnete sich auf eine Verlängerung der Auffahrt, die Vaters Anwesen durchquerte. Das Haus befand sich auf der linken Seite des Weges, der Garten am Ende.

Alle waren sich einig, dass mein Vater, mein Baba, das schönste Haus im ganzen Wazir-Akbar-Khan-Viertel, einem neuen und wohlhabenden Stadtteil im Norden Kabuls, gebaut hatte. Manche hielten es sogar für das schönste Haus in ganz Kabul. Ein breiter, von Rosenbüschen flankierter Weg führte zu dem geräumigen Haus mit den Marmorböden und großen Fenstern. Mosaikfliesen mit komplizierten Mustern, von Baba sorgfältig in Isfahan ausgewählt, bedeckten die Böden der vier Badezimmer. Mit Goldfäden durchwirkte Gobelins, die Baba in Kalkutta gekauft hatte, zierten die Wände; ein kristallener Kronleuchter hing von der gewölbten Decke herab.

Oben befanden sich mein Zimmer, Babas Zimmer und sein Arbeitszimmer, auch »Rauchzimmer« genannt, in dem es ständig nach Tabak und Zimt roch. Nachdem Ali das Abendessen serviert hatte, ruhten sich in diesem Zimmer Baba und seine Freunde in schwarzen Ledersesseln aus. Sie stopften ihre Pfeifen – was Baba immer als »füttern« bezeichnete – und unterhielten sich über ihre drei Lieblingsthemen: Politik, Geschäfte und Fußball. Manchmal fragte ich Baba, ob ich bei ihnen sitzen dürfe, aber Baba blieb im

Türrahmen stehen und sagte: »Jetzt geh nur. Diese Zeit gehört den Erwachsenen. Warum liest du nicht eins deiner Bücher?« Dann schloss er die Tür, und ich blieb zurück und fragte mich, warum seine Zeit immer nur den Erwachsenen vorbehalten war. Ich setzte mich neben die Tür und zog die Knie an die Brust. Manchmal saß ich eine ganze Stunde so da, manchmal auch zwei, und lauschte ihrem Lachen und ihrem Plaudern.

Im Wohnzimmer unten gab es eine halbrunde Wand mit speziell angefertigten Vitrinen. Darin standen gerahmte Familienfotos: ein altes, unscharfes Foto von meinem Großvater und König Nadir Shah, das 1931 gemacht worden war, zwei Jahre vor dem tödlichen Attentat auf den König; darauf sind sie mit einem toten Hirsch zu sehen, der vor ihren in kniehohen Stiefeln steckenden Füßen liegt, und über die Schulter haben sie Gewehre gehängt. Ein anderes Foto zeigte meine Eltern an ihrem Hochzeitsabend: ein schneidig aussehender Baba in einem schwarzen Anzug und meine Mutter, eine lächelnde junge Prinzessin in Weiß. Und da war Baba mit seinem besten Freund und Geschäftspartner, Rahim Khan. Die beiden stehen draußen vor unserem Haus. Keiner von ihnen lächelt. Ich bin auf diesem Foto noch ein Baby, und ein müder und grimmig dreinblickender Baba hält mich auf dem Arm, aber es ist Rahim Khans kleiner Finger, den ich mit meiner Hand umklammere.

Der halbrunden Wand folgend, gelangte man zum Esszimmer, in dessen Mitte ein Mahagonitisch stand, an dem leicht dreißig Gäste Platz fanden – und angesichts der Vorliebe meines Vaters für aufwändige Partys geschah das fast jede Woche. Am anderen Ende des Esszimmers befand sich ein großer marmorner Kamin.

Eine gläserne Schiebetür öffnete sich auf eine halbkreisförmige Terrasse, von der aus man einen knapp ein Hektar großen Garten und Kirschbaumreihen überblickte. Baba und Ali hatten entlang der östlichen Mauer einen kleinen Gemüsegarten angelegt, Tomaten, Minze, Paprika und eine Reihe Mais, der aber nie richtig gedieh. Hassan und ich hatten sie »Mauer des kränkelnden Maises« getauft.

Am südlichen Ende des Gartens, im Schatten eines Mispelbaumes, befand sich die Dienstbotenunterkunft, eine bescheidene, kleine Lehmhütte, wo Hassan mit seinem Vater lebte. Und dort, in dieser kleinen Hütte, war Hassan im Winter des Jahres 1963, nur ein Jahr nach dem Tod meiner Mutter, die bei meiner Geburt gestorben war, zur Welt gekommen.

In den achtzehn Jahren, die ich in dem Haus gelebt habe, habe ich Hassans und Alis Hütte nur rund ein Dutzend Mal betreten. Wenn die Sonne hinter den Hügeln versank und wir unser Spiel für den Tag beendet hatten, trennten sich unsere Wege. Ich ging an den Rosenbüschen vorbei auf Babas Villa zu und Hassan auf die Lehmhütte, in der er geboren war und in der er sein ganzes Leben gewohnt hatte. Ich weiß noch, dass sie spärlich eingerichtet und sauber war und von zwei Petroleumlampen beleuchtet wurde. Es gab zwei Matratzen auf gegenüberliegenden Seiten des Raumes, dazwischen lag ein abgetretener Herati-Teppich mit ausgefransten Rändern, und in einer Ecke standen ein dreibeiniger Stuhl und ein Holztisch, an dem Hassan seine Zeichnungen anfertigte. Die Wände waren nackt bis auf einen einzigen Wandteppich mit eingenähten Perlen, die die Worte *Allah-u-akbar* formten. Baba hatte ihn auf einer seiner Reisen nach Mashad für Ali gekauft.

In dieser kleinen Hütte schenkte Hassans Mutter, Sanaubar, ihm an einem kalten Wintertag des Jahres 1963 das Leben. Während meine Mutter bei meiner Geburt verblutete, verlor Hassan seine Mutter eine Woche nachdem er auf die Welt gekommen war. Er verlor sie an ein Schicksal, das für die meisten Afghanen viel schlimmer war als der Tod: Sie lief mit einer Truppe reisender Sänger und Tänzer davon.

Hassan sprach nie über seine Mutter, ganz so, als hätte sie niemals existiert. Ich habe mich immer gefragt, ob er wohl von ihr träumte, davon, wie sie aussah, wo sie lebte. Ich fragte mich, ob er sie gern wiedergesehen hätte. Ob er sich nach ihr sehnte, wie ich mich nach der Mutter sehnte, die ich nie gekannt hatte. Eines Tages, als wir vom Haus meines Vaters zum Zainab-Kino liefen, um uns einen neuen iranischen Film anzusehen, nahmen wir die Abkürzung über das Gelände der Militärkaserne nahe der Istiqlal-Mittelschule – Baba hatte uns verboten, diese Abkürzung zu nehmen, aber er war zu der Zeit mit Rahim Khan in Pakistan. Wir kletterten über den Zaun, der die Kaserne umgab, sprangen über einen kleinen Bach und machten uns daran, das offene Feld zu überqueren, auf dem alte, stehen gelassene Panzer verstaubten. Eine Gruppe von Soldaten kauerte im Schatten eines der Panzer, rauchte Zigaretten und spielte Karten. Einer der Soldaten sah uns, stieß dem Mann neben sich den Ellbogen in die Seite und rief zu Hassan hinüber: »He du! Ich kenne dich.«

Wir hatten ihn noch nie gesehen. Er war ein gedrungener Kerl mit rasiertem Kopf und schwarzen Stoppeln im Gesicht. Die Art und Weise, wie er uns angrinste – so anzüglich –, jagte mir Angst ein. »Geh einfach weiter«, raunte ich Hassan zu.

»Du da! Hazara! Sieh mich an, wenn ich mit dir rede!«, kläffte der Soldat. Er reichte dem Mann neben ihm seine Zigarette und formte mit der Hand einen Kreis aus Daumen und Zeigefinger. Dann steckte er den Mittelfinger der anderen Hand durch den Kreis. Stieß ihn immer wieder hindurch. »Ich hab deine Mutter gekannt, wusstest du das? Und wie ich sie gekannt habe! Hab sie da drüben neben dem Bach von hinten genommen.«

Die Soldaten lachten. Einer von ihnen gab vor Vergnügen einen quiekenden Laut von sich. Ich riet Hassan weiterzugehen, bloß weiterzugehen.

»Was für eine enge, kleine, süße Muschi die hatte!«, sagte der Soldat und schüttelte grinsend die Hände seiner Kameraden. Später, im Dunkeln, als der Film begonnen hatte, hörte ich, wie Hassan neben mir schluchzte. Tränen liefen ihm über die Wangen. Ich griff über meinen Sitz hinweg, schlang den Arm um ihn und zog ihn an mich. Er legte den Kopf an meine Schulter. »Er hat dich mit jemandem verwechselt«, flüsterte ich.

Es hieß, dass niemand wirklich überrascht gewesen sei, als Sanaubar weglief. Die Leute hatten ohnehin schon die Augenbrauen hochgezogen, als Ali, ein Mann, der den Koran auswendig kannte, Sanaubar heiratete, eine Frau, die neunzehn Jahre jünger war als er, schön, aber berüchtigt für ihre Skrupellosigkeit, und die ihrem unehrenhaften Ruf gerecht wurde. Wie Ali war auch sie Schiitin und gehörte der ethnischen Minderheit der Hazara an. Sie war außerdem seine Cousine ersten Grades und daher als Ehefrau eine verständliche Wahl. Aber über diese Verbindung hinaus hatten Ali und Sanaubar kaum etwas gemein, am wenigsten, was ihr Aussehen betraf. Wenn man den Gerüchten Glauben schenken durfte, hatten Sanaubars strahlende grüne Augen und ihr lausbübisches Gesicht zahllose Männer zur Sünde verführt. Ali dagegen litt unter einer angeborenen Lähmung der unteren Gesichtsmuskulatur, was es ihm unmöglich machte zu lächeln und seinem Gesicht einen ständigen grimmigen Ausdruck verlieh. Es war seltsam, Ali mit dem versteinerten Gesicht glücklich oder traurig zu sehen, denn dann glitzerte lediglich ein Lächeln in seinen schräg gestellten Augen, oder sie füllten sich vor Kummer mit Tränen. Es heißt, die Augen seien die Fenster der Seele. Auf niemanden traf das so zu wie auf Ali, der sich nur durch seine Augen zu offenbaren vermochte.

Man sagte, dass Sanaubars aufreizender Gang und ihre schwingenden Hüften die Männer zum Träumen brachten. Dagegen hatte Ali seit einer Polioinfektion ein verwachsenes, verkümmertes rechtes Bein, das aus bleicher Haut und Knochen bestand und dazwischen nicht viel mehr als eine hauchdünne Muskelschicht aufwies. Ich weiß noch, wie ich einmal – ich muss wohl acht Jahre alt gewesen sein – mit Ali zum Basar ging, um *naan*-Brot zu kaufen. Ich marschierte summend hinter ihm her und versuchte seinen Gang nachzuahmen. Ich beobachtete, wie er sein dürres Bein in einem weiten Bogen schwang, beobachtete, wie sein ganzer Körper jedes Mal, wenn er den dazugehörigen Fuß aufsetzte, unmöglich weit nach rechts wegkippte. Es erschien mir wie ein kleines Wunder, dass er nicht bei jedem Schritt umfiel. Als ich es versuchte, wäre ich beinahe in den Rinnstein gefallen. Das brachte mich zum Kichern. Ali drehte sich um und erwischte mich dabei, wie ich ihn nachäffte. Er sagte kein Wort. Damals nicht und auch später niemals. Er ging einfach weiter.

Alis Gesicht und sein Gang jagten einigen der jüngeren Kinder im Viertel Angst ein. Aber den wirklichen Ärger bereiteten ihm die älteren Kinder. Sie jagten ihn auf der Straße, verspotteten ihn, wenn er vorbeihinkte. Einige waren auf die Idee verfallen, ihn *Babalu,* Schwarzer Mann, zu nennen. »Hallo *Babalu,* wen hast du denn heute gefressen?«, riefen sie unter schallendem Gelächter, »Wen hast du heute gefressen, du flachnasiger *Babalu?*«

Sie nannten ihn »flachnasig« wegen Alis und Hassans mongolider Züge, die den Hazara eigen sind. Viele Jahre lang war dies das Einzige, was ich über die Hazara wusste: dass sie mongolischer Abstammung sind und ein wenig wie Chinesen aussehen. In den Schulbüchern wurden sie nur beiläufig erwähnt, und über ihre Herkunft erfuhr man kaum etwas. Doch eines Tages, als ich in Babas Arbeitszimmer in seinen Büchern kramte, entdeckte ich ein altes Geschichtsbuch meiner Mutter. Es war von einem Iraner namens Khorami verfasst worden. Ich blies den Staub herunter, schmuggelte es am selben Abend mit ins Bett und stellte erstaunt fest, dass es darin ein ganzes Kapitel über die Geschichte der Hazara gab. Ein ganzes Kapitel, das Hassans Volk gewidmet war! Darin las ich, dass mein eigenes Volk, die Paschtunen, die Hazara verfolgt und unterdrückt hatte. Es hieß darin, dass die Hazara durch die Jahrhunderte immer wieder versucht hatten, sich zu befreien, doch die Paschtunen hatten all diese Versuche »mit unbeschreiblicher Gewalt niedergeschlagen«. In dem Buch hieß es, dass mein Volk die Hazara gefoltert, ihre Häuser angesteckt und ihre Frauen verkauft hatte. In dem Buch hieß es, dass die Paschtunen die Hazara auch deswegen niedergemetzelt hatten, weil die Paschtunen Sunniten und die Hazara Schiiten sind. In dem Buch stand vieles, was ich nicht wusste, Dinge, die meine Lehrer nie erwähnt hatten. Dinge, über die auch Baba niemals gesprochen hatte. Es standen auch einige Dinge darin, die ich wusste, so zum Beispiel, dass die Leute die Hazara als *Mäuse fressende, flachnasige Esel* bezeichneten, die nur zum Arbeiten taugten. Ich hatte schon gehört, wie manche Kinder im Viertel Hassan auf diese Weise beschimpften.

In der folgenden Woche zeigte ich das Buch nach dem Unterricht meinem Lehrer und deutete auf das Kapitel über die Hazara. Er überflog einige Seiten, kicherte und reichte es mir zurück. »Eins können die Schiiten wirklich gut«, sagte er und griff nach seinen Unterlagen, »sich selbst als Märtyrer hinstellen.« Er rümpfte die Nase, als er das Wort Schiiten aussprach, ganz so, als handelte es sich dabei um eine Krankheit.

Doch trotz ihres gemeinsamen ethnischen Erbes und obwohl das gleiche Blut in ihren Adern floss, tat es Sanaubar den Kindern des Viertels nach und verspottete Ali. Es hieß, sie habe kein Geheimnis aus ihrer Verachtung für sein Aussehen gemacht.

»Soll das etwa ein Ehemann sein?«, lauteten ihre höhnischen Worte. »Ich habe schon alte Esel gesehen, die besser als Ehemänner getaugt hätten.«

Am Ende vermuteten die meisten Leute, dass die Ehe eine Vereinbarung oder etwas Ähnliches zwischen Ali und seinem Onkel, Sanaubars Vater, gewesen war. Sie behaupteten, Ali habe seine Cousine geheiratet, um dabei zu helfen, den befleckten Namen des Onkels ein wenig reinzuwaschen und dessen Ehre wiederherzustellen, auch wenn er, der mit fünf Jahren zum Waisen geworden war, kein nennenswertes Erbe oder sonstigen Besitz vorweisen konnte.

Ali wehrte sich niemals gegen seine Peiniger. Ich nehme an, das hatte zum Teil damit zu tun, dass er sie mit seinem verwachsenen Bein niemals erwischt hätte. Aber eigentlich lag es wohl daran, dass Ali den Beleidigungen seiner Angreifer gegenüber immun war. Er hatte seine Freude, sein Gegenmittel in dem Moment gefunden, als Sanaubar Hassan zur Welt brachte. Es war eine unkomplizierte Geburt gewesen. Keine Gynäkologen, keine Anästhesisten, keine aufwändigen Überwachungsgeräte. Nur Sanaubar, die auf einer fleckigen, nackten Matratze lag, und Ali und eine Hebamme, die ihr halfen. Dabei hatte sie gar nicht viel Hilfe gebraucht, denn gleich bei seiner Geburt offenbarte Hassan seine Natur: Er war unfähig, einem anderen Wesen Schmerz zuzufügen. Ein paar Ächzer, ein paarmal pressen, und schon kam Hassan heraus. Lächelnd.

Laut der geschwätzigen Hebamme, die es der Dienerin eines Nachbarn anvertraut hatte, die es wiederum jedem erzählte hatte, der es hören wollte, hatte Sanaubar nur einen einzigen Blick auf das Baby in Alis Armen geworfen, die gespaltene Lippe gesehen und dann ein bitteres Lachen ausgestoßen.

»Na also«, hatte sie gesagt, »jetzt hast du ja deinen eigenen Schwachkopf von einem Sohn, der das Lächeln für dich übernehmen kann!« Sie hatte sich geweigert, Hassan auch nur einmal zu halten, und nur fünf Tage später war sie verschwunden.

Baba stellte für Ali die gleiche Amme ein, die schon mich gestillt hatte. Ali erzählte uns, sie sei eine blauäugige Hazara-Frau aus Bamiyan gewesen, der Stadt mit den riesigen Buddha-Statuen. »Was für eine liebliche Stimme sie hatte, wenn sie sang«, erklärte er uns immer wieder.

Was sie denn gesungen habe, fragten Hassan und ich dann für gewöhnlich, obwohl wir es längst wussten – Ali hatte es uns schon unzählige Male erzählt. Wir wollten ihn bloß singen hören.

Er räusperte sich dann immer und begann:

Ich stand auf einem hohen Berg
Und rief den Namen Alis, des Löwen Gottes.
Oh Ali, Löwe Gottes, König der Menschen,
Bring Freude in unsere traurigen Herzen.

Anschließend erinnerte er uns daran, dass eine Brüderlichkeit zwischen Menschen besteht, die von derselben Brust getrunken haben, eine Verwandtschaft, die nicht einmal die Zeit zu zerstören vermag.

Hassan und ich hatten von derselben Brust getrunken. Wir machten unsere ersten Schritte auf demselben Rasen im selben Garten. Und unter demselben Dach sprachen wir unsere ersten Worte.

Meins lautete *Baba.*

Seins lautete *Amir.* Mein Name.

Wenn ich heute zurückblicke, so glaube ich, dass das Fundament für das, was im Winter des Jahres 1975 geschah – und auch für das, was folgte –, bereits mit diesen ersten Worten gelegt wurde.

3

Wenn man den Erzählungen glauben darf, hat mein Vater einmal in Belutschistan mit bloßen Händen mit einem Schwarzbären gerungen. Wäre in den Geschichten von jemand anderem die Rede gewesen, hätte man sie wohl als *laaf* abgetan, jene afghanische Vorliebe fürs Übertreiben – leider beinahe so etwas wie eine Nationalkrankheit. Wenn einer damit prahlte, dass sein Sohn Arzt war, konnte man davon ausgehen, dass das Kind in der Schule einmal eine Biologieprüfung bestanden hatte. Aber niemand bezweifelte jemals die Richtigkeit irgendeiner Geschichte, in der es um Baba ging. Und falls jemand es doch wagte, nun, Baba hatte tatsächlich diese drei parallel verlaufenden Narben, die einen schartigen Pfad über seinen Rücken zogen. Ich habe mir unzählige Male Babas Ringkampf vorgestellt, sogar davon geträumt. Und in diesen Träumen vermag ich Baba nie von dem Bären zu unterscheiden.

Es war Rahim Khan, der zum ersten Mal in einer Weise von ihm sprach, die später zu Babas berühmtem Spitznamen führen sollte: *Toophan agha,* Herr Wirbelsturm. Es war ein überaus passender Spitzname. Mein Vater war eine Naturgewalt, ein hoch gewachsenes Exemplar von einem Paschtunen mit einem dichten Bart, eigensinnigem, lockigem braunem Haar, das zu einem Kurzhaarschnitt gestutzt und ebenso ungebärdig war wie der Mann selbst, mit Händen, die den Eindruck erweckten, eine Weide mitsamt ihrer Wurzel ausreißen zu können, und einem düsteren, stechenden Blick, der es vermochte, »den Teufel in die Knie zu zwingen und um Gnade flehen zu lassen«, wie Rahim Khan es auszudrücken pflegte. Wenn er auf Partys mit seinen gut einen Meter fünfundachtzig in den Raum gestürmt kam, richtete sich die Aufmerksamkeit auf ihn wie Sonnenblumen, die sich der Sonne zuwenden.

Es war unmöglich, Baba zu ignorieren, selbst wenn er schlief. Ich steckte mir Baumwollbüschel in die Ohren, zog mir die Decke über den Kopf, und dennoch drangen die Geräusche von Babas Schnarchen – die einem brummenden Lastwagenmotor ähnelten – durch die Wände. Und mein Zimmer lag auf der anderen Seite des Flurs, gegenüber von seinem Schlafzimmer. Wie meine Mutter es jemals geschafft hat, im selben Zimmer mit ihm zu schlafen, ist eine der vielen Fragen, die ich meiner Mutter gern gestellt hätte, wenn es mir vergönnt gewesen wäre, sie kennen zu lernen.

Ende der 60er-Jahre, als ich fünf oder sechs war, beschloss Baba, ein Waisenhaus zu bauen. Ich hörte die Geschichte von Rahim Khan. Er erzählte mir, dass Baba die Blaupausen selbst gezeichnet habe, obwohl er überhaupt keine Erfahrung auf dem Gebiet der Architektur besaß. Skeptiker hatten ihn gedrängt, mit dieser Tollheit aufzuhören und einen Architekten zu beauftragen. Natürlich hatte sich Baba geweigert, und alle hatten angesichts seiner Sturheit die Köpfe geschüttelt. Doch Baba hatte Erfolg, und so schüttelten sie schon bald angesichts seines Triumphes die Köpfe. Baba bezahlte die Errichtung des zweistöckigen Waisenhauses an der Jadeh Maywand – einer der Hauptstraßen Kabuls, südlich des Kabul-Flusses – aus eigener Tasche. Rahim Khan erzählte mir, dass Baba das ganze Projekt allein finanzierte, die Löhne der Ingenieure, Elektriker, Klempner, der Arbeiter und nicht zu vergessen der städtischen Beamten, deren »Schnurrbärte geölt werden mussten«, eingeschlossen.

Der Bau des Waisenhauses dauerte drei Jahre. Ich war inzwischen acht. Ich erinnere mich noch an den Tag vor der Eröffnung, als Baba mich zum Ghargha-See mitnahm, der einige Kilometer nördlich von Kabul liegt. Er trug mir auf, Hassan zu holen, damit er auch mitfahren konnte, doch ich log und behauptete, dass Hassan Durchfall habe. Ich wollte Baba für mich allein haben. Und außerdem hatte es Hassan, als wir einmal gemeinsam am Ghargha-See waren und Steine über das Wasser hüpfen ließen, geschafft, seinen Stein achtmal springen zu lassen. Meine Bestleistung war fünfmal gewesen. Baba war damals dabei gewesen, hatte uns zugesehen und Hassan auf den Rücken geklopft. Sogar den Arm um ihn gelegt.

Wir saßen an einem Picknicktisch am Ufer des Sees, nur Baba und ich, und aßen hart gekochte Eier mit *kofta*-Broten – in *naan* gerollte Fleischklöße mit sauren Gurken. Das Wasser war von einem tiefen Blau, und das Sonnenlicht glitzerte auf der glasklaren Oberfläche. Freitags herrschte reges Treiben am See, viele Familien kamen hierher, um einen Tag in der Sonne zu genießen. Aber es war Mittwoch, und so waren nur Baba und ich da und außer uns noch zwei langhaarige, bärtige Touristen – Hippies nannte man sie wohl, so hatte ich gehört. Sie saßen mit Angelruten in den Händen auf dem Steg und ließen die Beine ins Wasser baumeln. Ich fragte Baba, warum sie ihre Haare so lang wachsen ließen, aber Baba grunzte nur, antwortete nicht. Er bereitete seine Rede für den nächsten Tag vor, blätterte durch ein Chaos handgeschriebener Seiten und machte sich hin und wieder Notizen mit einem Bleistift. Ich biss in mein Ei und fragte Baba, ob es stimme, was ein Junge in der Schule erzählt habe, dass man nämlich, wenn man ein Stück Eierschale gegessen habe, es wieder auspinkeln müsse. Baba grunzte wieder.

Ich nahm einen Bissen von meinem Brot. Einer der Touristen mit den gelbblonden Haaren lachte und schlug dem anderen auf den Rücken. In der Ferne, auf der anderen Seite des Sees, rumpelte ein Lastwagen auf dem Hügel um eine Kurve. Sonnenlicht funkelte in seinem Außenspiegel.

»Ich glaube, ich habe *saratan*«, sagte ich. Krebs. Baba hob den Kopf von den Seiten, die in der leichten Brise flatterten. Sagte mir, ich solle das Sodawasser selbst holen, ich müsse nichts weiter tun, als in den Kofferraum des Wagens zu schauen.

Am nächsten Tag fehlte es draußen vor dem Waisenhaus an Stühlen. Eine Menge Leute mussten stehen, um sich die Eröffnungsfeierlichkeiten anzusehen. Es war ein windiger Tag, und ich saß hinter Baba auf dem kleinen Podest direkt vor dem Haupteingang des neuen Gebäudes. Baba trug einen grünen Anzug und einen Hut aus Karakulfell. Mitten in seiner Rede blies ihm der

Wind den Hut vom Kopf, und alle lachten. Er bedeutete mir, den Hut für ihn festzuhalten, und das tat ich nur allzu gern, denn so konnte jeder sehen, dass er *mein* Vater war, *mein* Baba. Er wandte sich wieder dem Mikrofon zu und erklärte, er hoffe, dass das Gebäude stabiler sei als sein Hut, und wieder lachten alle. Als Baba seine Rede beendet hatte, standen die Leute auf und klatschten. Sie klatschten lange Zeit. Danach schüttelten sie ihm die Hand. Einige von ihnen zausten mir das Haar und schüttelten auch mir die Hand. Ich war so stolz auf *Baba,* auf uns beide.

Doch trotz Babas Erfolgen zweifelten die Leute immer an ihm. Sie erklärten ihm, dass es ihm nicht im Blut liege, ein Geschäft zu führen, er solle lieber Jura studieren wie sein Vater. Also bewies Baba ihnen, dass sie Unrecht hatten, indem er nicht nur sein eigenes Geschäft leitete, sondern überdies einer der reichsten Händler Kabuls wurde. Baba und Rahim Khan bauten ein unglaublich erfolgreiches Teppichexport-Unternehmen auf. Außerdem gehörten ihnen zwei Apotheken und ein Restaurant.

Als die Leute spotteten, dass Baba niemals eine gute Partie machen würde – schließlich war er nicht von königlichem Blut –, heiratete er meine Mutter, Sofia Akrami, eine hochgebildete Frau, die allgemein als eine von Kabuls geachtetsten, schönsten und tugendhaftesten Damen galt. Sie lehrte nicht nur klassische Farsi-Literatur an der Universität, sondern war außerdem mit der königlichen Familie verwandt, eine Tatsache, die mein Vater den Skeptikern unter die Nase rieb, indem er sie »meine Prinzessin« nannte, wann immer er von ihr sprach.

Mit Ausnahme von mir formte sich mein Vater die Welt um sich herum ganz nach seinem Geschmack. Das Problem daran war natürlich, dass Baba die Welt in Schwarz und Weiß sah. Und er entschied, was Schwarz war und was Weiß. Man kann keinen Menschen, der auf eine solche Weise lebt, lieben, ohne ihn zugleich zu fürchten. Ihn sogar ein klein wenig zu hassen.

Als ich in die fünfte Klasse der alten Istiqlal-Mittelschule ging, hatten wir einen Mullah, der uns den Islam lehrte. Sein Name war Mullah Fatiullah Khan, ein kleiner, stämmiger Mann mit einem Gesicht voller Aknenarben und einer barschen Stimme. Er hielt uns einen Vortrag über die Tugenden der *zakat,* der religiösen

Abgabe, und die Pflicht der *hadj,* der Pilgerfahrt nach Mekka, er lehrte uns all die Feinheiten zur Verrichtung der fünf täglichen *namaz*-Gebete und ließ uns Verse aus dem Koran auswendig lernen – und obwohl er die Worte niemals für uns übersetzte, betonte er dennoch, manchmal mit Hilfe einer Weidenrute, dass wir die arabischen Wörter richtig aussprechen müssten, damit uns Gott besser verstehen könne. Er erklärte uns eines Tages, dass der Islam das Trinken von Alkohol als eine schreckliche Sünde erachte; die, die tranken, würden für ihre Sünden am Tag des *Qiyamat,* des Jüngsten Gerichts, Rechenschaft ablegen müssen. In jenen Tagen war das Trinken von Alkohol in Kabul recht verbreitet. Niemand wurde deshalb öffentlich ausgepeitscht, aber die Afghanen, die tranken, taten dies aus Rücksichtnahme nicht in aller Öffentlichkeit. Die Leute kauften sich ihren Scotch in besonderen »Apotheken« als »Medizin« in braunen Papiertüten, die sie sogleich zwischen ihren Kleidern verbargen, um beim Verlassen des Ladens dennoch verstohlene, missbilligende Blicke derjenigen auf sich zu ziehen, die wussten, in welchem Ruf das jeweilige Geschäft stand.

Wir waren gerade oben in Babas Arbeitszimmer, dem Rauchzimmer, als ich ihm erzählte, was uns der Mullah Fatiullah Khan im Unterricht beigebracht hatte. Baba goss sich an der Bar, die er in der Ecke des Raums hatte einbauen lassen, einen Whisky ein. Er hörte zu, nickte und nahm einen Schluck von seinem Drink. Dann ließ er sich auf dem Ledersofa nieder, stellte den Drink ab und hob mich auf seinen Schoß. Es kam mir vor, als würde ich auf zwei Baumstämmen sitzen. Er atmete tief ein und durch die Nase wieder aus, wobei die Luft eine Ewigkeit durch seinen Schnurrbart zu zischen schien. Ich konnte mich nicht entscheiden, ob ich ihn umarmen oder vor lauter Todesangst von seinem Schoß herunterspringen sollte.

»Wie ich sehe, verwechselst du das, was du in der Schule lernst, mit tatsächlicher Bildung«, sagte er mit seiner trägen Stimme.

»Aber wenn es stimmt, was er gesagt hat, macht dich das dann nicht zu einem Sünder, Baba?«

»Hmm.« Baba zermalmte einen Eiswürfel zwischen den Zähnen. »Möchtest du hören, was dein Vater über die Sünde denkt?«

»Ja.«

»Dann werde ich es dir sagen«, erwiderte er, »aber eins solltest du wissen und es dir ein für alle Mal merken, Amir: Du wirst von diesen bärtigen Idioten niemals irgendetwas von Wert lernen.«

»Meinst du damit Mullah Fatiullah Khan?«

Baba vollführte eine Geste mit seinem Glas. Das Eis klirrte. »Ich meine damit alle. Man sollte auf die Bärte dieser ganzen selbstgerechten Affen pinkeln.«

Ich begann zu kichern. Die Vorstellung, wie Baba auf den Bart irgendeines Affen, ob selbstgerecht oder nicht, pinkelte, war einfach zu komisch für mich.

»Sie tun nichts anderes, als ihre Gebetsperlen zu befingern und aus einem Buch aufzusagen, das in einer Sprache geschrieben ist, die sie nicht einmal verstehen.« Er nahm einen Schluck. »Gott stehe uns bei, sollte Afghanistan jemals in ihre Hände fallen.«

»Aber Mullah Fatiullah Khan scheint nett zu sein«, brachte ich zwischen meinen Kicheranfällen hervor.

»Das war Dschingis Khan angeblich auch«, sagte Baba. »Aber genug davon. Du hast mich nach der Sünde gefragt, und ich möchte dir darauf antworten. Hörst du mir auch zu?«

»Ja«, sagte ich und presste die Lippen zusammen. Aber ein Gluckser entwich mir durch die Nase und verursachte ein schnaubendes Geräusch. Das brachte mich wieder zum Kichern.

Baba durchbohrte mich mit einem kalten Blick, und mit einem Mal lachte ich nicht mehr. »Ich möchte mit dir von Mann zu Mann reden. Meinst du, dass du das ausnahmsweise einmal schaffst?«

»Ja, Baba *jan*«, murmelte ich und staunte nicht zum ersten Mal darüber, wie sehr mich Baba mit einigen wenigen Worten zu verletzen vermochte. Wir hatten einen flüchtigen guten Moment miteinander gehabt – es kam nicht oft vor, dass Baba sich mit mir unterhielt, und noch seltener setzte er mich dazu auf seine Knie –, und ich war ein Narr gewesen, ihn zu verschwenden.

»Gut«, sagte Baba, aber seine Augen zweifelten. »Also, egal, was der Mullah auch lehren mag, es gibt nur eine Sünde, eine einzige Sünde. Und das ist der Diebstahl. Jede andere Sünde ist nur eine Variation davon. Verstehst du das?«

»Nein, Baba *jan*«, erwiderte ich und wünschte mir verzweifelt, dass ich es täte. Ich wollte ihn nicht schon wieder enttäuschen. Baba stieß einen ungeduldigen Seufzer aus. Auch das verletzte mich, denn er war kein ungeduldiger Mann. Ich erinnerte mich an die vielen Male, als er erst weit nach Einbruch der Dunkelheit nach Hause gekommen war, an all die vielen Male, die ich allein zu Abend gegessen hatte. Ich fragte Ali dann immer, wo Baba sei, wann er nach Hause kommen werde, obwohl ich sehr wohl wusste, dass er auf der Baustelle war, dies beaufsichtigte und jenes überwachte. Brauchte man dazu nicht Geduld? Ich hasste bereits all die Kinder, für die er das Waisenhaus baute; manchmal wünschte ich mir, sie wären alle mit ihren Eltern gestorben.

»Wenn du einen Mann umbringst, stiehlst du ein Leben«, sagte Baba. »Du stiehlst seiner Frau das Recht auf einen Ehemann, raubst seinen Kindern den Vater. Wenn du eine Lüge erzählst, stiehlst du einem anderen das Recht auf die Wahrheit. Wenn du betrügst, stiehlst du das Recht auf Gerechtigkeit. Begreifst du jetzt?«

Das tat ich. Als Baba sechs Jahre alt war, brach eines Nachts ein Dieb in das Haus meines Großvaters ein. Mein Großvater, ein angesehener Richter, trat ihm entgegen, und der Dieb stieß sofort zu, stach ihm das Messer in die Kehle und tötete ihn damit auf der Stelle – und beraubte Baba seines Vaters. Die Bewohner der Stadt fassten den Mörder kurz vor Mittag am darauf folgenden Tag; er entpuppte sich als ein Landstreicher aus der Kunduz-Region. Sie hängten ihn zwei Stunden vor dem Nachmittagsgebet an dem Ast einer Eiche auf. Es war Rahim Khan, nicht Baba, der mir diese Geschichte erzählte. Ständig erfuhr ich von anderen Menschen Dinge über Baba.

»Es gibt keine erbärmlichere Tat als das Stehlen, Amir«, erklärte Baba. »Ein Mann, der sich nimmt, was ihm nicht gehört, mag es ein Leben oder ein *naan-Brot* sein ... auf diesen Mann spucke ich. Und sollte ich jemals seinen Weg kreuzen, so gnade ihm Gott. Verstehst du?«

Ich fand die Vorstellung, wie Baba einen Dieb verprügelte, zugleich aufregend und Furcht einflößend. »Ja, Baba.«

»Wenn es einen Gott da draußen gibt, dann hoffe ich, dass er wichtigere Dinge zu tun hat, als sich darum zu kümmern, ob ich

Scotch trinke oder Schweinefleisch esse. Und jetzt spring runter. Dieses ganze Gerede über die Sünde hat mich wieder durstig gemacht, ein Scotch ist jetzt genau das Richtige.«

Ich sah zu, wie er sich sein Glas an der Bar füllte und fragte mich, wann wir wohl das nächste Mal so wie gerade eben miteinander sprechen würden. Denn ehrlich gesagt, hatte ich immer das Gefühl, als würde Baba mich ein wenig hassen. Und warum auch nicht? Schließlich hatte ich ja seine geliebte Frau getötet, seine schöne Prinzessin. Da hätte ich doch zumindest den Anstand besitzen können, ein klein wenig mehr nach ihm zu geraten. Aber ich geriet nicht nach ihm. Ganz und gar nicht.

In der Schule spielten wir des Öfteren ein Spiel namens *Sherjangi,* »Die Schlacht der Gedichte«. Der Farsi-Lehrer übernahm dabei die Leitung, und es ging so: Man musste einen Vers aus einem Gedicht aufsagen, und der Gegner hatte sechzig Sekunden Zeit, mit einem Vers zu antworten, der mit demselben Buchstaben begann, mit dem man aufgehört hatte. Alle aus meiner Klasse wollten mich in ihrer Mannschaft haben, denn mit elf konnte ich schon Dutzende von Versen aus den Werken von Khayyam, Hafis oder auch aus Rumis berühmtem *Masnawi* aufsagen. Einmal habe ich es mit der ganzen Klasse aufgenommen und gewonnen. Als ich Baba am Abend davon erzählte, nickte der nur und murmelte: »Gut«.

Mit Hilfe der Bücher meiner Mutter entkam ich der Unnahbarkeit meines Vaters. Und natürlich mit Hilfe von Hassan. Ich las alles: Rumi, Hafis, Saadi, Victor Hugo, Jules Vernes, Mark Twain, Ian Fleming. Als ich mit den Büchern meiner Mutter durch war – nicht mit den langweiligen Geschichtsbüchern, die mochte ich nie besonders, sondern mit den Romanen, den Epen –, begann ich, mein Taschengeld für Bücher auszugeben. Ich kaufte ein Buch pro Woche in dem Buchladen in der Nähe des Park-Kinos und bewahrte die Bücher in Pappkartons auf, als mir der Platz in den Regalen ausging.

Natürlich war es eine Sache, eine Dichterin zu heiraten, aber einen Sohn zu zeugen, der es vorzog, den Kopf in Gedichtbände zu stecken, statt auf die Jagd zu gehen ... Nun, das hatte sich Baba wohl nicht so vorgestellt, nehme ich an. Echte Männer lasen keine Gedichte – und Gedichte schreiben, Gott bewahre, das taten sie schon gar nicht! Echte Männer – echte Jungs – spielten Fußball, genau wie Baba es in seiner Jugend getan hatte. *Das* war etwas, wofür man eine Leidenschaft entwickeln konnte. 1970 nahm Baba einmal Urlaub vom Bau des Waisenhauses und flog für einen Monat nach Teheran, um sich die Spiele der Weltmeisterschaft im Fernsehen anzuschauen, da es zu der Zeit in Afghanistan noch keine Fernseher gab. Er meldete mich für Fußballmannschaften an, um die gleiche Leidenschaft in mir zu wecken. Aber ich war erbärmlich schlecht, eine tollpatschige Belastung für meine eigene Mannschaft, stand ständig einem guten Pass im Weg oder blockierte unabsichtlich ein freies Schussfeld. Ich trottete auf dürren Beinen über das Spielfeld, schrie nach Pässen, die nie in meine Richtung kamen. Und je mehr Mühe ich mir gab, hektisch mit den Armen fuchtelte und kreischte »Ich bin frei! Ich bin frei«, desto mehr wurde ich ignoriert. Aber Baba gab nicht auf. Als es nur zu offensichtlich wurde, dass ich nicht die kleinste Spur seiner sportlichen Talente geerbt hatte, machte er sich daran, mich in einen leidenschaftlichen Fußballfan zu verwandeln. Das würde ich doch wohl schaffen, oder nicht? So lange wie möglich spielte ich den Interessierten. Ich brach mit ihm in Jubel aus, wenn Kabuls Mannschaft einen Treffer gegen Kandahar erzielte, und schrie Beschimpfungen, wenn der Schiedsrichter eine Strafe gegen unsere Mannschaft verhängte. Doch Baba spürte meinen Mangel an aufrichtigem Interesse und fand sich mit der trostlosen Tatsache ab, dass sein Sohn niemals Fußball spielen oder ein Anhänger dieses Spiels werden würde.

Als ich neun war, nahm mich Baba zu dem jährlichen *Buzkashi*-Turnier mit, das am Frühlingsanfang, am Neujahrstag, stattfand. Buzkashi war und ist die nationale Leidenschaft Afghanistans. Ein *chapandaz,* ein überaus geschickter Reiter, der für gewöhnlich von reichen Anhängern des Turniers gefördert wird, muss sich mitten im Gedränge einen Ziegen- oder Rinderkadaver greifen, ihn auf sein Pferd heben und dann in vollem Galopp durch das Stadion reiten und den Kadaver in einen Zielkreis fallen lassen, während ihn eine Mannschaft aus weiteren *chapandaz* jagt und alles in ihrer Macht Stehende tut – treten, kratzen, peitschen, schlagen –, um ihm den Kadaver zu entreißen. Ich erinnere mich, wie die Menge an jenem Tag vor Begeisterung brüllte, als die Reiter unten auf dem Feld ihre Kampfschreie ausstießen und in einer Staubwolke um den Kadaver rangelten. Die Erde erzitterte unter dem Dröhnen der Hufe. Wir sahen von unseren Plätzen im oberen Teil der Zuschauertribüne zu, wie die Reiter in vollem Galopp, während ihren Pferden der Schaum um die Mäuler spritzte, johlend und schreiend an uns vorüberstampften.

Irgendwann streckte Baba den Arm aus und zeigte auf jemanden. »Amir, siehst du den Mann da, der da drüben inmitten der anderen Männer sitzt?«

Das tat ich.

»Das ist Henry Kissinger.«

»Oh«, sagte ich. Ich wusste nicht, wer Henry Kissinger war, und ich hätte Baba wohl nach ihm gefragt. Aber in dem Moment sah ich voller Entsetzen, wie einer der *chapandaz* vom Pferd fiel und unter einer Vielzahl von Hufen zertrampelt wurde. Sein Körper wurde im wilden Gedränge hin und her geschleudert wie eine Lumpenpuppe und blieb schließlich nach einer letzten Drehung liegen, während die Meute weiterzog. Er zuckte noch einmal, dann rührte er sich nicht mehr, die Beine in einem unnatürlichen Winkel verdreht, während langsam eine Blutlache im Sand versickerte.

Ich brach in Tränen aus. Ich weinte auf dem gesamten Nachhauseweg. Ich weiß noch, wie sich Babas Hände um das Lenkrad klammerten. Sie packten es, und dann lockerte sich ihr Griff wieder, um kurz darauf erneut fest zuzupacken. Aber am deutlichsten stehen mir immer noch Babas tapfere Versuche vor Augen, den angewiderten Ausdruck auf seinem Gesicht zu verbergen, während er den Wagen schweigend nach Hause fuhr.

Später am selben Abend, als ich am Arbeitszimmer meines Vaters vorbeiging, hörte ich ihn mit Rahim Khan reden. Ich presste mein Ohr an die geschlossene Tür.

»... dankbar sein, dass er gesund ist«, sagte Rahim Khan.

»Ich weiß, ich weiß. Aber er vergräbt sich ständig in seinen Büchern oder schlurft traumverloren durch das Haus.«

»Ja und?«

»Ich war nie so.« Baba klang frustriert, beinahe wütend.

Rahim Khan lachte. »Kinder sind doch nicht wie Malbücher. Du kannst sie nicht mit deinen Lieblingsfarben ausmalen.«

»Ich sage dir«, fuhr Baba fort, »ich war ganz und gar nicht so, und auch keines der Kinder, mit denen ich groß geworden bin.«

»Weißt du, manchmal bist du der egozentrischste Mann, den ich kenne«, erklärte Rahim Khan. Er war der einzige Mensch, den ich kannte, der so etwas zu Baba sagen durfte.

»Damit hat das nichts zu tun.«

»Ach, nein?«

»Nein.«

»Sondern?«

Ich hörte, wie das Leder von Babas Sessel knarrte, als er sich darin bewegte. Ich schloss die Augen und presste mein Ohr noch fester an die Tür, wollte alles hören und auch wieder nicht. »Manchmal schaue ich aus diesem Fenster und sehe ihn auf der Straße mit Nachbarjungen spielen. Ich sehe, wie sie ihn herumschubsen, ihm sein Spielzeug wegnehmen, ihm einen Stoß oder einen Schlag versetzen. Und er wehrt sich einfach nicht. Nie. Er ... er lässt bloß den Kopf hängen und ...«

»Na schön, er ist also kein gewalttätiger Mensch.«

»Das meine ich nicht, Rahim, und das weißt du auch«, schoss Baba zurück. »Dem Jungen fehlt einfach etwas.«

»Ja, ein gemeiner Zug.«

»Selbstverteidigung hat nichts mit Gemeinheit zu tun. Weißt du, was passiert, wenn ihn die Nachbarjungen hänseln? Hassan geht dazwischen und vertreibt sie. Ich habe es mit eigenen Augen gesehen. Immer wieder. Und wenn die beiden nach Hause kommen und ich zu ihm sage ›Wie ist Hassan denn an die Schramme in seinem Gesicht gekommen?‹, antwortet er: ›Er ist hingefallen.‹ Lass dir gesagt sein, Rahim, dem Jungen fehlt etwas.«

»Er muss erst noch seinen Weg finden, das ist alles«, sagte Rahim Khan.

»Und wohin soll der führen?«, fragte Baba. »Ein Junge, der nicht für sich selbst eintritt, wird zu einem Mann, der für nichts eintritt.«

»Du vereinfachst die Dinge wieder einmal zu sehr.«

»Das glaube ich nicht.«

»Du bist sauer, weil du Angst davor hast, dass er niemals dein Geschäft übernehmen wird.«

»Und wer vereinfacht die Dinge jetzt?«, erwiderte Baba. »Hör zu, ich weiß, dass da eine Zuneigung zwischen euch beiden ist, und das freut mich. Ich bin neidisch, aber es freut mich. Das ist mein Ernst. Er braucht jemanden, der ... ihn versteht, denn ich tue es weiß Gott nicht. Aber etwas an Amir beunruhigt mich auf eine Weise, die ich nicht auszudrücken vermag. Es ist ganz so, als ob ...« Ich konnte ihn vor mir sehen, wie er nach den richtigen Worten suchte. Er senkte die Stimme, aber ich hörte ihn trotzdem. »Wenn ich nicht mit meinen eigenen Augen gesehen hätte, wie der Arzt ihn aus meiner Frau herausgezogen hat, dann hätte ich niemals geglaubt, dass er mein Sohn ist.«

Am nächsten Morgen, als er mir das Frühstück zubereitete, fragte mich Hassan, ob mich etwas bedrücke. Ich schnauzte ihn an, er solle sich um seine eigenen Angelegenheiten kümmern.

Ob Rahim Khan das mit dem fehlenden gemeinen Zug wohl auch noch gesagt hätte, wenn er Zeuge dieser Reaktion geworden wäre?

4

1933, in dem Jahr, als Baba geboren wurde – das gleiche Jahr, in dem Zahir Shah seine vierzigjährige Herrschaft über Afghanistan antrat –, setzten sich zwei Brüder, junge Männer aus einer reichen und angesehenen Kabuler Familie, ans Steuer des Ford Roadster ihres Vaters. Mit Haschisch bekifft und *mast* mit französischem Wein, überfuhren sie auf der Straße nach Paghman einen Mann und seine Frau, die vom Volk der Hazara stammten, und töteten sie. Die Polizei brachte die ein wenig zerknirschten jungen Männer und den fünfjährigen Sohn des Ehepaars – nun ein Waisenkind – vor meinen Großvater, der ein hoch angesehener Richter war und einen untadeligen Ruf genoss. Nachdem er sich die Darstellung der Brüder und die flehentlichen Worte ihres Vaters angehört hatte, befahl mein Großvater den beiden jungen Männern, sofort nach Kandahar zu gehen und sich für ein Jahr zur Armee zu melden – obwohl es ihre Familie irgendwie geschafft hatte, sie von der Einberufung befreien zu lassen. Ihr Vater widersprach, aber nicht allzu heftig, und am Ende stimmten alle darin überein, dass die Strafe vielleicht hart, aber gerecht war. Und was das Waisenkind anging, so nahm mein Großvater es in seinen Haushalt auf und wies die Dienstboten an, den Jungen zu erziehen und nett zu ihm zu sein. Dieser Junge war Ali.

Ali und Baba wuchsen zusammen auf, und sie spielten auch zusammen – zumindest so lange, bis die Polioinfektion Alis Bein verkrüppelte –, genau wie Hassan und ich es eine Generation später taten. Baba erzählte uns immer von dem Unfug, den Ali und er angestellt hatten, und dann schüttelte Ali den Kopf und sagte:

»Aber Aga Sahib, sagt ihnen doch, wer der Baumeister des Unfugs gewesen ist und wer der arme Arbeiter.« Und dann lachte Baba und schloss Ali in die Arme.

Aber in keiner seiner Geschichten sprach Baba jemals von Ali als seinem Freund.

Das Seltsame war, dass auch ich Hassan und mich nie als Freunde betrachtete. Zumindest nicht im gewöhnlichen Sinne. Auch wenn wir beide einander beibrachten, freihändig Fahrrad zu fahren oder eine voll funktionsfähige Kamera aus Pappkarton zu bauen. Auch wenn wir ganze Winter damit zubrachten, Drachen steigen zu lassen. Auch wenn für mich das Gesicht Afghanistans das eines Jungen mit einer zartgliedrigen Gestalt, einem rasierten Kopf und tief sitzenden Ohren ist, eines Jungen, dessen chinesisches Puppengesicht ständig von einem Hasenscharten-Lächeln erhellt wird.

All das spielte keine Rolle. Denn es ist nicht so leicht, die Geschichte zu überwinden. Und auch nicht die Religion. Am Ende war ich ein Paschtune und er ein Hazara, ich war Sunnit und er Schiit, und nichts würde das jemals ändern. Nichts.

Aber wir waren Kinder, die zusammen laufen gelernt hatten, und auch dies würde sich weder durch die Geschichte noch durch ethnische Unterschiede, Gesellschaft oder Religion jemals ändern. Ich verbrachte den größten Teil meiner ersten zwölf Jahre beim Spiel mit Hassan. Manchmal kommt mir meine ganze Kindheit wie ein einziger träger Sommertag mit Hassan vor, an dem wir zwischen dem Gewirr von Bäumen im Garten meines Vaters Fangen und Verstecken, Räuber und Polizist, Cowboy und Indianer spielten und Insekten quälten – wobei die Krönung unzweifelhaft das eine Mal war, als wir einer Biene den Stachel herauszogen und dem armen Ding eine Schnur umbanden, an der wir es zurückrissen, wenn es davonfliegen wollte.

Wir jagten hinter den *Kochi* her, den Nomaden, die auf ihrem Weg zu den Bergen im Norden durch Kabul zogen. Wir hörten es, wenn sich ihre Karawanen unserem Viertel näherten, hörten das Blöken ihrer Schafe, das Meckern ihrer Ziegen, das Läuten der Glöckchen an den Hälsen der Kamele. Dann rannten wir nach draußen, um zu beobachten, wie die Karawane durch unsere

Straße zockelte – Männer mit staubigen, wettergegerbten Gesichtern und Frauen in langen, bunten Tüchern, mit Perlen und Silberreifen um Hand- und Fußgelenke. Wir bewarfen ihre Ziegen mit Kieselsteinen. Wir spritzten Wasser auf ihre Maultiere. Ich brachte Hassan dazu, sich auf die Mauer des kränkelnden Maises zu setzen und mit seiner Schleuder Kieselsteine auf die Hinterteile der Kamele abzuschießen.

Wir sahen unseren ersten Western – *Rio Bravo* mit John Wayne – zusammen im Park-Kino, das gegenüber von meinem Lieblingsbuchladen lag. Ich weiß noch, wie ich Baba gebeten habe, uns mit in den Iran zu nehmen, damit wir John Wayne kennen lernen konnten. Baba brach in wahre Salven seines kehligen Lachens aus – ein Geräusch, das dem Aufheulen eines Lastwagenmotors nicht unähnlich war – und erklärte uns, als er wieder sprechen konnte, den Begriff des Synchronisierens. Hassan und ich waren fassungslos. Benommen. John Wayne sprach in Wirklichkeit gar kein Farsi, und er war auch kein Iraner! Er war Amerikaner, genau wie die freundlichen, faulen, langhaarigen Männer und Frauen in ihren zerlumpten bunten T-Shirts, die wir immer in Kabul herumlungern sahen. Wir schauten uns *Rio Bravo* dreimal an und unseren Lieblingswestern, *Die glorreichen Sieben,* dreizehnmal. Bei jeder Vorstellung weinten wir am Schluss, wenn die mexikanischen Kinder Charles Bronson beerdigen – der, wie sich herausstellte, auch kein Iraner war.

Wir spazierten durch die muffig riechenden Basare des Shar-e-Nau-Bezirks – der Neustadt von Kabul –, westlich des Wazir-Akbar-Khan-Viertels gelegen. Wir redeten über die Filme, die wir gerade gesehen hatten, und schlenderten durch das geschäftige Treiben der *bazaris.* Wir schlängelten uns zwischen den Lastenträgern, Bettlern und Handkarren hindurch, wanderten schmale Gassen entlang, die voll gestopft waren mit langen Reihen winziger, dicht bepackter Stände. Jeder von uns erhielt von Baba jede Woche ein Taschengeld von zehn Afghani, das wir für warme Coca-Cola und mit gehackten Pistazien bestreutes Rosenwasser-Eis ausgaben.

Während des Schuljahres hatten die Tage ihren festen Ablauf. Wenn ich mich aus dem Bett schleppte und im Badezimmer herumtapste, hatte sich Hassan bereits gewaschen, mit Ali das Morgen-*namaz* gesprochen und mein Frühstück bereitet und ordentlich auf den Esstisch gestellt: heißer schwarzer Tee mit drei Stückchen Zucker und eine Scheibe getoastetes *naan* mit Sauerkirschmarmelade, meiner Lieblingsmarmelade. Während ich aß und mich über meine Hausaufgaben beschwerte, machte Hassan mein Bett, putzte meine Schuhe, bügelte meine Kleider für den Tag und packte meine Bücher und Bleistifte zusammen. Ich hörte ihn beim Bügeln in der Halle draußen immer vor sich hin singen. Er sang mit seiner näselnden Stimme alte Hazara-Lieder. Dann fuhren Baba und ich in Babas schwarzem Ford Mustang davon – ein Auto, das überall neidische Blicke auf sich zog, weil es der gleiche Wagen war, den Steve McQueen in *Bullitt* gefahren hatte, einem Film, der in einem Kino sechs Monate hintereinander lief. Hassan blieb zu Hause und half Ali bei den täglichen Arbeiten: die dreckige Wäsche von Hand waschen und zum Trocknen im Garten aufhängen, die Böden fegen, frisches *naan* auf dem Basar kaufen, das Fleisch für das Abendessen marinieren, den Rasen sprengen.

Nach der Schule traf ich mich mit Hassan, griff mir ein Buch, und dann trabten wir einen Hügel hinauf, der nördlich vom Anwesen meines Vaters im Wazir-Akbar-Khan-Viertel lag. Dort oben gab es einen verkommenen Friedhof mit langen Reihen von namenlosen Grabsteinen, zwischen denen wirres Gestrüpp wucherte. Regen und Schnee hatten das Eisentor verrosten und die niedrigen weißen Steinmauern zerfallen lassen. In der Nähe des Eingangs stand ein Granatapfelbaum. An einem Sommertag benutzte ich eins von Alis Küchenmessern, um unsere Namen in seine Rinde einzuritzen: »Amir und Hassan, die Sultane von Kabul.« Diese Worte machten es offiziell: Der Baum gehörte uns. Nach der Schule kletterten Hassan und ich an seinen Ästen hoch und pflückten uns die blutroten Granatäpfel. Nachdem wir die Früchte gegessen und uns die Hände im Gras abgewischt hatten, las ich Hassan vor.

Im Schneidersitz unter dem Baum sitzend, während die durch das Laub gefilterten Sonnenstrahlen auf seinem Gesicht tanzten, zupfte Hassan geistesabwesend Grashalme vom Boden, und ich las ihm die Geschichten vor, die er selbst nicht lesen konnte. Dass Hassan des Schreibens und Lesens unkundig aufwachsen würde wie Ali und die meisten Hazara, war in dem Augenblick seiner Geburt, vielleicht schon im Moment seiner Empfängnis in Sanaubars abweisendem Leib beschlossen gewesen – welche Verwendung hatte ein Dienstbote denn auch für das geschriebene Wort? Doch trotz seiner Ungebildetheit oder vielleicht auch gerade deswegen war Hassan fasziniert vom Geheimnis der Wörter, ließ sich verführen von einer geheimen, für ihn verbotenen Welt. Ich las ihm Gedichte und Geschichten vor, manchmal auch Rätsel – hörte aber damit auf, als ich feststellen musste, dass er in der Lage war, sie schneller zu lösen als ich. Also las ich ihm anspruchslosere Dinge vor, wie die Missgeschicke des schusseligen Hodscha Nasreddin und seines Maultiers. Wir saßen stundenlang unter diesem Baum, saßen dort, bis die Sonne langsam im Westen verschwand, und immer noch beharrte Hassan darauf, dass wir genügend Tageslicht für eine weitere Geschichte, ein weiteres Kapitel hätten.

Am besten fand ich beim Vorlesen immer die Stellen, an denen Wörter vorkamen, die Hassan nicht kannte. Dann zog ich ihn auf, offenbarte seine Unwissenheit. Einmal, als ich ihm eine Geschichte über Hodscha Nasreddin vorlas, unterbrach er mich. »Was bedeutet dieses Wort?«

»Welches?«

»Kretin.«

»Du weißt nicht, was es bedeutet?«, fragte ich grinsend.

»Nein, Amir Aga.«

»Aber es ist doch ein so geläufiges Wort!«

»Dennoch kenne ich es nicht.« Falls er die Häme meiner Stimme spürte, so verriet sein lächelndes Gesicht nichts davon.

»Also, jeder in meiner Schule weiß, was es bedeutet«, sagte ich. »Lass mal sehen. Kretin. Das bezeichnet einen Menschen, der klug und intelligent ist. Ich werde dir einen Beispielsatz geben. Wenn es um Wörter geht, dann ist Hassan ein Kretin.«

»Aaah«, sagte er nickend.

Später hatte ich deswegen immer Schuldgefühle. Die versuchte ich zu besänftigen, indem ich ihm eins meiner alten Hemden oder ein kaputtes Spielzeug schenkte. Ich versuchte mir einzureden, dass das als Wiedergutmachung für einen harmlosen Streich ausreichte.

Hassans absolutes Lieblingsbuch war das *Shahname,* ein aus dem zehnten Jahrhundert stammendes Epos, das von alten persischen Helden handelt. Er fand Gefallen an sämtlichen Kapiteln: die Schahs früherer Zeiten, Feridun, Zal und Rudabeh. Aber seine Lieblingsgeschichte – und zugleich auch die meine – fand sich in dem Kapitel über Rostem und Suhrab, das von dem großen Krieger Rostem und seinem leichtfüßigen Pferd Rakhsh handelt. Rostem bringt dem tapferen Suhrab im Kampf tödliche Verletzungen bei, um dann entdecken zu müssen, dass Suhrab sein verloren geglaubter Sohn ist. Von Schmerz und Kummer erfüllt, lauscht er den letzten Worten seines sterbenden Kindes:

Wenn du wirklich mein Vater bist, dann hast du dein Schwert mit dem Blut deines Sohnes befleckt. Und das hast du nur deinem Starrsinn zu verdanken. Denn ich habe versucht, in dir die Liebe zu wecken, habe dich angefleht, mir deinen Namen zu nennen, denn ich glaubte, in dir all die Züge zu erblicken, die mir meine Mutter geschildert hat. Doch ich wandte mich vergeblich an dein Herz, und nun ist es zu spät für eine Begegnung …

»Bitte lies es noch einmal, Amir Aga«, sagte Hassan dann. Manchmal stiegen ihm Tränen in die Augen, wenn ich ihm diese Zeilen vorlas, und ich fragte mich immer, um wen er wohl weinte – um den untröstlichen Rostem, der seine Kleider zerreißt und sein Haupt mit Asche bestreut, oder um den sterbenden Suhrab, der sich immer nur nach der Liebe seines Vaters gesehnt hat? Ich selbst vermochte die Tragödie nicht zu erkennen, die sich in Rostems Schicksal verbarg. Verspürten nicht alle Väter insgeheim ein Verlangen, ihre Söhne zu töten?

An einem Tag im Juli des Jahres 1973 spielte ich Hassan einen anderen Streich. Während ich ihm vorlas, wich ich plötzlich von der Geschichte ab, die ich gedruckt vor Augen hatte. Ich tat so, als würde ich weiter aus dem Buch vorlesen, blätterte auch regelmäßig die Seiten um, hatte aber den Text ganz und gar verlassen, den Verlauf der Geschichte selbst übernommen und erfand nun meine eigene. Hassan bemerkte dies natürlich nicht. Für ihn waren die Wörter auf einer Seite ein Wirrwarr von Zeichen, nicht zu entziffern, rätselhaft. Wörter waren geheime Zugänge, deren Schlüssel ich in der Hand hielt. Als ich ihn hinterher fragte, wie ihm die Geschichte gefallen habe, da stieg ein Kichern in meiner Kehle auf, doch Hassan begann zu klatschen.

»Was machst du denn?«, fragte ich.

»Das war die beste Geschichte, die du mir seit langem vorgelesen hast«, sagte er, immer noch klatschend.

Ich lachte. »Wirklich?«

»Wirklich.«

»Faszinierend«, murmelte ich. Seine Reaktion kam für mich völlig unerwartet. »Bist du dir ganz sicher, Hassan?«

Er klatschte immer noch. »Es war großartig, Amir Aga. Liest du mir morgen noch mehr davon vor?«

»Faszinierend«, wiederholte ich ein wenig atemlos. Ich kam mir wie ein Mann vor, der in seinem eigenen Garten einen vergrabenen Schatz findet. Auf dem Weg den Hügel hinunter explodierten die Gedanken in meinem Kopf wie das Feuerwerk von Chaman. *Die beste Geschichte, die du mir seit langem vorgelesen hast*, hatte er gesagt, und ich hatte ihm schon eine Menge Geschichten vorgelesen. Hassan fragte mich etwas.

»Wie bitte?«, sagte ich.

»Was bedeutet ›faszinierend‹?«

Ich lachte. Packte ihn, zog ihn heftig in meine Arme und drückte ihm einen Kuss auf die Wange.

»Wofür war das denn?«, fragte er erstaunt und errötete.

Ich versetzte ihm einen freundschaftlichen Schubser. Lächelte. »Du bist ein Prinz, Hassan. Du bist ein Prinz, und ich liebe dich.«

An jenem Abend schrieb ich meine erste Kurzgeschichte. Ich brauchte eine halbe Stunde dafür. Es war eine düstere kleine Geschichte von einem Mann, der eine Zaubertasse findet und feststellt, dass sich seine Tränen in Perlen verwandeln, wenn er in die Tasse weint. Aber obwohl er immer arm gewesen ist, ist er doch ein glücklicher Mensch, der selten eine Träne vergießt. Also sucht er nach Wegen, um sich traurig zu machen, damit ihn seine Tränen zu einem reichen Mann werden lassen. Aber je mehr Perlen er anhäuft, desto größer wird seine Habsucht. Die Geschichte endet damit, dass der Mann mit einem Messer in der Hand auf einem Berg von Perlen sitzt und hilflos in die Tasse weint, während er den Leichnam seiner erstochenen Frau in den Armen hält.

An jenem Abend ging ich mit den beiden Blättern in der Hand, auf die ich die Geschichte geschrieben hatte, in Babas Rauchzimmer. Baba und Rahim Khan rauchten und tranken Weinbrand, als ich eintrat.

»Was ist, Amir?«, fragte Baba, der sich auf dem Sofa zurücklehnte und die Hände hinter dem Kopf verschränkte. Blauer Rauch wirbelte um sein Gesicht. Sein stechender Blick ließ meine Kehle trocken werden. Ich räusperte mich und erklärte ihm, dass ich eine kleine Geschichte geschrieben hätte.

Baba nickte und schenkte mir ein dünnes Lächeln, das wenig mehr als gespieltes Interesse ausdrückte. »Na, das ist doch sehr schön, oder?«, sagte er. Mehr nicht. Und dann blickte er mich durch die Rauchwolke an. Ich stand dort gewiss kaum länger als eine Minute, aber bis zu diesem Tag ist es die längste Minute meines Lebens gewesen. Die Sekunden quälten sich dahin, jede einzelne von der nächsten durch eine Ewigkeit getrennt. Die Luft wurde schwül, feucht, beinahe fest. Ich atmete Ziegelsteine. Baba starrte mich bloß unverwandt an, ohne mich aufzufordern, vorzulesen, was ich geschrieben hatte.

Es war wie immer Rahim Khan, der mich rettete. Er streckte die Hand aus und schenkte mir ein Lächeln, das nichts Gespieltes an sich hatte. »Darf ich sie mir einmal ansehen, Amir *jan?* Ich würde sie sehr gern lesen.« Baba benutzte fast nie das Kosewort *jan,* wenn er mit mir sprach.

Baba zuckte mit den Schultern und stand auf. Er wirkte erleichtert, als sei auch er von Rahim Khan gerettet worden. »Ja, gib es nur *Kaka* Rahim. Ich gehe schon einmal, um mich fertig zu machen.« Und mit diesen Worten verließ er das Zimmer. An den meisten Tagen verehrte ich Baba mit einer Inbrunst, die ans Religiöse grenzte. Aber in dem Moment hätte ich mir am liebsten die Adern aufgeschnitten, um sein verfluchtes Blut aus meinem Körper fließen zu lassen.

Eine Stunde später, als sich der Abendhimmel verdunkelte, fuhren die beiden im Wagen meines Vaters davon, um auf eine Party zu gehen. Auf dem Weg nach draußen hockte sich Rahim Khan vor mich hin, reichte mir meine Geschichte und dazu noch ein gefaltetes Blatt Papier. Ein Lächeln huschte über sein Gesicht, und er blinzelte mir zu. »Für dich. Lies es später.« Dann legte er eine kleine Pause ein, ehe er ein einziges Wort hinzufügte, das mich mehr ermutigte, mit meiner Schreiberei fortzufahren, als jedes Kompliment, das mir irgendwelche Lektoren jemals gemacht haben. Dieses Wort lautete *bravo*.

Als sie weg waren, setzte ich mich auf mein Bett und wünschte mir, Rahim Khan wäre mein Vater. Dann dachte ich an Baba und an seine mächtige Brust und wie gut es sich anfühlte, wenn er mich an sie drückte, wie er am Morgen immer nach *Brut* roch und wie sein Bart mein Gesicht kitzelte. Und da überfielen mich plötzlich solche Schuldgefühle, dass ich ins Badezimmer rannte und mich ins Becken übergab.

Später am Abend, als ich zusammengerollt im Bett lag, las ich immer wieder Rahims Zeilen an mich. Sie lauteten folgendermaßen:

Amir *jan*,

deine Geschichte hat mir sehr gut gefallen. Mashallah, Gott hat dir ein besonderes Talent gegeben. Es ist nun deine Pflicht, dieses Talent zu vervollkommnen, denn ein Mensch, der seine gottgegebenen Talente verschwendet, ist ein Esel. Du hast deine Geschichte mit solider Grammatik und in einem interessanten Stil verfasst. Aber das Beeindruckendste an ihr ist, dass sie Ironie besitzt. Vielleicht weißt du nicht einmal, was dieses Wort bedeutet. Aber das wird sich eines Tages ändern. Es ist etwas, nach dem manche Schriftsteller ihr ganzes Leben lang streben und es doch nie erreichen. Du hast es gleich bei deiner ersten Geschichte geschafft.
Meine Tür wird auch weiterhin immer für dich offen stehen, Amir *jan*. Ich werde mit Freuden jeder Geschichte lauschen, die du zu erzählen hast. Bravo.

Dein Freund,
Rahim

Beseelt von Rahim Khans Zeilen, griff ich mir die Geschichte und rannte nach unten in die Halle, wo Ali und Hassan auf einer Matratze schliefen. Nur wenn Baba weg war und Ali auf mich aufpassen musste, schliefen sie im Haus. Ich rüttelte Hassan wach und fragte ihn, ob er eine Geschichte hören wolle.

Er rieb sich die vom Schlaf verquollenen Augen und reckte sich. »Jetzt? Wie viel Uhr haben wir denn?«

»Ist doch egal. Diese Geschichte ist etwas Besonderes. Ich habe sie selbst geschrieben«, flüsterte ich, um Ali nicht aufzuwecken. Hassans Gesicht erhellte sich.

»Dann *muss* ich sie hören«, sagte er und streifte bereits die Decke ab, unter der er lag.

Ich las sie ihm im Wohnzimmer am marmornen Kamin vor. Dieses Mal gab es kein spielerisches Abweichen vom Text; hier ging es um mich! Hassan war in vielerlei Hinsicht der perfekte Zuhörer – völlig vertieft war er, und sein Gesichtsausdruck veränderte sich mit den wechselnden Tönen der Geschichte. Als ich den letzten Satz gelesen hatte, klatschte er ganze leise Beifall.

»*Mashallah,* Amir Aga. Bravo!« Er strahlte.

»Es hat dir gefallen?«, fragte ich und bekam eine erneute Kostprobe – und wie süß sie war! – einer guten Kritik.

»Eines Tages, *inshallah,* wirst du ein großer Schriftsteller sein«, erklärte Hassan. »Und die Menschen auf der ganzen Welt werden deine Geschichten lesen.«

»Du übertreibst, Hassan«, erwiderte ich und liebte ihn doch dafür.

»Nein. Du wirst einmal groß und berühmt sein«, beharrte er. Dann entstand eine Pause, und es schien mir, als wollte er noch etwas hinzufügen. Er wog die Worte ab und räusperte sich. »Aber würdest du mir erlauben, dir eine Frage zu der Geschichte zu stellen?«, sagte er schüchtern.

»Aber gewiss.«

»Nun ...«, begann er und verstummte.

»Nur heraus damit, Hassan«, ermunterte ich ihn. Ich lächelte, obwohl der unsichere Schriftsteller in mir gar nicht so genau wusste, ob er es überhaupt hören wollte.

»Nun«, sagte er wieder, »ich würde gern eins wissen: Warum

hat der Mann seine Frau umgebracht? Warum hat er überhaupt jemals traurig sein müssen, um Tränen zu vergießen? Warum hat er nicht einfach an einer Zwiebel gerochen?«

Ich war fassungslos. Diese Möglichkeit, die so offensichtlich war, dass sie mir zugleich schon wieder ausgesprochen albern erschien, war mir nicht einmal in den Sinn gekommen. Ich bewegte die Lippen und brachte doch keinen Laut hervor. Wie es schien, sollte ich an demselben Abend, an dem ich von einem der Ziele der Schriftstellerei, der Ironie, erfahren hatte, auch Bekanntschaft mit einem ihrer Fallstricke machen: der Lücke in der Handlung. Und das wurde mir ausgerechnet von Hassan beigebracht. Hassan, der nicht lesen konnte und in seinem ganzen Leben nicht ein einziges Wort geschrieben hatte. Plötzlich begann eine kalte, finstere Stimme in meinem Ohr zu flüstern: *Was weiß der denn schon, der ungebildete Hazara? Er wird niemals mehr als ein Diener sein. Wie kann er es wagen, mich zu kritisieren?*

»Nun«, begann ich. Doch ich kam nicht dazu, diesen Satz zu beenden.

Denn plötzlich veränderte sich das Afghanistan, das wir kannten, für immer.

5

Irgendetwas grollte wie Donner. Die Erde bebte leicht, und wir vernahmen das Rattern von Maschinengewehren. »Vater!«, schrie Hassan. Wir sprangen auf die Füße und rannten aus dem Wohnzimmer. Ali kam hektisch durch die Halle auf uns zugehumpelt.

»Vater! Was ist das für ein Geräusch?«, rief Hassan und streckte Ali die Hände entgegen. Ali legte die Arme um uns. Ein weißes Licht blitzte auf, tauchte den Himmel in Silber. Ein weiteres Blitzen, gefolgt von einem raschen Stakkato von Schüssen.

»Sie jagen Enten«, erklärte Ali mit heiserer Stimme. »Sie jagen Enten bei Nacht, wisst ihr. Habt keine Angst.«

In der Ferne ertönte eine Sirene. Irgendwo zersplitterte Glas, und jemand rief etwas. Ich hörte Menschen auf der Straße, die aus dem Schlaf gerissen worden waren und, wahrscheinlich noch in ihren Pyjamas, das Haar zerzaust, die Augen verquollen, dort herumliefen. Hassan weinte. Ali zog ihn an sich, umklammerte ihn voller Zärtlichkeit. Später sollte ich versuchen mir einzureden, dass ich Hassan in dem Moment nicht beneidet hatte. In keiner Weise.

So kauerten wir bis in die frühen Morgenstunden beieinander. Die Schießereien und die Explosionen dauerten weniger als eine Stunde, aber sie jagten uns große Angst ein, denn keiner von uns hatte jemals Gewehrschüsse auf den Straßen vernommen. Das waren damals noch ungewohnte Geräusche. Die Generation afghanischer Kinder, deren Ohren nichts als die Geräusche von Bomben und Geschützfeuer kennen würden, war noch nicht geboren. Zusammengekauert saßen wir da und warteten, dass die Sonne aufgehen würde; keiner von uns ahnte damals, dass es mit unserem bisherigen Leben für immer vorbei sein sollte. Wenn auch noch nicht sofort, so war es zumindest der Anfang vom Ende. Das Ende, das *offizielle* Ende, sollte zunächst im April 1978 mit dem kommunistischen Umsturz kommen und vor allem dann im Dezember 1979, als russische Panzer durch die Straßen rollten, auf denen Hassan und ich spielten. Sie brachten den Tod des Afghanistans, das ich kannte, und leiteten eine bis heute nicht beendete Epoche des Blutvergießens ein.

Kurz vor Sonnenaufgang kam Babas Wagen die Auffahrt heraufgerast. Die Tür wurde zugeknallt, und dann stapften seine eiligen Schritte die Stufen hinauf. Als er im Türrahmen auftauchte, erblickte ich etwas in seinem Gesicht, was ich nicht sofort erkannte, weil ich es dort noch nie gesehen hatte: Angst. »Amir! Hassan!«, rief er, als er mit ausgebreiteten Armen auf uns zugelaufen kam. »Sie haben sämtliche Straßen blockiert, und das Telefon ging nicht. Ich habe mir solche Sorgen gemacht!«

Wir ließen uns von ihm in die Arme schließen, und für einen kurzen, wahnsinnigen Moment war ich froh über das, was in jener Nacht geschehen war – was auch immer es gewesen sein mochte.

Sie hatten doch keine Enten geschossen. Wie sich herausstellte, hatten sie in jener Nacht des 17. Juli 1973 überhaupt nicht viel geschossen. Als Kabul am nächsten Morgen erwachte, gehörte die Monarchie der Vergangenheit an. Der König, Zahir Shah, hielt sich gerade in Italien auf. Da hatte sein Cousin, Daoud Khan, die vierzigjährige Herrschaft des Königs mit einem unblutigen Staatsstreich beendet.

Ich erinnere mich noch daran, wie Hassan und ich an jenem Morgen draußen vor dem Arbeitszimmer meines Vaters kauerten, während Baba und Rahim Khan schwarzen Tee tranken und auf Radio Kabul den neuesten Nachrichten über den Staatsstreich lauschten.

»Amir Aga?«, flüsterte Hassan.

»Ja?«

»Was ist eine Republik?«

Ich zuckte mit den Schultern. »Weiß ich nicht.« In Babas Radio sagten sie das Wort immer wieder.

»Amir Aga?«

»Ja?«

»Bedeutet Republik, dass Vater und ich von hier weggehen müssen?«

»Das glaube ich nicht«, flüsterte ich zurück.

Hassan dachte darüber nach. »Amir Aga?«

»Ja?«

»Ich will nicht, dass sie Vater und mich wegschicken.«

Ich lächelte. »*Bas,* du Esel. Niemand schickt dich fort.«

»Amir Aga?«

»Ja?«

»Hast du Lust, auf unseren Baum zu klettern?«

Ich musste lächeln. Das war wieder einmal typisch für Hassan. Er fand doch immer das rechte Wort zur rechten Zeit – und die Nachrichten im Radio wurden allmählich auch langweilig. Hassan ging in seine Hütte, um sich etwas überzuziehen, und ich rannte nach oben, um ein Buch zu holen. Dann lief ich in die Küche, stopfte mir die Taschen mit Pinienkernen voll und rannte nach draußen, wo Hassan auf mich wartete. Wir stürmten durch das Eingangstor und machten uns auf den Weg zum Hügel.

Wir überquerten die Wohnstraße und gingen gerade über ein Stück Ödland, das zum Hügel hinaufführte, als Hassan plötzlich ein Stein im Rücken traf. Wir wirbelten herum, und mir rutschte das Herz in die Hose. Assef und zwei seiner Freunde, Wali und Kamal, kamen auf uns zu.

Assef war der Sohn eines Freundes meines Vaters namens Mahmood, eines Piloten, der bei einer Fluggesellschaft angestellt war. Seine Familie wohnte ein paar Straßen südlich von unserem Haus in einer vornehmen Siedlung mit hohen Mauern und Palmen. Wenn man als Kind im Wazir-Akbar-Khan-Viertel von Kabul lebte, wusste man Bescheid über Assef und seinen berühmten rostfreien Schlagring – hoffentlich ohne schon einmal persönlich dessen Bekanntschaft gemacht zu haben. Als Sohn einer deutschen Mutter und eines afghanischen Vaters überragte der blonde, blauäugige Assef alle anderen Kinder. Der wohlverdiente Ruf seiner

Grausamkeit eilte ihm auf den Straßen voraus. Flankiert von seinen gehorsamen Freunden, schritt er durch das Viertel wie ein Khan, der mit seinem Gefolge, das darauf bedacht ist, ihm jeden Wunsch zu erfüllen, durchs Land zieht. Sein Wort war Gesetz, und wenn man Nachhilfe in Rechtsfragen benötigte, dann war dieser Schlagring genau das richtige Werkzeug. Ich habe einmal gesehen, wie er diesen Schlagring bei einem Kind aus dem Karteh-Char-Viertel eingesetzt hat. Ich werde nie vergessen, wie Assefs blaue Augen dabei funkelten – als wäre er von Sinnen – und wie er grinste, *grinste,* während er auf das arme Kind einschlug, bis es das Bewusstsein verlor. Einige Jungen im Wazir-Akbar-Khan-Viertel hatten ihm den Spitznamen Assef *Goshkhor,* Assef der Ohrenfresser, gegeben. Natürlich traute sich keiner, ihm den Namen ins Gesicht zu sagen, um nicht das gleiche Schicksal erleiden zu müssen wie der arme Junge, der, ohne es zu wollen, zum Urheber dieses Spitznamens wurde, als er sich wegen eines Drachens mit Assef prügelte und am Ende sein rechtes Ohr aus der dreckigen Gosse fischen musste. Jahre später lernte ich in Amerika ein Wort für eine Kreatur wie Assef, ein Wort, für das es kein gutes Äquivalent im Farsi gibt: Soziopath.

Von all den Nachbarjungen, die Ali quälten, war Assef bei weitem der unerbittlichste. Er war auch derjenige, der mit den höhnischen *Babalu*-Bemerkungen angefangen hatte: *He, Babalu, wen hast du denn heute gefressen, häh? Komm schon, Babalu, schenk uns ein Lächeln!* Und an Tagen, an denen ihn eine ganz besondere Inspiration überkam, verlieh er seinem Gehetze noch ein wenig mehr Würze: *He, du flachnasiger Babalu, wen hast du denn heute gefressen? Sag doch, du schlitzäugiger Esel!*

Jetzt kam er auf uns zu, die Hände in die Seiten gestemmt. Seine Turnschuhe wirbelten kleine Staubwolken auf.

»Guten Morgen, *kunis!*«, rief Assef winkend. »Schwuler« gehörte auch zu seinen Lieblingsschimpfworten. Hassan zog sich hinter meinen Rücken zurück, als die drei bedrohlich näher kamen. Sie blieben vor uns stehen, drei groß gewachsene, ältere Jungen in Jeans und T-Shirts. Assef, der uns alle überragte, kreuzte mit einem gefährlich aussehenden Grinsen die kräftigen Arme vor der Brust. Nicht zum ersten Mal kam mir der Gedanke, dass Assef möglicherweise verrückt war. Außerdem fiel mir ein, was für ein Glück ich hatte, Baba zum Vater zu haben, denn das war meiner Ansicht nach der einzige Grund, warum es Assef bisher unterlassen hatte, mich allzu sehr zu schikanieren.

Er deutete mit einer ruckartigen Kopfbewegung auf Hassan. »Hallo, Flachnase«, sagte er. »Wie geht es *Babalu?*«

Hassan erwiderte nichts, trat nur hinter meinem Rücken noch näher an mich heran.

»Habt ihr schon gehört, Jungs?«, fragte Assef, dessen Grinsen nicht für einen Moment aus seinem Gesicht wich. »Der König ist weg. Ein Glück, dass wir den los sind. Lang lebe der Präsident! Mein Vater kennt Daoud Khan, wusstest du das, Amir?«

»Mein Vater kennt ihn auch«, antwortete ich. In Wahrheit hatte ich keine Ahnung, ob das stimmte.

»Mein Vater kennt ihn auch«, äffte mich Assef mit weinerlicher Stimme nach. Kamal und Wali stießen ein meckerndes Lachen aus. Wenn doch nur Baba bei uns wäre!

»Daoud Khan war letztes Jahr zum Abendessen bei uns«, fuhr Assef fort. »Wie gefällt dir das, Amir?«

Ich fragte mich, ob uns irgendjemand auf diesem abgelegenen Fleckchen Erde würde schreien hören. Babas Haus lag einen guten Kilometer weit entfernt. Wären wir doch nur dort geblieben!

»Weißt du, was ich Daoud Khan beim nächsten Mal erzählen werde, wenn er zum Abendessen zu uns kommt?«, sagte Assef. »Ich werde eine kleine Unterhaltung mit ihm führen, von Mann zu Mann, von *mard* zu *mard.* Denn ich habe eine Vision, und die werde ich unserem neuen Präsidenten mitteilen. Weißt du, wie sie aussieht?«

Ich schüttelte den Kopf. Er würde es mir sowieso sagen. Assef beantwortete seine Fragen immer selbst.

Seine blauen Augen richteten sich auf Hassan. »Afghanistan ist das Land der Paschtunen. So ist es immer gewesen, und so wird es auch immer sein. Wir sind die wahren Afghanen, nicht diese Flachnase hier. Seine Leute verpesten unser Heimatland, unser *watan.* Sie verunreinigen unser Blut.« Er vollführte eine weit ausholende, übertriebene Bewegung mit den Händen. »Afghanistan den Paschtunen, sage ich. Das ist meine Vision.«

Assef wandte den Blick wieder mir zu. Er sah wie jemand aus, der gerade aus einem Traum erwacht war. Er griff nach etwas, das er offenbar in der Gesäßtasche seiner Jeans trug. »Ich werde den Präsidenten bitten, endlich das zu tun, wozu unser König nicht den *quwat* gehabt hat. Er soll Afghanistan von all den dreckigen, *kasseef* Hazara befreien. Zu spät für Hitler, aber nicht zu spät für uns.«

»Lass uns doch gehen, Assef«, sagte ich und hasste mich dafür, dass meine Stimme zitterte. »Wir haben dir doch gar nichts getan.«

»Oh doch, das habt ihr«, meinte Assef. »Und du ganz besonders.« Und mir wurde bang ums Herz, als ich sah, was er da aus der Tasche hervorgeholt hatte. Natürlich. Sein rostfreier Schlagring funkelte in der Sonne. »Du ärgerst mich nämlich andauernd. Mehr als dieser Hazara hier. Wie kannst du nur mit ihm reden, mit ihm spielen, dich von ihm anfassen lassen?«, sagte er, und seine Stimme bebte vor Empörung. Wali und Kamal nickten und grunzten zustimmend. Assef kniff die Augen zusammen. Schüttelte den Kopf. Als er wieder sprach, klang er so verblüfft, wie er aussah. »Wie kannst du ihn nur als deinen *Freund* bezeichnen?«

Beinahe wäre ich mit einem *Aber er ist doch gar nicht mein Freund!* herausgeplatzt. *Er ist mein Diener!* Hatte ich das wirklich gedacht? Natürlich nicht. Bestimmt nicht. Ich behandelte Hassan gut, wie einen Freund, besser noch sogar, fast wie einen Bruder. Aber wie kam es dann, dass ich, wenn Babas Freunde mit ihren Kindern zu Besuch kamen, Hassan nie an unseren Spielen beteiligte? Warum spielte ich nur dann mit Hassan, wenn niemand sonst da war?

Assef zog den Schlagring über. Warf mir einen eisigen Blick zu. »Du bist Teil des Problems, Amir. Wenn Idioten wie du und dein Vater diese Leute nicht aufnehmen würden, wären wir sie inzwischen los. Sie würden alle im Hazarajat verrotten, wo sie hingehören. Du bist eine Schande für Afghanistan.«

Ich blickte in seine verrückten Augen und begriff, dass er es ernst meinte. Er wollte mir wirklich wehtun. Assef hob die Faust und trat auf mich zu.

Hinter mir entstand plötzlich eine hektische Bewegung. Aus

dem Augenwinkel heraus sah ich, wie Hassan sich kurz bückte und dann rasch wieder aufrichtete. Assefs Augen blickten auf etwas hinter mir und weiteten sich vor Überraschung. Ich sah den gleichen erstaunten Ausdruck auf den Gesichtern von Kamal und Wali, als auch sie erkannten, was hinter mir vor sich ging.

Ich drehte mich um und sah mich Hassans Schleuder gegenüber. Hassan hatte das breite Gummiband ganz weit zurückgezogen. In der Vertiefung befand sich ein Stein von der Größe einer Walnuss. Hassan richtete die Schleuder geradewegs auf Assefs Gesicht. Seine Hand, die das Gummiband mit dem Stein darin zurückzog, zitterte vor Anstrengung, und Schweißperlen standen auf seiner Stirn.

»Bitte lass uns in Ruhe, Aga«, sagte Hassan mit ausdrucksloser Stimme. Er redete Assef mit »Aga« an, und ich fragte mich für einen kurzen Moment, wie es wohl sein musste, mit einem solch tief verwurzelten Sinn für den eigenen Rang in einer Hierarchie zu leben.

Assef biss die Zähne zusammen. »Leg das hin, du mutterloser Hazara.«

»Bitte, geh weg, Aga«, sagte Hassan.

Assef lächelte. »Vielleicht ist es dir noch nicht aufgefallen, aber wir sind zu dritt, und ihr seid nur zu zweit.«

Hassan zuckte mit den Schultern. Auf einen Außenstehenden mochte er furchtlos wirken, aber Hassans Gesicht gehörte zu einer der frühesten Erinnerungen, die ich besaß, und ich kannte all die feinen Nuancen, kannte jedes einzelne Zucken, jeden Anflug einer Regung, der sich darauf zeigte. Und ich sah, dass er Angst hatte. Verdammt große Angst.

»Da magst du Recht haben, Aga. Aber vielleicht ist dir noch nicht aufgefallen, dass ich eine Schleuder in der Hand halte. Wenn du auch nur eine einzige Bewegung machst, werden sie deinen Spitznamen demnächst von ›Assef der Ohrenfresser‹ in ›Einäugiger Assef‹ ändern müssen, denn ich habe diesen Stein hier direkt auf dein linkes Auge gerichtet.« Er sagte dies nach wie vor mit einer so ausdruckslosen Stimme, dass ich mich anstrengen musste, um die Furcht herauszuhören, von der ich wusste, dass sie sich unter dem ruhigen Tonfall verbarg.

Assefs Mund zuckte. Wali und Kamal beobachteten diesen Wortwechsel mit einer gewissen Faszination. Jemand hatte es gewagt, ihren Gott herauszufordern. Ihn zu demütigen. Und, was noch viel schlimmer war, dieser Jemand war ein magerer Hazara. Assef blickte von dem Stein zu Hassan. Er betrachtete Hassans Gesicht eingehend. Was er darin fand, musste ihn von der Ernsthaftigkeit der Absichten Hassans überzeugt haben, denn er senkte die Faust.

»Du solltest eins wissen, Hazara«, sagte Assef ernst. »Ich bin ein sehr geduldiger Mensch. Das hier ist noch lange nicht vorbei, glaub mir.« Er wandte sich an mich. »Und für dich gilt das Gleiche, Amir. Eines Tages werden wir uns allein gegenüberstehen, und dann wird dir keiner helfen.« Assef wich einen Schritt zurück. Seine Jünger folgten seinem Beispiel.

»Dein Hazara hat heute einen großen Fehler begangen, Amir«, sagte er. Dann drehten sie sich um und schritten davon. Ich sah ihnen nach, wie sie den Hügel hinuntergingen und hinter einer Mauer verschwanden.

Hassan versuchte mit zittrigen Fingern die Schleuder wieder in seinem Hosenbund unterzubringen. Seine Lippen verzogen sich zu etwas, das wohl ein beruhigendes Lächeln sein sollte. Er benötigte fünf Versuche, um das Band seiner Hose zuzubinden. Keiner von uns sprach ein Wort, als wir mit einem beklommenen Gefühl, in dem Bewusstsein, dass uns Assef und seine Freunde hinter jeder Ecke auflauern konnten, nach Hause gingen. Aber sie tauchten nicht wieder auf, und das hätte uns eigentlich beruhigen sollen. Tat es aber nicht. Ganz und gar nicht.

In den nächsten Jahren waren die Worte *Wirtschaftsentwicklung* und *Reform* in Kabul in aller Munde. Das veraltete System der Monarchie war abgeschafft und durch eine moderne Republik ersetzt worden, die von einem Präsidenten angeführt wurde. Ein Gefühl der Verjüngung und der Entschlossenheit ergriff das ganze Land. Die Menschen redeten von Frauenrechten und moderner Technologie.

Aber auch wenn jetzt ein neuer Führer im *Arg* – dem königlichen Palast in Kabul – lebte, verlief das Leben doch weiter in gewohnten Bahnen. Die Leute gingen von Samstag bis Donnerstag arbeiten und trafen sich freitags zu Picknicks in den Parks, an den Ufern des Ghargha-Sees oder in den Gärten von Paghman. Bunte Busse und Lastwagen, die mit Fahrgästen beladen waren, rollten durch die engen Straßen Kabuls, angeleitet von den Rufen der Fahrhelfer, die breitbeinig auf den hinteren Stoßstangen der Fahrzeuge standen und dem Fahrer in ihrem schweren Kabuler Akzent unentwegt neue Fahrziele zuschrien.

An *Eid,* der dreitägigen Feier nach dem heiligen Monat Ramadan, zogen die Bewohner Kabuls ihre besten und neuesten Kleider an und besuchten ihre Familien. Die Menschen umarmten und küssten sich und begrüßten einander mit »*Eid Mubarak*«. Alles Gute zum *Eid.* Die Kinder packten ihre Geschenke aus und spielten mit gefärbten, hart gekochten Eiern.

An einem Tag zu Beginn des Winters 1974 spielten Hassan und ich gerade im Garten und bauten eine Schneeburg, als Ali auf einmal seinen Sohn hereinrief. »Hassan, Aga Sahib möchte dich sprechen!« Er stand an der Haustür, ganz in Weiß gekleidet, die Hände unter die Arme geklemmt, und der Atem stieg in weißen Wolken aus seinem Mund auf.

Hassan und ich grinsten uns an. Wir hatten schon den ganzen Tag auf diesen Ruf gewartet, denn es war Hassans Geburtstag. »Was ist es denn, Vater, weißt du es? Sagst du es uns?« Seine Augen glänzten.

Ali zuckte mit den Schultern. »Aga Sahib hat mir nichts erzählt.«

»Komm schon, Ali, sag es uns«, drängte ich ihn. »Ist es ein Malbuch? Vielleicht eine neue Pistole?«

Wie Hassan, so war auch Ali unfähig zu lügen. Jedes Jahr gab er vor, nicht zu wissen, was Baba Hassan oder mir zum Geburtstag gekauft hatte. Und jedes Jahr verrieten ihn seine Augen, und wir entlockten ihm das Geheimnis. Doch dieses Mal schien er die Wahrheit zu sagen.

Baba vergaß niemals Hassans Geburtstag. Eine Zeit lang hatte er Hassan gefragt, was er sich wünsche, gab es aber schließlich auf, weil Hassan immer viel zu bescheiden war, um tatsächlich ein Geschenk vorzuschlagen. Also suchte Baba jeden Winter selbst etwas aus. Ein Jahr kaufte er ihm einen japanischen Spielzeug-Lastwagen, ein anderes Jahr eine elektrische Eisenbahn mit Schienen und Zubehör. Im letzten Jahr hatte Baba Hassan mit einem ledernen Cowboyhut überrascht, wie ihn Clint Eastwood in *Zwei glorreiche Halunken* getragen hatte – dem Film, der in unserer Gunst *Die glorreichen Sieben* als Lieblingswestern abgelöst hatte. Den ganzen Winter über trugen Hassan und ich abwechselnd diesen Hut und schmetterten die berühmte Filmmusik, während wir über Schneewälle kletterten und einander totschossen.

Wir zogen die Handschuhe aus und entledigten uns an der Haustür unserer schneebedeckten Stiefel. Als wir in die Halle traten, fanden wir dort am Ofen sitzend Baba vor, neben ihm ein kleiner Inder mit schütterem Haar, der einen braunen Anzug und eine rote Krawatte trug.

»Hassan«, sagte Baba und lächelte verschämt, »ich möchte dir dein Geburtstagsgeschenk vorstellen.«

Hassan und ich blickten einander verständnislos an. Nirgendwo war ein in Geschenkpapier verpacktes Päckchen zu sehen. Auch keine Tüte. Kein Spielzeug. Nur Ali, der hinter uns stand, und Baba mit diesem zierlichen Inder, der ein wenig wie ein Mathematiklehrer aussah.

Der Inder in dem braunen Anzug lächelte und hielt Hassan zur Begrüßung die Hand hin. »Mein Name ist Dr. Kumar«, sagte er. »Ich freue mich, dich kennen zu lernen.« Er sprach Farsi mit einem kräftigen, rollenden Hindi-Akzent.

»*Salaam alaykum*«, sagte Hassan unsicher. Er neigte kurz höflich den Kopf, doch seine Augen suchten seinen Vater, der hinter ihm stand. Ali trat näher und legte die Hand auf Hassans Schulter.

Baba blickte in Hassans misstrauische und verwunderte Augen. »Ich habe Dr. Kumar aus Neu-Delhi kommen lassen. Dr. Kumar ist ein plastischer Chirurg.«

»Weißt du, was das ist?«, fragte Dr. Kumar.

Hassan schüttelte den Kopf. Er blickte Hilfe suchend zu mir hinüber, aber ich zuckte nur mit den Schultern. Ich wusste bloß, dass ein Chirurg einen heilte, wenn man eine Blinddarmentzündung hatte. Das wusste ich, weil einer meiner Klassenkameraden im Jahr zuvor daran gestorben war und der Lehrer uns erklärt hatte, dass man zu lange damit gewartet habe, ihn zu einem Chirurgen zu bringen. Wir blickten beide zu Ali hinauf, aber bei ihm wusste man natürlich nie so recht, woran man war. Sein Gesicht blickte wie immer ungerührt drein, aber es hatte sich ein ernster Ausdruck in seine Augen geschlichen.

»Nun«, sagte Dr. Kumar, »meine Arbeit besteht darin, Dinge an den Körpern der Menschen in Ordnung zu bringen. Manchmal an ihren Gesichtern.«

»Oh«, sagte Hassan. Er blickte von Dr. Kumar zu Baba und zu Ali. Seine Hand berührte seine Oberlippe.

»Es ist ein ungewöhnliches Geschenk, ich weiß«, sagte Baba. »Und wahrscheinlich nicht das, was du dir vorgestellt hast, aber von diesem Geschenk wirst du immer etwas haben.«

»Oh«, sagte Hassan. Er leckte sich über die Lippen. Räusperte sich. »Aga Sahib, wird es wohl ... wird es wohl ...«

»Ganz und gar nicht«, unterbrach ihn Dr. Kumar und lächelte freundlich. »Es wird nicht im Geringsten wehtun. Ich werde dir eine Medizin geben, und dann wirst du gar nichts von der ganzen Sache mitbekommen.«

»Oh«, sagte Hassan. Erleichtert erwiderte er das Lächeln. Zumindest ein wenig erleichert. »Ich hatte keine Angst, Aga Sahib, es war nur ...« Hassan mochte ja darauf hereinfallen, aber ich ganz bestimmt nicht. Ich wusste, dass man, wenn Ärzte sagten, es werde nicht wehtun, ganz schön in Schwierigkeiten steckte. Ich erinnerte mich mit Schrecken an meine Beschneidung im Jahr zuvor. Der Arzt hatte mir das Gleiche erzählt, mir versichert, dass es überhaupt nicht wehtun werde. Aber als die betäubende Medizin dann später in der Nacht nachließ, da hatte ich das Gefühl, als ob mir jemand ein glühendes Stück Kohle in die Lenden presste. Warum Baba bis zu meinem zehnten Lebensjahr gewartet hatte, um mich beschneiden zu lassen, war mir ein Rätsel und gehört zu den Dingen, die ich ihm niemals vergeben werde.

»Herzlichen Glückwunsch«, sagte Baba und strich Hassan über den Kopf. Plötzlich ergriff Hassan Babas Hände und küsste sie. Dann vergrub er das Gesicht darin. Baba nahm ihn in die Arme.

Dr. Kumar war einen Schritt zurückgetreten und beobachtete sie mit einem routinierten, höflichen Lächeln.

Ich lächelte wie alle anderen, wünschte mir aber insgeheim, auch irgendeine Narbe zu haben, die Babas Mitleid erregte. Es war einfach ungerecht. Hassan hatte nichts getan, um sich Babas Zuneigung zu verdienen; er war bloß mit dieser dummen Hasenscharte zur Welt gekommen.

Die Operation verlief gut. Wir waren alle ein wenig erschrocken, als sie zum ersten Mal die Verbände abnahmen, lächelten aber tapfer weiter, ganz so, wie es uns Dr. Kumar aufgetragen hatte. Es war nicht leicht, denn Hassans Oberlippe war ein wüstes Gebilde aus geschwollenem, rohem Fleisch. Ich rechnete damit, dass Hassan vor Entsetzen aufschreien würde, als die Schwester ihm den Spiegel reichte. Ali hielt seine Hand, als Hassan einen langen, nachdenklichen Blick auf sein Abbild warf. Er flüsterte etwas, was ich nicht verstand. Ich legte mein Ohr an seinen Mund. Er flüsterte es erneut.

»*Tashakkor.*« Danke.

Dann verzogen sich seine Lippen, und dieses Mal wusste ich, was er tat. Er lächelte. Genau wie damals, als er aus dem Leib seiner Mutter herausgekommen war.

Die Schwellung ließ nach, und mit der Zeit heilte die Wunde. Bald schon war nur noch eine rosafarbene, gezackte Linie zu sehen, die von seiner Lippe nach oben verlief. Im folgenden Winter war es nur noch eine blasse Narbe. Was eine gewisse Ironie in sich barg. Denn das war der Winter, in dem Hassan aufhörte zu lächeln.

6

Winter.

Am Tag, wenn der erste Schnee fällt, vollziehe ich jedes Jahr ein Ritual: Ich trete am frühen Morgen im Schlafanzug aus dem Haus, die Arme gegen die Kälte um den Körper geschlungen. Ich betrachte die Auffahrt, den Wagen meines Vaters, die Mauern, die Bäume, die Dächer und die Hügel, die unter einer dicken Schneeschicht liegen. Ich lächle. Der Himmel ist makellos blau, der Schnee so weiß, dass meine Augen zu brennen beginnen. Ich schaufele eine Hand voll frischen Schnee in meinen Mund, lausche der gedämpften Stille, die nur von dem Krächzen der Krähen unterbrochen wird. Ich spaziere barfuß die Vordertreppe hinunter und rufe laut Hassans Namen, damit er kommt und es auch sieht.

Der Winter war die Lieblingsjahreszeit der Kinder in Kabul – zumindest wenn ihre Väter es sich leisten konnten, einen guten Eisenofen zu kaufen. Der Grund war einfach: In der eiskalten Zeit blieb die Schule geschlossen. Winter bedeutete für mich das Ende langer Rechenaufgaben und der Pflicht, eine Antwort auf die Frage nach der Hauptstadt von Bulgarien parat zu haben, es bedeutete drei Monate lang Kartenspielen am Ofen mit Hassan, an jedem Dienstagmorgen freien Eintritt für die russischen Filme im Park-Kino und *qurma* aus Steckrüben auf Reis zum Mittagessen nach einem ganzen Morgen im Schnee.

Und natürlich Drachen steigen lassen. Und hinter ihnen herjagen.

Für ein paar bedauernswerte Kinder bedeutete der Winter nicht das Ende des Schuljahres. Es gab die so genannten freiwilligen

Winterkurse. Kein Kind, das ich kannte, meldete sich jemals freiwillig, um an diesem Unterricht teilzunehmen; es waren natürlich die Eltern, die dazu anmeldeten. Glücklicherweise gehörte Baba nicht zu diesen Eltern. Ich erinnere mich noch an einen Jungen, Ahmad war sein Name, der auf der anderen Straßenseite wohnte. Sein Vater war irgendein Doktor, glaube ich. Ahmad litt an Epilepsie und trug immer eine Wollweste und ein schwarzes Brillengestell mit dicken Gläsern. Er gehörte zu Assefs regelmäßigen Opfern. Jeden Morgen sah ich von meinem Fenster aus zu, wie der Hazara-Diener von Ahmads Familie den Schnee in der Einfahrt wegschaufelte, um den Weg für den schwarzen Opel frei zu machen. Ich wartete immer, bis Ahmad und sein Vater in den Wagen gestiegen waren, Ahmad in seine Wollweste und seinen Wintermantel gehüllt, die Schultasche gefüllt mit Büchern und Bleistiften. Ich sah ihnen nach, bis sie um die Ecke bogen, dann legte ich mich in meinem Flanellschlafanzug wieder ins Bett. Ich zog die Decke bis zum Kinn und betrachtete durch das Fenster die schneebedeckten Berge im Norden. Betrachtete sie, bis ich wieder einschlummerte.

Ich liebte die Winterzeit in Kabul. Ich mochte es, wenn der Schnee nachts leise an mein Fenster klopfte, wenn der frische Schnee unter meinen schwarzen Gummistiefeln knirschte, wenn ein Feuer im gusseisernen Ofen brannte, während draußen der Wind durch die Gärten und Straßen pfiff. Aber am meisten mochte ich, dass das Eis zwischen Baba und mir ein wenig taute, wenn die Bäume und Straßen mit Schnee bedeckt waren. Und der Grund dafür waren die Drachen. Baba und ich lebten wohl im selben Haus, aber in unterschiedlichen Welten. Die Drachen schufen eine zarte Verbindung zwischen diesen beiden Welten.

Jeden Winter veranstalteten die verschiedenen Stadtviertel Kabuls ihre Turniere im Drachensteigen. Und für einen Jungen aus Kabul stellte der Tag des Turniers zweifellos den Höhepunkt der kalten Jahreszeit dar. In der Nacht vor dem Turnier konnte ich nie schlafen. Ich rollte mich von einer Seite auf die andere, zauberte mit den Händen Schattentiere an die Wand, saß sogar in eine Decke gehüllt im Dunkeln auf dem Balkon. Ich kam mir wie ein Soldat vor, der in der Nacht vor einem großen Kampf versucht, im Schützengraben zu schlafen. Und so abwegig war dieser Vergleich gar nicht. Wenn in Kabul der Kampf der Drachen bevorstand, war das ein wenig so, als ob man in den Krieg zog.

Und wie in jedem Krieg musste man sich für die Schlacht rüsten. Eine ganze Weile bauten Hassan und ich unsere Drachen selbst. Wir sparten im Herbst unser wöchentliches Taschengeld, ließen es in ein kleines Porzellanpferd fallen, das Baba irgendwann einmal aus Herat mitgebracht hatte. Wenn die Winterwinde zu blasen begannen und der Schnee in dicken Flocken fiel, lösten wir den Verschluss unter dem Bauch des Pferdes. Wir gingen zum Basar und kauften Bambus, Leim, Schnur und Papier. Wir verbrachten jeden Tag Stunden damit, den Bambus für die Längs- und die Querleisten zu hobeln, das hauchdünne Seidenpapier zurechtzuschneiden, das die raschen Sinkflüge und das schnelle Aufsteigen des Drachens erleicherte. Und dann mussten wir natürlich unsere eigene Schnur, die *tar*, herstellen. Wenn der Drachen das Gewehr verkörperte, dann stellte die *tar* die Munition dar: Wir gingen in den Garten hinaus und zogen bis zu hundertfünfzig Meter Schnur durch eine Mischung aus zerstoßenem Glas und Leim. Dann spannten wir sie zum Trocknen zwischen den Bäumen auf. Am nächsten Tag wickelten wir die einsatzbereite Schnur um eine Holzspule. Wenn der Schnee schmolz und die Regenfälle des Frühjahrs einsetzten, hatte jeder Junge in Kabul von einem Winter voller Drachenkämpfe verräterische tiefe, horizontale Schnitte an den Fingern. Ich weiß noch, wie meine Klassenkameraden und ich uns am ersten Schultag zusammendrängten und unsere Kampfwunden verglichen. Die Schnitte schmerzten und heilten nur schwer, aber das war mir egal. Sie erinnerten mich an eine geliebte Jahreszeit, die wieder einmal viel zu schnell vergangen war. Dann blies der Klassenführer in seine Pfeife, und wir marschierten im Gänsemarsch in unsere Zimmer und sehnten uns schon wieder nach dem Winter, doch zunächst stand uns ein weiteres langes Schuljahr bevor.

Es wurde schnell deutlich, dass Hassan und ich besser darin waren, einen Drachen steigen zu lassen, als ihn zu bauen. Irgendein Fehler in der Konstruktion wurde ihm immer zum Verhängnis.

Daher nahm uns Baba mit zu Saifo, um uns bei ihm die Drachen zu kaufen. Saifo war ein alter Mann, beinahe blind und eigentlich ein *moochi*, ein Schuster. Aber daneben war er der beste Drachenbauer der Stadt. Er arbeitete in einer armseligen Hütte an der Jadeh Maywand, jener belebten Straße südlich der schmutzigen Ufer des Kabul-Flusses. Ich weiß noch, dass man sich bücken musste, um den Laden zu betreten, der kaum größer als eine Gefängniszelle war, und dann musste man noch eine Falltür öffnen, um ein paar Holzstufen in den feuchten Keller hinunterzuklettern, in dem Saifo seine begehrten Drachen aufbewahrte. Baba kaufte jedem von uns drei völlig gleiche Drachen und eine Spule Glasschnur. Wenn ich es mir anders überlegte und um einen größeren, kunstvolleren Drachen bat, kaufte Baba ihn mir, kaufte aber den gleichen auch für Hassan. Manchmal wäre es mir lieber gewesen, er hätte das nicht getan. Manchmal wäre ich gern ganz allein sein Liebling gewesen.

Das Drachenturnier hatte eine lange Tradition in den Wintern Afghanistans. Es begann früh am Morgen und endete erst, wenn nur noch der Drachen des Gewinners am Himmel stand – einmal dauerte das Turnier sogar bis nach Einbruch der Dunkelheit. Die Leute versammelten sich auf Gehsteigen und Dächern, um ihre Kinder anzufeuern. Die Straßen füllten sich mit Drachenkämpfern, die an ihren Schnüren ruckten und zerrten, zum Himmel hinaufspähten, versuchten, sich in Position zu bringen, um die Schnur des Gegners zu zerschneiden. Jeder Drachenkämpfer hatte einen Helfer – in meinem Fall Hassan –, der die Spule hielt und bei Bedarf mehr Schnur gab.

Einmal erzählte uns ein verzogener Hindi-Junge, dessen Familie kürzlich in die Nachbarschaft gezogen war, dass das Drachenkämpfen in seiner Heimatstadt strengen Regeln und Vorschriften unterliege. »Man tritt in einem abgegrenzten Gebiet gegeneinander an und darf nur in einem rechten Winkel zum Wind stehen«, erklärte er stolz. »Und man darf keine Kunstfaser statt der Glasschnur benutzen.«

Hassan und ich warfen uns einen Blick zu und brachen in schallendes Gelächter aus. Der Hindi-Junge würde bald lernen, was die Briten bereits früher im Jahrhundert gelernt hatten und was die

Russen schließlich in den späten Achtzigern lernen würden: dass Afghanen ihre Unabhängigkeit lieben. Afghanen sind Sitten und Bräuche lieb und teuer, aber sie verabscheuen Regeln. Und so war es auch beim Drachenkampf. Es gab nur eine Regel, nämlich, dass es keine Regeln gab. Lass deinen Drachen fliegen. Schneide die Gegner. Viel Glück.

Aber das war noch nicht alles. Der wirkliche Spaß begann erst, wenn die Schnur eines Drachens durchtrennt war. Dann kamen die Drachenläufer ins Spiel, die Kinder, die dem windzerzausten Drachen hinterherjagten, bis er in einer Spirale auf einem Feld herunterkam, in jemandes Garten fiel, in einem Baumwipfel oder auf einem Dach landete. Die Jagd wurde ziemlich erbittert geführt – Horden von Drachenläufern schwärmten durch die Straßen, drängten sich schubsend aneinander vorbei wie diese Leute in Spanien, über die ich einmal gelesen hatte, die vor den Stieren herlaufen. In einem Jahr kletterte ein usbekischer Junge wegen eines Drachens auf eine hohe Kiefer. Ein Ast gab unter seinem Gewicht nach, und der Junge fiel beinahe zehn Meter in die Tiefe. Er brach sich das Genick und konnte nie wieder laufen. Aber als er fiel, hielt er den Drachen in den Händen. Und wenn ein Drachenläufer einmal einen Drachen in den Händen hielt, konnte ihm den niemand mehr streitig machen. Das war keine Regel. So war der Brauch.

Der begehrteste Preis für einen Drachenläufer war der letzte abgestürzte Drachen eines Winterturniers. Er war eine echte Trophäe, etwas, was man auf dem Kaminsims zur Schau stellte, damit die Gäste es bewundern konnten. Wenn die Drachen am Himmel immer weniger wurden und schließlich nur noch die beiden letzten übrig waren, machten sich alle Drachenläufer bereit, diesen Preis zu ergattern. Jeder versuchte, sich in die aussichtsreichste Position zu bringen, spannte die Muskeln an, reckte den Hals. Die Augen verengten sich zu Schlitzen. Kämpfe brachen aus. Und wenn die Leine des letzten Drachens durchtrennt war, brach die Hölle los.

Über die Jahre hatte ich eine Menge Jungen dabei beobachtet, wie sie Drachen hinterherjagten. Aber Hassan war bei weitem der beste Drachenläufer, den ich je gesehen hatte. Es war schon fast unheimlich, wie er jedes Mal, bevor der Drachen überhaupt gelandet war, bereits an der richttigen Stelle stand – ganz so, als besäße er einen inneren Kompass.

Ich weiß noch, wie Hassan und ich an einem bedeckten Wintertag einen Drachen verfolgten. Ich hetzte hinter ihm her, sprang über Rinnsteine, schlängelte mich durch enge Straßen. Ich war ein Jahr älter als er, aber Hassan war der bessere Läufer, und ich fiel schon bald zurück.

»Hassan! Warte!«, rief ich mit heißem, keuchendem Atem.

Er wirbelte herum und vollführte eine Bewegung mit der Hand. »Hier entlang!«, rief er, bevor er um die nächste Ecke bog. Ich blickte nach oben, sah, dass die Richtung, in die wir rannten, genau entgegengesetzt zu der lag, in die der Drachen trieb.

»Wir verlieren ihn! Wir laufen in die falsche Richtung!«

»Vertrau mir!«, hörte ich ihn irgendwo vorn rufen. Ich erreichte die Ecke und sah Hassan mit gesenktem Kopf davonsausen, ohne auch nur ein einziges Mal zum Himmel hinaufzublicken. Der Rücken seines Hemdes war schweißnass. Ich stolperte über einen Stein und fiel hin – ich war nicht nur langsamer als Hassan, sondern auch weniger geschickt; ich hatte ihn immer um sein sportliches Talent beneidet.

Als ich mich wieder aufrappelte, sah ich gerade noch, wie Hassan um eine weitere Straßenecke verschwand. Ich hinkte hinter ihm her, während ein stechender Schmerz mein aufgeschürftes Knie durchzuckte.

Ich sah, dass wir auf einer ausgefahrenen unbefestigten Straße in der Nähe der Istiqlal-Mittelschule angelangt waren. Auf einer Seite befand sich ein Feld, auf dem im Sommer Salat wuchs, und auf der anderen eine Reihe von Sauerkirschbäumen. Ich entdeckte Hassan am Fuße eines Baumes, wo er es sich im Schneidersitz bequem gemacht hatte und eine Hand voll getrockneter Maulbeeren aß.

»Was machen wir hier?«, fragte ich keuchend. Mir war speiübel.

Er lächelte. »Setz dich zu mir, Amir Aga.«

Ich ließ mich mit pfeifendem Atem neben ihm auf einem schmalen Streifen Schnee nieder. »Du verschwendest unsere Zeit.

Er ist in die andere Richtung geflogen, hast du das denn nicht gesehen?«

Hassan steckte sich eine Maulbeere in den Mund. »Er wird kommen«, sagte er. Ich rang nach Luft, und er klang nicht einmal erschöpft.

»Woher willst du das wissen?«, fragte ich.

»Ich weiß es einfach.«

»Wie kannst du das wissen?«

Er wandte sich zu mir um. »Würde ich dich jemals anlügen, Amir Aga?«

Mir kam die Idee, ein wenig mit ihm zu spielen. »Ich weiß nicht. Würdest du?«

»Eher würde ich Dreck essen«, erwiderte er entrüstet.

»Würdest du das wirklich?«

Er warf mir einen verwirrten Blick zu. »Würde ich was?«

»Dreck essen, wenn ich es von dir verlangen würde«, entgegnete ich. Ich wusste, dass ich grausam war, genau wie wenn ich ihn verhöhnte, weil er irgendein schwieriges Wort nicht kannte. Aber Hassan aufzuziehen hatte irgendwie etwas Faszinierendes – wenn auch auf eine kranke Art. So als würden wir Insektenfoltern spielen. Bloß war er jetzt die Ameise, und ich hielt das Vergrößerungsglas in der Hand.

Seine Augen blickten lange forschend in mein Gesicht. Da saßen wir, zwei Jungen unter einem Sauerkirschenbaum, die sich plötzlich ansahen, wirklich ansahen. Und da geschah es wieder. Hassans Gesicht veränderte sich. Nun, vielleicht wäre verändern zu viel gesagt, aber plötzlich hatte ich das Gefühl, als ob ich in zwei Gesichter blickte – das, das ich kannte, das zu meinen frühesten Erinnerungen gehörte, und das andere, ein zweites Gesicht, das unter der Oberfläche lauerte. Ich war schon öfter Zeuge dieses Geschehens gewesen – und es nahm mich jedes Mal mit. Dieses andere Gesicht tauchte einfach einen Moment lang auf, lange genug, um bei mir das beunruhigende Gefühl hervorzurufen, dass ich es möglicherweise schon einmal irgendwo gesehen hatte. Dann blinzelte Hassan, und er war wieder er selbst. Nur Hassan.

»Wenn du mich darum bitten würdest, würde ich es tun«, sagte er schließlich und blickte mir dabei geradewegs in die Augen. Ich senkte den Blick. Bis zum heutigen Tag fällt es mir schwer, Menschen wie Hassan, Menschen, die genau das meinen, was sie sagen, in die Augen zu sehen.

»Aber ich frage mich«, fügte er hinzu, »ob du mich jemals um so etwas bitten würdest, Amir Aga.« Und ehe ich mich versah, hatte er mich seinem eigenen kleinen Test unterzogen. Wenn ich mit ihm spielte und seine Loyalität in Frage stellte, dann würde auch er mit mir spielen und meine Integrität testen.

Ich wünschte, ich hätte diese Unterhaltung nie angefangen. Ich zwang mich zu einem Lächeln. »Sei nicht albern, Hassan. Du weißt, dass ich das niemals tun würde.«

Hassan erwiderte mein Lächeln. Nur wirkte das seine nicht im Geringsten gezwungen. »Ich weiß«, sagte er. Und so ist das eben mit Menschen, die alles so meinen, wie sie es sagen. Sie glauben, dass alle anderen das auch tun.

»Da kommt er ja«, sagte er und deutete zum Himmel hinauf. Er sprang auf die Füße und ging ein paar Schritte nach links. Ich blickte hinauf und sah, wie der Drachen direkt in unsere Richtung herabgestürzt kam. Ich vernahm Schritte, Rufe, eine sich nähernde Horde von Drachenläufern. Doch sie verschwendeten ihre Zeit. Denn Hassan stand mit ausgebreiteten Armen lächelnd da und wartete auf den Drachen. Und Gott – wenn er denn überhaupt existiert – möge mich mit Blindheit strafen, wenn der Drachen nicht direkt in seine ausgebreiteten Arme fiel.

Im Winter 1975 sah ich zum letzten Mal, wie Hassan Jagd auf einen Drachen machte.

Für gewöhnlich hielt jedes Stadtviertel seinen eigenen Wettbewerb ab. Aber in dem Jahr fand das Turnier in meiner Nachbarschaft, dem Wazir-Akbar-Khan-Viertel statt, und einige andere Stadtteile – Karteh-Char, Karteh-Parwan, Mekro-Rayan und Koteh-Sangi – waren eingeladen. Man konnte praktisch nirgendwo mehr hingehen, ohne dass die Rede auf das bevorstehende Turnier kam. Es hieß, dies würde das größte Turnier seit fünfundzwanzig Jahren werden.

An einem Abend in jenem Winter, als der große Wettbwerb nur noch vier Tage entfernt war, saßen Baba und ich beim Schein des

Kaminfeuers in seinem Arbeitszimmer in den gepolsterten Ledersesseln. Wir tranken Tee und unterhielten uns. Ali hatte schon das Abendessen serviert – Kartoffeln und mit Curry zubereiteter Blumenkohl auf Reis – und sich mit Hassan für die Nacht zurückgezogen. Baba stopfte seine Pfeife, und ich hatte ihn gerade gebeten, mir die Geschichte von dem Winter zu erzählen, in dem ein Wolfsrudel aus den Bergen Herats heruntergekommen war und alle gezwungen hatte, eine ganze Woche nicht vor die Tür zu gehen, als er ein Streichholz entzündete und beiläufig sagte: »Ob du wohl dieses Jahr das Turnier gewinnen wirst? Was meinst du?«

Ich wusste nicht, was ich davon halten sollte. Oder dazu sagen sollte. Ob ich es damit schaffen würde? Hätte es einen deutlicheren Wink mit dem Zaunpfahl geben können? Ich war ein guter Drachenkämpfer. Eigentlich sogar ein sehr guter. Einige Male hatte ich kurz davor gestanden, das Winterturnier zu gewinnen – einmal war ich sogar unter den drei Letzten gewesen. Aber kurz davor zu stehen, war nicht das Gleiche wie zu gewinnen, nicht wahr? Baba hatte nicht nur kurz davor gestanden. Er hatte gewonnen, weil Gewinner das eben tun, und alle anderen mussten mit leeren Händen nach Hause gehen. Baba war es gewöhnt zu gewinnen – bei allem, was er sich vornahm. Hatte er da nicht das Recht, das Gleiche von seinem Sohn zu erwarten? Und man stelle sich das einmal vor – wenn ich wirklich gewinnen würde …

Baba rauchte seine Pfeife und redete. Ich tat so, als hörte ich ihm zu. Aber ich konnte nicht zuhören, nicht richtig, denn Babas beiläufiger kleiner Kommentar hatte mir einen Floh ins Ohr gesetzt: Ich nahm mir vor, in jenem Winter das Turnier zu gewinnen. Mein Entschluss stand fest. Es gab keine Alternative. Ich würde gewinnen, und ich würde jenen letzten Drachen erringen. Dann würde ich ihn mit nach Hause bringen und Baba zeigen. Ihm ein für alle Mal beweisen, dass sein Sohn etwas wert war. Dann würde mein Leben als Geist in diesem Haus vielleicht endlich vorüber sein. Ich gab mich meinen Träumen hin, stellte mir Gespräche und Lachen beim Abendessen vor statt Stille, die nur vom Klirren des Tafelsilbers und einem gelegentlichen Brummen unterbrochen wurde. Ich stellte mir vor, wie wir freitags in Babas Wagen eine Fahrt nach Paghman unternahmen und dabei unterwegs am

Ghargha-See Halt machten, um gebratene Forelle und Kartoffeln zu essen. Wir würden in den Zoo gehen, um Marjan, den Löwen, zu sehen, und vielleicht würde Baba nicht gähnen und die ganze Zeit verstohlene Blicke auf seine Armbanduhr werfen. Vielleicht würde Baba sogar eine meiner Geschichten lesen. Ich würde ihm hundert schreiben, wenn ich wüsste, dass er auch nur eine einzige lesen würde. Vielleicht würde er mich Amir *jan* nennen, wie Rahim Khan es tat. Und vielleicht ... aber auch nur vielleicht ... würde er mir endlich verzeihen, dass ich meine Mutter getötet hatte.

Baba erzählte mir von der Zeit, als er an einem einzigen Tag die Seile von vierzehn Drachen durchtrennt hatte. Ich lächelte, nickte, lachte an den richtigen Stellen, aber ich hörte kaum ein Wort von dem, was er sagte. Ich hatte jetzt eine Aufgabe. Und ich würde Baba nicht enttäuschen. Dieses Mal nicht.

Am Abend vor dem Turnier schneite es kräftig. Hassan und ich saßen am *kursi* und spielten *panjpar,* während der Wind die Zweige ans Fenster schlagen ließ. Einige Zeit davor hatte ich Ali gebeten, den *kursi* für uns aufzubauen, der eigentlich nur ein elektrischer Ofen unter einem niedrigen Tisch war, der mit einer dicken Steppdecke bedeckt wurde. Um den Tisch legte Ali Matratzen und Kissen, sodass bis zu zwanzig Leute daran sitzen und ihre Beine unter die Decke stecken konnten. Hassan und ich verbrachten ganze verschneite Tage am *kursi,* spielten Schach oder Karten – meist *panjpar.*

Ich stach Hassans Karozehn, spielte zwei Buben und eine Sechs aus. Nebenan, in Babas Arbeitszimmer, diskutierten Baba und Rahim Khan mit zwei anderen Männern geschäftliche Angelegenheiten. Einer von ihnen war Assefs Vater. Durch die Wand konnte ich die kratzenden Klänge der Nachrichten auf Radio Kabul hören.

Hassan stach die Sechs und nahm die Buben auf. Im Radio kündigte Daoud Khan ausländische Investitionen an.

»Er sagt, dass wir eines Tages Fernsehen in Kabul haben werden«, verkündete ich.

»Wer?«

»Daoud Khan, du Idiot, der Präsident.«

Hassan kicherte. »Ich habe gehört, dass sie das im Iran schon haben«, sagte er.

Ich seufzte. »Diese Iraner …« Für viele Hazara verkörperte der Iran in gewisser Weise ein Heiligtum – wahrscheinlich, weil die meisten Iraner, wie die Hazara, Schiiten waren. Aber mir fiel etwas ein, was mein Lehrer in jenem Sommer über die Iraner gesagt hatte: dass sie grinsende Schönredner seien, die dir mit der einen Hand auf den Rücken klopften und mit der anderen den Geldbeutel aus der Tasche stahlen. Ich erzählte Baba davon, und er erwiderte, mein Lehrer sei einer dieser eifersüchtigen Afghanen, eifersüchtig, weil der Iran eine aufstrebende Macht in Asien darstellte und die meisten Leute auf der Welt nicht einmal wussten, wo Afghanistan lag. »Es tut weh, das zu sagen«, erklärte er schulterzuckend. »Aber es ist besser, von der Wahrheit verletzt als mit einer Lüge getröstet zu werden.«

»Ich werde dir eines Tages einen kaufen«, sagte ich.

Hassans Miene hellte sich auf. »Einen Fernseher? Ehrlich?«

»Klar. Und nicht bloß so ein Schwarzweißding. Wir werden dann wahrscheinlich schon erwachsen sein, aber ich werde uns zwei holen. Einen für dich und einen für mich.«

»Ich würde ihn auf den Tisch stellen, wo ich meine Zeichnungen aufbewahre«, verkündete Hassan.

Das machte mich irgendwie traurig. Ich bedauerte Hassan für das, was er war, wo er lebte. Und dafür, wie er die Tatsache akzeptiert hatte, dass er in dieser Lehmhütte im Garten alt werden würde wie sein Vater vor ihm. Ich zog die letzte Karte, spielte zwei Damen und eine Zehn aus.

Hassan nahm die Damen auf. »Ich glaube, du wirst Aga Sahib morgen sehr stolz machen.«

»Glaubst du wirklich?«

»*Inshallah*«, sagte er.

»*Inshallah*«, sagte auch ich, obwohl es aus meinem Mund nicht so aufrichtig klang. So war das eben mit Hassan. Er war so verdammt ehrlich, dass man sich neben ihm immer wie ein Betrüger vorkam.

Ich stach seinen König und spielte meine letzte Karte aus, das Pikass. Er musste es aufnehmen. Ich hatte gewonnen, aber als er die Karten für eine weitere Runde mischte, wurde ich den Verdacht nicht los, dass Hassan mich hatte gewinnen *lassen.*

»Amir Aga.«

»Ja?«

»Es gefällt mir gut, wo ich wohne, weißt du.« Das machte er andauernd. Ständig las er meine Gedanken. »Es ist mein Zuhause.«

»Wie du meinst«, sagte ich. »Jedenfalls wirst du auch die nächste Runde verlieren, da bin ich mir sicher.«

7

Am nächsten Morgen, als er den schwarzen Tee für das Frühstück aufbrühte, erzählte mir Hassan von einem Traum, den er gehabt hatte. »Wir waren am Ghargha-See, du und ich, Vater, Aga Sahib, Rahim Khan und Tausende von Menschen«, sagte er. »Es war ein warmer, sonniger Tag, und der See war so klar wie ein Spiegel. Aber niemand traute sich ins Wasser, weil sich angeblich ein Ungeheuer darin versteckte. Es lauert am Grund, hieß es.«

Er goss mir eine Tasse ein, tat Zucker dazu und blies einige Male auf den Tee, ehe er die Tasse vor mir abstellte. »Deshalb hat also jeder Angst, ins Wasser zu gehen, aber plötzlich schleuderst du deine Schuhe fort, Amir Aga, und ziehst dein Hemd aus. ›Da gibt es gar kein Ungeheuer‹, behauptest du. ›Ich werde es euch beweisen.‹ Und bevor dich jemand aufhalten kann, hechtest du ins Wasser und schwimmst davon. Ich folge dir, und wir schwimmen auf den See hinaus.«

»Aber du kannst doch gar nicht schwimmen.«

Hassan lachte. »Es ist ein Traum, Amir Aga! In einem Traum kann man alles. Jedenfalls schreien alle: ›Kommt da raus! Kommt da raus!‹, aber wir schwimmen einfach weiter in dem kalten Wasser. Wir schaffen es bis zur Mitte des Sees. Dort drehen wir uns zum Ufer um und winken den Leuten zu. Sie sehen klein aus, wie Ameisen, aber wir können sie klatschen hören. Da begreifen sie: Es gibt gar kein Ungeheuer, nur Wasser. Daraufhin ändern sie den Namen des Sees und nennen ihn von nun an ›Der See von Amir und Hassan, den Sultanen von Kabul‹, und wir dürfen Geld dafür nehmen, wenn die Leute darin schwimmen wollen.«

»Und was hat das jetzt zu bedeuten?«, fragte ich.

Er bestrich mein *naan* mit Marmelade und legte es auf einen Teller. »Ich weiß es nicht. Ich hatte gehofft, dass du es mir sagen könntest.«

»Nun, es ist ein dummer Traum. Es geschieht ja gar nichts darin.«

»Vater sagt, dass Träume immer etwas zu bedeuten haben.«

Ich trank einen Schluck Tee. »Warum fragst du dann nicht ihn, wenn er so klug ist«, sagte ich in einem schärferen Ton, als ich eigentlich beabsichtigt hatte. Ich hatte die ganze Nacht nicht geschlafen. Mein Nacken und mein Rücken waren wie zusammengedrückte Sprungfedern, und meine Augen brannten. Dennoch, ich war gemein zu Hassan gewesen. Beinahe hätte ich mich bei ihm entschuldigt, tat es aber dann doch nicht. Hassan würde verstehen, dass ich einfach nervös war. Hassan verstand immer alles, was mich betraf.

Oben in Babas Badezimmer hörte ich das Wasser laufen.

Der frisch gefallene Schnee glitzerte auf den Straßen, und der Himmel war makellos blau. Der Schnee bedeckte jedes Dach und lastete auf den Zweigen der verkümmerten Maulbeerbäume, die unsere Straße säumten. Über Nacht war der Schnee in alle Ritzen und Spalten gedrungen. Ich schaute blinzelnd in das blendende Weiß, als Hassan und ich durch das schmiedeeiserne Tor traten. Ali schloss das Tor hinter uns. Ich hörte, wie er leise ein Gebet sprach – das tat er immer, wenn sein Sohn das Haus verließ.

Ich hatte noch nie so viele Menschen in unserer Straße gesehen. Kinder warfen Schneebälle, zankten sich, jagten hintereinander her, kicherten. Drachenkämpfer und ihre Helfer steckten die Köpfe zusammen, trafen letzte Vorbereitungen. Aus angrenzenden Straßen vernahm ich Lachen und Geplapper. Die Dächer waren schon voller Zuschauer, die es sich auf Gartenstühlen bequem gemacht hatten. Heißer Tee dampfte aus Thermoskannen, und die Musik von Ahmad Zahir plärrte aus den Kassettenrecordern. Der unglaublich populäre Ahmad Zahir hatte die afghanische Musik revolutioniert und die Puristen empört, weil er den traditionellen Musikinstrumenten *tabla* und Harmonium elektrische Gitarren,

Schlagzeug und Bläser hinzugefügt hatte; auf der Bühne oder auf Partys setzte er sich über die vorgeschriebene strenge, ja abweisende Haltung der älteren Sänger hinweg und lächelte doch tatsächlich beim Singen – lächelte manchmal sogar Frauen zu. Ich wandte meinen Blick zu unserem Dach und entdeckte dort oben Baba und Rahim Khan, die in dicke Wollpullover gekleidet auf einer Bank saßen und Tee tranken. Baba winkte. Ich konnte nicht erkennen, ob es mir oder Hassan galt.

»Wir sollten uns bereitmachen«, sagte Hassan. Er trug schwarze Schneestiefel aus Gummi, einen leuchtend grünen *chapan*-Umhang über einem dicken Pullover und abgewetzte Cordhosen. Sonnenlicht ergoss sich über sein Gesicht, und ich sah, wie gut die rosafarbene Narbe über seiner Lippe verheilt war.

Plötzlich wäre ich am liebsten gar nicht erst angetreten. Hätte am liebsten alles wieder eingepackt, um nach Hause zurückzukehren. Was hatte ich mir bloß dabei gedacht? Warum tat ich mir das an, wo ich doch bereits wusste, wie es ausgehen würde? Baba saß auf dem Dach, beobachtete mich. Ich fühlte, wie mich sein sengend heißer Blick traf. Das hier würde selbst für meine Verhältnisse ein Versagen auf der ganzen Linie bedeuten.

»Ich bin mir nicht sicher, ob ich heute Drachen steigen lassen möchte«, erklärte ich.

»Aber es ist doch ein wunderschöner Tag«, entgegnete Hassan.

Ich trat unruhig von einem Fuß auf den anderen. Versuchte, meinen Blick von unserem Dach abzuwenden. »Ich weiß nicht so recht. Vielleicht sollten wir besser wieder nach Hause gehen.«

Er trat auf mich zu und sagte mit leiser Stimme etwas, das mir ein wenig Angst einjagte: »Vergiss nicht, Amir Aga. Es gibt kein Ungeheuer, bloß einen wunderschönen Tag.« Wie konnte ich nur solch ein offenes Buch für ihn sein, wenn ich selbst die meiste Zeit keine Ahnung hatte, was in seinem Kopf vor sich ging? Ich war doch derjenige, der die Schule besuchte, der lesen und schreiben konnte. Ich war der Kluge. Hassan konnte nicht einmal mit einem Lesebuch der ersten Klasse etwas anfangen, aber mich hatte er durchschaut. Es war beunruhigend, aber in gewisser Weise auch bequem, jemanden zu haben, der immer wusste, was man gerade brauchte.

»Kein Ungeheuer«, sagte ich und fühlte mich zu meiner Überraschung etwas besser.

Er lächelte. »Kein Ungeheuer.«

»Bist du dir auch ganz sicher?«

Er schloss die Augen. Nickte.

Ich blickte zu den Kindern hinüber, die auf der Straße herumtollten, Schneebälle warfen. »Es ist wirklich ein wunderschöner Tag, nicht wahr?«

»Lass uns Drachen jagen«, sagte er.

Mir kam der Gedanke, dass Hassan seinen Traum erfunden haben könnte. War das möglich? Nein, eigentlich nicht. Dazu war Hassan nicht klug genug. Und ich auch nicht. Aber ob erfunden oder nicht, der alberne Traum hatte mir etwas von meiner Angst genommen. Vielleicht sollte ich wirklich mein Hemd ausziehen und eine Runde im See schwimmen. Warum nicht?

»Ja, lass uns Drachen jagen«, sagte ich.

Hassans Miene hellte sich auf. »Gut«, sagte er. Er hob unseren Drachen in die Höhe. Er war rot mit einem gelben Rand, und direkt unter der Stelle, wo sich die Längs- und die Querleiste kreuzten, befand sich Saifos unverkennbare Signatur. Hassan leckte an seinem Finger und hielt ihn in die Höhe, um festzustellen, woher der Wind kam, und rannte dann in die Richtung, aus der er blies – bei den seltenen Gelegenheiten, wenn wir unsere Drachen im Sommer steigen ließen, wirbelte er mit einem Tritt etwas Staub auf, um zu sehen, aus welcher Richtung der Wind wehte. Die Spule drehte sich in meinen Händen, bis Hassan in ungefähr fünfzehn Metern Entfernung stehen blieb. Er hielt den Drachen hoch über seinen Kopf, wie ein Sportler bei den Olympischen Spielen, der seine Goldmedaille zeigt. Ich ruckte zweimal an der Schnur, unser übliches Zeichen, und Hassan versetzte dem Drachen einen leichten Schubser.

Gefangen zwischen Baba und den Mullahs in der Schule hatte ich mir, was Gott betraf, noch keine eigene Meinung gebildet. Aber als mir ein Koranvers einfiel, den ich im *diniyat*-Unterricht in der Schule gelernt hatte, murmelte ich ihn vor mich hin. Ich holte tief Luft, atmete aus und zog an der Schnur. Eine volle Minute lang schoss mein Drachen gen Himmel. Es hörte sich an wie ein Papiervogel, der mit den Flügeln schlägt. Hassan klatschte in die Hände, pfiff und rannte wieder zu mir zurück. Ich reichte ihm die Spule, hielt die Schnur fest, und er drehte rasch die Spule, um das lockere Stück Schnur wieder aufzurollen.

Mindestens zwei Dutzend Drachen befanden sich bereits am Himmel. Sie glichen kleinen Papierhaien auf der Suche nach Beute. Innerhalb einer Stunde verdoppelte sich ihre Zahl, und rote, blaue und gelbe Drachen segelten im Wind dahin und tanzten am Himmel. Eine kalte Brise wehte durch mein Haar. Es war der ideale Wind, um Drachen steigen zu lassen – gerade kräftig genug, um Auftrieb zu geben oder sie herabschießen zu lassen. Neben mir hielt Hassan die Spule. Seine Hände waren bereits ganz blutig.

Bald schon fing das Schneiden an, und der erste der unterlegenen Drachen wirbelte unkontrolliert herum. Die Drachen fielen mit leuchtend bunten, sich kräuselnden Schwänzen vom Himmel und füllten die Viertel unten mit Preisen für die Drachenläufer an. Ich konnte bereits hören, wie sie brüllend die Straßen entlangliefen. Irgendjemand berichtete mit lauter Stimme von einem Kampf, der zwei Straßen weiter ausgebrochen war.

Ich blickte immer wieder verstohlen zu Baba hinüber, der dort oben mit Rahim Khan auf dem Dach saß, und fragte mich, was er wohl denken mochte. Ob er mich anfeuerte? Oder genoss es ein Teil von ihm, mich dabei zu beobachten, wie ich versagte? Das war eben so eine Sache, wenn man Drachen steigen ließ: Die Gedanken wurden mit dem Drachen davongetragen.

Die Drachen kamen jetzt überall herunter, und meiner flog immer noch. Meiner flog immer noch! Meine Blicke wanderten immer wieder zu Baba hinüber, der nun in einen Wollmantel gehüllt dasaß. Ob er überrascht war, dass ich so lange durchgehalten hatte? *Du wirst nicht mehr lange durchhalten, wenn du deinen Blick nicht auf den Himmel richtest.* Meine Augen huschten wieder zu meinem Drachen hinauf. Gerade noch rechtzeitig, denn ein roter Drache kam ihm bedrohlich nahe. Ich ließ mich auf das Spiel ein, schlug ihn aber am Ende, als sein Besitzer ungeduldig wurde und versuchte, mich von unten zu schneiden.

Links und rechts auf der Straße kehrten Drachenläufer triumphierend zurück und reckten die eroberten Drachen in die Höhe.

Sie gaben damit vor ihren Eltern und Freunden an. Aber sie alle wussten, dass das Beste noch bevorstand. Der größte Preis von allen war noch da oben. Ich schnitt einen leuchtend gelben Drachen mit einem sich ringelnden Schwanz. Das brachte mir eine weitere Verletzung am Zeigefinger ein, und das Blut tropfte mir in die Handfläche. Ich ließ Hassan die Leine halten, saugte an der Stelle, bis kein Blut mehr kam, und tupfte den Finger an meiner Jeans ab.

Innerhalb einer Stunde war die Zahl der überlebenden Drachen von ungefähr fünfzig auf ein Dutzend geschrumpft. Mein Drache gehörte noch dazu. Ich hatte es bis zum letzten Dutzend geschafft. Ich wusste, dass dieser Teil des Turniers eine Weile dauern würde, denn die Jungen, die bis hierher gekommen waren, waren gut – die würden nicht so ohne weiteres auf simple Tricks hereinfallen wie das gute alte Aufsteigen- und dann Herabsausenlassen, das Hassan so liebte.

Um drei Uhr zogen Wolkenschleier auf, hinter denen sich die Sonne versteckte. Die Schatten wurden länger. Die Zuschauer auf den Dächern hüllten sich nun alle in Schals und dicke Mäntel. Es war nurmehr ein halbes Dutzend Drachen übrig, doch meiner war immer noch dabei. Meine Beine schmerzten, und mein Nacken war ganz steif. Aber mit jedem besiegten Drachen wuchs die Hoffnung in meinem Herzen wie Schnee, der sich auf einer Mauer sammelt, Flöckchen um Flöckchen.

Meine Augen kehrten immer wieder zu dem blauen Drachen zurück, der in der letzten Stunde so viel Schaden angerichtet hatte.

»Wie viele hat er runtergeholt?«, fragte ich.

»Ich habe elf gezählt«, antwortete Hassan.

»Weißt du, wem er gehören könnte?«

Hassan schnalzte mit der Zunge und neigte das Kinn. Es war eine typische Hassan-Geste und bedeutete, dass er keine Ahnung hatte. Der blaue Drachen schnitt einen großen lilafarbenen und vollführte zwei Loopings. Zehn Minuten später hatte er zwei weitere geschnitten und damit Horden von Drachenläufern in Bewegung versetzt.

Nach einer weiteren halben Stunde waren nur noch vier Drachen übrig. Und meiner flog immer noch. Es war, als könnte ich gar keine falsche Bewegung machen, als bliese jede Windbö nur zu meinen Gunsten. Ich hatte noch nie das Gefühl gehabt, derart die Kontrolle über etwas zu besitzen, war noch nie so glücklich gewesen. Es war ein berauschendes Gefühl. Ich wagte nicht, zum Dach hinaufzublicken. Wagte nicht, meine Augen vom Himmel zu nehmen. Ich musste mich konzentrieren, geschickt vorgehen. Nach einer weiteren Viertelstunde war das, was am Morgen noch wie ein lächerlicher Traum ausgesehen hatte, Wirklichkeit geworden: Da waren nur noch ich und der andere Kerl. Der mit dem blauen Drachen.

Die Luft bebte vor Spannung wie die Glasschnur, die ich mit meinen blutigen Händen hielt. Die Leute stampften mit den Füßen, klatschten in die Hände, pfiffen und riefen: »*Boboresh! Boboresh!*« – Schneide ihn! Schneide ihn! Ich fragte mich, ob Babas Stimme auch darunter war. Musik dröhnte. Der Duft von gedünsteten *mantu* und ausgebackenem *pakora* zog von Dächern und geöffneten Türen herüber.

Doch alles, was ich hörte – was ich mich zu hören zwang –, war das Pochen des Blutes in meinem Kopf. Alles, was ich sah, war der blaue Drachen. Alles, was ich roch, war Sieg. Rettung. Erlösung. Wenn Baba sich irrte und es wirklich einen Gott gab, wie in der Schule behauptet wurde, dann würde Er mich gewinnen lassen. Ich hatte keine Ahnung, um was der andere Kerl spielte, vielleicht ging es ihm ja nur um Angeberei. Aber das hier war meine einzige Chance, zu jemandem zu werden, den die Leute wirklich ansahen und nicht bloß wahrnahmen, dem sie tatsächlich zuhörten und nicht bloß seiner Stimme lauschten. Wenn es Gott wirklich gab, würde Er die Winde lenken, sie zu meinem Vorteil wehen lassen, damit ich mich mit einem einzigen Reißen meiner Schnur von all meinem Schmerz, all meiner Sehnsucht losschneiden konnte. Ich hatte zu lange durchgehalten, war zu weit gekommen. Und plötzlich, einfach so, wurde aus der Hoffnung Gewissheit. Ich würde gewinnen. Es war nur eine Frage der Zeit.

Und es geschah schneller als erwartet. Eine Windbö hob meinen Drachen, und ich nutzte den Vorteil. Gab ihm Schnur, ließ ihn steigen, brachte ihn mit einem Schlenker über dem blauen in Stellung. Und hielt diese Position. Der Besitzer des blauen Drachens wusste, dass er in Schwierigkeiten steckte. Er versuchte verzweifelt, sich aus der Klemme herauszumanövrieren, aber ich gab nicht nach. Ich hielt meine Position. Die Menge spürte, dass das Ende bevorstand. Der Chor der »Schneide ihn! Schneide ihn!«-Rufe wurde lauter, wie bei den Römern, wenn sie ihre Gladiatoren zum Töten anfeuerten.

»Du hast es beinahe geschafft, Amir Aga! Beinah geschafft!«, keuchte Hassan.

Dann kam der Moment. Ich schloss die Augen und lockerte den Griff um die Schnur. Sie schnitt mir wieder in die Finger, als der Wind daran zerrte. Und dann ... Ich musste gar nicht erst das Gebrüll der Menge hören, um es zu wissen. Ich musste es auch nicht sehen. Hassan schrie, und er schlang mir den Arm um den Hals.

»Bravo! Bravo, Amir Aga!«

Ich öffnete die Augen, sah, wie sich der blaue Drache wild drehte, wie ein Rad, das sich von einem fahrenden Auto gelöst hat. Ich blinzelte, versuchte, etwas zu sagen. Kein Laut kam heraus. Plötzlich schwebte ich, blickte von oben auf mich selbst herab. Schwarzer Ledermantel, roter Schal, ausgebleichte Jeans. Ein magerer Junge, etwas bleich und ein bisschen zu klein geraten für seine zwölf Jahre. Er hatte schmale Schultern und die Andeutung dunkler Ringe unter den hellbraunen Augen. Der Wind fuhr durch sein nussbraunes Haar. Er blickte zu mir auf, und wir lächelten einander zu.

Dann schrie ich, und alles war Farbe und Klang, alles lebendig und gut. Ich schlang meinen freien Arm um Hassan, und wir sprangen auf und ab, lachten und weinten zugleich.

»Du hast gewonnen, Amir Aga! Du hast gewonnen!«

»*Wir* haben gewonnen! *Wir beide!*«, war alles, was ich sagen konnte. Das hier geschah nicht wirklich. Im nächsten Moment würde ich blinzelnd die Augen öffnen und aus diesem wundervollen Traum erwachen, aus dem Bett klettern und in die Küche hinuntermarschieren, um mich allein an den Frühstückstisch zu setzen, nur Hassan um mich herum, mit dem ich reden konnte. Mich anziehen. Auf Baba warten. Aufgeben. In mein altes Leben zurückkehren. Dann erblickte ich Baba auf unserem Dach. Er stand ganz am Rand, reckte beide Fäuste in die Höhe. Schrie. Klatschte. Und dieser Moment, in dem ich Baba dort oben auf dem Dach sah, endlich einmal von Stolz auf seinen Sohn erfüllt, war für mich der größte Moment meiner bisherigen zwölf Lebensjahre.

Aber jetzt machte er etwas anderes, begann auf eine dringliche Weise zu gestikulieren. Ich begriff. »Hassan, wir ... »

»Ich weiß«, unterbrach der mich und löste unsere Umarmung. »*Inshallah*, wir werden später feiern. Jetzt werde ich diesen blauen Drachen für dich erlaufen«, sagte er. Er ließ die Spule fallen und rannte davon. Der Saum seines grünen *chapan* schleifte hinter ihm durch den Schnee.

»Hassan!«, rief ich. »Bring ihn mir!«

Er war bereits fast um die Straßenecke gebogen. Seine Gummistiefel ließen den Schnee in die Höhe spritzen. Er blieb abrupt stehen, drehte sich um und formte mit den Händen einen Trichter um seinen Mund. »Für dich – tausendmal!«, rief er. Dann schenkte er mir sein Hassan-Lächeln und verschwand um die Ecke. Das nächste Mal sah ich ihn sechsundzwanzig Jahre später auf einem verblassten Polaroidfoto so unerschrocken lächeln.

Ich begann die Schnur meines Drachens einzuholen, als die ersten Leute auf mich zueilten, um mir zu gratulieren. Ich schüttelte Hände und bedankte mich. Die jüngeren Kinder blickten mich mit einem ehrfurchtsvollen Glitzern in den Augen an. Ich war ein Held. Hände klopften mir auf den Rücken, zausten mein Haar. Ich zog an der Schnur und erwiderte jedes Lächeln, aber in Gedanken war ich bei dem blauen Drachen.

Endlich hielt ich meinen eigenen Drachen in der Hand. Ich wickelte die lose Schnur, die sich zu meinen Füßen angesammelt hatte, um die Spule, schüttelte noch ein paar Hände und trabte nach Hause. Als ich an dem schmiedeeisernen Tor ankam, wartete Ali auf der anderen Seite. Er streckte die Hand durch die Gitterstäbe. »Herzlichen Glückwunsch«, sagte er.

Ich reichte ihm den Drachen und die Spule, schüttelte seine Hand. »*Tashakkor*, Ali *jan.*«

»Ich habe die ganze Zeit für euch gebetet.«

»Dann bete weiter. Wir sind noch nicht fertig.«

Ich eilte auf die Straße zurück. Ich fragte Ali nicht nach Baba. Ich wollte ihn noch nicht sehen. Ich hatte den Plan bereits fertig im Kopf. Ich würde mich großartig in Szene setzen: der Held, der mit der wertvollen Trophäe in den blutigen Händen durch die Tür tritt. Köpfe würden sich drehen und Blicke einander begegnen. Rostem und Suhrab, die sich abschätzend betrachten. Ein dramatischer Moment der Stille. Dann würde der alte Krieger auf den jungen zugehen, ihn umarmen, ihn anerkennen. Rehabilitation. Rettung. Erlösung. Und dann? Nun ... von nun an lebten sie natürlich glücklich und zufrieden bis an ihr Lebensende. Was sonst?

Die Straßen im Wazir-Akbar-Khan-Viertel waren nummeriert und rasterförmig angeordnet wie ein Gitter. Es war damals noch ein neues Viertel, das sich erst im Aufbau befand, und in jeder Straße gab es leere Grundstücke und halb fertige Häuser zwischen von zweieinhalb Meter hohen Mauern umgebenen Wohnkomplexen. Auf der Suche nach Hassan rannte ich jede Straße hinauf und hinunter. Überall waren die Menschen damit beschäftigt, Stühle zusammenzuklappen und nach einem langen Tag des Feierns Essensreste und Utensilien einzupacken. Einige, die immer noch auf ihren Dächern saßen, riefen mir Glückwünsche zu.

Vier Straßen südlich der unseren erblickte ich Omar, den Sohn eines Ingenieurs, der zu Babas Freunden gehörte. Er spielte mit seinem Bruder auf dem Rasen vor dem Haus Fußball. Omar war eigentlich ein prima Kerl. Wir waren eine Zeit lang in dieselbe Klasse gegangen, und da hatte er mir einmal einen Füllfederhalter geschenkt – die Sorte, die man mit einer Patrone füllt.

»Ich habe gehört, du hast gewonnen, Amir«, sagte er. »Glückwunsch.«

»Danke. Hast du Hassan gesehen?«

»Euren Hazara?«

Ich nickte. Omar spielte den Ball mit dem Kopf seinem Bruder zu. »Wie man hört, soll er ja ein ganz toller Drachenläufer sein.« Sein Bruder spielte ihm den Ball mit dem Kopf zurück. Omar fing ihn und warf ihn ein paarmal in die Höhe. »Wobei ich mich wirklich frage, wie er das schafft. Also, wie kann er mit diesen kleinen Schlitzaugen eigentlich überhaupt *irgendwas* sehen?«

Sein Bruder lachte, ein kurzes, schallendes Lachen und bat um den Ball. Omar ignorierte ihn.

»Hast du ihn gesehen?«

Omar deutete mit dem Daumen über die Schulter, Richtung Südwesten. »Ich habe vor einer Weile gesehen, wie er Richtung Basar gelaufen ist.«

»Danke.« Ich flitzte davon.

Als ich am Marktplatz ankam, war die Sonne schon fast hinter den Bergen versunken, und die Dämmerung hatte den Himmel rosa und purpurn gefärbt. Einige Häuserblocks entfernt sang der Mullah den *azan* – den Gebetsaufruf – von der Haji-Yaghoub-Moschee und forderte die Gläubigen auf, ihre Teppich auszurollen und die Köpfe zum Gebet gen Westen zu neigen. Hassan verpasste niemals eins der täglichen fünf Gebete. Selbst wenn wir draußen spielten, entschuldigte er sich, holte Wasser aus dem Brunnen im Garten, wusch sich und verschwand in der Hütte. Einige Minuten später kam er dann lächelnd wieder heraus und fand mich mit dem Rücken an die Mauer oder an einen Baum gelehnt vor. Heute Abend allerdings würde er das Gebet verpassen – wegen mir.

Der Basar leerte sich rasch, die Händler beendeten ihre Feilscherei für den Tag. Ich trottete durch den Dreck zwischen den Reihen von dicht an dicht stehenden Buden, wo man an der einen frisch geschlachtete Fasane und an der nächsten Taschenrechner kaufen konnte. Ich suchte mir einen Weg durch die spärlicher werdende Menge, die lahmen Bettler, die ihre zerfetzten Lumpen in Schichten übereinander trugen, die Händler, die ihre Teppiche schulterten, die Stoffhändler und die Metzger, die ihre Geschäfte für den Tag erledigt hatten. Keine Spur von Hassan.

Ich machte Halt an einem Stand mit Trockenfrüchten und beschrieb Hassan einem alten Händler mit einem taubenblauen Turban, der sein Maultier mit Kisten voller Pinienkernen und Rosinen belud.

Er verharrte und musterte mich eingehend, ehe er antwortete. »Was macht ein Junge wie du hier um diese Tageszeit und sucht nach einem Hazara-Jungen?« Sein Blick verweilte bewundernd auf meinem Ledermantel und meiner Jeans – Cowboyhosen nannten wir sie damals. Es war ein Zeichen von Reichtum, wenn man in Afghanistan irgendetwas Amerikanisches trug, besonders wenn es nicht aus zweiter Hand stammte.

»Ich muss ihn finden, Aga.«

»Was interessiert er dich denn?«, fragte er. Ich verstand den Sinn seiner Frage nicht, rief mir aber ins Gedächtnis, dass ihn Ungeduld nicht dazu bringen würde, es mir schneller zu verraten.

»Er ist der Sohn unseres Dienstboten«, antwortete ich.

Der alte Mann zog eine grau melierte Augenbraue in die Höhe. »Ist er das? Ein glücklicher Hazara, der einen so besorgten Herrn hat. Sein Vater sollte auf die Knie fallen und mit den Wimpern den Staub von deinen Füßen wischen.«

»Wirst du es mir nun sagen, oder nicht?«

Er legte einen Arm auf den Rücken des Maultiers und deutete mit dem anderen nach Süden. »Ich glaube, ich habe den Jungen, den du beschrieben hast, in diese Richtung laufen sehen. Er hatte einen Drachen in der Hand. Einen blauen.«

»Wirklich?«, sagte ich. *Für dich – tausendmal!*, hatte er versprochen. Der gute alte Hassan. Auf den war Verlass. Er hatte sein Versprechen gehalten und den letzten Drachen für mich erlaufen.

»Natürlich werden sie ihn inzwischen erwischt haben«, sagte der alte Händler ächzend und lud eine weitere Kiste auf den Rücken des Maultiers.

»Wer denn?«

»Die anderen Jungen«, erwiderte er. »Die hinter ihm her waren. Sie waren gekleidet wie du.« Er blickte zum Himmel hinauf und seufzte. »Und jetzt lauf nur, du bist noch schuld, wenn ich zu spät zum *namaz* komme.«

Aber ich rannte bereits die Gasse entlang.

In den nächsten Minuten suchte ich vergeblich den Basar und die Umgebung ab. Vielleicht hatte sich der alte Händler ja getäuscht. Aber er hatte den blauen Drachen gesehen. Der Gedanke daran, diesen Drachen in die Hände zu bekommen ... Ich blickte in jede Gasse, in jeden Laden. Keine Spur von Hassan.

Ich hegte schon die Befürchtung, dass es dunkel sein würde, bevor ich Hassan fand, als ich vor mir Stimmen vernahm. Ich hatte eine abgelegene, matschige Straße erreicht. Sie verlief quer zum Ende der Hauptstraße, die den Basar in zwei Hälften teilte. Ich bog auf den zerfurchten Weg ein und folgte den Stimmen. Meine Stiefel versanken bei jedem Schritt im Matsch, und mein Atem stieg in weißen Wolken vor meinem Mund auf. Der schmale Weg verlief auf der einen Seite parallel zu einer verschneiten Schlucht, durch die im Frühjahr wohl ein Bach geflossen sein mochte. Auf der anderen Seite stand eine Reihe von schneebeladenen Zypressen, unterbrochen von einfachen, flachen Lehmhäusern – in den meisten Fällen kaum mehr als Hütten –, zwischen denen sich hin und wieder schmale Gassen auftaten.

Ich vernahm die Stimmen wieder, dieses Mal lauter. Sie kamen aus einer dieser Gassen. Ich schlich mich bis dorthin. Hielt den Atem an. Spähte um die Ecke.

Es war eine Sackgasse, an deren Ende Hassan stand: die Hände zu Fäusten geballt, die Beine leicht gespreizt. Hinter ihm, auf einem Haufen Schrott und Schutt, lag der blaue Drache. Mein Schlüssel zu Babas Herz.

Drei Jungen versperrten Hassan den einzigen Weg aus der Gasse; dieselben drei, vor denen uns Hassan damals auf dem Hügel, einen Tag nach Daoud Khans Staatsstreich, mit seiner Schleuder gerettet hatte. Wali stand auf einer Seite, Kamal auf der anderen und Assef in der Mitte. Ich spürte, wie sich mein Körper anspannte und mir etwas Kaltes den Rücken hinaufkroch. Assef machte einen entspannten, selbstsicheren Eindruck. Er spielte mit seinem Schlagring herum. Die beiden anderen Jungen traten nervös von einem Fuß auf den anderen, blickten von Assef zu Hassan, als hätten sie ein wildes Tier in die Enge getrieben, das nur Assef zu zähmen in der Lage war.

»Wo ist denn deine Schleuder, Hazara?«, fragte Assef und drehte den Schlagring in seiner Hand. »Was hast du damals noch zu mir gesagt? ›Sie werden dich Einäugiger Assef nennen müssen.‹ Das ist gut. Einäugiger Assef. Das war wirklich clever. Wirklich clever. Aber es ist immer leichter, clever zu sein, wenn man eine geladene Waffe in der Hand hält, nicht wahr, Flachnase?«

Ich bemerkte, dass ich immer noch nicht ausgeatmet hatte. Ich tat es nun langsam und ganz leise. Ich war wie gelähmt. Ich sah zu, wie sie auf den Jungen zugingen, mit dem ich aufgewachsen war, dessen Gesicht zu meinen ersten Erinnerungen gehörte.

»Aber heute ist dein Glückstag, Hazara«, sagte Assef. Er stand zwar mit dem Rücken zu mir, aber ich hätte wetten können, dass er grinste. »Ich bin in einer versöhnlichen Stimmung. Was haltet ihr davon, Jungs?«

»Du bist sehr großzügig«, platzte Kamal heraus. »Besonders nach dem unhöflichen Verhalten, das er uns gegenüber beim letzten Mal gezeigt hat.« Er versuchte wie Assef zu klingen, nur war da ein Zittern in seiner Stimme. Ich begriff: Er hatte keine Angst um Hassan, nein, er hatte Angst, weil er nicht wusste, was Assef vorhatte.

Assef vollführte eine abweisende Geste mit der Hand. »*Bakhshida.* Vergessen. Schnee von gestern.« Seine Stimme wurde ein wenig tiefer. »Natürlich ist nichts auf dieser Welt umsonst, und meine Begnadigung hat einen kleinen Preis.«

»Das ist nur fair«, sagte Kamal.

»Nichts ist umsonst«, fügte Wali hinzu.

»Du bist ein Glückskind, Hazara«, sagte Assef und trat einen Schritt auf Hassan zu. »Denn heute kostet es dich einzig und allein diesen blauen Drachen. Das ist doch ein faires Geschäft, oder, Jungs?«

»Mehr als fair«, erwiderte Kamal.

Selbst von der Stelle, wo ich kauerte, konnte ich sehen, wie die Furcht in Hassans Augen kroch, aber er schüttelte den Kopf. »Amir Aga hat das Turnier gewonnen, und ich habe den Drachen für ihn erlaufen. Alles ganz sauber. Dieser Drache hier gehört ihm.«

»Ein treuer Hazara. Treu wie ein Hund«, sagte Assef.

Kamals Lachen hatte einen schrillen, nervösen Klang.

»Aber bevor du dich für ihn opferst, denk einmal über Folgendes nach: Würde er das Gleiche für dich tun? Hast du dich nie gefragt, warum er dich nie mitspielen lässt, wenn er Gäste hat? Warum er nur mit dir spielt, wenn sonst keiner da ist? Ich werde dir sagen, warum, Hazara. Weil du für ihn nichts weiter bist als ein hässliches Haustier. Etwas, womit er spielen kann, wenn ihm langweilig ist, etwas, dem er einen Tritt versetzen kann, wenn er wütend ist. Mach dir nur nichts vor und glaube, dass du mehr für ihn bist.«

»Amir Aga und ich sind Freunde«, erklärte Hassan mit rotem Gesicht.

»Freunde?«, erwiderte Assef lachend. »Du bemitleidenswerter Narr! Was für eine Fantasie! Eines Tages wirst du schon noch merken, was für ein Freund er ist. *Bas* jetzt! Genug davon. Gib uns den Drachen.«

Hassan bückte sich und hob einen Stein auf.

Assef zuckte zurück. Er begann einen Schritt nach hinten zu weichen, hielt aber inne. »Letzte Chance, Hazara.«

Statt zu antworten, hob Hassan die Hand, in der er den Stein hielt.

»Wie du willst.« Assef knöpfte seinen Wintermantel auf, zog ihn aus, faltete ihn langsam und gründlich zusammen. Legte ihn an die Mauer.

Ich öffnete den Mund, hätte beinahe etwas gerufen. Aber nur beinahe. Mein Leben wäre vielleicht anders verlaufen, wenn ich es getan hätte. Aber ich tat es nicht. Ich sah nur zu. Wie gelähmt.

Assef vollführte eine Bewegung mit der Hand, und die beiden anderen Jungen lösten sich, traten zur Seite und formten dadurch einen Halbkreis, sodass Hassan in der Falle saß.

»Ich habe es mir anders überlegt«, erklärte Assef. »Du darfst den Drachen behalten, Hazara. Du darfst ihn behalten, damit er dich immer an das erinnern wird, was ich dir jetzt antun werde.«

Und dann stürmte er los. Hassan schleuderte den Stein. Traf Assef an der Stirn. Assef schrie auf, als er sich auf Hassan warf und ihn zu Fall brachte. Wali und Kamal folgten.

Ich biss mir in die Faust.

Schloss die Augen.

Eine Erinnerung:

Wusstest du, dass ihr, Hassan und du, von derselben Brust getrunken habt? Wusstest du das, Amir Aga? Sakina war ihr Name. Sie war eine hellhäutige, blauäugige Hazara-Frau aus Bamiyan, und sie hat dir alte Hochzeitslieder vorgesungen. Es heißt, es bestehe eine Brüderlichkeit zwischen Menschen, die von derselben Brust getrunken haben. Wusstest du das?

Eine Erinnerung:
»Eine Rupie für jeden, Kinder. Nur eine Rupie für jeden, und ich werde den Vorhang der Wahrheit für euch zur Seite schieben.« *Der alte Mann lehnt mit dem Rücken an einer Lehmmauer. Seine blinden Augen gleichen zwei tiefen Kratern, angefüllt mit geschmolzenem Silber. Über seinen Stock gebeugt, lässt der Wahrsager eine knotige Hand über die Oberfläche seiner eingefallenen Wangen gleiten. Hält uns die hohle Hand hin.* »Eine Rupie für jeden ist doch für die Wahrheit nicht zu viel verlangt?« *Hassan lässt eine Münze in die lederne Handfläche fallen. Ich folge seinem Beispiel.* »Im Namen Allahs, überaus wohltätig, überaus gnädig«, *flüstert der alte Wahrsager. Er ergreift zuerst Hassans Hand, lässt seinen hornartigen Fingernagel über dessen Handfläche kreisen, immer und immer wieder. Dann schwebt der Finger zu Hassans Gesicht hinauf und verursacht ein trockenes, kratzendes Geräusch, als er langsam der Wölbung seiner Wangen folgt, dem Umriss seiner Ohren. Die schwielige Haut seiner Fingerspitzen streicht über Hassans Augen. Die Hand erstarrt. Verharrt dort. Das Gesicht des alten Mannes verdüstert sich. Hassan und ich schauen uns an. Der alte Mann nimmt Hassans Hand und legt die Rupie zurück in dessen Handfläche. Er wendet sich mir zu.* »Was ist mit dir, junger Freund?«, *sagt er. Auf der anderen Seite der Mauer kräht ein Hahn. Der alte Mann greift nach meiner Hand, und ich ziehe sie weg.*

Ein Traum:
Ich habe mich in einem Schneesturm verirrt. Der Wind pfeift, bläst mir das stechende Schneegestöber in die Augen. Ich stolpere durch Schichten von sich wandelndem Weiß. Ich rufe um Hilfe, aber der Wind erstickt meine Schreie. Ich falle und liege keuchend im Schnee, verloren im Weiß, und der Wind heult in meinen Ohren. Ich sehe, wie der Schnee meine frischen Fußspuren auslöscht. Jetzt bin ich ein Geist, *denke ich,* ein Geist, der keine Spuren hinterlässt. *Ich rufe wieder, doch die Hoffnung schwindet wie meine Fußspuren.*

Aber dieses Mal ist da eine gedämpfte Antwort. Ich versuche meine Augen vor dem fallenden Schnee zu schützen und schaffe es, mich aufzusetzen. Inmitten des wilden Schneegestöbers entdecke ich eine Bewegung, das Aufblitzen von Farbe. Eine vertraute Gestalt erscheint. Eine Hand streckt sich mir entgegen. Ich erkenne tiefe, parallel verlaufende Schnitte in der Handfläche, aus denen Blut tropft, das den Schnee rot färbt. Ich ergreife die Hand, und plötzlich ist der Schnee verschwunden. Wir stehen auf einer Wiese mit apfelgrünem Gras, über uns ziehen zarte Wolkenfetzen hinweg. Ich blicke auf und sehe, dass der Himmel voller Drachen ist – grün, gelb, rot, orange sind sie, und sie schimmern im Nachmittagslicht.

Ein Chaos aus Abfall, Schrott und Schutt übersäte die Gasse. Abgefahrene Fahrradreifen, Flaschen mit abgezogenen Etiketten, zerrissene Hefte, vergilbte Zeitungen, und all das verstreut zwischen einem Haufen Ziegelsteinen und einigen Zementplatten. Ein verrosteter, gusseiserner Ofen mit einem klaffenden Loch an der Seite war gegen eine Mauer gekippt worden. Aber es gab zwei Dinge inmitten dieses Mülls, die meinen Blick magisch anzuziehen schienen: Das eine war der blaue Drachen, der an der Mauer, ganz in der Nähe des gusseisernen Ofens lehnte, und das andere Hassans braune Cordhose, die achtlos hingeworfen auf einem Haufen bröckeliger Ziegelsteine lag.

»Ich weiß nicht«, sagte Wali gerade. »Mein Vater sagt, es ist eine Sünde.« Er klang unsicher, aufgeregt und ängstlich zugleich. Sie hatten Hassan bäuchlings zu Boden geworfen und hielten ihn dort nieder. Kamal und Wali hatten jeweils einen Arm gepackt und ihn am Ellbogen nach oben gedreht, sodass Hassans Hände auf seinen Rücken gepresst wurden. Assef stand über ihnen und quetschte den Absatz seines Schneestiefels in Hassans Nacken.

»Dein Vater wird es doch gar nicht erfahren«, sagte Assef. »Und was kann schon sündhaft daran sein, einem respektlosen Esel eine Lektion zu erteilen?«

»Ich weiß nicht so recht«, murmelte Wali.

»Wie du willst, was ist mir dir, Kamal?«

»Ich ... na ja ...«

»Das ist doch bloß ein Hazara«, sagte Assef. Aber Kamal wich seinem Blick weiter aus.

»Na schön«, bellte Assef. »Ich verlange nichts weiter von euch Schwächlingen, als ihn festzuhalten. Schafft ihr wenigstens das?«

Wali und Kamal nickten. Sie wirkten erleichtert.

Assef kniete sich hinter Hassan, packte dessen Hüften mit den Händen und hob so sein nacktes Hinterteil. Er ließ eine Hand auf Hassans Rücken liegen und öffnete mit der anderen seine Gürtelschnalle. Dann machte er den Reißverschluss seiner Jeans auf. Zog seine Unterhose herunter. Brachte sich hinter Hassan in Stellung. Hassan wehrte sich nicht. Gab keinen Laut von sich. Er bewegte nur einmal kurz den Kopf, und ich erhaschte einen Blick auf sein Gesicht. Sah die Resignation darin. Ich hatte diesen Ausdruck schon einmal gesehen. In den Augen des Lamms.

Morgen ist der zehnte Tag des Dhul-Hijjah, *des letzten Monats des muslimischen Kalenders; er ist zugleich der erste der drei Tage des* Eid Al-Adha *oder* Eid-e-Qorban, *wie es die Afghanen nennen – ein Tag, der der Erinnerung an den Propheten Abraham dient, der Gott einmal beinahe seinen eigenen Sohn geopfert hätte. Baba hat das Schaf dieses Jahr wieder einmal selbst ausgesucht, es ist schneeweiß, und seine schwarzen Ohren sind nach vorn geknickt.*

Wir stehen alle im Garten: Hassan, Ali, Baba und ich. Der Mullah trägt das Gebet vor, streicht sich über den Bart. Baba murmelt in sich hinein. »Jetzt mach schon.« *Das endlose Beten, das Ritual, um das Fleisch* halal, *rein, zu machen, scheint ihn aufzuregen. Baba macht sich lustig über die Geschichte, die hinter diesem* Eid *steht, wie er sich über alles Religiöse lustig macht. Aber er respektiert die Tradition des* Eid-e-Qorban. *Der Brauch sieht vor, das Fleisch zu dritteln: ein Teil für die Familie, einer für Freunde und einer für die Armen. Baba gibt jedes Jahr alles den Armen.* »Die Reichen sind schon fett genug«, *sagt er.*

Der Mullah beendet das Gebet. Ameen. *Er greift nach dem Küchenmesser mit der langen Klinge. Der Brauch fordert, dass das Schaf die Klinge nicht sehen darf. Ali füttert das Tier mit einem Zuckerstückchen – ein weiterer Brauch, den Tod zu versüßen. Das Schaf schlägt aus, aber nicht besonders heftig. Der Mullah packt es unter dem Kiefer und hält ihm die Klinge an den Hals. Eine Sekunde lang, bevor er ihm die Kehle mit einer einzigen, fachmännischen Bewegung durchschneidet, sehe ich die Augen des Schafs. Es liegt ein Ausdruck darin, der mich noch wochenlang in meinen Träumen verfolgen wird. Ich weiß nicht, warum ich mir dieses jährliche Ritual in unserem Garten anschaue: Meine Albträume halten noch lange, nachdem die Blutflecken im Gras verblasst sind, an. Absurderweise stelle ich mir vor, dass das Tier begreift, was vor sich geht. Ich stelle mir vor, dass es erkennt, dass sein nahe bevorstehender Tod einem höheren Zweck dient. Und genau dieser Ausdruck ist es …*

Ich schaute weg, wandte mich von der Gasse ab. Etwas Warmes lief mir über das Handgelenk. Ich blinzelte, bemerkte, dass ich mir immer noch in die Faust biss, und das fest genug, um die Knöchel zum Bluten zu bringen. Ich bemerkte noch etwas anderes. Ich weinte. Hinter der Ecke konnte ich Assefs schnelles, rhythmisches Stöhnen hören.

Ich hatte noch eine letzte Chance, eine Entscheidung zu treffen. Eine letzte Gelegenheit, um zu entscheiden, was für ein Mensch ich werden würde. Ich konnte in die Gasse treten und für Hassan einstehen – wie er all die unzähligen Male in der Vergangenheit für mich eingestanden war – und das in Kauf nehmen, was mit mir geschehen würde. Oder ich konnte davonlaufen.

Am Ende lief ich davon.

Ich lief davon, weil ich ein Feigling war. Ich fürchtete mich vor Assef und dem, was er mir antun würde. Ich hatte Angst davor, dass er mir wehtat. Das versuchte ich mir einzureden, als ich der Gasse und Hassan den Rücken kehrte. Ich redete es mir so lange ein, bis ich davon überzeugt war. Ich *wollte* geradezu ein Feigling sein, weil die Alternative, der wahre Grund, warum ich davonlief, Assef Recht gab: Auf dieser Welt gab es nichts umsonst. Vielleicht war Hassan der Preis, den ich zu zahlen hatte, das Lamm, das ich opfern musste, um Baba zu gewinnen. War es ein angemessener Preis? Die Antwort drang in mein Bewusstsein, ehe ich es verhindern konnte: Er ist ja nur ein Hazara, oder?

Ich rannte denselben Weg zurück, den ich gekommen war. Rannte zurück zu dem beinahe verlassen daliegenden Basar. Ich taumelte auf eine Bude zu und lehnte mich an die mit einem Vorhängeschloss versehenen Schwingtüren. Stand keuchend und schwitzend da und wünschte mir, dass die Dinge einen anderen Ausgang genommen hätten.

Ungefähr fünfzehn Minuten später vernahm ich Stimmen und schnelle Schritte. Ich duckte mich hinter die Bude und sah, wie Assef und die anderen beiden vorbeirannten. Sie lachten, als sie die verlassene Straße entlangliefen. Ich zwang mich, weitere zehn Minuten zu warten. Dann ging ich zu dem zerfurchten Weg zurück, der entlang der verschneiten Schlucht verlief. Ich blinzelte in dem dämmerigen Licht und entdeckte Hassan, der langsam auf mich zukam. Wir trafen uns an einer nackten Birke am Rande der Schlucht.

Er hielt den blauen Drachen in den Händen; das war das Erste, was ich sah. Und ich müsste lügen, wenn ich behaupten würde, ich hätte nicht nach irgendwelchen Rissen Ausschau gehalten. Sein *chapan* war vorn voller Flecken und sein Hemd unterhalb des Kragens zerrissen. Er blieb stehen. Schwankte, als würde er jeden Moment umfallen. Dann fing er sich wieder. Reichte mir den Drachen.

»Wo bist du denn nur gewesen? Ich habe nach dir gesucht«, sagte ich. Es kam mir vor, als würde ich auf einem Stein herumkauen, als ich die Worte aussprach.

Hassan fuhr sich mit einem Ärmel über das Gesicht, wischte Rotz und Tränen weg. Ich wartete darauf, dass er etwas sagen würde, doch wir standen einfach nur stumm da im schwindenden Licht. Ich war dankbar für die frühen Schatten des Abends, die auf Hassans Gesicht fielen und das meine verbargen. Ich war froh, dass ich seinen Blick nicht erwidern musste. Ob er Bescheid wusste? Und wenn ja, was würde ich sehen, wenn ich tatsächlich in seine Augen blickte? Vorwürfe? Entrüstung? Oder – was Gott verhüten mochte, weil ich es am meisten fürchtete – womöglich arglose Ergebenheit? Denn das hätte ich am wenigsten von allem ertragen können.

Er wollte etwas sagen, doch die Stimme gehorchte ihm nicht. Er schloss den Mund, öffnete ihn wieder und schloss ihn erneut. Trat einen Schritt zurück. Wischte sich noch einmal über das Gesicht. Das war der einzige Moment, in dem wir beinahe über das geredet hätten, was in jener Gasse geschehen war. Ich fürchtete, er könne möglicherweise in Tränen ausbrechen, aber zu meiner Erleichterung tat er es nicht, und ich gab vor, das Versagen seiner Stimme gar nicht bemerkt zu haben. Genauso wie ich vorgab, die dunklen Spuren auf seinem Hosenboden nicht zu sehen. Oder die winzigen Tropfen, die ihm zwischen den Beinen herabfielen und den Schnee mit schwarzen Flecken tupften.

»Aga Sahib wird sich schon Sorgen machen«, war alles, was ich sagte. Er wandte sich von mir ab und humpelte davon.

Es geschah genau so, wie ich es mir vorgestellt hatte. Ich öffnete die Tür zu dem verrauchten Arbeitszimmer und trat ein. Baba und Rahim Khan tranken Tee und lauschten den knisternden und knackenden Nachrichten im Radio. Ihre Köpfe drehten sich. Ein Lächeln erschien auf den Lippen meines Vaters. Er breitete die kräftigen haarigen Arme aus. Ich legte den Drachen hin und trat in diese Umarmung. Ich vergrub mein Gesicht an der Wärme seiner Brust und weinte. Baba drückte mich ganz fest an sich, schaukelte mich hin und her. In dieser Umarmung vergaß ich, was ich getan hatte. Und das war gut.

8

Ich sah Hassan beinahe eine ganze Woche lang nicht. Wenn ich erwachte, fand ich das Brot getoastet, den Tee aufgegossen und das Ei fertig gekocht auf dem Küchentisch vor. Meine Kleidung für den Tag lag gebügelt und gefaltet auf dem Rohrstuhl in der Halle, wo Hassan für gewöhnlich das Bügeln erledigte. Meistens hatte er gewartet, bis ich am Frühstückstisch saß, bevor er damit begann – auf diese Weise konnten wir uns unterhalten. Oder er übertönte das Zischen des Eisens mit seinem Gesang und gab alte Hazara-Lieder über Tulpenfelder zum Besten. Doch jetzt begrüßten mich lediglich meine gefalteten Kleider. Und ein Frühstück, das ich nur noch selten ganz aufaß.

An einem bedeckten Morgen, als ich gerade das gekochte Ei auf meinem Teller herumschob, trat Ali mit einem Arm voll Holzscheite in die Küche. Ich fragte ihn, wo Hassan steckte.

»Der hat sich wieder schlafen gelegt«, sagte er, kniete sich vor den Ofen und zog die kleine viereckige Tür auf.

Ob er wohl nachher mit mir spielen könne, wollte ich wissen.

Ali verharrte mit einem Scheit in der Hand. Ein besorgter Ausdruck deutete sich auf seinem Gesicht an. »In letzter Zeit scheint er nur noch schlafen zu wollen. Er erledigt seine Aufgaben – darauf achte ich –, aber dann möchte er am liebsten nur noch unter seine Decke kriechen. Darf ich etwas fragen?«

»Wenn es sein muss.«

»Als er nach dem Drachenturnier nach Hause gekommen ist, da hat er ein wenig geblutet, und sein Hemd war zerrissen. Ich habe ihn gefragt, was geschehen ist, und er hat mir geantwortet, gar nichts, er sei bloß wegen des Drachens in eine kleine Rauferei mit ein paar Kindern geraten.«

Ich antwortete nichts darauf. Schob nur weiter das Ei auf meinem Teller herum.

»Ist ihm etwas zugestoßen, Amir Aga? Etwas, von dem er mir nichts sagt?«

Ich zuckte mit den Schultern. »Woher soll ich das wissen?«

»Du würdest es mir doch sagen, oder? *Inschallah,* du würdest mir sagen, wenn etwas geschehen wäre?«

»Wie ich schon sagte, woher soll ich wissen, was mit ihm los ist?«, fuhr ich ihn an. »Vielleicht ist er ja krank. Die Leute werden doch ständig krank, Ali. So, wirst du jetzt wohl endlich den Ofen anzünden, oder soll ich etwa erfrieren?«

An jenem Abend fragte ich Baba, ob wir am Freitag nach Jalalabad fahren könnten. Er schaukelte in dem ledernen Drehstuhl hin und her, der hinter seinem Schreibtisch stand, und las Zeitung. Er legte die Zeitung hin und nahm die Lesebrille ab, die ich so hasste – Baba war nicht alt, ganz und gar nicht, und er hatte noch so viele Jahre vor sich, warum also musste er diese dumme Brille tragen?

»Warum nicht!«, sagte er. In letzter Zeit schien mir Baba nie mehr etwas abschlagen zu wollen. Zwei Abende zuvor hatte er mich sogar gefragt, ob ich Lust hätte, mir *El Cid* mit Charlton Heston im Aryana-Kino anzusehen. »Möchtest du Hassan fragen, ob er Lust hat, nach Jalalabad mitzukommen?«

Warum bloß musste Baba alles verderben? »Er ist *mareez*«, sagte ich. Fühlt sich nicht wohl.

»Wirklich?« Baba hörte auf, in seinem Stuhl zu schaukeln. »Was ist denn mit ihm los?«

Ich zuckte mit den Schultern und sank in das Sofa am Kamin. »Er hat wohl einen Schnupfen. Ali sagt, er schläft sich gesund.«

»Ich habe Hassan in den letzten Tagen selten gesehen«, sagte Baba. »Es ist also wirklich nichts weiter als ein Schnupfen?« Ich konnte nicht anders, die Art und Weise, wie sich seine Stirn vor Sorge furchte, war mir verhasst.

»Ja, bloß ein Schnupfen. Werden wir denn jetzt am Freitag fahren, Baba?«

»Ja, ja«, sagte er und schob seinen Stuhl vom Schreibtisch zurück. »Tut mir Leid wegen Hassan. Ich dachte, es hätte dir mehr Spaß gemacht, wenn er mitkommt.«

»Ach, wir zwei können doch auch Spaß zusammen haben«, erwiderte ich. Baba lächelte. Zwinkerte mir zu. »Zieh dich warm an«, sagte er.

Es sollten eigentlich nur wir beide sein – so hätte ich es gern gehabt –, aber bis Mittwochabend hatte Baba es geschafft, noch zwei Dutzend weitere Leute zu der Fahrt einzuladen. Er rief seinen Cousin Homayoun an – genau genommen ein Cousin zweiten Grades – und erwähnte, dass er am Freitag nach Jalalabad fahren wolle, und Homayoun, der in Frankreich Maschinenbau studiert und ein Haus in Jalalabad hatte, sagte, er würde gern alle dorthin einladen, er selbst wolle die Kinder und seine beiden Frauen mitnehmen, und seine Cousine Shafiqa und ihre Familie seien gerade aus Herat zu Besuch da, die hätten vielleicht auch Lust mitzukommen, und da sie in Kabul bei Cousin Nader wohnten, müsse man dessen Familie ebenfalls einladen, auch wenn Homayoun und Nader im Augenblick miteinander im Streit lagen, und wenn Nader eingeladen wurde, musste man selbstverständlich seinen Bruder Faruq dazubitten, sonst wäre der gekränkt und würde sie im nächsten Monat vielleicht nicht zur Hochzeit seiner Tochter einladen …

Wir füllten drei Kastenwagen. Ich fuhr mit Baba, Rahim Khan und *Kaka* Homayoun – Baba hatte mir schon früh beigebracht, jeden älteren Mann *Kaka,* Onkel, zu nennen und jede ältere Frau *Khala,* Tante. *Kaka* Homayouns zwei Ehefrauen fuhren auch mit uns – die verkniffen dreinblickende Ältere mit den Warzen an den Händen und die Jüngere, die immer nach Parfüm roch und mit geschlossenen Augen tanzte –, genau wie *Kaka* Homayouns Zwillingstöchter. Ich saß in der hinteren Reihe zwischen den beiden siebenjährigen Zwillingen eingequetscht, die immer wieder über meinen Schoß hinweglangten, um einander einen Klaps zu versetzen, und mir war furchtbar schlecht vom Autofahren und ich fühlte mich schwindelig. Um nach Jalalabad zu gelangen, musste man eine Zweistundenfahrt über Bergstraßen zurücklegen, die sich entlang steiler Abhänge schlängelten, und es drehte mir bei jeder Haarnadelkurve den Magen um. Alle im Wagen redeten, redeten laut und meistens zur selben Zeit, man konnte es fast schon als Schreien bezeichnen; das war nun einmal die Art, wie sich Afghanen unterhielten. Ich fragte einen der Zwillinge – Fazila oder Karima, ich konnte sie nie auseinander halten –, ob sie mir ihren Fensterplatz überlassen würde, wegen meiner Übelkeit, damit ich ein wenig frische Luft bekam. Sie streckte mir bloß die Zunge heraus und sagte Nein. Daraufhin erklärte ich ihr, dass sie mich dann nicht dafür verantwortlich machen könne, wenn ich auf ihr schönes neues Kleid kotzte. Eine Minute später lehnte ich mich aus dem Autofenster. Ich sah, wie die löcherige Straße anstieg und abfiel, wie sie sich den Berg hinaufschlängelte, zählte die bunten Lastwagen, die voll gepackt mit darauf kauernden Männern vorbeirumpelten. Ich versuchte die Augen zu schließen und mir den Wind über die Wangen streichen zu lassen, öffnete den Mund, um die frische Luft einzusaugen. Ich fühlte mich immer noch nicht besser. Ein Finger bohrte sich in meine Seite. Es war Fazila-Karima.

»Was ist?«, fragte ich.

»Ich habe gerade allen von dem Turnier erzählt«, sagte Baba vorn am Steuer. *Kaka* Homayoun und seine Frauen lächelten mich von der mittleren Sitzreihe aus an.

»An dem Tag müssen gut und gern hundert Drachen am Himmel gewesen sein, nicht wahr, Amir?«, fragte Baba.

»Kann sein«, murmelte ich.

»Hundert Drachen, Homayoun *jan*. Kein *laaf*. Und der einzige, der am Ende des Tages noch flog, war der von Amir. Er hat den vorletzten geschnitten, und der liegt zu Hause, ein wunderschöner blauer Drachen. Hassan und Amir haben ihn zusammen erlaufen.«

»Meinen Glückwunsch«, sagte *Kaka* Homayoun. Seine erste Frau, die mit den Warzen, klatschte in die Hände. »*Wah wah*, Amir *jan*, wir sind alle so stolz auf dich!«, sagte sie. Die jüngere Frau stimmte mit ein. Und dann klatschten sie alle, lobten mich mit lauten Stimmen, erklärten mir, wie stolz ich sie alle durch meinen Sieg gemacht hatte. Nur Rahim Khan, der auf dem Beifahrersitz neben Baba saß, schwieg und sah mich mit einem seltsamen Blick an.

»Bitte halt an, Baba«, sagte ich.

»Was?«

»Muss mich übergeben«, murmelte ich, lehnte mich über den Sitz und presste mich gegen *Kaka* Homayouns Tochter.

Fazila-Karima verzog das Gesicht. »Halt an, *Kaka!* Sein Gesicht ist ganz gelb! Ich will nicht, dass er mir auf mein neues Kleid kotzt!«, kreischte sie.

Baba lenkte den Wagen an den Rand, aber ich schaffte es nicht mehr. Ein paar Minuten später saß ich auf einem Stein am Straßenrand, während sie den Wagen lüfteten. Baba rauchte, neben ihm *Kaka* Homayoun, der Fazila-Karima erklärte, dass sie aufhören solle zu weinen; er werde ihr in Jalalabad ein neues Kleid kaufen. Ich schloss die Augen und wandte mein Gesicht der Sonne zu. Kleine Formen erschienen auf der Innenseite meiner Lider, wie Hände, die Schattenspiele auf einer Wand veranstalteten. Die Formen bewegten sich, schlängelten sich, flossen zusammen und formten ein einziges Bild: Hassans Cordhose, die achtlos hingeworfen auf einem Haufen alter Ziegelsteine in einer Gasse lag.

Kaka Homayouns weißes zweistöckiges Haus in Jalalabad hatte einen Balkon, von dem aus man auf einen großen, von Mauern umgebenen Garten mit Apfel- und Persimonenbäumen blickte. Es gab dort Hecken, die der Gärtner im Sommer zu Tierfiguren schnitt, und einen Swimmingpool mit smaragdgrünen Fliesen. Ich saß am Rande des Pools, der bis auf eine matschige Schneeschicht unten am Boden leer war, und ließ die Füße baumeln. *Kaka* Homayouns Kinder spielten am anderen Ende des Gartens Verstecken. Die Frauen kochten, und ich konnte schon die gebratenen Zwiebeln riechen, konnte das *Pfft Pfft* des Druckkochtopfes hören, dazu Musik und Lachen. Baba, Rahim Khan, *Kaka* Homayoun und *Kaka* Nader saßen auf dem Balkon und rauchten. *Kaka* Homayoun erzählte ihnen, dass er den Projektor mitgebracht habe, um ihnen die Frankreich-Dias zu zeigen. Zehn Jahre waren seit seiner Rückkehr aus Paris vergangen, und er zeigte immer noch diese dämlichen Dias.

Ich war ungerecht. Baba und ich waren endlich Freunde. Vor ein paar Tagen waren wir im Zoo gewesen, hatten uns Marjan, den Löwen, angesehen, und ich hatte einen Kiesel nach dem Bären geworfen, als niemand hinschaute. Hinterher waren wir in Dadkhodas Kebab-Haus gegangen, das auf der anderen Seite des Park-Kinos lag, und hatten Lamm-Kebab mit frisch gebackenem *naan* aus dem *tandoor*-Ofen gegessen. Baba hatte mir Geschichten von seinen Reisen nach Indien und Russland erzählt, von den Leuten, die er dort getroffen hatte, wie das Ehepaar ohne Arme und Beine aus Bombay, das siebenundvierzig Jahre verheiratet war und elf Kinder großgezogen hatte. Eigentlich hätte es Spaß machen sollen, einen Tag auf diese Weise mit Baba zu verbringen, seinen Geschichten zu lauschen. Endlich war es so, wie ich es mir all die Jahre gewünscht hatte. Bloß dass ich mir jetzt, wo es so war, leer vorkam wie der vernachlässigte Swimmingpool, in den ich meine Beine baumeln ließ.

Die Ehefrauen und Töchter servierten bei Sonnenuntergang Reis, *kofta* und Hühner-*qurma*. Wir speisten auf traditionelle Weise, saßen auf Kissen, die im Raum verteilt lagen, hatten das Tischtuch auf dem Boden ausgebreitet und aßen in Gruppen von vier oder fünf mit den Händen von einfachen Tellern. Ich war nicht hungrig, setzte mich aber trotzdem hin, um mit Baba, *Kaka* Faruq und *Kaka* Homayouns beiden Jungen zu essen. Baba, der vor dem Essen ein paar Gläser Scotch getrunken hatte, schwadronierte immer noch über das Drachenturnier, wie ich länger durchgehalten hatte als alle anderen, wie ich mit dem letzten Drachen nach Hause gekommen war. Seine dröhnende Stimme beherrschte den Raum. Leute hoben die Köpfe von ihren Tellern, riefen mir Glückwünsche zu. *Kaka* Faruq klopfte mir mit seiner sauberen Hand auf den Rücken. Ich hätte mir am liebsten ein Messer ins Auge gestoßen.

Später, weit nach Mitternacht, nachdem Baba und seine Cousins ein paar Stunden Poker gespielt hatten, legten sich die Männer im selben Zimmer, wo wir zu Abend gegessen hatten, auf Matratzen nieder. Die Frauen gingen nach oben. Eine Stunde später konnte ich immer noch nicht schlafen. Ich wälzte mich hin und her, während meine Verwandten im Schlaf grunzten und seufzten und schnarchten. Ich setzte mich auf. Ein Streifen Mondlicht schien durch das Fenster.

»Ich habe zugesehen, wie Hassan vergewaltigt wurde«, sagte ich in das Zimmer hinein. Baba bewegte sich im Schlaf. *Kaka* Homayoun grunzte. Ein Teil von mir hoffte, dass jemand aufwachen und mich hören würde, damit ich nicht länger mit der Lüge leben musste. Aber niemand erwachte, und in der Stille, die folgte, begriff ich das Wesen meines neuen Fluchs: Ich würde ungeschoren davonkommen.

Ich dachte über Hassans Traum nach, den, in dem wir beide im See geschwommen waren. *Es gibt keine Ungeheuer,* hatte er gesagt, *nur Wasser.* Aber da hatte er sich getäuscht. Es gab sehr wohl ein Ungeheuer im See. Es hatte Hassan an den Fußknöcheln gepackt und ihn auf den trüben Grund hinuntergezogen. Ich war das Ungeheuer.

Das war die Nacht, in der meine Schlaflosigkeit begann.

Hassan sprach ich erst in der Mitte der darauffolgenden Woche wieder. Ich hatte mein Mittagessen zur Hälfte aufgegessen, und Hassan spülte. Ich war schon halb die Treppe hinauf, um auf mein Zimmer zu gehen, als Hassan fragte, ob ich Lust hätte, mit auf den Hügel zu kommen. Ich antwortete, dass ich müde sei. Hassan sah auch müde aus – er hatte abgenommen, und dunkle Ringe lagen unter seinen geschwollenen Augen. Aber als er erneut fragte, stimmte ich widerstrebend zu.

Wir mühten uns den Hügel hinauf; unsere Stiefel stapften durch den matschigen Schnee. Keiner von uns sagte ein Wort. Wir setzten uns unter unseren Granatapfelbaum, und ich wusste, dass ich einen Fehler begangen hatte. Ich hätte ihn nicht auf den Hügel begleiten sollen. Die Worte, die ich mit Alis Küchenmesser in den Stamm geritzt hatte – *Amir und Hassan, die Sultane von Kabul ...* ich ertrug es einfach nicht, sie zu sehen.

Er bat mich, ihm aus dem *Shahname* vorzulesen, und ich erklärte ihm, dass ich meine Meinung geändert hätte. Erklärte ihm, dass ich lieber auf mein Zimmer gehen würde. Er blickte zur Seite und zuckte mit den Schultern. Wir gingen auf dieselbe Weise hinunter, wie wir heraufgekommen waren: schweigend. Und zum ersten Mal in meinem Leben konnte ich es kaum erwarten, dass der Frühling kam.

Der Rest meiner Erinnerung an den Winter des Jahres 1975 ist ziemlich vage. Ich weiß noch, dass ich froh war, wenn sich Baba zu Hause aufhielt. Wir aßen zusammen, gingen ins Kino, besuchten *Kaka* Homayoun oder *Kaka* Faruq. Manchmal kam Rahim Khan zu Besuch, und Baba erlaubte mir, mit ihnen im Arbeitszimmer zu sitzen und Tee zu trinken. Ab und zu durfte ich ihm sogar eine von meinen Geschichten vorlesen. Es war toll, und ich glaubte sogar, dass es so bleiben würde. Und Baba glaubte es vielleicht auch. Aber wir hätten es beide besser wissen müssen. Zumindest für ein paar Monate gaben wir beide uns nach dem Drachenturnier einer schönen Illusion hin, sahen einander in einem völlig neuen Licht. Wir bildeten uns tatsächlich ein, dass ein Spielzeug aus Seidenpapier, Leim und Bambus in der Lage sein könnte, die Kluft zwischen uns zu überbrücken.

Aber wenn Baba weg war – und er war ziemlich oft weg –, vergrub ich mich in meinem Zimmer. Ich las alle paar Tage ein Buch, schrieb Geschichten, lernte, wie man Pferde zeichnete. Morgens hörte ich Hassan in der Küche herumschlurfen, hörte das Klirren des Tafelsilbers, das Pfeifen des Teekessels. Ich wartete dann immer, bis ich vernahm, wie die Tür zuschlug, und ging erst danach hinunter, um zu frühstücken. Auf meinem Kalender zeichnete ich einen dicken Kreis um das Datum des ersten Schultages und begann die Tage bis dahin zu zählen.

Zu meiner Bestürzung versuchte Hassan immer wieder, die Dinge zwischen uns aufleben zu lassen. Ich erinnere mich noch an das letzte Mal. Ich war in meinem Zimmer, las gerade in einer Farsi-Übersetzung des *Ivanhoe*, als er an die Tür klopfte.

»Was ist denn?«

»Ich gehe zum Bäcker, um *naan* zu kaufen«, sagte er von der anderen Seite. »Ich wollte fragen, ob du … ob du Lust hättest mitzukommen?«

»Ich glaube, ich lese lieber«, erwiderte ich und rieb mir die Schläfen. In letzter Zeit bekam ich in Hassans Nähe immer Kopfschmerzen.

»Es ist ein sonniger Tag«, sagte er.

»Das sehe ich.«

»Ein Spaziergang würde vielleicht Spaß machen.«

»Geh nur.«

»Ich fände es aber besser, wenn du mitkommen würdest«, sagte er. Verstummte. Etwas bumste gegen die Tür. Vielleicht seine Stirn. »Was habe ich denn nur getan, Amir Aga? So sag es mir doch. Warum spielen wir denn nicht mehr zusammen?«

»Du hast gar nichts getan, Hassan. Geh einfach.«

»Wenn du es mir sagst, höre ich damit auf.«

Ich vergrub den Kopf in meinem Schoß, drückte die Knie wie einen Schraubstock gegen meine Schläfen. »Ich werde dir sagen, womit du aufhören sollst«, murmelte ich mit zusammengepressten Lidern.

»Nur zu. Ich werde es tun.«

»Ich möchte, dass du aufhörst, mich zu belästigen. Ich möchte, dass du weggehst«, rief ich. Wenn er es mir doch nur mit gleicher Münze heimgezahlt, die Tür aufgebrochen und mich beschimpft hätte – dann wären die Dinge leichter, besser geworden. Aber er tat nichts dergleichen, und als ich die Tür Minuten später öffnete, war er nicht mehr da. Ich ließ mich auf das Bett fallen, vergrub meinen Kopf unter dem Kissen und weinte.

Danach existierte Hassan für mich nur noch am Rande meines Lebens. Ich sorgte dafür, dass sich unsere Wege so wenig wie möglich kreuzten, richtete meine Tage entsprechend ein. Denn wenn er in der Nähe war, wurde die Luft im Raum knapp. In meiner Brust wurde es eng, und ich konnte nicht mehr richtig atmen; ich stand keuchend da in meiner eigenen, kleinen, luftleeren Blase. Aber selbst wenn er nicht da war, war seine Anwesenheit spürbar. Da waren die von seiner Hand gewaschenen und gebügelten Kleider auf dem Rohrstuhl, da waren die warmen Hausschuhe, die er draußen vor meiner Tür bereitgestellt hatte, da waren die Holzscheite, die er in den Ofen gelegt hatte und die bereits brannten, wenn ich zum Frühstück herunterkam. Egal, wohin ich auch blickte, überall sah ich die Zeichen seiner Loyalität, seiner gottverdammten unerschütterlichen Loyalität.

Zu Beginn des Frühlings, ein paar Tage bevor das neue Schuljahr anfing, pflanzten Baba und ich im Garten Tulpen. Der meiste Schnee war geschmolzen, und die Berge im Norden trugen bereits Tupfen von grünem Gras. Es war ein kühler, grauer Morgen, und Baba hockte neben mir, hob mit einem kleinen Spaten Löcher aus und pflanzte die Zwiebeln, die ich ihm reichte. Er erklärte mir gerade, dass die meisten Leute glaubten, es sei besser, Tulpen im Herbst zu pflanzen, dies stimme aber nicht, da platzte ich einfach damit heraus und sagte zu ihm: »Baba, hast du jemals darüber nachgedacht, dir andere Dienstboten zu nehmen?«

Er ließ die Tulpenzwiebel fallen und stieß den Spaten in die Erde. Dann zog er die Gartenhandschuhe aus. Ich hatte ihn erschreckt. »*Chi?* Was hast du da gesagt?«

»Ich habe bloß laut nachgedacht, das ist alles.«

»Warum sollte ich so etwas tun?«, fragte Baba kurz.

»Würdest du ja eh nicht. Es war nur so eine Frage«, erwiderte ich, und meine Stimme wurde zu einem Murmeln. Ich bereute bereits, dass ich es gesagt hatte.

»Geht es hier um dich und Hassan? Ich weiß, dass da etwas zwischen euch beiden nicht stimmt, aber was immer es auch ist, du wirst allein damit klarkommen müssen. Ich halte mich da raus.«

»Tut mir Leid, Baba.«

Er zog seine Handschuhe wieder an. »Ich bin mit Ali aufgewachsen«, sagte er durch zusammengebissene Zähne hindurch. »Mein Vater hat ihn aufgenommen, er hat Ali wie einen eigenen Sohn geliebt. Ali ist seit vierzig Jahren bei meiner Familie. Vierzig gottverdammte Jahre. Und du glaubst, ich würde ihn einfach so hinauswerfen?« Er wandte sich mir jetzt mit einem Gesicht zu, das so rot war wie eine Tulpe. »Ich habe bisher niemals Hand an dich gelegt, Amir, aber wenn du jemals wieder so etwas sagen solltest ...« Er blickte zur Seite, schüttelte den Kopf. »Du machst mir Schande. Und Hassan ... Hassan geht nirgendwohin, hast du verstanden?«

Ich blickte zu Boden, beugte mich hinunter und hob eine Faust voll kühler Erde auf. Ließ sie zwischen meinen Fingern hindurchrieseln.

»Ob du mich verstanden hast?«, brüllte Baba.

Ich zuckte zusammen. »Ja, Baba.«

»Hassan geht nirgendwohin«, fuhr mich Baba an. Er grub ein neues Loch mit dem kleinen Spaten, stieß dabei fester in die Erde als zuvor. »Er bleibt hier bei uns, wo er hingehört. Das hier ist sein Zuhause, und wir sind seine Familie. Also stell mir diese Frage nie wieder!«

»Das werde ich nicht, Baba. Es tut mir Leid.«

Wir pflanzten den Rest der Tulpen, ohne ein weiteres Wort zu wechseln.

Ich war erleichtert, als in jener Woche die Schule begann. Schüler mit neuen Heften und gespitzten Bleistiften in der Hand schlenderten über den Schulhof, wirbelten dabei Staub auf, unterhielten sich in Gruppen, warteten auf die Pfiffe der Klassenführer. Baba fuhr die unbefestigte Straße hinunter, die zum Eingang der Istiqlal-Mittelschule führte. Die Schule war in einem alten zweistöckigen Gebäude mit zerbrochenen Fenstern und düsteren, mit Steinfliesen belegten Gängen untergebracht, an deren Wänden zwischen dem abplatzenden Putz die ursprüngliche mattgelbe Farbe durchkam. Die meisten der Jungen kamen zu Fuß zur Schule, und Babas schwarzer Mustang zog mehr als nur *einen* neidischen Blick auf sich. Ich hätte vor Stolz strahlen sollen, als er mich absetzte – der alte Amir hätte es wohl auch getan –, aber das Einzige, was ich aufzubringen vermochte, war eine leichte Form von Verlegenheit. Und ein Gefühl der Leere. Baba fuhr davon, ohne sich zu verabschieden.

Ich wich dem Vergleichen der Narben, das die Drachenkämpfer gemeinhin untereinander anstellten, aus und nahm sofort meinen Platz in der Reihe ein. Die Glocke läutete, und wir marschierten paarweise in die uns zugewiesene Klasse. Ich saß in der letzten Reihe. Als der Farsi-Lehrer die Bücher austeilte, hoffte ich inständig auf jede Menge Hausaufgaben.

Die Schule lieferte mir einen Vorwand, um stundenlang in meinem Zimmer sitzen zu können. Und für eine Weile lenkte sie mich von dem ab, was in jenem Winter geschehen war – was ich hatte geschehen *lassen*. Einige Wochen lang beschäftigte ich mich mit Schwerkraft und Bewegungsenergie, mit Atomen und Elementen, den Kriegen zwischen Engländern und Afghanen, statt über Hassan und das, was mit ihm geschehen war, nachzudenken. Aber meine Gedanken kehrten immer wieder zu jener Gasse zurück. Zu Hassans brauner Cordhose, die auf den Ziegelsteinen liegt. Zu den Blutstropfen, die den Schnee dunkelrot, beinahe schwarz färben.

An einem trägen, diesigen Sommernachmittag bat ich Hassan, mit mir auf den Hügel zu gehen. Sagte ihm, ich wolle ihm eine neue Geschichte vorlesen, die ich geschrieben hatte. Er hängte gerade im Garten die Wäsche zum Trocknen auf, und ich erkannte seinen Eifer an der Hast, mit der er die Arbeit zu Ende brachte.

Wir stiegen den Hügel hinauf und plauderten über Belanglosigkeiten. Er fragte mich nach der Schule, was ich so lernte, und ich redete über meine Lehrer, besonders über den gemeinen Mathematiklehrer, der Schüler, die sich im Unterricht unterhielten, damit bestrafte, dass er ihnen eine Metallstange zwischen die Finger steckte und die Finger dann fest zusammendrückte. Hassan zuckte zusammen, als er das hörte, und sagte, er hoffe, dass ich diese Erfahrung noch niemals hatte machen müssen. Ich erwiderte ihm, dass ich bisher Glück gehabt hätte, obwohl ich wusste, dass Glück gar nichts damit zu tun hatte. Ich hatte mich oft genug während des Unterrichts unterhalten. Aber mein Vater war reich, und jeder kannte ihn, also wurde mir die Behandlung mit der Metallstange erspart.

Wir setzten uns in den Schatten des Granatapfelbaums, lehnten uns mit dem Rücken an die niedrige Friedhofsmauer. In einem Monat oder auch zwei würde lauter von der Sonne verbranntes, vergilbtes Gras den Abhang überziehen, aber in jenem Jahr hatten die Regenfälle des Frühjahrs länger als gewöhnlich gedauert, hatten sich bis in den Frühsommer hinein erstreckt, und das Gras war noch immer grün und mit einem Gewirr von Wildpflanzen durchzogen. Unter uns schimmerten die Häuser des Wazir-Akbar-Khan-Viertels mit ihren weißen Mauern und den flachen Dächern in der Sonne. Wäschestücke hing an Leinen in den Gärten und tanzten vom Wind beseelt wie Schmetterlinge.

Wir hatten ein Dutzend Granatäpfel vom Baum gepflückt. Ich faltete die Geschichte auseinander, die ich mitgebracht hatte, wandte mich der ersten Seite zu, legte die Blätter dann aber wieder weg, stand auf und griff mir einen überreifen Granatapfel, der zu Boden gefallen war.

»Was würdest du machen, wenn ich dich damit bewerfen würde?«, fragte ich und warf die Frucht einige Male kurz in die Höhe.

Hassans Lächeln erstarb. Er sah älter aus, als ich in Erinnerung hatte. Nein, nicht älter, *alt*. War das möglich? Tiefe Furchen hatten sich in sein gebräuntes Gesicht gegraben, und um Augen und Mund herum hatten sich Falten gebildet. Ich hätte diese Furchen genauso gut selbst mit einem Messer in seine Haut ritzen können.

»Was würdest du machen?«, wiederholte ich.

Die Farbe wich aus seinem Gesicht. Neben ihm begannen die mit einer Heftklammer zusammengehaltenen Seiten der Geschichte, die ich vorzulesen versprochen hatte, in der Brise zu flattern. Ich schleuderte den Granatapfel in seine Richtung. Ich traf ihn mitten auf der Brust, der Apfel zerplatzte zu einem spritzenden roten Brei. In Hassans Schrei schwangen Überraschung und Schmerz mit.

»Wehr dich! Bewirf mich auch!«, fuhr ich ihn an. Hassan blickte von dem Fleck auf seiner Brust zu mir.

»Steh auf! Wirf!«, sagte ich. Hassan stand tatsächlich auf, aber er blieb einfach stehen und sah benommen drein wie ein Mann, den das zurückströmende Wasser ins Meer gezogen hat, wo er doch einen Augenblick zuvor noch fröhlich am Strand entlangspaziert ist.

Ich bewarf ihn mit einem weiteren Granatapfel, traf ihn dieses Mal an der Schulter. Der Saft spritzte ihm ins Gesicht. »Wirf schon zurück!«, fauchte ich. »Wirf, verdammt noch mal!« Wenn er es doch nur tun würde! Wenn er mir doch nur endlich die Bestrafung zukommen lassen würde, nach der ich mich so sehnte, dann könnte ich nachts vielleicht endlich wieder schlafen. Und es würde zwischen uns vielleicht auch wieder so sein, wie es früher gewesen war. Aber Hassan reagierte nicht, egal, wie viele Früchte ich auch nach ihm schleuderte. »Du bist ein Feigling!«, rief ich. »Ein gottverdammter Feigling!«

Ich weiß nicht, wie oft ich ihn traf. Ich weiß nur, dass Hassan, als ich endlich vor Erschöpfung keuchend aufhörte, von oben bis unten rot beschmiert war, als hätte ein Exekutionskommando sämtliche Flinten auf ihn abgefeuert. Müde, erschöpft und frustriert sank ich in die Knie.

Dann hob Hassan doch einen Granatapfel auf. Kam auf mich zu. Brach ihn auf und zerdrückte ihn an seiner Stirn. »Da«, krächzte er, während ihm der rote Saft wie Blut über das Gesicht lief, »bist du jetzt zufrieden? Fühlst du dich jetzt besser?« Er drehte sich um und machte sich auf den Rückweg den Hügel hinunter.

Ich ließ meinen Tränen freien Lauf, schaukelte auf den Knien vor und zurück. »Was fange ich nur mit dir an, Hassan? Was fange ich nur mit dir an?« Aber als die Tränen getrocknet waren und ich den Hügel hinuntertrottete, da wusste ich die Antwort auf diese Frage.

Im Sommer des Jahres 1976, der Afghanistans vorletzter Sommer des Friedens und der Unabhängigkeit werden sollte, wurde ich dreizehn Jahre alt. Das Verhältnis zwischen Baba und mir war bereits wieder abgekühlt. Begonnen hatte es wohl mit meiner dummen Bemerkung über neue Dienstboten, die ich gemacht hatte, als wir die Tulpen pflanzten. Ich bedauerte, dass ich es gesagt hatte – bedauerte es wirklich aufrichtig –, aber ich glaube, selbst wenn es mir nicht über die Lippen gekommen wäre, hätte unser fröhliches kleines Zwischenspiel bald ein Ende gefunden. Vielleicht nicht ganz so rasch, aber es wäre auf jeden Fall irgendwann vorbei gewesen. Am Ende des Sommers hatte das Kratzen von Löffel und Gabel auf den Tellern die Unterhaltung am Abendbrottisch ersetzt, und nach dem Essen zog sich Baba nun wieder hinter die geschlossene Tür seines Arbeitszimmers zurück. Ich blätterte erneut in den Büchern von Hafis und Khayyam, kaute an meinen Fingernägeln und schrieb Geschichten. Die Geschichten stapelte ich unter meinem Bett. Ich bewahrte sie für den – unwahrscheinlichen – Fall auf, dass Baba mich irgendwann vielleicht doch noch einmal bitten würde, sie ihm vorzulesen.

Babas Motto in Bezug auf Partys lautete: Am besten, man lädt die ganze Welt ein, sonst ist es keine richtige Party. Ich weiß noch, wie ich mir eine Woche vor meiner Geburtstagsfeier die Gästeliste ansah und mindestens drei Viertel der vierhundert geladenen Gäste – abgesehen von all den *Kakas* und *Khalas* –, die mir Geschenke bringen und mir dazu gratulieren sollten, dass ich dreizehn Jahre alt geworden war, gar nicht kannte. Dann wurde mir klar, dass sie eigentlich gar nicht meinetwegen kamen. Es mochte wohl mein Geburtstag sein, aber ich wusste, wer der eigentliche Star bei dieser Sache war.

Seit Tagen wimmelte das Haus von Leuten. Da war Salahuddin, der Metzger, der mit einem Kalb und zwei Schafen im Schlepptau auftauchte und sich weigerte, für die drei irgendeine Bezahlung anzunehmen. Er schlachtete die Tiere eigenhändig bei der Pappel im Garten. Ich weiß noch, wie er behauptete, dass das Blut gut sei für den Baum, als das Gras um die Pappel vom Rot durchtränkt wurde. Männer, die ich nicht kannte, kletterten mit aufgerollten Lichterketten und meterlangen Verlängerungsschnüren in die Eichen hinauf. Andere bauten Dutzende von Tischen im Garten auf und legten Decken auf jeden einzelnen. Am Abend vor der großen Feier kam Babas Freund Del-Mohammad, dem ein Kebab-Haus in Shar-e-Nau gehörte, mit seinen Gewürzsäcken zu uns ins Haus. Wie schon der Metzger weigerte sich auch Del-Mohammad – oder Dello, wie Baba ihn nannte –, irgendeine Bezahlung für seine Dienste anzunehmen. Er sagte, Baba habe schon genug für seine Familie getan. Es war Rahim Khan, der mir, während Dello das Fleisch marinierte, zuflüsterte, dass Baba Dello Geld gegeben hatte, damit der sein Restaurant eröffnen konnte. Baba hatte sich geweigert, sich das Geld zurückzahlen zu lassen, bis Dello eines Tages in einem Mercedes die Auffahrt heraufgekommen war und Baba erklärt hatte, dass er erst dann wieder fahren würde, wenn Baba sein Geld angenommen hätte.

Ich nehme an, dass man meine Geburtstagsparty wohl in vielerlei Hinsicht – oder zumindest unter dem Gesichtspunkt aller für eine Party wichtigen Kriterien – als einen großen Erfolg bezeichnen könnte. Noch nie war unser Haus so voll gewesen. Gäste mit gefüllten Gläsern in der Hand unterhielten sich auf den Fluren, rauchten auf der Treppe ihre Zigaretten, lehnten an Türrahmen. Sie setzten sich, wo sie gerade Platz fanden: auf die Arbeitsflächen in der Küche, in die Eingangshalle, sogar unter die Treppe. Im Garten vermischten sie sich unter dem blauen, roten und grünen

Glühen der Lampen, die in den Bäumen blinkten, die Gesichter erleuchtet vom Licht der Petroleumfackeln, die überall in der Erde steckten.

Baba hatte auf dem Balkon, der auf den Garten hinausging, eine Bühne aufbauen und überall im Garten Lautsprecher aufstellen lassen. Ahmad Zahir spielte auf dieser Bühne über den Massen von Tanzenden auf einem Akkordeon und sang dazu.

Ich musste jeden der Gäste persönlich begrüßen – darauf achtete Baba sehr genau. Niemand sollte sich am nächsten Tag den Mund darüber zerreißen, dass er einen Sohn ohne Manieren großgezogen habe. Ich küsste Hunderte von Wangen, umarmte fremde Menschen, bedankte mich für ihre Geschenke. Mein Gesicht tat schon weh von den Strapazen meines gekünstelten Lächelns.

Ich stand mit Baba im Garten in der Nähe der Bar, als jemand sagte: »Herzlichen Glückwunsch, Amir.« Es war Assef in Begleitung seiner Eltern. Assefs Vater, Mahmood, war ein kleiner schlaksiger Mann mit dunkler Haut und einem schmalen Gesicht. Seine Mutter, Tanja, war eine zierliche, nervöse Frau, die andauernd zu lächeln und zu blinzeln schien. Assef stand grinsend zwischen den beiden, die er um einiges überragte, und hatte die Arme um ihre Schultern gelegt. Er führte sie in unsere Richtung, ganz so, als hätte *er* sie mitgebracht. Als wäre er der Vater und sie wären seine Kinder. Ein Schwindelgefühl überkam mich. Baba dankte ihnen für ihr Kommen.

»Ich habe dir dein Geschenk selbst ausgesucht«, erklärte Assef. In Tanjas Gesicht zuckte es, und ihre Augen huschten unruhig zwischen Assef und mir hin und her. Sie setzte ein wenig überzeugendes Lächeln auf und blinzelte. Ich fragte mich, ob Baba es bemerkt hatte.

»Spielst du immer noch Fußball, Assef *jan?*«, erkundigte sich Baba. Er hatte sich immer gewünscht, dass ich mich mit Assef anfreundete.

Assef lächelte. Es war unheimlich zu sehen, wie nett er dadurch wirkte. »Aber natürlich, *Kaka jan.*«

»Rechtsaußen, wenn ich mich richtig erinnere, oder?«

»Dieses Jahr spiele ich Mittelstürmer«, erwiderte Assef. »Da macht man mehr Tore. Nächste Woche spielen wir gegen die

Mannschaft von Mekro-Rayan. Wird bestimmt ein gutes Spiel. Die haben einige tolle Spieler.«

Baba nickte. »Ich habe in meiner Jugend auch lange als Mittelstürmer gespielt.«

»Ich wette, das könnten Sie noch immer, wenn Sie wollten«, entgegnete Assef und bedachte Baba mit einem gut gelaunten Zwinkern.

Baba erwiderte das Zwinkern. »Wie ich sehe, hat dir dein Vater, dieser weltberühmte Schmeichler, einige seiner Tricks verraten.« Er stieß Assefs Vater so fest den Ellbogen in die Seite, dass der kleine Kerl beinahe umgefallen wäre. Mahmoods Lachen war ungefähr so überzeugend wie Tanjas Lächeln, und ich fragte mich plötzlich, ob ihnen ihr Sohn möglicherweise auf irgendeine Weise Angst einjagte. Ich versuchte mich an einem aufgesetzten Lächeln, aber alles, was ich zustande brachte, war ein schwächliches Hochziehen der Mundwinkel – es drehte mir den Magen um, mit ansehen zu müssen, wie gut sich mein Vater mit Assef verstand.

Assef richtete den Blick auf mich. »Wali und Kamal sind auch hier. Sie würden sich deinen Geburtstag um nichts auf der Welt entgehen lassen«, sagte er, und schien erneut in lautes Lachen ausbrechen zu wollen. Ich nickte schweigend.

»Wir wollen morgen bei uns zu Hause Volleyball spielen«, sagte Assef »Vielleicht hast du ja Lust mitzumachen. Bring doch Hassan mit, wenn du willst.«

»Das klingt doch gut«, sagte Baba strahlend. »Was hältst du davon, Amir?«

»Ich mag Volleyball nicht besonders«, murmelte ich. Ich sah, wie das Funkeln in Babas Augen erlosch, und betretenes Schweigen trat ein.

»Tut mir Leid, Assef *jan*«, sagte Baba schulterzuckend. Dass er sich für mich entschuldigte, traf mich tief.

»Ach, das macht doch nichts«, antwortete Assef. »Aber die Einladung steht nach wie vor, Amir *jan*. Also, ich habe gehört, dass du gern liest, deshalb habe ich dir ein Buch mitgebracht. Eins meiner Lieblingsbücher.« Er reichte mir das eingewickelte Geschenk. »Alles Gute zum Geburtstag.«

Er trug ein Baumwollhemd und eine blaue Hose, eine rote Seidenkrawatte und glänzende schwarze Halbschuhe. Er roch nach Eau de Cologne, und sein blondes Haar war ordentlich zurückgekämmt. Oberflächlich betrachtet, verkörperte er den Sohn, von dem alle Eltern träumten: ein kräftiger, großer, anständig gekleideter Junge mit guten Manieren, Talent und einem attraktiven Aussehen – nicht zu vergessen die nötige Schlagfertigkeit, der es bedurfte, um mit einem Erwachsenen zu scherzen. Aber wenn ich ihn anblickte, verrieten ihn seine Augen. Wenn ich in sie hineinsah, bröckelte die Fassade und gab für einen Moment den Blick auf den Wahnsinn frei, der dahinter verborgen lag.

»Willst du es denn nicht annehmen, Amir?«, sagte Baba.

»Wie?«

»Dein Geschenk, das Assef *jan* dir mitgebracht hat«, sagte Baba gereizt. »Willst du es nicht annehmen?«

»Oh«, sagte ich. Ich nahm das Päckchen aus Assefs Händen entgegen und senkte den Blick. Wenn ich doch nur allein in meinem Zimmer hätte sein können, umgeben von meinen Büchern und weit weg von diesen Leuten!

»Nun?«, sagte Baba.

»Was denn?«

Baba sprach mit einer leisen Stimme, die er immer dann benutzte, wenn ich ihn in der Öffentlichkeit blamierte. »Willst du dich denn nicht bei Assef *jan* bedanken? Das war doch sehr aufmerksam von ihm.«

Wenn Baba doch nur aufhören würde, ihn so zu nennen. Wie oft hatte er mich bisher Amir *jan* genannt? »Danke«, sagte ich. Assefs Mutter blickte mich an, als wollte sie etwas sagen, tat es dann aber doch nicht, und mir wurde bewusst, dass keiner von Assefs Eltern bisher auch nur ein einziges Wort gesprochen hatte. Bevor ich Baba und mich noch weiter in Verlegenheit bringen konnte – aber eigentlich doch mehr, um Assef und seinem Grinsen zu entgehen –, wich ich zurück. »Danke fürs Kommen«, sagte ich.

Ich schlängelte mich durch die Gästemenge und schlüpfte durch das schmiedeeiserne Tor. Zwei Häuser die Straße hinunter gab es ein großes unbebautes Grundstück. Ich hatte gehört, wie Baba Rahim Khan erzählte, dass ein Richter das Land gekauft habe und ein Architekt an den Plänen für ein Haus arbeite. Aber im Augenblick war das Grundstück noch leer, abgesehen von Erde, Steinen und Unkraut. Ich riss das Papier von Assefs Geschenk auf und hielt den Titel ins Mondlicht. Es war ein Buch über Hitler. Ich warf es ins Gestrüpp.

Dann lehnte ich mich an die Mauer des Nachbarn und ließ mich an ihr zu Boden gleiten. Dort saß ich eine ganze Weile in der Dunkelheit, die Knie an die Brust gezogen, blickte zu den Sternen hinauf und wartete, dass die Nacht zu Ende ginge.

»Solltest du nicht deine Gäste unterhalten?«, sagte eine vertraute Stimme. Rahim Khan schritt an der Mauer entlang auf mich zu.

»Dafür brauchen sie mich doch nicht. Baba ist da, schon vergessen?«, erwiderte ich. Das Eis in Rahim Khans Drink klirrte, als er sich neben mich setzte. »Ich wusste ja gar nicht, dass du Alkohol trinkst.«

»Jetzt weißt du es«, erwiderte er. Stieß mir munter den Ellbogen in die Seite. »Aber nur zu den ganz wichtigen Gelegenheiten.«

Ich lächelte. »Danke.«

Er neigte das Glas in meine Richtung und nahm einen Schluck. Dann zündete er sich eine Zigarette an, eine von den pakistanischen ohne Filter, die Baba und er immer rauchten. »Habe ich dir eigentlich schon erzählt, dass ich einmal fast geheiratet hätte?«

»Wirklich?«, fragte ich und musste bei der Vorstellung eines verheirateten Rahim Khan unwillkürlich lächeln. Ich hatte ihn immer für Babas stilles Alter Ego gehalten, für meinen Mentor, meinen Freund, der niemals vergaß, mir ein Souvenir, ein *saughat*, mitzubringen, wenn er von einer Auslandsreise zurückkam. Aber ein Ehemann? Ein Vater?

Er nickte. »Ja, wirklich. Ich war achtzehn. Ihr Name lautete Homaira. Sie war eine Hazara, die Tochter der Dienstboten unseres Nachbarn. Sie war so wunderschön wie ein *pari*, ein Engel, mit hellbraunem Haar, großen, haselnussbraunen Augen … und sie hatte so ein Lachen … Ich kann es manchmal heute noch hören.« Er schwenkte sein Glas. »Wir haben uns immer heimlich im Obstgarten meines Vaters getroffen, immer nach Mitternacht, wenn alle schon schliefen. Dann sind wir unter den Bäumen entlangspaziert, und ich habe ihre Hand gehalten … Mache ich dich verlegen, Amir *jan*?«

»Ein bisschen«, gab ich zu.

»Es wird dich nicht umbringen«, erwiderte er und paffte an seiner Zigarette. »Also, wir hatten uns unser Leben so schön ausgemalt. Wir träumten von einer großartigen, wundervollen Hochzeit, zu der wir unsere Familien und Freunde von Kabul bis Kandahar einladen wollten. Wir träumten davon, Obstbäume im Garten zu pflanzen und alle möglichen Blumen, von einem Rasen, auf dem unsere Kinder spielen konnten. Und an den Freitagen, nach dem *namaz* in der Moschee, sollten sich alle zum Essen in unserem Haus treffen, und wir wollten mit ihnen im Garten essen, unter den Kirschbäumen, frisches Wasser aus dem Brunnen trinken. Und danach hätte es Tee mit Süßigkeiten gegeben, während wir zusahen, wie unsere Kinder mit ihren Cousins spielten ...«

Er nahm einen großen Schluck von seinem Scotch. »Du hättest einmal den Gesichtsausdruck meines Vaters sehen sollen, als ich ihm davon erzählte. Meine Mutter ist sogar in Ohnmacht gefallen. Meine Schwestern haben ihr Wasser ins Gesicht gespritzt und ihr Luft zugefächelt und mir einen Blick zugeworfen, als hätte ich ihr die Kehle durchgeschnitten. Mein Bruder Jalal hatte bereits sein Jagdgewehr geholt, bevor mein Vater ihn aufhalten konnte.« Rahim Khan stieß ein bellendes, verbittertes Lachen aus. »Homaira und ich mussten es allein gegen die ganze Welt aufnehmen. Und du darfst mir eins glauben, Amir *jan:* Am Ende ist es immer die Welt, die gewinnt. So ist das nun einmal.«

»Und was ist dann passiert?«

»Am selben Tag noch hat mein Vater Homaira und ihre Familie auf einen Lastwagen verfrachtet und sie in den Hazarajat geschickt. Ich habe sie nie wiedergesehen.«

»Das tut mir Leid«, sagte ich.

»Ist wahrscheinlich besser so gewesen«, sagte Rahim Khan und zuckte mit den Schultern. »Sie hätte darunter gelitten. Meine Familie hätte sie niemals als eine der Ihren akzeptiert. Man kann doch niemanden mit *Schwester* anreden, dem man gestern noch befohlen hat, die Schuhe zu putzen.« Er blickte mich an. »Du weißt doch, dass du mir alles sagen kannst, Amir. Ich bin immer für dich da. Jederzeit.«

»Ich weiß«, sagte ich unsicher. Er blickte mich lange an, als wartete er auf etwas, und seine schwarzen unergründlichen Augen deuteten an, dass es ein unausgesprochenes Geheimnis zwischen uns gab. Einen Moment lang war ich versucht, ihm davon zu erzählen. Ihm alles zu erzählen, aber was würde er dann wohl von mir halten? Er würde mich verabscheuen, und das mit Recht.

»Hier.« Er reichte mir etwas. »Das hätte ich beinahe vergessen. Alles Gute zum Geburtstag.« Es war ein Notizbuch, in braunes Leder gebunden. Ich fuhr mit den Fingern über die mit Gold abgesteppten Kanten. Roch an dem Leder. »Für deine Geschichten«, sagte er. Ich wollte mich gerade bei ihm bedanken, als ein Krachen ertönte und Lichter über den Himmel zuckten.

»Ein Feuerwerk!«

Wir eilten zum Haus zurück, und dort standen alle Gäste im Garten und blickten zum Himmel hinauf. Kinder johlten und schrien bei jedem Prasseln und Zischen. Die Leute jubelten und brachen jedes Mal in Beifall aus, wenn eine Rakete hinaufschoss und in einem Feuerstrauß explodierte. Alle paar Sekunden wurde der Garten in rotes, grünes und gelbes Licht getaucht.

Während einer dieser Salven sah ich etwas, das ich niemals vergessen werde: Hassan servierte Assef und Wali Getränke von einem Silbertablett. Das Licht funkelte und erstarb, dann ein Zischen und ein Knistern und wieder ein Flackern, dieses Mal orangefarben: ein grinsender Assef, der Hassan einen Fingerknöchel gegen die Brust drückt.

Dann gnädigerweise Dunkelheit.

9

Am nächsten Morgen saß ich in meinem Zimmer und riss ein Geburtstagspäckchen nach dem anderen auf. Ich weiß nicht, warum ich mir überhaupt die Mühe machte, sie auszupacken, da ich sämtliche Geschenke nur mit einem freudlosen Blick bedachte und dann in die Ecke warf. Der Haufen dort wurde immer höher: eine Polaroidkamera, ein Transistorradio, eine aufwändige elektrische Eisenbahn – und mehrere zugeklebte Briefumschläge, die Bargeld enthielten. Ich wusste, dass ich weder das Geld ausgeben noch dem Radio lauschen würde, und auch die elektrische Eisenbahn würde niemals in meinem Zimmer über ihre Schienen rollen. Ich wollte nichts davon haben – es war alles Blutgeld; Baba hätte niemals eine solche Feier für mich ausgerichtet, wenn ich nicht das Turnier gewonnen hätte.

Von ihm bekam ich zwei Geschenke. Das eine hätte gewiss den Neid jedes Kindes in der Nachbarschaft hervorgerufen: ein nagelneues Fahrrad der Marke »Schwinn Stingray«, das beste aller Fahrräder. Nur eine Hand voll Kinder in ganz Kabul besaß ein solches Stingray, und jetzt gehörte ich dazu. Das Rad hatte einen hohen, geschwungenen Lenker mit schwarzen Gummigriffen und natürlich einen Bananensattel. Die Speichen waren goldfarben, der Stahlrahmen rot wie ein kandierter Apfel. Oder wie Blut. Vor ein paar Monaten wäre ich wie jedes andere Kind auch sofort auf das Rad gesprungen und damit durch die Straßen gerast.

»Gefällt es dir?«, fragte Baba, der im Türrahmen meines Zimmers lehnte. Ich warf ihm ein verlegenes Grinsen zu und brachte mühsam ein »Danke schön« hervor.

»Wir könnten eine kleine Fahrt unternehmen«, sagte Baba. Eine Einladung, wenn auch nur eine halbherzige.

»Vielleicht später. Ich bin ein wenig müde«, sagte ich.

»Verstehe«, erwiderte Baba.

»Baba?«

»Ja?«

»Danke für das Feuerwerk«, sagte ich. Ein Dankeschön, wenn auch nur ein halbherziges.

»Ruh dich etwas aus«, riet er mir und verschwand in Richtung seines Zimmers.

Das andere Geschenk, das ich von Baba bekommen hatte – und er wartete gar nicht erst ab, bis ich es ausgepackt hatte –, war eine Armbanduhr. Sie hatte ein blaues Zifferblatt und goldene Zeiger in der Form von Blitzen. Ich probierte sie nicht einmal an. Warf sie auf den Haufen von Spielzeug in der Ecke. Das einzige Geschenk, das ich nicht auf den Haufen warf, war Rahim Khans in Leder gebundenes Notizbuch. Das war das Einzige, was mir nicht wie Blutgeld vorkam.

Ich setzte mich auf die Bettkante, drehte und wendete das Notizbuch in meinen Händen und dachte darüber nach, was mir Rahim Khan von Homaira erzählt hatte – dass es am Ende das Beste gewesen war, dass sein Vater sie fortgeschickt hatte. *Sie hätte darunter gelitten.* Vor meinem inneren Auge blitzte immer wieder ein einziges Bild auf, wie die Male, wenn *Kaka* Homayouns Projektor bei einem Dia hängen blieb: Hassan, der mit gebeugtem Kopf Assef und Wali Getränke servierte. Vielleicht wäre es wirklich das Beste. Würde sein Leiden lindern. Und meines auch. Wie auch immer man es sah, drehte und wendete, eins war klar: Einer von uns musste gehen.

Später am Nachmittag nahm ich das Fahrrad auf seine erste und letzte Fahrt mit. Ich strampelte ein paarmal um den Block und kam zurück. Rollte die Auffahrt hinauf bis zum Garten, wo Hassan und Ali das Durcheinander von der gestrigen Party aufräumten. Papierbecher, zusammengeknüllte Servietten und leere Sodawasserflaschen lagen überall verstreut. Ali klappte gerade Stühle zusammen und lehnte sie gegen die Mauer. Er sah mich und winkte.

»*Salaam,* Ali«, sagte ich und winkte zurück.

Er hielt einen Finger in die Höhe, bat mich zu warten und ging zur Hütte hinüber. Einen Moment später trat er wieder heraus und hielt etwas in den Händen. »Gestern Abend hat sich für Hassan und mich leider nicht die Gelegenheit ergeben, dir das hier zu überreichen«, sagte er und hielt mir eine Schachtel hin. »Es ist nur ein sehr bescheidenes Geschenk und deiner nicht würdig, Amir Aga. Aber wir hoffen, dass es dir trotzdem gefällt. Herzlichen Glückwunsch zum Geburtstag.«

Ich spürte mit einem Mal einen Kloß im Hals. »Danke, Ali«, sagte ich. Ich wünschte, sie hätten mir nichts gekauft. Ich öffnete die Schachtel und fand darin eine nagelneue, gebundene Ausgabe des *Shahname* mit glänzenden, bunten Illustrationen unter den Textpassagen. Hier blickte Ferangis auf ihren neugeborenen Sohn, Kai Khosrau, hinab. Da war Afrasiyab auf seinem Pferd zu sehen, wie er mit gezogenem Schwert sein Heer anführt. Und natürlich Rostem, der seinem Sohn, dem Krieger Suhrab, eine tödliche Wunde zufügt. »Es ist wunderschön«, sagte ich.

»Hassan hat mir erzählt, dass deine Ausgabe alt und zerlesen ist und einige der Seiten schon fehlen«, erklärte Ali. »All die Bilder hier drin sind mit Feder und Tinte von Hand gezeichnet«, fügte er stolz hinzu und betrachtete dabei das Buch, das weder er noch sein Sohn lesen konnten.

»Es ist wirklich ganz großartig«, sagte ich. Und das war es auch. Und vermutlich auch nicht billig. Ich hätte Ali am liebsten gesagt, dass er sich geirrt hatte und *ich* eines solchen Geschenks nicht würdig war. Ich kletterte wieder auf mein Rad. »Richte Hassan meinen Dank aus«, sagte ich.

Ich warf das Buch am Ende auf den Haufen von Geschenken in der Ecke meines Zimmers. Aber meine Augen wanderten immer wieder dorthin, also schob ich es ganz nach unten, unter all die anderen Sachen. Bevor ich an jenem Abend zu Bett ging, fragte ich Baba, ob er meine neue Armbanduhr gesehen habe.

Am nächsten Morgen wartete ich in meinem Zimmer darauf, dass Ali den Frühstückstisch in der Küche abräumte. Wartete darauf, dass er das Geschirr spülte und die Arbeitsflächen abwischte. Ich sah aus meinem Kinderzimmer und wartete, bis Ali und Hassan Richtung Basar gingen, um Lebensmittel einzukaufen, und dabei die leeren Schubkarren vor sich herschoben.

Dann zog ich zwei Briefumschläge mit Bargeld und meine Armbanduhr aus dem Haufen von Geschenken hervor und schlich hinaus. Ich blieb vor Babas Arbeitszimmer stehen und lauschte. Er war schon den ganzen Morgen dort drin und telefonierte. Auch jetzt redete er wieder mit jemandem, dabei ging es um eine Sendung Teppiche, die nächste Woche eintreffen sollte. Ich lief nach unten, durchquerte den Garten und betrat Alis und Hassans Hütte in der Nähe des Mispelbaumes. Ich hob Hassans Matratze in die Höhe und legte meine neue Uhr und eine Hand voll afghanischer Geldscheine darunter.

Dann wartete ich dreißig Minuten, ehe ich an Babas Tür klopfte und ihm die, wie ich hoffte, letzte Lüge in einer ganzen Reihe von schändlichen Lügen auftischte.

Durch das Fenster in meinem Kinderzimmer sah ich, wie Ali und Hassan die mit Fleisch, *naan*, Früchten und Gemüsen gefüllten Schubkarren die Auffahrt heraufschoben. Ich sah Baba aus dem Haus treten und auf Ali zugehen. Ihre Münder formten Worte, die ich nicht hören konnte. Baba zeigte auf das Haus, und Ali nickte. Sie trennten sich. Baba kehrte ins Haus zurück; Ali folgte Hassan in ihre Hütte.

Wenige Augenblicke später klopfte Baba an meine Tür. »Komm ins Arbeitszimmer«, sagte er. »Wir werden uns alle zusammensetzen und diese Angelegenheit klären.«

Ich ging in Babas Arbeitszimmer und setzte mich auf eins der Ledersofas. Es dauerte eine gute halbe Stunde, bis Hassan und Ali dazukamen.

Sie hatten beide geweint, das konnte ich an ihren roten, geschwollenen Augen sehen. Sie standen vor Baba, hielten sich an den Händen, und ich fragte mich, wie es wohl kam, dass ich imstande war, einem anderen Menschen einen solchen Schmerz zuzufügen.

Baba redete gar nicht erst lange drum herum und fragte: »Hast du das Geld gestohlen? Hast du Amirs Uhr gestohlen, Hassan?«

Hassans Erwiderung bestand nur aus einem einzigen Wort, ausgesprochen mit einer schwachen, heiseren Stimme: »Ja.«

Ich zuckte zusammen, als hätte mich ein Schlag getroffen. Das Herz wurde mir schwer, und ich wäre beinahe mit der Wahrheit herausgeplatzt. Dann begriff ich: Das hier war Hassans letztes Opfer für mich. Wenn er Nein gesagt hätte, hätte Baba ihm geglaubt, weil wir alle wussten, dass Hassan niemals log. Und wenn Baba ihm geglaubt hätte, wäre ich der Beschuldigte gewesen; ich hätte eine Erklärung abgeben müssen, und es wäre herausgekommen, was ich getan hatte. Das hätte mir Baba nie und nimmer verziehen. Und das wiederum machte mir noch etwas klar: Hassan wusste es. Er wusste, dass ich damals in jener Gasse alles gesehen hatte, dass ich dort gestanden und nichts getan hatte. Er wusste, dass ich ihn im Stich gelassen hatte, und dennoch rettete er mich erneut, vielleicht zum letzten Mal. In diesem Moment liebte ich ihn, liebte ihn mehr, als ich jemals einen anderen Menschen geliebt hatte, und ich hätte ihm so gern gesagt, dass ich die Schlange im Gras war, das Ungeheuer im See. Ich war dieses Opfer nicht wert; ich war ein Lügner und ein Betrüger und ein Dieb. Und ich hätte es auch beinahe gesagt, wenn ich nicht tief in meinem Inneren froh gewesen wäre. Froh, dass all das hier bald vorüber sein würde. Baba würde sie entlassen, es würde wehtun, aber das Leben ging weiter. Und genau das wollte ich, ich wollte einen neuen Anfang machen. Wollte endlich wieder atmen können.

Aber dann verblüffte mich Baba, indem er sagte: »Ich vergebe dir.«

Er wollte ihm *vergeben?* Aber Diebstahl war doch *die* eine unverzeihliche Sünde, die größte aller Sünden überhaupt. *Wenn du einen Mann umbringst, stiehlst du ein Leben. Du stiehlst seiner Frau das Recht auf einen Ehemann, raubst seinen Kindern den Vater. Wenn du eine Lüge erzählst, stiehlst du einem anderen das Recht auf die Wahrheit. Wenn du betrügst, stiehlst du das Recht auf Gerechtigkeit. Es gibt keine erbärmlichere Tat als das Stehlen.* Hatte mich Baba nicht auf seine Knie gehoben und mir diese Worte gesagt? Wie konnte er Hassan dann so einfach vergeben? Und wenn Baba das vergeben konnte, warum war er nicht imstande, mir zu verzeihen, dass ich nicht der Sohn war, den er sich immer gewünscht hatte? Warum …

»Wir gehen weg von hier, Aga Sahib«, sagte Ali.

»Was?«, rief Baba, und alle Farbe wich aus seinem Gesicht.

»Wir können hier nicht mehr leben«, sagte Ali.

»Aber ich vergebe ihm, Ali, hast du das denn nicht gehört?«, fragte Baba.

»Das Leben hier ist für uns unmöglich geworden, Aga Sahib. Wir gehen von hier weg.« Ali zog Hassan an sich, legte den Arm um die Schulter seines Sohnes. Es war eine beschützende Geste, und ich wusste, vor wem Ali ihn beschützte. Ali blickte zu mir hinüber, und in seinem kalten, unversöhnlichen Blick sah ich, dass Hassan es ihm erzählt hatte. Er hatte ihm alles erzählt, über Assef und seine Freunde und was sie ihm angetan hatten, über den Drachen und über mich. Seltsamerweise war ich froh, dass jemand wusste, was für ein Mensch ich wirklich war; denn ich hatte genug von der Versteckspielerei.

»Das mit dem Geld oder der Uhr ist mir egal«, sagte Baba, der die Arme geöffnet hatte und dessen Handflächen zum Himmel zeigten. »Ich verstehe nur nicht, warum du das tust … was meinst du mit unmöglich?«

»Es tut mir Leid, Aga Sahib, aber wir haben bereits gepackt. Unsere Entscheidung ist gefallen.«

Als Baba sich erhob, war ein kummervoller Ausdruck auf seinem Gesicht. »Ali, habe ich nicht gut für dich gesorgt? Bin ich zu dir und Hassan nicht gut gewesen? Du bist der Bruder, den ich nie gehabt habe, Ali, das weißt du doch. Bitte geh nicht.«

»Macht es nicht schwerer, als es ohnehin schon ist, Aga Sahib«, sagte Ali. Sein Mund zuckte, und einen Moment lang glaubte ich, eine Grimasse zu sehen. Da begriff ich die Tiefe des Schmerzes, den ich verursacht hatte, die Größe des Leids, das ich über alle gebracht hatte, sodass nicht einmal Alis erstarrte Miene seinen Kummer verbergen konnte. Ich zwang mich, Hassan anzusehen, aber er hatte den Kopf tief gebeugt, seine Schultern waren nach vorn gesackt, und seine Finger spielten mit einem Faden, der sich aus dem Saum seines Hemdes gelöst hatte.

Babas Stimme hatte einen flehenden Tonfall angenommen.

»Dann sag mir doch wenigstens, warum. Ich muss den Grund wissen!«

Aber Ali verriet Baba nichts. Er schwieg zu seinen Fragen genauso, wie er geschwiegen hatte, als Hassan den Diebstahl gestand. Ich werde niemals wirklich wissen, warum er es getan hat, doch ich konnte mir vorstellen, wie die beiden in dieser düsteren kleinen Hütte weinend dasaßen und Hassan ihn anflehte, mich nicht zu verraten. Aber ich konnte nicht ermessen, welche Beherrschung es Ali gekostet haben musste, dieses Versprechen zu halten.

»Werdet Ihr uns zur Bushaltestelle fahren?«

»Ich verbiete dir, das zu tun!«, brüllte Baba ungehalten. »Ich verbiete es dir, hörst du!«

»Bei allem Respekt, aber Ihr könnt mir gar nichts verbieten, Aga Sahib«, erwiderte Ali. »Wir arbeiten nicht mehr für Euch.«

»Wohin wirst du gehen?«, fragte Baba, und die Stimme brach ihm dabei.

»In den Hazarajat.«

»Zu deinem Cousin?«

»Ja. Werdet Ihr uns zur Bushaltestelle fahren, Aga Sahib?«

Und dann tat Baba etwas, was ich noch nie bei ihm gesehen hatte: Er weinte. Es jagte mir ein wenig Angst ein, einen erwachsenen Mann schluchzen zu sehen. Väter sollten eigentlich nicht weinen. »Bitte«, sagte Baba, aber Ali hatte sich schon zur Tür gewandt, und Hassan trottete hinter ihm her. Ich werde niemals vergessen, wie Baba dieses Wort aussprach, werde niemals den Schmerz in seiner Bitte vergessen, die Angst, die darin lag.

In Kabul regnete es selten im Sommer. Der klare Himmel erstrahlte in seinem Blau, und die Sonne glich einem Brandeisen, das einem den Nacken versengte. Bäche, in denen Hassan und ich den ganzen Frühling über Steine hatten springen lassen, trockneten aus, und Rikschas wirbelten Staub auf, wenn sie vorüberfuhren. Die Leute gingen für die zehn *raka't* des Mittagsgebets in die Moschee und zogen sich dann irgendwo in den Schatten zurück, um zu dösen und auf die Kühle des frühen Abends zu warten. Sommer hieß lange, verschwitzte Schultage in hoffnungslos überfüllten, schlecht belüfteten Klassenräumen: Tage, an denen wir lernten, Verse aus dem Koran aufzusagen, und uns mit den zungenbrecherischen arabischen Wörtern herumquälten. Hieß Fliegen in der Handfläche fangen, während der Mullah die Worte herunterleierte und eine heiße Brise den Gestank vom Klohäuschen herübertrug, das auf der anderen Seite des Schulhofs stand, und den Staub um den einsamen, altersschwachen Basketballkorb aufwirbelte.

Aber als Baba Ali und Hassan an jenem Nachmittag zur Bushaltestelle fuhr, regnete es. Gewitterwolken zogen auf, färbten den Himmel stahlgrau. Innerhalb von wenigen Minuten schüttete es nur so, und das ununterbrochene Rauschen des herabströmenden Wassers schwoll in meinen Ohren an.

Baba hatte ihnen angeboten, sie bis nach Bamiyan zu fahren, aber das hatte Ali abgelehnt. Durch das trübe, vom Regen nasse Fenster meines Zimmers beobachtete ich, wie Ali den einen Koffer, in dem all ihr Hab und Gut untergebracht war, zu Babas Wagen trug, der mit laufendem Motor draußen vor dem Tor stand. Hassan schleppte seine Matratze, die fest zusammengerollt und mit einem Seil umwickelt war, auf der Schulter. Am nächsten Tag entdeckte ich, dass er sein ganzes Spielzeug in der leeren Hütte zurückgelassen hatte. Es lag auf einem Haufen in einer Ecke, genau wie die Geburtstagsgeschenke in meinem Zimmer.

Regen rann über meine Fensterscheibe. Ich sah, wie Baba den Kofferraum zuschlug. Dann ging er, schon ziemlich nass, zur Fahrerseite hinüber, lehnte sich in den Wagen und sagte etwas zu Ali, der auf dem Rücksitz saß; vielleicht war es ein letzter Versuch, ihn zum Bleiben zu bewegen. Sie unterhielten sich eine Weile, bis Baba, der vornübergebeugt dastand, einen Arm auf das Dach des Wagens gelegt, völlig durchnässt war. Aber als er sich aufrichtete, da sah ich an seinen eingesackten Schultern, dass das Leben, wie ich es seit meiner Geburt gekannt hatte, vorüber war. Baba glitt hinter das Steuer. Die Scheinwerfer wurden eingeschaltet und schnitten parallele Schneisen aus Licht in den Regen. Wenn dies einer der Hindi-Filme wäre, die Hassan und ich uns so oft angeschaut hatten, dann wäre dies der Teil, in dem ich nach draußen renne und meine nackten Füße durch das aufspritzende Regenwasser platschen. Ich laufe hinter dem Wagen her und bringe ihn mit lauten

Schreien zum Anhalten, zerre Hassan vom Rücksitz und sage ihm – während sich meine Tränen mit dem Regenwasser vermischen –, wie Leid, wie schrecklich Leid mir das alles tut. Und dann umarmen wir uns mitten im Wolkenbruch. Aber das hier war kein Hindi-Film. Es tat mir wohl Leid, aber weder weinte ich, noch rannte ich dem Wagen hinterher. Ich sah zu, wie Babas Auto losfuhr und den Menschen mitnahm, dessen erstes gesprochenes Wort mein Name gewesen war. Ich erhaschte einen letzten, verschwommenen Blick auf Hassan, der zusammengesunken auf dem Rücksitz saß, bevor Baba an der Straßenecke, an der wir so viele Male Murmeln gespielt hatten, nach links abbog.

Ich trat zurück und sah nur noch den Regen wie schmelzendes Silber die Fensterscheibe hinablaufen.

10

März 1981

Schräg gegenüber von uns saß eine junge Frau. Sie trug ein olivgrünes Kleid und hatte sich einen schwarzen Schal um das Gesicht gelegt, um sich gegen die Kälte der Nacht zu schützen. Sie begann jedes Mal hektisch zu beten, wenn der Lastwagen einen Satz machte oder durch ein Schlagloch holperte, und jedes Vibrieren und Rütteln des Wagens mündete in einem »*Bismillah!*«. Ihr Ehemann, ein kräftiger Mann in einer ausgebeulten Hose mit einem himmelblauen Turban auf dem Kopf, hielt ein Kleinkind im Arm und befingerte mit der freien Hand seine Gebetsperlen. Seine Lippen bewegten sich in einem stillen Gebet. Da waren noch andere, insgesamt ungefähr ein Dutzend, Baba und mich eingeschlossen, die wir mit unseren Koffern zwischen den Beinen zusammengepfercht auf der mit einer Plane abgedeckten Ladefläche eines alten russischen Lastwagens saßen.

Meine Eingeweide waren in Aufruhr, seit wir kurz nach zwei Uhr morgens Kabul verlassen hatten. Auch wenn Baba es mir nie offen sagte, so wusste ich doch, dass er die Übelkeit, die mich beim Autofahren immer wieder überfiel, nur als eine weitere meiner zahllosen Schwächen ansah – das verriet mir sein verlegener Gesichtsausdruck, als ich ein- oder zweimal stöhnte, weil sich mein Magen so schrecklich verkrampfte. Als mich der stämmige Kerl mit den Perlen – der Ehemann der betenden Frau – fragte, ob ich mich übergeben müsse, erwiderte ich: »Vielleicht.« Baba blickte zur Seite. Der Mann hob die Ecke der Plane in die Höhe und klopfte an die Scheibe des Führerhauses, um dem Fahrer zuzurufen, dass er anhalten solle. Aber Karim, ein dürrer dunkelhäutiger

Mann mit scharfen Zügen und einem schmalen Schnurrbart, schüttelte den Kopf.

»Wir sind noch zu nah an Kabul«, gab er zurück. »Sag ihm, dass er seinen Magen an die Kandare nehmen soll.« Baba brummte etwas in sich hinein. Ich wollte ihm sagen, dass es mir Leid tat, aber plötzlich füllte sich mein Mund mit Magensaft, und ich schmeckte Galle hinten in meiner Kehle. Ich drehte mich um, hob die Plane und erbrach mich über die Seite des fahrenden Lastwagens. Hinter mir entschuldigte sich Baba bei den anderen Passagieren. Als wäre es ein Verbrechen, wenn einem beim Autofahren übel wurde. Als dürfte einem mit achtzehn Jahren nicht mehr schlecht werden. Ich übergab mich noch zwei weitere Male, ehe Karim sich überreden ließ anzuhalten – was er vor allem deshalb tat, damit ich ihm das Fahrzeug, mit dem er sich seinen Lebensunterhalt verdiente, nicht völlig verdreckte. Karim war ein Menschenschmuggler, was damals ein recht lukratives Geschäft war. Er fuhr Menschen aus dem von den *Shorawi*, den Kommunisten, besetzten Kabul in die relative Sicherheit Pakistans. Er brachte uns nach Jalalabad, das ungefähr 170 Kilometer südöstlich von Kabul liegt, wo sein Bruder, Toor, der einen größeren Lastwagen besaß, mit einer zweiten Flüchtlingsgruppe auf uns wartete, um uns alle über den Khyberpass nach Peshawar zu bringen.

Wir befanden uns ein paar Kilometer westlich von Mahipar und seinem Wasserfall, als Karim am Straßenrand anhielt. Mahipar – was »Fliegender Fisch« bedeutet – war eine hoch gelegene Bergkuppe mit einem steilen Abhang, von der aus man das Wasserkraftwerk überblicken konnte, das die Deutschen 1967 für Afghanistan gebaut hatten. Baba und ich waren auf dem Weg nach Jalalabad – der Stadt der Zypressen und der Zuckerrohrfelder, wo die Afghanen im Winter Urlaub machten – unzählige Male diese über 1000 Meter hoch gelegene und 40 Kilometer lange Passstrecke entlanggefahren.

Ich sprang von der Ladefläche des Lastwagens und taumelte zur staubigen Böschung am Straßenrand. Mein Mund hatte sich mit Magensaft gefüllt, ein Anzeichen dafür, dass das Gewürge gleich wieder losgehen würde. Ich stolperte zu dem Felsvorsprung hinüber, von dem aus man sonst das tiefe Tal überblicken konnte, das nun in Dunkelheit gehüllt dalag. Ich bückte mich, die Hände auf die Knie gestützt, und wartete auf die Galle. Irgendwo brach ein Ast, und der Schrei einer Eule ertönte. Der kalte Wind ließ die Zweige der Bäume knacken und fuhr in die Büsche, die den Abhang sprenkelten. Und von unten ertönte das Geräusch von Wasser, das durch das Tal stürzte.

Während ich so gebückt am Straßenrand stand, dachte ich daran, wie wir das Haus verlassen hatten, in dem ich mein ganzes Leben gewohnt hatte – als wären wir nur gerade einmal kurz weggegangen, um einen Happen zu essen: Mit *kofta* verschmierte Teller stapelten sich in der Spüle, die Wäsche lag im Weidenkorb in der Halle, die Betten waren ungemacht, Babas Geschäftsanzüge hingen im Schrank. An den Wänden des Wohnzimmers befanden sich noch die Gobelins, und die Bücher meiner Mutter standen immer noch in den voll gestopften Regalen in Babas Arbeitszimmer. Die Anzeichen unserer Flucht waren nur für einen sehr aufmerksamen Beobachter wahrnehmbar: Das Hochzeitsfoto meiner Eltern war verschwunden, ebenso wie das unscharfe Foto von meinem Großvater und König Nadir Shah, auf dem sie mit dem toten Hirsch zu sehen sind. Einige wenige Kleidungsstücke fehlten in den Schränken. Das in Leder gebundene Notizbuch, das mir Rahim Khan vor fünf Jahren geschenkt hatte, war auch nicht mehr da.

Am Morgen würde Jalaluddin – unser siebter Dienstbote in fünf Jahren – sicherlich glauben, dass wir spazieren gegangen oder zu einer kleinen Spritztour weggefahren waren. Wir hatten ihm nichts erzählt. Man konnte niemandem in Kabul mehr trauen; für Geld oder unter Androhung von Gewalt verrieten die Leute einander, der Nachbar den Nachbarn, das Kind die Eltern, der Bruder den Bruder, der Diener den Herrn, der Freund den Freund. Ich erinnerte mich an den Sänger Ahmad Zahir, der an meinem dreizehnten Geburtstag Akkordeon gespielt hatte. Er war mit Freunden mit dem Auto zu einem Ausflug aufgebrochen, und irgendjemand hatte seine Leiche später mit einer Kugel im Kopf am Straßenrand gefunden. Die *rafiqs*, die Genossen, waren überall, und sie hatten Kabul in zwei Gruppen gespalten: die, die heimlich lauschten, und die, die es nicht taten. Das Problem war, dass niemand wusste, wer zu welcher Gruppe gehörte. So konnte man beispielsweise, wenn man beim Anpassen des neuen Anzugs beim Schneider eine beiläufige Bemerkung fallen ließ, dafür in den Kerkern von Koteh-Sangi landen. Beschwerte man sich beim Metzger über die Ausgangssperre, saß man, ehe man sichs versah, hinter Gittern und blickte in den Lauf einer Kalaschnikow. Selbst am Abendbrottisch, im eigenen Heim, konnten die Menschen nicht einfach so drauflosreden – die *rafiqs* waren auch in den Klassenzimmern; sie hatten den Kinder beigebracht, ihre Eltern auszuspionieren: worauf es zu hören galt, wem man es sagen sollte.

Was hatte ich nur mitten in der Nacht auf dieser Straße zu suchen? Ich hätte im Bett sein sollen, unter meiner Decke, ein Buch mit Eselsohren neben mir auf dem Nachttisch. Das hier war nur ein Traum. Das konnte nur ein Traum sein. Morgen früh würde ich aufwachen und aus dem Fenster sehen, und es gäbe keine russischen Soldaten mit grimmigen Gesichtern mehr, die über die Gehsteige patrouillierten, keine Panzer, die durch die Straßen meiner Stadt rollten und ihre Türme wie anklagende Finger hin und her drehten, keine Trümmer, keine Ausgangssperren, keine russischen Truppentransporter, die sich ihre Wege durch die Basare bahnten.

Dann hörte ich, wie Baba und Karim hinter mir bei einer Zigarette die Regelung in Jalalabad besprachen. Karim versicherte Baba, dass sein Bruder einen großen Lastwagen »von hervorragender und erstklassiger Qualität« besitze und dass der Weg nach Peshawar für ihn bloße Routine darstelle. »Er könnte Sie mit geschlossenen Augen dorthin fahren«, behauptete Karim. Ich hörte, wie er Baba erzählte, dass sein Bruder und er die russischen und afghanischen Soldaten kannten, die an den Kontrollposten Dienst taten, dass sie eine Vereinbarung getroffen hatten, die »für beide Seiten profitabel« war. Das hier war kein Traum. Plötzlich heulte wie aufs Stichwort eine Mig über uns hinweg. Karim warf seine Zigarette weg und zog eine Pistole aus dem Gürtel. Richtete sie auf den Himmel und tat so, als würde er schießen, während er auf die Mig spuckte und sie verfluchte.

Ich fragte mich, wo Hassan wohl sein mochte. Und dann das Unvermeidliche: Ich erbrach mich auf ein Gewirr von Unkraut, und mein Würgen und Stöhnen ging im ohrenbetäubenden Donnern der Mig unter.

Zwanzig Minuten später erreichten wir den Kontrollposten in Mahipar. Unser Fahrer ließ den Lastwagen mit laufendem Motor stehen und sprang hinunter, um die sich nähernden Stimmen zu begrüßen. Füße stampften knirschend über Schotter. Worte wurden gewechselt, kurz nur und mit gedämpften Stimmen. Das Schnipsen eines Feuerzeugs. »*Spassiba.*«

Ein weiteres Schnipsen des Feuerzeugs. Jemand lachte – ein schrilles, meckerndes Lachen, das mich zusammenzucken ließ. Babas Hand umklammerte meinen Oberschenkel. Der lachende Mann stimmte ein Lied an, trug nuschelnd und mit einem starken russischen Akzent fürchterlich falsch ein altes afghanisches Hochzeitslied vor:

Ahesta boro, Mah-e-man, ahesta boro.
Wandere langsam, mein schöner Mond, wandere langsam.

Stiefelabsätze klickten auf Asphalt. Jemand riss die Plane in die Höhe, die hinten über dem Lastwagen herunterhing, und drei Gesichter blickten uns an. Eins gehörte Karim, die anderen beiden Soldaten, von denen einer ein Afghane und der andere ein grinsender Russe mit dem Gesicht einer Bulldogge war, aus dessen Mundwinkel eine Zigarette hing. Hinter ihnen war ein knochenfarbener Mond am Himmel zu sehen. Karim und der afghanische Soldat unterhielten sich kurz auf Paschto. Ich bekam ein wenig davon mit – es ging wohl um Toor und darum, dass er Pech gehabt habe. Der russische Soldat streckte seinen Kopf weiter in den Lastwagen hinein. Er summte das Hochzeitslied und trommelte dabei mit den Fingern auf dem Rand der Klapptür. Sogar im düsteren Licht des Mondes war sein glasiger Blick erkennbar, der von einem Passagier zum nächsten wanderte. Trotz der Kälte standen ihm Schweißperlen auf der Stirn. Seine Augen verharrten bei der jungen Frau mit dem schwarzen Schal. Er sagte etwas auf Russisch zu Karim, ohne den Blick von ihr zu wenden. Karim gab eine kurze Antwort auf Russisch, die der Soldat mit einer noch kürzeren Erwiderung konterte. Der afghanische Soldat sagte auch etwas mit leiser, vernünftiger Stimme. Aber der russische Soldat rief etwas, was die beiden anderen zusammenzucken ließ. Ich spürte Babas Anspannung. Karim räusperte sich, senkte den Kopf. Erklärte, der Soldat wolle eine halbe Stunde mit der Dame hinten im Lastwagen.

Die junge Frau zog den Schal über ihr Gesicht und brach in Tränen aus. Das Kind, das auf dem Schoß des Mannes saß, begann ebenfalls zu weinen. Das Gesicht des Mannes war so blass geworden wie der Mond, der über uns schwebte. Er sagte Karim, er solle »den Herrn Soldaten Sahib« bitten, Erbarmen mit ihnen zu haben, vielleicht habe auch er eine Schwester oder eine Mutter, vielleicht habe auch er eine Frau. Der Russe hörte sich an, was Karim zu sagen hatte, und kläffte ein paar Worte.

»Das ist der Preis, den er fordert, um uns passieren zu lassen«, erklärte Karim. Er brachte es nicht fertig, dem Ehemann in die Augen zu sehen.

»Aber wir haben doch schon eine ziemlich große Summe bezahlt. Er bekommt eine Menge Geld«, sagte der Ehemann. Karim und der russische Soldat unterhielten sich wieder. »Er sagt … er sagt, dass jeder Preis auch eine Steuer hat.«

Das war der Moment, als Baba sich erhob. Nun war ich an der Reihe, seinen Oberschenkel zu umklammern, aber Baba schüttelte meine Hand ab und zog sein Bein weg. Als er stand, war das Mondlicht verschwunden. »Ich möchte, dass du diesen Mann etwas fragst«, sagte Baba. Er sprach die Worte zu Karim, richtete seinen Blick dabei aber auf den russischen Soldaten. »Frag ihn, ob er keine Scham besitzt.«

Sie wechselten einige Worte. »Er sagt, dass wir uns im Krieg befinden. Und im Krieg gebe es keine Scham.«

»Sag ihm, dass er sich da irrt. Krieg bedeutet nicht, dass wir keinen Anstand mehr haben können. Er fordert ihn sogar, mehr noch als in Kriegszeiten.«

Musst du immer den Helden spielen?, dachte ich mit pochendem Herzen. *Kannst du es nicht einmal sein lassen?* Aber ich wusste, dass er das nicht konnte – es lag einfach in seiner Natur, so zu handeln. Das Problem war nur, dass uns dieser Wesenszug alle umbringen würde.

Als der russische Soldat etwas zu Karim sagte, umspielte ein

Lächeln seine Lippen. »Aga Sahib«, sagte Karim, »diese *Roussi* sind nicht wie wir. Respekt oder Ehre sind ihnen kein Begriff.«

»Was hat er gesagt?«

»Er sagt, dass es ihm genauso viel Vergnügen bereiten wird, Ihnen eine Kugel in den Kopf zu jagen, wie ...« Karim verstummte, nickte aber zu der jungen Frau hinüber, die die Aufmerksamkeit des Wachpostens geweckt hatte. Der Soldat warf die halb gerauchte Zigarette weg und zog seine Pistole aus dem Halfter. *Hier also wird Baba sterben,* dachte ich. *Hier wird es passieren.* Ich sprach ein stilles Gebet, das ich in der Schule gelernt hatte.

»Sag ihm, dass ich mich lieber von tausend seiner Kugeln durchlöchern lasse, als eine solche Unanständigkeit zu dulden«, erklärte Baba. Meine Gedanken kehrten zu jenem Wintertag vor sechs Jahren zurück. Wie ich hinter dieser Ecke verborgen in die Gasse hineinspähte. Kamal und Wali, die Hassan am Boden niederhielten. Assefs Gesäßmuskeln, die sich immer wieder anspannten, seine Hüften, die immer wieder vorwärts stießen. Was für ein erbärmlicher Held ich damals gewesen war, hatte mir Sorgen um den Drachen gemacht. Manchmal fragte ich mich, ob ich wirklich Babas Sohn war.

Der Russe mit dem Bulldoggen-Gesicht hob die Pistole.

»Baba, so setz dich doch bitte hin«, sagte ich und zog an seinem Ärmel. »Ich glaube, er will dich wirklich erschießen.«

Baba schlug meine Hand weg. »Habe ich dir denn gar nichts beigebracht?«, fuhr er mich an. Dann wandte er sich wieder dem grinsenden Soldaten zu. »Sag ihm, dass er mich besser mit diesem ersten Schuss erwischen soll, denn wenn ich nicht zu Boden gehe, werde ich ihn in Stücke reißen, verdammt sei sein Vater!«

Das Grinsen des russischen Soldaten erstarb auch dann nicht, als er die Übersetzung vernahm. Er entsicherte seine Waffe. Richtete den Lauf auf Babas Brust. Das Herz klopfte mir bis zum Hals, und ich vergrub mein Gesicht in den Händen.

Der Schuss ging los.

Das war es also. Ich bin achtzehn und allein. Ich habe niemanden mehr auf der Welt. Baba ist tot, und ich muss ihn begraben. Wo soll ich ihn begraben? Wo soll ich danach hin?

Aber meine sich überschlagenden Gedanken kamen zum Stillstand, als ich vorsichtig die Lider öffnete und Baba immer noch an derselben Stelle stand. Ich erblickte einen zweiten russischen Soldaten bei den anderen. Aus der Mündung seiner nach oben gerichteten Waffe stieg Rauch. Der Soldat, der vorgehabt hatte, Baba zu erschießen, hatte seine Waffe schon wieder in den Halfter gesteckt. Er scharrte mit den Füßen. Mir war noch nie so sehr nach Weinen und Lachen zugleich gewesen.

Der zweite russische Soldat, grauhaarig und beleibt, sprach in gebrochenem Farsi mit uns. Er entschuldigte sich für das Verhalten seines Kameraden. »Russland schickt sie hierher, damit sie kämpfen«, sagte er. »Aber es sind doch noch Kinder, und wenn sie hierher kommen, entdecken sie die Verlockungen der Drogen.« Er warf dem jungen Soldaten den reuevollen Blick eines Vaters zu, den sein ungezogener Sohn zur Verzweiflung treibt. »Der hier ist jetzt den Drogen verfallen. Ich versuche ihn zurückzuhalten, aber …« Er winkte uns fort.

Wenige Sekunden später fuhren wir weiter. Ich hörte ein Lachen und dann die nuschelige, keinen Ton treffende Stimme des ersten Soldaten, der wieder das alte Hochzeitslied sang.

Wir fuhren ungefähr eine Viertelstunde, in der niemand ein Wort sprach, bis der Ehemann der jungen Frau plötzlich aufstand und ich Zeuge von etwas wurde, was schon viele andere vor ihm getan hatten: Er küsste Babas Hand.

Toor hatte Pech gehabt. Hatte ich das nicht bei dieser Unterhaltung in Mahipar aufgeschnappt?

Wir kamen eine Stunde vor Sonnenaufgang in Jalalabad an. Karim geleitete uns rasch aus dem Lastwagen in ein Haus an der Kreuzung zweier unbefestigter Straßen, die von flachen, einstöckigen Häusern, Akazien und geschlossenen Läden gesäumt wurden. Ich schlug den Kragen meines Mantels gegen die Kälte in die Höhe, als wir, unsere Habseligkeiten mitschleppend, zum Haus hinübereilten. Aus irgendeinem Grund erinnere ich mich an den Geruch von Rettich.

Als wir alle in dem schwach beleuchteten leeren Wohnzimmer standen, schloss Karim die Haustür von innen ab und zog die zerlumpten Tücher, die als Gardinen dienten, vor die Fenster. Dann atmete er einmal tief durch und eröffnete uns die schlechten Nachrichten: Sein Bruder Toor konnte uns nicht nach Peshawar bringen. Wie es schien, war der Motor seines Lastwagens in der letzten Woche kaputtgegangen, und Toor wartete immer noch auf die Ersatzteile.

»*Letzte Woche?*«, rief jemand. »Wenn Sie das gewusst haben, warum haben Sie uns denn dann hierher gebracht?«

Aus dem Augenwinkel bemerkte ich eine heftige Bewegung. Dann flitzte etwas Verschwommenes quer durch das Zimmer, und das Nächste, was ich sah, war Karim, der an die Wand gepresst dahing, und seine Füße, die in Sandalen steckten, baumelten ein paar Zentimeter über dem Boden. Und um seinen Hals lagen Babas Hände.

»Ich weiß, warum«, schnauzte Baba. »Weil er das Geld für seinen Teil der Strecke kassiert hat. Und mehr hat ihn nicht interessiert.« Karim gab kehlige, erstickte Laute von sich. Speichel tropfte ihm aus dem Mundwinkel.

»Lassen Sie ihn herunter, Aga, Sie bringen ihn ja um«, sagte einer der Passagiere.

»Genau das habe ich vor«, erklärte Baba. Was niemand der anderen im Raum wusste, war, dass Baba nicht scherzte. Karim lief rot an und begann mit den Beinen zu zucken. Baba würgte ihn weiter, bis ihn die junge Mutter, auf die es der russische Soldat abgesehen hatte, anflehte, von ihm abzulassen.

Als Baba ihn schließlich losließ, fiel Karim zu Boden und wälzte sich nach Luft ringend hin und her. Es wurde still im Zimmer. Vor kaum einmal zwei Stunden hatte Baba sich angeboten, für die Ehre einer Frau, die er nicht einmal kannte, zu sterben. Und jetzt hatte er einen Mann beinahe zu Tode gewürgt, hätte es auch mit Vergnügen getan, wenn ihn dieselbe Frau nicht um Gnade gebeten hätte.

Nebenan ertönte ein dumpfes Krachen. Nein, nicht nebenan, unter uns. »Was ist das?«, fragte jemand. »Die anderen«, stieß Karim schwer atmend hervor. »Im Keller.«

»Wie lange warten die denn schon?«, fragte Baba, der sich mit gespreizten Beinen vor Karim aufgebaut hatte, der immer noch am Boden hockte.

»Zwei Wochen.«

»Ich dachte, der Wagen sei letzte Woche kaputtgegangen.«

Karim rieb sich die Kehle. »Könnte auch schon vor zwei Wochen passiert sein«, krächzte er.

»Wie lange?«

»Wie lange was?«

»Wie lange dauert es, bis die Ersatzteile kommen?«, brüllte Baba, dass man die Wände bersten zu hören glaubte. Karim zuckte zusammen, sagte aber nichts. Ich war dankbar für das dämmerige Licht. Ich wollte den mörderischen Ausdruck auf Babas Gesicht nicht sehen.

Der Gestank von etwas Feuchtem, wie Schimmel, drang mir in die Nase, als Karim die Tür öffnete, hinter der die knarzenden Stufen zum Keller hinabführten. Wir stiegen sie einer nach dem anderen hinunter. Die Stufen stöhnten unter Babas Gewicht. Als ich in dem kalten Keller stand, kam es mir so vor, als würde ich in dem Dunkel von blinzelnden Augen beobachtet. Ich erblickte überall kauernde Gestalten; ihre Silhouetten wurden vom schwachen Licht einiger Petroleumlampen an die Wände geworfen. Ein leises Murmeln erfüllte den Raum, unterlegt von Wassertropfen, die irgendwo herabfielen, und einem weiteren, kratzenden Geräusch.

Baba seufzte hinter mir und ließ die Koffer fallen.

Karim versicherte uns, dass es nur noch eine Frage von wenigen Tagen sein konnte, bis der Lastwagen repariert war. Dann wären wir auf dem Weg nach Peshawar. Auf dem Weg in die Freiheit. In die Sicherheit.

Der Keller war für die nächste Woche unser Zuhause, und in der dritten Nacht entdeckte ich die Quelle der kratzenden Geräusche: Ratten.

Als sich meine Augen an die Dunkelheit gewöhnt hatten, zählte ich ungefähr dreißig Flüchtlinge in dem Keller. Wir saßen Schulter an Schulter entlang der Wände, aßen Cracker, Brot mit Datteln, Äpfel. In jener ersten Nacht beteten die Männer zusammen. Einer der Flüchtlinge fragte Baba, warum er sich ihnen nicht anschließen wolle. »Gott wird uns retten. Warum beten Sie nicht zu ihm?«

Baba nahm eine Prise von seinem Schnupftabak. Streckte die Beine aus. »Was uns retten wird, sind acht Zylinder und ein guter Vergaser.« Das ließ den Rest der Männer hinsichtlich der Frage nach Gott ein für alle Mal verstummen.

Erst später an jenem ersten Abend entdeckte ich, dass zwei der Leute, die sich mit uns versteckten, Kamal und sein Vater waren. Es war schon schlimm genug, Assefs Freund Kamal nur wenige Meter entfernt von mir im Keller sitzen zu sehen. Aber als er und sein Vater zu unserer Seite des Raumes herüberkamen und ich Kamals Gesicht sah, es *wirklich* sah ...

Er war dahingewelkt – es gab einfach keinen besseren Ausdruck dafür. Er schaute mich mit leerem Blick an, kein Zeichen des Erkennens ließ sich in seinen Augen ausmachen. Seine Schultern waren hochgezogen, und das Fleisch seiner Wangen hing herab, als wäre es zu erschöpft, sich an den Knochen darunter festzuhalten. Sein Vater, der ein Kino in Kabul besessen hatte, erzählte Baba, wie seine Frau vor drei Monaten von einer verirrten Kugel in die Schläfe getroffen und getötet worden war. Und dann erzählte er Baba von Kamal. Ich bekam nur einige Gesprächsfetzen mit: *Hätte ihn nie allein gehen lassen sollen ... immer so ein hübscher Junge ... vier von denen ... versucht, sich zu wehren ... Gott ... über ihn hergefallen ... da unten geblutet ... seine Hose ... redet nicht mehr ... starrt nur vor sich hin ...*

Der Lastwagen werde nicht kommen, eröffnete uns Karim, nachdem wir eine Woche in dem von Ratten verseuchten Keller zugebracht hatten. Der Lastwagen lasse sich nicht mehr reparieren.

»Es gibt noch eine andere Möglichkeit«, fuhr Karim fort und erhob im einsetzenden Gejammer seine Stimme. Sein Cousin besitze einen Tankwagen und habe damit schon einige Male Menschen geschmuggelt. Der Wagen stehe hier in Jalalabad bereit und sei wohl groß genug für uns alle.

Alle außer einem älteren Ehepaar entschieden sich, das Wagnis einzugehen.

Wir fuhren noch in derselben Nacht los – Baba und ich, Kamal und sein Vater und die anderen. Karim und sein Cousin, ein Mann mit kantigem Gesicht und schütterem Haar namens Aziz, halfen uns, in den Tank zu klettern. Einer nach dem anderen stiegen wir auf die hintere Plattform des mit laufendem Motor dastehenden Tankwagens, kletterten eine Leiter hinauf und ließen uns in den Tank hinunter. Ich weiß noch, dass Baba schon halb die Leiter hinaufgestiegen war, als er plötzlich wieder zu Boden sprang und die Schnupftabakdose aus der Tasche zog. Er leerte die Dose und hob eine Hand voll Erde von der Mitte der unbefestigten Straße auf. Er küsste die Erde. Ließ sie in die Dose rieseln. Steckte die Dose in seine Brusttasche, direkt neben dem Herzen.

Panik.

Du öffnest den Mund. Öffnest ihn so weit, dass der Kiefer knackt ... Du befiehlst den Lungen, Luft einzusaugen, sofort, du brauchst Luft, du brauchst sie sofort. Aber deine Atemwege ignorieren dich. Sie kollabieren, werden enger, ziehen sich zusammen, und plötzlich atmest du wie durch einen Strohhalm. Dein Mund schließt sich, und die Lippen formen einen Schmollmund, und du bringst nichts weiter zustande als ein ersticktes Krächzen. Deine Hände zappeln und zittern. Irgendwo ist ein Damm gebrochen, und eine Flut von kaltem Schweiß ergießt sich, durchnässt deinen Körper. Du würdest am liebsten schreien. Das tätest du auch, wenn du könntest. Aber um zu schreien, musst du atmen.

Panik.

Im Keller war es dunkel gewesen. Im Tank war es pechschwarz. Ich schaute nach rechts, nach links, nach oben, nach unten, bewegte die Hand vor den Augen, sah nicht die geringste Bewegung. Ich blinzelte, blinzelte erneut. Nichts. Mit der Luft stimmte auch etwas nicht, sie war so dick, beinahe fest. Seit wann ist Luft fest? Ich hätte am liebsten meine Hände ausgestreckt, die Luft in kleine Stücke zerbrochen und sie mir in die Luftröhre gesteckt. Und dann der Benzingestank. Meine Augen brannten von den Dämpfen, als hätte jemand die Lider zurückgeklappt und Zitronensaft darauf verrieben. Meine Nase fing bei jedem Atemzug Feuer. Ein Ort zum Sterben, dachte ich. Ein Schrei stieg in mir auf. Stieg und stieg ...

Und dann ein kleines Wunder. Baba zog an meinem Ärmel, und etwas leuchtete grün im Dunkeln. Licht! Babas Armbanduhr.

Meine Augen wichen nicht mehr von diesen fluoreszierenden grünen Zeigern. Ich hatte solche Angst, sie zu verlieren, dass ich nicht einmal zu blinzeln wagte.

Langsam nahm ich meine Umgebung wahr. Ich vernahm Stöhnen und gemurmelte Gebete. Ich hörte das Weinen eines Babys, die leisen, beruhigenden Worte der Mutter. Jemand würgte. Ein anderer verfluchte die *Shorawi*. Der Wagen hüpfte von einer Seite zur anderen, auf und ab. Köpfe schlugen gegen Metall.

»Denk an etwas Schönes«, flüsterte mir Baba ins Ohr. »An einen glücklichen Moment.«

An etwas Schönes. An einen glücklichen Moment. Ich schickte meine Gedanken auf die Reise. Kam an ein Ziel:

Freitagnachmittag in Paghman. Apfelgrüne Wiesen, gesprenkelt mit blühenden Maulbeerbäumen. Hassan und ich stehen knöcheltief im wild wuchernden Gras, ich ziehe an der Schnur, die Spule dreht sich in Hassans schwieligen Händen, unsere Augen sind auf den Drachen am Himmel gerichtet. Wir wechseln kein Wort, nicht weil wir uns nichts zu sagen hätten, sondern weil wir nichts zu sagen brauchen – so ist das eben zwischen Menschen, für die der andere zu einer der ersten Erinnerungen im Leben gehört, die von derselben Brust getrunken haben. Eine Brise streicht durch das Gras, und Hassan lässt die Spule rollen. Der Drachen gerät ins Trudeln, stürzt, fängt sich wieder. Unsere Zwillingsschatten tanzen auf dem sanft wogenden Gras. Von irgendwoher auf der anderen Seite der niedrigen Backsteinmauer, am anderen Ende der Wiese, vernehmen wir Geplapper und Lachen und das Plätschern eines Springbrunnens. Und Musik, etwas Altes und Vertrautes, ich glaube, es ist Ya Mowlah mit seiner *rubab*. Irgendjemand ruft unsere Namen über die Mauer, sagt, es sei Zeit für Tee und Kuchen.

Ich wusste nicht mehr, in welchem Monat dies war oder in welchem Jahr. Ich wusste nur, dass diese Erinnerung in mir lebte, ein vollkommen konserviertes Stück einer guten Vergangenheit, ein bunter Tupfer auf der öden grauen Leinwand, zu der unser Leben geworden war.

An den Rest der Fahrt habe ich nur noch vereinzelte Erinnerungsfetzen, die kommen und gehen, meist Laute und Gerüche: Migs, die über uns hinwegfliegen, das Stakkato von Geschützfeuer, ein in der Nähe schreiender Esel, das Bimmeln von Glöckchen und das Blöken von Schafen, knirschender Schotter unter den Reifen des Lastwagens, ein Baby, das im Dunkeln wimmert, der Gestank von Benzin, Erbrochenem und Exkrementen.

Die nächste Erinnerung ist das blendende Licht des frühen Morgens, als wir aus dem Tank hinausklettern. Ich weiß noch, wie ich mein Gesicht dem Himmel zuwandte, mit zusammengekniffenen Lidern nach oben schaute, atmete, als gäbe es bald keine Luft mehr auf der Erde. Ich lag am Rand einer unbefestigten Straße neben einem steinigen Graben, blickte in den grauen Morgenhimmel hinauf und war dankbar für die Luft, dankbar für das Licht, dankbar, am Leben zu sein.

»Wir sind in Pakistan, Amir«, sagte Baba. Er stand neben mir und sah auf mich herunter. »Karim sagt, er wird uns einen Bus besorgen, der uns nach Peshawar bringt.«

Ich rollte mich auf der kühlen Erde auf den Bauch und erblickte unsere Koffer, die rechts und links von Babas Füßen standen. Durch das umgekehrte V seiner Beine sah ich den Tankwagen, der mit laufendem Motor am Straßenrand stand. Die anderen Flüchtlinge kletterten die Leiter hinunter. Dahinter erstreckte sich die unbefestigte Straße, lief zwischen Feldern hindurch, die unter dem grauen Himmel bleiernen Platten glichen, ehe sie hinter einer Hügelkette verschwand. Unterwegs führte sie an einem kleinen Dorf vorbei, das sich über einen sonnenverbrannten Abhang verteilte. Ich vermisste Afghanistan schon jetzt.

Meine Augen kehrten zu unseren Koffern zurück. Bei ihrem Anblick tat mir Baba Leid. Nach allem, was er aufgebaut und geplant, wofür er gekämpft, worüber er sich aufgeregt und wovon er geträumt hatte, war dies nun die Summe seines Lebens: ein enttäuschender Sohn und zwei Koffer.

Jemand schrie. Nein, es war kein Schreien. Es war ein Wehklagen. Ich sah, dass die Passagiere sich zu einem Kreis zusammengedrängt hatten, vernahm ihre aufgeregten Stimmen. Jemand äußerte das Wort »Dämpfe«. Ein anderer sagte es ebenfalls. Das Klagen verwandelte sich in ein Kreischen, das die Kehle zu zerreißen drohte.

Baba und ich eilten auf die Gruppe zu und schoben uns nach vorn durch. Kamals Vater saß dort, inmitten des Kreises, im Schneidersitz, schaukelte vor und zurück und küsste das aschfahle Gesicht seines Sohnes.

»Er will nicht atmen! Mein Junge will nicht atmen!«, schrie er. Kamals lebloser Körper lag im Schoß seines Vaters. Seine geöffnete, schlaffe rechte Hand hüpfte im Rhythmus der Schluchzer seines Vaters auf und ab. »Mein Junge! Er will nicht atmen! Warum hilft ihm Allah nicht, zu atmen?«

Baba kniete sich neben ihn und legte einen Arm um seine Schulter. Aber Kamals Vater schubste ihn weg, kam auf die Beine und stürzte sich auf Karim, der mit seinem Cousin in der Nähe stand. Dann ging alles so schnell, so überstürzt, dass man es kaum als Handgemenge bezeichnen konnte. Karim stieß einen überraschten Schrei aus und taumelte zurück. Ich sah einen Arm, der ausholte, ein Bein, das trat. Einen Moment später stand Kamals Vater mit Karims Pistole in der Hand da.

»Nicht schießen!«, schrie Karim.

Aber bevor irgendjemand etwas sagen konnte, steckte sich Kamals Vater den Lauf der Waffe in den eigenen Mund. Ich werde niemals das Echo dieses Schusses vergessen. Und das helle Aufblitzen und das umherspritzende Rot.

Ich krümmte mich und übergab mich am Straßenrand.

11

Fremont, Kalifornien, 80er-Jahre

Baba liebte die Vorstellung von Amerika.

Tatsächlich dort zu leben brachte ihm ein Magengeschwür ein.

Ich erinnere mich noch daran, wie wir beide durch den Lake Elizabeth Park in Fremont spaziert sind, der ein paar Straßen weit von unserer Wohnung entfernt lag, den Jungen beim Baseballspielen zusahen und an kleinen Mädchen vorübergingen, die kichernd auf den Schaukeln des Spielplatzes saßen. Auf diesen Spaziergängen klärte mich Baba in langatmigen Vorträgen über seine politischen Anschauungen auf. »Es gibt nur drei echte Männer auf dieser Welt, Amir«, verkündete er und zählte sie an seinen Fingern auf: die Vereinigten Staaten von Amerika – der draufgängerische Retter –, Großbritannien und schließlich Israel. »Der Rest …« an dieser Stelle wedelte er mit der Hand und gab ein »Pfffffft« von sich, »das sind doch bloß tratschende alte Weiber.«

Das mit Israel brachte ihm den Zorn der Afghanen ein, die in Fremont lebten und ihm vorwarfen, projüdisch zu sein und de facto antiislamisch. Baba traf sich mit ihnen zu Tee und *rowt*-Kuchen im Park und machte sie mit seinen politischen Ideen verrückt. »Sie wollen einfach nicht begreifen«, erklärte er mir hinterher, »dass die Religion nichts damit zu tun hat.« Babas Ansicht nach stellte Israel eine Insel »echter Männer« in einem Meer von Arabern dar, die zu sehr damit beschäftigt waren, von ihrem Öl fett zu werden, anstatt sich um ihre eigenen Leute zu kümmern. »Israel macht dies, Israel macht das«, sagte Baba mit einem nachgeahmten arabischen Akzent. »Dann unternehmt doch was! Tut was! Ihr seid Araber, also helft den Palästinensern!«

Er verabscheute Jimmy Carter, den er als einen »Kretin mit Pferdegebiss« bezeichnete. 1980, als wir noch in Kabul waren, hatten die USA erklärt, sie würden die Olympischen Spiele in Moskau boykottieren. »Blabla!«, rief Baba damals empört, »Breschnew massakriert die Afghanen, und alles, was diesem Erdnussfresser einfällt, ist, dass er nicht in einem russischen Schwimmbecken plantschen will.« Baba glaubte, dass Carter, ohne es zu wollen, mehr für den Kommunismus getan habe als Leonid Breschnew. »Er ist nicht dafür geeignet, dieses Land zu lenken. Es ist so, als würde man einen Jungen, der nicht Fahrrad fahren kann, hinter das Steuer eines nagelneuen Cadillac setzen.« Was Amerika und die Welt brauchten, war ein starker Mann. Ein Mann, mit dem man rechnen musste, jemand, der zur Tat schritt und nicht bloß die Hände rang. Dieser Jemand war Ronald Reagan. Und als Reagan im Fernsehen auftrat und die *Shorawi* als »Reich des Bösen« bezeichnete, ging Baba hin und kaufte ein Bild des grinsenden Präsidenten, auf dem er beide Daumen in die Höhe streckte. Er steckte das Bild in einen Rahmen und hängte es in unserem Flur auf, hängte es an einen Nagel direkt neben das alte Schwarzweißfoto, auf dem er zu sehen ist, wie er König Zahir Shah die Hand schüttelt. Die meisten unserer Nachbarn in Fremont waren Busfahrer, Polizisten, Tankwarte und allein erziehende Mütter, die von der Fürsorge lebten – genau der Teil der amerikanischen Gesellschaft, der schon bald unter dem Kissen ersticken würde, das die »Reagonomics« ihm ins Gesicht drückte. Baba war der einzige Republikaner in dem Haus, in dem wir wohnten.

Aber der Smog der Bay Area brannte in seinen Augen, die Verkehrsgeräusche verursachten ihm Kopfschmerzen, und die Pollen brachten ihn zum Husten. Das Obst war nie süß genug, das Wasser nie sauber genug, und wo waren all die Bäume und offenen Felder? Zwei Jahre lang versuchte ich Baba zu überreden, einen Sprachkurs zu besuchen, um sein ungelenkes Englisch zu verbessern. Aber er winkte bloß verächtlich ab. »Etwa, damit ich ›Esel‹ richtig schreiben kann und nach Hause gelaufen komme, um dir das glitzernde Sternchen zu zeigen, das mir der Lehrer gegeben hat?«, brummte er.

An einem Sonntag im Frühjahr des Jahres 1983 betrat ich einen kleinen Buchladen, der gebrauchte Taschenbücher verkaufte. Er befand sich neben dem indischen Kino, westlich von der Stelle, wo die Gleise der Cal-Trans den Fremont Boulevard überquerten. Ich erklärte Baba, dass ich in fünf Minuten wieder da sein würde, und er zuckte bloß mit den Schultern. Er arbeitete an einer Tankstelle in Fremont, und es war sein freier Tag. Ich sah, wie er lässig den Fremont Boulevard überquerte und einen Fast & Easy betrat, einen kleinen Lebensmittelladen, der von einem älteren vietnamesischen Ehepaar mit Namen Mr. und Mrs. Nguyen geführt wurde. Es waren grauhaarige freundliche Leute; sie litt an Parkinson, und er hatte kürzlich ein künstliches Hüftgelenk erhalten. »Er jetzt wie Sechs-Millionen-Dollar-Mann«, erklärte sie mir immer mit ihrem zahnlosen Lachen. »Erinnern Sie sich noch an Sechs-Millionen-Dollar-Mann, Amir?« An der Stelle setzte Mr. Nguyen ein finsteres Gesicht auf wie Lee Majors und tat so, als würde er in Zeitlupe laufen.

Ich blätterte gerade in einer zerlesenen Ausgabe eines Mike-Hammer-Krimis, als ich Schreie und das Splittern von Glas vernahm. Ich ließ das Buch fallen und rannte über die Straße. Als ich in den Laden kam, standen die Nguyens mit bleichen Gesichtern hinter ihrer Theke an die Wand gepresst, und Mr. Nguyen hatte die Arme um seine Frau geschlungen. Auf dem Boden lagen Orangen, ein umgeworfener Zeitschriftenständer, ein zerbrochenes Glas »Beef Jerky« und eine Menge Glassplitter, die sich direkt vor Babas Füßen befanden.

Es stellte sich heraus, dass Baba kein Bargeld für die Orangen bei sich gehabt und deshalb einen Scheck für Mr. Nguyen ausgestellt hatte. Daraufhin hatte Mr. Nguyen ihn gebeten, sich auszuweisen. »Er will meinen Führerschein sehen«, brüllte Baba in Farsi. »Seit fast zwei Jahren kaufen wir sein verdammtes Obst und füllen seine Taschen mit Geld, und der Hundesohn will meinen Führerschein sehen!«

»Baba, nimm das doch nicht persönlich«, erwiderte ich und lächelte den Nguyens zu. »Sie sind verpflichtet, nach einem Ausweis zu fragen.«

»Ich möchte Sie hier nicht haben«, sagte Mr. Nguyen und stellte sich vor seine Frau. Er zeigte mit seinem Stock auf Baba. Wandte sich dann an mich. »Sie sind netter junger Mann, aber Ihr Vater, der ist verrückt. Hier nicht mehr willkommen.«

»Hält er mich etwa für einen Dieb?«, fragte Baba mit lauter werdender Stimme. Es hatten sich einige Leute draußen versammelt. Sie starrten in den Laden. »Was für ein Land ist das hier? Die Leute trauen einander nicht!«

»Ich rufe Polizei«, erklärte Mrs. Nguyen, die hinter dem Rücken ihres Mannes hervorspähte. »Raus hier, oder ich rufe Polizei.«

»Bitte rufen Sie nicht die Polizei, Mrs. Nguyen. Ich werde ihn nach Hause bringen. Bitte rufen Sie nicht die Polizei, okay? Bitte!«

»Ja, bringen Sie ihn nach Hause. Gute Idee«, sagte Mr. Nguyen. Hinter den Gläsern seiner Bifokalbrille wichen seine Augen nicht für einen einzigen Moment von Baba. Ich führte meinen Vater durch die Tür. Auf dem Weg nach draußen trat er nach einer Zeitschrift. Nachdem ich ihm das Versprechen abgenommen hatte, dass er nicht wieder hineingehen würde, kehrte ich in den Laden zurück und entschuldigte mich bei den Nguyens. Erklärte ihnen, dass mein Vater gerade eine schwere Zeit durchmachte. Ich schrieb Mrs. Nguyen unsere Telefonnummer und unsere Adresse auf und bat sie, mich anzurufen, sobald sie wusste, auf welche Höhe sich der angerichtete Schaden belief. »Ich werde für alles bezahlen, Mrs. Nguyen. Es tut mir so Leid.« Mrs. Nguyen nahm den Zettel und nickte. Ich sah, dass ihre Hände schlimmer als gewöhnlich zitterten, und ich war wütend auf Baba, weil er einer alten Frau solche Angst eingejagt hatte.

»Mein Vater muss sich erst noch an das Leben in Amerika gewöhnen«, sagte ich zur Erklärung seines Verhaltens.

Ich hätte ihnen so gern erzählt, dass wir in Kabul einfach einen Zweig von einem Baum abbrachen und diesen als Kreditkarte benutzten. Hassan und ich hatten den Holzstock immer zum Bäcker mitgenommen. Der schnitt mit seinem Messer Kerben in unseren Stock; eine Kerbe für jedes *naan,* das er uns aus dem prasselnden Feuer des *tandoor*-Ofens hervorholte. Am Ende des Monats bezahlte ihn mein Vater je nach Zahl der Kerben im Stock. Das war alles. Keine Fragen. Kein Ausweis.

Aber das erzählte ich ihnen nicht. Ich bedankte mich bei Mr.

Nguyen dafür, dass er nicht die Polizei gerufen hatte, und brachte Baba nach Hause. Er war eingeschnappt und rauchte auf dem Balkon, während ich einen Eintopf aus Reis und Hühnerhälsen zubereitete. Anderthalb Jahre war es nun her, dass wir aus der Boeing gestiegen waren, die uns aus Peshawar hergebracht hatte, und Baba hatte sich immer noch nicht richtig eingelebt.

An jenem Abend aßen wir schweigend. Nach zwei Bissen schob Baba seinen Teller weg.

Ich warf ihm einen Blick über den Tisch zu: die gesplitterten Nägel, schwarz vom Motoröl, die abgeschürften Knöchel, dazu die Gerüche der Tankstelle – Staub, Schweiß und Benzin – in seiner Kleidung. Baba war wie ein Witwer, der erneut heiratet, aber von seiner verstorbenen Frau nicht loskommt. Er vermisste die Zuckerrohrfelder von Jalalabad und die Gärten von Paghman. Er vermisste die Menschen, die in seinem Haus ein und aus gegangen waren, vermisste es, die belebten Gänge des Shor-Basars entlangzuschreiten und Menschen zu grüßen, die ihn kannten und seinen Vater und Großvater gekannt hatten, Menschen, deren Vorfahren auch die seinen waren, deren Vergangenheit mit seiner eigenen verknüpft war.

Für mich war Amerika das Land, in dem ich meine Erinnerungen begraben konnte.

Für Baba dagegen ein Ort, an dem er um die seinen trauerte.

»Vielleicht sollten wir nach Peshawar zurückkehren«, sagte ich und beobachtete, wie die Eiswürfel in meinem Wasserglas herumschwammen. Wir hatten sechs Monate in Peshawar verbracht und darauf gewartet, dass der INS, die Einwanderungsbehörde der Vereinigten Staaten, uns die Visa ausstellte. Unsere schmuddelige Einzimmerwohnung roch nach dreckigen Socken und Katzenkot, aber wir waren umgeben von Menschen, die wir kannten – oder die zumindest Baba kannte. Er lud die ganze Etage von Nachbarn – die meisten von ihnen Afghanen, die auf ihre Visa warteten – zum Abendessen ein. Es war immer irgendjemand dabei, der seine *tabla* mitbrachte, und ein anderer sein Harmonium. Tee wurde aufgebrüht, und jeder, der meinte, singen zu können, sang, bis die Sonne aufging, die Moskitos aufhörten herumzuschwirren und die klatschenden Hände wehtaten.

»Dort warst du glücklicher, Baba. Es war mehr wie in der Heimat«, sagte ich.

»Peshawar war gut für mich. Aber nicht gut für dich.«

»Du arbeitest hier einfach zu viel.«

»Jetzt ist es ja nicht mehr so schlimm«, sagte er – vor einiger Zeit war er der Leiter der Tagesschicht der Tankstelle geworden. Ich hatte gesehen, wie er bei feuchter Witterung vor Schmerz zusammenzuckte und sich über die Handgelenke rieb. Wie ihm der Schweiß auf der Stirn ausbrach, wenn er nach dem Essen nach seinem Mittel gegen Magensäure griff. »Außerdem habe ich uns nicht um meinetwillen hierher gebracht, oder?«

Ich griff über den Tisch und legte meine Hand auf die seine. Meine saubere, weiche Studentenhand auf seine schmutzige, schwielige Arbeiterhand. Ich dachte an all die Lastwagen, Eisenbahnen und Fahrräder, die er mir in Kabul gekauft hatte. Und jetzt Amerika. Ein letztes Geschenk für Amir.

Nur einen Monat nach unserer Ankunft in den Vereinigten Staaten fand Baba Arbeit bei einer Tankstelle, nicht weit entfernt vom Washington Boulevard, deren Besitzer ein afghanischer Bekannter war – er hatte noch in der Woche unserer Ankunft begonnen, nach Arbeit zu suchen. Sechs Tage die Woche arbeitete Baba Zwölfstundenschichten, zapfte Benzin, bediente die Kasse, wechselte Öl, wusch Windschutzscheiben. Manchmal brachte ich ihm das Mittagessen vorbei und sah, wie er nach einem Päckchen Zigaretten im Regal suchte, während ein Kunde auf der anderen Seite der ölverschmierten Theke wartete, und Babas Gesicht wirkte im hellen Neonlicht abgespannt und bleich. Die Glocke über der Tür verkündete mit ihrem Dingdong, dass ich eintrat, und wenn Baba dann über seine Schulter blickte und winkte und lächelte, tränten ihm die Augen vor Müdigkeit.

Am selben Tag, als er eine Anstellung fand, gingen Baba und ich zu Mrs. Dobbins, der für uns zuständigen Mitarbeiterin im Sozialamt von San Jose. Mrs. Dobbins war eine übergewichtige Farbige mit funkelnden Augen, auf deren Wangen sich Grübchen zeigten, wenn sie lächelte. Sie hatte mir einmal erzählt, dass sie im Kirchenchor sang, und ich glaubte ihr – sie besaß eine Stimme, die mich an warme Milch und Honig denken ließ. Baba ließ den Stapel

Essensmarken auf ihren Schreibtisch fallen. »Vielen Dank, aber ich nicht wollen«, sagte er. »Ich immer arbeiten. In Afghanistan immer arbeiten, in Amerika immer arbeiten. Danke vielmals auch, Mrs. Dobbins, aber ich nicht mögen Geld umsonst.«

Mrs. Dobbins blinzelte. Nahm die Essensmarken, blickte von mir zu Baba, als wollten wir ihr einen Streich spielen oder *einen Ulk mit ihr veranstalten,* wie Hassan immer zu sagen pflegte. »Ich mache diesen Job schon seit fünfzehn Jahren«, erklärte sie, »aber so etwas ist mir noch nicht untergekommen.« Und so beendete Baba diese demütigenden Essensmarken-Momente an den Kassen und verscheuchte eine seiner größten Ängste: dass ein Afghane sehen könnte, wie er mit Almosengeld Essen kaufte. Baba schritt aus dem Sozialamt wie ein Mann, der von einem Tumor geheilt worden war.

In jenem Sommer – es war das Jahr 1983 – bestand ich im Alter von zwanzig Jahren die Abschlussprüfung an der Highschool. Ich war bei weitem der älteste Schüler, der an jenem Tag auf dem Footballfeld seinen »Doktorhut« in die Höhe warf. Ich weiß noch, dass ich Baba in dem Gewimmel von Familien, Blitzlichtern und blauen Roben verlor. Ich entdeckte ihn schließlich in der Nähe der Zwanzigyardlinie, die Hände in die Taschen gestopft, die baumelnde Kamera vor der Brust. Er verschwand immer wieder hinter den Menschen, die sich zwischen uns bewegten: kreischende, in Blau gekleidete Mädchen, die sich umarmten, weinten, Jungen, die mit ihren Vätern, ihren Klassenkameraden in einer »High Five« die Handflächen zusammenschlugen. Babas Bart wurde langsam grau, sein Haar an den Schläfen dünner, und war er nicht in Kabul größer gewesen? Er trug seinen braunen Anzug – es war sein einziger Anzug, der Anzug, den er zu afghanischen Hochzeiten und Beerdigungen anzog – und dazu die rote Krawatte, die ich ihm im selben Jahr zum fünfzigsten Geburtstag geschenkt hatte. Dann sah er mich und winkte. Lächelte. Er bedeutete mir, meinen »Doktorhut« aufzusetzen, und machte ein Foto von mir mit dem Uhrenturm der Schule im Hintergrund. Ich lächelte für ihn – in gewisser Weise war dies mehr sein Tag als meiner. Er kam auf mich zu, legte mir den Arm um den Nacken und drückte mir einen einzigen Kuss auf die Stirn. »Ich bin *moftakhir,* Amir«, sagte er. Stolz. Seine Augen leuchteten, als er es sagte, und es gefiel mir, einmal derjenige zu sein, dem dieser Blick galt.

An diesem Abend nahm er mich mit in ein afghanisches Kebab-Haus, wo er viel zu viel Essen bestellte. Er erzählte dem Besitzer, dass sein Sohn im Herbst aufs College gehen würde. Ich hatte vor der Abschlussprüfung kurz mit ihm darüber diskutiert und ihm erklärt, dass ich mir lieber Arbeit suchen würde – um ihm dabei zu helfen, etwas Geld zu sparen und dann vielleicht im folgenden Jahr aufs College zu gehen. Aber er hatte mir einen seiner glühenden Baba-Blicke zugeworfen, und die Worte verdunsteten mir auf der Zunge.

Nach dem Essen führte er mich in eine gegenüber vom Restaurant gelegene Bar. Es war dämmerig darin, und der säuerliche Biergeruch, den ich schon immer gehasst hatte, schien aus den Wänden zu dringen. Männer mit Baseballkappen und Tank-Tops spielten Billard, Zigarettenrauch hing in Wolken über den grünen Tischen, wirbelte zu den Neonlampen hinauf. Wir zogen Blicke auf uns, Baba in seinem braunen Anzug und ich in einer Hose mit Bügelfalten und einem Sportjackett. Wir setzten uns an die Bar, neben einen alten Mann, dessen ledernes Gesicht im blauen Glühen des *Michelob*-Schildes kränklich aussah. Baba zündete sich eine Zigarette an und bestellte uns Bier. »Heute Abend ich zu glücklich«, verkündete er, ohne das Wort an jemand Bestimmten zu richten, und doch wiederum an alle. »Heute Abend ich trinke mit meinem Sohn. Und einen für meinen Freund, bitte«, sagte er und tätschelte dem alten Mann den Rücken. Der alte Kerl tippte sich an die Kappe und lächelte. Er hatte keine Zähne mehr im Oberkiefer.

Baba trank sein Bier in drei Schlucken aus und bestellte ein weiteres. Er hatte drei getrunken, ehe ich mich dazu durchringen konnte, ein Viertel von meinem hinunterzuwürgen. In der Zwischenzeit hatte er dem alten Mann einen Scotch spendiert und einem Quartett von Billardspielern einen Krug Budweiser hinübergeschickt. Sie prosteten ihm zu. Jemand zündete ihm die Zigarette an. Baba lockerte die Krawatte und gab dem alten Mann eine Hand voll Vierteldollarmünzen. Er deutete zur Jukebox hinüber. »Sag ihm, er soll seine Lieblingslieder spielen«, wandte er sich an mich. Der alte Mann nickte und salutierte. Bald schon schallte Countrymusic durch die Bar, und Baba hatte eine Party in Gang gebracht.

Irgendwann rappelte sich Baba auf, hob sein Bier, verschüttete das meiste davon auf dem mit Sägemehl bestreuten Boden und schrie: »Scheiß auf die russisch!« Die ganze Bar lachte, dann folgte das Echo aus voller Kehle. Baba bestellte eine weitere Runde Krüge für alle.

Als wir uns auf den Heimweg machten, bedauerte jeder, dass er ging. Kabul, Peshawar, Hayward. Baba war eben Baba, dachte ich lächelnd.

Ich kutschierte uns in Babas altem ockergelbem Buick Continental nach Hause. Baba schlief unterwegs ein und schnarchte wie ein Vorschlaghammer. Er roch nach Tabak und Alkohol, süßlich und durchdringend. Aber er setzte sich auf, als ich den Wagen anhielt, und sagte mit heiserer Stimme: »Fahr weiter bis zum Ende des Blocks.«

»Aber warum denn, Baba?«

»Tu es einfach.« Er ließ mich am südlichen Ende der Straße parken. Dann griff er in seine Manteltasche und reichte mir einen Satz Schlüssel. »Da«, sagte er und zeigte auf den Wagen vor uns. Es war ein alter Ford, lang und breit war er, in einer dunklen Farbe, die ich im Mondlicht nicht zu erkennen vermochte. »Der Lack muss ausgebessert werden, und ich werde einen der Jungs von der Tankstelle neue Stoßdämpfer einsetzen lassen, aber er läuft.«

Fassungslos nahm ich die Schlüssel entgegen. Blickte von ihm zu dem Wagen.

»Du musst aufs College gehen«, sagte er. Ich ergriff seine Hand. Drückte sie. Tränen stiegen mir in die Augen, und ich war dankbar für die Schatten, die unsere Gesichter verbargen. »Vielen Dank, Baba.«

Wir stiegen aus und setzten uns in den Ford. Es war ein Grand Torino. Marineblau, sagte Baba. Ich fuhr ihn um den Block, probierte die Bremsen, das Radio, die Blinker aus. Dann parkte ich ihn auf dem Parkplatz unseres Wohnblocks und stellte den Motor ab. »*Tashakkor,* Baba *jan*«, sagte ich. Ich hätte gern noch mehr gesagt, hätte ihm gern erzählt, wie mich seine Freundlichkeit berührte, wie dankbar ich ihm für alles war, was er für mich getan hatte und immer noch tat. Aber ich wusste, dass ihn das verlegen machen würde. Also wiederholte ich stattdessen: »*Tashakkor.*«

Er lächelte und lehnte sich zurück, wobei er mit dem Kopf beinahe die Decke berührte. Wir sagten nichts mehr. Saßen einfach in der Dunkelheit da, lauschten dem Tink-Tink des abkühlenden Motors und dem Heulen der Sirenen in der Ferne. Dann drehte Baba mir den Kopf zu. »Ich wünschte, Hassan hätte heute bei uns sein können«, sagte er.

Zwei Stahlhände schlossen sich beim Klang von Hassans Namen um meine Luftröhre. Ich kurbelte das Fenster herunter. Wartete darauf, dass die Hände ihren Griff lockerten.

Am Tag nach meiner Abschlussfeier teilte ich Baba mit, dass ich mich im Herbst am Junior-College einschreiben würde. Er trank kalten schwarzen Tee und kaute auf Kardamomsamen herum, sein Geheimrezept gegen Kater-Kopfschmerzen.

»Ich glaube, ich werde als Hauptfach Englisch belegen«, erklärte ich. Innerlich verkrampfte ich mich und wartete auf seine Antwort.

»Englisch?«

»Kreatives Schreiben.«

Er dachte darüber nach. Nahm einen Schluck von seinem Tee. »Geschichten, wie? Du willst Geschichten erfinden.« Ich blickte auf meine Füße hinunter.

»Bezahlen sie einen dafür, wenn man Geschichten erfindet?«

»Wenn man gut ist«, sagte ich. »Und entdeckt wird.«

»Wie wahrscheinlich ist es, dass du entdeckt wirst?«

»Es kommt vor«, antwortete ich.

Er nickte. »Und was willst du tun, während du darauf wartest, entdeckt zu werden? Wie willst du Geld verdienen? Wie willst du, wenn du heiratest, deine *khanum* ernähren?«

Ich brachte es nicht fertig, meinen Blick zu heben und ihn anzusehen. »Ich … ich werde schon Arbeit finden.«

»Oh«, sagte er. »*Wah wah*. Also, wenn ich dich richtig verstehe, willst du ein paar Jahre studieren, um einen Hochschulabschluss zu machen, und suchst dir dann einen *chatti*-Job, wie ich ihn habe, einen, den du schon heute mit Leichtigkeit bekommen könntest, um eine kleine Chance zu haben, dass dir dein Abschluss irgendwann einmal dabei helfen wird, ›entdeckt‹ zu werden.« Er atmete tief durch und trank seinen Tee. Brummte etwas von Medizin, Jura und »richtiger Arbeit«.

Meine Wangen brannten, und ich fühlte mich schuldig, schuldig, dass ich mir auf Kosten seines Magengeschwürs, seiner schwarzen Fingernägel und seiner schmerzenden Handgelenke etwas gönnte. Aber ich entschied mich, nicht nachzugeben. Ich wollte keine Opfer mehr für Baba bringen. Beim letzten Mal, als ich das getan hatte, hatte ich mich selbst verdammt.

Baba seufzte und warf sich dieses Mal eine ganze Hand voll Kardamomsamen in den Mund.

Manchmal setzte ich mich hinter das Steuer meines Fords, kurbelte die Fenster herunter und fuhr stundenlang durch die Gegend, von der East Bay zur South Bay, die Peninsula hinauf und wieder hinunter. Ich durchfuhr die rasterförmig angelegten, von Pyramidenpappeln gesäumten Straßen unserer Wohngegend in Fremont, wo Menschen, die niemals die Hände von Königen geschüttelt hatten, in flachen einstöckigen Häusern mit vergitterten Fenstern lebten, wo alte Wagen wie der meine Öl auf asphaltierte Auffahrten tropfen ließen. Zinngraue Maschendrahtzäune trennten die Gärten in unserem Viertel voneinander. Spielzeug, alte Reifen und Bierflaschen mit abblätternden Etiketten übersäten ungepflegte Vorgärten, in denen es sonst nichts weiter als nackte Erde gab. Ich fuhr an schattigen Parks vorbei, die nach Rinde rochen, und vorbei an Einkaufszentren, die groß genug waren, um dort fünf *Buzkashi*-Turniere gleichzeitig stattfinden zu lassen. Ich quälte den Torino die Hügel von Los Altos hinauf, schlich an Anwesen mit Panoramafenstern und silbernen Löwen vorbei, die schmiedeeiserne Tore bewachten, an Häusern mit Putten-Springbrunnen neben gepflegten Fußwegen, bei denen kein Ford Torino in der Auffahrt stand. Häuser, die Babas Haus im Wazir-Akbar-Khan-Viertel wie eine Dienstbotenhütte hätten aussehen lassen.

Samstagmorgens stand ich manchmal ganz früh auf und fuhr den Highway 17 in südlicher Richtung entlang, jagte den Ford die kurvenreiche Straße durch die Berge nach Santa Cruz hinauf. Ich parkte in der Nähe des alten Leuchtturms und wartete auf den Sonnenaufgang, saß in meinem Wagen und sah zu, wie vom Meer die Nebelbänke heranzogen. In Afghanistan hatte ich das Meer nur im Kino gesehen. Während ich dort im Dunkeln neben Hassan saß, wollte ich immer so gern wissen, ob es stimmte, was ich gelesen hatte, nämlich, dass die Meeresluft nach Salz riecht. Ich hatte Hassan versprochen, dass wir eines Tages an einem Strand entlanglaufen, unsere Füße in den Sand einsinken lassen und zuschauen würden, wie das Wasser von unseren Zehen zurückwich. Als ich das erste Mal den Pazifik sah, hätte ich beinahe geweint. Er war genauso riesig und blau wie die Ozeane in den Kinofilmen meiner Kindheit.

Manchmal parkte ich den Wagen am frühen Abend und stellte mich auf eine Freeway-Überführung. Das Gesicht an den Zaun gepresst, versuchte ich die blinkenden Rücklichter zu zählen, die sich unter mir vorwärts schoben, sich so weit erstreckten, wie meine Augen zu sehen vermochten. BMW. Saab. Porsche. Wagen, die ich in Kabul, wo die meisten Leute einen russischen Wolga, einen alten Opel oder einen iranischen Paikan fuhren, nie gesehen hatte.

Beinahe zwei Jahre waren seit unserer Ankunft in den Vereinigten Staaten vergangen, und ich staunte immer noch über die Größe dieses Landes, sein ungeheures Ausmaß. Hinter jedem Freeway lag ein weiterer Freeway, hinter jeder Stadt eine weitere Stadt, Hügel hinter Bergen und Berge hinter Hügeln und dahinter nur noch mehr Städte und noch mehr Menschen.

Lange bevor die *Roussi*-Armee nach Afghanistan einmarschiert war, lange bevor Dörfer in Brand gesteckt und Schulen zerstört wurden, lange bevor Minen wie Samen des Todes in die Erde gesteckt und Kinder in Steingräbern begraben worden waren, war Kabul für mich zu einer Geisterstadt geworden. Einer Stadt mit Hasenschartengeistern.

Amerika war anders. Amerika war ein Fluss, der dahinbrauste, ohne sich um die Vergangenheit zu scheren. Ich konnte in diesen Fluss hineinwaten, meine Sünden in ihm ertränken und mich von seinem Wasser weit wegtragen lassen. Dahin, wo es keine Geister gab, keine Erinnerungen, keine Sünden.

Allein aus diesem Grund nahm ich dieses Land bereitwillig an.

Im folgenden Sommer, dem Sommer des Jahres 1984 – der Sommer, in dem ich einundzwanzig wurde –, verkaufte Baba seinen Buick und kaufte sich für 550 Dollar einen schäbigen alten 71er-Volkswagen von einem afghanischen Bekannten, der in Kabul an einer Oberschule Naturwissenschaften unterrichtet hatte. Die Köpfe der Nachbarn drehten sich nach uns um, als wir eines Nachmittags mit dem Bus die Straße hinaufgestottert kamen und er über den Parkplatz hinwegfurzte. Baba schaltete den Motor aus und ließ den Bus leise zu unserem Stellplatz ausrollen. Wir sanken in unsere Sitze, lachten, bis uns die Tränen über die Wangen liefen und – viel wichtiger – bis wir sicher sein konnten, dass die Nachbarn uns nicht mehr beobachteten. Der Bus war ein traurig anzusehender rostiger Schrotthaufen; die kaputten Fenster waren durch schwarze Müllbeutel ersetzt worden, die Reifen fast abgefahren und die Polster bis auf die Sprungfedern zerfetzt. Aber der alte Lehrer hatte Baba versichert, dass der Motor und das Getriebe noch in Ordnung seien, und was das anging, hatte der Mann nicht gelogen.

Samstags weckte mich Baba im Morgengrauen. Während er sich anzog, überflog ich die Kleinanzeigen in den Lokalzeitungen und kreiste die Anzeigen ein, die Garagenverkäufe ankündigten, wo also Privatleute in ihren Garagen Haushaltsgegenstände und Trödel verkauften. Wir planten unsere Strecke: zuerst Fremont, Union City, Newark und Hayward und dann San Jose, Milpitas, Sunnyvale und, wenn genug Zeit übrig war, auch noch Campbell. Baba fuhr den Bus, trank heißen Tee aus seiner Thermosflasche, und ich dirigierte ihn zu unseren Zielen.

Wir kauften Krimskrams, den die Leute nicht mehr haben wollten. Wir feilschten um alte Nähmaschinen, einäugige Barbiepuppen, Holztennisschläger, Gitarren mit fehlenden Saiten und alte Staubsauger von Electrolux. Bis zum Nachmittag hatten wir den hinteren Teil des VW mit altem Krempel gefüllt. Und sonntags fuhren wir dann morgens in aller Frühe nach San Jose zum Trödelmarkt, mieteten uns einen Platz und verkauften das Zeug mit einem kleinen Gewinn: Eine Schallplatte von Chicago, die wir am Vortag für einen Vierteldollar gekauft hatten, ging vielleicht für einen Dollar weg, oder wir bekamen vier Dollar für ein Fünfer-

Set; eine klapprige alte Singer-Nähmaschine, die wir für zehn Dollar erstanden hatten, konnte nach einigem Handeln auch schon einmal 25 Dollar einbringen.

In dem Sommer mieteten afghanische Familien bereits einen ganzen Abschnitt des Trödelmarktes von San Jose. Afghanische Musik spielte in den Reihen des Abschnitts, wo gebrauchte Artikel verkauft wurden. Es gab einen unausgesprochenen Verhaltenscodex unter den Afghanen dort. Man begrüßte den Kerl auf der anderen Seite des Gangs, man lud ihn zu einem Häppchen Kartoffel-*bolani* oder etwas *qabuli* ein und plauderte ein wenig. Man bot *tassali* an oder bekundete sein Beileid zum Tod eines Elternteils, gratulierte zur Geburt eines Kindes oder schüttelte traurig den Kopf, wenn sich die Unterhaltung Afghanistan und den *Roussi* zuwandte – was sie zwangsläufig irgendwann tat. Aber niemals kam die Sprache auf die Samstage. Denn dann hätte es passieren können, dass sich der nette Kerl auf der anderen Seite des Gangs als der Typ entpuppte, den man erst gestern an der Freeway-Abfahrt geschnitten hatte, um vor ihm bei einem viel versprechenden Garagenverkauf anzukommen.

Das Einzige, was in diesen Gängen mehr floss als der Tee, war afghanischer Klatsch und Tratsch. Hier auf dem Trödelmarkt trank man seinen grünen Tee mit Mandel-*kolchas* und erfuhr, wessen Tochter eine Verlobung gelöst und mit ihrem amerikanischen Freund durchgebrannt war oder wer früher in Kabul *Parchami* – ein Kommunist – gewesen war und wer ein Haus mit Schwarzgeld gekauft hatte, während er von der Fürsorge lebte. Tee, Politik und Skandale, das waren die Zutaten eines afghanischen Sonntags auf dem Trödelmarkt.

Ich verkaufte manchmal am Stand, wenn Baba die Reihen entlangschlenderte, die Hände respektvoll gegen die Brust gepresst und die Leute grüßend, die er aus Kabul kannte: Mechaniker und Schneider, die abgelegte Wollmäntel und zerkratzte Fahrradhelme verkauften, standen neben ehemaligen Botschaftern, arbeitslosen Chirurgen und Universitätsprofessoren.

An einem frühen Sonntagmorgen im Juli des Jahres 1984 kaufte ich zwei Tassen Kaffee an einer Bude, während Baba unseren Stand aufbaute, und als ich zurückkehrte, unterhielt er sich mit einem älteren, vornehm aussehenden Mann. Ich stellte die Becher auf die hintere Stoßstange, gleich neben den »Reagan/Bush '84«-Aufkleber.

»Amir«, sagte Baba und bedeutete mir, zu ihm zu kommen, »das hier ist General Sahib, Mr. Iqbal Taheri. Er war ein dekorierter General in Kabul. Er hat für das Verteidigungsministerium gearbeitet.«

Taheri. Warum kam mir der Name so bekannt vor?

Der General lachte wie ein Mann, der es gewöhnt ist, an feierlichen Anlässen teilzunehmen, wo er auf Kommando über die schlechten Witze wichtiger Leute zu lachen hat. Er besaß dünnes silbergraues Haar, das er aus seiner glatten gebräunten Stirn zurückgekämmt hatte, und er hatte weiße Büschel in seinen zottigen Augenbrauen. Er roch nach Eau de Cologne und trug einen stahlgrauen dreiteiligen Anzug, der vom vielen Bügeln schon ganz glänzend geworden war; die Goldkette einer Taschenuhr baumelte aus seiner Weste hervor.

»Welch eine vortreffliche Vorstellung«, sagte er mit einer tiefen, kultivierten Stimme. »*Salaam.*«

»*Salaam,* General Sahib«, sagte ich und schüttelte seine Hand. Seine schmalen Hände ließen seinen festen Griff gar nicht vermuten – es war fast so, als verberge sich Stahl unter der gepflegten Haut.

»Amir wird einmal ein großer Schriftsteller«, erklärte Baba. Ich blickte ihn überrascht an. »Er hat sein erstes Jahr am College beendet und in all seinen Kursen nur Bestnoten bekommen.«

»Am Junior-College«, verbesserte ich ihn.

»*Mashallah*«, sagte General Taheri. »Werden Sie über unser Land schreiben, Geschichtliches vielleicht? Wirtschaftsthemen?«

»Ich schreibe Erzählliteratur«, erwiderte ich und dachte an all die Kurzgeschichten, die ich in dem in Leder gebundenen Notizbuch gesammelt hatte, das mir Rahim Khan einmal geschenkt hatte. Warum bloß war mir das in Gegenwart dieses Mannes auf einmal so peinlich?

»Aha, ein Geschichtenerzähler also«, sagte der General. »Nun, die Menschen brauchen Geschichten, um sich in schwierigen Zeiten wie diesen abzulenken.« Er legte seine Hand auf Babas Schulter und wandte sich mir zu. »Wo wir gerade von Geschichten reden, Ihr Vater und ich haben einmal im Sommer in Jalalabad zusammen Fasane geschossen«, sagte er. »Es war ein herrlicher Tag. Wenn ich mich recht entsinne, hat sich das Auge Ihres Vaters auf der Jagd als ebenso gut erwiesen wie in geschäftlichen Dingen.«

Baba trat mit der Spitze seines Stiefels gegen einen Holztennisschläger. »Tolle Geschäfte.«

General Taheri brachte ein Lächeln zustande, das zugleich traurig und höflich war, seufzte einmal tief und tätschelte Baba die Schulter. »*Zendagi migzara*«, sagte er. Das Leben geht weiter. Er richtete seine Augen auf mich. »Wir Afghanen neigen zu einer gewissen Übertreibung, und ich habe schon oft gehört, dass man Männer fälschlicherweise als groß bezeichnet hat. Aber Ihr Vater gehört zu der Minderheit, der diese Auszeichnung gebührt, die diese Bezeichnung wirklich verdient hat.« Die kleine Ansprache klang in meinen Ohren so, wie sein Anzug aussah: oft benutzt und mit einem unnatürlichen Glanz versehen.

»Sie schmeicheln mir«, sagte Baba.

»Das tue ich ganz und gar nicht«, erwiderte der General, neigte den Kopf zur Seite und presste sich die Hand an die Brust, um seiner Demut Ausdruck zu verleihen, und wandte sich dann mir zu. »Jungen und Mädchen sollten das Vermächtnis ihrer Väter kennen. Wissen Sie Ihren Vater zu schätzen, Amir? Wirklich zu schätzen?«

»*Balay,* General Sahib, das tue ich«, antwortete ich.

»Dann gratuliere ich Ihnen, Sie sind schon auf dem halben Wege, ein Mann zu werden«, erklärte er ohne jeden Anflug von Humor oder Ironie, ein Kompliment von Menschen seines Schlages, die sich durch ihre beiläufige Arroganz auszeichnen.

»*Padar jan,* du hast deinen Tee vergessen.« Die Stimme einer jungen Frau. Sie stand hinter uns, eine Schönheit mit schmalen Hüften, samtigem, rabenschwarzem Haar, die eine geöffnete Thermosflasche und einen Styroporbecher in den Händen hielt. Ich blinzelte, mein Herz begann schneller zu schlagen. Sie hatte dichte schwarze Augenbrauen, die sich in der Mitte wie die ausgebreiteten Schwingen eines fliegenden Vogels berührten, und die anmutig geschwungene Hakennase einer Prinzessin aus dem alten Persien –

vielleicht die der Tahmineh, Rostems Frau und Suhrabs Mutter aus dem *Shahname*. Ihre Augen, walnussbraun und von fächerförmigen Wimpern umrahmt, begegneten den meinen. Verharrten für einen Moment. Flogen davon.

»Du bist zu freundlich, Liebes«, sagte General Taheri. Er nahm ihr den Becher aus der Hand. Bevor sie sich zum Gehen wandte, sah ich, dass sie ein sichelförmiges Muttermal auf ihrer glatten Haut hatte, direkt über dem linken Kieferknochen. Sie ging zu einem mattgrauen Van hinüber und stellte die Thermosflasche hinein. Ihr Haar ergoss sich zu einer Seite, als sie sich inmitten der Kisten mit alten Schallplatten und Büchern hinkniete.

»Meine Tochter, Soraya *jan*«, sagte General Taheri. Er tat einen tiefen Atemzug, wie ein Mann, der eifrig darauf bedacht ist, das Thema zu wechseln, und blickte auf seine goldene Taschenuhr. »Tja, es ist Zeit aufzubauen.« Er und Baba küssten sich auf die Wange, und er ergriff meine Hand mit beiden Händen und schüttelte sie. »Viel Glück mit dem Schreiben«, sagte er und blickte mich an. Seine hellblauen Augen enthüllten keinen der Gedanken, die dahinter verborgen lagen.

Für den Rest des Tages kämpfte ich gegen das Verlangen an, zu dem grauen Van hinüberzublicken.

Auf dem Nachhauseweg fiel es mir schließlich ein. Taheri. Ich wusste doch, dass ich den Namen schon einmal gehört hatte.

»Hat es da nicht einmal einigen Klatsch über Taheris Tochter gegeben?«, fragte ich Baba und bemühte mich, betont beiläufig zu klingen.

»Du kennst mich doch«, erwiderte er und manövrierte den Bus langsam weiter in der Schlange der Fahrzeuge, die den Trödelmarkt verließen. »Wenn sich Gespräche in Klatsch und Tratsch verwandeln, gehe ich.«

»Aber es gab da mal so etwas, nicht wahr?«, bohrte ich nach.

»Warum fragst du?«, sagte er ausweichend.

Ich zuckte mit den Schultern und unterdrückte ein Lächeln. »Bin bloß neugierig, Baba.«

»Wirklich? Ist das alles?«, fragte er. »Hat sie vielleicht Eindruck auf dich gemacht?«

Ich verdrehte die Augen. »Du meine Güte, Baba.«

Er lächelte und bog vom Trödelmarkt auf die Straße ab. Wir fuhren in Richtung des Highways 680. Für eine Weile war es still im Wagen. »Ich habe nur gehört, dass es da mal einen Mann gegeben hat, und die Dinge ... sie sind nicht gut gelaufen.« Er sagte das mit so ernster Stimme, als hätte er mir gerade eröffnet, dass sie an Brustkrebs litt.

»Oh.«

»Soweit ich weiß, ist sie ein anständiges Mädchen, fleißig und freundlich. Aber seither haben keine *khastegars* mehr an die Tür des Generals geklopft.« Baba seufzte. »Es mag unfair sein, aber es kommt manchmal vor, dass die Ereignisse weniger Tage oder vielleicht auch nur eines einzigen Tages genügen, um den Verlauf eines ganzen Lebens zu verändern, Amir.«

Als ich an dem Abend im Bett lag, dachte ich an Soraya Taheris sichelförmiges Muttermal, an ihre kleine Hakennase und wie sich ihre leuchtenden Augen für einen flüchtigen Moment in die meinen gesenkt hatten. Mein Herz geriet bei dem Gedanken an sie ins Stocken. Soraya Taheri. Meine Trödelmarkt-Prinzessin.

12

In Afghanistan ist *yelda* die erste Nacht des Monats *Jadi,* die erste Winternacht und die längste Nacht des Jahres. Hassan und ich blieben an diesem Abend der Tradition gemäß lange auf und steckten unsere Füße unter den *kursi,* während Ali Apfelschalen in den Ofen warf und uns alte Geschichten von Sultanen und Dieben erzählte, um diese längste aller Nächte zu überstehen. Es war Ali, der das alte Wissen um *yelda* an uns weitergab, das besagte, dass besessene Nachtfalter sich in Kerzenflammen stürzten und Wölfe auf der Suche nach der Sonne die Berge hinaufkletterten. Ali schwor, dass man, wenn man in der *yelda*-Nacht Wassermelone aß, im kommenden Sommer nicht durstig sein würde.

Später las ich in meinen Gedichtbüchern, dass *yelda* die sternenlose Nacht war, in der Liebende unter Qualen Wache hielten, die endlose Nacht erduldeten und darauf warteten, dass die Sonne aufging und den geliebten Menschen mit sich brachte. Nachdem ich Soraya Taheri getroffen hatte, wurde jede Nacht der Woche zu einer *yelda* für mich. Und wenn der Sonntagmorgen kam, kletterte ich schon mit dem Gedanken an Sorayas braunäugiges Gesicht aus dem Bett. In Babas Bus zählte ich die Meilen, bis ich sie sehen würde, wie sie barfuß auf dem Boden kniete und die Kisten mit vergilbten Enzyklopädien zurechtschob. Ihre weißen Fersen hoben sich dabei vom Asphalt ab, und silberne Armreifen klimperten an ihren schmalen Handgelenken. Ich dachte an den Schatten, den ihr Haar auf den Boden warf, wenn es von ihrem Rücken zur Seite rutschte und wie ein Samtvorhang herunterhing. Soraya. Prinzessin des Trödelmarktes. Morgensonne meiner *yelda.*

Ich erfand Entschuldigungen – die Baba mit einem schelmischen Grinsen akzeptierte –, um die Reihen entlangzulaufen und am Platz der Taheris vorbeizugehen. Ich winkte dem General zu, der ständig seinen glänzenden, zu oft gebügelten Anzug trug, und er winkte zurück. Manchmal stand er von seinem Klappstuhl auf, und wir plauderten über meine Schriftstellerei, den Krieg, wie der Handel lief. Und dabei musste ich immer meine ganze Willenskraft aufbringen, um meine Augen davon abzuhalten, sich zu lösen, davonzuwandern zu der Stelle, wo Soraya in ihrem Taschenbuch las. Wenn der General und ich uns verabschiedeten und ich davonging, versuchte ich, nicht zu schlurfen.

Manchmal saß sie allein da, während der General sich irgendwo in einer anderen Reihe aufhielt, um sich zu unterhalten, und ich ging vorüber, tat so, als kenne ich sie nicht, und brannte doch so sehr darauf, sie kennen zu lernen. Manchmal war auch eine beleibte Frau mittleren Alters mit blasser Haut und rot gefärbtem Haar bei ihr.

Ich schwor mir, dass ich noch vor dem Ende des Sommers mit ihr reden würde, aber das College begann wieder, die Blätter färbten sich rot und gelb und fielen herab, die Regenfälle des Winters zogen heran, und Babas Gelenke meldeten sich, die Blätter wurden wieder grün, und ich hatte immer noch nicht den Mut gefunden, ihr auch nur in die Augen zu blicken.

Das Frühlingssemester des Jahres 1985 ging im Mai zu Ende. Ich schloss all meine Kurse mit Erfolg ab, was ein kleines Wunder war, da ich im Unterricht meist nur dasaß und an Sorayas hübsche kleine Hakennase dachte.

Und dann, an einem heißen Sonntag in jenem Sommer, waren Baba und ich wieder einmal auf dem Trödelmarkt, saßen an unserem Stand und fächelten uns mit Zeitungen Luft zu. Trotz der Sonne, die sich wie ein Brandeisen in die Haut drückte, war der Markt an jenem Tag sehr gut besucht, und wir verkauften nicht schlecht – es war erst halb eins, und wir hatten bereits 160 Dollar verdient. Ich stand auf, streckte mich und fragte Baba, ob er eine Cola wolle. Er antwortete, dass ihm die sehr willkommen wäre.

»Nimm dich in Acht, Amir«, sagte er, als ich losgehen wollte.

»Wovor denn, Baba?«

»Ich bin kein *ahmaq,* also versuche nicht, mich für dumm zu verkaufen.«

»Ich weiß nicht, wovon du sprichst.«

»Vergiss eins nicht«, sagte Baba und zeigte auf mich. »Ein paschtunischer Mann ist ein Paschtune durch und durch. Er hat *nang* und *namoos.« Nang. Namoos.* Ehre und Stolz. Die Dogmen paschtunischer Männer. Besonders, wenn es um die Keuschheit einer Frau geht. Oder einer Tochter.

»Ich will uns doch nur etwas zu trinken holen, das ist alles.«

»Bring mich nur nicht in Verlegenheit, mehr verlange ich nicht.«

»Werde ich nicht. Du liebe Güte, Baba.«

Baba zündete sich eine Zigarette an und begann sich wieder Luft zuzufächeln. Ich ging anfangs Richtung Getränkebude, bog dann aber am T-Shirt-Stand ab, wo man sich für fünf Dollar das Gesicht von Jesus, Elvis, Jim Morrison oder die von allen dreien auf ein weißes Nylon-T-Shirt drucken lassen konnte. Mariachi-Musik ertönte irgendwoher, und es roch nach sauer eingelegtem Gemüse und gegrilltem Fleisch.

Ich entdeckte den grauen Van der Taheris zwei Reihen von der unseren entfernt neben einem Stand, wo Mangos am Stiel verkauft wurden. Soraya war allein und las. Heute trug sie ein knöchellanges weißes Sommerkleid. Offene Sandalen. Ihr Haar war zurückgebunden und zu einem tulpenförmigen Knoten hochgesteckt. Eigentlich wollte ich einfach wie immer vorbeigehen und dachte auch, ich hätte es getan, aber plötzlich stand ich am Rande des weißen Tischtuchs der Taheris und starrte über Lockenstäbe und alte Krawatten zu Soraya hinüber. Sie blickte auf.

»*Salaam*«, sagte ich. »Tut mir Leid, dass ich Sie störe.«

»*Salaam.*«

»Ist der General Sahib heute hier?«, fragte ich. Meine Ohren brannten. Ich brachte es nicht fertig, ihr in die Augen zu sehen.

»Er ist dort langgegangen«, sagte sie. Zeigte nach rechts. Der Armreifen rutschte ihr bis zum Ellbogen herunter, Silber auf olivfarbener Haut.

»Könnten Sie ihm bitte sagen, dass ich hier gewesen bin, um meine Aufwartung zu machen?«, fragte ich.

»Das werde ich.«

»Vielen Dank«, erwiderte ich. »Ach, und mein Name ist Amir. Nur damit Sie es wissen. Um es ihm zu sagen. Dass ich hier gewesen bin, meine ich. Um ... um meine Aufwartung zu machen.«

»Ja.«

Ich trat von einem Fuß auf den anderen, räusperte mich. »Dann werde ich jetzt wieder gehen. Tut mir Leid, dass ich Sie gestört habe.«

»Haben Sie nicht«, sagte sie.

»Oh. Gut.« Ich tippte mir zum Abschied mit dem Finger an die Stirn und brachte ein halbes Lächeln zustande. »Dann werde ich jetzt wieder gehen.« Hatte ich das nicht bereits gesagt? »*Khoda hafez.*«

»*Khoda hafez.*«

Ich tat einen Schritt. Hielt inne. Drehte mich um. Sagte es, bevor ich überhaupt eine Chance hatte, die Nerven zu verlieren: »Darf ich fragen, was Sie da lesen?«

Sie blinzelte.

Ich hielt den Atem an.

Plötzlich spürte ich, wie sich die Augen sämtlicher afghanischer Landsleute auf diesem Trödelmarkt auf uns richteten. Sie verstummten plötzlich – so bildete ich es mir zumindest ein. Lippen erstarrten mitten im Satz. Köpfe drehten sich. Augen verzogen sich interessiert zu schmalen Schlitzen.

Was ging da vor sich?

Bis zu diesem Moment hätte man unsere Begegnung als respektvolle Erkundigung interpretieren können, ein Mann, der den Verbleib eines anderen Mannes zu erfahren suchte. Aber ich hatte ihr eine Frage gestellt, und wenn sie sie beantwortete, dann würden wir ... nun, wir würden miteinander plaudern. Ich, ein *mojarad,* ein allein stehender junger Mann, und sie eine unverheiratete junge Frau. Dazu noch eine mit einer Vergangenheit. Das war schon so etwas wie Klatschfutter und das köstlichste obendrein. Die Giftzungen würden sich in Bewegung setzen. Und sie würde das meiste davon abkriegen, nicht ich – ich war mir sehr wohl der afghanischen Doppelmoral bewusst, die mein Geschlecht seit Jahrhunderten begünstigte. Es würde nicht etwa heißen: *Hast du gesehen, wie er mit ihr geplaudert hat*? Sondern: *Aufgepasst! Hast du gesehen, wie sie ihn gar nicht mehr gehen lassen wollte? Was für eine* lochak!

Für afghanische Verhältnisse war meine Frage dreist. Damit hatte ich mich entblößt und wenig Zweifel an meinem Interesse an ihr gelassen. Aber ich war ein Mann und hatte damit nichts weiter riskiert als ein verletztes Ego. Verletzungen solcher Art heilten. Aber ein kaputter Ruf ließ sich nicht so leicht wiederherstellen. Würde sie wohl auf meine Kühnheit eingehen?

Sie drehte das Buch, sodass ich auf den Einband blicken konnte. *Sturmhöhe.* »Haben Sie es gelesen?«, fragte sie.

Ich nickte. Ich konnte das Pochen meines Herzens hinter meinen Augen spüren. »Es ist eine traurige Geschichte.«

»Von traurigen Geschichten kommen gute Bücher«, sagte sie.

»Das stimmt.«

»Wie ich hörte, schreiben Sie selbst.«

Woher wusste sie das? Hatte ihr Vater es ihr erzählt? Hatte sie ihn vielleicht sogar gefragt? Aber ich verwarf beide Szenarien sofort wieder. Väter und Söhne konnten sich frei über Frauen unterhalten. Aber kein afghanisches Mädchen – zumindest kein anständiges und *mohtaram* afghanisches Mädchen – fragte ihren Vater über einen jungen Mann aus. Und kein Vater, ganz besonders kein Paschtune mit *nang* und *namoos,* würde mit seiner Tochter über einen *mojarad* reden – es sei denn, der fragliche Kerl wäre ein *khastegar,* ein Freier, der sich ehrenhaft verhalten und seinen Vater geschickt hatte, um an die Tür zu klopfen.

Ich traute meinen Ohren nicht, als ich mich fragen hörte: »Würden Sie gern einmal eine meiner Geschichten lesen?«

»Sehr gern«, erwiderte sie.

Ich spürte, wie sie ein Unbehagen überkam, sah es in ihren Augen, die unruhig hin und her zu wandern begannen. Möglicherweise hielt sie Ausschau nach dem General. Was der wohl sagen würde, wenn er mich dabei erwischte, wie ich mich eine so unangemessen lange Zeit mit seiner Tochter unterhielt?

»Vielleicht werde ich Ihnen einmal eine mitbringen«, sagte ich. Ich wollte noch etwas hinzufügen, als die Frau, die ich gelegentlich mit Soraya gesehen hatte, den Gang entlang auf uns zukam. Sie trug einen Plastikbeutel voller Früchte. Als sie uns sah, wanderten ihre Augen zwischen Soraya und mir hin und her. Sie lächelte.

»Amir *jan,* wie schön, Sie zu sehen«, sagte sie und leerte die Tüte auf dem Tischtuch aus. Auf ihrer Stirn glänzte eine feine Schweißschicht. Ihr rotes Haar, das wie ein Helm frisiert war, glitzerte im Sonnenlicht – an manchen Stellen, wo ihr Haar dünn geworden war, schimmerte die Kopfhaut durch. Sie hatte kleine grüne Augen, die in einem kohlrunden Gesicht verborgen lagen, überkronte Zähne und kleine Wurstfinger. Ein goldener Allah ruhte auf ihrer Brust, die Kette lag in den Hautfalten ihres Halses verborgen. »Ich bin Jamila, Soraya *jans* Mutter.«

»*Salaam, khala jan*«, sagte ich verlegen – wie so oft, wenn ich mit Afghanen zu tun hatte –, weil sie mich kannte und ich keine Ahnung gehabt hatte, wer sie war.

»Wie geht es Ihrem Vater?«, sagte sie.

»Gut, vielen Dank.«

»Sie haben doch bestimmt schon viel von Ihrem Großvater, Ghazi Sahib, gehört? Dem Richter. Sein Onkel und mein Großvater waren Cousins«, sagte sie. »Wir sind also eigentlich verwandt.« Sie schenkte mir ein Zahnkronenlächeln, und ich bemerkte, dass die rechte Seite ihres Mundes ein wenig herabhing. Ihre Augen wanderten wieder zwischen Soraya und mir hin und her.

Ich hatte Baba einmal gefragt, warum General Taheris Tochter noch nicht verheiratet war. Keine Freier, hatte Baba gesagt. Keine angemessenen Freier, hatte er hinzugefügt. Aber mehr wollte er nicht sagen – Baba wusste, wie verheerend sich leeres Geschwätz auf die Heiratsaussichten einer jungen Frau auswirken konnte. Afghanische Männer, besonders solche aus angesehenen Familien, waren wankelmütige Wesen. Ein Flüstern hier, eine Anspielung dort, und sie stoben davon wie aufgeschreckte Vögel. Und so hatte eine Hochzeitsfeier nach der anderen stattgefunden, und niemand hatte *ahesta boro* für Soraya gesungen, niemand hatte ihre Handflächen mit Henna bemalt, niemand hatte einen Koran über ihren Kopfschmuck gehalten, und es war General Taheri zugefallen, bei jeder Hochzeitsfeier mit ihr zu tanzen.

Und jetzt war da diese Frau, diese Mutter, mit ihrem herzzerreißend erwartungsvollen schiefen Lächeln und der kaum versteckten Hoffnung in den Augen. Ich zuckte ein wenig zusammen angesichts der machtvollen Position, die mir gewährt worden war, und das nur, weil ich in der genetischen Lotterie gewonnen hatte, die mein Geschlecht bestimmte.

Ich vermochte nie in den Augen des Generals zu lesen, aber über seine Frau wusste ich eins ganz gewiss: Sollte ich einen Widersacher bei dieser Angelegenheit haben – welcher Natur auch immer »diese Angelegenheit« sein mochte –, so wäre es ganz bestimmt nicht sie.

»Setzen Sie sich, Amir *jan*«, forderte sie mich auf. »Soraya, *bachem,* hol ihm einen Stuhl. Und wasche einen der Pfirsiche. Sie sind süß und frisch.«

»Nein, vielen Dank«, sagte ich. »Ich sollte mich auf den Weg machen. Mein Vater wartet.«

»Ach ja? Wie schade«, sagte Khanum Taheri, offensichtlich beeindruckt, dass ich mich für die höfliche Variante entschieden und das Angebot abgelehnt hatte. »Dann nehmen Sie zumindest das hier.« Sie warf eine Hand voll Kiwis und einige Pfirsiche in eine Papiertüte und bestand darauf, dass ich sie nahm. »Richten Sie Ihrem Vater viele Grüße von mir aus. Und kommen Sie bald wieder einmal vorbei.«

»Das werde ich. Vielen Dank, *Khala jan*«, sagte ich. Aus dem Augenwinkel heraus sah ich, dass Soraya zur Seite blickte.

»Ich dachte, du wolltest uns zwei Colas holen«, sagte Baba und nahm mir die Tüte mit dem Obst aus der Hand. Er bedachte mich mit einem Blick, der ernst und schelmisch zugleich war. Ich wollte gerade etwas erfinden, aber er biss in einen Pfirsich und winkte abwehrend mit der Hand. »Schon gut, Amir. Vergiss aber nicht, was ich dir gesagt habe.«

In jener Nacht dachte ich im Bett daran, wie das gesprenkelte Sonnenlicht in Sorayas Augen getanzt hatte, und an die zarten Vertiefungen über ihrem Schlüsselbein. Ich ging unsere Unterhaltung in meinem Kopf immer wieder durch. Hatte sie gesagt: *Wie ich hörte, schreiben Sie selbst* oder: *Wie ich hörte, sind Sie Schriftsteller?* Ich war mir nicht sicher. Ich wälzte mich im Bett herum und starrte zur Decke hinauf – wie sollte ich nur die kommenden sechs schweren, endlosen *yelda*-Nächte überstehen, bis ich sie endlich wiedersah?

So ging es einige Wochen weiter. Ich wartete, bis sich der General zu einem Spaziergang aufmachte, und schritt dann am Stand der Taheris vorbei. Wenn *Khanum* Taheri da war, bot sie mir Tee und ein *kolcha* an, und wir unterhielten uns über das Kabul der Vergangenheit, über Menschen, die wir kannten, über ihre Arthritis. Sie hatte zweifellos bemerkt, dass mein Auftauchen immer mit der Abwesenheit ihres Mannes zusammenfiel, aber sie ließ es sich nie anmerken. »Oh, wie schade, Sie haben *Kaka* gerade verpasst«, sagte sie nur. Es gefiel mir sogar, wenn *Khanum* Taheri da war, und das nicht nur wegen ihrer freundlichen Art; Soraya war viel lockerer, redseliger, wenn sich ihre Mutter in der Nähe aufhielt. Als ob deren Anwesenheit alles, was zwischen uns geschah, legitimierte – wenn auch nicht in der gleichen Weise, wie es die Gegenwart des Generals getan hätte. *Khanum* Taheri als unsere Anstandsdame machte unsere Treffen wenn nicht klatschsicher, so doch weniger klatschenswert, auch wenn das beinahe schon einschmeichelnde Verhalten, das sie mir gegenüber an den Tag legte, Soraya ganz offensichtlich peinlich war.

Eines Tages standen Soraya und ich allein an ihrem Stand und unterhielten uns. Sie erzählte mir von ihrem Studium am Ohlone Junior-College in Fremont.

»Ich möchte einmal Lehrerin werden«, sagte sie.

»Wirklich?«, fragte ich. »Warum?«

»Das wollte ich schon immer. Als wir noch in Virginia gewohnt haben, habe ich die Englisch-Prüfung für Nicht-Muttersprachler bestanden und unterrichte jetzt einmal in der Woche einen Kurs in der Stadtbibliothek. Meine Mutter ist auch Lehrerin gewesen, sie hat an der Zarghoona-Mittelschule für Mädchen in Kabul Farsi und Geschichte unterrichtet.«

Ein spitzbäuchiger Mann mit einer Sherlock-Holmes-Mütze auf dem Kopf bot drei Dollar für einen Satz Kerzenhalter, der eigentlich fünf Dollar wert war, aber Soraya willigte ein. Sie ließ das Geld in eine kleine Bonbondose zu ihren Füßen fallen und blickte mich schüchtern an. »Ich würde Ihnen gern eine kleine Geschichte erzählen«, sagte sie, »aber sie ist mir ein bisschen peinlich.«

»Nur zu. Erzählen Sie.«

»Eigentlich ist sie irgendwie albern.«

»Bitte tun Sie mir den Gefallen.«

Sie lachte. »Also, als ich in Kabul ins vierte Schuljahr ging, da stellte mein Vater eine Frau namens Ziba ein, die im Haus helfen sollte. Sie hatte eine Schwester im Iran, in Mashad, und da Ziba Analphabetin war, bat sie mich ab und zu, ihrer Schwester einen Brief zu schreiben. Und wenn die Schwester antwortete, las ich Ziba ihre Briefe vor. Eines Tages fragte ich sie, ob sie gern lesen und schreiben lernen würde. Sie blickte mich mit ihrem strahlenden Lächeln an, bei dem sie immer tausend Fältchen um die Augen bekam, und erwiderte, dass das ganz wunderbar wäre. Also setzten wir uns, wenn ich mit meinen Hausaufgaben fertig war, an den Küchentisch, und ich brachte ihr das *Alef-beh* bei. Ich weiß noch, wie ich manchmal von meinen Hausaufgaben aufblickte und Ziba in der Küche beobachtete, wie sie das Fleisch im Topf wendete und sich dann mit einem Bleistift hinsetzte, um ihre eigenen Hausaufgaben zu machen, die ich ihr am Abend vorher gegeben hatte. Jedenfalls konnte Ziba innerhalb eines Jahres Kinderbücher lesen. Wir saßen draußen im Garten, und sie las mir – langsam zwar, aber korrekt – die Geschichten von Dara und Sara vor. Sie fing an, mich *Moalema* Soraya zu nennen, Lehrerin Soraya.« Sie lachte wieder. »Ich weiß, dass es kindisch klingt, aber als Ziba ihren ersten Brief schrieb, da wusste ich, dass ich unbedingt Lehrerin werden wollte. Ich war so stolz auf sie, und ich hatte das Gefühl, etwas wirklich Wertvolles getan zu haben, verstehen Sie?«

»Ja«, log ich. Ich dachte daran, wie ich meine Fähigkeit, lesen und schreiben zu können, ausgenutzt hatte, um Hassan lächerlich zu machen. Wie ich ihn bei schwierigen Wörtern, die er nicht kannte, aufgezogen hatte.

»Mein Vater möchte, dass ich Jura studiere, meine Mutter lässt immer wieder Bemerkungen über ein Medizinstudium fallen, aber ich werde auf jeden Fall Lehrerin. Das wird hier zwar nicht besonders gut bezahlt, aber es ist genau das, was ich möchte.«

»Meine Mutter war auch Lehrerin«, sagte ich.

»Ich weiß«, erwiderte sie. »Das hat mir meine Mutter erzählt.« Dann wurde sie rot, weil sie damit ausgeplaudert hatte, dass

»Amir-Gespräche« zwischen ihnen stattfanden, wenn ich nicht da war. Ich musste mich ungeheuer beherrschen, um mir ein Lächeln zu verkneifen.

»Ich habe Ihnen etwas mitgebracht.« Ich fischte die zusammengerollten Seiten aus meiner Gesäßtasche. »Wie versprochen.« Ich reichte ihr eine meiner Kurzgeschichten.

»Oh, du hast es also nicht vergessen«, sagte sie und strahlte förmlich. »Vielen Dank!« Mir blieb kaum genug Zeit, zu registrieren, dass sie mich zum ersten Mal mit »*tu*« angesprochen hatte und nicht mit dem förmlichen »*shoma*«, denn ihr Lächeln erstarb. Die Farbe wich aus ihrem Gesicht, und ihre Augen richteten sich auf etwas hinter meinem Rücken. Ich drehte mich um. Blickte in das Antlitz von General Taheri.

»Amir *jan*. Unser angehender Geschichtenerzähler. Was für ein Vergnügen«, sagte er mit einem schwachen Lächeln.

»*Salaam* General Sahib«, sagte ich mit schweren Lippen.

Er schritt an mir vorbei auf seinen Stand zu. »Was für ein wundervoller Tag, nicht wahr?«, sagte er, den Daumen in die Brusttasche seiner Weste eingehakt, die andere Hand in Sorayas Richtung ausgestreckt. Sie reichte ihm die Seiten.

»Es heißt, es soll noch in dieser Woche Regen geben. Kaum zu glauben, oder?« Er ließ die zusammengerollten Seiten in den Abfalleimer fallen. Wandte sich mir zu und legte eine sanfte Hand auf meine Schulter. Wir gingen ein paar Schritte zusammen.

»Wissen Sie, Amir, ich mag Sie. Sie sind ein anständiger Junge, davon bin ich überzeugt, aber«, er seufzte und vollführte eine Bewegung mit der Hand, »selbst anständige Jungen benötigen hin und wieder eine kleine Gedächtnisstütze. Also ist es meine Pflicht, Sie daran zu erinnern, dass Sie sich auf diesem Trödelmarkt unter Ihresgleichen befinden. Wissen Sie, *jeder* hier ist ein Geschichtenerzähler.« Er lächelte und entblößte dabei seine perfekten Zähne. »Richten Sie Ihrem Vater meine Hochachtung aus, Amir *jan*.«

Er ließ die Hand sinken. Lächelte aufs Neue.

»Was ist los?«, fragte Baba und kassierte gleichzeitig.

»Nichts«, erwiderte ich. Ich setzte mich auf einen alten Fernseher. Dann erzählte ich es ihm trotzdem.

»Ach, Amir«, seufzte er.

Wie sich herausstellte, kam ich gar nicht dazu, allzu lange über das nachzugrübeln, was passiert war.

Denn ein paar Tage später bekam Baba eine Erkältung.

Es begann mit einem trockenen Husten und einem leichten Schnupfen. Den Schnupfen überwand er, aber der Husten blieb. Er hustete ständig in sein Taschentuch, stopfte es sich dann wieder in die Tasche. Ich redete auf ihn ein, sich untersuchen zu lassen, aber er winkte ab. Er hasste Ärzte und Krankenhäuser. Meines Wissens war Baba in seinem ganzen Leben nur ein einziges Mal zum Arzt gegangen, und zwar, als er sich in Indien mit Malaria angesteckt hatte. Zwei Wochen später dann erwischte ich ihn dabei, wie er blutigen Schleim in die Toilette hustete.

»Wie lange geht das schon so?«, fragte ich.

»Was gibt es zum Abendessen?«, erwiderte er.

»Ich bringe dich zum Arzt.«

Obwohl Baba inzwischen einer der Manager der Tankstelle war, hatte der Besitzer ihm keine Krankenversicherung angeboten, und Baba hatte in seinem Leichtsinn nicht darauf bestanden. Also brachte ich ihn zum Bezirkskrankenhaus in San Jose. Ein junger Assistenzarzt kümmerte sich um uns. Er war käsebleich und hatte verschwollene Augen. »Er sieht jünger aus als du und kränker als ich«, brummte Baba. Der Arzt schickte uns nach unten zum Röntgen. Als die Schwester uns wieder hereinrief, war er dabei, ein Formular auszufüllen.

»Nehmen Sie das mit nach vorn«, sagte er, als er fertig war.

»Was ist das?«, fragte ich.

»Eine Überweisung.«

»Wohin?«

»Zum Lungenspezialisten.«

»Ist es denn etwas Ernstes?«

Er warf mir einen flüchtigen Blick zu. Schob seine Brille zurecht. Begann wieder zu kritzeln. »Er hat einen Fleck auf der rechten Lunge. Die sollen sich das mal ansehen.«

»Einen Fleck?«, sagte ich, und das Zimmer wurde plötzlich zu klein, die Luft zu dick.

»Krebs?«, fügte Baba gleichgültig hinzu.

»Möglich. Jedenfalls sollte es abgeklärt werden«, murmelte der Arzt.

»Können Sie uns nicht mehr sagen?«, fragte ich.

»Im Augenblick nicht. Lassen Sie erst mal eine CT machen, und gehen Sie zu einem Lungenspezialisten.« Er reichte mir die Überweisung. »Ihr Vater raucht, sagten Sie?«

»Ja.«

Er nickte. Blickte von mir zu Baba und wieder zurück. »Man wird Sie in den nächsten zwei Wochen anrufen.«

Ich hätte ihn gern gefragt, wie ich in den nächsten zwei Wochen mit einem solchen Verdacht leben sollte. Wie sollte ich da essen, arbeiten, studieren? Wie konnte er mich einfach so nach Hause schicken?

Ich nahm die Überweisung und gab sie bei der Aufnahme ab. In jener Nacht wartete ich, bis Baba eingeschlafen war, und faltete dann eine Decke auseinander. Ich benutzte sie als Gebetsteppich. Den Kopf auf den Boden geneigt, sagte ich halb vergessene *surrahs* aus dem Koran auf – Verse, die uns der Mullah in Kabul hatte auswendig lernen lassen – und bat einen Gott um seine Güte, von dem ich nicht einmal sicher war, dass er überhaupt existierte. Auf einmal beneidete ich den Mullah, beneidete ihn um seinen Glauben und seine Gewissheit.

Zwei Wochen vergingen, und niemand rief an. Und als ich mich beim Krankenhaus meldete, erklärte man mir, dass ihnen keine Überweisung vorliege. Ob ich sie wirklich abgegeben hätte? Man werde mich spätestens in drei Wochen zurückrufen. Ich machte ihnen die Hölle heiß und handelte die drei Wochen auf eine für die Computertomographie herunter und zwei für den Lungenspezialisten.

Der Besuch beim Lungenspezialisten verlief gut, bis Baba Dr. Schneider fragte, woher er ursprünglich stamme. Russland, erwiderte Dr. Schneider. Baba drehte beinahe durch.

»Entschuldigen Sie uns, Herr Doktor«, sagte ich und zerrte meinen Vater zur Seite. Dr. Schneider lächelte und trat mit dem Stethoskop in der Hand zurück.

»Baba, ich habe Dr. Schneiders biografische Daten im Wartezimmer gelesen. Er ist in Michigan geboren. *Michigan!* Er ist Amerikaner, ein ganzes Stück mehr Amerikaner, als du und ich jemals sein werden.«

»Es ist mir egal, wo er geboren wurde, er ist *Roussi*«, sagte Baba und zog dabei eine Grimasse, als handelte es sich um ein Schimpfwort. »Seine Eltern waren *Roussi*, seine Großeltern waren *Roussi*. Ich schwöre beim Antlitz deiner Mutter, dass ich ihm den Arm brechen werde, wenn er versucht, mich anzufassen.«

»Dr. Schneiders Eltern sind vor den *Shorawi* geflohen, willst du das denn nicht verstehen? Sie sind geflohen!«

Aber Baba wollte nichts davon hören. Manchmal glaubte ich, das Einzige, was er genauso liebte wie seine verstorbene Frau, war Afghanistan, sein dahingeschiedenes Land. Ich hätte vor Verzweiflung laut schreien können. Stattdessen seufzte ich und wandte mich Dr. Schneider zu. »Tut mir Leid, Herr Doktor. Das wird nicht funktionieren.«

Der nächste Lungenspezialist, ein Dr. Amani, war Iraner und fand Babas Zustimmung. Dr. Amani, ein leise sprechender Mann mit einem schiefen Schnurrbart und grauer Haarmähne, erklärte uns, dass er sich die Ergebnisse der Computertomographie angesehen habe und einen Eingriff vornehmen müsse, der sich Bronchoskopie nannte, um ein Stück der Lungenmasse für eine pathologische Untersuchung zu entnehmen. Der Eingriff sollte in der folgenden Woche stattfinden. Ich dankte ihm, als ich Baba aus dem Sprechzimmer führte, und dachte mit Schrecken an eine weitere Woche bangen Wartens. Wenn doch nur Soraya bei mir gewesen wäre!

Wie sich herausstellte, hatte der Krebs, wie der Teufel, viele Namen. Babas Krebs nannte sich Haferzellkarzinom. Fortgeschrittenes Stadium. Inoperabel. Baba bat Dr. Amani um eine Prognose. Dr. Amani biss sich auf die Unterlippe, benutzte das Wort *ernst*. »Die Chemotherapie ist natürlich eine Möglichkeit«, sagte er. »Aber das wäre nur palliativ.«

»Was bedeutet das?«, fragte Baba.

Dr. Amani seufzte. »Es bedeutet, dass es nichts am Ergebnis ändern, es nur hinauszögern würde.«

»Das ist eine klare Antwort, Dr. Amani. Ich danke Ihnen dafür«, sagte Baba. »Aber eine Chemotherapie kommt für mich nicht in Frage.« Er hatte denselben entschlossenen Ausdruck auf dem Gesicht wie an dem Tag, als er den Stapel Essensmarken auf Mrs. Dobbins' Schreibtisch geworfen hatte.

»Aber Baba ... »

»Wage es nicht, meine Ansichten in der Öffentlichkeit in Frage zu stellen, Amir. Niemals. Für wen hältst du dich?«

Der Regen, von dem General Taheri auf dem Trödelmarkt gesprochen hatte, war ein paar Wochen zu spät dran, aber als wir aus Dr. Amanis Praxis traten, spritzten vorbeifahrende Wagen schmutziges Wasser auf die Gehsteige. Baba zündete sich eine Zigarette an. Er rauchte den ganzen Weg bis zu unserer Wohnung. Als er den Schlüssel in die Tür zum Treppenhaus steckte, sagte ich: »Ich wünschte, du würdest noch einmal über die Chemotherapie nachdenken, Baba.«

Baba steckte die Schlüssel ein und zog mich aus dem Regen unter die gestreifte Markise des Gebäudes. Er drückte mir die Knöchel der Hand, die die Zigarette hielt, gegen die Brust. »*Bas!* Ich habe meine Entscheidung getroffen.«

»Und was ist mit mir, Baba? Was soll ich tun?«, sagte ich, und die Tränen stiegen mir in die Augen.

Ein angewiderter Ausdruck erschien auf seinem regennassen Gesicht. Es war der gleiche Ausdruck, der immer auf seinem Gesicht aufgetaucht war, wenn ich als Kind hinfiel, mir die Knie aufschlug und zu weinen begann. Es war das Weinen, das ihn damals hervorgelockt hatte, und so war es auch jetzt wieder. »Du bist zweiundzwanzig Jahre alt, Amir! Ein erwachsener Mann! Du ...«, er öffnete den Mund, schloss ihn wieder, öffnete ihn erneut, überlegte noch einmal. Über uns trommelte der Regen auf die Markise. »Was mit dir geschieht, fragst du? All die Jahre habe ich versucht, dir etwas beizubringen, damit du diese Frage niemals stellen musst.«

Er öffnete die Tür. Drehte sich wieder zu mir um. »Und noch etwas. Niemand wird hiervon erfahren, hörst du? Niemand. Ich will kein Mitleid.« Dann verschwand er ins düstere Treppenhaus. Den Rest des Tages verbrachte er kettenrauchend vor dem Fernseher. Ich wusste nicht, was oder wem er zu trotzen versuchte. Mir? Dr. Amani? Oder vielleicht dem Gott, an den er nie geglaubt hatte.

Für eine Weile vermochte selbst der Krebs Baba nicht vom Trödelmarkt fern zu halten. Samstags saß er am Steuer des Busses, wenn wir die Garagenverkäufe abklapperten, und ich dirigierte ihn, und sonntags boten wir die erworbenen Dinge zum Verkauf an. Messinglampen. Baseballhandschuhe. Skijacken mit kaputten Reißverschlüssen. Baba begrüßte Bekannte aus der alten Heimat, und ich feilschte mit Käufern um einen Dollar oder auch zwei. Als ob irgendetwas davon eine Rolle gespielt hätte. Als ob der Tag, an dem ich Waise werden würde, nicht mit jedem Geschäft, das ich tätigte, näher rückte.

Manchmal spazierten General Taheri und seine Frau vorbei. Der General, ganz Diplomat, begrüßte mich mit einem Lächeln und umschloss meine Hand wie immer mit beiden Händen. Aber da war eine neue Zurückhaltung in *Khanum* Taheris Benehmen. Eine Zurückhaltung, die nur von ihrem verlegenen schiefen Lächeln und den verstohlenen entschuldigenden Blicken gebrochen wurde, die sie mir zuwarf, wenn die Aufmerksamkeit des Generals einmal abgelenkt war.

Ich erinnere mich an diese Zeit als eine Phase, in der viele Dinge zum ersten Mal geschahen: Ich hörte Baba zum ersten Mal im Badezimmer stöhnen. Ich fand zum ersten Mal Blut auf seinem Kissen. Und zum ersten Mal in den drei Jahren, seit denen er an der Tankstelle arbeitete, meldete er sich krank.

Als in jenem Jahr Halloween vor der Tür stand, wurde Baba an den Samstagen um die Nachmittagszeit immer so müde, dass er hinter dem Steuer wartete, während ich ausstieg und um den Trödel feilschte. Als Thanksgiving kam, war er schon kurz vor Mittag erschöpft. Und als Schlitten in den Vorgärten auftauchten und die Douglastannen Schnee aus der Spraydose trugen, blieb Baba zu Hause, und ich fuhr den VW-Bus allein die Peninsula hinauf und hinunter.

Manchmal ließen afghanische Bekannte auf dem Trödelmarkt Bemerkungen über Babas Gewichtsverlust fallen. Anfangs waren sie schmeichelhaft. Einige erkundigten sich sogar, welche Diät er mache. Aber die Fragen und Komplimente hörten auf, als er weiter abnahm. Und weiter abnahm. Als seine Wangen einfielen. Seine Schläfen einsanken. Und seine Augen immer tiefer in ihren Höhlen saßen.

An einem kühlen Sonntag dann, kurz nach dem Neujahrstag, verkaufte Baba gerade einem stämmigen Filipino einen Lampenschirm, während ich im VW nach einer Decke kramte, die ich Baba über die Beine legen wollte.

»He, Mann, der Typ hier braucht Hilfe!«, rief der Filipino plötzlich erschrocken. Ich drehte mich um und sah Baba am Boden liegen. Seine Arme und Beine zuckten.

»*Komak!*«, rief ich. »Zu Hilfe!« Ich rannte auf Baba zu. Schaum trat ihm aus dem Mund, lief in seinen Bart. In seinen nach oben verdrehten Augen sah man nur noch das Weiße.

Leute eilten auf uns zu. Ich hörte, wie jemand das Wort »Anfall« aussprach. Ein anderer schrie: »Ruf einen Krankenwagen!« Ich hörte dahineilende Schritte. Der Himmel verdunkelte sich, als sich eine Menschenmenge um uns versammelte.

Der Schaum wurde rot. Baba biss sich auf die Zunge. Ich kniete mich neben ihn, packte seine Arme und redete beruhigend auf ihn ein. Ich bin ja da, Baba, sagte ich zu ihm, ich bin ja da, alles wird gut, ich bin bei dir. Als hätte ich die Krämpfe mit meinen Worten aus ihm herauslocken können. Sie überreden können, meinen Baba in Ruhe zu lassen. Ich spürte etwas Feuchtes auf meinen Knien. Sah, dass sich Babas Blase entleert hatte. Schhh, Baba *jan*, ich bin ja da. Dein Sohn ist bei dir.

Der Arzt mit dem grauen Bart und dem kahlen Kopf zog mich aus dem Zimmer. »Ich möchte die CT-Aufnahmen Ihres Vaters mit Ihnen durchgehen«, sagte er. Er befestigte die Seiten auf einem erleuchteten Schaukasten im Flur und deutete mit dem Radiergummiende seines Bleistifts auf die Bilder von Babas Krebs, ganz wie ein Polizist, der der Familie des Opfers Fotos des Mörders zeigt. Die Bilder von Babas Gehirn sahen wie Querschnitte einer riesigen Walnuss aus, die von großen grauen Punkten durchlöchert war.

»Wie Sie sehen können, hat der Krebs Metastasen gebildet«, sagte er. »Ihr Vater wird Steroide nehmen müssen, um die Schwellung in seinem Gehirn zu verringern, und auch Antiepileptika. Und ich würde eine palliative Strahlentherapie empfehlen. Wissen Sie, was das bedeutet?«

Ich nickte. Ich war inzwischen mit den Fachausdrücken der Krebstherapien nur allzu gut vertraut.

»Also schön«, sagte er. Kontrollierte seinen Piepser. »Ich muss jetzt gehen, aber Sie können mich ja rufen lassen, wenn Sie irgendwelche Fragen haben.«

»Vielen Dank.«

Ich verbrachte die Nacht auf einem Stuhl neben Babas Bett.

Am nächsten Morgen war das Wartezimmer am Ende des Flurs voll gestopft mit Afghanen. Der Metzger aus Newark. Ein Ingenieur, der mit Baba an seinem Waisenhaus gearbeitet hatte. Sie strömten hintereinander ins Zimmer und machten Baba mit gedämpften Stimmen ihre Aufwartung. Wünschten ihm eine baldige Genesung. Baba war wach. Angeschlagen und erschöpft, aber wach.

Am späten Morgen kamen General Taheri und seine Frau. Soraya folgte ihnen. Wir warfen einander einen kurzen Blick zu und schauten gleich wieder zur Seite. »Wie geht es Ihnen, mein Freund?«, fragte General Taheri und nahm Babas Hand.

Baba deutete auf den Infusionsschlauch, der an seinem Arm hing. Lächelte schwach. Der General erwiderte das Lächeln.

»Sie hätten sich nicht die Mühe machen sollen. Keiner von Ihnen«, krächzte Baba.

»Das ist doch keine Mühe«, versicherte *Khanum* Taheri.

»In keiner Weise«, ergänzte der General. »Viel wichtiger ist, ob Sie etwas benötigen? Irgendetwas? Scheuen Sie sich nicht, mich zu fragen, so wie Sie einen Bruder fragen würden.«

Ich erinnerte mich an etwas, was Baba einmal über die Paschtunen gesagt hatte. *Wir mögen dickköpfig sein, und ich weiß, dass wir viel zu stolz sind, aber in der Stunde der Not gibt es nichts Besseres, als einen Paschtunen zur Seite zu haben, das kannst du mir glauben.*

Baba schüttelte den Kopf. »Ihr Kommen allein hat meinen

Augen Glanz verliehen.« Der General lächelte, drückte Babas Hand und wandte sich an mich: »Wie geht es Ihnen, Amir *jan?* Benötigen *Sie* etwas?«

Die Art und Weise, wie er mich ansah, die Freundlichkeit in seinen Augen … »Nein, vielen Dank, General Sahib. Ich …« Plötzlich schnürte mir etwas die Kehle zu, und Tränen stiegen mir in die Augen. Ich stürzte aus dem Zimmer.

Ich weinte im Flur, neben dem Glaskasten, wo ich am Abend zuvor das Antlitz des Mörders gesehen hatte.

Babas Tür öffnete sich, und Soraya trat aus dem Zimmer. Sie blieb neben mir stehen. Sie trug ein graues Sweatshirt und Jeans. Ihre Haare waren offen. Ich hätte so gern Trost in ihren Armen gefunden.

»Es tut mir so Leid, Amir«, sagte sie. »Wir wussten alle, dass etwas nicht stimmt, aber wir hatten ja keine Ahnung, dass es so etwas ist.«

Ich wischte mir mit dem Ärmel über die Augen. »Er wollte nicht, dass es jemand erfährt.«

»Brauchst du irgendetwas?«

»Nein.« Ich versuchte zu lächeln. Sie legte ihre Hand auf meine. Unsere erste Berührung. Ich ergriff die Hand. Zog sie an meine Wange, legte sie auf meine Augen. »Du solltest besser wieder hineingehen. Sonst wird dein Vater mir noch zu Leibe rücken.«

Sie lächelte und nickte. »Das sollte ich wohl.« Sie wandte sich ab, um zu gehen.

»Soraya?«

»Ja?«

»Ich bin froh, dass du gekommen bist. Es … es hat mir unendlich viel bedeutet.«

Die Ärzte entließen Baba zwei Tage später. Sie zogen einen Spezialisten hinzu, einen so genannten Strahlenonkologen, um Baba zu einer Strahlentherapie zu überreden. Baba lehnte ab. Sie versuchten mich zu überreden, ihn zu überreden. Aber ich hatte den Ausdruck auf Babas Gesicht gesehen. Ich bedankte mich bei ihnen, unterschrieb die notwendigen Formulare und brachte Baba in meinem Ford Torino nach Hause.

An jenem Abend lag er unter einer Wolldecke auf dem Sofa. Ich brachte ihm heißen Tee und geröstete Mandeln. Schlang meine Arme um seinen Rücken und zog ihn in eine sitzende Position. Es ging viel zu leicht; sein Schulterblatt fühlte sich unter meinen Fingern wie der Flügel eines Vogels an. Ich zog ihm die Decke wieder bis zur Brust hoch, wo die Rippen seine dünne, bleiche Haut dehnten.

»Kann ich sonst noch etwas für dich tun, Baba?«

»Nein, *bachem*. Danke.« *Bachem*. Kind.

Ich setzte mich neben ihn. »Dann möchte ich dich bitten, etwas für mich zu tun. Wenn du nicht zu erschöpft bist.«

»Was denn?«

»Ich möchte, dass du General Taheri für mich um die Hand seiner Tochter bittest.«

Babas trockene Lippen spannten sich zu einem Lächeln. Ein Fleckchen Grün auf einem welken Blatt. »Bist du dir da auch ganz sicher?«

»So sicher war ich mir in meinem ganzen Leben noch nicht.«

»Du hast es also gut durchdacht?«

»*Balay*, Baba.«

»Dann gib mir das Telefon. Und mein kleines Notizbuch.«

Ich blinzelte. »Jetzt?«

»Wann denn sonst?«

Ich lächelte. »Na schön.« Ich reichte ihm das Telefon und das kleine schwarze Notizbuch, in das Baba die Nummern seiner afghanischen Freunde gekritzelt hatte. Er schlug die Seite mit der Nummer der Taheris auf. Wählte. Hielt den Hörer ans Ohr. Mein Herz drehte Pirouetten.

»Jamila *jan? Salaam alaykum*«, sagte er. Er nannte seinen Namen. Verstummte. »Viel besser, vielen Dank. Es war überaus liebenswürdig von Ihnen, mich im Krankenhaus zu besuchen.« Er lauschte eine Weile. Nickte. »Ich werde es mir merken, vielen Dank. Ist der General Sahib daheim?« Pause. »Vielen Dank.«

Seine Augen huschten zu mir herüber. Aus irgendeinem Grund war mir danach zu lachen. Oder zu schreien. Ich hob die Hand an den Mund und biss in den Ballen. Baba lachte leise durch die Nase.

»General Sahib, *Salaam alaykum* … Ja, viel besser … *Balay* … Sehr freundlich von Ihnen. General Sahib, ich rufe an, um zu fragen, ob ich Ihnen und *Khanum* Taheri morgen früh einen Besuch abstatten dürfte. Es geht um eine ehrenwerte Angelegenheit … Ja … Elf Uhr passt mir gut. Bis morgen dann. *Khoda hafez.*«

Er legte auf. Wir blickten einander an. Ich begann zu kichern. Baba stimmte mit ein.

Baba befeuchtete sein Haar und kämmte es nach hinten. Ich half ihm in ein sauberes weißes Hemd und knotete die Krawatte für ihn. Zwischen dem Kragenknopf und Babas Hals war eine Lücke von ungefähr fünf Zentimetern. Ich dachte an all die Lücken, die Baba hinterlassen würde, wenn er fort war, und zwang mich, an etwas anderes zu denken. Er war nicht fort, noch nicht. Und heute war ein Tag für gute Gedanken. Das Jackett seines braunen Anzugs – der, den er zu meiner Abschlussfeier getragen hatte –, hing an ihm herunter; zu viel von Baba war einfach verschwunden, um es noch zu füllen. Ich musste ihm die Ärmel hochkrempeln. Ich bückte mich und band ihm die Schnürsenkel zu.

Die Taheris lebten in einem einstöckigen Haus in einer Wohngegend in Fremont, in der viele Afghanen lebten. Das Haus besaß Erkerfenster, ein Giebeldach und eine umzäunte Vorderveranda, auf der ich mehrere Blumentöpfe mit Geranien erblickte. Der graue Van des Generals parkte in der Einfahrt.

Ich half Baba aus dem Ford und schlüpfte wieder hinter das Steuer. Er lehnte sich ins Fenster auf der Beifahrerseite. »Fahr wieder nach Hause. Ich werde dich in einer Stunde anrufen.«

»Gut, Baba«, erwiderte ich. »Viel Glück.«

Er lächelte.

Ich fuhr davon. Im Rückspiegel humpelte Baba die Einfahrt der Taheris hinauf, um eine letzte väterliche Pflicht zu erfüllen.

Ich lief im Wohnzimmer unserer Wohnung auf und ab wie ein Tier im Käfig und wartete auf Babas Anruf. Fünfzehn Schritte lang. Zehneinhalb Schritte breit. Was, wenn der General Nein sagte? Was, wenn er mich hasste? Ich lief immer wieder in die Küche, um auf die Uhr am Herd zu schauen.

Um kurz vor zwölf läutete das Telefon. Es war Baba.

»Nun?«

»Der General hat angenommen.«

Ich stieß einen Schwall Luft aus. Setzte mich hin. Meine Hände zitterten. »Wirklich?«

»Ja, aber Soraya *jan* möchte erst noch mit dir reden. Sie ist oben in ihrem Zimmer.«

»In Ordnung.«

Baba sagte etwas zu jemanden, und ein Doppelklicken ertönte in der Leitung, als er auflegte.

»Amir?« Sorayas Stimme.

»*Salaam.*«

»Mein Vater hat zugestimmt.«

»Ich weiß«, sagte ich. Nahm den Hörer in die andere Hand. Lächelte. »Ich bin so glücklich, ich weiß gar nicht, was ich sagen soll.«

»Ich bin auch glücklich, Amir. Ich ... ich kann kaum glauben, dass das hier wirklich passiert.«

Ich lachte. »Das geht mir genauso.«

»Hör zu«, sagte sie. »Ich muss dir etwas sagen. Es gibt etwas, das du wissen solltest, bevor ...«

»Was es auch sein mag, es ist mir egal.«

»Du musst es aber wissen. Ich möchte nicht, dass wir mit irgendwelchen Geheimnissen beginnen. Und es wäre mir lieber, wenn du es von mir hörst.«

»Wenn du dich dann besser fühlst, erzähle es mir. Aber es wird nichts ändern.«

Es folgte eine lange Pause am anderen Ende, ehe sie begann:

»Als wir in Virginia wohnten, bin ich mit einem afghanischen Mann weggelaufen. Ich war damals achtzehn ... rebellisch ... dumm, und ... er hatte mit Drogen zu tun ... Wir haben beinahe einen ganzen Monat zusammengelebt. Sämtliche Afghanen in Virginia haben über uns geredet. *Padar* hat uns schließlich gefunden. Er tauchte an der Wohnungstür auf und ... hat mich gezwungen, mit ihm nach Hause zurückzukehren. Ich war hysterisch. Habe gekreischt. Gebrüllt. Ihm gesagt, dass ich ihn hasse ... Jedenfalls kehrte ich nach Hause zurück und ...« Sie begann zu weinen.

»Entschuldige.« Ich hörte, wie sie den Hörer hinlegte. Sich die Nase putzte. »Tut mir Leid«, sagte sie mit heiserer Stimme, als sie wieder am Apparat war. »Als ich nach Hause zurückkam, erfuhr ich, dass meine Mutter einen Schlaganfall erlitten hatte, die rechte Seite ihres Gesichts war gelähmt und ... ich fühlte mich so schrecklich schuldig. Das hatte sie nicht verdient. *Padar* ist kurze Zeit später mit uns nach Kalifornien gezogen.«

Es folgte Stille.

»Wie stehen du und dein Vater heute zueinander?«, fragte ich.

»Wir hatten immer schon unsere Meinungsverschiedenheiten, die haben wir auch heute noch, aber ich bin ihm sehr dankbar, dass er mich damals von dort weggeholt hat. Er hat mich gerettet, das weiß ich inzwischen.« Sie schwieg für einen Augenblick, ehe sie hinzufügte: »Macht dir das, was ich dir erzählt habe, etwas aus?«

»Ein bisschen schon«, erwiderte ich. Ich war ihr eine ehrliche Antwort schuldig, wie ich fand. Ich konnte sie nicht anlügen und ihr erklären, dass mein Stolz, mein *iftikhar,* durch die Tatsache, dass sie schon einmal mit einem Mann zusammen gewesen war, während ich noch niemals mit einer Frau geschlafen hatte, nicht getroffen war. Es störte mich schon ein wenig. Aber ich hatte in den Wochen, bevor ich Baba bat, mit dem General zu sprechen, oft und lange darüber nachgedacht. Und am Ende lief es für mich immer nur auf die eine Frage hinaus: Wie sollte ausgerechnet ich jemanden für seine Vergangenheit bestrafen?

»Ist es so schlimm für dich, dass du deine Meinung nun geändert hast?«

»Nein, Soraya. Ganz und gar nicht«, sagte ich. »Nichts von dem, was du gesagt hast, ändert irgendetwas. Ich möchte, dass wir heiraten.«

Sie brach erneut in Tränen aus.

Ich beneidete sie. Ihr Geheimnis war heraus. Ausgesprochen. Erledigt. Ich öffnete den Mund und hätte ihr beinahe erzählt, wie ich Hassan im Stich gelassen, wie ich gelogen, ihn fortgetrieben und eine vierzigjährige Beziehung zwischen Baba und Ali zerstört hatte. Aber das tat ich nicht. Ich befürchtete, dass Soraya Taheri in vielerlei Hinsicht ein besserer Mensch war als ich. Auf jeden Fall war sie mutiger.

13

Als wir am nächsten Abend vor dem Haus der Taheris ankamen – zur *lafz,* der Zeremonie des »Wortgebens« –, musste ich den Ford auf der anderen Straßenseite abstellen. Die Einfahrt war schon mit Wagen zugeparkt. Ich trug einen marineblauen Anzug, den ich mir am Tag zuvor gekauft hatte – gleich nachdem ich Baba vom *khastegari* abgeholt und wieder nach Hause gebracht hatte. Ich überprüfte im Rückspiegel den Sitz meiner Krawatte.

»Du siehst *khoshteep* aus«, sagte Baba. Schmuck.

»Danke, Baba. Geht es dir gut? Fühlst du dich auch wohl genug?«

»Wohl genug? Dies ist der glücklichste Tag meines Lebens, Amir«, sagte er und lächelte erschöpft.

Ich vernahm Geplapper hinter der Tür, Lachen und leise gespielte afghanische Musik – es klang wie ein klassisches *ghazal* von Ustad Sarahang. Ich läutete. Ein Gesicht spähte durch die Vorhänge des Dielenfensters und verschwand wieder. »Sie sind da!«, hörte ich eine Frauenstimme rufen. Das Geplapper verstummte. Jemand stellte die Musik ab.

Khanum Taheri öffnete die Tür. »*Salaam alaykum*«, sagte sie strahlend. Sie hatte eine frische Dauerwelle und trug ein elegantes, knöchellanges, schwarzes Kleid. Als ich in die Diele trat, wurden ihre Augen feucht. »Sie haben kaum das Haus betreten, und schon muss ich weinen, Amir *jan*«, sagte sie. Ich drückte ihr einen Kuss auf die Hand, wie Baba es mir am Abend zuvor eingeschärft hatte.

Sie führte uns durch einen hell erleuchteten Flur ins Wohnzimmer. An den mit Holz vertäfelten Wänden erblickte ich Fotos von Menschen, die meine neue Familie sein würden: eine junge *Khanum* Taheri mit aufgebauschtem Haar und der General vor den Niagarafällen. *Khanum* Taheri in einem nahtlosen Kleid, der General in einem Jackett mit schmalem Revers und schmaler Krawatte, das Haar voll und schwarz; eine winkende und lachende Soraya, die gerade in eine Holzachterbahn steigt und deren Zahnspange im Sonnenlicht glitzert. Ein Foto des Generals – sehr schneidig in seiner Uniform –, auf dem er dem König von Jordanien die Hand schüttelt. Ein Foto von Zahir Shah.

Das Wohnzimmer war mit ungefähr zwei Dutzend Gästen voll gestopft, die auf Stühlen entlang der Wände saßen. Als Baba eintrat, standen alle auf. Wir gingen im Zimmer umher – Baba immer ganz langsam voran und ich direkt hinter ihm –, schüttelten Hände und begrüßten die Gäste. Der General, der wieder seinen grauen Anzug trug, und Baba umarmten sich und tätschelten einander den Rücken. Sie sagten ihre »*Salaams*« mit respektvoll gedämpfter Stimme.

Der General hielt mich auf Armeslänge entfernt und lächelte wissend, ganz so, als wollte er sagen: »Das ist jetzt der richtige – der afghanische – Weg, es zu tun, *bachem.*« Wir küssten einander dreimal auf die Wange.

Baba und ich saßen in dem überfüllten Zimmer nebeneinander, gegenüber vom General und seiner Frau. Babas Atmung war ein wenig unregelmäßig geworden, und er wischte sich andauernd mit einem Taschentuch den Schweiß von Stirn und Kopf. Er bemerkte, dass ich ihn ansah, und brachte ein angestrengtes Grinsen zustande. »Alles in Ordnung«, sagte er lautlos.

Soraya war der Tradition entsprechend nicht anwesend.

Es folgten einige Augenblicke, die gefüllt waren mit oberflächlicher Konversation und Geplapper, bis der General sich räusperte. Da wurde es still im Zimmer, und alle blickten respektvoll auf ihre Hände hinab. Der General nickte Baba zu.

Baba räusperte sich ebenfalls. Als er zu sprechen begann, vermochte er nicht in ganzen Sätzen zu reden, ohne zwischendurch Luft zu holen. »General Sahib, *Khanum* Jamila *jan* ... mit großer

Demut sind mein Sohn und ich ... heute in Ihr Haus gekommen. Sie sind ... ehrenwerte Leute ... stammen aus vornehmen und angesehenen Familien ... und stolzen Geschlechtern. Ich komme mit nichts weiter als dem größten *ihtiram* ... der größten Achtung für Sie, den Namen Ihrer Familie ... und das Andenken Ihrer Vorfahren.« Er verstummte. Schnappte nach Luft. Wischte sich die Stirn. »Amir *jan* ist mein einziger Sohn ... mein einziges Kind ... und er ist ein guter Sohn gewesen. Ich hoffe ... er erweist sich Ihrer Güte würdig. Ich bitte Sie, Amir *jan* und mir die Ehre zu erweisen ... und meinen Sohn in Ihre Familie aufzunehmen.«

Der General nickte höflich.

»Wir fühlen uns geehrt, den Sohn eines Mannes, wie Sie es sind, in unserer Familie willkommen zu heißen«, sagte er. »Ihr Ruf eilt Ihnen voraus. Ich war Ihr demütiger Bewunderer in Kabul und bin es bis zum heutigen Tag. Wir fühlen uns geehrt, dass sich unser beider Familien vereinen werden.

Amir *jan,* was dich angeht, so heiße ich dich als Sohn, als Ehemann meiner Tochter, die mein Augenstern ist, in meinem Haus willkommen. Dein Schmerz wird unser Schmerz sein, deine Freude unsere Freude. Ich hoffe, dass du *Khala* Jamila und mich als deine zweiten Eltern ansehen wirst, und ich bete für dein Glück und das unserer lieblichen Soraya. Ihr beide habt unseren Segen.«

Alle applaudierten, und sämtliche Köpfe wandten sich dem Flur zu. Das war der Moment, auf den ich gewartet hatte.

Soraya tauchte an seinem Ende auf. Sie trug ein atemberaubendes weinrotes, traditionelles afghanisches Kleid mit langen Ärmeln und Goldverzierungen. Baba ergriff meine Hand und drückte sie. *Khanum* Taheri brach erneut in Tränen aus. Soraya kam langsam auf uns zu, gefolgt von einer Prozession junger Frauen aus ihrer Verwandtschaft.

Sie küsste die Hände ihres Vaters und setzte sich schließlich mit gesenktem Blick neben mich.

Der Applaus schwoll an.

Der Tradition gemäß hätte Sorayas Familie die Verlobungsfeier – die *Shirini-khori* oder Zeremonie des Essens der Süßigkeiten – ausgerichtet. Dann wäre eine Verlobungszeit von mehreren Monaten gefolgt. Im Anschluss daran die von Baba bezahlte Hochzeit.

Wir stimmten alle darin überein, dass Soraya und ich auf die *Shirini-khori* verzichten sollten. Jeder kannte den Grund, daher musste erst gar nicht ausgesprochen werden, dass Baba so viele Monate nicht mehr zu leben hatte.

Während der Hochzeitsvorbereitungen gingen Soraya und ich kein einziges Mal allein zusammen aus – da wir noch nicht verheiratet waren, nicht einmal eine *Shirini-khori* gehabt hatten, wurde es als unschicklich angesehen. Also musste ich mich damit zufrieden geben, in Begleitung von Baba zum Abendessen ins Haus der Taheris zu gehen. Soraya am Abendbrottisch gegenüberzusitzen. Mir vorzustellen, wie es sein würde, ihren Kopf auf meiner Brust zu spüren, ihr Haar zu riechen. Sie zu küssen. Mit ihr zu schlafen.

Baba gab 35 000 Dollar, beinahe die Ersparnisse seines ganzen Lebens, für die *aroussi,* die Hochzeitsfeier, aus. Er mietete einen großen afghanischen Festsaal in Fremont – der Mann, dem er gehörte, kannte Baba aus Kabul und gab ihm einen erheblichen Rabatt. Baba bezahlte für die *chilas,* unsere passenden Trauringe, und für den Diamantring, den ich aussuchte. Er kaufte meinen Smoking und meinen traditionellen grünen Anzug für die *nika,* die Zeremonie des Schwurs.

Trotz all der fieberhaften Vorbereitungen, die für den Hochzeitsabend getroffen wurden – das meiste davon zum Glück von *Khanum* Taheri und ihren Freundinnen –, entsinne ich mich bloß noch an einige wenige Augenblicke.

Ich erinnere mich noch an unsere *nikah.* Wir saßen um einen Tisch, Soraya und ich waren in Grün gekleidet – die Farbe des Islam, aber auch die Farbe des Frühlings und des Neuanfangs. Ich trug einen Anzug, Soraya (die einzige Frau am Tisch) ein langärmliges Kleid mit Schleier. Baba, General Taheri (dieses Mal in einem Smoking) und mehrere von Sorayas Onkeln waren ebenfalls anwesend. Soraya und ich hielten voll feierlichem Respekt die Köpfe gesenkt und warfen einander nur Blicke von der Seite zu. Der Mullah befragte die Zeugen und las aus dem Koran. Wir sprachen unsere Gelübde. Unterzeichneten die Papiere. Einer von Sorayas Onkeln aus Virginia, Sharif *jan, Khanum* Taheris Bruder, stand auf und räusperte sich. Soraya hatte mir erzählt, dass er seit mehr als zwanzig Jahren in den Vereinigten Staaten lebte. Er arbeitete für die Einwanderungsbehörde und hatte eine amerikanische Frau. Außerdem war er Dichter. Ein kleiner Mann mit einem vogelähnlichen Gesicht und locker liegendem Haar. Er las ein sehr langes Gedicht vor, das er Soraya gewidmet und auf Hotel-Briefpapier notiert hatte. »*Wah wah,* Sharif *jan!*«, riefen alle, als er geendet hatte.

Ich erinnere mich noch, wie ich – inzwischen in meinem Smoking – mit Soraya an der Hand, die einen weißen *pari* mit Schleier trug, auf die Bühne trat. Baba humpelte neben mir her, der General und seine Frau gingen neben ihrer Tochter. Eine Prozession von Onkeln, Tanten und Cousins folgte uns, als wir durch den Saal und ein Meer von applaudierenden Gästen schritten und in die Blitzlichter der Fotoapparate blinzelten. Einer von Sorayas Cousins, Sharif *jans* Sohn, hielt einen Koran über unsere Köpfe, während wir langsam voranschritten. Das Hochzeitslied, *ahesta boro,* ertönte aus den Lautsprechern – das gleiche Lied, das der russische Soldat am Kontrollposten von Mahipar in jener Nacht gesungen hatte, als Baba und ich Kabul verließen:

Verwandele den Morgen in einen Schlüssel, und wirf ihn
in den Brunnen,
Wandere langsam, mein schöner Mond, wandere langsam.
Lass die Morgensonne vergessen, im Osten aufzugehen.
Wandere langsam, mein schöner Mond, wandere langsam.

Ich erinnere mich noch, wie ich auf dem Sofa saß, das wie ein Thron auf der Bühne stand, und Sorayas Hand in der meinen hielt, während uns ungefähr dreihundert Gesichter anblickten. Wir vollführten das *Ayena Masshaf,* bei dem sie uns einen Spiegel gaben und einen Schleier über unsere Köpfe warfen, damit wir allein sein und das Spiegelbild des anderen betrachten konnten. Als ich Sorayas lächelndes Gesicht in diesem kurzen Augenblick der Ungestörtheit unter dem Schleier in dem Spiegel sah, flüsterte ich ihr zum ersten Mal zu, dass ich sie liebte. Auf ihren Wangen erglühte ein Rot, das an Henna erinnerte.

Ich sehe bunte Platten mit *chopan kabob, sholeh-goshti* und Orangen-Wildreis vor mir. Ich sehe einen lächelnden Baba zwischen uns auf dem Sofa. Ich erinnere mich an einen Kreis von Männern, die, in Schweiß gebadet, den traditionellen *attan* tanzen, hüpfen, sich immer schneller zum wilden Tempo der *tabla* drehen, bis beinahe alle vor Erschöpfung aus dem Kreis ausscheiden. Ich erinnere mich daran, wie ich mir wünschte, Rahim Khan wäre hier. Und ich erinnere mich noch daran, dass ich mich fragte, ob auch Hassan geheiratet hatte. Und wenn ja, wessen Gesicht er wohl unter dem Schleier im Spiegel gesehen hatte? Wessen mit Henna bemalte Hand er wohl gehalten hatte?

Gegen zwei Uhr morgens wechselte die Feier vom Bankettsaal zu Babas Wohnung. Wieder floss der Tee, und Musik spielte, bis die Nachbarn die Polizei riefen. Später in jener Nacht, als die Sonne nur noch eine Stunde vom Aufgang entfernt und die Gäste endlich gegangen waren, lagen Soraya und ich das erste Mal beieinander. Ich hatte mein ganzes Leben mit Männern verbracht. In jener Nacht entdeckte ich zum ersten Mal die Zärtlichkeit einer Frau.

Soraya war diejenige, die vorschlug, dass es das Beste wäre, wenn sie bei Baba und mir einzog.

»Ich dachte, es wäre dir lieber, wenn wir uns eine eigene Wohnung nehmen«, sagte ich.

»Wo *Kaka jan* so krank ist?«, erwiderte sie. Ihre Augen sagten mir, dass das nicht die richtige Weise war, eine Ehe zu beginnen. Ich küsste sie. »Ich danke dir.«

Soraya kümmerte sich hingebungsvoll um meinen Vater. Sie bereitete ihm am Morgen Toast und Tee zu und half ihm aus dem Bett. Sie verabreichte ihm seine Schmerzmittel, wusch seine Kleidung, las ihm jeden Nachmittag den internationalen Teil der Zeitung vor. Sie kochte ihm sein Lieblingsgericht, Kartoffel-*shorwa*, obwohl er kaum mehr als ein paar Löffel voll zu essen vermochte, und machte jeden Tag einen kleinen Spaziergang mit ihm um den Block. Und als er bettlägerig wurde, da drehte sie ihn jede Stunde auf die Seite, damit er sich nicht wund lag.

Eines Tages, als ich mit Babas Morphiumpillen aus der Apotheke nach Hause zurückkehrte und die Tür aufschloss, sah ich, wie Soraya schnell etwas unter Babas Decke schob. »Hej, das habe ich gesehen! Was macht ihr zwei denn da?«, sagte ich.

»Nichts«, erwiderte Soraya lächelnd.

»Lügnerin.« Ich hob Babas Decke an. »Was ist denn das?«, fragte ich, obwohl ich, als ich das in Leder gebundene Buch sah, wusste, was vor sich ging. Ich fuhr mit den Fingern über die mit Gold abgesteppten Kanten. Erinnerte mich an das Feuerwerk an jenem Abend, als Rahim Khan es mir geschenkt hatte. An den Abend meines dreizehnten Geburtstages. An die zischenden Raketen, die in roten, grünen und gelben Feuersträußen explodierten.

»Es ist unglaublich, wie du schreibst«, sagte Soraya.

Baba hob mühsam den Kopf vom Kissen. »Ich habe sie dazu angestiftet. Ich hoffe, es macht dir nichts aus.«

Ich gab Soraya das Notizbuch zurück und verließ das Zimmer. Baba konnte es nicht ausstehen, wenn ich weinte.

Einen Monat nach der Hochzeit kamen die Taheris, General Sahib und *Khanum* Jamila, Sharif, seine Frau Suzy und mehrere von Sorayas Tanten zum Abendessen zu Besuch. Soraya bereitete *sabzi challow* zu – Reis mit Spinat und Lamm. Nach dem Essen tranken wir alle grünen Tee und spielten in Vierergruppen Karten. Soraya und ich spielten mit Sharif und Suzy am Couchtisch, neben dem Sofa, wo Baba unter einer Wolldecke lag. Er sah zu, wie ich mit Sharif scherzte, wie Soraya und ich die Finger ineinander schlangen, sah zu, wie ich ihr eine Locke, die sich gelöst hatte, aus dem Gesicht strich. Ich sah ihn innerlich lächeln, ein Lächeln, das an den weiten Nachthimmel Kabuls erinnerte, an die Nächte, wenn die Pappeln zitterten und der Gesang der Grillen in den Gärten ertönte.

Kurz vor Mitternacht bat uns Baba, ihm ins Bett zu helfen. Soraya und ich legten seine Arme um unsere Schultern und schlangen die unseren um seinen Rücken. Als wir ihn hingelegt hatten, bat er Soraya, die Nachttischlampe auszuschalten. Bat uns, uns vorzubeugen, und gab uns beiden einen Kuss.

»Ich komme später mit dem Morphium und einem Glas Wasser, *Kaka jan*«, sagte Soraya.

»Nicht heute Nacht«, sagte er. »Heute Nacht ist da kein Schmerz.«

»In Ordnung«, erwiderte sie. Sie zog ihm die Decke bis zum Kinn hoch. Wir schlossen die Tür.

Baba wachte nicht mehr auf.

Sie füllten die Parkplätze der Moschee in Hayward. Auf dem kahlen Rasenplatz hinter dem Gebäude parkten die Autos in engen, improvisierten Reihen. Die Leute mussten bis zu drei oder vier Straßenblöcke weit fahren, um einen Platz zu finden.

Der Teil der Moschee, der den Männern vorbehalten war, bestand aus einem großen, rechteckigen Raum, der mit afghanischen Teppichen und dünnen Matratzen bedeckt war, die in parallel angeordneten Reihen lagen. Männer kamen nacheinander herein, zogen am Eingang die Schuhe aus und setzten sich im Schneidersitz auf die Matratzen. Aus einem Lautsprecher ertönte der Sprechgesang eines Mullahs, der *surahs* aus dem Koran vortrug. Ich saß an der Tür, der für die Familie des Verstorbenen vorgesehenen Stelle. General Taheri saß neben mir.

Durch die geöffnete Tür konnte ich die lange Reihe der Autos sehen, die ankamen. Das Sonnenlicht glitzerte auf den Windschutzscheiben. Den Autos entstiegen Männer in dunklen Anzügen, Frauen in schwarzen Kleidern, die Köpfe mit den traditionellen weißen *hijabs* bedeckt.

Während Worte aus dem Koran im Raum widerhallten, dachte ich an die alte Geschichte über Baba, in der er in Belutschistan mit einem Schwarzbären ringt. Baba hatte sein ganzes Leben lang mit Bären gerungen. Seine junge Frau verloren. Einen Sohn allein groß gezogen. Sein geliebtes Heimatland, sein *watan*, verlassen. Armut. Demütigung. Am Ende war er auf einen Bären getroffen, den er nicht zu bezwingen vermochte. Aber selbst da hatte er zu seinen eigenen Bedingungen verloren.

Nach jeder Gebetsrunde stellten sich Gruppen von Trauernden hintereinander auf und grüßten mich auf ihrem Weg hinaus. Ich schüttelte ihnen pflichtbewusst die Hände. Viele von ihnen kannte ich kaum. Ich lächelte höflich, dankte ihnen für ihre Wünsche, lauschte, was auch immer sie über Baba zu sagen hatten.

»... hat mir dabei geholfen, das Haus in Taimani zu bauen ...«

»... segne ihn ...«

»… niemanden, an den ich mich wenden konnte, und er hat mir Geld geliehen …«

»… kaum gekannt … aber hat mir Arbeit besorgt …«

»… wie ein Bruder für mich …«

Während ich ihnen zuhörte, wurde mir klar, wie viel von dem, was ich war, was ich darstellte, von Baba und den Spuren, die er im Leben anderer Leute hinterlassen hatte, bestimmt worden war. Mein ganzes Leben lang war ich »Babas Sohn« gewesen. Jetzt war er fort. Baba konnte mir den Weg nicht mehr weisen; ich würde ihn von nun an allein finden müssen.

Der Gedanke jagte mir schreckliche Angst ein.

Zuvor hatte ich am Grab in dem kleinen muslimischen Teil des Friedhofs zugesehen, wie sie Baba in das Loch hinabließen. Der Mullah und ein anderer Mann begannen sich darüber zu streiten, welcher Vers des Koran am Grab gesprochen werden sollte. Die Diskussion hätte noch hitziger werden können, wenn nicht General Taheri eingeschritten wäre. Der Mullah wählte einen Vers und trug ihn vor, wobei er seinen Widersacher mit bösen Blicken bedachte. Ich sah zu, wie sie die erste Schaufel Erde in das Grab fallen ließen. Dann ging ich. Schritt auf die andere Seite des Friedhofs. Setzte mich in den Schatten eines Roten Ahorns.

Nun hatten alle Trauergäste Baba die letzte Ehre erwiesen, und die Moschee war bis auf den Mullah, der das Mikrofon ausstöpselte und den Koran in ein grünes Tuch hüllte, leer. Der General und ich traten in die späte Nachmittagssonne hinaus. Wir schritten die Stufen hinunter, vorbei an Männern, die in Gruppen zusammenstanden und rauchten. Ich vernahm Gesprächsfetzen. Es ging um ein Fußballspiel in Union City, das am nächsten Wochenende stattfand, ein neues afghanisches Restaurant in Santa Clara. Das Leben ging bereits weiter, ließ Baba zurück.

»Wie geht es dir, *bachem?*«, fragte General Taheri.

Ich biss die Zähne zusammen. Hielt die Tränen zurück, die den ganzen Tag zu fließen gedroht hatten. »Ich werde Soraya suchen«, sagte ich.

»In Ordnung.«

Ich ging zur Frauenseite der Moschee. Soraya stand mit ihrer Mutter und ein paar Frauen, an die ich mich noch vage von unserer Hochzeitsfeier erinnerte, auf den Stufen. Ich bedeutete ihr herüberzukommen.

»Können wir ein paar Schritte gehen?«, fragte ich.

»Natürlich.« Sie nahm meine Hand.

Wir gingen schweigend einen gewundenen Kiesweg entlang, der von niedrigen Hecken gesäumt wurde. Wir setzten uns auf eine Bank und beobachteten ein älteres Ehepaar, das einige Reihen entfernt neben einem Grab kniete und einen dicken Strauß Tausendschönchen an den Grabstein legte. »Soraya?«

»Ja?«

»Ich werde ihn vermissen.«

Sie legte ihre Hand auf meinen Schoß. Babas *chila* glitzerte an ihrem Ringfinger. Hinter ihr konnte ich sehen, wie Babas Trauergäste über den Mission Boulevard davonfuhren. Bald schon würden auch wir uns auf den Rückweg machen, und Baba würde zum ersten Mal ganz allein sein.

Soraya zog mich an sich, und endlich ließ ich den Tränen freien Lauf.

Da Soraya und ich keine Verlobungszeit gehabt hatten, erfuhr ich viele Dinge über die Taheris erst, nachdem ich in ihre Familie eingeheiratet hatte. Zum Beispiel, dass der General einmal im Monat an einer furchtbaren Migräne litt, die beinahe eine Woche lang anhielt. Wenn der Kopfschmerz kam, ging der General in sein Zimmer, zog sich aus, löschte das Licht, schloss die Tür ab und kam erst wieder heraus, wenn der Schmerz nachgelassen hatte. Niemandem war es erlaubt, das Zimmer zu betreten, niemand durfte klopfen. Irgendwann tauchte er mit verschwollenen, blutunterlaufenen Augen wieder auf, trug seinen grauen Anzug und roch nach Schlaf und Bettlaken. Ich erfuhr von Soraya, dass *Khanum* Taheri und er schon so lange sie sich erinnern konnte in getrennten Zimmern schliefen. Ich erfuhr, dass er manchmal kleinlich war, zum Beispiel, wenn er einen Bissen von dem *qurma* probierte, das seine Frau vor ihn hingestellt hatte, um dann einen Seufzer auszustoßen und es wegzuschieben. »Ich werde dir etwas anderes zubereiten«, sagte Khanum Taheri darauf für gewöhnlich, er aber ignorierte sie und aß schmollend Brot und Zwiebeln. Das machte Soraya wütend und brachte ihre Mutter zum Weinen. Soraya erklärte mir, dass er Antidepressiva nahm. Ich erfuhr, dass die Familie von der Fürsorge lebte und er in den USA noch kein einziges Mal versucht hatte, sich Arbeit zu suchen – er zog es vor, von der Regierung ausgestellte Schecks einzulösen, statt sich mit Arbeit zu erniedrigen, die für einen Mann von seinem Rang unangemessen war. Den Trödelmarkt betrachtete er als Hobby, als eine Möglichkeit, sich mit anderen Afghanen zu treffen. Der General glaubte, dass Afghanistan über kurz oder lang befreit und die Monarchie wieder hergestellt werden würde. Dann würde man auch seine Dienste wieder benötigen. Und so legte er jeden Tag seinen grauen Anzug an, zog seine Taschenuhr auf und wartete.

Ich erfuhr, dass *Khanum* Taheri – die ich jetzt *Khala* Jamila nannte – einmal in Kabul für ihre wundervolle Stimme berühmt gewesen war. Auch wenn sie das Singen nie zum Beruf gemacht hatte, hatte sie doch das Talent dazu gehabt. Ich erfuhr, dass sie Volkslieder singen konnte, *ghazals,* sogar *raga,* was für gewöhnlich eine Männerdomäne war. Aber sosehr der General die Musik auch liebte – er besaß eine beachtliche Sammlung von Aufnahmen klassischer *ghazals,* auf denen afghanische und Hindi-Sänger zu hören waren –, so war er doch der Ansicht, dass man das Singen besser denen überlassen sollte, die ein weniger hohes Ansehen genossen. Es war eine seiner Bedingungen vor der Hochzeit gewesen, dass seine Frau niemals in der Öffentlichkeit auftreten würde. Soraya erzählte mir, dass ihre Mutter sehr gern bei unserer Hochzeit gesungen hätte – ein einziges Lied nur –, dass der General ihr aber nur einen seiner Blicke zugeworfen hatte und die Angelegenheit damit erledigt gewesen war. *Khala* Jamila spielte einmal in der Woche Lotto und sah sich jeden Abend im Fernsehen Johnny Carson an. Sie verbrachte die Tage im Garten, kümmerte sich um ihre Rosen, Geranien, Kartoffeln und Orchideen.

Durch meine Hochzeit mit Soraya gerieten die Rosen, Geranien, Kartoffeln und Orchideen und Johnny Carson in den Hintergrund. Ich war die neue Freude in *Khala* Jamilas Leben. Im Gegensatz zum General mit seinem reservierten und diplomatischen Verhalten – er verbesserte mich nicht, als ich fortfuhr, ihn »General Sahib« zu nennen – machte *Khala* Jamila kein Geheimnis daraus, wie sehr sie mich anbetete. Zum einen lauschte ich ihrer eindrucksvollen Liste von Leiden, denen der General schon lange keine Aufmerksamkeit mehr schenkte. Soraya gestand mir, dass seit dem Schlaganfall ihrer Mutter jedes Flattern in ihrer Brust ein Herzanfall war, jedes schmerzende Gelenk chronischer Rheumatismus und jedes Zucken des Auges ein weiterer Schlaganfall. Ich weiß noch, wie *Khala* Jamila mir gegenüber das erste Mal einen Knoten im Nacken erwähnte. »Ich werde meine Seminare morgen schwänzen und dich zum Arzt fahren«, erklärte ich, woraufhin der General lächelte und sagte: »Dann kannst du dich gleich exmatrikulieren lassen, *bachem.* Das Krankenblatt deiner *Khala* ist wie das Werk von Rumi: Es umfasst mehrere Bände.«

Aber es lag nicht nur daran, dass sie ein Publikum für ihre Krankenmonologe gefunden hatte. Ich bin der festen Überzeugung, dass ich, wenn ich nach einer Waffe gegriffen hätte und Amok gelaufen wäre, mir immer noch ihrer unerschütterlichen Liebe hätte sicher sein können. Denn ich hatte ihr Herz von seinem schwersten Leiden erlöst. Ich hatte ihr die größe Angst genommen, die eine afghanische Mutter haben kann: dass kein ehrenwerter *khastegar* um die Hand ihrer Tochter anhalten würde. Dass ihre Tochter allein alt werden würde, ohne Ehemann, ohne Kinder. Jede Frau brauchte einen Ehemann. Selbst wenn er die Lieder in ihr zum Verstummen brachte.

Und schließlich erfuhr ich, von Soraya, auch die Details der Geschehnisse in Virginia.

Wir waren auf einer Hochzeit. Sorayas Onkel Sharif, der, der bei der Einwanderungsbehörde arbeitete, verheiratete seinen Sohn mit einem afghanischen Mädchen aus Newark. Die Hochzeit fand in demselben Saal statt, in dem Soraya und ich sechs Monate zuvor unsere *aroussi* gefeiert hatten. Wir standen inmitten einer Gruppe von Gästen und sahen zu, wie die Braut von der Familie des Bräutigams die Ringe entgegennahm, als wir die Unterhaltung zweier Frauen mittleren Alters mit anhörten, die mit den Rücken zu uns standen.

»Was für eine hübsche Braut«, sagte die eine. »Sieh sie doch nur an. So *maghbool* wie der Mond.«

»Ja«, stimmte die andere zu. »Und rein dazu. Tugendhaft. Keine Liebschaften.«

»Ich weiß. Es war schon gut, dass der Junge nicht seine Cousine geheiratet hat.«

Auf dem Nachhauseweg brach Soraya in Tränen aus. Ich fuhr den Ford an den Straßenrand und parkte unter einer Laterne am Fremont Boulevard.

»Ist doch schon gut«, sagte ich und schob ihr Haar zurück. »Die können uns doch egal sein.«

»Es ist aber so verdammt unfair«, stieß sie hervor.

»Vergiss es einfach.«

»Ihre Söhne besuchen Nachtclubs, um Frauen aufzureißen, schwängern ihre Freundinnen, haben uneheliche Kinder, und kein Mensch verliert auch nur ein verdammtes Wort darüber. Oh, es sind ja bloß Männer, die ihren Spaß haben! Ich begehe einen einzigen Fehler, und plötzlich redet jeder über *nang* und *namoos,* und ich muss es mir für den Rest meines Lebens unter die Nase reiben lassen.«

Ich wischte ihr eine Träne von der Wange, genau über ihrem Muttermal.

»Ich habe dir das bisher noch nicht erzählt«, sagte Soraya und tupfte sich die Augen ab, »aber mein Vater ist an jenem Abend mit einer Pistole aufgetaucht. Er hat ... ihm ... gesagt, dass er zwei Kugeln in der Trommel habe, eine für ihn und eine für sich selbst, wenn ich nicht nach Hause käme. Ich habe geschrien, habe meinen Vater furchtbar beschimpft, ihm erklärt, dass er mich nicht bis in alle Ewigkeit einschließen könne, dass ich wünschte, er wäre tot.« Frische Tränen tropften zwischen ihren Lidern hervor. »Ich habe ihm tatsächlich gesagt, dass ich wünschte, er wäre tot.

Als er mich nach Hause brachte, schloss mich meine Mutter in die Arme und weinte auch. Sie sagte Dinge, die ich nicht verstehen konnte, weil sie so schrecklich undeutlich sprach. Mein Vater ging mit mir nach oben in mein Zimmer und setzte mich vor den Spiegel der Frisierkommode. Er reichte mir eine Schere und bat mich mit ruhiger Stimme, mir die Haare abzuschneiden. Er sah mir dabei zu.

Ich bin wochenlang nicht aus dem Haus gegangen. Und als ich

es schließlich tat, da vernahm ich überall, wohin ich auch ging, Flüstern, ich glaubte es zumindest. Das war vor vier Jahren und dreitausend Meilen weit entfernt, und ich höre es immer noch.«

»Die kümmern uns einen feuchten Dreck«, sagte ich.

Sie gab einen Laut von sich, der halb Schluchzen, halb Lachen war. »Als ich dir an dem Tag, als dein Vater bei uns war und um meine Hand anhielt, diese Dinge gesagt habe, da war ich mir sicher, dass du es dir anders überlegen würdest.«

»Oh nein, auf keinen Fall, Soraya.«

Sie lächelte und nahm meine Hand. »Welch ein Glück, dass ich dich gefunden habe. Du bist so anders als all die übrigen afghanischen Männer, die ich getroffen habe.«

»Lass uns nicht mehr darüber reden, in Ordnung?«

»In Ordnung.«

Ich küsste sie auf die Wange und fuhr wieder los. Unterwegs fragte ich mich, warum ich wohl anders war. Vielleicht lag es daran, dass ich von Männern erzogen worden war. Ich war nicht mit Frauen aufgewachsen und hatte so niemals Erfahrungen aus erster Hand mit der Doppelmoral machen können, mit der die afghanische Gesellschaft Frauen manchmal behandelte. Vielleicht lag es auch daran, dass Baba ein so ungewöhnlicher afghanischer Vater gewesen war, ein Liberaler, der nach seinen eigenen Regeln gelebt hatte, ein Alleingänger, der die Sitten und Gebräuche der Gesellschaft, in der er lebte, missachtete oder annahm, wie es ihm gefiel.

Aber ich glaube, dass der Hauptgrund, warum mir Sorayas Vergangenheit egal war, darin lag, dass ich meine eigene hatte. Ich wusste sehr gut darüber Bescheid, wie es war, wenn man etwas schrecklich bedauerte.

Kurz nach Babas Tod zogen Soraya und ich in ein kleines Apartment in Fremont, nicht weit von des Generals und *Khala* Jamilas Haus entfernt. Sorayas Eltern schenkten uns zum Einzug ein braunes Ledersofa und ein Service von Mikasa. Der General machte mir ein zusätzliches Geschenk: eine brandneue IBM-Schreibmaschine. Er hatte eine Notiz mit einigen Worten in Farsi in den Karton geschoben.

Amir jan,
ich hoffe, du wirst auf diesen Tasten viele
Geschichten entdecken.
General Iqbal Taheri

Ich verkaufte Babas VW-Bus und bin bis heute auf keinem Trödelmarkt mehr gewesen. Ich fuhr jeden Freitag zu Babas Grab, und manchmal lag da ein frischer Strauß Freesien am Grabstein, und dann wusste ich, dass Soraya da gewesen war.

Soraya und ich begannen uns an die Routine – und die kleinen Wunder – des Ehelebens zu gewöhnen. Wir teilten Zahnbürsten und Socken, reichten einander die Zeitung. Sie schlief auf der rechten Seite des Betts, ich bevorzugte die linke. Sie mochte weiche Kissen, ich mochte feste. Sie aß ihr Müsli trocken, wie einen Snack, und ich gab Milch dazu.

In jenem Sommer wurde ich an der San Jose State University angenommen, wo ich im Hauptfach Englisch studierte. Ich begann in einem Möbellager in Sunnyvale als Wachmann zu arbeiten und übernahm die Spätschicht. Der Job war furchtbar langweilig, besaß aber einen beachtlichen Vorteil: Wenn um sechs Uhr abends alle nach Hause gingen und sich die Schatten zwischen die Reihen der mit Plastik überzogenen Sofas schlichen, die bis zur Decke gestapelt waren, nahm ich meine Bücher heraus und lernte. Und in jenem nach *Pine Sol* duftenden Büro begann ich auch meinen ersten Roman.

Soraya nahm im folgenden Jahr ebenfalls ihr Studium an der San Jose State University auf und schrieb sich zum großen Bedauern ihres Vaters für ein Lehramtsstudium ein.

»Ich weiß wirklich nicht, warum du deine Talente so vergeudest«, sagte der General eines Abends beim Essen. »Wusstest du, dass sie in der Highschool nur Einsen gehabt hat, Amir *jan?*« Er wandte sich ihr zu. »Ein intelligentes Mädchen wie du könnte doch Anwältin werden, Politologin. Und, *inshallah,* wenn Afghanistan wieder frei ist, könntest du dabei helfen, die neue Verfassung zu entwerfen. Es wird einen Bedarf an jungen, talentierten Afghanen wie dir geben. Sie würden dir bei deinem Familiennamen vielleicht sogar einen Ministerposten anbieten.«

Ich konnte sehen, dass Soraya sich zurückhielt. Ihr Gesicht wirkte angespannt.

»Ich bin kein Kind mehr, *Padar.* Ich bin eine verheiratete Frau. Außerdem werden sie auch Lehrer brauchen.«

»Unterrichten kann doch jeder.«

»Ist noch etwas Reis da, *Madar?*«, fragte Soraya.

Nachdem sich der General entschuldigt hatte, weil er sich mit einigen Freunden in Hayward treffen wollte, versuchte *Khala* Jamila Soraya zu trösten. »Er meint es doch nur gut«, sagte sie. »Er möchte, dass du Erfolg hast.«

»Damit er bei seinen Freunden mit seiner Anwaltstochter angeben kann. Wieder ein neuer Orden für den General«, sagte Soraya.

»Red nicht so dummes Zeug!«

»Erfolg!«, zischte Soraya. »Zumindest bin ich nicht wie er und sitze herum, während andere Leute gegen die *Shorawi* kämpfen. Er wartet doch nur darauf, dass sich der Staub legt, damit er vortreten und seine feine kleine Regierungsstellung zurückverlangen kann. Unterrichten mag nicht gut bezahlt sein, aber es ist nun einmal das, was ich tun möchte! Mein Herz hängt daran, und es ist übrigens ein ganzes Stück besser, als von der Fürsorge zu leben!«

Khala Jamila biss sich auf die Zunge. »Wenn er dich das jemals sagen hört, wird er nie wieder mit dir reden.«

»Kein Sorge«, stieß Soraya hervor und warf ihre Serviette auf den Teller. »Ich werde seinem kostbaren Ego schon keinen Schaden zufügen.«

Im Sommer des Jahres 1988, ungefähr ein halbes Jahr bevor die Sowjets sich aus Afghanistan zurückzogen, beendete ich meinen ersten Roman, eine Vater-Sohn-Geschichte, die in Kabul spielt. Ich schrieb ihn beinahe vollständig auf der Schreibmaschine, die mir der General geschenkt hatte. Ich schickte einige Kapitel an rund ein Dutzend Agenturen und war verblüfft, als ich an einem Augusttag beim Öffnen der Post den Brief einer New Yorker Agentur in den Händen hielt, in dem sie mich baten, ihnen das komplette Manuskript zuzusenden. Ich schickte es gleich am nächsten Tag ab. Soraya küsste die sorgfältig verpackten Seiten, und *Khala* Jamila bestand darauf, es einmal unter dem Koran hindurchzureichen. Sie erklärte mir, dass sie ein *nazr* für mich ablegen würde, ein Gelübde, ein Schaf schlachten zu lassen und das Fleisch an die Armen zu verteilen, wenn mein Buch angenommen werden sollte.

»Bitte kein *nazr, Khala jan*«, sagte ich und küsste ihr Gesicht. »Die *zakat* ist völlig ausreichend. Und den Armen ist mit Geld sicherlich mehr gedient. Bitte lass kein Schaf schlachten.«

Sechs Wochen später rief ein Mann namens Martin Greenwalt aus New York an und erkundigte sich, ob er mich vertreten dürfe. Ich erzählte Soraya davon. »Aber bloß weil ich jetzt einen Agenten habe, heißt das ja noch lange nicht, dass das Buch auch veröffentlicht wird. Erst wenn Martin den Roman verkauft, werden wir feiern.«

Einen Monat später rief Martin an und teilte mir mit, dass ich schon bald der Autor eines veröffentlichten Romans sein würde. Als ich Soraya davon erzählte, stieß sie einen Freudenschrei aus.

An jenem Abend kamen Sorayas Eltern zur Feier des Tages zum Essen. *Khala* Jamila brachte *kofta* mit – Fleischbällchen und Reis – und zum Dessert Schokoladen-*ferni*. Der General erklärte mir mit einem feuchten Glanz in den Augen, dass er sehr stolz auf mich sei. Nachdem General Taheri und seine Frau gegangen waren, feierten Soraya und ich mit einer teuren Flasche Merlot, die ich auf dem Nachhauseweg gekauft hatte – der General hieß es nicht gut, wenn Frauen Alkohol tranken, und daher tat es Soraya in seiner Gegenwart nicht.

»Ich bin so stolz auf dich«, sagte sie und hob ihr Glas, um mit mir anzustoßen. »*Kaka* wäre auch stolz auf dich gewesen.«

»Ich weiß«, sagte ich und wünschte mir, er könnte mich jetzt sehen.

Später am Abend, nachdem Soraya, die Wein immer müde machte, schon eingeschlafen war, stand ich auf dem Balkon und atmete die kühle Sommerluft ein. Ich dachte an Rahim Khan und an die ermunternden Zeilen, die er mir nach der Lektüre meiner ersten Geschichte geschrieben hatte. Und ich dachte an Hassan. *Eines Tages, inshallah, wirst du ein großartiger Schriftsteller sein,* hatte er einmal gesagt, *und die Menschen auf der ganzen Welt werden deine Geschichten lesen.* Es gab so viel Gutes in meinem Leben. So viel Glück. Womit hatte ich das nur alles verdient?

Der Roman erschien im folgenden Jahr, im Sommer 1989, und der Verlag schickte mich auf eine Lesereise in fünf Städte. Ich wurde zu einer kleinen Berühmtheit in der afghanischen Gemeinde. In dem Jahr beendeten die *Shorawi* ihren Rückzug aus Afghanistan. Es hätte eigentlich eine herrliche Zeit für alle Afghanen sein sollen. Stattdessen tobte der Krieg weiter – dieses Mal kämpften Afghanen gegeneinander: die Mudjaheddin gegen die von den Sowjets eingesetzte Marionettenregierung von Najibullah. Und afghanische Flüchtlinge strömten weiter nach Pakistan. Das war das Jahr, in dem der Kalte Krieg endete, das Jahr, in dem die Berliner Mauer fiel. Das Jahr des Massakers auf dem Platz des Himmlischen Friedens. Und über diesen ganzen Ereignissen wurde Afghanistan vergessen. Und General Taheri, dessen Hoffnungen nach dem Abzug der Sowjets erwacht waren, machte sich wieder daran, seine Taschenuhr aufzuziehen.

Das war auch das Jahr, in dem Soraya und ich zu versuchen begannen, ein Kind zu bekommen.

Die Vorstellung von der Vaterschaft löste einen Wirbel von Empfindungen in mir aus. Ich empfand sie als beängstigend, belebend, entmutigend und aufregend zugleich. Ich fragte mich, was ich wohl für einen Vater abgeben würde. Ich wollte genauso sein wie Baba und doch wieder ganz anders als er.

Aber ein Jahr verging, und nichts geschah. Mit jeder Menstruation wurde Soraya frustrierter, ungeduldiger, gereizter. Inzwischen waren *Khala* Jamilas anfänglich subtile Andeutungen zu offenen Fragen geworden, wie zum Beispiel, wenn sie sagte: »*Kho dega!*« Also: »Wann werde ich denn ein *alahoo* für mein kleines *nawasa* singen können?« Der General, durch und durch Paschtune, stellte nie irgendwelche Fragen – denn das hätte bedeutet, auf einen sexuellen Akt zwischen seiner Tochter und einem Mann anzuspielen, auch wenn der fragliche Mann schon seit vier Jahren mit ihr verheiratet war. Aber seine Augen lebten auf, wenn uns *Khala* Jamila wegen eines Babys neckte.

»Manchmal dauert es eben eine Weile«, sagte ich eines Nachts zu Soraya.

»Ein Jahr ist keine Weile, Amir!«, erwiderte sie schroff, was gar nicht ihre Art war. »Irgendetwas stimmt nicht, da bin ich mir sicher.«

»Dann lass uns zum Arzt gehen.«

Dr. Rosen, ein beleibter Mann mit einem rundlichen Gesicht und kleinen ebenmäßigen Zähnen, sprach mit einem leichten osteuropäischen Akzent. Er hatte eine Leidenschaft für Eisenbahnen – seine Praxis war voll gestopft mit Büchern über die Geschichte der Eisenbahn, mit Modelllokomotiven, Gemälden von Zügen, die auf Gleisen zwischen grünen Hügeln und über Brücken dahinrollten. Auf einem Schild über seinem Schreibtisch stand: »Das Leben ist ein Zug. Steigen Sie ein.«

Er entwarf einen Plan für uns. Ich kam als Erster an die Reihe. »Männer sind nicht kompliziert«, sagte er und trommelte mit den Fingern auf seinen Mahagoni-Schreibtisch. »Die Genitalien eines Mannes sind wie sein Verstand: simpel, sehr wenige Überraschungen. Aber die Damen sind da schon anders ... nun, der liebe Gott hat sich eben Gedanken gemacht, als er Sie und Ihre Geschlechtsgenossinnen erschuf.« Ich fragte mich, ob er diese Bemerkungen wohl bei allen Paaren anbrachte, die zu ihm kamen.

»Da sind wir ja richtige Glückspilze«, sagte Soraya.

Dr. Rosen lachte. Es klang beinahe echt. Aber nur beinahe. Er gab mir einen Laborzettel und ein Plastikgefäß und Soraya eine Überweisung für eine Reihe von Bluntuntersuchungen. Wir schüttelten einander die Hände. »Willkommen an Bord«, sagte er, als er uns hinausbegleitete.

Ich schnitt glänzend ab.

Und bei Soraya jagte in den nächsten Monaten ein Test den anderen: Basal-Körpertemperatur-Messungen, Bluttests für jedes nur erdenkliche Hormon, Urintests, ein so genannter Gebärmutterhalsabstrich, Ultraschall, noch mehr Bluttests und noch mehr Urintests. Soraya unterzog sich einem Verfahren, das sich Hysteroskopie nannte, dabei sah sich Dr. Rosen mit einem Hysteroskop in ihrer Gebärmutter um. Er fand nichts. »Alles an Ort und Stelle«, verkündete er und zog sich mit einem schnappenden Geräusch die Latexhandschuhe von den Händen. Als die Tests vorüber waren, eröffnete er uns, dass er keine Erklärung dafür hatte, warum wir keine Kinder bekommen konnten. Offenbar war das gar nicht so ungewöhnlich.

Dann folgte die Behandlungsphase. Wir versuchten es mit einem Medikament und einer Reihe von Spritzen, die sich Soraya selbst gab. Als das fehlschlug, riet uns Dr. Rosen zur künstlichen Befruchtung. Wir erhielten ein höfliches Schreiben unserer Krankenkasse, in dem man uns viel Glück wünschte, es aber bedauerte, dass man für diese Kosten nicht aufkommen könne.

Wir benutzten den Vorschuss für meinen Roman, um dafür zu bezahlen. Die künstliche Befruchtung erwies sich als eine langwierige, umständliche, frustrierende und letztendlich erfolglose Angelegenheit. Nach monatelangem Herumsitzen in Wartezimmern und der Lektüre von Zeitschriften wie *Good Housekeeping* und *Reader's Digest*, nach endlosen kalten und sterilen Untersuchungsräumen, die nur von Neonlampen beleuchtet waren, der wiederholten Demütigung, jedes Detail unseres Liebeslebens mit einem völlig Fremden diskutieren zu müssen, Unmengen von Spritzen und Sonden und Probeentnahmen, kehrten wir wieder zu Dr. Rosen und seinen Eisenbahnen zurück.

Er saß uns gegenüber, trommelte mit den Fingern auf seinen Schreibtisch und benutzte zum ersten Mal das Wort »Adoption«. Soraya weinte auf dem ganzen Nachhauseweg.

Soraya eröffnete ihren Eltern die Neuigkeit an dem Wochenende nach unserem letzten Besuch bei Dr. Rosen. Wir saßen auf Klappstühlen im Garten der Taheris, grillten Forellen und tranken Joghurt-*dogh*. Es war ein früher Märzabend im Jahr 1991. *Khala* Jamila hatte ihre Rosen und ihre frisch gepflanzte Heckenkirsche gegossen, und der Duft vermischte sich mit dem Geruch der gar werdenden Fische. Schon zweimal hatte sie sich aus ihrem Stuhl vorgebeugt, um Soraya über das Haar zu streichen und zu sagen: »Gott weiß, was das Beste für uns ist, *bachem*. Vielleicht sollte es einfach nicht sein.«

Soraya blickte immer wieder auf ihre Hände hinunter. Ich wusste, dass sie müde war, dieser ganzen Dinge müde. »Der Arzt hat gesagt, wir sollten über eine Adoption nachdenken«, murmelte sie.

General Taheris Kopf zuckte hoch. Er schloss den Deckel des Grills. »Hat er das?«

»Er sagte, es sei eine Möglichkeit«, erwiderte Soraya.

Wir hatten uns schon zu Hause über eine Adoption unterhalten. Soraya wurde von widersprüchlichen Gefühlen geplagt. »Ich weiß, dass es albern ist und vielleicht auch eitel«, kam sie im Auto, auf dem Weg zum Haus ihrer Eltern, noch einmal darauf zu sprechen. »Aber ich kann einfach nicht anders. Ich habe immer davon geträumt, dass ich das Baby einmal in dem Bewusstsein in den Armen halten würde, dass mein Blut es neun Monate lang versorgt hat, dass ich eines Tages in seine Augen blicken und voller Erstaunen dich oder mich in ihm sehen würde, dass das Baby heranwachsen und dein oder mein Lächeln haben würde. Aber ohne all das ... Ist das falsch?«

»Nein«, erwiderte ich.

»Bin ich egoistisch?«

»Nein, Soraya.«

»Denn wenn du es wirklich gern tun würdest ...«

»Nein«, sagte ich. »Wenn wir es tun, dann sollten wir keinerlei Zweifel haben und uns absolut einig sein. Sonst wäre es dem Kind gegenüber nicht fair.«

Sie lehnte den Kopf ans Fenster und sagte nichts mehr.

Nun saß der General neben ihr. »*Bachem,* diese ... Adoptionssache ... also, ich weiß nicht so recht, ob das etwas für uns Afghanen ist.« Soraya blickte mich erschöpft an und seufzte.

»Zum einen werden die Kinder größer und wollen wissen, wer ihre biologischen Eltern sind«, sagte er. »Und das kann man ihnen schwerlich vorwerfen. Manchmal verlassen sie das Zuhause, in dem du dich jahrelang abgeschunden hast, um für sie zu sorgen, und suchen nach den Menschen, die ihnen das Leben geschenkt haben. Blut besitzt eine ganz besondere Macht, *bachem,* das solltest du nie vergessen.«

»Ich möchte nicht mehr darüber reden«, sagte Soraya.

»Eins lass mich noch sagen«, erwiderte er. Ich befürchtete, dass er sich langsam warm redete; wir würden wohl einen der kleinen Vorträge des Generals zu hören bekommen. »Nimm doch nur einmal Amir *jan* hier. Wir alle kannten seinen Vater, ich weiß, wer sein Großvater in Kabul war und sein Urgroßvater vor ihm. Ich könnte hier sitzen und Generationen seiner Vorfahren zurückverfolgen, wenn du mich darum bitten würdest. Das ist der Grund, warum ich, als sein Vater – er möge in Frieden ruhen – für seinen Sohn um deine Hand anhielt, nicht gezögert habe. Und du kannst mir glauben, dass sein Vater nicht zugestimmt hätte, um deine Hand zu bitten, wenn er nicht gewusst hätte, wessen Nachkomme du bist. Blut besitzt eine ganz besondere Macht, *bachem,* und bei einer Adoption weißt du nicht, wessen Blut du dir in dein Haus holst. Wenn du Amerikanerin wärest, würde es keine Rolle spielen. Die Leute hier heiraten aus Liebe, der Familienname und die Vorfahren spielen dabei überhaupt keine Rolle. Und so adoptieren sie auch – solange das Baby nur gesund ist, sind alle glücklich. Aber wir sind Afghanen, *bachem.*«

»Ist der Fisch nicht langsam gar?«, fragte Soraya. General Taheris Augen verweilten auf ihr. Er tätschelte ihr Knie. »Freu dich einfach darüber, dass du gesund bist und einen guten Ehemann hast.«

»Wie ist deine Meinung, Amir *jan?*«, fragte *Khala* Jamila.

Ich stellte mein Glas auf das Fenstersims, wo eine ganze Reihe Geranien in Blumentöpfen stand, von denen Wasser herabtropfte. »Ich stimme General Sahib zu.«

Der General nickte beruhigt und wandte sich wieder dem Grill zu.

Wir alle hatten unsere Gründe, die gegen eine Adoption sprachen. Soraya hatte ihre, der General seine, und ich hatte diesen einen: dass vielleicht irgendetwas, irgendjemand irgendwo entschieden hatte, mir die Vaterschaft aufgrund der Dinge, die ich getan hatte, zu versagen. Vielleicht war das meine Strafe und vielleicht sogar eine gerechte dazu. Vielleicht sollte es einfach nicht sein, hatte *Khala* Jamila gesagt. Oder vielleicht sollte es eben genau so sein.

Einige Monate später benutzten wir den Vorschuss meines zweiten Romans als Anzahlung für ein hübsches viktorianisches Haus mit zwei Schlafzimmern in Bernal Heights, einem Stadtteil von San Francisco. Es hatte ein Spitzdach, Holzböden und einen winzigen Garten, an dessen Ende sich eine Sonnenterrasse und eine Vertiefung zum Grillen befanden. Der General half mir dabei, die Terrasse auf Hochglanz zu bringen und die Wände zu streichen. *Khala* Jamila beklagte, dass wir beinahe eine Stunde von ihnen entfernt wohnen würden, vor allem weil sie glaubte, dass Soraya so viel Liebe und Unterstützung wie nur möglich nötig habe – ohne sich bewusst zu sein, dass gerade ihr gut gemeintes, aber übertriebenes Mitgefühl Soraya zu einem Umzug bewogen hatte.

Manchmal, wenn Soraya ruhig neben mir schlief, lag ich wach im Bett, horchte auf die Tür mit dem Insektengitter, die im Wind aufschwang und wieder zufiel, auf das Zirpen der Grillen im Garten. Und ich konnte geradezu die Leere in Sorayas Leib spüren, wie ein lebendes, atmendes Ding. Diese Leere hatte sich in unsere Ehe geschlichen, in unser Lachen und in unser Liebesspiel. Und in der Nacht spürte ich in der Dunkelheit unseres Zimmers, wie sie von Soraya aufstieg und sich zwischen uns legte. Zwischen uns schlief. Wie ein neugeborenes Kind.

14

Juni 2001

Ich legte den Hörer auf die Gabel und starrte lange Zeit auf den Apparat. Erst als Aflatoon mich mit einem Kläffen aufschreckte, bemerkte ich, wie ruhig es im Zimmer geworden war. Soraya hatte den Ton des Fernsehers ausgeschaltet.

»Du siehst blass aus, Amir«, sagte sie, auf dem Sofa liegend, das uns ihre Eltern zum Einzug in unsere erste Wohnung geschenkt hatten. Sie hatte die Beine unter den abgenutzten Kissen vergraben, während Aflatoon seinen Kopf an ihren Brustkasten schmiegte. Sie war halb damit beschäftigt, sich eine Dokumentation über Wölfe in Minnesota anzusehen, und halb damit, Aufsätze zu korrigieren – sie unterrichtete schon seit sechs Jahren an derselben Schule. Nun setzte sie sich auf, und Aflatoon sprang vom Sofa herunter. Es war der General, der unserem Cockerspaniel den Namen *Aflatoon* gegeben hatte – das Farsi-Wort für Plato –, weil man, wie er behauptete, wenn man ganz tief und lange genug in die verschleierten schwarzen Augen des Hundes blickte, hätte schwören können, dass ihn kluge Gedanken beschäftigten.

Da war nun ein Scheibchen Fett, eine bloße Andeutung, unter Sorayas Kinn. Die letzten zehn Jahre hatten die Kurven ihrer Hüften ein wenig gepolstert und ein paar aschgraue Strähnen in ihr rabenschwarzes Haar gewoben. Aber mit ihren Augenbrauen, die an Vögel im Flug erinnerten, und ihrer Nase, die so elegant geschwungen war wie ein Buchstabe aus alten arabischen Schriften, hatte sie immer noch das Gesicht einer Ballprinzessin.

»Du siehst blass aus«, wiederholte Soraya und legte den Papierstapel, den sie in der Hand hielt, auf den Tisch.

»Ich muss nach Pakistan.«

Jetzt stand sie auf. »Nach Pakistan?«

»Rahim Khan ist sehr krank.« Bei diesen Worten ballte sich etwas in meinem Innern zur Faust.

»*Kakas* alter Geschäftspartner?« Sie hatte Rahim Khan nie kennen gelernt, aber ich hatte ihr von ihm erzählt. Ich nickte.

»Oh«, sagte sie. »Das tut mir Leid, Amir.«

»Wir standen uns einmal sehr nah«, sagte ich. »Als Kind war er der erste Erwachsene für mich, den ich als Freund betrachtete.« Ich sah die beiden vor mir, Baba und Rahim Khan, wie sie im Arbeitszimmer Tee tranken und anschließend, am Fenster sitzend, rauchten, während eine Brise den Duft der Heckenrosen aus dem Garten ins Zimmer trug und den Rauch ihrer Zigaretten kräuselte.

»Ich erinnere mich noch daran, wie du mir von ihm erzählt hast«, sagte Soraya. Sie verstummte für einen Augenblick, ehe sie fragte: »Wie lange wirst du weg sein?«

»Ich weiß es noch nicht. Er will mich sehen.«

»Ist es nicht ...«

»Nein, es ist nicht gefährlich. Mir wird nichts geschehen, Soraya.« Ich wusste, dass sie genau das hatte einwenden wollen – fünfzehn Jahre Ehe hatten uns in Gedankenleser verwandelt. »Ich werde einen Spaziergang machen.«

»Soll ich dich begleiten?«

»Nein, ich gehe lieber allein.«

Ich fuhr zum Golden Gate Park und ging am Spreckels Lake am nördlichen Rand des Parks spazieren. Es war ein wunderschöner Sonntagnachmittag, die Sonne glitzerte auf dem Wasser, wo Dutzende von Spielzeugbooten, von einer frischen San-Francisco-Brise angetrieben, dahinsegelten. Ich setzte mich auf eine Parkbank, sah einem Mann zu, der mit seinem Sohn Football spielte und ihm erklärte, dass es besser war, den Ball nicht von der Seite, sondern über die Schulter hinweg zu werfen. Als ich aufblickte, entdeckte ich am Himmel zwei Drachen – rot mit langen blauen Schwänzen. Sie tanzten hoch oben über den Bäumen am westlichen Ende des Parks.

Ich dachte an eine Bemerkung, die Rahim Khan, kurz bevor er auflegte, gemacht hatte. Ganz beiläufig, als wäre es ihm im letzten Moment noch eingefallen. Ich schloss die Augen und sah ihn am anderen Ende der Leitung vor mir, sah die leicht geöffneten Lippen, den zur Seite geneigten Kopf. Und wieder deutete etwas in seinen schwarzen, unergründlichen Augen auf ein unausgesprochenes Geheimnis zwischen uns hin. Bloß dass ich nun die Gewissheit besaß, dass er es wusste. Meine Vermutung war also all die Jahre richtig gewesen. Er wusste Bescheid über Assef, den Drachen, das Geld, die Uhr mit den Zeigern, die wie Blitze aussahen. Er hatte es immer gewusst.

Komm. Es gibt eine Möglichkeit, es wieder gutzumachen, hatte Rahim Khan kurz vor dem Auflegen gesagt. Beiläufig, als wäre es ihm im letzten Moment noch eingefallen.

Eine Möglichkeit, es wieder gutzumachen.

Als ich nach Hause kam, sprach Soraya am Telefon mit ihrer Mutter. »Wird nicht lange dauern, *Madar jan.* Eine Woche, vielleicht zwei ... Ja, du und *Padar*, ihr könnt so lange bei mir wohnen ...«

Der General hatte sich vor zwei Jahren die rechte Hüfte gebrochen. Er hatte wieder einmal an einem seiner Migräneanfälle gelitten, war verschlafen und benommen aus seinem Zimmer herausgekommen und über einen Teppich gestolpert. Sein Schrei hatte *Khala* Jamila aus der Küche zu ihm eilen lassen. »Es klang wie ein *jaroo,* ein Besenstiel, der in der Mitte durchbricht«, erzählte sie immer wieder gern, obwohl der Arzt erklärt hatte, dass es sehr unwahrscheinlich sei, dass sie irgendetwas in der Art gehört haben könnte. Die zerschmetterte Hüfte des Generals – und all die sich daraus ergebenden Komplikationen, die Lungenentzündung, die Blutvergiftung, der verlängerte Aufenthalt in der Privatklinik – hatte *Khala* Jamilas langjährigen Monologen über den Zustand ihrer Gesundheit ein Ende bereitet. Und neue über den General hervor gerufen. Sie erzählte jedem, der bereit war, ihr zuzuhören, dass die Ärzte ihnen gesagt hätten, dass seine Nieren kurz vor dem Versagen stünden. »Aber die haben noch nie afghanische Nieren gesehen, nicht wahr?«, sagte sie stolz. Am lebendigsten ist mir aus jener Zeit in Erinnerung geblieben, wie *Khala* Jamila am Krankenbett des Generals wartete, bis er eingeschlafen war, um ihm dann Lieder vorzusingen, die ich noch aus Kabul kannte, wo sie in Babas knarzendem alten Radio erklungen waren.

Die Gebrechlichkeit des Generals – und die Zeit – hatten die Dinge zwischen ihm und Soraya verändert. Sie unternahmen gemeinsame Spaziergänge, gingen manchmal samstags zusammen essen, und ab und zu setzte sich der General in ihren Unterricht. Dann saß er ganz hinten im Raum, in seinem glänzenden alten grauen Anzug, den Stock über den Schoß gelegt, und lächelte. Manchmal machte er sich sogar Notizen.

In jener Nacht lagen Soraya und ich im Bett. Sie hatte den Rücken an meine Brust gepresst, ich das Gesicht in ihr Haar vergraben. Ich erinnerte mich an die Zeit, als wir Stirn an Stirn dalagen, einander in Erinnerung an das Vorangegange küssten und leise miteinander redeten, über winzige gekrümmte Zehen redeten, über ein erstes Lächeln, erste Worte, erste Schritte, bis uns die Augen zufielen. Wir taten es manchmal noch, bloß dass wir nun über die Schule oder mein neues Buch sprachen, über ein lächerliches Kleid kicherten, das irgendjemand auf einer Party getragen hatte. Wir genossen es immer noch, miteinander zu schlafen, fanden immer noch Gefallen aneinander, aber manchmal verspürte ich eine große Erleichterung, wenn es vorüber war und ich einschlafen und für eine Weile die Nutzlosigkeit dessen, was wir gerade getan hatten, vergessen durfte. Auch wenn sie es nie sagte, so wusste ich doch, dass Soraya manchmal ebenso empfand. In jenen Nächten rollte sich jeder auf seine Seite des Betts und ließ sich von seinem Retter davontragen. Sorayas Retter war der Schlaf. Meiner, wie immer, ein Buch.

In der Nacht nach Rahim Khans Anruf lag ich im Dunkeln wach und folgte mit den Augen den parallelen silbernen Linien an der Wand, die das Mondlicht hervorrief, das durch die Jalousien drang. Irgendwann, vielleicht kurz vor Anbruch der Morgendämmerung, muss ich wohl eingeschlafen sein. Und ich träumte von Hassan, der durch den Schnee lief, der den Saum seines grünen *chapan* hinter sich herzog, unter dessen schwarzen Gummistiefeln der Schnee knirschte. Er rief mir über die Schulter zu: *Für dich – tausendmal!*

Eine Woche später saß ich auf meinem Fensterplatz eines Flugzeugs der Pakistani International Airlines und sah zu, wie zwei uniformierte Arbeiter der Fluglinie die Bremskeile von den Rädern wegzogen. Das Flugzeug rollte vom Flughafengebäude fort, und bald schon waren wir in der Luft, bahnten uns unseren Weg durch die Wolken. Ich ließ den Kopf ans Fenster sinken. Wartete vergeblich auf den Schlaf.

15

Drei Stunden nachdem das Flugzeug in Peshawar gelandet war, saß ich auf dem zerfetzten Rücksitz eines verqualmten Taxis. Mein Fahrer, ein kettenrauchender verschwitzter kleiner Mann, der sich als Gholam vorstellte, fuhr lässig und rücksichtslos, entging mehrmals nur um Haaresbreite einem Zusammenstoß und fand dabei noch die Zeit, mich mit einem unaufhörlichen Wortschwall zu bedenken, der aus seinem Mund hervorquoll:

»... schrecklich, was in Ihrem Land geschieht, *yar.* Afghanen und Pakistani sind doch wie Brüder, nicht wahr? Muslime müssen doch anderen Muslimen helfen, damit ...«

Ich schaltete ab, nickte bloß ab und zu höflich mit dem Kopf. Ich erinnerte mich noch ziemlich gut an Peshawar, da ich ja 1981 mehrere Monate mit Baba hier gelebt hatte. Wir fuhren in westlicher Richtung auf der Jamrud Road, vorbei an den Truppenunterkünften der ehemaligen Kolonialmacht mit ihren großzügigen, von hohen Mauern umgebenen Häusern. Das rege Treiben der Stadt, das an mir vorüberzog, erinnerte mich an eine geschäftigere, belebtere Version des Kabul, das ich kannte, besonders des *kocheh-morgha,* des Hühner-Basars, wo Hassan und ich uns immer in Chutney getunkte Kartoffeln und Kirschsaft gekauft hatten. Die Straßen waren voll gestopft mit Fahrradfahrern, herumlaufenden Fußgängern und Rikschas, die laut knatternd blaue Rauchwolken ausstießen – und alle schlängelten sie sich durch ein Labyrinth von Straßen und Gassen. Bärtige in dünne Decken gehüllte Händler verkauften an kleinen dicht aneinander gedrängten Ständen Lampenschirme aus Tierhaut, Teppiche, bestickte Schals und Kupfergefäße. Die Stadt explodierte förmlich in einer Fülle von Geräuschen: das Geplärr von Hindi-Musik, das Knattern der Rikschas und die bimmelnden Glocken der Pferdekarren vermischten sich mit den Schreien der Händler und klangen mir in den Ohren. Schwere Gerüche – angenehme und nicht so angenehme – drangen durch das Beifahrerfenster: Das würzige Aroma von in Teig getauchtem, frittiertem Gemüse und dem *nihari,* dem mit frischem Ingwer zubereiteten Lammfleisch, das Baba so geliebt hatte, verschmolz mit dem durchdringenden Geruch von Abgasen, dem Gestank von Fäulnis, Abfall und Kot.

Kurz hinter den roten Steingebäuden der Universität von Peshawar gelangten wir in eine Gegend, die mein geschwätziger Fahrer als Afghanenviertel bezeichnete. Ich erblickte Läden, in denen Süßigkeiten verkauft wurden, und andere, die Teppiche anboten, es gab Kebab-Buden, Kinder mit dreckigen Händen, die mit Zigaretten handelten, winzige Restaurants – auf deren Fenster Landkarten von Afghanistan gemalt waren – und dazwischen, in kleinen Seitenstraßen, Niederlassungen von Hilfsorganisationen. »Viele Ihrer Brüder leben in dieser Gegend, *yar.* Sie eröffnen Läden, aber die meisten von ihnen sind sehr arm.« Er schnalzte mit der Zunge und seufzte. »Jetzt sind wir gleich da.«

Ich dachte an meine letzte Begegnung mit Rahim Khan im Jahre 1981 zurück. Er war an dem Abend unserer Flucht aus Kabul gekommen, um sich zu verabschieden. Ich weiß noch, dass Baba und er sich in der Halle umarmten und leise weinten. Als Baba und ich in den Vereinigten Staaten ankamen, waren er und Rahim Khan in Verbindung geblieben. Sie telefonierten vier- oder fünfmal im Jahr, und manchmal reichte Baba den Hörer an mich weiter. Das letzte Mal hatte ich kurz nach Babas Tod mit Rahim Khan gesprochen. Die Nachricht war bis nach Kabul gedrungen, und er hatte angerufen. Wir hatten uns erst ein paar Minuten unterhalten, als die Verbindung zusammenbrach.

Der Fahrer hielt vor einem schmalen Gebäude an einer belebten Ecke, an der Kreuzung zweier sich dahinschlängelnder Straßen. Ich bezahlte, nahm meinen Koffer und schritt auf die mit feinen Schnitzarbeiten verzierte Tür zu. Die Läden an den Holzbalkonen des Gebäudes waren geöffnet. Von vielen hing Wäsche herunter, die in der Sonne trocknete. Ich stieg die knarrenden Stufen in den ersten Stock hinauf und ging einen düsteren Flur entlang, bis ich an der letzten Tür auf der rechten Seite angekommen war. Überprüfte noch einmal die Adresse auf dem Zettel in meiner Hand. Klopfte.

Ein Wesen aus Haut und Knochen, das vorgab, Rahim Khan zu sein, öffnete die Tür.

Ein Dozent eines Kurses für Kreatives Schreiben an der San Jose State University hatte einmal über Klischees gesagt: »Meiden Sie sie wie die Pest.« Und lachte dann über seinen eigenen Witz. Der Kurs stimmte mit ein, aber ich fand schon immer, dass Klischees zu Unrecht kritisiert wurden; denn oft treffen sie den Nagel auf den Kopf. Doch die Tauglichkeit einer abgedroschenen Redensart wird überschattet von ihrer Wahrnehmung als Klischee. Zum Beispiel die Wendung »um den heißen Brei herumreden«. Nichts hätte die ersten Momente meines Wiedersehens mit Rahim Khan treffender beschreiben können.

Wir saßen auf zwei dünnen Matratzen, die an einer Wand gegenüber dem Fenster lagen, das auf die laute Straße hinausging. Sonnenlicht fiel ins Zimmer und warf einen Streifen Licht auf den afghanischen Teppich, der den Boden bedeckte. Zwei Klappstühle lehnten an einer Wand, und ein kleiner kupferner Samowar stand in der gegenüberliegenden Ecke. Ich schenkte uns Tee daraus ein.

»Wie hast du mich gefunden?«, fragte ich.

»Es ist nicht so schwer, Menschen in Amerika zu finden. Ich habe mir eine Karte von den USA gekauft und in verschiedenen Städten in Nordkalifornien die Auskunft angerufen«, sagte er. »Es ist auf eine ganz wundervolle Weise seltsam, dich als einen erwachsenen Mann zu sehen.«

Ich lächelte und ließ drei Zuckerwürfel in meinen Tee fallen. Ich erinnerte mich noch daran, dass er den seinen schwarz und bitter trank. »Baba hatte nicht mehr die Möglichkeit, es dir zu sagen, aber ich habe vor fünfzehn Jahren geheiratet.« In Wahrheit hatte der Krebs in Babas Gehirn ihn zu der Zeit schon vergesslich und gleichgültig gemacht.

»Du bist verheiratet? Mit wem denn?«

»Ihr Name ist Soraya Taheri.« Ich dachte daran, wie sie sich nun zu Hause um mich sorgte. Ich war froh, dass sie nicht allein war.

»Taheri ... wessen Tochter ist sie?«

Ich erklärte es ihm. Seine Augen leuchteten auf. »Oh ja, jetzt erinnere ich mich. Ist General Taheri nicht mit Sharif *jans* Schwester verheiratet? Wie war noch einmal ihr Name ...?«

»Jamila *jan.*«

»*Balay!*«, sagte er lächelnd. »Ich habe Sharif *jan* einmal vor langer Zeit in Kabul getroffen, bevor er nach Amerika gegangen ist.«

»Er arbeitet schon seit Jahren bei der Einwanderungsbehörde, kümmert sich um eine Menge afghanische Fälle.«

»*Haiiii*«, seufzte er. »Habt ihr Kinder, Soraya *jan* und du?«

»Nein.«

»Oh.« Er schlürfte seinen Tee und fragte nicht weiter. Rahim Khan hatte immer schon ein wunderbares Gespür für Menschen gehabt.

Ich erzählte ihm eine Menge von Baba, von seiner Arbeit, dem Trödelmarkt und wie er am Ende friedlich eingeschlafen war. Ich erzählte ihm von meinem Studium und meinen Büchern – inzwischen hatte ich vier Romane veröffentlicht. Als er das hörte, lächelte er und erklärte mir, dass er niemals daran gezweifelt habe. Ich erzählte ihm von den Kurzgeschichten, die ich in das lederne Notizbuch geschrieben hatte, das er mir einst schenkte, aber er konnte sich nicht mehr daran erinnern.

Die Unterhaltung wandte sich zwangsläufig den Taliban zu.

»Ist es wirklich so schlimm, wie es überall heißt?«, fragte ich.

»*Nay*, schlimmer. Viel schlimmer«, sagte er. »Sie lassen kein menschenwürdiges Leben zu.« Er deutete auf eine Narbe über seinem rechten Auge, die einen krummen Weg durch seine buschige Augenbraue schnitt. »Ich habe mir 1998 ein Fußballspiel im Ghazi-Stadion angesehen. Kabul gegen Mazar-e-Sharif, glaube ich, und den Spielern war es übrigens nicht gestattet, kurze Hosen zu tragen. Erregung öffentlichen Ärgernisses, nehme ich an.« Er stieß ein erschöpftes Lachen aus. »Wie auch immer, jedenfalls erzielte Kabul ein Tor, und ich begann laut zu jubeln. Plötzlich kam so ein junger bärtiger Kerl auf mich zu, der in den Gängen patrouillierte.

Gerade mal achtzehn war er, wenn's hochkommt, und er stieß mir den Kolben seiner Kalaschnikow gegen die Stirn. ›Wenn du das noch mal machst, schneide ich dir die Zunge raus, du alter Esel‹, sagte er.« Rahim Khan rieb mit einem knotigen Finger über die Narbe. »Ich war alt genug, um sein Großvater zu sein, und da saß ich und entschuldigte mich bei diesem Hundesohn, während mir das Blut über das Gesicht strömte.«

Ich schenkte ihm Tee nach, und Rahim Khan sprach weiter. Vieles wusste ich bereits, einiges nicht. Er erzählte mir, dass er seit 1981 in Babas Haus gelebt hatte, wie es mit meinem Vater vereinbart gewesen war. Daran erinnerte ich mich. Baba hatte Rahim Khan das Haus kurz vor unserer Flucht aus Kabul »verkauft«. Damals hatte Baba die Schwierigkeiten Afghanistans lediglich als vorübergehende Unterbrechung unseres Lebensstils angesehen und daran geglaubt, dass die Tage der Partys in dem Haus im Wazir-Akbar-Khan-Viertel und die Picknick-Ausflüge nach Paghman gewiss wiederkehren würden. Daher hatte er das Haus Rahim Khan gegeben, damit er so lange darauf aufpasste.

Nun erzählte mir Rahim Khan, wie in Kabul nach der Einnahme durch die Nordallianz in der Zeit von 1992 bis 1996 verschiedene Gruppen verschiedene Teile der Stadt für sich beansprucht hatten.

»Wenn man vom Shar-e-Nau-Viertel ins Kerteh-Parwan-Viertel gehen wollte, um einen Teppich zu kaufen, riskierte man, von einem Heckenschützen erschossen oder von einer Rakete getroffen zu werden – wenn man es überhaupt schaffte, an all den Kontrollpunkten vorbeizukommen. Man brauchte praktisch ein Visum, um von einem Viertel in das andere zu gelangen. Also blieben die Leute, wo sie waren, und beteten, dass die nächste Rakete nicht ihr Haus treffen möge.« Er erzählte mir, wie die Menschen Löcher in die Wände ihrer Häuser schlugen, damit sie die gefährlichen Straßen umgehen und einen Häuserblock weit gelangen konnten, indem sie sich von Loch zu Loch bewegten. In anderen Stadtteilen gelangten sie durch unterirdische Tunnel vorwärts.

»Warum bist du denn nicht weggegangen?«, fragte ich.

»Kabul war für mich die Heimat. Ist es immer noch.« Er kicherte. »Erinnerst du dich noch an die Straße, die von eurem Haus zur *Qishla,* der Militärkaserne neben der Istiqlal Schule, verlief?«

»Ja.« Das war unsere Abkürzung zur Schule gewesen. Ich erinnerte mich noch an den Tag, als Hassan und ich sie genommen und die Soldaten Hassan wegen seiner Mutter aufzogen hatten. Hassan hatte später im Kino geweint, und ich hatte den Arm um ihn gelegt.

»Als die Taliban hereinrollten und die Allianz aus Kabul hinauswarfen, habe ich tatsächlich auf dieser Straße getanzt«, sagte Rahim Khan. »Und ich war nicht allein, das kannst du mir glauben. Die Leute feierten in Chaman, in Deh-Mazang, sie begrüßten die Taliban auf den Straßen, kletterten auf ihre Panzer und posierten mit ihnen vor den Kameras. Die Menschen waren die andauernden Kämpfe, die Raketen, das Geschützfeuer, die Explosionen so leid, und sie waren es auch leid, zusehen zu müssen, wie Gulbuddin und seine Kohorten auf alles schossen, was sich bewegte. Die Allianz hat Kabul mehr geschadet als die *Shorawi.* Sie haben auch das Waisenhaus deines Vaters zerstört, wusstest du das eigentlich?«

»Aber warum denn nur?«, fragte ich. »Warum zerstört jemand ein Waisenhaus?« Ich konnte mich noch daran erinnern, wie ich am Tag der Eröffnung hinter Baba gesessen hatte. Wie ihm der Wind den Hut aus Karakulfell vom Kopf geweht hatte und die Leute in Lachen ausgebrochen waren und wie sie, nachdem er seine Rede beendet hatte, aufgestanden waren und Beifall geklatscht hatten. Und jetzt war es nur noch ein Schutthaufen unter vielen. All das Geld, das Baba darauf verwandt hatte, all die Nächte, in denen er über den Plänen geschwitzt hatte, all die Besuche auf der Baustelle, um sicherzustellen, dass jeder Stein, jeder Balken, jeder Block genau richtig platziert wurde …

»Fehltreffer«, sagte Rahim Khan. »Wenn du wüsstest, Amir *jan,* wie es war, in den Trümmern dieses Waisenhauses zu suchen. Da lagen Leichenteile von Kindern …«

»Und als dann die Taliban kamen …«

»Waren sie Helden«, sagte Rahim Khan.

»Endlich Frieden.«

»Ja, die Hoffnung stirbt ja nie, nicht wahr? Endlich Frieden.

Aber zu welchem Preis?« Rahim Khan bekam einen schrecklichen Hustenanfall, der seinen abgezehrten Körper schüttelte. Als er in sein Taschentuch spuckte, zeigten sich darin rote Flecken. Ich fand, dass nun der Moment gekommen war, die Frage zu stellen, die ich so lange vermieden hatte.

»Wie geht es dir?«, fragte ich. »Aber bitte gib mir eine ehrliche Antwort.«

»Ich sterbe«, erwiderte er mit einer gurgelnden Stimme. Ein weiterer Hustenanfall. Noch mehr Blut im Taschentuch. Er wischte sich den Mund ab, betupfte sich mit dem Ärmel die Stirn von einer eingesunkenen Schläfe zur anderen und warf mir einen Blick zu. Als er nickte, wusste ich, dass er die Frage in meinen Augen gelesen hatte. »Nicht mehr lange«, keuchte er.

»Wie lange?«

Er zuckte mit den Schultern. Hustete wieder. »Ich glaube nicht, dass ich das Ende dieses Sommers noch erleben werde«, sagte er.

»Komm mit mir nach Hause. Ich kann dir einen guten Arzt besorgen. Sie entdecken ständig neue Behandlungsmöglichkeiten. Es gibt neue Medikamente und experimentelle Therapien, ich könnte dafür sorgen, dass man dich aufnimmt ...« Ich war mir bewusst, dass ich schwafelte. Aber es war besser, als zu weinen, was ich gewiss ohnehin tun würde.

Er lachte mich aus, und ich konnte sehen, dass ihm die unteren Schneidezähne ausgefallen waren. Noch nie hatte ich jemanden so erschöpft lachen sehen. »Wie ich sehe, hat dich Amerika mit seinem Optimismus, der es so groß gemacht hat, angesteckt. Das ist gut. Wir Afghanen sind melancholische Menschen, nicht wahr? Oft schwelgen wir viel zu sehr in *ghamkhori* und Selbstmitleid. Wir ergeben uns dem Verlust, dem Leiden, betrachten es als Teil des Lebens, sehen es sogar als etwas Notwendiges an. *Zendagi migzara* sagen wir, das Leben geht weiter. Aber ich beuge mich nicht etwa dem Schicksal, sondern ich bin einfach nur pragmatisch. Ich habe hier einige gute Ärzte aufgesucht, und sie haben mir alle die gleiche Antwort gegeben. Ich vertraue ihnen. Es gibt so etwas wie den Willen Gottes.«

»Es gibt nur das, was man tut, und das, was man nicht tut.«

Rahim Khan lachte. »Jetzt klingst du wie dein Vater. Ich vermisse ihn so sehr. Aber es ist Gottes Wille, Amir *jan*. So ist das nun einmal.« Er verstummte für einen Moment. »Außerdem gibt es noch einen anderen Grund, warum ich dich gebeten habe, hierher zu kommen. Ich wollte dich noch einmal sehen, bevor ich gehen muss, das ist wahr, aber da ist noch etwas anderes.«

»Was auch immer es ist, sag es mir.«

»Ich habe doch all die Jahre in dem Haus deines Vaters gelebt, nachdem ihr fortgegangen seid, nicht wahr?«

»Ja.«

»Nun, ich war in der Zeit nicht allein. Hassan hat bei mir gewohnt.«

»Hassan«, sagte ich. Wann hatte ich das letzte Mal seinen Namen ausgesprochen? Die spitzen alten Stacheln der Schuld bohrten sich wieder in mein Fleisch, als hätte das Aussprechen seines Namens einen Bann gebrochen, um sie mich aufs Neue spüren zu lassen. Plötzlich kam mir die Luft in Rahim Khans kleiner Wohnung so stickig vor, so heiß und so erfüllt von den Gerüchen der Straße.

»Ich wollte es dir immer schon einmal schreiben, aber ich war mir nicht sicher, ob du es überhaupt wissen wolltest. Habe ich mich getäuscht?«

Die Wahrheit lautete Nein. Die Lüge hieß Ja. Ich entschied mich für etwas dazwischen. »Ich bin mir nicht sicher.«

Er hustete einen weiteren Blutfleck in sein Taschentuch. Als er den Kopf vorbeugte, um zu spucken, erblickte ich honigfarbene, verkrustete wunde Stellen auf seiner Kopfhaut. »Ich habe dich hierher geholt, um dich um etwas zu bitten. Ich werde dich bitten, etwas für mich zu tun. Aber bevor ich das tue, möchte ich dir von Hassan erzählen. Verstehst du das?«

»Ja«, murmelte ich.

»Ich möchte dir von ihm erzählen, und ich möchte, dass du alles erfährst. Wirst du mir zuhören?«

Ich nickte.

Rahim Khan nahm ein paar Schlucke von seinem Tee. Dann lehnte er den Kopf an die Wand und begann zu reden.

16

Es gab mehrere Gründe, warum ich 1986 in den Hazarajat reiste, um Hassan zu suchen. Der wichtigste davon war – Allah möge mir verzeihen –, dass ich mich einsam fühlte. Zu der Zeit waren die meisten meiner Freunde und Verwandten entweder umgebracht worden oder nach Pakistan und in den Iran geflüchtet. Ich kannte kaum noch jemanden in Kabul, der Stadt, in der ich mein ganzes Leben gewohnt hatte. Alle waren sie geflohen. Wenn ich im Kerteh-Parwan-Viertel spazieren ging – da, wo früher die Melonenverkäufer ihre Buden hatten, weißt du noch? –, erkannte ich dort niemanden mehr. Niemand, den ich grüßen konnte, niemand, mit dem ich mich hinsetzen und einen *chai* trinken konnte, niemand, mit dem ich Geschichten austauschen konnte, bloß *Roussi*-Soldaten, die in den Straßen patrouillierten. Also hörte ich mit der Zeit auf, in der Stadt herumzulaufen. Ich verbrachte meine Tage oben im Arbeitszimmer im Haus deines Vaters, las die alten Bücher deiner Mutter, hörte die Nachrichten im Radio und sah mir die kommunistische Propaganda im Fernsehen an. Ich betete meine *namaz,* kochte mir etwas, las weiter, betete erneut und ging zu Bett. Am Morgen stand ich auf, betete, und alles ging wieder von vorn los.

Und mit meiner Arthritis wurde es immer schwerer, das Haus instand zu halten. Meine Knie und der Rücken taten ständig weh. Wenn ich morgens aufstand, brauchte ich mindestens eine Stunde, um die Steifheit aus den Gliedern zu schütteln – ganz besonders im Winter. Ich wollte das Haus deines Vaters nicht vor die Hunde gehen lassen; wir alle haben dort früher so viel Spaß gehabt, Amir *jan*, so viele gute Erinnerungen sind mit ihm verbunden. Es wäre ungerecht gewesen: Dein Vater hat das Haus selbst entworfen, es hat ihm so viel bedeutet, und außerdem hatte ich ihm doch versprochen, darauf aufzupassen, als ihr beide nach Pakistan floht. Nun waren da nur noch ich und das Haus und ... Ich habe wirklich mein Bestes gegeben. Ich habe versucht, die Bäume jeden Tag zu wässern, den Rasen zu schneiden, mich um die Blumen zu kümmern, alles zu reparieren, was repariert werden musste, aber schon damals war ich kein junger Mann mehr.

Dennoch, ich hätte es vielleicht schaffen können. Zumindest noch für eine Weile. Aber als mich dann die Nachricht vom Tode deines Vaters erreichte ... da verspürte ich zum ersten Mal eine schreckliche Einsamkeit in diesem Haus. Eine schreckliche Leere.

Und so füllte ich eines Tages den Tank des Buick und fuhr in den Hazarajat hinauf. Ich wusste noch, dass mir dein Vater nach Alis Entlassung erzählt hatte, dass die beiden in ein kleines Dorf in der Nähe von Bamiyan gezogen waren. Ali hatte dort einen Cousin. Ich hatte keine Ahnung, ob Hassan immer noch bei ihm lebte oder ob irgendjemand etwas über seinen Verbleib wissen würde. Immerhin waren zehn Jahre vergangen, seit Ali und Hassan das Haus deines Vaters verlassen hatten. Hassan war 1986 ja schon ein erwachsener Mann von zweiundzwanzig oder dreiundzwanzig Jahren – wenn er noch lebte, was ich damals nicht wusste. Die *Shorawi* – mögen sie in der Hölle schmoren für das, was sie unserem *watan* angetan haben – hatten so viele unserer jungen Männer umgebracht. Aber das muss ich dir ja nicht sagen.

Doch mit Gottes Hilfe habe ich ihn gefunden. Es war gar nicht so schwer; ich musste nichts weiter tun, als in Bamiyan einige Fragen stellen, und die Leute wiesen mir den Weg zu seinem Dorf. Ich weiß nicht einmal mehr, wie es hieß oder ob es überhaupt einen Namen hatte. Aber ich weiß noch, dass es ein glühend heißer Sommertag war und ich über eine zerfurchte, unbefestigte Straße fuhr, und rechts und links von mir war nichts außer ausgedörrten Büschen, knorrigen, dornigen Baumstämmen und vertrocknetem Gras. Ich fuhr an einem toten Maultier vorbei, das neben der Straße verweste. Und dann sah ich mit einem Mal mitten in diesem kargen Land eine Ansammlung von Lehmhütten vor mir, und dahinter nichts weiter als den weiten Himmel und Berge, die gezackten Zähnen ähnelten.

Die Leute in Bamiyan hatten mir gesagt, dass er leicht zu finden sei – er lebte in dem einzigen Haus im Dorf, dessen Garten eine Mauer besaß. Die niedrige pockennarbige Lehmmauer umschloss auch ein winziges Haus, das im Grunde nicht mehr war als eine bessere Hütte. Barfüßige Kinder spielten auf der Straße, schlugen mit Stöcken nach einem zottigen Tennisball, und sie starrten zu mir herüber, als ich angefahren kam und den Motor abstellte. Ich klopfte an die Holztür und betrat den Garten, in dem es außer einem verdorrten Erdbeerbeet und einem kahlen Zitronenbaum sehr wenig gab. In einer Ecke, im Schatten einer Akazie, befand sich ein *tandoor*-Ofen, neben dem ein Mann hockte. Er war damit beschäftigt, Teigstücke, die er vorher gegen die Wände des *tandoor* schlug, auf einen großen Holzschieber zu legen. Als er mich sah, ließ er den Teig, den er gerade in der Hand hielt, fallen. Ich musste ihn fast zwingen, damit aufzuhören, mir die Hände zu küssen.

»Lass dich ansehen«, sagte ich. Er trat einen Schritt zurück. Er war inzwischen so groß – wenn ich mich auf die Zehenspitzen stellte, reichte ich ihm trotzdem nur bis zum Kinn. Die Sonne hier draußen hatte seine Haut gegerbt und sie um etliches dunkler gefärbt, als ich es in Erinnerung hatte. Außerdem fehlten ihm mehrere Vorderzähne. An seinem Kinn wuchsen spärliche Haarstoppeln. Aber ansonsten hatte er immer noch dieselben schmalen grünen Augen, die Narbe an der Oberlippe, das runde Gesicht, dieses freundliche Lächeln. Du hättest ihn erkannt, Amir *jan.* Da bin ich mir sicher.

Wir gingen hinein. In einer Ecke des Raumes saß eine junge hellhäutige Hazara-Frau, die an einem Tuch nähte. Sie war offensichtlich schwanger. »Das hier ist meine Frau, Rahim Khan«, sagte Hassan stolz. »Ihr Name ist Farzana *jan.*« Sie war eine schüchterne Frau, sehr höflich. Sie sprach mit einer Stimme, die kaum lauter als ein Flüstern war, und sie wagte es nicht, ihre hübschen haselnussbraunen Augen zu heben, um meinem Blick zu begegnen. Aber so, wie sie Hassan anschaute, hätte er auch genauso gut im *Arg* auf dem Thron sitzen können.

»Wann kommt das Baby denn?«, fragte ich, nachdem wir in dem Raum aus ungebrannten Lehmziegeln Platz genommen hatten. Es gab kaum etwas darin, bloß einen durchgescheuerten Teppich, etwas Geschirr, zwei Matratzen und eine Laterne.

»*Inshallah,* diesen Winter«, erwiderte Hassan. »Ich bete um einen Jungen, der den Namen meines Vaters fortführen kann.«

»Wo wir gerade von Ali sprechen, wo steckt er denn?«

Hassan blickte zu Boden. Er erzählte mir, dass Ali und sein Cousin – dem das Haus gehört hatte – vor zwei Jahren außerhalb von Bamiyan auf eine Landmine getreten waren. Beide waren sofort tot gewesen. Eine Landmine. Ein typisch afghanischer Tod, nicht wahr, Amir *jan?* Und aus irgendeinem verrückten Grund war ich mir absolut sicher, dass es Alis rechtes Bein – sein verwachsenes, von der Polio verkümmertes Bein – gewesen war, das ihn schließlich doch noch im Stich gelassen hatte und auf diese Mine getreten war. Es erfüllte mich mit großem Kummer, von seinem Tod zu erfahren. Dein Vater und ich sind zusammen aufgewachsen, wie du weißt, und Ali war, solange ich mich zurückerinnern kann, immer bei ihm gewesen. Ich weiß noch, wie er, als wir noch Kinder waren, an Polio erkrankte und beinahe gestorben wäre. Dein Vater ist den ganzen Tag im Haus herumgelaufen und hat geweint.

Farzana bereitete uns *shorwa* mit Bohnen, Rüben und Kartoffeln zu. Wir wuschen uns die Hände und tunkten frisches *naan* aus dem *tandoor* in die Gemüsesuppe – es war das beste Essen, das ich in den letzten Monaten zu mir genommen hatte. Das war der Moment, in dem ich Hassan bat, zu mir nach Kabul zu ziehen. Ich erzählte ihm von dem Haus und dass ich mich nicht mehr allein darum kümmern konnte. Ich bot ihm an, ihn gut zu bezahlen, und sagte ihm, dass er dort ein komfortables Leben mit seiner *khanum* führen könne. Sie blickten einander an, ohne etwas zu sagen. Später, nachdem wir uns die Hände gewaschen und Farzana uns Weintrauben serviert hatte, erklärte mir Hassan, dass das Dorf nun seine neue Heimat sei; dass Farzana und er sich dort ein Leben aufgebaut hätten.

»Und Bamiyan ist nicht weit. Dort kennen wir auch einige Leute. Vergeben Sie mir, Rahim Khan. Ich hoffe, Sie verstehen das.«

»Aber gewiss«, sagte ich. »Du musst dich nicht entschuldigen. Ich verstehe sehr gut.«

Als wir nach dem Essen unseren Tee tranken, fragte Hassan nach dir. Ich erzählte ihm, dass du nun in Amerika lebst, ich aber nicht viel mehr wisse. Hassan wollte alles über dich wissen. Ob du verheiratet seist? Ob du Kinder hättest? Wie groß du nun seist? Ob du immer noch gern Drachen steigen ließest und ins Kino gingest? Ob du glücklich seist? Er erzählte mir, dass er sich mit einem alten Farsi-Lehrer in Bamiyan angefreundet habe, der ihm Lesen und Schreiben beigebracht habe. Wenn er dir einen Brief schriebe, würde ich den dann an dich weiterleiten?, fragte er mich, und: »Ob er mir wohl zurückschreiben wird?« Ich erzählte ihm, was ich von den wenigen Telefongesprächen, die ich mit deinem Vater geführt hatte, über dich wusste, aber ich konnte ihm die wenigsten seiner Fragen beantworten. Dann erkundigte er sich nach deinem Vater. Als ich ihm erzählte, was passiert war, vergrub er das Gesicht in den Händen und brach in Tränen aus. Er weinte für den Rest des Abends wie ein Kind.

Sie bestanden darauf, dass ich die Nacht bei ihnen verbrachte. Farzana richtete mir ein Lager und stellte mir ein Glas Brunnenwasser hin, falls ich in der Nacht Durst bekommen sollte. Die ganze Nacht hindurch hörte ich sie mit Hassan flüstern, vernahm immer wieder sein Schluchzen.

Am Morgen erklärte er mir, dass sie sich entschlossen hätten, zu mir nach Kabul zu ziehen.

»Ich hätte nicht kommen sollen«, sagte ich. »Du hattest Recht, Hassan *jan.* Du hast dir hier ein *zendagi,* ein Leben, aufgebaut. Es war anmaßend von mir, einfach so hier aufzutauchen und dich zu bitten, dies alles aufzugeben. Ich bin es, der um Vergebung bitten muss.«

»Wir haben nicht so viel, was wir aufgeben könnten, Rahim Khan«, erwiderte Hassan. Seine Augen waren immer noch rot und verquollen. »Wir werden mit Ihnen gehen. Wir werden Ihnen helfen, auf das Haus aufzupassen.«

»Bist du dir da auch absolut sicher?«

Er nickte und ließ den Kopf hängen. »Aga Sahib war wie ein zweiter Vater für mich ... Gott möge ihm Frieden geben.«

Sie häuften ihre Habseligkeiten in einige alte Lumpen und knoteten die Ecken zusammen. Wir luden das Ganze in den Buick. Hassan stand auf der Türschwelle des Hauses und hielt den Koran in die Höhe, den wir alle küssten, ehe wir unter ihm hindurchtraten. Dann machten wir uns auf den Weg nach Kabul. Ich erinnere mich noch, dass sich Hassan, als ich losfuhr, umdrehte, um einen letzten Blick auf ihr Heim zu werfen. Als wir nach Kabul kamen, stellte ich fest, dass Hassan nicht die Absicht hatte, in das Haus einzuziehen. Farzana und er brachten ihre Habseligkeiten in die Hütte hinten im Garten, wo er zur Welt gekommen war. Ich bat sie, in eines der Gästezimmer oben zu ziehen, aber davon wollte Hassan nichts wissen. »Was soll denn Amir Aga denken?«, sagte er zu mir. »Was soll er denken, wenn er nach dem Krieg nach Kabul zurückkehrt und herausfindet, dass ich seinen Platz im Haus eingenommen habe?« Die nächsten vierzig Tage trug er zum Zeichen der Trauer um deinen Vater Schwarz.

Ich wollte es zwar nicht, aber die beiden erledigten das ganze Kochen und Saubermachen. Hassan kümmerte sich um die Blumen im Garten, goss sie täglich, zupfte die welken Blätter ab und pflanzte Rosenbüsche, strich die Mauern. Im Haus kehrte er Zimmer, in denen seit Jahren niemand geschlafen hatte, säuberte Badezimmer, in denen niemand gebadet hatte. Als bereitete er das Haus für jemandes Rückkehr vor. Erinnerst du dich noch an die Mauer hinter der Reihe mit dem Mais, die dein Vater gepflanzt hatte, Amir *jan*? Die ihr beide immer »Die Mauer des kränkelnden Maises« genannt habt? Eine Rakete hatte in jenem Frühherbst eines Nachts einen Teil der Mauer zerstört. Hassan baute die Mauer mit eigenen Händen, Stein für Stein, wieder auf. Ich weiß nicht, was ich ohne ihn angefangen hätte.

Später in jenem Herbst brachte Farzana ein Mädchen zur Welt. Es war eine Totgeburt. Hassan küsste das leblose Gesicht des Babys, und wir vergruben es im Garten, in der Nähe der Heckenrosen. Wir bedeckten den kleinen Hügel mit Pappelblättern. Ich sprach ein Gebet für das arme kleine Wesen. Farzana blieb den ganzen Tag in der Hütte und klagte – das Wehklagen einer Mutter ist herzzerreißend, Amir *jan*. Ich bete zu Allah, dass du es niemals hören musst.

Draußen vor den Mauern dieses Hauses tobte ein Krieg. Aber wir drei schafften uns in dem Haus deines Vaters unsere kleine Zuflucht. In den späten Achtzigern wurden meine Augen immer schlechter, und so ließ ich mir von Hassan aus den Büchern deiner Mutter vorlesen. Wir saßen in der Halle, am Ofen, und Hassan las mir aus dem Masnawi-Epos oder aus Werken von Khayyam vor, während Farzana in der Küche kochte. Und jeden Morgen legte Hassan eine Blume auf den kleinen Hügel in der Nähe der Heckenrosen.

Anfang des Jahres 1990 wurde Farzana erneut schwanger. Im selben Jahr, mitten im Sommer, klopfte eines Morgens eine Frau, die in eine himmelblaue Burkha gehüllt war, ans vordere Tor. Sie schwankte, als wäre sie zu schwach, um zu stehen. Ich fragte, was sie wolle, aber sie antwortete nicht.

»Wer sind Sie?«, fragte ich. Doch sie brach dort in der Auffahrt zusammen. Ich schrie nach Hassan, und er half mir, sie ins Haus zu tragen. Wir legten sie im Wohnzimmer auf das Sofa und zogen ihr die Burkha aus. Darunter fanden wir eine zahnlose Frau mit strähnigem grauem Haar und Wunden an den Armen. Sie sah aus, als hätte sie seit Tagen nichts mehr gegessen. Aber das Schlimmste war ihr Gesicht. Jemand hatte sich mit einem Messer darüber hergemacht und ... Amir *jan*, die Narben verliefen kreuz und quer. Eine reichte von der Wange bis zum Haaransatz hinauf, und das Messer hatte ihr linkes Auge nicht ausgespart. Es sah einfach schrecklich aus. Ich tupfte ihr mit einem feuchten Tuch die Stirn ab, und sie öffnete die Augen. »Wo ist Hassan?«, flüsterte sie.

»Ich bin hier«, sagte er. Er griff nach ihrer Hand und drückte sie.

Ihr gesundes Auge wanderte zu ihm hinüber. »Ich bin von weit hergekommen, um zu sehen, ob du in Wirklichkeit auch so schön bist wie in meinen Träumen. Und das bist du. Schöner noch.« Sie zog seine Hand an ihr narbiges Gesicht. »Bitte lächle für mich.«

Als Hassan der alten Frau den Wunsch erfüllte, begann sie zu weinen. »Du hast gelächelt, als ich dir das Leben geschenkt habe, hat man dir das jemals erzählt? Und ich wollte dich nicht einmal in meinen Armen halten. Allah möge mir vergeben, ich wollte dich nicht einmal in meinen Armen halten.«

Keiner von uns hatte Sanaubar wiedergesehen, seit sie im Jahre 1964, kurz nach Hassans Geburt, mit einer Gruppe von Sängern und Tänzern davongelaufen war. Du bist ihr nie begegnet, Amir, aber in ihrer Jugend war sie eine wahre Schönheit. Wenn sie lachte, hatte sie Grübchen in den Wangen, und ihr Gang machte die Männer verrückt. Niemand – ob Mann oder Frau –, der auf der Straße an ihr vorüberging, konnte die Augen von ihr wenden. Und nun …

Hassan ließ ihre Hand fallen und rannte aus dem Haus. Ich lief hinter ihm her, aber er war zu schnell für mich. Ich sah, wie er den Hügel hinaufhastete, wo ihr zwei immer gespielt habt, und seine Füße wirbelten wahre Staubwolken auf. Ich ließ ihn ziehen. Ich saß den ganzen Tag bei Sanaubar, während sich die Farbe des Himmels von strahlendem Blau in Violett verwandelte. Als die Dunkelheit anbrach und die Wolken im Mondlicht badeten, war Hassan immer noch nicht zurückgekehrt. Sanaubar rief unter Tränen, dass ihre Rückkehr ein Fehler gewesen sei, vielleicht schlimmer noch als ihr Verschwinden. Aber ich überredete sie zu bleiben. Hassan würde wiederkommen, das wusste ich.

Er kehrte am nächsten Morgen müde und erschöpft zurück, als hätte er die ganze Nacht nicht geschlafen. Er nahm Sanaubars Hand in seine Hände und erklärte ihr, sie könne weinen, wenn ihr danach sei, aber sie brauche es nicht, denn sie sei nun zu Hause, zu Hause bei ihrer Familie. Er berührte die Narben in ihrem Gesicht und strich ihr übers Haar.

Hassan und Farzana pflegten sie gesund. Sie fütterten sie und wuschen ihre Kleidung. Ich gab ihr eins der Gästezimmer. Manchmal, wenn ich aus dem Fenster des Arbeitszimmers in den Garten blickte, sah ich Hassan und seine Mutter nebeneinander knien und sich beim Tomatenpflücken oder beim Beschneiden der Rosenbüsche unterhalten – sie taten, was sie all die Jahre nicht hatten tun können. Soweit ich weiß, hat er sie nie gefragt, wo sie gewesen ist oder warum sie ihre Familie verlassen hat, und sie hat es nie erzählt. Manche Geschichten müssen wohl nicht erzählt werden.

Es war Sanaubar, die Hassans Sohn in jenem Winter 1990 auf die Welt holte. Es hatte noch nicht zu schneien begonnen, aber die Winterwinde bliesen durch den Garten, drückten die Köpfe der

Blumen zu Boden und fuhren raschelnd durch die Blätter. Ich weiß noch, wie Sanaubar aus der Hütte kam und ihren Enkelsohn, der in eine Wolldecke gehüllt war, in den Armen hielt. Sie stand strahlend unter einem bedeckten, grauen Himmel, die Tränen liefen ihr über die Wangen, der eiskalte Wind blies ihr durch das Haar, und sie hielt diesen Jungen in ihren Armen, als wollte sie ihn nie wieder loslassen. Sie reichte ihn Hassan, der ihn mir reichte, und ich sang das *Ayat-ul-kursi*-Gebet in das Ohr des kleinen Jungen.

Sie nannten ihn Suhrab, nach Hassans Lieblingshelden aus dem *Shahname*, wie du ja weißt, Amir *jan*. Er war ein wunderschöner kleiner Junge, so süß, und er besaß das gleiche Naturell wie sein Vater. Du hättest Sanaubar mit dem Jungen sehen sollen, Amir *jan*. Er wurde ihr Ein und Alles. Sie nähte Kleider für ihn, bastelte ihm Spielzeug aus Holzstückchen und Lumpen und getrocknetem Gras. Wenn er Fieber bekam, blieb sie die ganze Nacht auf und fastete drei Tage. Sie verbrannte *isfand* für ihn in einer Bratpfanne, um *nazar*, den bösen Blick, zu vertreiben. Als Suhrab zwei Jahre alt war, nannte er sie *Sasa*. Die beiden waren unzertrennlich.

Sie erlebte noch, wie er vier Jahre alt wurde, und dann, eines Morgens, wachte sie einfach nicht mehr auf. Sie machte einen ruhigen, friedlichen Eindruck, als hätte es ihr nichts ausgemacht, jetzt zu sterben. Wir begruben sie auf dem Friedhof, an dem Abhang, wo der Granatapfelbaum steht, und ich sprach auch für sie ein Gebet. Der Verlust traf Hassan hart – es ist immer schlimmer, etwas zu besitzen und dann zu verlieren, als es erst gar nicht zu besitzen. Aber viel schlimmer noch traf es den kleinen Suhrab. Er wanderte tagelang auf der Suche nach *Sasa* im Haus herum. Aber du weißt ja, wie kleine Kinder sind, sie vergessen so schnell.

Inzwischen – wir schrieben jetzt das Jahr 1995 – waren die *Shorawi* besiegt und längst verschwunden, und Kabul gehörte Massoud, Rabbani und den Mudjaheddin, die sich gegenseitig erbitterte Kämpfe um die Macht lieferten. Nie wusste man, ob man am Ende des Tages noch leben würde. Unsere Ohren gewöhnten sich an das Pfeifen der heranfliegenden Granaten, das Donnern des Gefechtsfeuers, und unsere Augen gewöhnten sich an den Anblick von Männern, die Leichen unter Trümmern hervorzogen. Kabul war in jenen Tagen wahrhaftig der reinste Vorhof der Hölle, Amir *jan*. Aber Allah war uns dennoch freundlich gesinnt: Das Wazir-Akbar-Khan-Viertel wurde nicht so häufig angegriffen, und so erging es uns nicht ganz so schlimm wie einigen anderen Vierteln.

Wenn in jenen Tagen einmal weniger Raketen abgefeuert wurden und nicht ganz so viele Schüsse fielen, ging Hassan mit Suhrab in den Zoo, damit er sich Marjan, den Löwen, ansehen konnte, oder sie gingen ins Kino. Hassan brachte ihm bei, wie man eine Schleuder benutzt, und Suhrab stellte sich sehr geschickt damit an. Mit acht Jahren konnte er von der Terasse aus einen Kiefernzapfen treffen, der in der Mitte des Gartens aufrecht auf einem Eimer platziert worden war. Hassan brachte ihm auch Lesen und Schreiben bei – sein Sohn sollte nicht ungebildet aufwachsen wie er. Ich begann an dem kleinen Jungen zu hängen – ich hatte gesehen, wie er die ersten Schritte tat, hatte ihn sein erstes Wort sprechen hören. Ich kaufte Suhrab Kinderbücher in dem Buchladen neben dem Park-Kino – das sie inzwischen auch zerstört haben –, und Suhrab las sie so schnell durch, dass ich kaum genug Nachschub besorgen konnte. Er erinnerte mich an dich, Amir *jan,* du hast, als du klein warst, auch unheimlich gern gelesen. Manchmal habe ich ihm abends etwas vorgelesen, ihm Rätsel aufgegeben und Kartenspielertricks beigebracht. Ich vermisse ihn schrecklich.

Im Winter nahm Hassan seinen Sohn mit zum Drachenlaufen. Es gab nicht annähernd so viele Drachenturniere wie in der guten alten Zeit – niemand fühlte sich draußen auf Dauer sicher –, aber hin und wieder wurde ein Kampf veranstaltet. Hassan setzte sich Suhrab auf die Schultern und trabte mit ihm durch die Straßen, jagte Drachen hinterher, kletterte auf Bäume, in denen sie gelandet waren. Weißt du noch, was für ein guter Drachenläufer Hassan einmal gewesen ist? Und er hatte nichts davon verlernt. Als der Winter zu Ende ging, hängten Hassan und Suhrab all die Drachen, die sie in der kalten Jahreszeit erlaufen hatten, an die Wände des großen Flurs. Wie Gemälde.

Ich habe dir ja erzählt, wie wir alle 1996 gefeiert haben, als die Taliban hereinrollten und den täglichen Kämpfen ein Ende bereiteten. Ich weiß noch, wie ich an jenem Abend nach Hause kam und Hassan in der Küche antraf, wo er Radio hörte. Sein Gesicht war ernst. Ich fragte ihn, was los sei, aber er schüttelte nur den Kopf. »Gott stehe jetzt den Hazara bei, Rahim Khan Sahib«, sagte er.

»Der Krieg ist vorbei«, erwiderte ich. »Es wird endlich Frieden geben, *inshallah,* und Glück und Ruhe. Keine Raketen mehr, kein Töten, keine Beerdigungen!« Aber er schaltete nur das Radio aus und fragte, ob er noch etwas für mich tun könne, bevor er zu Bett ging.

Einige Wochen später verboten die Taliban die Drachenkämpfe. Und zwei Jahre später, 1998, verübten sie ein Massaker an den Hazara in Mazar-e-Sharif.

17

Rahim Khan streckte langsam die Beine aus und lehnte sich vorsichtig und behutsam wie jemand, der bei jeder Bewegung vom Schmerz durchbohrt wird, an die nackte Wand. Draußen schrie ein Esel, und jemand rief etwas auf Urdu. Die Sonne ging langsam unter, glitzerte rot durch die Lücken zwischen den baufälligen Mauern.

Das ungeheure Ausmaß dessen, was ich in jenem Winter und dem darauf folgenden Sommer getan hatte, wurde mir aufs Neue bewusst. Namen schwirrten mir durch den Kopf: Hassan, Suhrab, Ali, Farzana, Sanaubar. Als Rahim Khan Alis Namen aussprach, war es, als würde man eine alte Spieldose öffnen und eine Melodie zum Leben erwecken, die man seit Jahren nicht mehr vernommen hatte: *Wen hast du denn heute gefressen, Babalu? Wen hast du heute gefressen, du schlitzäugiger Esel?* Ich versuchte mir Alis erstarrtes Gesicht vorzustellen, versuchte seine sanften Augen wirklich vor mir zu sehen, aber die Zeit ist manchmal ein gieriges Ding: Sie raubt die Einzelheiten, will sie ganz für sich allein behalten.

»Lebt Hassan jetzt immer noch in dem Haus?«, fragte ich.

Rahim Khan hob die Teetasse an seine trockenen Lippen und nahm einen Schluck. Dann zog er einen Briefumschlag aus der Brusttasche seiner Weste und reichte ihn mir. »Für dich.«

Ich riss den verschlossenen Umschlag auf. Darin fand ich ein Polaroidfoto und einen gefalteten Brief. Ich starrte das Foto eine geschlagene Minute lang an.

Ein Mann mit einem weißen Turban und einem grün gestreiften

chapan stand mit einem kleinen Jungen vor einem schmiedeeisernen Tor. Von der linken Seite fiel schräg das Sonnenlicht ins Bild und warf einen Schatten auf die eine Hälfte seines runden Gesichts. Er lächelte blinzelnd in die Kamera und entblößte dabei einige fehlende Vorderzähne. Selbst auf dem verwackelten Polaroidfoto strahlte der Mann in dem *chapan* Selbstsicherheit und Unbefangenheit aus. Es lag wohl an der Art und Weise, wie er mit leicht gespreizten Beinen dastand, die Arme locker auf der Brust gekreuzt, den Kopf ein wenig Richtung Sonne geneigt. Aber hauptsächlich lag es daran, wie er lächelte. Wenn man sich dieses Foto ansah, konnte man zu dem Schluss kommen, dies sei ein Mann, der glaubte, das Schicksal habe es gut mit ihm gemeint. Rahim Khan hatte Recht, ich hätte ihn sofort erkannt, wenn er mir auf der Straße begegnet wäre. Der kleine Junge war barfuß, hatte einen Arm um den Oberschenkel des Mannes geschlungen, und sein rasierter Kopf ruhte an der Hüfte seines Vaters. Auch er lächelte blinzelnd in die Kamera.

Ich faltete den Brief auseinander. Er war auf Farsi geschrieben. Kein einziger Punkt war ausgelassen worden, kein Strich vergessen, keine Buchstaben ineinander gerutscht – die Handschrift hatte etwas Kindliches in ihrer Ordentlichkeit. Ich begann zu lesen:

Im Namen Allahs des Allmächtigen und des Barmherzigen sende ich dir, Amir Aga, meine respektvollsten Grüße.

Farzana jan, Suhrab und ich beten darum, dass dich unser Brief bei guter Gesundheit und im Schein der Gnade Allahs erreicht. Bitte richte Rahim Khan Sahib meine tiefe Dankbarkeit aus, dass er ihn dir überbringt. Ich hoffe sehr, dass ich eines Tages einen deiner Briefe in meinen Händen halten werde und etwas über dein Leben in Amerika erfahren kann. Vielleicht wird sogar eine Fotografie von dir unsere Augen erfreuen. Ich habe Farzana jan und Suhrab so viel von dir erzählt. Wie wir zusammen aufgewachsen sind, zusammen gespielt haben und durch die Straßen gelaufen sind. Sie lachen, wenn sie von all dem Unfug hören, den wir beide angestellt haben!

Amir Aga,
leider ist das Afghanistan unserer Kindheit lange tot. Es gibt keine Freundlichkeit, keine Güte mehr in diesem Land, und man kann dem Morden nicht entkommen. Mord und Totschlag, wohin man auch blickt. In Kabul wohnt überall die Angst – in den Straßen, im Stadion, auf den Märkten –, sie ist ein Teil unseres Lebens hier, Amir Aga. Die Bestien, die über unser watan herrschen, scheren sich nicht um Anstand und Menschenwürde.
Vor ein paar Tagen habe ich Farzana jan auf den Basar begleitet, um ein paar Kartoffeln und etwas naan zu kaufen. Sie fragte den Händler, wie viel die Kartoffeln kosteten, aber er hörte sie nicht, ich glaube, er war ein wenig taub. Also stellte sie ihre Frage lauter, und plötzlich kam ein junger Talib auf sie zugerannt und schlug ihr mit einem Holzstock auf den Oberschenkel. Er schlug so fest zu, dass sie hinfiel. Er schrie sie an und fluchte und rief, dass es das Ministerium für Laster und Tugend nicht erlaube, dass eine Frau die Stimme erhebt. Sie hatte tagelang einen großen violetten Fleck auf dem Oberschenkel, aber was blieb mir anderes übrig, als daneben zu stehen und zuzusehen, wie meine Frau geschlagen wurde? Hätte ich gekämpft, hätte mir dieser Hund sicherlich mit Freude eine Kugel in den Leib gejagt! Und was wäre dann aus meinem Suhrab geworden? Die Straßen sind schon voll genug mit hungrigen Waisenkindern, und ich danke Allah jeden Tag, dass ich am Leben bin, und das nicht etwa, weil ich Angst vor dem Tod habe, sondern weil so meine Frau einen Mann hat und mein Sohn kein Waisenjunge ist.
Wenn du Suhrab doch nur sehen könntest! Er ist ein guter Junge. Rahim Khan Sahib und ich haben ihm Lesen und Schreiben beigebracht, damit er nicht so unwissend aufwächst wie sein Vater. Und wie er mit der Schleuder umgehen kann! Manchmal nehme ich ihn mit nach Kabul und kaufe ihm Süßigkeiten. Es gibt immer noch einen Affen-Mann in Shar-e-Nau, und wenn wir zu ihm gehen, bezahle ich ihn dafür, dass er seinen Affen für Suhrab tanzen lässt.

Du solltest sehen, wie er lacht! Wir beide marschieren oft zu dem Friedhof auf dem Hügel. Weißt du noch, wie wir unter dem Granatapfelbaum dort oben gesessen und im Shahname gelesen haben? Die Dürren haben den Hügel ausgetrocknet, und der Baum hat schon seit Jahren keine Früchte mehr getragen, aber Suhrab und ich sitzen immer noch in seinem Schatten, und ich lese ihm aus dem Shahname vor. Ich muss dir wohl nicht erst sagen, dass sein Lieblingsteil der ist, in dem sein Namensvetter vorkommt, der, in dem es um Rostem und Suhrab geht. Es wird nicht mehr lange dauern, und er kann selbst in dem Buch lesen. Ich bin ein sehr stolzer und glücklicher Vater.

Amir Aga,

Rahim Khan Sahib ist sehr krank. Er hustet den ganzen Tag, und wenn er sich den Mund abwischt, ist Blut an seinem Ärmel. Er hat stark abgenommen, und ich wünschte, er würde etwas von der shorwa mit Reis essen, die Farzana jan für ihn kocht. Aber er nimmt immer nur einen oder zwei Bissen zu sich, und selbst das wohl nur aus Höflichkeit ihr gegenüber. Ich mache mir so große Sorgen um diesen mir so teuren Menschen, ich bete jeden Tag für ihn. Er reist in ein paar Tagen nach Pakistan, um dort einige Ärzte aufzusuchen, und ich hoffe, dass er mit guten Nachrichten zurückkehren wird. Aber in meinem Herzen fürchte ich um ihn. Farzana jan und ich haben dem kleinen Suhrab gesagt, dass es Rahim Khan Sahib bald wieder gut gehen wird. Was können wir anderes tun? Er ist doch erst zehn Jahre alt und liebt Rahim Khan Sahib über alles. Sie stehen einander sehr nah. Rahim Khan Sahib hat ihn immer auf den Basar mitgenommen und ihm Ballons und Kekse gekauft, aber dazu ist er nun zu schwach. Ich träume in letzter Zeit sehr viel, Amir Aga. Manchmal sind es Albträume, in denen erhängte Leichen in Fußballstadien mit blutrotem Gras verfaulen. Dann erwache ich atemlos und in Schweiß gebadet. Aber meistens sind es schöne Träume, und dafür danke ich Allah. Ich träume davon, dass es Rahim Khan Sahib wieder gut geht. Ich träume davon, dass mein Sohn zu einem guten Menschen heranwächst, einem freien Menschen und einem wichtigen Menschen. Ich träume davon, dass wieder lawla-Blumen in den Straßen Kabuls blühen und rubab-Musik in den Samowar-Häusern gespielt wird. Und dass Drachen am Himmel fliegen. Und ich träume davon, dass du eines Tages wieder nach Kabul zurückkehrst, um das Land unserer Kindheit zu besuchen. Wenn du das tust, wirst du hier einen alten treuen Freund vorfinden, der auf dich wartet.

Möge Allah immer mit dir sein,
Hassan

Ich las den Brief zweimal. Dann faltete ich ihn und betrachtete erneut für eine ganze Weile das Foto, ehe ich schließlich beides einsteckte. »Wie geht es ihm?«, fragte ich.

»Dieser Brief wurde vor sechs Monaten geschrieben, wenige Tage bevor ich nach Peshawar aufgebrochen bin«, erwiderte Rahim Khan. »Das Foto habe ich am Tag vor meiner Abreise aufgenommen. Einen Monat nach meiner Ankunft in Peshawar erhielt ich einen Telefonanruf von meinem Nachbarn in Kabul. Er erzählte mir die ganze Geschichte: Kurz nach meiner Abreise hatte sich das Gerücht verbreitet, dass eine Hazara-Familie allein in dem großen Haus im Wazir-Akbar-Khan-Viertel lebt – oder so haben es die Taliban jedenfalls später behauptet. Zwei Beamte der Taliban kamen, um die Angelegenheit zu untersuchen und Hassan zu befragen. Sie beschuldigten ihn der Lüge, als er ihnen mitteilte, dass er bei mir wohnte. Und das, obwohl viele der Nachbarn – einschließlich des Nachbarn, der mich anrief – seine Geschichte bestätigten. Die beiden Taliban behaupteten, dass er ein Lügner und ein Dieb sei wie alle Hazara, und befahlen ihm, bis zum Sonnenuntergang mit seiner Familie das Haus zu verlassen. Hassan protestierte. Aber mein Nachbar sagte, die Taliban hätten das große Haus angesehen wie – wie hat er sich noch einmal ausgedrückt? – ja, wie ›Wölfe, die eine Herde von Schafen ansehen‹. Sie erklärten Hassan, dass sie dort einziehen würden, angeblich, um bis zu meiner Rückkehr darauf aufzupassen. Hassan protestierte wieder. Also haben sie ihn auf die Straße hinausgebracht …«

»Nein«, hauchte ich.

»… und ihm befohlen, sich hinzuknien …«

»Nein. Oh Gott, nein.«

»… und haben ihm von hinten eine Kugel in den Kopf geschossen.«

»Nein.«

»… Farzana kam schreiend aus dem Haus gelaufen und ist auf sie losgegangen …«

»Nein.«

»… da haben sie auch sie erschossen. In Notwehr, wie sie nachhher behauptet haben …«

Aber ich brachte nicht mehr als ein Flüstern zustande: »Nein, nein, nein«, sagte ich unaufhörlich vor mich hin.

Meine Gedanken kehrten immer wieder in jenes Krankenhauszimmer zurück, in dem Hassan nach seiner Hasenschartenoperation gelegen hatte. Baba, Rahim Khan, Ali und ich hatten uns um Hassans Bett versammelt und zugesehen, wie er seine neue Oberlippe in dem Handspiegel betrachtet hatte. Jetzt waren alle, die in jenem Zimmer gewesen waren, entweder tot oder todkrank. Außer mir.

Dann wieder sah ich andere Bilder vor mir: ein Mann in einer Weste mit Fischgrätmuster, der den Lauf einer Kalaschnikow an Hassans Hinterkopf drückt. Die Explosion hallt durch die Straße, in der das Haus meines Vaters steht. Hassan sinkt auf den Asphalt, und sein Leben, das so erfüllt war von unerwiderter Anhänglichkeit, entweicht wie die vom Wind davongetragenen Drachen, hinter denen er einst herjagte.

»Die Taliban zogen in das Haus ein«, sagte Rahim Khan. »Sie gaben vor, einen Eindringling zur Räumung gezwungen zu haben. Die Ermordung von Hassan und Farzana wurde als ein Fall von Selbstverteidigung abgetan. Niemand verlor ein Wort darüber. Ich denke, der Grund war hauptsächlich die Furcht vor den Taliban. Aber es wollte auch niemand irgendetwas für zwei Hazara-Dienstboten riskieren.«

»Was haben sie mit Suhrab gemacht?«, fragte ich. Ich fühlte mich erschöpft, ausgelaugt. Rahim Khan wurde von einem Hustenanfall geschüttelt, der lange Zeit dauerte. Als er schließlich aufblickte, war sein Gesicht gerötet, und die Augen waren blutunterlaufen. »Ich habe gehört, dass er sich in einem Waisenhaus irgendwo in Karteh-Seh befindet. Amir *jan* …«, er hustete wieder. Als sich der Husten legte, sah er älter aus als noch vor wenigen Augenblicken, ganz so, als hätte ihn der Hustenanfall altern lassen. »Amir *jan,* ich habe dich hierher gerufen, weil ich dich noch einmal sehen wollte, bevor ich sterbe, aber das ist nicht alles.«

Ich sagte nichts. Ich glaubte schon zu wissen, was nun kommen würde.

»Ich möchte, dass du nach Kabul fährst. Ich möchte, dass du Suhrab hierher bringst«, sagte er.

Ich bemühte mich, die rechten Worte zu finden. Ich hatte ja kaum Zeit gehabt, mich mit der Tatsache abzufinden, dass Hassan tot war.

»Bitte hör mich an. Ich kenne ein amerikanisches Ehepaar namens Thomas und Betty Caldwell hier in Peshawar. Sie sind Christen und betreiben eine kleine Wohltätigkeitsorganisation, die sich durch Privatspenden finanziert. Sie geben afghanischen Kindern, die ihre Eltern verloren haben, ein Dach über dem Kopf und etwas zu essen. Ich habe das Haus gesehen. Es ist sauber und sicher, man kümmert sich gut um die Kinder, und die Caldwells sind freundliche Leute. Sie haben mir bereits versichert, dass Suhrab bei ihnen willkommen wäre und …«

»Rahim Khan, das kann doch nicht dein Ernst sein.«

»Kinderseelen zerbrechen leicht, Amir *jan,* sie sind zerbrechlich wie Glas. Kabul ist schon voll von solchen zerbrochenen Seelen, und ich möchte nicht, dass Suhrab das gleiche Schicksal widerfährt.«

»Rahim Khan, ich möchte nicht nach Kabul fahren. Ich kann das nicht!«, sagte ich.

»Suhrab ist ein begabter kleiner Junge. Wir können ihm hier ein neues Leben und neue Hoffnung bei Menschen bieten, die ihm ihre Liebe schenken würden. Thomas Aga ist ein guter Mann und Betty *khanum* so gütig; du solltest sehen, wie sie mit diesen Waisenkindern umgeht.«

»Warum ich? Warum kannst du nicht jemanden dafür bezahlen, dorthin zu fahren. Ich werde den finanziellen Teil übernehmen, wenn es eine Geldfrage ist.«

»Es geht hier nicht um Geld, Amir!«, brüllte Rahim Khan. »Ich bin ein todgeweihter Mann und werde mich nicht beleidigen lassen! Um Geld ist es bei mir nie gegangen, das weißt du. Und warum du es tun sollst, fragst du? Ich glaube, die Antwort darauf kennen wir beide doch sehr gut, nicht wahr?«

Ich wollte diese Bemerkung nicht verstehen, aber ich verstand sie nur zu gut. »Ich habe eine Frau in Amerika, ein Haus, eine Karriere und eine Familie. Kabul ist ein gefährlicher Ort, das weißt du, und du willst, dass ich alles riskiere für ...« Ich verstummte.

»Weißt du«, sagte Rahim Khan, »als du einmal nicht da warst, haben dein Vater und ich uns über dich unterhalten. Als du noch ein Kind warst, hat er sich ja ständig Sorgen um dich gemacht. Ich weiß noch, wie er zu mir sagte: ›Rahim, ein Junge, der nicht für sich selbst eintritt, wird zu einem Mann, der für gar nichts eintritt.‹ Ich frage mich, ob das aus dir geworden ist.«

Ich blickte zu Boden.

»Ich bitte dich lediglich darum, einem alten Mann einen letzten Wunsch zu erfüllen«, erklärte er ernst.

Er hatte auf die Wirkung dieser Bemerkung spekuliert. Hatte damit seinen Trumpf ausgespielt. So dachte ich zumindest. Seine Worte hingen zwischen uns in der Luft, aber wenigstens hatte er gewusst, was er sagen sollte. Ich suchte immer noch nach den richtigen Worten, dabei war ich von uns beiden der Schriftsteller. Schließlich entschied ich mich für Folgendes: »Vielleicht hat Baba ja Recht gehabt.«

»Tut mir Leid, dass du so von dir denkst.«

Ich vermochte nicht ihn anzusehen. »Tust du es denn nicht?«

»Wenn es so wäre, hätte ich dich wohl kaum gebeten, hierher zu kommen.«

Ich spielte mit meinem Ehering. »Du hast immer schon zu große Stücke auf mich gehalten, Rahim Khan.«

»Und du warst immer viel zu streng mit dir selbst.« Er zögerte. »Aber da ist noch etwas. Etwas, das du nicht weißt.«

»Bitte, Rahim Khan –«

»Sanaubar war nicht Alis erste Frau.«

Nun blickte ich auf.

»Er war schon einmal verheiratet gewesen, mit einer Hazara-

Frau aus der Jaghori-Gegend. Das war lange vor deiner Geburt. Sie waren drei Jahre verheiratet.«

»Was hat das denn mit dieser Sache zu tun?«

»Sie hat ihn nach drei kinderlosen Jahren verlassen und einen Mann in Khost geheiratet. *Dem* hat sie drei Töchter geschenkt. Das versuche ich dir zu sagen.«

Ich begann zu begreifen, wohin das führte. Aber ich wollte den Rest gar nicht hören. Ich hatte ein gutes Leben in Kalifornien, ein hübsches viktorianisches Haus mit einem Spitzdach, eine gute Ehe, eine vielversprechende Schriftstellerkarriere, Schwiegereltern, die mich liebten. Ohne mich.

»Ali war steril«, sagte Rahim Khan.

»Nein, das war er nicht. Sanaubar und er hatten Hassan, oder etwa nicht? Sie hatten Hassan zusammen und ...«

»Nein, das hatten sie nicht«, sagte Rahim Khan.

»Aber natürlich!«

»Nein, Amir, das hatten sie nicht.«

»Aber wer ist denn dann ...?«

»Ich glaube, du weißt, wer.«

Ich kam mir wie ein Mann vor, der einen steilen Abhang hinunterrutscht und erfolglos versucht, sich an Büschen und dornigem Gestrüpp festzuklammern. Das Zimmer hob und senkte sich, schwankte von einer Seite zur anderen. »Hat Hassan es gewusst?«, sprach ich durch Lippen, die sich nicht wie meine eigenen anfühlten. Rahim Khan schloss die Augen. Schüttelte den Kopf.

»Ihr Mistkerle«, murmelte ich. Stand auf. »Ihr gottverdammten Mistkerle!«, schrie ich. »Ihr seid nichts weiter als ein Haufen gottverdammter Scheißlügner! Gottverdammte Hurensöhne.«

»Bitte setz dich wieder«, sagte Rahim Khan.

»Wie konntet ihr das nur vor mir geheim halten? Und vor allem vor *ihm?*«, brüllte ich.

»Bitte denk doch einmal nach, Amir *jan*. Es war eine peinliche Situation. Die Leute hätten getuschelt. Alles, was ein Mann damals besaß, war seine Ehre, sein Name, und wenn die Leute geredet hätten ... Wir konnten niemandem davon erzählen, das musst du doch einsehen.« Er streckte die Hand nach mir aus, aber ich ignorierte sie. Ging auf die Tür zu.

»Bitte, Amir *jan,* geh nicht.«

Ich öffnete die Tür und wandte mich noch einmal um. »Wieso nicht? Was könntest du mir schon sagen? Ich bin achtunddreißig Jahre alt und habe gerade herausgefunden, dass mein ganzes Leben eine einzige, verdammte Lüge ist! Was könntest du mir schon sagen, was die Sache besser machen würde? Nichts. Rein gar nichts!«

Und mit diesen Worten stürmte ich aus der Wohnung.

18

Die Sonne war fast untergegangen und hatte den Himmel in Violett und Rot getaucht. Ich lief die belebte schmale Straße entlang, die von Rahim Khans Haus wegführte. Es war eine laute Straße in einem Wirrwarr von engen Gassen, die mit Fußgängern, Fahrrädern und Rikschas verstopft waren. Reklametafeln hingen an den Ecken, auf denen für Coca-Cola und Zigaretten geworben wurde; Filmplakate zeigten heißblütige Schauspielerinnen, die mit gut aussehenden dunkelhäutigen Männern auf Wiesen voller Ringelblumen tanzten.

Ich betrat ein verräuchertes kleines Samowar-Haus und bestellte eine Tasse Tee, lehnte mich im Stuhl zurück und rieb mir über das Gesicht. Das Gefühl, auf einen Abgrund zuzurutschen, ließ langsam nach. Dafür kam ich mir jetzt vor wie ein Mann, der in seinem eigenen Haus erwacht und feststellt, dass die Möbel umgestellt sind, sodass jeder vertraute Winkel ihm plötzlich fremd erscheint. In seiner Verwirrung ist er gezwungen, seine Umgebung neu zu beurteilen, sich neu zu orientieren.

Wie hatte ich nur so blind sein können? Die Zeichen waren doch überall sichtbar gewesen. Eins nach dem anderen fiel mir nun ein: Baba hatte Dr. Kumar geholt, um Hassans Hasenscharte operieren zu lassen. Baba hatte nicht ein einziges Mal Hassans Geburtstag vergessen. Als ich Baba an dem Tag, als wir die Tulpen pflanzten, gefragt hatte, ob er schon einmal darüber nachgedacht habe, sich neue Dienstboten zu nehmen, da hatte er mich angefahren: *Hassan geht nirgendwohin. Er bleibt hier bei uns, wo er hingehört. Das hier ist sein Zuhause, und wir sind seine Familie.* Er hatte geweint, *geweint,* als Ali verkündete, dass Hassan und er uns verlassen würden.

Der Kellner stellte eine Teetasse vor mich auf den Tisch. An der Stelle, wo sich die Tischbeine wie ein X kreuzten, befand sich ein Ring aus Messingkugeln, jede ungefähr so groß wie eine Walnuss. Eine der Kugeln hatte sich gelockert. Ich beugte mich vor und zog sie fest. Wenn ich doch nur alles in meinem Leben genauso leicht wieder in Ordnung bringen könnte. Ich nahm einen Schluck von dem schwärzesten Tee, den ich seit Jahren getrunken hatte, und versuchte an Soraya zu denken, an den General und *Khala* Jamila, an den Roman, der fast fertig war. Ich versuchte den Straßenverkehr zu beobachten, der vorüberströmte, die Menschen, die sich in die kleinen Süßwarenläden hinein- und wieder herausdrängten. Versuchte der *Qawali*-Musik zu lauschen, die aus dem Transistorradio erklang, das auf dem Nebentisch stand. Versuchte alles, um mich abzulenken. Aber ich sah immer nur Baba vor mir, wie er am Abend meiner Schulabschlussfeier, nach Bier riechend, neben mir in dem Ford saß, den er mir gerade geschenkt hatte, und sagte: *Ich wünschte, Hassan hätte heute bei uns sein können.*

Wie hatte er mich nur all die Jahre anlügen können? Und vor allem Hassan? Er hatte mich als kleinen Jungen auf seinen Schoß gesetzt, mir in die Augen geblickt und erklärt: *Es gibt nur eine einzige Sünde. Und das ist der Diebstahl ... Wenn du eine Lüge erzählst, stiehlst du einem anderen das Recht auf die Wahrheit.* Hatte er nicht diese Worte zu mir gesagt? Und jetzt, fünfzehn Jahre nachdem ich ihn begraben hatte, erfuhr ich, dass Baba ein Dieb gewesen war. Und dazu noch ein Dieb der übelsten Sorte, denn die Dinge, die er gestohlen hatte, waren heilig: Mir hatte er das Recht genommen zu erfahren, dass ich einen Bruder hatte, Hassan hatte er seine Identität genommen und Ali seine Ehre. Sein *nang*. Sein *namoos.*

Immer wieder fragte ich mich, wie Baba es fertig gebracht hatte, Ali in die Augen zu blicken. Wie Ali es fertig gebracht hatte, Tag für Tag in dem Bewusstsein in diesem Haus zu leben, dass er auf die schlimmstmögliche Weise entehrt worden war, die man einem afghanischen Mann zufügen konnte. Und wie sollte ich dieses neue Bild von Baba mit dem Bild in Einklang bringen, das sich so lange in meinem Kopf eingeprägt hatte, das Bild von einem Mann in einem alten braunen Anzug, der die Einfahrt der Taheris hinaufhinkt, um für mich um Sorayas Hand zu bitten?

Hier ist ein weiteres Klischee, über das sich mein Dozent an der Universität gewiss abschätzig geäußert hätte: wie der Vater, so der Sohn. Aber es stimmte doch, oder etwa nicht? Im Grunde waren Baba und ich uns ähnlicher, als ich jemals gedacht hatte. Wir hatten beide die Menschen verraten, die ihr Leben für uns geopfert hätten. Und in dem Moment wurde mir noch etwas klar: Rahim Khan hatte mich nicht nur hierher gerufen, damit ich für meine Sünden büßte, sondern auch für Babas.

Rahim Khan hatte gesagt, dass ich immer zu streng mit mir selbst gewesen sei. Aber das bezweifelte ich. Es stimmte wohl, dass nicht ich Ali dazu gebracht hatte, auf die Landmine zu treten, und dass nicht ich die Taliban ins Haus geschickt hatte, um Hassan zu töten. Aber meine schrecklichen Schuldgefühle gegenüber Hassan hatten dazu geführt, dass ich ihn und Ali aus dem Haus getrieben hatte. War es da zu weit hergeholt, sich vorzustellen, dass sich die Dinge möglicherweise anders entwickelt hätten, wenn ich das nicht getan hätte? Vielleicht hätte Baba sie nach Amerika mitgenommen. Vielleicht hätte Hassan inzwischen ein eigenes Zuhause, einen Job, eine Familie, ein Leben in einem Land, wo sich niemand darum scherte, dass er ein Hazara war, wo die meisten Menschen nicht einmal etwas mit diesem Wort anfangen konnten. Vielleicht auch nicht. Aber vielleicht eben doch.

Ich kann nicht nach Kabul fahren, hatte ich zu Rahim Khan gesagt. *Ich habe eine Frau in Amerika, ein Haus, eine Karriere und eine Familie.* Aber wie könnte ich jetzt einfach von hier verschwinden und wieder nach Amerika zurückkehren, wo doch mein Handeln dazu geführt hatte, dass Hassan jegliche Möglichkeit genommen worden war, das zu besitzen, was ich besaß?

Hätte mich Rahim Khan doch nur nicht angerufen! Hätte er mich doch nur im Dunkeln über all diese Dinge gelassen! Aber er hatte mich angerufen. Und Rahim Khans Enthüllungen hatten vieles verändert. Sie hatten mich dazu gebracht, einzusehen, dass mein Leben lange vor dem Winter 1975, schon zu der Zeit, als mich noch die singende Hazara-Frau stillte, ein einziger Teufelskreis aus Lügen, Verrat und Geheimnissen gewesen war.

Es gibt eine Möglichkeit, es wieder gutzumachen, hatte Rahim Khan gesagt.

Eine Möglichkeit, aus diesem Teufelskreis auszubrechen.

Und diese Möglichkeit bot mir ein kleiner Junge. Ein Waisenkind. Hassans Sohn. Der irgendwo in Kabul war.

Auf der Fahrt in der Rikscha zurück zu Rahim Khans Wohnung fiel mir ein, dass Baba einmal gesagt hatte, mein Problem bestehe darin, dass immer jemand meine Kämpfe für mich ausgefochten habe. Jetzt war ich achtunddreißig Jahre alt. Ich bekam eine leichte Stirnglatze, mein Haar war von grauen Strähnen durchzogen, und in der letzten Zeit entdeckte ich immer mehr kleine Krähenfüße an den Augenwinkeln. Ich war jetzt älter, aber vielleicht noch nicht zu alt, um damit zu beginnen, meine Kämpfe selbst auszufechten. Wie sich herausgestellt hatte, hatte Baba bei vielen Dingen gelogen, aber was das anging, hatte er Recht gehabt.

Ich betrachtete erneut das runde Gesicht auf dem Polaroidfoto, das den Betrachter anblinzelte. Das Gesicht meines Bruders. Hassan hatte mich geliebt, auf eine Weise geliebt, wie es kein anderer jemals getan hatte oder jemals tun würde. Er war jetzt tot, aber ein Teil von ihm lebte weiter. In Kabul.

Rahim Khan betete gerade in einer Ecke des Zimmers sein *namaz*, als ich eintrat. Er war nur eine dunkle, nach Osten gebeugte Silhouette vor einem blutroten Himmel. Ich wartete, bis er geendet hatte.

Dann eröffnete ich ihm, dass ich nach Kabul fahren würde. Trug ihm auf, am Morgen die Caldwells anzurufen.

»Ich werde für dich beten, Amir *jan*«, gab er mir mit auf den Weg.

19

Wie so oft wurde mir wieder vom Autofahren übel. Als wir das von Kugeln durchlöcherte Schild mit der Aufschrift »The Khyber Pass Welcomes You« passierten, kam mir die Galle hoch. Mein Magen war in Aufruhr. Farid, mein Fahrer, warf mir einen strengen Blick zu. Von Mitleid war bei ihm nicht viel zu spüren.

»Kann ich das Fenster aufmachen?«, fragte ich.

Er zündete sich eine Zigarette an und klemmte sie zwischen die beiden einzig verbliebenen Finger seiner linken Hand, mit der er das Lenkrad gepackt hielt. Die schwarzen Augen starr auf die Straße gerichtet, beugte er sich vor, langte nach dem Schraubenzieher, der zwischen seinen Füßen lag, und reichte ihn mir. Ich steckte ihn in das kleine Loch in der Tür, wo die Kurbel gesteckt hatte, und drehte die Scheibe herunter.

Farid warf mir wieder einen flüchtigen Blick zu, der kaum verhohlen Ablehnung zum Ausdruck brachte, und paffte an seiner Zigarette. Seit unserer Abfahrt von Jamrud Fort hatte er nicht mehr als ein Dutzend Wörter von sich gegeben.

»*Tashakkor*«, murmelte ich. Ich steckte den Kopf zum Fenster hinaus und ließ mir den kühlen Fahrtwind um die Nase wehen. Die mit ihren unzähligen Kurven durch die dünn besiedelte Landschaft am Khyber-Pass führende Straße entsprach noch ziemlich genau meiner Erinnerung. 1974 war ich mit Baba schon einmal durch diese Einöde aus Schiefer- und Kalkfelsen gefahren. Aus tiefen Schluchten erhoben sich gewaltige sonnenverbrannte Berge mit schroffen Spitzen. Alte Festungen, aus Lehmziegeln gemauert, thronten über den Felsen. Ich versuchte, die schneebedeckten Gipfel des Hindukusch im Norden zu fixieren, doch sobald sich mein Magen etwas beruhigt hatte, schleuderte der Wagen um eine weitere Kurve und brachte mich erneut zum Würgen.

»Versuch's mal mit einer Zitrone.«

»Was?«

»Zitrone. Gut gegen Kotzerei«, antwortete Farid. »Ich hab auf solchen Fahrten immer welche dabei.«

»*Nay*, danke.« Allein der Gedanke an noch mehr Säure schlug mir zusätzlich auf den Magen.

»Vielleicht nicht so schick wie amerikanische Medizin, wirkt aber trotzdem.« Farid kicherte. »Ist von meiner Mutter.«

Ich bedauerte die verpasste Gelegenheit, das Eis zwischen uns zu brechen. »Wenn dem so ist, probier ich's gern mal aus.«

Er angelte nach einer Papiertüte auf dem Rücksitz und kramte eine Zitronenhälfte hervor. Ich presste mir den Saft in den Mund und wartete ein paar Minuten. »Tatsächlich, ich fühle mich schon besser«, log ich. Höflichkeit geht in Afghanistan vor Wahrheitsliebe. Ich rang mir ein Lächeln ab.

»Altes *watani*-Mittel. Raffinierte Medizin hat unsereins nicht nötig«, sagte er, und seine Stimme klang geradezu brüsk. Er schnippte die Asche von der Zigarette und betrachtete sich selbstgefällig im Rückspiegel. Er war ein Tadschike, ein schlaksiger dunkelhäutiger Mann mit wettergegerbtem Gesicht, schmalen Schultern und einem langen Hals mit vorstehendem Adamsapfel, der allerdings, vom Bart verdeckt, nur dann zu sehen war, wenn er den Kopf drehte. Er trug in etwa die gleiche Kleidung wie ich, oder richtiger formuliert war ich ähnlich gekleidet wie er: mit einer über einen grauen *pirhan-tumban* und eine Weste gehängten groben Wolldecke. Auf dem Kopf saß ein brauner *pakol,* leicht schräg nach dem Vorbild des tadschikischen Helden Ahmad Shah Massoud, den die Tadschiken vornehmlich als den »Löwen von Panjshir« bezeichneten.

Ich hatte Farid auf Vermittlung von Rahim Khan in Peshawar kennen gelernt. Durch Rahim Khan erfuhr ich auch, dass Farid erst neunundzwanzig war, obwohl er seiner grimmigen Miene und der tiefen Stirnfalten wegen gut und gern zwanzig Jahre älter aussah. In Mazar-e-Sharif zur Welt gekommen, war er im Alter von zehn Jahren mit seiner Familie nach Jalalabad gezogen. Mit vierzehn schloss er sich, wie sein Vater auch, dem Djihad gegen die *Shorawi* an. Zwei Jahre lang kämpften sie im Panjshir-Tal, dann wurde sein Vater von einem Helikopter unter Beschuss genommen und getötet. Farid hatte zwei Frauen und fünf Kinder, die noch lebten. Von Rahim Khan erfuhr ich, dass seine beiden jüngsten Töchter vor wenigen Jahren vor den Toren Jalalabads von einer Landmine getötet worden waren, von derselben Mine, der auch seine Zehen und die drei Finger der linken Hand zum Opfer gefallen waren. Danach war er mit seinen Frauen und den Kindern nach Peshawar umgezogen.

»Kontrolle«, knurrte Farid. Ich lehnte mich zurück, verschränkte die Arme über der Brust und vergaß für einen Moment meine Übelkeit. Grund zur Besorgnis gab es nicht. Die beiden pakistanischen Milizionäre kamen auf unseren schrottreifen Landcruiser zu, warfen einen flüchtigen Blick ins Innere und winkten uns weiter.

Farids Name stand ganz oben auf der Liste, die Rahim Khan und ich zur Planung meiner Reise zusammengestellt hatten. Darüber hinaus war zur Erinnerung auf ihr vermerkt: Dollar in Kaldar und Afghani eintauschen, landesübliche Kleidung und einen *pakol* anschaffen – Dinge, die ich während meiner jungen Jahre in Afghanistan ironischerweise nie getragen hatte –, das Polaroidfoto von Hassan und Suhrab einstecken und, was vielleicht am wichtigsten war, einen künstlichen Bart besorgen, schwarz und bis auf die Brust herabreichend, ganz im Sinne der Scharia beziehungsweise im Sinne ihrer Taliban'schen Auslegung. Rahim Khan kannte einen Perückenmacher in Peshawar, der sich auf die Herstellung solcher Bärte spezialisiert hatte. Nachgefragt wurden sie vor allem von Kriegsberichterstattern aus dem Westen.

Rahim Khan hätte es lieber gesehen, wenn ich noch ein paar Tage länger geblieben wäre, um gründlicher planen zu können. Mir war es allerdings wichtig, so früh wie möglich aufzubrechen. Ich hatte Sorge, dass ich mir alles noch einmal anders überlegen würde. Womöglich hätte ich die Sache auf die lange Bank geschoben, in Frage gestellt, mir den Kopf zermartert und am Ende davon Abstand genommen. Ich fürchtete, dass ich, an mein angenehmes Leben in Amerika gewöhnt, aufstecken und es vorziehen würde, mich in den großen, breiten Fluss zurückzubegeben, um zu vergessen und all das, was ich in den letzten Tagen erfahren hatte, auf den Grund absinken zu lassen. Ich fürchtete, dass ich mich forttreiben lassen könnte von dem, was ich tun musste. Von Hassan. Von der Vergangenheit, die sich zurückgemeldet hatte. Und von dieser letzten Gelegenheit zur Versöhnung mit mir selbst. Also machte ich mich schleunigst auf den Weg. Soraya von meiner Rückkehr nach Afghanistan in Kenntnis zu setzen war ausgeschlossen. Hätte ich sie informiert, wäre sie mit dem nächsten Flugzeug nach Pakistan gekommen.

Kaum hatten wir die Grenze passiert, zeigten sich allenthalben Bilder der Armut. Die kleinen Ortschaften entlang der Straße waren in erbärmlichem Zustand; Lehmhäuser verfielen, und manche Hütten bestanden lediglich aus vier Holzpfosten und zerfetzten Tüchern, die als Dach herhalten mussten. Vor den Hütten jagten Kinder, in Lumpen gekleidet, einem Fußball hinterher. Ein paar Kilometer weiter sah ich eine Hand voll Männer auf der Ruine eines alten sowjetischen Panzers hocken, mit Umhängen, deren Saum im Wind flatterte. Hinter ihnen trug eine Frau in brauner Burkha einen schweren Tonkrug auf der Schulter und ging auf holprigem Pfad einer Reihe ärmlicher Lehmhütten entgegen.

»Seltsam«, sagte ich.

»Was?«

»Ich bin in meinem Heimatland und komme mir vor wie ein Tourist«, antwortete ich mit Blick auf eine kleine Herde ausgezehrter Ziegen. Farid lachte und schnippte seine Zigarette nach draußen. »Betrachtest du dieses Land immer noch als deine Heimat?«

»Ja, und das wird auch immer so sein«, antwortete ich in einem Ton, der nach Verteidigung klang, was mich selbst überraschte.

»Nach zwanzig Jahren in Amerika?« Farid riss energisch das Lenkrad herum, um einem Schlagloch von der Größe und Tiefe eines Waschzubers auszuweichen.

Ich nickte. »Ich bin in Afghanistan aufgewachsen.«

Farid kicherte wieder.

»Was soll das?«

»Nichts für ungut«, murmelte er.

»Antworte. Was soll das Gekichere?«

Im Rückspiegel sah ich seine Augen aufblitzen. »Willst du's wirklich wissen?«, sagte er mit spöttischem Unterton. »Ich stelle mir vor: Wahrscheinlich wohnst du in einem großen ein- oder zweistöckigen Haus mit einem schönen Garten, den dein Gärtner mit Blumen und Obstbäumen bepflanzt hat. Das Ganze hübsch eingezäunt, versteht sich. Schon dein Vater hat einen amerikanischen Schlitten gefahren. Ihr hattet Dienstboten, wahrscheinlich Hazara, die das Haus geschmückt haben, wenn deine Eltern wieder mal eine ihrer schicken *mehmanis* feiern wollten, mit Freunden, die mit ihren Reisen durch Europa und Amerika geprahlt haben. Ich setze die Augen meines Erstgeborenen darauf, dass du hier und jetzt zum ersten Mal einen *pakol* trägst.« Grinsend zeigte er mir zwei Reihen frühzeitig faulender Zähne. »Stimmt's?«

»Warum sagst du das?«

»Du hast danach gefragt.« Er spuckte aus und deutete auf einen alten in Lumpen gekleideten Mann, der mit einem großen Sack voller Gras über einen Trampelpfad schlurfte. »Das ist das wahre Afghanistan, Aga Sahib. Das Afghanistan, wie ich es kenne. Du? Du bist hier immer nur Tourist gewesen. Du wusstest es nur nicht.«

Rahim Khan hatte mich gewarnt: Von denen, die im Land geblieben waren und in den Kriegen gekämpft hatten, war für mich kein herzliches Willkommen zu erwarten. »Tut mir Leid, das mit deinem Vater«, sagte ich. »Auch das mit deinen Töchtern und mit deiner Hand.«

»Dein Beileid bedeutet mir nichts«, sagte er kopfschüttelnd. »Warum bist du hergekommen? Um Babas Ländereien zu verkaufen? Das Geld einzusacken und schnell zur Mutter nach Amerika zurückzukehren?«

»Meine Mutter starb bei meiner Geburt«, sagte ich.

Er seufzte und steckte sich eine weitere Zigarette an. Ohne etwas zu sagen.

»Fahr rechts ran.«

»Was?«

»Fahr rechts ran, verdammt noch mal!«, wiederholte ich. »Mir wird schlecht.« Kaum waren die Räder zum Stehen gekommen, stürzte ich nach draußen.

Am späten Nachmittag hatten wir jenseits der kahlen, sonnenverbrannten Berghänge eine sehr viel grünere, kultiviertere Landschaft erreicht. Die Passstraße fiel hinter Landi Kotal, das Gebiet der Shinwari kreuzend, in Richtung Landi Khana ab. Bei Torkham waren wir nach Afghanistan eingereist. Kiefern säumten die Straße; es waren weniger als in meiner Erinnerung, und viele schienen verdorrt zu sein. Trotzdem war es gut, nach der anstrengenden Fahrt über den Khyber-Pass endlich wieder Bäume zu sehen. Wir näherten uns Jalalabad, wo ein Bruder Farids wohnte. Bei ihm würden wir die Nacht verbringen können.

Die Sonne war noch nicht untergegangen, als wir Jalalabad erreichten, die Hauptstadt von Nangarhar, berühmt für ihr Obst und das milde Klima. Wir passierten die aus festem Stein gebauten Häuser in der Stadtmitte. Anders als in meiner Erinnerung gab es hier nur noch wenige Palmen zu sehen, und von etlichen Gebäuden waren nur frei stehende Mauern und Berge von Schutt übrig geblieben.

Farid bog in eine enge, ungepflasterte Straße und parkte den Landcruiser neben einem trockenen Rinnstein. Ich stieg aus, reckte mich und atmete tief durch. Früher lag hier stets ein süßer Duft in der Luft, den der Wind von den bewässerten Zuckerrohrfeldern im Umkreis der Stadt herbeiwehte. Ich schloss die Augen und suchte nach diesem Duft, fand ihn aber nicht.

»Gehen wir«, sagte Farid ungeduldig. Wir setzten uns in Bewegung, kamen an entlaubten Pappeln und einer Reihe eingefallener Lehmmauern vorbei. Farid führte mich zu einem flachen baufälligen Haus und klopfte an die Brettertür.

Eine junge Frau machte auf. Sie trug einen weißen Schal um den Kopf gewickelt und hatte Augen so grün wie das Meer. Ihr Blick fiel zuerst auf mich. Sie erschrak. Doch als sie Farid sah, leuchteten ihre Augen auf. »*Salaam alaykum, Kaka* Farid!«

»*Salaam,* Maryam *jan*«, grüßte Farid und schenkte ihr, was er mir den ganzen Tag vorenthalten hatte, ein freundliches Lächeln. Er drückte ihr einen Kuss auf die Stirn. Die junge Frau trat zur Seite und beäugte mich argwöhnisch, als ich Farid ins Innere des kleinen Hauses folgte.

Die kahlen Wände ringsum waren, wie auch die tief hängende

Decke, mit Lehm verputzt. Für Licht sorgten einzig und allein zwei Laternen, die in einer Ecke hingen. Wir zogen unsere Schuhe aus, um die Strohmatten am Boden zu schonen. Vor einer Wand hockten drei Jungen im Schneidersitz auf einer Matratze, über der eine verschlissene Wolldecke lag. Ein großer bärtiger Mann mit breiten Schultern stand auf, um uns zu begrüßen. Farid umarmte ihn, und die beiden tauschten Küsse auf die Wangen. Er stellte ihn mir als seinen älteren Bruder Wahid vor. »Er ist aus Amerika«, sagte er, an Wahid gewandt, und deutete mit dem Daumen auf mich. Dann begrüßte er die Jungen.

Wahid bat mich, Platz zu nehmen, und wir setzten uns an die Wand gegenüber den Jungen, die über Farid hergefallen waren und ihm auf die Schultern kletterten. Ungeachtet meiner Proteste, verlangte Wahid von einem von ihnen, eine Decke für mich zu holen, damit ich es auf dem Boden bequemer hätte. Maryam bekam den Auftrag, Tee zu servieren. Er erkundigte sich nach den Straßenverhältnissen und unserer Fahrt von Peshawar über den Khyber-Pass.

»Ich hoffe, Ihnen sind keine *dozds* in die Quere gekommen«, sagte er. Der Khyber war bekannt als Rückzugsgebiet für Banditen, die es auf Reisende abgesehen hatten. Ehe ich antworten konnte, zwinkerte er mit dem Auge und sagte laut genug, um im ganzen Raum gehört zu werden: »Aber ein *dozd* würde natürlich keine Zeit verschwenden auf ein so hässliches Auto wie das meines Bruders.«

Farid hatte den kleinsten der drei Brüder zu Boden gerungen und kitzelte ihn mit der gesunden Hand. Der Junge kicherte und trat mit den Beinen um sich. »Immerhin habe ich ein Auto«, bemerkte Farid. »Und wie geht es deinem Esel dieser Tage?«

»Mit dem fahr ich besser als du mit deiner Klapperkiste.«

»*Khar khara mishnassah*«, konterte Farid. *Um einen Esel zu verstehen, muss man selbst ein Esel sein.* Alle lachten, und ich stimmte mit ein. Nebenan waren Frauenstimmen zu hören. Ich konnte von meinem Platz aus den halben Raum jenseits des Durchgangs einsehen. Maryam schüttete Tee in eine Kanne und unterhielt sich mit einer älteren Frau in brauner *hijab*. Es war wahrscheinlich ihre Mutter.

»Was machen Sie beruflich, Amir Aga?«, fragte Wahid.

»Ich bin Schriftsteller«, antwortete ich und glaubte, ein Kichern von Farid gehört zu haben.

»Schriftsteller?« Wahid zeigte sich beeindruckt. »Schreiben Sie über Afghanistan?«

»Ja, auch. Aber nicht nur.« Mein letzter Roman, *A Season for Ashes,* handelte von einem Universitätsprofessor, der sich, nachdem er seine Frau mit einem seiner Studenten im Bett erwischt hatte, einer Clique von Bohemiens anschließt. Es war kein schlechtes Buch. Manche Kritiker hatten es für »gut« befunden, einer bezeichnete es sogar als »fesselnd«. Trotzdem geriet ich plötzlich in Verlegenheit und hoffte, dass sich Wahid nicht weiter danach erkundigte.

»Vielleicht sollten Sie wieder mal über Afghanistan schreiben«, sagte Wahid. »Erzählen Sie dem Rest der Welt, wie die Taliban unser Land zugrunde richten.«

»Nun, dafür ... dafür bin ich wohl nicht der Richtige.«

»Aha.« Wahid nickte und errötete ein wenig. »Das wissen Sie natürlich selbst am besten. Es ist nicht an mir, Ihnen irgendwelche Vorschläge zu machen ...«

In diesem Augenblick kamen Maryam und die andere Frau mit einem Tablett herein, auf dem sie Tassen und eine Teekanne brachten. Ich stand respektvoll auf, legte eine Hand auf die Brust und verbeugte mich. »*Salaam alaykum*«, grüßte ich.

Die ältere Frau hatte die untere Gesichtshälfte mit ihrer *hijab* verdeckt. Auch sie verneigte sich und antwortete mit kaum hörbarer Stimme: »*Salaam.*« Zu einem Blickkontakt zwischen uns kam es nicht.

Ich blieb stehen, während sie Tee einschenkte, und setzte mich erst wieder, als sie auf bloßen Füßen lautlos nach nebenan zurückgegangen war. Der Tee war schwarz und sehr stark. Es blieb lange still. Schließlich brach Wahid das peinliche Schweigen.

»Was also führt Sie zurück nach Afghanistan?«

»Kommen nicht alle, lieber Bruder?«, sagte Farid und bedachte mich mit einem verächtlichen Blick.

»*Bas!*«, herrschte Wahid den jüngeren Bruder an.

»Es ist doch immer dasselbe«, fuhr Farid fort. »Sie verkaufen

Grund und Boden, da ein Haus, hier eine Liegenschaft, kassieren das Geld und verkrümeln sich schnell wieder. Zurück nach Amerika, wo sie mit der Familie Urlaub in Mexiko machen und das Geld verjuxen.«

»Farid!«, blaffte Wahid, und seine Kinder, ja sogar Farid zuckten zusammen. »Hast du deine gute Erziehung vergessen? Du bist in *meinem* Haus! Amir Aga ist mein Gast, und ich lasse nicht zu, dass du so sprichst.«

Farid öffnete den Mund, um etwas zu sagen, besann sich aber eines anderen und schwieg, murmelte nur irgendetwas in seinen Bart und lehnte sich zurück. Sein auf mich gerichteter Blick war voller Vorwurf.

»Verzeihen Sie uns, Amir Aga«, sagte Wahid. »Schon als Kind war mein Bruder mit seinem Mund zwei Schritte weiter als mit dem Kopf.«

»Wenn hier jemand um Verzeihung bitten muss, dann bin ich es wohl«, entgegnete ich und lächelte bemüht. »Ich hätte ihm längst erklären sollen, weshalb ich nach Afghanistan gekommen bin. Verkaufsabsichten habe ich jedenfalls nicht. Ich bin nach Kabul unterwegs, um einen Jungen ausfindig zu machen.«

»Einen Jungen«, wiederholte Wahid.

»Ja.« Ich zog das Polaroidfoto aus meiner Hemdtasche. Hassans Bild vor Augen, kehrte meine Trauer über seinen Tod mit voller Wucht zurück. Ich musste wegsehen. Wahid nahm das Foto entgegen und betrachtete es. »Diesen Jungen?«

Ich nickte.

»Diesen Hazara-Jungen?«

»Ja.«

»Was bedeutet er Ihnen?«

»Sein Vater stand mir sehr nahe. Das ist der Mann auf dem Foto. Er ist inzwischen gestorben.«

Wahid blinzelte mit den Augen. »Er war ein Freund von Ihnen?«

Spontan wollte ich die Frage bejahen, als ginge es auch mir darum, Babas Geheimnis zu hüten. Doch es war in dieser Hinsicht genug gelogen worden. »Er war mein Halbbruder.« Ich schluckte. Fügte hinzu: »Mein unehelicher Halbbruder.« Ich drehte die Teetasse in den Händen, spielte mit dem Henkel.

»Ich wollte nicht indiskret sein.«

»Das sind Sie auch nicht«, erwiderte ich.

»Was haben Sie mit dem Jungen vor?«

»Ihn mit nach Peshawar nehmen. Da wohnen Leute, die sich um ihn kümmern werden.«

Wahid gab mir das Foto zurück und legte mir seine große Hand auf die Schulter. »Sie sind ein ehrenhafter Mann, Amir Aga. Ein wahrer Afghane.«

Ich wand mich innerlich.

»Ich bin stolz darauf, Sie heute Nacht zu Gast in meinem Haus zu haben«, sagte Wahid. Ich bedankte mich und riskierte einen Blick auf Farid. Er blickte nach unten und zupfte an den losen Enden der Strohmatratze.

Wenig später brachten Maryam und ihre Mutter zwei Schalen mit Gemüse-*shorwa* und zwei Fladenbrote herein. »Tut mir Leid, dass wir Ihnen kein Fleisch anbieten können«, sagte Wahid. »Fleisch können sich in dieser Zeit nur die Taliban leisten.«

»Die Suppe sieht köstlich aus.« Und sie war auch köstlich. Ich wollte mit Wahid und den Jungen teilen, doch Wahid sagte, dass die Familie schon gegessen habe. Farid und ich krempelten die Ärmel hoch, tunkten unser Brot in die dampfende *shorwa* und langten zu.

Beim Essen fiel mir auf, dass Wahids Söhne immer wieder neugierige Blicke auf meine digitale Armbanduhr warfen. Alle drei hatten ungewaschene Gesichter und ganz kurz geschnittene braune Haare unter ihren Kappen. Der Jüngste flüsterte dem Bruder etwas ins Ohr, worauf dieser nickte, ohne meine Uhr aus den Augen zu lassen. Der Älteste – ich schätzte sein Alter auf zwölf – schaukelte vor und zurück; auch er konnte sich anscheinend nicht satt sehen und starrte auf mein Handgelenk. Als ich mir nach dem Essen mit dem Wasser, das Maryam aus einem Tonkrug schüttete, die Hände wusch, bat ich Wahid um die Erlaubnis, seinen Söhnen ein *hadia,* ein Geschenk, machen zu dürfen. Er sagte Nein, doch weil ich darauf bestand, willigte er zögernd ein. Ich löste die Uhr vom Handgelenk und reichte sie dem jüngsten der drei Jungen. »*Tashakor*«, murmelte der.

»Darauf kann man ablesen, wie spät es an verschiedenen Orten der Welt ist«, erklärte ich. Die Jungen nickten höflich und begutachteten abwechselnd die Uhr. Doch bald war das Interesse an ihr verloren. Sie lag achtlos auf der Strohmatte.

»Das hättest du auch schon eher erzählen können«, sagte Farid später. Wir lagen Seite an Seite auf dem Strohlager, das Wahids Frau für uns gerichtet hatte.

»Was?«

»Den Grund für deine Reise nach Afghanistan.« Seine Stimme klang sehr viel weniger barsch, als ich es von ihr gewohnt war.

»Du hast mich nicht danach gefragt«, antwortete ich.

»Du hättest es mir sagen sollen.«

»Du hast nicht danach gefragt.«

Er wälzte sich auf die Seite, legte den Kopf auf seinen angewinkelten Arm und sah mich an. »Ich könnte vielleicht dabei helfen, den Jungen zu finden.«

»Vielen Dank, Farid.«

»Tut mir Leid, dass ich etwas Falsches unterstellt habe.«

Ich seufzte. »Schwamm drüber. So falsch war's im Grunde gar nicht.«

Seine Hände sind auf dem Rücken zusammengebunden. Mit einem groben Strick, der ihm ins Fleisch der Handgelenke schneidet. Man hat ihm mit einem schwarzen Tuch die Augen verbunden. Er kniet auf der Straße, vor einem Rinnstein, in dem das Wasser steht. Der Kopf ist auf die Brust gesunken. Betend schaukelt er auf den Knien vor und zurück, scheuert sich dabei auf dem harten Boden die Haut auf. Auf der Hose bilden sich Blutflecken. Es ist später Nachmittag, und sein langer Schatten schwingt auf dem Schotter hin und her. Er murmelt etwas mit angehaltenem Atem. Ich trete einen Schritt näher heran. Tausendmal, *murmelt er.* Für dich – tausendmal. *Er schaukelt vor und zurück. Er hebt den Kopf. Ich sehe eine blasse Narbe auf der Oberlippe.*

Wir sind nicht allein.

Zuerst sehe ich den Gewehrlauf. Dann den Mann dahinter.

Er ist groß gewachsen, trägt eine Weste mit Fischgrätmuster und einen schwarzen Turban. Er blickt auf den Mann am Boden hinunter, die Augen leer und ohne jeden Ausdruck. Er geht einen Schritt zurück und hebt den Lauf. Hält die Mündung an den Hinterkopf des knienden Mannes. Auf dem Metall der Waffe scheint kurz das fahle Licht der Sonne auf. Dann ein ohrenbetäubender Knall.
Ich sehe den Gewehrlauf nach oben schnellen. Hinter der aus der Mündung aufsteigenden Rauchwolke sehe ich das Gesicht. Der Mann mit dem schwarzen Turban bin ich.
Ich erwachte mit einem Schrei, der mir in der Kehle stecken geblieben war.

Ich ging nach draußen, stand im matten Silberschein des Halbmondes und blickte hinauf in einen sprühenden Sternenhimmel. Zikaden zirpten, und durch die Bäume strich ein leichter Wind. Der Boden unter meinen bloßen Füßen war kühl, und plötzlich, zum ersten Mal seit unserer Einreise, hatte ich das Gefühl, wieder zu Hause zu sein. Nach all den Jahren stand ich wieder auf dem Boden meiner Vorfahren. Dies war der Boden, auf dem mein Urgroßvater seine dritte Frau geheiratet hatte, ein Jahr bevor er der verheerenden Cholera-Epidemie in Kabul zum Opfer fiel. Sie hatte ihm endlich einen Sohn zur Welt gebracht, was seinen ersten beiden Frauen nicht vergönnt gewesen war. Dies war der Boden, auf dem mein Großvater mit König Nadir Shah auf die Jagd gegangen war und einen Hirsch geschossen hatte. Meine Mutter lag hier begraben. Hier hatte ich um die Zuneigung meines Vaters geworben.

Ich lehnte mich an die mit Lehm verputzte Hausmauer. Das Gefühl der Verbundenheit mit diesem Land, das plötzlich in mir aufwallte, überraschte mich selbst, war ich doch lange genug weg gewesen, um zu vergessen und vergessen zu werden. Für die Leute, die hinter der Wand schliefen, an der ich lehnte, kam ich von einem Kontinent, der ihnen so fern war wie eine andere Galaxis. Ich hatte geglaubt, dieses Land vergessen zu haben. Doch so war es nicht. Eingehüllt in bleichen Mondschein, spürte ich Afghanistan unter meinen Füßen vibrieren. Vielleicht hatte auch Afghanistan mich am Ende doch nicht ganz vergessen.

Ich schaute nach Westen, in Richtung der Berge, hinter denen Kabul lag. Es gab sie noch, diese Stadt, und das nicht nur als Erinnerung oder in der Schlagzeile einer AP-Meldung auf Seite 15 des *San Francisco Chronicle*. Irgendwo hinter diesen Bergen im Westen schlief die Stadt, in der wir, mein Halbbruder und ich, unsere Drachen hatten steigen lassen. Dort irgendwo hatte der Mann mit den verbundenen Augen, der Mann aus meinem Traum, einen sinnlosen Tod erleiden müssen. Dort, jenseits dieser Berge, hatte ich einst eine Entscheidung getroffen. Und jetzt, ein Vierteljahrhundert später, war ich von dieser Entscheidung wieder eingeholt worden und auf heimatlichen Boden zurückgekehrt.

Ich wollte gerade ins Haus zurückgehen, als ich Stimmen hörte. Eine dieser Stimmen erkannte ich als die von Wahid.

»... bleibt nichts für die Kinder.«

»Auch wenn wir Hunger haben, wir sind keine Barbaren. Er ist Gast. Was hätte ich tun sollen?«, sagte er in gereiztem Ton.

»... morgen etwas auftreiben.« Sie war den Tränen nahe, wie es schien. »Was soll ich unseren Kindern ...«

Auf Zehenspitzen schlich ich davon. Ich ahnte jetzt, warum die Jungen so wenig Interesse an der Uhr gezeigt hatten. Sie hatten nicht auf die Uhr gestarrt, sondern auf meine Suppe.

Am frühen Morgen brachen wir auf und verabschiedeten uns. Ich bedankte mich bei Wahid für seine Gastlichkeit. Er deutete auf sein kleines Haus. »Es ist auch Ihr Haus«, sagte er. Seine drei Söhne standen in der Tür und beobachteten uns. Der Kleine trug die Uhr – sie baumelte an seinem dünnen Handgelenk.

Als wir abfuhren und ich im Rückspiegel meinen Gastgeber, von seinen Söhnen umringt, in der aufgewirbelten Staubwolke verschwinden sah, drängte sich mir der Gedanke auf, dass diese Jungen in einer anderen Welt ausreichend genährt und kräftig genug wären, um uns ein Stück weit zu begleiten.

Vor unserem Aufbruch, als ich sicher sein konnte, dass mich niemand sah, hatte ich – fast so wie vor sechsundzwanzig Jahren – ein Bündel zerknitterter Geldscheine unter eine der Matratzen gesteckt.

20

Farid hatte mich gewarnt. Das hatte er. Vergebens, wie sich herausstellte.

Wir fuhren über die holprige Straße, die sich von Jalalabad nach Kabul schlängelt. Als ich das letzte Mal auf dieser Straße, allerdings in Gegenrichtung, unterwegs gewesen war, hatte ich auf einem Lastwagen unter einer Plane gekauert. Fast wäre Baba damals von diesem bekifften, singenden *Roussi*-Soldaten erschossen worden – Baba hatte mich in der Nacht fast zur Raserei gebracht, mir schreckliche Angst eingejagt und mich am Ende dann doch sehr stolz gemacht. Der Treck von Kabul nach Jalalabad, diese halsbrecherische Fahrt durch scharfe Kurven zwischen Felsen bergab, war jetzt nur noch Erinnerung, ein Überbleibsel aus zwei Kriegen. Vor zwanzig Jahren hatte ich Szenen des ersten Krieges mit eigenen Augen gesehen. Düstere Mahnmale säumten den Straßenrand: ausgebrannte alte sowjetische Panzer, umgekippte, durchgerostete Truppentransporter, ein zermalmter russischer Jeep, abgestürzt aus großer Höhe. Den zweiten Krieg hatte ich am Fernsehbildschirm miterlebt. Und jetzt sah ich das alles mit den Augen Farids.

Farid war in seinem Element. Scheinbar mühelos wich er den Schlaglöchern aus, die sich mitten auf der Fahrbahn aneinander reihten. Seit unserer nächtlichen Einkehr in Wahids Haus war er sehr viel gesprächiger geworden. Er hatte mich auf dem Beifahrersitz Platz nehmen lassen und sah mich beim Sprechen immer wieder an. Ein- oder zweimal zeigte er sogar ein Lächeln. Während er mit seiner verstümmelten Hand am Lenkrad kurbelte, deutete er auf kleine aus Lehmhütten zusammengewürfelte Dörfer entlang des Wegs, wo vor Jahren Bekannte von ihm gewohnt hatten. Die meisten von ihnen, sagte er, seien tot oder in Flüchtlingslagern in Pakistan. »Und manchmal sind die Toten besser dran«, sagte er.

Er zeigte auf eine Ortschaft, von der kaum mehr als ein paar rußgeschwärzte, bröckelnde Mauern übrig geblieben waren. In einem Winkel lag schlafend ein Hund. »Da hat einmal ein Freund gewohnt«, sagte Farid. »Er hat Fahrräder repariert. Und gut *tabla* spielen konnte er. Die Taliban haben ihn und alle Angehörigen umgebracht und das Dorf niedergebrannt.«

Wir passierten die Ruinen; der Hund rührte sich nicht.

Früher hatte die Fahrt von Jalalabad nach Kabul rund zwei Stunden gedauert, vielleicht ein bisschen länger. Jetzt brauchten wir sechs Stunden. Und als wir endlich ankamen – wir hatten gerade den Mahipar-Damm hinter uns gelassen –, meinte Farid, mich vorwarnen zu müssen.

»Kabul hat sich sehr verändert«, sagte er.

»So hört man.«

Farid warf mir einen Blick zu und erwiderte, dass etwas zu hören und zu sehen nicht dasselbe sei. Und er hatte Recht. Denn als sich die Stadt vor uns ausbreitete, schien es mir, nein, ich war mir sicher, dass er sich verfahren hatte. Er muss meine verdutzte Miene registriert haben – als Chauffeur war ihm dieser Ausdruck auf den Gesichtern derer, die Kabul lange Zeit nicht gesehen hatten, gewiss vertraut.

Er klopfte mir auf die Schulter. »Willkommen daheim«, grüßte er verdrossen.

Trümmer und Bettler. Wohin ich auch sah, das war es, was sich mir zeigte. Natürlich hatte es auch früher Bettler gegeben – eigens für sie hatte Baba immer ein paar Geldscheine in der Tasche gehabt; ich habe nie gesehen, dass er einen von ihnen hätte leer ausgehen lassen. Jetzt aber hockten sie in zerfetztem Sackleinen an jeder Straßenecke und streckten verdreckte Hände nach Almosen aus. Die meisten waren noch Kinder, dünn und mit verhärmten Gesichtern, manche kaum älter als fünf oder sechs. Einige saßen auf dem Schoß der verschleierten Mutter am Rand geschäftiger Straßenecken und riefen »Bakschisch!«. Und da war noch etwas, was mir erst nach einer Weile auffiel: Kaum eines von ihnen war in Begleitung eines erwachsenen Mannes. Väter gab es nach den Kriegen nur noch wenige in Afghanistan.

Wir fuhren auf der Jadeh Maywand, einer der ehemals verkehrsreichsten Straßen, in westlicher Richtung dem Stadtteil Karteh-Seh entgegen. Im Norden lag das knochentrockene Bett des Kabul-Flusses. Auf den Hügeln im Süden ragte die alte, verfallene Stadtmauer auf. Und gleich östlich davon thronte die Festung Bala Hissar – jene uralte Burg, die 1992 von Warlord Dostum okkupiert worden war – hoch oben auf einer Kuppe der Shirdarwaza-Kette, ebenjener Berge, von denen aus Gulbuddins Truppen zwischen 1992 und 1996 die Stadt mit Raketen beschossen und einen Großteil der Schäden angerichtet hatten, die ich nun vor mir sah. Die Shirdarwaza-Kette erstreckt sich bis weit nach Westen. Ich erinnerte mich an die Böller der *Topeh chasht,* der »Mittagskanone«, die von diesen Bergwänden widerhallten. Die Kanone donnerte jeden Tag Schlag zwölf und außerdem, um während des Ramadan bei Einbruch der Nacht das Ende der Fastenstunden anzuzeigen. Sie war damals überall in der Stadt zu hören.

»Auf der Jadeh Maywand war ich früher oft als Kind«, brummte ich vor mich hin. »Es gab jede Menge Geschäfte und Hotels. Neonreklame und Restaurants. In einem kleinen Laden neben dem alten Polizeipräsidium habe ich meine Drachen gekauft, bei einem alten Mann, der Saifo hieß.«

»Das Polizeipräsidium steht noch«, sagte Farid. »An Polizei fehlt es hier wahrhaftig nicht. Aber Drachen oder Läden, in denen man Drachen kaufen kann, wirst du hier und in ganz Kabul vergeblich suchen. Damit ist es vorbei.«

Die Jadeh Maywand hatte sich in eine breite Sandpiste verwandelt. Die Gebäude, die noch standen, drohten in sich zusammenzusacken. Dächer waren eingestürzt, und die Mauern steckten voller Granatsplitter. Ganze Häuserreihen lagen in Trümmern. Aus einem Schutthaufen sah ich ein von Kugeln durchsiebtes Reklameschild ragen: DRINK COCA CO... konnte ich noch lesen. Ich sah Kinder in den Ruinen fensterloser Häuser zwischen Mauerresten spielen. Fahrradfahrer und Maultiergespanne kurvten im Zickzack um Trümmer, Kinder und streunende Hunde. Ein Schleier aus Staub hing über der Stadt; jenseits des Flusses stieg eine Rauchsäule in den Himmel.

»Wo sind die Bäume?«, fragte ich.

»Die hat man im Winter verfeuert«, antwortete Farid. »Viele sind auch von den *Shorawi* gefällt worden.«

»Warum?«

»Weil sich oft Scharfschützen dahinter versteckt haben.«

Ich wurde sehr traurig. Nach Kabul zurückzukehren war wie die Begegnung mit einem alten Freund, dem das Leben offenbar schwer zugesetzt hatte und der nun völlig verarmt und obdachlos war.

»Mein Vater hat in Shar-e-Kohna, der alten Stadt im Süden von hier, ein Waisenhaus gebaut«, sagte ich.

»Ich erinnere mich«, antwortete Farid. »Vor ein paar Jahren ist es zerstört worden.«

»Halt doch bitte mal an«, sagte ich. »Ich möchte mir die Beine vertreten und mich ein bisschen umsehen.«

Farid parkte den Wagen in einer kleinen Seitenstraße gleich neben einem baufälligen, verlassenen Haus ohne Tür. »Das war einmal eine Apotheke«, murmelte Farid beim Aussteigen. Wir gingen zur Jadeh Maywand zurück und wandten uns nach rechts, Richtung Westen. »Was ist das für ein Gestank?«, fragte ich. Irgendetwas ließ meine Augen tränen.

»Diesel«, gab Farid zur Antwort.

»Diesel?«

»Auf die Kraftwerke der Stadt ist kein Verlass. Es kommt immer wieder zu Stromausfällen. Darum behelfen sich die Leute mit eigenen Generatoren, die mit Diesel angetrieben werden.«

»Diesel. Weißt du noch, wonach es früher in dieser Gegend gerochen hat?«

Farid schmunzelte. »Nach Kebab.«

»Lamm-Kebab.«

»Lamm.« Farid ließ sich das Wort auf der Zunge zergehen. »So was bekommen in Kabul heutzutage nur die Taliban zu essen.« Er zupfte an meinem Ärmel. »Wenn man vom Teufel spricht ...«

Da rollte ein Fahrzeug auf uns zu. »Bart-Patrouille«, flüsterte Farid.

Es war das erste Mal, dass mir Taliban zu Gesicht kamen. Ich hatte sie bislang nur im Fernsehen, im Internet, auf den Titelseiten von Zeitschriften oder Tageszeitungen gesehen. Jetzt aber stand ich ihnen kaum zwanzig Schritte gegenüber. Und ich wollte nicht wahr haben, dass es nackte Angst war, die da plötzlich in mir aufstieg, mir durch Mark und Bein ging und das Herz schneller schlagen ließ. Da waren sie. In all ihrer Herrlichkeit.

Der rote Toyota-Pick-up fuhr langsam an uns vorbei. Im Führerhaus hockte eine Hand voll ernst dreinblickender junger Männer mit geschulterten Kalaschnikows. Sie trugen allesamt Bärte und schwarze Turbane. Einer von ihnen, ein dunkelhäutiger Mann Anfang zwanzig mit dichten zusammengekniffenen Augenbrauen, ließ eine Peitsche in der Hand rotieren und rhythmisch auf das Seitenblech des Wagens klatschen. Sein irrer Blick blieb plötzlich an mir hängen. Ich hatte mich in meinem ganzen Leben nicht so nackt gefühlt. Dann spie der Talib tabakbraunen Speichel aus und schaute zur Seite. Ich konnte aufatmen. Der Wagen rollte die Jadeh Maywand entlang und zog eine lange Staubwolke hinter sich her.

»Bist du nicht ganz bei Trost?«, zischte Farid.

»Was?«

»Gaff diese Leute um Himmels willen nicht so an! Verstehst du mich? Niemals!«

»Es war nicht meine Absicht«, entgegnete ich.

»Ihr Freund hat Recht, Aga. Einen tollwütigen Hund zu ärgern wäre weniger riskant«, tönte es plötzlich von hinten. Da saß ein alter barfüßiger Bettler auf den Stufen eines zerschossenen Hauseingangs. Er trug einen zerfetzten *chapan* und einen Turban, starrend vor Dreck. Das linke Lid hing schlaff über einer leeren Augenhöhle. Mit gichtiger Hand zeigte er in die Richtung, die der rote Pick-up eingeschlagen hatte. »Die machen hier ihre Runde. Sehen sich um und warten darauf, provoziert zu werden. Früher oder später findet sich immer einer, den sie sich vorknöpfen können. Dann haben die Hunde ihren Spaß. Endlich keine Langeweile mehr, und jeder ruft: *Allah-u-akbar!* Und wenn ihnen ausnahmsweise einmal niemand querkommt, na, dann schlagen sie einfach wild um sich. Ist doch so, oder?«

»Merk dir das: Ist ein Talib in der Nähe, senk den Blick«, sagte Farid.

»Ihr Freund ist ein guter Ratgeber«, schmeichelte der alte Bettler, der plötzlich rasselnd zu husten anfing und in ein schmieriges Taschentuch spuckte. »Verzeihung, aber hätten Sie vielleicht ein paar Afghani für mich übrig?«, röchelte er.

»*Bas.* Lass uns gehen«, sagte Farid und zog mich am Arm.

Ich steckte dem Alten 100 000 Afghani zu, umgerechnet ungefähr drei Dollar. Als er sich vorbeugte, um das Geld entgegenzunehmen, stieg mir der Gestank saurer Milch und ungewaschener Füße in die Nase, worauf sich mir der Magen umzudrehen drohte. Eilig steckte er das Geld weg und sah sich mit dem einen verbliebenen Auge argwöhnisch um. »Tausend Dank für Ihre Güte, Aga Sahib.«

»Wissen Sie, wo das Waisenhaus in Karteh-Seh ist?«, fragte ich.

»Westlich vom Darulaman-Boulevard. Es ist ganz leicht zu finden«, antwortete er. »Die Kinder sind von hier nach Karteh-Seh umquartiert worden, als das alte Waisenhaus von Raketen getroffen wurde. Mit anderen Worten, man hat sie aus dem Löwenkäfig befreit und dann zu den Tigern geworfen.«

»Danke für die Auskunft, Aga«, sagte ich und wandte mich ab.

»Das war wohl für Sie das erste Mal, *nay?*«

»Wie bitte?«

»Dass Sie einen Talib gesehen haben.«

Ich blieb ihm die Antwort schuldig. Der Alte nickte und zeigte grinsend ein paar faule, gelbe Zähne. »Ich kann mich noch gut daran erinnern, wie sie in Kabul eingerollt sind. Was für ein freudiger Tag!«, sagte er. »Endlich Frieden! Ha ha, von wegen. Aber wie schon der Dichter sagte: *Die Liebe schien grenzenlos, und dann kam der Streit.*«

Ich musste schmunzeln. »Den *ghazal* kenne ich auch. Er ist von Hafis.«

»Allerdings«, antwortete der Alte. »Ich muss es wissen. Ich war Dozent für Literatur an der Universität.«

»Tatsächlich?«

Der Alte steckte die Fäuste unter die Arme. Und hustete. »Von 1958 bis 1996. Mein Fachgebiet war die Literatur von Hafis, Khayyam, Rumi, Beydel, Jami, Saadi. Ich war sogar einmal Gastdozent in Teheran, 1971 war das. Da habe ich eine Vorlesung über den Mystiker Beydel gehalten. Ich weiß noch, alle Zuhörer sind am Ende aufgestanden und haben geklatscht. Ha!« Er schüttelte den Kopf. »Aber Sie haben ja diese jungen Männer in dem Wagen gesehen. Was könnte denen schon am Sufismus gelegen sein?«

»Meine Mutter hat auch an der Universität gelehrt«, sagte ich.

»Und wie ist ihr Name?«

»Sofia Akrami.«

So getrübt das eine Auge auch war, es zeigte sich ein Leuchten darin. »*Das Wüstengras lebt fort, mag auch die Frühjahrsblume blühen und verwelken.* Ach, wie schön, so erhaben und elegisch.«

»Sie kannten meine Mutter?«, fragte ich und ging vor dem alten Mann in die Hocke.

»Nicht besonders gut, aber, ja, ich habe sie gekannt«, antwortete er. »Manchmal, wenn sich eine Gelegenheit bot, haben wir uns unterhalten. Das letzte Mal an einem Regentag, kurz vor den Abschlussprüfungen, da haben wir ein herrliches Stück Mandelkuchen miteinander geteilt. Mandelkuchen und dazu heißen Tee mit Honig. Sie war damals hochschwanger und umso schöner. Ich werde nie vergessen, was sie mir an diesem Tag anvertraut hat.«

»Was denn? Bitte, sagen Sie es mir.« Baba hatte Mutter immer nur in allgemeinen Worten beschrieben, die wenig besagten, in Sätzen wie »sie war eine große Frau«. Ich aber war stets auf Einzelheiten aus gewesen; mich interessierte viel mehr, in welcher Tönung ihr Haar im Sonnenlicht schimmerte, welche Eiskrem sie bevorzugte, was für Lieder sie vor sich hin summte oder ob sie womöglich an den Fingernägeln kaute. Baba hatte seine Erinnerungen an sie mit ins Grab genommen. Dass er sich so zugeknöpft gegeben hatte, war vielleicht dem schlechten Gewissen geschuldet, der Reue über sein Verhalten so kurz nach ihrem Tod. Oder vielleicht hatte ihn der Verlust allzu sehr geschmerzt, als dass es ihm möglich gewesen wäre, von ihr zu sprechen. Vielleicht war beides Grund für seine Verschlossenheit.

»Sie sagte: ›Ich habe Angst.‹ Ich fragte, warum, und sie antwortete: ›Weil ich so glücklich bin, Doktor Rasul. Schieres Glück ist beängstigend.‹ – ›Wieso denn das?‹, wollte ich wissen, und sie sagte: ›Sie lassen einen nur dann so glücklich sein, wenn sie etwas von dir wollen.‹ – ›Ach was‹, sagte ich, ›das ist doch dummes Zeug.‹«

Farid nahm mich beim Arm. »Wir sollten jetzt gehen, Amir«, flüsterte er mir zu. Ich riss mich von ihm los. »Was sonst noch? Hat sie noch etwas gesagt?«

In der Miene des Alten zeigte sich Bedauern. »Ich wünschte mich erinnern zu können, schon allein Ihnen zuliebe. Aber alles andere habe ich vergessen. Ihre Mutter ist schon lange tot, und meine Erinnerungen sind so verschüttet wie die Räume in dieser Stadt. Tut mir Leid.«

»Aber es wird Ihnen doch noch irgendetwas einfallen, irgendeine Kleinigkeit.«

Der Alte lächelte. »Ich will versuchen, mich zu erinnern. Versprochen. Kommen Sie zurück, suchen Sie mich.«

»Danke«, sagte ich. »Vielen herzlichen Dank.« Es war mir ernst. Jetzt wusste ich, dass meine Mutter Mandelkuchen und heißen Tee mit Honig gemocht hatte, dass sie das Wort »schier« benutzte und sich wegen ihres Glücks Sorgen machte. Ich hatte von diesem alten Bettler auf der Straße mehr über meine Mutter erfahren als von Baba.

Auf dem Weg zurück zum Wagen mochte weder Farid noch ich kommentieren, was den meisten Nicht-Afghanen als ein allzu unwahrscheinlicher Zufall vorkommen würde, dass nämlich ein Bettler tatsächlich meine Mutter gekannt hatte. Doch wir beide wussten, dass in Afghanistan und besonders in Kabul solche Absonderlichkeiten durchaus an der Tagesordnung waren. Baba pflegte zu sagen: »Steck zwei x-beliebige Afghanen für zehn Minuten in ein Zimmer, und sie werden bald herausfinden, über welche Linien sie miteinander verwandt sind.«

Wir ließen den Alten hinter uns zurück. Ich war entschlossen, auf sein Angebot einzugehen und zurückzukommen, um nachzufragen, ob ihm weitere Geschichten über meine Mutter eingefallen seien. Doch ich sah ihn nie wieder.

Wir fanden das neue Waisenhaus im Norden von Karteh-Seh, am Ufer des ausgetrockneten Kabul-Flusses. Es war ein flaches kasernenartiges Gebäude mit zerschossenen Wänden und zugenagelten Fenstern. Farid hatte mir auf dem Weg hierher erklärt, dass von allen Vierteln in Kabul keines so sehr vom Krieg in Mitleidenschaft gezogen worden war wie Karteh-Seh. Davon konnte ich mich nun, da wir aus dem Wagen stiegen, mit eigenen Augen überzeugen. Aufgesprengte Straßen säumten die bizarren Mauerreste ausgebombter Häuser. Wir kamen an dem verrosteten Gerippe eines umgestürzten Autos vorbei, an einem halb im Schutt versunkenen Fernsehapparat ohne Bildschirm, an einer Wand, auf die mit schwarzer Farbe die Worte *Zenda bad Taliban!* gesprüht waren: *Lang leben die Taliban!*

Ein klein gewachsener, dünner Mann mit schütterem Haar und struppigem grauem Bart öffnete die Tür. Er trug ein abgewetztes Tweedjackett, eine einfache Strickmütze, und die Brille, die auf die Nasenspitze heruntergerutscht war, hatte ein gesprungenes Glas. Die winzigen Augen kugelten hin und her wie schwarze Erbsen, den Blick mal auf mich, mal auf Farid gerichtet. »*Salaam alaykum*«, grüßte er.

»*Salaam alaykum*«, sagte ich und zeigte ihm das Polaroidfoto. »Wir suchen diesen Jungen.«

Er warf einen flüchtigen Blick auf das Bild. »Kenn ich nicht, tut mir Leid.«

»Sie haben ja gar nicht richtig hingesehen, mein Freund«, sagte Farid. »Schauen Sie sich das Bild doch mal genauer an.«

»*Lotfan*«, fügte ich hinzu. *Bitte.*

Der Mann nahm das Foto in die Hand. Studierte es. Und reichte es mir zurück. »*Nay,* tut mir Leid. Ich kenne jedes einzelne Kind in unserm Haus, aber das habe ich noch nie gesehen. Wenn Sie mich jetzt bitte entschuldigen würden, ich habe noch zu tun.« Er machte die Tür zu und schloss ab.

Ich klopfte mit den Knöcheln an. »Aga! Aga, bitte machen Sie auf. Wir wollen dem Jungen doch nicht schaden.«

»Wie gesagt, er ist nicht hier«, tönte es jenseits der Tür. »Gehen Sie jetzt bitte.«

Farid trat einen Schritt näher und legte seine Stirn an das Türblatt. »Freund, wir gehören nicht zu den Taliban«, sagte er leise und vorsichtig. »Der Mann, der mit mir gekommen ist, will den Jungen in Sicherheit bringen.«

»Ich komme aus Peshawar«, sagte ich. »Ein guter Freund von mir kennt ein amerikanisches Paar, das dort ein Heim für Kinder unterhält.« Ich spürte, dass der Mann hinter der Tür ausharrte und lauschte, dass er zögerte und zwischen Argwohn und Hoffnung schwankte. »Hören Sie, ich kannte Suhrabs Vater«, fuhr ich fort. »Sein Name war Hassan. Die Mutter hieß Farzana. Er nannte seine Großmutter *Sasa.* Er kann lesen und schreiben. Und gut mit der Schleuder umgehen. Für diesen Jungen gibt es Hoffnung, Aga, einen Ausweg. Bitte öffnen Sie die Tür.«

Auf der anderen Seite regte sich nichts.

»Ich bin sein Halbonkel«, sagte ich.

Es blieb noch eine Weile still. Dann klapperte ein Schlüssel im Schloss. Die Tür ging auf, und im Spalt zeigte sich das schmale Gesicht des Mannes. Sein Blick wanderte zwischen Farid und mir hin und her. »In einer Hinsicht irren Sie.«

»Nämlich?«

»Er kann *fantastisch* gut mit der Schleuder umgehen.«

Ich lächelte.

»Er hat dieses Ding immer bei sich, trägt es im Hosenbund, wohin er auch geht.«

Er ließ uns schließlich eintreten und stellte sich mit dem Namen Zaman vor, als Leiter des Waisenhauses. »Gehen wir in mein Büro«, sagte er.

Wir folgten ihm durch düstere, schäbige Gänge, in denen ärmlich gekleidete Kinder auf nackten Füßen herumsprangen. Wir kamen an Räumen vorbei, wo in Ermangelung eines festen Bodens Filzteppiche ausgelegt und die Fenster statt mit Glasscheiben mit Plastikfolien verschlossen waren. Diese Räume standen voller Betten aus Metallgestellen, die meisten ohne Matratze.

»Wie viele Waisen wohnen hier?«, fragte Farid.

»Mehr, als dass wir für alle Platz hätten. Ungefähr zweihundertfünfzig«, antwortete Zaman über die Schulter hinweg. »Aber sie sind nicht etwa alle *yateem.* Viele haben nur ihre Väter im Krieg verloren. Die Mütter können aber nicht mehr für sie aufkommen, weil die Taliban verbieten, dass sie arbeiten. Also bringen sie ihre Kinder zu uns.« Er deutete mit ausgestreckter Hand ringsum und fügte betreten hinzu: »Hier ist es immerhin besser als auf der Straße, zumindest ein bisschen besser. Allerdings ist das Haus nicht gebaut worden, um darin zu wohnen; es war das Lager einer Teppichfabrik. Einen Warmwasserbereiter oder so etwas gibt es hier nicht, außerdem ist der Brunnen ausgetrocknet.« Er senkte die Stimme. »Damit ein neuer Brunnen gegraben werden kann, habe ich die Taliban um Geld gebeten, immer wieder, aber sie haben nur ihre Gebetsketten durch die Finger gleiten lassen und gemeint, dass es kein Geld gebe. Kein Geld.« Er kicherte. »Sie haben jede Menge Heroin, aber für einen Brunnen soll angeblich das Geld fehlen.«

Er zeigte auf eine an der Wand entlang aufgestellte Reihe von Betten. »Wir haben weder genug Betten noch ausreichend Matratzen. Schlimmer noch, es fehlt sogar an Decken.« Er machte uns auf ein kleines Mädchen aufmerksam, das mit zwei anderen Kindern Seilhüpfen spielte. »Sehen Sie dieses Mädchen? In diesem Winter mussten sich unsere Kinder die wenigen Decken teilen. Ihr Bruder ist gestorben, erfroren.« Er ging weiter. »Als ich das letzte Mal nach den Vorräten gesehen habe, gab es nur noch für knapp einen Monat Reis. Wenn der aufgebraucht ist, werden die Kinder ausschließlich Brot und Tee zu essen bekommen, morgens wie abends.« Mir fiel auf, dass an ein Mittagessen gar nicht zu denken war.

Er blieb stehen, wandte sich mir zu. »Das Haus bietet nur wenig Schutz; wir haben kaum Lebensmittel, viel zu wenig Kleider und kein sauberes Wasser. Nur an Kindern, die ihre Kindheit verloren haben, mangelt es nicht. Und das Tragische ist, dass ausgerechnet sie noch Glück hatten. Unsere Kapazitäten sind erschöpft. Tagtäglich muss ich Mütter abweisen, die uns ihre Kinder bringen.« Er trat einen Schritt auf mich zu. »Sie sagen, dass es für Suhrab Hoffnung gibt? Das würde ich mir sehr wünschen, Aga. Aber … ich fürchte, Sie kommen zu spät.«

»Was soll das heißen?«

Zaman wich meinem Blick aus. »Folgen Sie mir.«

Vier kahle, rissige Wände, eine Matte auf dem Boden, ein Tisch und zwei Klappstühle: Das war das Büro des Heimleiters. Zaman nahm auf dem einen, ich auf dem anderen Stuhl Platz. Aus einem Loch in der Sockelleiste steckte eine graue Ratte den Kopf hervor und flitzte dann quer durch den Raum. Ich zuckte zurück, als sie an meinen Schuhen schnupperte. Dann interessierte sie sich für die von Zaman und huschte schließlich durch die Tür nach draußen.

»Sie fürchten, ich sei zu spät gekommen. Was meinen Sie damit?«, fragte ich.

»Darf ich Ihnen eine Tasse *chai* anbieten? Ich könnte eine Kanne aufgießen.«

»*Nay,* danke. Mir wär's lieber, wir kämen gleich zur Sache.«

Zaman lehnte sich zurück und verschränkte die Arme auf der Brust. »Was ich zu sagen habe, wird Ihnen nicht gefallen, ganz abgesehen davon, dass die Sache auch sehr gefährlich werden könnte.«

»Für wen?«

»Für Sie. Mich. Und natürlich auch für Suhrab, wenn es denn nicht schon zu spät für ihn ist.«

»Ich muss Bescheid wissen«, sagte ich.

Er nickte. »Verstehe. Aber zuerst möchte ich Ihnen eine Frage stellen: Wie wichtig ist es für Sie, Ihren Neffen zu finden?«

Ich dachte zurück an die Schlägereien auf der Straße, bei denen Hassan immer für mich eingestanden hatte und er es oft gegen zwei, manchmal sogar gegen drei Jungen aufnehmen musste. Ich hatte zugesehen, wohl auch eingreifen wollen, war aber immer wieder zurückgeschreckt, zurückgehalten von irgendetwas.

Ich warf einen Blick in den Flur und sah eine Gruppe von Kindern im Kreis tanzen. Ein kleines Mädchen, dem das linke Bein unterhalb des Knies amputiert worden war, hockte auf einem verschlissenen Teppich, sah lächelnd zu und klatschte im Takt. Wie ich sah, beobachtete auch Farid die Kinder; seine verkrüppelte Hand hing seitlich herab. Ich erinnerte mich an Wahids Jungen und ... mir war plötzlich klar: Ich würde Afghanistan nicht verlassen, ohne Suhrab gefunden zu haben. »Sagen Sie mir, wo er ist«, sagte ich.

Zaman sah mir in die Augen. Dann nickte er, nahm einen Bleistift zur Hand und drehte ihn zwischen den Fingern. »Lassen Sie meinen Namen bitte unerwähnt.«

»Versprochen.«

Er tippte mit dem Bleistift auf den Tisch. »Versprochen oder nicht, ich fürchte, dass ich diesen Augenblick noch bereuen werde. Aber es muss wohl sein. Verflucht bin ich so oder so. Doch wenn für Suhrab etwas getan werden kann ... Ich sag's Ihnen, weil ich Ihnen glaube. Es scheint, Sie stecken selbst in Schwierigkeiten.« Er legte eine lange Pause ein. »Es gibt da einen Talib-Funktionär«, murmelte er schließlich. »Er kommt alle ein, zwei Monate zu Besuch und bringt Geld. Es ist nicht viel, aber besser als gar nichts.« Sein fahriger Blick wich immer wieder aus. »Meistens nimmt er sich ein Mädchen. Aber nicht immer.«

»Und das lassen Sie zu?«, meldete sich Farid zu Wort. Er kam um den Tisch herum und ging auf Zaman zu.

»Was bleibt mir anderes übrig?«, blaffte Zaman und rückte vom Tisch ab.

»Sie sind hier der Leiter«, sagte Farid. »Es ist Ihre Aufgabe, diese Kinder zu beschützen.«

»Mir sind die Hände gebunden.«

»Sie verkaufen Kinder!«, bellte Farid.

»Farid, lass gut sein!«, sagte ich. Zu spät. Schon war mein Freund über Zaman hergefallen, der mitsamt seinem Stuhl nach hinten kippte. Von Farid überwältigt, schlug der Heimleiter verzweifelt um sich und stieß würgende Schreie aus. Mit strampelnden Beinen trat er eine Schublade aus dem Tisch, worauf sich ein Wust fliegender Blätter über den Boden verteilte.

Ich eilte herbei und sah, dass Farid dem kleinen Mann die Kehle zudrückte. Ich packte Farid mit beiden Händen bei den Schultern und versuchte, ihn zurückzuzerren. »Hör auf damit!«, brüllte ich, doch er ignorierte mich. Sein Gesicht war hochrot angelaufen und wutverzerrt. »Ich bring ihn um! Davon hältst du mich nicht ab. Ich bring ihn um!«, zischte er.

»Lass ihn los!«

»Ich bring ihn um!«, wiederholte er, und seine Stimme ließ keinen Zweifel aufkommen. Mir war klar, wenn ich nicht sofort einschreiten würde, wäre es um Zaman geschehen.

»Farid, die Kinder! Sie sehen zu«, sagte ich. Ich spürte, wie sich seine Schultern unter meinen Händen verkrampften, und glaubte schon, dass er Zamans Hals zerquetschen würde. Dann drehte er sich um und sah die Kinder in der Tür stehen, Hand in Hand und sprachlos. Manche hatten zu weinen angefangen. Ich spürte, wie sich Farids Muskeln entspannten. Er hob die Hände und stand auf, sah auf Zaman herab und spuckte ihm ins Gesicht. Dann ging er zur Tür und machte sie zu.

Zaman hustete und rang nach Luft, als er sich mühsam vom Boden erhob und die Mütze über den Kopf zog. Er betupfte die blutenden Lippen mit dem Ärmel seiner Jacke und wischte sich den Speichel von der Wange. Jetzt war auch das andere Brillenglas zersprungen. Er legte das Gestell ab und schlug die Hände vors Gesicht. Über lange Zeit gab keiner von uns einen Ton von sich.

»Er hat Suhrab vor einem Monat mitgenommen«, krächzte Zaman schließlich, das Gesicht immer noch unter den Händen verborgen.

»Und so etwas nennt sich Direktor«, ereiferte sich Farid.

Zaman ließ die Schultern hängen. »Ich habe schon seit über sechs Monaten kein Gehalt mehr bekommen und bin mittellos, weil ich meine ganzen Ersparnisse in dieses Haus gesteckt habe. Alles, was ich je besessen oder geerbt habe, ist für dieses gottverlassene Heim draufgegangen. Glauben Sie, *ich* hätte keine Angehörigen in Pakistan oder Iran? Auch ich hätte mich aus dem Staub machen können. Stattdessen bin ich geblieben. Wegen *denen.*« Er zeigte auf die Tür. »Wenn ich ihm ein Kind verweigerte, würde er zehn nehmen. Also habe ich ihm eines gegeben und überlasse es Allah, darüber zu urteilen. Ich schlucke meinen Stolz hinunter und nehme sein verfluchtes, dreckiges Geld an. Um zum Basar gehen und Lebensmittel für die Kinder kaufen zu können.«

Farid senkte den Blick.

»Was geschieht mit den Kindern, die er mitnimmt?«, fragte ich.

Zaman rieb sich die Augen mit Zeigefinger und Daumen. »Manche kommen zurück.«

»Wer ist dieser Kerl? Wo finden wir ihn?«

»Gehen Sie morgen ins Ghazi-Stadion. Da werden Sie ihn in der Halbzeit sehen können. Er ist derjenige mit der schwarzen

Sonnenbrille.« Er hob die kaputte Brille auf und drehte sie in den Händen. »Sie sollten jetzt gehen. Die Kinder ängstigen sich.«

Er geleitete uns nach draußen.

Als wir wegfuhren, sah ich Zaman im Seitenrückspiegel vor der Tür stehen. Eine Gruppe von Kindern hatte sich um ihn geschart. Sie hielten sich am Saum seines losen Hemdes fest. Ich sah, dass er die Brille wieder aufgesetzt hatte.

21

Wir überquerten den Fluss und fuhren in nördlicher Richtung über den bevölkerten Paschtunistan-Platz. Früher waren Baba und ich hier häufig ins Khyber-Restaurant eingekehrt, wo er dann für uns Kebab bestellt hatte. Das Gebäude stand noch, doch die Türen waren verriegelt und verrammelt, die Fenster eingeschlagen, und im Schild über dem Eingang fehlten die Buchstaben K und R.

In der Nähe des Restaurants bemerkte ich einen Leichnam. Es hatte eine Hinrichtung gegeben. Ein junger Mann baumelte in der Schlinge eines Seils, das von einem Balken herunterhing. Sein Gesicht war geschwollen und blau angelaufen; die Kleider, die er am letzten Tag seines Lebens trug, waren zerrissen und blutverschmiert. Kaum jemand nahm Notiz von ihm.

Wir fuhren schweigend über den Platz und steuerten auf das Wazir-Akbar-Khan-Viertel zu. Wohin man auch sah, überall lagen Schleier von Staub über der Stadt und ihren Häusern aus luftgetrockneten Lehmziegeln. Ein paar Straßenzüge nördlich des Paschtunistan-Platzes machte mich Farid auf zwei Männer aufmerksam, die an einer belebten Straßenecke standen und sich angeregt unterhielten. Einer der beiden balancierte auf einem Bein; von dem anderen war nur ein Stumpf übrig geblieben. Die Prothese hielt er wie ein Kind im Arm. »Weißt du, worum es da geht? Sie feilschen um das Bein.«

»Er verkauft seine Prothese?«

Farid nickte. »Auf dem Schwarzmarkt kriegt man gutes Geld dafür. Und für die Kinder ist dann erst einmal wieder ein, zwei Wochen lang gesorgt.«

Zu meiner Überraschung hatten die meisten Häuser im Wazir-Akbar-Khan-Viertel noch intakte Dächer und Mauern, ja, sie befanden sich in durchaus gutem Zustand. Auch Bäume gab es noch, und auf den Straßen lag nicht annähernd so viel Schutt wie auf denen in Karteh-Seh. Die Verkehrsschilder waren ausgebleicht, verbeult und zerschossen, aber immerhin standen sie noch.

»Hier sieht's ja ganz manierlich aus«, bemerkte ich.

»Kein Wunder. Hier leben jetzt viele einflussreiche Leute.«

»Taliban?«

»Unter anderem, ja«, antwortete Farid.

»Wer denn sonst noch?«

Wir fuhren eine breite Straße mit recht sauberen Gehsteigen und gepflegten Wohnhäusern zu beiden Seiten entlang. »Die Leute hinter den Taliban. Die eigentlichen Köpfe dieser Regierung, wenn man denn überhaupt von Regierung sprechen kann. Araber, Tschetschenen, Pakistani«, sagte Farid. Er zeigte nach Nordwesten. »Da drüben, die Straße 15 wird Sarak-e-Mehmana genannt.« Straße der Gäste. »Als solche gelten sie hier, als Gäste. Ich vermute, dass uns alle diese Gäste eines Tages auf den Teppich pissen werden.«

»Ich glaube, da ist es!«, sagte ich. »Da drüben!« Ich deutete auf eine unverwechselbare Stelle, die mir früher in meiner Kindheit und Jugend als Wegweiser gedient hatte. *Wenn du dich jemals verirren solltest,* pflegte Baba zu sagen, *dann erinnere dich daran, dass am Ende unserer Straße ein rosafarbenes Haus steht.* Dieses auffällige rosafarbene Haus mit dem steilen Dach stand immer noch.

Farid bog in die Straße ein. Nach Babas Haus brauchte ich nicht lange zu suchen.

Wir entdecken die kleine Schildkröte im Hof hinter dem Gestrüpp wild wuchernder Heckenrosen. Rätselhaft, wie sie dorthin gelangt ist, doch das kümmert uns nicht weiter, wir sind viel zu aufgeregt. Hassan hat eine zündende Idee, und wir bemalen den Panzer mit hellroter Farbe. So kann uns das Tier nicht so leicht im Gebüsch verloren gehen. Wir bilden uns ein, verwegene Forscher zu sein, die in einem fernen

Dschungel auf ein riesiges prähistorisches Monstrum gestoßen sind und es mit nach Hause gebracht haben, um es der Welt zu zeigen. Wir stecken die Schildkröte in das kleine von Ali gebastelte Holzauto, das Hassan zum Geburtstag geschenkt bekommen hat, und stellen uns vor, das Auto wäre ein riesiger Käfig aus Eisen. Seht nur dieses Feuer speiende Ungeheuer! Wir marschieren durch das Gras, ziehen den Wagen hinter uns her, an Apfel- und Kirschbäumen vorbei, die sich für uns in mächtige Wolkenkratzer verwandeln, aus deren Fenstern Tausende von Köpfen hervorlugen, neugierig gemacht von unserem Spektakel. Wir ziehen über die kleine halbmondförmig geschwungene Brücke, die Baba zur Zierde in den Feigenbaumhain gebaut hat. Für uns ist sie eine große Hängebrücke, die zwei Städte miteinander verbindet, und der kleine Tümpel, den sie überspannt, ein tosendes Meer. Über den himmelhoch aufragenden Stützen und Kabeln der Brücke versprühen explodierende Feuerwerkskörper ihr buntes Licht, und auf beiden Seiten entrichten uns bewaffnete Soldaten ihren Salut. Die kleine Schildkröte kegelt in dem Holzauto hin und her. Wir ziehen es über die mit roten Steinen gepflasterte Auffahrt vor dem schmiedeeisernen Tor und erwidern die Grüße der Staatsmänner aus aller Welt, die dort Spalier stehen und applaudieren. Uns, Hassan und Amir, den berühmten Abenteurern und erfolgreichen Forschungsreisenden, denen für ihre mutigen Unternehmungen ein Ehrenzeichen verliehen wird …

Zwischen den verwitterten Ziegelsteinen der Auffahrt wucherte Unkraut. Ich stand vor dem Tor meines Vaterhauses und kam mir vor wie ein Fremder. Die Hände auf die rostigen Eisenstäbe gelegt, dachte ich daran, wie ich als Kind unzählige Male durch dieses Tor gelaufen war, um Dinge zu besorgen, die aus heutiger Sicht belanglos, damals aber von großer Wichtigkeit waren.

Die Verlängerung der Auffahrt führte vom Tor in den Hof, wo Hassan und ich in dem Sommer, in dem wir Fahrrad fahren lernten, ein ums andere Mal gestürzt waren. Ich hatte dieses Wegstück sehr viel breiter in Erinnerung. Die Asphaltdecke war an mehreren

Stellen aufgerissen, und aus den gezackten Spalten quoll Unkraut hervor. Die Pappeln, in denen Hassan und ich gehockt und unsere Blendspiegel auf die Häuser der Nachbarschaft gerichtet hatten, waren zum Großteil abgeholzt worden. Was davon noch übrig geblieben war, stand fast ohne Laub da. Die von uns so genannte Mauer des kränkelnden Maises gab es noch, doch von Mais, ob kränkelnd oder nicht, fehlte jede Spur. Der Anstrich blätterte ab und war an manchen Stellen ganz und gar verschwunden. Der Rasen hatte das gleiche Braun angenommen wie die Dunstglocke über der Stadt, abgesehen von den kahlen Flecken, die noch dunkler waren.

In der Auffahrt parkte ein Jeep, und der wirkte fehl am Platz, denn dahin gehörte Babas schwarzer Mustang. Jahrelang hatte mich an jedem Morgen das Brummen seines Achtzylindermotors aus dem Schlaf geholt. Mir fiel auf, dass der Jeep Öl verlor; der Fleck, der sich auf dem Asphalt ausgebreitet hatte, wirkte auf mich wie ein großer Rorschach-Tintenklecks. Hinter dem Jeep lag eine umgekippte Schubkarre. Von den Rosenbüschen, die Baba und Ali auf der linken Seite gepflanzt hatten, war nichts mehr zu sehen. Stattdessen nur Dreck und Unkraut.

Farid drückte zweimal auf die Hupe. »Es wäre besser, wir verschwinden. Sonst fallen wir noch auf«, warnte er.

»Nur eine Minute noch«, entgegnete ich.

Das Haus war bei weitem nicht die großzügige Villa, wie ich sie aus meiner Kindheit in Erinnerung hatte. Es sah sehr viel bescheidener aus. Das Dach war abgesackt, der Putz an zahllosen Stellen aufgerissen. Die Fensterscheiben des Wohnzimmers, der Diele und des Gästebadezimmers im Obergeschoss waren eingeschlagen und notdürftig mit durchsichtiger Plastikfolie geflickt oder mit Brettern vernagelt. Der einst weiße Anstrich hatte sich in ein gespenstisches Grau verfärbt, und an manchen Stellen kam darunter nacktes Ziegelgemäuer zum Vorschein. Die Stufen vorm Eingang waren zerbrochen. Wie so vieles andere in Kabul bot auch das Haus meines Vaters ein Bild verlorener Pracht.

Ich fand das Fenster zu meinem alten Schlafzimmer im Obergeschoss, vom Eingang aus betrachtet das dritte Fenster auf der Südseite des Hauses. Dahinter war von meinem Blickwinkel aus nichts als Schatten zu erkennen. Vor fünfundzwanzig Jahren hatte ich hinter ebendiesem Fenster gestanden, als dicke Regentropfen über die Scheiben rannen und das Glas von meinem Atem beschlug. Ich hatte damals zugesehen, wie Hassan und Ali ihre Habe in den Kofferraum von Vaters Auto luden.

»Amir«, rief Farid zum wiederholten Mal.

»Ich komme«, antwortete ich ungehalten.

Es drängte mich, das Haus von innen zu sehen. Ich wollte die Stufen hinaufsteigen, bis zu der Stelle, wo Ali von mir und Hassan immer verlangte hatte, dass wir unsere Schneestiefel auszogen. Ich wollte hineingehen und den Duft der Orangenschalen riechen, die Ali zusammen mit Sägespänen in den Ofen zu werfen pflegte. Mich an den Küchentisch setzen, Tee trinken und ein Stück *naan* dazu essen, den von Hassan gesungenen alten Hazara-Liedern lauschen.

Wieder Gehupe. Ich kehrte zurück zu dem Landcruiser, der am Gehweg parkte. Farid saß am Steuer und rauchte.

»Eins muss ich mir noch ansehen«, erklärte ich ihm.

»Würdest du dich bitte beeilen.«

»Gib mir zehn Minuten.«

»Wenn's denn sein muss.« Dann, als ich mich gerade abgewendet hatte: »Vergiss doch lieber alles. Das macht es leichter.«

»Was würde dadurch leichter?«

»Alles Weitere«, antwortete Farid. Er schnippte die Zigarette aus dem Fenster. »Was willst du denn noch sehen? Erspar dir die Enttäuschung: Von dem, woran du dich erinnerst, ist nichts geblieben. Vergiss es.«

»Ich will aber nicht vergessen«, entgegnete ich. »Gib mir zehn Minuten.«

Es hatte uns, Hassan und mich, kaum einen Schweißtropfen gekostet, den Hügel unmittelbar nördlich von Babas Haus zu erklimmen. Wir jagten uns gegenseitig das letzte Stück nach oben, tollten herum oder setzten uns auf einen Felsvorsprung, der uns einen weiten Ausblick auf den Flughafen in der Ferne bot. Wir sahen Flugzeuge starten und landen. Und dann rannten wir wieder los.

Als ich jetzt endlich die zerklüftete Hügelkuppe erreichte, meinte ich mit jedem keuchenden Luftholen Feuer zu schlucken. Mein Gesicht war schweißnass. Ich hatte Seitenstechen und musste immer wieder stehen bleiben. Immerhin brauchte ich nicht lange, um den verlassenen Friedhof zu finden. Den alten Granatapfelbaum gab es immer noch.

Ich lehnte mich an den aus grauem Stein gemauerten Pfosten am Eingang zum Friedhof, auf dem Hassan seine Mutter begraben hatte. Das alte Tor, das schon damals nicht mehr in den Angeln gehangen hatte, war weg, und das Unkraut stand überall so hoch, dass die Grabsteine fast darin verschwanden. Auf der niedrigen Mauer, die das Feld umschloss, hockten zwei Krähen.

In seinem Brief hatte Hassan erwähnt, dass der Granatapfelbaum schon seit Jahren keine Früchte mehr trug. Angesichts der trockenen, entblätterten Zweige bezweifelte ich, dass dies je wieder der Fall sein würde. Ich dachte daran, wie oft wir auf diesen Baum geklettert waren, mit baumelnden Beinen rittlings auf seinen Ästen gehockt hatten, bestrahlt vom flackernden Sonnenlicht, das durch das Laub fiel. Mir war, als schmeckte ich das strenge Aroma von Granatäpfeln auf der Zunge. Ich ließ mich auf die Knie fallen und fuhr tastend mit den Händen über den Stamm. In der verwitterten Rinde war das, wonach ich suchte, nur noch vage auszumachen: »Amir und Hassan, die Sultane von Kabul.« Mit den Fingern folgte ich der Kontur jedes einzelnen Buchstabens und zupfte an den Rändern der kleinen Einschnitte.

Mit verschränkten Beinen saß ich am Fuß des Baums und blickte in südlicher Richtung über die Stadt meiner Kindheit. Damals ragten hinter den Mauern eines jeden Hauses Bäume auf. Der Himmel war weit und blau, und in der Sonne trocknete schimmernde Wäsche an den Leinen. Wenn man die Ohren spitzte, konnte man sogar die Rufe des Obsthändlers hören, der seinen Esel durch das Wazir-Akbar-Khan-Viertel trieb: *Kirschen! Aprikosen! Weintrauben!* Am frühen Abend konnte man das *azan* hören, die Aufforderung des Muezzin der Moschee in Shar-e-Nau zum Gebet.

Farid hupte. Ich sah ihn mit der Hand winken. Es war Zeit zu gehen.

Wir fuhren zurück zum Paschtunistan-Platz und begegneten wieder mehreren roten Pick-ups voller bärtiger junger Männer. Farid fluchte jedes Mal leise vor sich hin.

Ich zahlte für ein Zimmer in einem kleinen Hotel nahe dem Paschtunistan-Platz. Drei kleine Mädchen, zum Verwechseln ähnlich in ihren schwarzen Kleidern und weißen Schals, hingen an dem schmächtigen bebrillten Mann hinter dem Empfangsschalter. Er verlangte 75 Dollar, einen für dieses offensichtlich heruntergekommene Haus geradezu astronomischen Preis. Ich beschwerte mich nicht. Es macht schließlich einen Unterschied, ob man mit Beutelschneiderei ein Strandhaus auf Hawaii zu finanzieren oder die eigenen Kinder durchzufüttern versucht.

Es gab kein heißes Wasser, und die kaputte Kloschüssel war ohne Spülung. Das schmale Bett bestand aus einem Metallgestell, einer durchgelegenen Matratze und einer zerlumpten Decke. In der Ecke stand ein Holzstuhl. Die Scheibe des auf den Platz hinausgehenden Fensters war zerbrochen, nicht ersetzt worden. Als ich den Koffer absetzte, entdeckte ich an der Wand hinter dem Bett einen getrockneten Blutfleck.

Ich gab Farid Geld und schickte ihn los, etwas zum Essen zu holen. Er kehrte mit vier dampfenden Fleischspießen zurück, frischem *naan* und einer Schale weißem Reis. Wir setzten uns auf das Bett und langten mit großem Appetit zu. Eines hatte sich in Kabul dann doch nicht verändert: Der Kebab war so saftig und köstlich wie immer.

Ich schlief im Bett, Farid auf dem Boden, in eine Decke gewickelt, die mir der Hotelier zusätzlich in Rechnung stellte. Abgesehen vom Mond, der durch das zerbrochene Fenster leuchtete, gab es kein Licht. Farid hatte von unserem Wirt erfahren, dass Kabul seit zwei Tagen ohne Strom sei und der hauseigene Generator repariert werden müsse. Wir unterhielten uns noch eine Weile. Er erzählte von seiner Jugend in Mazar-e-Sharif und Jalalabad und berichtete von seiner und seines Vaters Teilnahme am Djihad und wie sie im Panjshir-Tal gegen die *Shorawi* angetreten waren. Sie hatten ohne Lebensmittel festgesessen und sich von Heuschrecken ernähren müssen. Er berichtete von dem Tag, an dem sein Vater von einem Hubschrauber aus beschossen und getötet wurde, von dem Tag, da seine zwei Töchter einer Landmine zum Opfer gefallen waren. Und er erkundigte sich nach Amerika. Ich erzählte ihm dann, dass man in den Läden dort zwischen fünfzehn bis zwanzig verschiedenen Müsli-Sorten auswählen könne, dass das Lammfleisch immer frisch, die Milch kalt, das Obst reichlich und das Wasser sauber und klar sei. Dass jeder Haushalt einen Fernseher und jeder Fernseher eine Fernbedienung habe und dass jeder, der es wünsche, eine Satellitenschüssel aufs Dach montieren könne, mit der sich über fünfhundert verschiedene Programme empfangen ließen.

»Fünfhundert?«, rief Farid.

»Fünfhundert.«

Für eine Weile sagte keiner von uns ein Wort. Ich war wohl gerade eingeschlafen, als Farid auf einmal zu kichern anfing. »Amir, hast du davon gehört, was Hodscha Nasreddin getan hat, als seine Tochter eines Tages nach Hause kam und sich darüber beschwerte, von ihrem Mann geschlagen worden zu sein?«, fragte er, und ihm war anzuhören, dass er grinste. Auch ich schmunzelte unwillkürlich. Es gab wohl auf der ganzen Welt keinen Afghanen, der nicht schon einmal Witze über diesen zerstreuten Hodscha gehört hatte.

»Was?«

»Er hat sie ebenfalls geschlagen und dann zurückgeschickt mit dem Auftrag, ihrem Mann zu sagen, dass mit ihm, dem Mullah, nicht zu spaßen sei: Wenn der Hurensohn seine Tochter schlüge, dann würde er, der Hodscha, seine Frau dafür schlagen.«

Ich lachte. Teils über den Witz, teils darüber, dass sich afghanischer Humor offenbar nie änderte. Es wurden Kriege geführt, das Internet war erfunden, ein Roboter war über die Oberfläche des Mars gerollt, und in Afghanistan erzählte man sich immer noch Witze über Hodscha Nasreddin. »Kennst du den, wie der Hodscha, einen schweren Sack auf den Schultern, auf seinem Esel reitet?«, sagte ich.

»Nein.«

»Er wird auf der Straße von jemandem gefragt, warum er den Sack denn nicht dem Esel aufladen würde? Worauf er antwortet, dass das arme Tier mit ihm doch schon genug zu schleppen habe.«

Wir tauschten noch ein paar weitere Hodscha-Nasreddin-Witze aus, bis uns keine mehr einfielen, dann wurde es wieder still.

»Amir.« Farid schreckte mich aus dem Halbschlaf auf.

»Ja?«

»Warum bist du hier? Was ist der eigentliche Grund?«

»Das habe ich doch gesagt.«

»Wegen des Jungen?«

»Wegen des Jungen.«

Farid wälzte sich auf dem Boden herum. »Kaum zu glauben.«

»Ich kann's manchmal selbst nicht glauben, dass ich hier bin.«

»Nein … ich meine, warum ausgerechnet dieser Junge? Du bist den ganzen weiten Weg von Amerika gekommen … für einen *Shi'a*?«

Mit meiner guten Laune war es vorbei. Auch mit meiner Nachtruhe. »Ich bin müde«, sagte ich. »Lass uns schlafen.«

»*Inshalla,* ich hoffe, ich habe nichts Falsches gesagt«, murmelte Farid.

»Gute Nacht«, sagte ich und drehte mich zur Seite. Bald hallte Farids Schnarchen durch den kahlen Raum. Ich hatte die Hände auf der Brust gefaltet, starrte durch das eingeschlagene Fenster auf den Sternenhimmel und dachte, dass womöglich wahr sein mochte, was andere über Afghanistan sagten. Vielleicht war es tatsächlich ein Land, für das es keine Hoffnung gab.

Das Ghazi-Stadion füllte sich. Auf den Betontribünen wimmelten Tausende von Menschen. In den Gängen und auf den Stufen spielten Kinder Fangen. Ein Duft von Kichererbsen und scharfer Sauce hing in der Luft. Darunter mischten sich die Gerüche von Kot und Schweiß. Farid und ich kamen an Händlern vorbei, die Zigaretten, Pinienkerne und Gebäck feilboten.

Ein dürrer Junge in einem Jackett aus grob gewebter Wolle fasste mich beim Ellbogen und flüsterte mir etwas ins Ohr, fragte mich, ob ich an »sexy pictures« interessiert sei.

»Sehr sexy, Aga«, sagte er und sah sich mit aufmerksamen Augen um. Er erinnerte mich an das Mädchen, das mir vor ein paar Jahren im Rotlichtviertel von San Francisco Crack angeboten hatte. Der Junge schlug eine Seite des Jacketts auf und gestattete mir einen flüchtigen Blick auf seine »sexy pictures«: Postkarten mit Motiven aus indischen Spielfilmen, die rehäugig-schmachtende, aber vollständig angezogene Frauen in den Armen starker Männer zeigten. »So sexy«, wiederholte er.

»*Nay*, danke«, sagte ich und schob mich an ihm vorbei.

»Man wird ihn schnappen und verprügeln, so sehr, dass sich sein Vater im Grab umdreht«, murmelte Farid.

Im Stadion galt freie Sitzwahl, und es gab auch niemanden, der uns höflich zu unserem Rang oder unserer Reihe geführt hätte. Platzanweiser hatte es nicht einmal früher in den Tagen der Monarchie gegeben. Auf der Tribüne gleich links neben der verlängerten Mittellinie fanden wir zwei recht gute Plätze, wozu Farid allerdings eine gehörige Portion an Körpereinsatz aufbringen musste.

Ich erinnerte mich, wie grün das Spielfeld in den 70er-Jahren gewesen war, als Baba mich zu Fußballspielen mitgenommen hatte. Statt eines gepflegten Rasens erstreckte sich jetzt ein Acker voller Löcher und Krater. Hinter dem Tor auf der Südseite fielen zwei besonders tiefe Löcher auf. Gras wuchs hier schon lange nicht mehr. Als die beiden Mannschaften schließlich aufs Spielfeld kamen – trotz der Hitze trugen alle Spieler lange Hosen – und zu spielen anfingen, konnte man vor all dem Staub, den sie aufwirbelten, kaum noch den Ball sehen. Mit Peitschen bewaffnet, zogen junge Taliban durch die Reihen und schlugen auf jeden ein, der zu laut zu jubeln wagte.

Kurz nachdem der Halbzeitpfiff ertönt war, rollten zwei verstaubte rote Pick-ups durch das weite Stadiontor, Pritschenwagen, wie ich sie seit meiner Ankunft in der Stadt schon mehrfach gesehen hatte. Die Menge der Zuschauer erhob sich. In dem einen Führerhaus saß eine Frau, gekleidet in eine grüne Burkha, in dem anderen ein Mann, dem die Augen verbunden waren. Beide Pritschenwagen fuhren langsam die gesamte Aschenbahn entlang; man wollte der Menge offenbar ausreichend Gelegenheit zum Gaffen geben. Die Leute reckten die Hälse, zeigten mit dem Finger auf die Wagen, stellten sich auf die Zehenspitzen. Ich warf einen Blick auf Farid und bemerkte, dass sein Kehlkopf auf und ab ging: Er murmelte mit angehaltenem Atem ein Gebet.

Die roten Wagen rollten nun, jeder in eine Staubwolke gehüllt, über das Spielfeld. Am anderen Ende angekommen, stieß ein dritter Wagen hinzu, mit einer Fracht, angesichts derer ich endlich verstand, was es mit den beiden Löchern hinter dem Tor auf sich hatte. Ein Raunen ging durch die Menge, als der Wagen entladen wurde.

»Willst du bleiben?«, fragte Farid mit ernster Miene.

»Nein«, antwortete ich. Am liebsten wäre ich Hals über Kopf davongerannt. »Aber wir müssen wohl bleiben.«

Zwei Taliban, Kalaschnikows über die Schultern gehängt, halfen dem Mann mit der Augenbinde von dem einen Pick-up. Die Frau in der Burkha wurde, kaum dass man sie von dem anderen Wagen gehoben hatte, schwach in den Knien und sank zu Boden. Die Soldaten richteten sie auf, doch sie fiel wieder hin. Als man sie abermals aufzuheben versuchte, fing sie zu schreien an und trat mit den Füßen um sich. Ich werde, solange ich lebe, diesen Schrei nicht vergessen können. So schrie wohl auch ein wildes Tier, das sich aus der zugeschnappten Falle zu befreien versucht. Zwei weitere Taliban eilten hinzu und halfen dabei, die Frau in eines der Löcher zu zwingen, worin sie bis zur Brust verschwand. Der Mann mit der Augenbinde ließ sich wehrlos in das andere, für ihn ausgehobene Loch stecken. Von den beiden waren jetzt nur noch Oberkörper und Kopf zu sehen.

Neben dem Tor stand ein gedrungener Geistlicher mit weißem Bart und grauem Gewand. Er hielt ein Mikrofon in der Hand und räusperte sich. Auf den Tribünen war es still geworden, nur die Frau hinter ihm im Loch schrie ununterbrochen, während er mit näselnder, tremolierender Stimme ein langes Gebet aus dem Koran rezitierte. Ich erinnerte mich an Babas Worte, ausgesprochen vor langer Zeit: *Man sollte auf die Bärte dieser ganzen selbstgerechten Affen pinkeln. Sie tun nichts anderes, als ihre Gebetsperlen zu befingern und aus einem Buch aufzusagen, das in einer Sprache geschrieben ist, die sie nicht einmal verstehen. Gott stehe uns bei, sollte Afghanistan jemals in ihre Hände fallen.*

Als er mit dem Gebet zu Ende war, räusperte sich der Geistliche ein weiteres Mal. »Brüder und Schwestern!«, rief er auf Farsi, und seine Stimme dröhnte durch das Stadion. »Wir sind heute hier, um die *Scharia* anzuwenden. Wir sind heute hier, um dem Recht zu genügen. Wir sind heute hier, weil der Wille Allahs und das Wort des Propheten Mohammed, Friede sei mit ihm, hier in Afghanistan, unserer geliebten Heimat, lebendig sind. Wir hören und befolgen, was Allah uns sagt, denn vor seiner Größe sind wir nur armselige, machtlose Wesen. Und was sagt uns Allah? Ich frage euch! Was sagt er uns? Allah sagt, dass Sünder gemäß ihrer Sünde zu bestrafen sind. Das sind nicht meine Worte noch die meiner Brüder. Dies sind die Worte Allahs!« Er deutete mit der freien Hand zum Himmel. Mir brummte der Schädel; die Sonne brannte unerträglich heiß.

»Sünder sind gemäß ihrer Sünde zu bestrafen!«, wiederholte der Geistliche ins Mikrofon. Es senkte die Stimme, betonte jedes einzelne Wort: »Und welche Strafe, Brüder und Schwestern, geziemt einem Ehebrecher? Wie sollen wir jene bestrafen, die die Heiligkeit der Ehe entehrt haben? Wie sollen wir mit denen verfahren, die in Gottes Antlitz spucken? Wie begegnen wir denen, die die Witwen im Hause Gottes mit Steinen bewerfen? Wir werden sie steinigen!« Er schaltete das Mikrofon aus. In der Menge machte sich Unruhe breit.

Farid schüttelte den Kopf. »Und so etwas nennt sich Muslim«, flüsterte er.

Aus dem Pick-up stieg nun ein großer, breitschultriger Mann. Sein Anblick ließ einige Zuschauer laut aufkreischen, und diesmal war keiner da, der sie mit der Peitsche zurechtwies. Der große Mann trug ein weißes Gewand, das in der Nachmittagssonne gleißend hell leuchtete. Der weite Saum flatterte im Wind, als er wie Jesus am Kreuz die Arme ausbreitete. Die Menge grüßend, drehte er sich langsam um die eigene Achse. Als er sich uns zuwandte, sah ich, dass er eine schwarze runde Sonnenbrille trug wie einst John Lennon.

»Das scheint unser Mann zu sein«, sagte Farid.

Der Talib mit der schwarzen Sonnenbrille trat auf den Steinhaufen zu, den man aus dem dritten Pick-up ausgeladen hatte. Er griff sich einen Stein und zeigte ihn der Menge. Das Gekreische verstummte wie auf Kommando, dafür war jetzt nur noch ein seltsames Sirren zu hören, und als ich mich umschaute, stellte ich fest, dass alle ein höhnisches Schnalzen von sich gaben. Der Talib sah auf absurde Weise wie ein Baseball-Pitcher aus, als er den Stein auf den Mann mit der Augenbinde schleuderte. Der wurde seitlich am Kopf getroffen. Die Frau schrie wieder auf. »Oh!«, machte die Menge. Ich schloss die Augen und schlug die Hände vors Gesicht. Jeden Wurf des Henkers quittierten die Zuschauer mit einem lauten »oh!« Das ging eine Weile so weiter. Als sie verstummten, fragte ich Farid, ob es vorbei sei. Er sagte, nein. Vermutlich hatte sich die Menge nur müde gebrüllt. Ich weiß nicht mehr, wie lange ich mit zugekniffenen Augen dagesessen habe. Ich weiß nur noch, dass ich wieder aufblickte, als die Leute um mich herum fragten: »*Mord? Mord?*« Ist er tot?

Der Mann im Loch war entsetzlich zugerichtet; er schien nur noch aus Blut und Lumpen zu bestehen. Der Kopf hing schlaff vornüber. Daneben kauerte ein Mann, der ein Stethoskop in die Ohren geklemmt hatte und die Membran auf die Brust des Verurteilten gepresst hielt. Er wandte sich dann dem Mann mit der Lennon-Brille zu, nahm das Stethoskop ab und schüttelte den Kopf. Die Zuschauer stöhnten.

Der Henker trat wieder vor den Steinhaufen.

Als endlich die Hinrichtung vorbei und die blutigen Leichen – getrennt – auf die Ladeflächen der Pick-ups gehievt worden waren, rückten Männer mit Schaufeln an, um die Löcher zuzuschütten. Einer von ihnen versuchte vergeblich, die großen Blutlachen unkenntlich zu machen, indem er mit dem Fuß Erde darauf verteilte. Wenige Minuten später kehrten die Mannschaften aufs Spielfeld zurück. Die zweite Halbzeit wurde angepfiffen.

Unser Treffen sollte am selben Nachmittag um drei Uhr stattfinden. Dass diese Verabredung so schnell zustande gekommen war, hatte mich selbst überrascht. Ich hatte mit langwierigen Schwierigkeiten gerechnet, mit Befragungen und Ausweiskontrollen. Stattdessen zeigte sich mir wieder einmal, wie formlos selbst offizielle Angelegenheiten in Afghanistan abgewickelt wurden. Es genügte, einen der Peitsche schwingenden Taliban zu uns zu rufen und ihm zu sagen, dass wir den Mann in Weiß in einer persönlichen Sache zu sprechen wünschten. Farid erledigte das für mich. Der Mann mit der Peitsche nickte, rief dann einem jungen Mann auf dem Feld ein paar Wörter auf Paschto zu, die diesen auf den Talib mit der Sonnenbrille zueilen ließen, der noch hinter dem Tor stand und sich mit dem dicken Geistlichen unterhielt. Die drei sprachen miteinander. Ich sah, wie der Typ mit der Sonnenbrille zu uns hochblickte. Er nickte. Sagte dem Boten etwas ins Ohr. Der junge Mann leitete die Nachricht an uns weiter.

Die Verabredung war perfekt. Drei Uhr.

22

Farid steuerte den Landcruiser in die Einfahrt eines großen Hauses im Wazir-Akbar-Khan-Viertel. Er parkte im Schatten der Weiden, die mit ihren Ästen über die Mauern des Anwesens an der Sarak-e-Mehmana, der Straße der Gäste, hinausreichten. Wir blieben noch eine Weile im Wagen sitzen, lauschten dem Klick-klick des abkühlenden Motors und schwiegen. Farid rutschte auf seinem Platz hin und her und spielte mit den Schlüsseln, die noch im Zündschloss steckten. Ich sah ihm an, dass er mir etwas sagen wollte.

»Vielleicht sollte ich lieber im Auto warten«, sagte er schließlich, ohne mich anzuschauen und in einem Ton, der ein wenig nach Entschuldigung klang. »Das ist deine Angelegenheit. Ich ...«

Ich tätschelte seinen Arm. »Du hast schon sehr viel für mich getan, viel mehr, als ich erwartet habe. Du brauchst nicht mitzugehen.« In Wahrheit wäre mir seine Begleitung sehr lieb gewesen. Oder die von Baba. Trotz der Geschichten, die ich jüngst über ihn erfahren hatte, hätte ich ihn liebend gern an meiner Seite gehabt. Baba wäre einfach zur Tür hineingegangen, hätte verlangt, dem leitenden Beamten vorgestellt zu werden, und jedem, der sich ihm in den Weg gestellt hätte, auf den Bart gepinkelt. Aber Baba war längst tot, begraben auf dem für Afghanen reservierten Teil des kleinen Friedhofs in Hayward. Erst im vergangenen Monat hatten Soraya und ich ihm einen Strauß aus Margeriten und Freesien an den Grabstein gelegt. Ich war auf mich allein gestellt.

Ich stieg aus dem Auto und ging auf die große Holzpforte des Hauses zu. Ich drückte den Klingelknopf, hörte aber kein Klingeln – es gab immer noch keinen Strom. Ich musste also anklopfen. Einen Moment später hörte ich Stimmen, die einen kurzen Wortwechsel führten, dann machten mir zwei Männer, mit Kalaschnikows bewaffnet, die Tür auf.

Ich warf einen Blick zurück auf Farid, der hinterm Steuer saß, und formulierte mit den Lippen: *Ich bin bald wieder da,* war mir dessen aber beileibe nicht sicher.

Die Männer durchsuchten mich von Kopf bis Fuß, tasteten meine Hose ab und griffen mir zwischen die Beine. Der eine sagte irgendetwas auf Paschto, worauf beide kicherten. Sie ließen mich eintreten und führten mich durch einen kleinen Innenhof, über ein gepflegtes Rasenstück, vorbei an Geranien und kurz gehaltenen Büschen, die die Außenmauer säumten. Am anderen Ende des Hofes stand eine alte Wasserpumpe, die mit der Hand zu betreiben war. Ich erinnerte mich an den Brunnen vor *Kaka* Homayouns Haus in Jalalabad – die Zwillinge Fazila und Karima und ich hatten Dutzende von Kieselsteinen in den Schacht geworfen und auf das *Plink* in der Tiefe gelauscht.

Wir stiegen über ein paar Stufen und betraten ein großes spärlich geschmücktes Haus. An einer Wand in der Eingangshalle hing eine riesige afghanische Fahne. Die Männer führten mich über eine Treppe nach oben in einen Raum mit zwei minzgrünen Sofas und einem großformatigen Fernseher. An einer der Wände hing – festgenagelt – ein Gebetsteppich, auf dem eine leicht verzerrte Ansicht von Mekka abgebildet war. Der ältere der beiden Wächter forderte mich mit einem Wink seiner Waffe auf, auf dem Sofa Platz zu nehmen. Ich setzte mich. Die beiden verließen das Zimmer.

Ich schlug die Beine übereinander. Stellte sie wieder nebeneinander und legte die schweißnassen Hände auf die Knie. Ob ich einen nervösen Eindruck machte? Ich faltete die Hände, war aber bald auch mit dieser Haltung nicht mehr einverstanden und verschränkte die Arme auf der Brust. Ich spürte das Blut in den Schläfen rauschen, fühlte mich ganz und gar einsam und verlassen. Gedanken schwirrten mir durch den Kopf, obwohl ich eigentlich an nichts denken wollte, zumal ich ahnte, dass ich mich in eine heillos verrückte Situation manövriert hatte. Tausende von Kilometern von meiner Frau entfernt, befand ich mich in einem

Zimmer, das wie eine Arrestzelle anmutete, und wartete auf einen Mann, der kurz zuvor vor meinen eigenen Augen zwei Menschen getötet hatte. Wahnsinn. Schlimmer noch, es war unverantwortlich, riskierte ich doch, Soraya mit nur sechsunddreißig Jahren zur Witwe zu machen. *Das bist nicht du, Amir,* sagte eine Stimme in mir. *Du hast doch im Grunde überhaupt keinen Mumm, was an sich nicht so schlimm ist, zumindest hast du dir in dieser Hinsicht nie etwas vorgemacht. Feige zu sein ist nicht weiter tragisch; viel wichtiger ist es, Vernunft walten zu lassen. Wenn aber ein Feigling vergisst, wer er ist … dann gnade ihm Gott.*

Neben dem Sofa stand ein kleiner Beistelltisch mit x-förmigem Untergestell und walnussgroßen Messingkugeln, angeordnet als Ring, in dem sich die Metallbeine in der Mitte kreuzten. Einen solchen Tisch hatte ich schon einmal gesehen. Wo? Und dann fiel es mir ein: in der überfüllten Teestube in Peshawar, auf die ich damals, während meines nächtlichen Spaziergangs, zufällig gestoßen war. Auf dem Tisch stand eine Schale voll roter Weintrauben. Ich pflückte eine davon ab und warf sie mir in hohem Bogen in den Mund. Mit irgendetwas musste ich mich beschäftigen, um die Stimme in meinem Kopf zum Schweigen zu bringen. Die Traube war süß. Ich gönnte mir eine weitere – und konnte natürlich nicht ahnen, dass dies für lange Zeit mein letzter Bissen sein sollte.

Die Tür ging auf, und die beiden bewaffneten Männer kehrten zurück. Sie flankierten den groß gewachsenen Talib in Weiß, der immer noch die dunkle Lennon-Brille trug und aussah wie ein New-Age-Guru, nur mit muskulösen Schultern.

Er nahm mir gegenüber Platz und legte die Hände auf die Armlehnen. Für eine Weile saß er schweigend da, musterte mich und klopfte mit einer Hand aufs Polster. Mit der anderen spielte er mit den türkisblauen Perlen seiner Gebetskette. Er hatte eine schwarze Weste über das weiße Hemd gezogen und trug, wie mir auffiel, eine goldene Uhr am Handgelenk. Am linken Hemdsärmel war ein getrockneter Blutfleck. Es irritierte, ja, faszinierte mich, dass er sich nach der Hinrichtung nicht umgezogen hatte.

Manchmal hob er die freie Hand und fuhr mit seinen kräftigen Fingern durch die Luft, als streichelte er ein unsichtbares Maskottchen. Unter dem zurückrutschenden Ärmel traten Male auf dem Unterarm zum Vorschein, wie ich sie sonst nur bei Obdachlosen in den heruntergekommenen Seitenstraßen von San Francisco gesehen hatte.

Seine Haut war viel heller als die der beiden Wachen, fast bleich, und unterhalb des schwarzen Turbans glänzte Schweiß auf seiner Stirn. Auch sein Bart, der ihm bis auf die Brust herabhing, war ungewöhnlich hell.

»*Salaam-u-alaykum*«, sagte er.

»Salaam.«

»Gib dir keine Mühe«, entgegnete er.

»Wie bitte?«

Mit flacher nach oben gestreckter Hand gab er einem der bewaffneten Männer einen Wink, und ehe ich mich's versah, hatte der mir den Bart heruntergerissen und warf ihn mit einem Kichern in die Luft. Der Talib grinste. »Immerhin einer von der besseren Sorte. Aber so ist dir doch bestimmt wohler, oder?« Er spreizte die Finger, schloss sie zur Faust und spreizte sie wieder. »Die heutige Show hat dir, *inshallah,* gefallen.«

»Sollte das eine Show gewesen sein?«, fragte ich und massierte mir die brennenden Wangen. Ich hoffte, dass meine Stimme nicht verriet, wie groß mein Schrecken war.

»Was wäre sehenswerter als öffentlich vollstreckte Gerechtigkeit, mein Bruder? Da ist alles drin: Dramatik, Spannung. Und das Beste ist, sie wirkt erzieherisch.« Er schnippte mit den Fingern. Der jüngere der beiden Leibwächter zündete ihm eine Zigarette an. Der Talib lachte. Murmelte etwas in seinen Bart. Seine Hände waren zittrig, und fast hätte er die Zigarette fallen lassen. »Aber du hättest einmal mit mir in Mazar sein sollen. Im August 1998. Das war eine noch viel bessere Show!«

»Ich kann Ihnen nicht ganz folgen.«

»Wir haben sie den Hunden überlassen, wenn du verstehst, was ich meine.«

Ich ahnte, worauf er hinauswollte.

Er stand auf, ging um das Sofa herum, einmal, zweimal. Dann setzte er sich wieder. Er sprach sehr schnell. »Wir sind von Tür zu Tür gegangen, haben Männer und Jungen nach draußen gerufen und sie an Ort und Stelle erschossen, vor den Augen ihrer Familien. Die sollten zusehen und sich für immer daran erinnern, wer sie sind und wohin sie gehören.« Er geriet fast ins Keuchen. »Manchmal mussten wir die Türen eintreten und die Häuser stürmen. Und ... und dann habe ich mit dem Maschinengewehr draufgehalten, so lange, bis ich vor lauter Rauch nichts mehr sehen konnte.« Er beugte sich vor, als wollte er mir ein Geheimnis anvertrauen. »Du ahnst ja nicht, wie *befreiend* so was ist, in einem Raum voller Ziele zu stehen und die Kugeln zischen zu lassen, ganz ohne Hemmungen und in dem Wissen, etwas Gutes und Richtiges zu tun. Ein gottgefälliges Werk zu verrichten. Das ist unbeschreiblich.« Er küsste seine Gebetskette und drehte sich zur Seite. »Weißt du noch, Javid?«

»Ja, Aga Sahib«, antwortete der Jüngere. »Wer würde so etwas vergessen?«

Ich hatte von dem Massaker in Mazar-e-Sharif aus den Zeitungen erfahren. Gleich nachdem sie Mazar als eine der letzten Städte eingenommen hatten, waren die Taliban über die dort ansässigen Hazara hergefallen. Ich erinnerte mich, wie mir Soraya mit bleichem Gesicht die Zeitung mit dieser Meldung über den Frühstückstisch zugeschoben hatte.

»Von Tür zu Tür. Nur zum Essen und Beten haben wir kurze Pausen eingelegt«, fuhr der Talib fort. Er sprach wie von einer netten Party, an der er teilgenommen hatte. »Wir haben die Leichen auf den Straßen liegen lassen, und wenn irgendwelche Angehörigen versuchten, sie zu bergen, haben wir auch die erschossen. Wir haben sie tagelang auf den Straßen liegen lassen. Für die Hunde. Hundefleisch für Hunde.« Er drückte die Zigarette aus. Rieb sich die Augen mit zittriger Hand. »Du kommst aus Amerika?«

»Ja.«

»Wie geht's der Hure dieser Tage?«

Ich verspürte plötzlich Harndrang und hoffte, es noch eine Weile auszuhalten. »Ich suche nach einem Jungen.«

»Tun das nicht alle?«, antwortete er. Seine Leibwächter lachten. Der Konsum von Kautabak hatte ihre Zähne grün verfärbt.

»Wenn ich richtig informiert bin, lebt er hier bei Ihnen«, sagte ich. »Sein Name ist Suhrab.«

»Frage: Was willst du von diesem Hurensohn? Und warum bist

du nicht hier, bei deinen muslimischen Brüdern, um deinem Land zu dienen?«

»Ich bin eine lange Zeit fort gewesen«, war alles, was mir zu sagen einfiel. Mir drohte der Schädel zu zerspringen. Ich presste die Knie zusammen, um nicht die Kontrolle über meine Blase zu verlieren. Der Talib wandte sich den beiden Männern an der Tür zu. »Beantwortet das meine Frage?«, fragte er.

»*Nay*, Aga Sahib«, antworteten sie unisono und grinsten dabei.

Er richtete den Blick wieder auf mich. Zuckte mit den Schultern. »Sie sagen, das war keine Antwort.« Er zog an seiner Zigarette. »In meinen Kreisen gibt es Stimmen, die sind der Meinung, dass Hochverrat begeht, wer sein *watan* im Stich lässt, wenn es in Not ist und Hilfe braucht. Ich könnte dich dafür verhaften, ja sogar erschießen lassen. Macht dir das Angst?«

»Ich bin nur wegen des Jungen hier.«

»Macht dir das Angst?«

»Ja.«

»Das sollte es auch«, sagte er und lehnte sich auf dem Sofa zurück. Drückte die Zigarette aus.

Ich dachte an Soraya. Das beruhigte mich. Ich dachte an ihr sichelförmiges Muttermal, an den elegant geschwungenen Hals, die strahlenden Augen. Ich dachte an den Abend unserer Hochzeit, wie wir uns im Spiegel unter dem grünen Schleier gegenseitig betrachtet hatten, wie sie errötete, als ich ihr flüsternd meine Liebe gestand. Ich erinnerte mich, wie wir zu einem alten afghanischen Lied getanzt hatten, ausgelassen, im Kreis, vor aller Augen und stürmisch beklatscht – die Welt, ein verwischtes Bild aus Blumen, Abendkleidern, Smokings und lächelnden Gesichtern.

Der Talib sagte irgendetwas.

»Pardon?«

»Ich fragte, ob du ihn sehen willst? Möchtest du ihn sehen, meinen Jungen?« Seine Oberlippe verzog sich zu einem höhnischen Grinsen, als er die beiden letzten Worte sagte.

»Ja.«

Die Wache verließ den Raum. Ich hörte eine Tür quietschen. Hörte einen harschen Befehl auf Paschto. Dann Schritte und mit jedem Schritt ein Klingeln von Glöckchen. Ich fühlte mich an den

Affen-Mann erinnert, dem Hassan und ich immer durch Shar-e-Nau hinterhergelaufen waren. Für eine Rupie hatte er uns zuliebe seinen Affen tanzen lassen, der Schellen um den Hals trug. Das hatte ganz ähnlich geklungen.

Dann öffnete sich die Tür, und der Wachmann kehrte zurück. Er trug ein Kofferradio – einen Ghetto-Blaster – auf der Schulter. Ihm folgte ein Junge in einem weiten saphirblauen *pirhantumban*.

Die Ähnlichkeit war kaum zu fassen. Ganz und gar irritierend. Rahim Khans Polaroid hatte diese Ähnlichkeit überhaupt nicht erkennen lassen.

Er hatte die gleiche schmächtige Gestalt wie sein Vater, das gleiche runde Mondgesicht, das gleiche spitz zulaufende kleine Kinn, die gleichen Ohrmuscheln, verdreht, wie sie waren. Es war das chinesische Puppengesicht aus meiner Kindheit, das Gesicht, das sich während jener Wintertage über den aufgefächerten Spielkarten zeigte, hinter dem Moskitonetz, wenn wir im Sommer auf dem Dach meines Vaterhauses schliefen. Sein Kopf war kahl geschoren, die Augen waren dunkel geschminkt, und die Wangen schimmerten unnatürlich rot. Als er mitten im Raum stehen blieb, hörten die Schellen, die an seinen Fußgelenken befestigt waren, zu klingeln auf.

Er sah mich an, hielt meinem Blick eine Weile stand, wich ihm dann aber aus. Er schaute nach unten auf seine nackten Füße.

Eine der Wachen drückte einen Knopf. Es erklang Paschto-Musik. *Tabla,* Harmonium, eine klagende *dil-roba.* Musik war letztlich wohl doch keine Sünde, solange sie den Taliban gefiel. Die drei Männer klatschten in die Hände.

»*Wah wah! Mashallah!*«, riefen sie.

Suhrab hob die Arme und drehte sich auf Zehenspitzen langsam und anmutig im Kreis, ging in die Knie, richtete sich wieder auf und kreiste wieder um die eigene Achse. Er verdrehte die kleinen Hände, schnippte mit den Fingern und wiegte den Kopf wie ein Pendel hin und her. Mit stampfenden Fußbewegungen ließ er die Schellen klingeln, synchron zum Schlag der *tabla.* Die Augen hielt er geschlossen.

»*Mashallah!*«, johlten sie. »*Shahbas!* Bravo!« Die beiden Wachen pfiffen und lachten. Der Talib in Weiß nickte mit dem Kopf im Takt zur Musik, den Mund halb geöffnet mit anzüglichem Grinsen.

Suhrab tanzte, bis die Musik verstummte. Die Schellen klingelten ein letztes Mal, als er zum Schlussakkord mit dem Fuß aufstampfte. Er erstarrte mitten in der Bewegung.

»*Bia, bia,* mein Junge«, sagte der Talib und rief Suhrab zu sich. Der Junge kam mit gesenktem Kopf. Der Talib legte die Arme um ihn und zog ihn zwischen seine Schenkel. »*Nay,* wie talentiert er ist, mein Hazara-Junge!«, feixte er und streichelte den Rücken des Jungen, betatschte ihn. Eine der Leibwachen stieß den Kollegen mit dem Ellbogen an und kicherte. Der Talib ließ sie abtreten.

»Ja, Aga Sahib«, sagten sie im Hinausgehen.

Der Talib drehte den Jungen in meine Richtung, schlang die Arme um seinen Bauch und legte ihm das Kinn auf die Schulter. Suhrab schaute zu Boden, warf aber immer wieder scheue, flüchtige Blicke auf mich. Der Mann fuhr kosend mit der Hand über den Bauch des Jungen, langsam auf und ab.

»Ich frage mich schon seit einer Weile«, sagte der Talib und beäugte mich über die Schulter des Jungen hinweg, »was wohl mit dem alten *Babalu* geschehen sein mag.«

Die Frage traf mich wie ein Hammerschlag zwischen den Augen. Ich spürte meinen Blutdruck absacken. Meine Beine wurden kalt. Wie taub.

Er lachte. »Hast du wirklich geglaubt, mich mit einem falschen Bart täuschen zu können? Falls du es noch nicht wusstest: Ich vergesse nie ein Gesicht. Niemals.« Er knabberte mit den Lippen an Suhrabs Ohr. »Wie ich gehört habe, ist dein Vater tot. Tststs. Ich hätte mich allzu gern mit ihm angelegt. Jetzt muss ich mit seinem schwächlichen Sohn vorlieb nehmen.« Er nahm die Sonnenbrille ab und fixierte mich mit seinen blutunterlaufenen Augen.

Ich wollte tief Luft holen, doch es gelang mir nicht. Ebenso vergeblich versuchte ich, mit den Augen zu zwinkern. Dieser Moment kam mir so surreal, nein, so *absurd* vor, dass ich wie gelähmt war und die Welt stillzustehen schien. Mein Gesicht brannte. Wie lautete noch der alte Spruch über den falschen Penny? So war meine Vergangenheit: Sie tauchte immer wieder auf, wie Falschgeld. Aus

Angst, ihn aus der Tiefe heraufzubeschwören, hatte ich nie gewagt, seinen Namen auszusprechen. Und nun war er hier vor mir, leibhaftig, saß nach all den Jahren kaum drei Schritt von mir entfernt. »Assef«, entfuhr es mir.

»Amir *jan.*«

»Was machst du hier?«, sagte ich, obwohl mir klar war, dass diese Frage ausgesprochen töricht klingen musste; aber etwas anderes war mir nicht eingefallen.

»Ich?« Assef hob die Augenbrauen. »Ich bin hier in meinem Element. Die Frage ist: Was machst du hier?«

»Das habe ich dir schon gesagt«, antwortete ich. Meine Stimme zitterte. Ich wünschte, sie unter Kontrolle zu haben, wünschte, dass sich mir nicht der Magen zuschnürte.

»Ist es der Junge?«

»Ja.«

»Warum?«

»Ich kaufe ihn dir ab«, sagte ich. »Ich könnte dir Geld überweisen lassen.«

»Geld?«, kicherte Assef. »Schon mal was von Rockingham gehört? Im Westen von Australien, paradiesisch. Das solltest du mal sehen, Meile um Meile schönster Strand. Grünes Wasser, blauer Himmel. Meine Eltern wohnen dort, in einer Villa direkt am Meer. Hinterm Haus liegt ein Golfplatz mit einem kleinen See. Vater spielt jeden Tag. Mutter ist lieber auf dem Tennisplatz; Vater sagt, sie hat eine unschlagbare Rückhand. Sie besitzen ein afghanisches Restaurant und zwei Juwelierläden, die alle sehr gut laufen.« Er pflückte eine Traube und steckte sie Suhrab liebevoll in den Mund. »Wenn ich Geld brauche, überweisen *sie* mir welches.« Er drückte Suhrab einen Kuss in den Nacken. Der Junge verkrampfte sich und schloss die Augen. »Und überhaupt, ich habe nicht des Soldes wegen gegen die *Shorawi* gekämpft, mich auch nicht des Geldes wegen den Taliban angeschlossen. Willst du wissen, warum ich mich ihnen angeschlossen habe?«

Meine Lippen waren trocken geworden. Ich fuhr mit der Zunge darüber und stellte fest, dass auch sie ganz trocken war.

»Hast du Durst?«, fragte Assef grinsend.

»Nein.«

»Ich glaube, du bist durstig.«

»Mach dir um mich keine Sorgen.« In Wahrheit war es mir plötzlich viel zu heiß in diesem Zimmer. Der Schweiß trat mir aus den Poren und kitzelte auf der Haut. Träumte oder wachte ich? Saß ich wirklich Assef gegenüber?

»Wie du willst«, antwortete er. »Also, wo war ich stehen geblieben? Ach ja, wie ich zu den Taliban gekommen bin. Nun, wie du vielleicht noch weißt, war ich nie ein ausgesprochen religiöser Typ. Aber eines Tages hatte ich eine Epiphanie. Das war im Gefängnis. Willst du davon hören?«

Ich antwortete nicht.

»Gut. Ich sag's dir«, erwiderte er. »Ich saß eine Zeit lang im Gefängnis von Poleh-Charkhi, das war 1980, kurz nach der Machtübernahme von Babrak Karmal. Wie ich da gelandet bin? Eines Nachts kam eine Gruppe von *Parchami*-Soldaten in unser Haus marschiert. Die verlangten mit vorgehaltenen Pistolen von meinem Vater und mir, ihnen zu folgen. Einen Grund nannten sie nicht, und auf die Frage meiner Mutter wollten sie nicht antworten. Das war nicht besonders überraschend; man wusste schließlich, dass die Kommunisten keinen Stil haben. Die kamen ja aus armen, namenlosen Familien. Dieselben Hunde, die mir vor den *Shorawi* nicht das Wasser reichen konnten, drohten mir jetzt mit ihren Waffen. Sie trugen *Parchami*-Abzeichen am Kragen, faselten was vom Fall der Bourgeoisie und führten sich genau so auf, wie man es erwarten muss von Leuten, die einfach keinen Stil haben. Ähnliche Szenen haben sich überall abgespielt: Die Reichen wurden festgenommen und ins Gefängnis geworfen. Wir sollten für die Genossen als abschreckendes Beispiel herhalten.

Wie dem auch sei, man sperrte uns zu sechst in winzige Zellen, die kaum größer waren als ein Kühlschrank. Der Kommandant, ein Untier, das, halb Hazara, halb Usbeke, wie ein verwesender Esel stank, zerrte jede Nacht einen der Gefangenen aus der Zelle und prügelte auf ihn ein, bis er selbst in Schweiß ausbrach. Dann steckte er sich eine Zigarette an, ließ die Fingergelenke knacken und verschwand. In der nächsten Nacht knöpfte er sich jemand anders vor. Irgendwann war auch ich an der Reihe. Einen schlechteren Zeitpunkt hätte es nicht geben können. Schon seit drei Tagen pinkelte ich Blut. Nierensteine. Glaub mir, gemeinere Schmerzen gibt es nicht. Damit hatte auch meine Mutter zu tun, und ich erinnere mich, wie sie einmal sagte, dass sie lieber ein Kind zur Welt bringen würde als Nierensteine. Tja also, ich wurde rausgezerrt, und er trat auf mich ein. Wie in jeder Nacht trug er auch diesmal seine kniehohen Stiefel mit Stahlkappen, und die ließ er mich fühlen. Ich schrie und schrie, und er hörte nicht auf zu treten. Irgendwann traf er auch meine linke Niere, und auf einmal war der Stein raus. Einfach so. Was für eine Erleichterung!« Assef lachte. »Ich schrie ›*Allah-u-akbar*‹, und als er deswegen noch brutaler auf mich eintrat, fing ich zu lachen an. Das brachte ihn fast zum Wahnsinn, denn je fester er trat, desto lauter lachte ich. Ich lachte noch, als man mich zurück in die Zelle warf. Ich hörte gar nicht mehr auf zu lachen, denn ich wusste jetzt, Gott war auf *meiner* Seite. Er brauchte mich als sein Werkzeug.

Stell dir vor, ein paar Jahre später treffe ich diesen Kommandanten plötzlich auf dem Schlachtfeld wieder. Gottes Wege sind wirklich seltsam. Ich entdeckte ihn in einem Schützengraben bei Meymanah. Er war von einem Granatsplitter getroffen worden und blutete aus der Brust. Trug immer noch dieselben Stiefel. Ich fragte ihn, ob er sich an mich erinnerte. Fehlanzeige. Ich sagte ihm, was ich auch dir gesagt habe, nämlich, dass ich nie ein Gesicht vergesse. Dann habe ich ihm die Eier abgeschossen. Seitdem habe ich eine Mission zu erfüllen.«

»Was soll das für eine Mission sein?«, hörte ich mich fragen. »Ehebrecher steinigen? Kinder vergewaltigen? Frauen verprügeln, weil sie hohe Absätze tragen? Hazara massakrieren? Und das alles im Namen des Islam?« Die Worte sprudelten nur so aus mir hervor und waren gesagt, ehe ich mich bremsen konnte. Ich wünschte, sie zurücknehmen, sie verschlucken zu können. Aber sie waren draußen. Damit war eine Grenze überschritten, und mir schien, dass ich meine letzte Hoffnung, mit dem Leben davonzukommen, mit diesen Worten preisgegeben hatte.

Assef zeigte sich verwundert, allerdings nur einen kurzen Moment lang. »Wie ich sehe, könnte die Sache am Ende doch noch lustig werden«, höhnte er. »Nun, es gibt Dinge, die Verräter wie du einfach nicht verstehen.«

»Zum Beispiel?«

Assefs Brauen zuckten. »Zum Beispiel das Gefühl von Stolz auf das eigene Volk, auf seine Sitten und seine Sprache. Afghanistan ist wie ein wunderschönes Herrenhaus, das aber leider im Abfall versinkt. Jetzt müssen Leute ran, die diesen Abfall rausschaffen.«

»Und das macht euresgleichen in Mazar, verstehe ich das richtig? Ihr geht von Tür zur Tür und schafft den Abfall raus?«

»Genau.«

»Im Westen gibt es einen Ausdruck für so etwas«, sagte ich. »Man nennt es ethnische Säuberung.«

»Ach ja?« Assef zeigte sich amüsiert. »Ethnische Säuberung. Gefällt mir. Klingt gut.«

»Ich will nur den Jungen, sonst nichts.«

»Ethnische Säuberung«, murmelte Assef, als versuchte er, die Wörter zu schmecken.

»Ich will den Jungen«, wiederholte ich. Suhrabs Augen huschten in meine Richtung – Augen wie die eines Schafs auf der Schlachtbank. Ich erinnerte mich, wie der Mullah zum Opferfest in unserem Hinterhof dem Schaf, das geschlachtet werden sollte, die Augen mit Mascara geschminkt und ihm einen Zuckerwürfel zu essen gegeben hatte, bevor er ihm das Messer an den Hals setzte. Ich glaubte, in Suhrabs Augen ein stilles Flehen zu erkennen.

»Verrate mir doch mal, warum«, sagte Assef und knabberte an Suhrabs Ohrläppchen. Schweiß trat ihm auf die Stirn.

»Das ist meine Sache.«

»Was willst du von ihm?«, fragte er. Und dann mit verschlagenem Grinsen: »Oder mit ihm.«

»Das ist abstoßend«, sagte ich.

»Woher weißt du das? Hast du es schon ausprobiert?«

»Ich möchte ihn an einen Ort bringen, wo er es besser hat.«

»Warum?«

»Das ist meine Sache«, antwortete ich. Mir war selbst ein Rätsel, wie ich so bestimmt sein konnte. Vielleicht dachte ich, dass es mir so oder so an den Kragen gehen würde.

»Aber genau das interessiert mich«, entgegnete Assef grinsend. »Mich interessiert, warum du wegen eines Hazara eine so weite Reise unternimmst. Was steckt dahinter? Wieso bist du hier?«

»Ich habe meine Gründe«, sagte ich.

»Na schön«, feixte Assef. Er versetzte Suhrab einen Stoß in den Rücken, worauf der Junge so fest mit der Hüfte gegen den Tisch prallte, dass dieser umkippte und die Weintrauben über den Boden kullerten. Suhrab stolperte und stürzte und verschmierte sein Hemd mit dem violetten Saft der Beeren. Die Beine des Tisches, die sich in dem Ring aus Messingkugeln kreuzten, zeigten nun zur Decke.

»Dann nimm ihn doch mit«, sagte Assef. Ich half Suhrab vom Boden auf und klopfte die zerdrückten Trauben von seiner Hose, die wie Muscheln an ihm klebten.

»Nimm ihn und geh«, sagte Assef und zeigte zur Tür.

Ich nahm Suhrab bei der Hand. Sie war klein, die Haut trocken und voller Schwielen. Die Finger bewegten und verschränkten sich mit den meinen. Im Geiste sah ich Suhrab auf dem Polaroidfoto wieder, wie er den Arm um Hassans Bein geschlungen hielt und mit dem Kopf an der Hüfte des Vaters lehnte. Beide hatten gelächelt. Die Schellen klingelten, als wir zur Tür gingen.

»Ich habe nicht gesagt, dass du ihn umsonst kriegst«, sagte Assef.

Ich drehte mich um. »Was willst du?«

»Du musst ihn dir verdienen.«

»Was willst du?«

»Wir haben noch eine offene Rechnung, du und ich«, antwortete Assef. »Du erinnerst dich doch, oder?«

Und ob. Nie würde ich den Tag vergessen, an dem Daoud Khan den König gestürzt hatte. Sooft ich Daoud Khans Namen hörte, sah ich Hassan vor mir, die Schleuder auf Assefs Gesicht gerichtet, drohend, dass man ihn demnächst womöglich nicht mehr Assef *Goshkhor*, Ohrenfresser, sondern Einäugiger Assef nennen würde. Ich erinnerte mich, wie neidisch ich auf Hassans Mut gewesen war. Assef hatte klein beigeben müssen, aber geschworen, dass er sich an uns beiden rächen würde. Hassan gegenüber hatte er dieses Versprechen schon eingelöst. Jetzt war ich dran.

»Also gut.« Ich wusste nichts anderes zu sagen. Betteln wollte ich nicht. Das hätte ihm diesen Moment zusätzlich versüßt.

Assef rief die beiden Wachen zurück in den Raum. »Hört mal

her«, sagte er zu ihnen. »Wir, er und ich, haben noch eine alte Geschichte zu klären. Ihr macht gleich die Tür hinter euch zu und bleibt draußen, egal, was ihr hören werdet. Verstanden? Ihr bleibt draußen.«

Die Wachen nickten und warfen mir einen kurzen Blick zu. »Ja, Aga Sahib.«

»Wenn wir hier fertig sind, wird nur einer von uns diesen Raum lebend verlassen«, sagte Assef. »Wenn er es ist, hat er sich seine Freiheit verdient, und ihr lasst ihn passieren. Verstanden?«

Der ältere Wachmann trat von einem Bein aufs andere. »Aber Aga Sahib ...«

»Wenn er es ist, lasst ihr ihn passieren!«, blaffte Assef. Die beiden Männer zuckten zusammen. Auf dem Weg nach draußen packte einer von ihnen Suhrab am Kragen.

»Lasst ihn hier«, sagte Assef und grinste. »Er soll zusehen. In jungen Jahren kann man gar nicht genug Erfahrungen sammeln.«

Die Wachen gingen. Assef legte seine Gebetskette ab und langte in die Brusttasche seiner schwarzen Weste. Was er daraus zum Vorschein zog, überraschte mich nicht im Geringsten: einen Schlagring aus Edelstahl.

Er hat gegeltes Haar und trägt über den dicken Lippen einen dünnen Schnurrbart à la Clark Gable. Das Gel hat im Papier der grünen OP-Haube einen dunklen Fleck in Form des afrikanischen Kontinents gebildet. Daran erinnere ich mich genau. Daran und an das goldene Allah-Halskettchen. Er blickt auf mich herab und spricht in einer Sprache, die ich nicht verstehe. Urdu, wie mir scheint. Er spricht sehr schnell, und ich sehe seinen Adamsapfel auf und ab hüpfen. Ich will ihn fragen, wie alt er ist – für seine Rolle in dieser ausländischen Seifenoper sieht er eigentlich viel zu jung aus –, stattdessen aber murmele ich vor mich hin: Ich glaube, ich habe ihm einen guten Kampf geliefert. Ich glaube, ich habe ihm einen guten Kampf geliefert.

Ich weiß nicht, ob ich Assef einen guten Kampf geliefert habe. Wahrscheinlich nicht. Wie auch? Es war mein erster Kampf überhaupt. Ich hatte in meinem ganzen Leben noch kein einziges Mal mit der Faust zugeschlagen.

Manches von diesem Kampf mit Assef ist mir überaus lebendig in Erinnerung. Ich erinnere mich, dass er Musik eingeschaltet hatte, bevor er den Schlagring über die Finger streifte. Irgendwann löste sich der Gebetsteppich mit der eingewebten Mekka-Abbildung von der Wand und fiel mir auf den Kopf. Der Staub brachte mich zum Niesen. Ich erinnere mich, dass mir Assef Trauben ins Gesicht drückte, mir dabei seine feucht glänzenden Zähne zeigte und die blutunterlaufen Augen rollen ließ. Irgendwann verlor er den Turban, und seine blonden Locken fielen ihm bis auf die Schultern herab.

An das Ende erinnere ich mich natürlich auch. Das sehe ich in absoluter Klarheit vor mir. Solange ich lebe.

Ich sehe seinen Schlagring im Licht der tief stehenden Sonne blinken; wie kalt dieser sich bei den ersten Treffern anfühlte und wie rasch er dann von meinem Blut erwärmt wurde. Gegen die Wand geschleudert, spüre ich einen Nagel, an dem wahrscheinlich ein Bild gehangen hatte, in meinen Rücken stechen. Suhrab schreit. *Tabla,* Harmonium, eine *dil-roba*. Ich werde gegen die Wand geschleudert. Der Schlagring zerschmettert meinen Kiefer. Ich würge an meinen Zähnen, schlucke sie runter, denke an die vielen Stunden, die ich für ihre Pflege aufgebracht habe. Pralle wieder gegen die Wand. Liege am Boden; von meiner aufgekratzten Oberlippe tropft Blut auf den fliederfarbenen Teppich. Schmerz schneidet mir durch den Bauch, und ich frage mich, ob ich jemals wieder werde Luft holen können. Meine Rippen knacken wie die Äste, mit denen Hassan und ich nach dem Vorbild Sindbads und in Ermangelung echter Schwerter gefochten haben. Suhrab schreit. Ich schlage mit dem Gesicht gegen den Rand der Fernsehkonsole. Da knackt wieder etwas, diesmal unter dem linken Auge. Musik. Suhrab schreit. Finger krallen sich in meine Haare, reißen mir den Kopf in den Nacken. Das Aufblitzen von Edelstahl. Es fliegt auf mich zu. Und wieder dieses Knacken. Meine Nase. Ich beiße vor Schmerz die Zähne zusammen, spüre, dass sie nicht mehr wie gewohnt aufeinander passen. Ich werde getreten. Suhrab schreit.

Ich weiß nicht mehr, an welcher Stelle ich damit angefangen

habe, jedenfalls habe ich gelacht. Es tat mir weh zu lachen, im Gesicht, im Hals, in der Brust. Trotzdem lachte ich, und je mehr ich lachte, desto fester trat, schlug, kratzte er mich.

»Was gibt's da zu lachen?«, brüllte Assef mit jedem Schlag. Sein Geifer tropfte mir ins Auge. Suhrab schrie.

»Was gibt's da zu lachen?«, zeterte er. Wieder knackte eine Rippe, diesmal auf der linken Seite. Zum ersten Mal seit jenem Winter 1975 war ich im Frieden mit mir selbst. Ich lachte, weil mir klar wurde, dass ich im Unterbewusstsein immer auf diesen Moment gewartet hatte. Ich erinnerte mich daran, wie ich Hassan damals auf dem Hügel mit Granatäpfeln beworfen und ihn zu provozieren versucht hatte, wie er aber einfach nur reglos dagestanden hatte, wie ihm der rote Saft über das Hemd gelaufen war, als wäre es Blut, wie er mir schließlich einen Granatapfel aus der Hand genommen hatte, um ihn sich an der eigenen Stirn zu zerdrücken. *Bist jetzt zufrieden?* hatte er gekrächzt. *Fühlst dich jetzt besser?*

Ich war weder zufrieden gewesen, noch hatte ich mich besser gefühlt, ganz und gar nicht. Jetzt aber sehr wohl. Mein Körper war geschunden – wie schlimm, sollte ich erst später erfahren –, doch ich fühlte mich *geheilt*. Endlich *geheilt*. Ich lachte.

Dann das Ende. Ein Bild, das ich mit ins Grab nehmen werde:

Ich liege lachend am Boden, Assef rittlings auf meiner Brust, sein Gesicht eine Maske des Wahnsinns, gerahmt von einem Wust von Locken, die fast bis auf mein Gesicht herabhängen. Die eine Hand hält meinen Hals umklammert, die andere, die mit dem Schlagring, schwingt über die Schulter hoch. Er holt zum Schlag aus.

Dann: »*Bas.*« Eine dünne Stimme.

Wir merkten beide auf.

»Aufhören, bitte.«

Ich erinnerte mich an den Leiter des Waisenhauses, an seinen Hinweis, als er uns, Farid und mir, die Tür geöffnet hatte. Wie hatte er noch geheißen? Zaman? *Er hat dieses Ding immer bei sich* – so Zamans Worte –, *trägt es im Hosenbund, wohin er auch geht.*

»Aufhören.«

Tränen, mit Mascara vermischt, hatten schwarze Spuren im Rouge der Wangen hinterlassen. Seine Unterlippe zitterte. Er heulte Rotz und Wasser. »*Bas*«, schluchzte er.

Seine rechte Hand hielt über der Schulter das Geschossleder einer Schleuder gepackt, deren Gummistränge bis zum Zerreißen gespannt waren. In dem Leder schimmerte ein gelblicher Gegenstand. Ich zwinkerte das Blut aus meinen Augen und erkannte in diesem Geschoss eine der Messingkugeln aus dem Ring des Tischgestells. Suhrab zielte auf Assefs Gesicht.

»Aufhören, Aga. Bitte«, sagte er mit zitternder Stimme. »Hören Sie auf, ihm wehzutun.«

Assefs Lippen bewegten sich stumm. Erst allmählich fand er Worte. »Was fällt dir ein?«, sagte er schließlich.

»Aufhören, bitte«, flehte der Junge, und aus den grünen Augen traten frische Tränen, die die Tusche von den Wimpern lösten.

»Leg das Ding weg, Hazara«, zischte Assef. »Leg es weg, sonst blüht dir was, und das wird dann nicht so schonend sein wie diese Vorzugsbehandlung eines alten Freundes.«

Die Tränen rannen. Suhrab schüttelte den Kopf. »Bitte, Aga«, sagte er. »Aufhören.«

»Leg das Ding weg.«

»Tun Sie ihm nicht weh.«

»Leg's weg.«

»Bitte.«

»Leg es weg!«

»*Bas.*«

»Leg es weg!« Assef löste die Hand von meiner Kehle und langte nach dem Jungen.

Mit einem deutlich hörbaren *Swiiiit* entspannte sich die Schleuder, als Suhrab das Geschossleder freigab. Dann war es Assef, der schrie. Er schlug die Hand vor das linke Auge. Zwischen den Fingern quoll Blut hervor. Blut und noch etwas, etwas Weißes, Geleeartiges. *Glaskörperflüssigkeit,* dachte ich. Ich hatte irgendwo davon gelesen. *Glaskörperflüssigkeit.*

Assef ließ sich auf den Teppich fallen, wälzte sich schreiend hin und her und hielt die Hand auf die blutende Augenhöhle gepresst.

»Weg hier!«, sagte Suhrab. Er nahm meine Hand. Half mir auf die Beine. Jeder Quadratzentimeter meines geschundenen Körpers brannte vor Schmerz. Hinter uns kreischte Assef.

»Raus! Holt sie raus!«, brüllte er.

Vorsichtig öffnete ich die Tür. Aus weit aufgerissenen Augen starrten mich die Wachen an, und ich fragte mich, wie ich wohl aussah. Mein Magen schmerzte bei jedem Atemzug. Einer der beiden Männer sagte etwas auf Paschto, und dann stürmten beide an uns vorbei, Assef zu Hilfe, der immer noch schrie: »Raus!«

»*Bia!*«, sagte Suhrab und zerrte an meiner Hand. Ich warf einen letzten Blick über die Schulter. Die Wachen kauerten über Assef und machten sich an seinem Gesicht zu schaffen. Jetzt begriff ich: Die Messingkugel steckte immer noch in der Augenhöhle.

Vor meinen Augen drehte sich alles, als ich, von Suhrab gestützt, über die Stufen nach unten wankte. Von oben tönten Assefs anhaltende Schreie, tierische Schreie. Wir schafften es nach draußen, ans Tageslicht. Ich sah Farid auf uns zuhasten.

»*Bismillah! Bismillah!*«, rief er, sichtlich entsetzt über meinen Anblick. Er schlang meinen Arm über seine Schulter und hob mich auf, trug mich im Laufschritt zurück zum Wagen. Ich glaube, vor Schmerzen gebrüllt zu haben. Ich sah, wie seine Sandalen auf das Pflaster stampften, gegen seine schwarzen, verhornten Fersen schlugen. Es war mir kaum möglich zu atmen. Dann lag ich plötzlich auf dem beigefarbenen gerippten Polster der Rückbank, blickte zum Dach des Landcruisers hinauf und registrierte das *Ding-ding-ding*, das auf eine noch nicht geschlossene Tür aufmerksam machte. Ich hörte Schritte, die um den Wagen liefen, einen kurzen Wortwechsel zwischen Farid und Suhrab. Dann schlugen die Türen zu, und der Motor heulte auf. Als der Wagen beschleunigte, fühlte ich eine kleine Hand auf der Stirn. Auf der Straße waren Stimmen zu hören. Es brüllte jemand. Ich sah Bäume am Fenster vorbeiwischen. Suhrab schluchzte. Farid stammelte immer noch: »*Bismillah! Bismillah!*«

Ungefähr zu diesem Zeitpunkt muss ich die Besinnung verloren haben.

23

Durch den Dunst dringen Gesichter, verharren vor mir, verschwinden wieder. Sie blicken auf mich herab, stellen mir Fragen. Alle stellen Fragen. Ob ich wisse, wer ich bin? Ob mir irgendwo was weh tue? Ich weiß, wer ich bin, und Schmerzen habe ich überall. Ich würde gern in diesem Sinne antworten, aber sprechen tut weh. Ich weiß das, weil ich vor einiger Zeit, vielleicht vor einem Jahr, vielleicht vor zwei, vielleicht vor zehn Jahren, mit einem Kind zu sprechen versucht habe, das Rouge auf den Wangen und schwarz verschmierte Augen hatte. Das Kind. Ja, ich sehe es jetzt. Wir sind in irgendeinem Gefährt, das Kind und ich; ich glaube nicht, dass Soraya am Steuer sitzt, denn Soraya fährt nie dermaßen schnell. Ich will dem Kind etwas sagen – es scheint sehr wichtig zu sein. Vielleicht will ich ihm sagen, dass es doch bitte mit dem Weinen aufhören möge, dass alles gut werden wird. Vielleicht, vielleicht auch nicht. Aus irgendeinem Grund, der mir selbst nicht ganz klar ist, möchte ich dem Kind danken.

Gesichter. Grüne Kappen. Sie tauchen auf und verschwinden wieder aus meinem Gesichtsfeld. Sie reden schnell, gebrauchen Wörter, die ich nicht verstehe. Ich höre andere Stimmen, andere Geräusche, Signaltöne und Alarmschellen. Und es kommen immer mehr Gesichter hinzu. Sie blicken auf mich herab. Ich erinnere mich an keines, außer an das mit den gegelten Haaren und dem Clark-Gable-Schnauzer, das mit dem Afrikafleck auf der Haube. Mister Soap Opera. Komisch. Mir ist zum Lachen zumute. Aber auch das tut weh.

Mir schwinden die Sinne.

Sie sagt, sie heiße Aisha, »wie die Frau des Propheten«. Ihr ergrautes Haar ist in der Mitte gescheitelt und im Nacken zu einem Pferdeschwanz zusammengebunden. In ihrem Nasenflügel steckt ein blinkender Edelstein. Sie trägt eine Brille mit Bifokalgläsern, die ihre Augen unnatürlich groß erscheinen lassen. Auch sie ist grün gekleidet, und ihre Hände sind sanft. Sie bemerkt, dass ich sie ansehe, und lächelt mir zu. Sagt etwas auf Englisch. Ich spüre einen Stich in der Seite.

Mir schwinden die Sinne.

Neben meinem Bett steht ein Mann. Ich kenne ihn. Er ist dunkel und schlaksig, hat einen langen Bart. Auf dem Kopf sitzt – wie nennt man diese Dinger noch gleich? *Pakols?* Er trägt es schief auf dem Kopf, wie jene berühmte Person, deren Name mir im Augenblick nicht einfällt. Ich kenne den Mann. Er hat mich vor langer Zeit chauffiert. Ich kenne ihn. Mit meinem Mund stimmt etwas nicht. Ich höre ein Blubbern.

Mir schwinden die Sinne.

Mein rechter Arm brennt. Die Frau mit der Bifokalbrille und dem Nasenstecker beugt sich über meinen Arm und legt mir einen durchsichtigen Plastikschlauch an. Das sei Kalium, sagt sie. »Brennt wie ein Bienenstich, nicht wahr?«, sagt sie. Wie heißt sie noch? Der Name hat irgendwas mit einem Propheten gemein. Trug sie nicht einen Pferdeschwanz? Jetzt hat sie das Haar zu einem Knoten hochgesteckt. Einen solchen Knoten trug auch Soraya, als wir uns das erste Mal gesprochen haben. Wann war das? Letzte Woche?

Aisha! Ja.

Mit meinem Mund ist irgendetwas nicht in Ordnung. Und dann dieses Stechen in der Seite ...

Mir schwinden die Sinne.

Wir sind in den Sulaiman-Bergen von Belutschistan, und Baba ringt mit einem schwarzen Bären. Es ist der Baba meiner Kindheit, *Toophan Aga,* ein überaus stattlicher Paschtune und nicht der welke Mann unter den Decken, der Mann mit den eingefallenen Wangen und hohlen Augen. Die beiden, der Mann und die Bestie, wälzen sich über einen Fleck aus grünem Gras, und Babas braune Locken fliegen. Der Bär brüllt, oder vielleicht ist es Baba. Speichel und Blut spritzen herum, Klauen und Fäuste schlagen drein. Mit dumpfem Dröhnen stürzen sie zu Boden. Baba sitzt auf der Brust des Bären und bohrt seine Finger in dessen Schnauze. Er blickt zu mir auf, und ich erkenne mich in ihm wieder. Ich ringe mit dem Bären.

Ich wache auf. Der schlaksige dunkle Mann steht wieder an meinem Bett. Sein Name ist Farid, ich erinnere mich. Und in seiner Begleitung ist das Kind aus dem Auto. Sein Gesicht erinnert mich an den Klang der Schellen. Ich habe Durst.

Mir schwinden die Sinne.

Ich pendele zwischen Wachheit und Ohnmacht.

Wie sich herausstellte, hieß der Mann mit dem Clark-Gable-Schnauzer Dr. Faruqi. Er war am Ende doch kein Seifenopernstar, sondern vielmehr ein Facharzt für plastische Chirurgie. Trotzdem erinnerte er mich stets an eine Figur namens Armand aus irgendeiner schwülstigen Kitschgeschichte vor tropischer Kulisse.

Wo bin ich? wollte ich fragen, konnte aber den Mund nicht öffnen. Ich kräuselte die Stirn, grunzte. Armand lächelte. Er hatte blendend weiße Zähne.

»Noch nicht, Amir«, sagte er auf Englisch mit starkem, rollendem Urdu-Akzent. »Aber bald. Wenn die Drähte raus sind.«

Drähte?

Armand verschränkte die Arme. Er hatte stark behaarte Unterarme und trug einen goldenen Ehering. »Sie fragen sich bestimmt, wo Sie sind und was passiert ist. Verständlich. Nach einer Operation ist man immer ein bisschen benommen. Ich will Ihnen sagen, was ich weiß.«

Ich wollte wegen der Drähte nachfragen. Operation? Wo war Aisha? Ich wünschte, sie würde mich anlächeln und ihre zarte Hand auf meine Hände legen.

Armand legte die Stirn in Falten und kniff in etwas selbstgefälliger Manier die Brauen zusammen. »Sie liegen in einem Krankenhaus in Peshawar. Schon seit zwei Tagen. Ich muss Ihnen leider sagen: Sie haben sehr schwere Verletzungen davongetragen, Amir.

Ja, mein Freund, Sie haben Glück, noch am Leben zu sein.« Während er dies sagte, bewegte er den ausgestreckten Zeigefinger wie ein Pendel hin und her. »Sie hatten einen Milzriss, wahrscheinlich eine beidseitige Ruptur mit subkapsulärem Bluterguss. Meine Kollegen aus der allgemeinen Chirurgie haben eine Splenektomie vornehmen müssen. Sie können von Glück sagen, dass es erst jetzt zur Ruptur gekommen ist. Dazu hätte es auch schon früher kommen können, und dann wären Sie innerlich verblutet.« Er tätschelte meinen Arm, den mit dem Infusionsschlauch, und lächelte. »Außerdem sind sieben Rippen gebrochen. Eine davon hat einen offenen Pneumothorax verursacht.«

Ich kräuselte die Stirn. Versuchte, meinen Mund zu öffnen. Erinnerte mich aber dann an die Drähte.

»Das heißt Brustwandverletzung«, erklärte Armand und zupfte an einem dicken Plastikrohr, das mir links im Brustkorb steckte. Ich spürte einen stechenden Schmerz. »Mit dieser Thoraxdrainage haben wir das Leck geschlossen.« Mit den Augen folgte ich dem Rohr von der bandagierten Brust bis zu einem Behälter, in dem mehrere Wassersäulen zu erkennen waren. Die blubbernden Geräusche kamen von dort.

»Darüber hinaus mussten etliche Lazerationen genäht werden. Platzwunden.«

Ich wollte ihm sagen, dass ich diesen Begriff kannte, dass ich Schriftsteller bin, und vergaß die Drähte im Mund.

»Ihre Oberlippe hat es besonders schlimm erwischt«, sagte Armand. »Sie ist von oben nach unten aufgerissen, genau in der Mitte. Aber keine Angst, wir haben sie wieder zusammengenäht, und ich glaube, Sie werden mit dem Ergebnis zufrieden sein. Dass eine Narbe zurückbleibt, lässt sich nicht vermeiden.«

»Dann war da noch eine Orbitalfraktur auf der linken Seite«, fuhr Armand fort. »Ein Augenhöhlenbruch, den wir natürlich auch richten mussten. Die Drähte an den Kieferknochen werden in rund sechs Wochen wieder rausgenommen. Bis dahin gibt's für Sie nur Flüssiges und Brei. Sie werden Gewicht verlieren und eine Weile so sprechen wie Al Pacino in dem Film *Der Pate.*« Er lachte. »Übrigens, Sie haben heute noch einen Job zu erledigen. Wissen Sie, welchen?«

Ich schüttelte den Kopf.

»Ihr Job für heute wird es sein, Wind abgehen zu lassen. Wenn Sie das geschafft haben, werden Sie zur Belohnung gefüttert. Kein Pups, kein Pamps.« Er lachte wieder.

Später, nachdem Aisha die Schläuche ausgewechselt und auf meine Bitte hin das Kopfende des Bettes hoch gestellt hatte, ging ich in Gedanken den Katalog meiner Verletzungen durch. Milzriss. Ausgeschlagene Zähne. Durchlöcherte Lunge. Gebrochener Augenhöhlenrand. Ich beobachtete gerade eine Taube, die auf dem Fenstersims saß und Brotkrumen pickte, als mir die Worte von Armand/Dr. Faruqi in den Sinn kamen: *Ihre Oberlippe hat es besonders schlimm erwischt,* hatte er gesagt. *Sie ist von oben nach unten aufgerissen, genau in der Mitte.* Genau in der Mitte. Wie bei einer Hasenscharte.

Farid und Suhrab besuchten mich am nächsten Tag. »Weißt du heute, wer wir sind? Erinnerst dich jetzt?«, fragte Farid halb im Scherz. Ich nickte.

»*Al hamdullillah!*«, antwortete er strahlend. »Du redest keinen Unsinn mehr.«

»Danke, Farid«, presste ich zwischen verdrahteten Zähnen hervor. Armand hatte Recht – ich klang tatsächlich wie Al Pacino im *Paten.* Und meine Zunge überraschte mich, sooft sie in eine der Lücken geriet, die die ausgeschlagenen Zähne hinterlassen hatten. »Vielen Dank, für alles.«

Er winkte mit der Hand ab und errötete. »Nicht der Rede wert«, sagte er. Ich wandte mich an Suhrab. Er trug neue Kleider: einen hellbraunen *pirhan-tumban,* der ihm eine Nummer zu groß zu sein schien, und eine schwarze Kappe. Er hatte den Blick gesenkt und spielte mit dem Infusionsschlauch, der sich auf der Bettdecke schlängelte.

»Wir haben uns noch gar nicht richtig vorgestellt«, sagte ich und reichte ihm meine Hand. »Ich bin Amir.«

Er musterte meine Hand, dann mich. »Sind Sie der Amir Aga, von dem mir mein Vater erzählt hat?«, fragte er.

»Ja.« Ich erinnerte mich an die Worte aus Hassans Brief. *Ich habe Farzana* jan *und Suhrab so viel von dir erzählt. Wie wir zusammen aufgewachsen sind, zusammen gespielt haben und durch die Straßen gelaufen sind. Sie lachen, wenn sie von all dem Unfug hören, den wir beide angestellt haben!*

»Auch dir bin ich sehr dankbar, Suhrab *jan*«, sagte ich. »Du hast mir das Leben gerettet.«

Er sagte nichts. Ich ließ die Hand sinken, als klar war, dass er sie nicht ergreifen würde. »Die neuen Sachen gefallen mir«, murmelte ich.

»Die sind von meinem Sohn«, sagte Farid. »Er ist aus ihnen rausgewachsen. Und Suhrab passen sie ganz gut, wie ich finde.« Suhrab könne bei ihm bleiben, sagte er, solange noch keine Unterkunft für ihn gefunden sei. »Wir haben zwar nicht viel Platz, aber was soll ich machen? Ich kann ihn schließlich nicht auf der Straße übernachten lassen. Außerdem haben meine Kinder schon Freundschaft mit ihm geschlossen. *Ha,* Suhrab?« Doch der Junge reagierte nicht; er hielt weiter den Blick gesenkt, drehte nur den Schlauch zwischen den Fingern.

»Ich wüsste gern«, sagte Farid zögernd, »was in diesem Haus passiert ist? Was ist zwischen dir und dem Talib vorgefallen?«

»Lass es mich so sagen: Wir haben beide bekommen, was wir verdient haben«, antwortete ich.

Farid nickte, drang nicht weiter in mich ein. Mir kam der Gedanke, dass wir irgendwann zwischen unserem Aufbruch von Peshawar und jetzt Freunde geworden waren. »Auch ich würde dich gern etwas fragen.«

»Was?«

Es fiel mir schwer zu fragen. Ich fürchtete die Antwort. »Rahim Khan«, sagte ich.

»Er ist gegangen.«

Mein Herz stolperte. »Ist er …«

»Nein, er ist einfach … gegangen.« Er reichte mir ein gefaltetes Stück Papier und einen kleinen Schlüssel. »Das hat mir sein Vermieter gegeben, als ich da war, um ihn zu sprechen. Er sagte, dass Rahim Khan einen Tag nach uns aufgebrochen ist.«

»Mit welchem Ziel?«

Farid zuckte mit den Achseln. »Das wusste der Vermieter nicht. Er sagte, Rahim Khan habe den Brief und den Schlüssel für dich hinterlassen und sei dann gegangen.« Er warf einen Blick auf seine Uhr. »Ich müsste jetzt los. *Bia,* Suhrab.«

»Könnte er nicht noch eine Weile bleiben?«, sagte ich. »Du holst ihn dann später ab, ja?« Ich wandte mich an Suhrab. »Würdest du mir noch ein bisschen Gesellschaft leisten?«

Er zuckte mit den Achseln und sagte nichts.

»Natürlich«, antwortete Farid. »Kurz vorm Abendgebet hol ich ihn ab.«

In meinem Zimmer lagen noch drei weitere Patienten: zwei ältere Männer – einer mit Gipsbein, der andere anscheinend mit asthmatischen Problemen – und ein junger Kerl von fünfzehn oder sechzehn Jahren, dem man den Blinddarm entfernt hatte. Der mit dem Gipsbein gaffte uns unverhohlen an und ließ seine Blicke zwischen mir und dem Hazara-Jungen hin und her wandern. Im Zimmer ging es zu wie in einem Taubenschlag; meine Bettnachbarn bekamen jede Menge Besuch von ihren Angehörigen, alten Frauen in hellen *shalwar-kameezes,* Kindern und Männern mit gehäkelten Kappen. Sie kamen mit *pakoras, naan, samosas, biryani.* Manchmal verirrte sich auch jemand in unser Zimmer, so wie der große bärtige Mann, der, in eine braune Decke gehüllt, kurz vor Farid und Suhrab aufgetaucht war. Aisha hatte ihn etwas auf Urdu gefragt, doch war er ihr eine Antwort schuldig geblieben, hatte sich nur umgesehen und seinen Blick, wie mir schien, ein wenig länger als nötig auf mich gerichtet. Ein zweites Mal von der Krankenschwester angesprochen, hatte er auf dem Absatz kehrtgemacht und das Zimmer verlassen.

»Wie geht es dir?«, fragte ich Suhrab. Er zuckte mit den Achseln und blickte auf seine Hände.

»Hast du Hunger? Die Dame dort hat mir einen Teller *biryani* gegeben. Ich kann aber doch nichts essen«, sagte ich. Mir fiel nichts anderes ein. »Möchtest du's?«

Er schüttelte den Kopf.

»Willst du mir was sagen?«

Wieder schüttelte er den Kopf.

Eine Zeit lang saßen wir schweigend da, ich an dem hochgeklappten Kopfteil und zwei Kissen lehnend und Suhrab auf dem dreibeinigen Hocker neben dem Bett. Irgendwann döste ich weg. Als ich wieder aufwachte, hatte das Tageslicht ein wenig abgenommen, die Schatten waren länger geworden, und Suhrab saß immer noch neben mir. Nach wie vor betrachtete er seine Hände.

Nachdem Farid den Jungen abgeholt hatte, faltete ich Rahim Khans Brief auseinander. Ich hatte seine Lektüre so lange wie möglich hinausgezögert und las nun:

Amir jan,

Inshallah, dass dich der Brief erreicht und du in Sicherheit bist. Ich hoffe inständig, dich nicht in Gefahr gebracht zu haben und dass du Afghanistan nicht allzu ungastlich findest. Du bist seit dem Tag deines Aufbruchs in meinen Gebeten.

Du hattest all die Jahre Recht mit der Vermutung, dass ich Bescheid weiß. Hassan hat mir von dem Vorfall berichtet. Du hast dich falsch verhalten, Amir jan, aber vergiss nicht, dass du damals noch ein Junge warst. Ein verstörter kleiner Junge. Du warst damals schon zu hart gegen dich selbst und bist es heute noch – das habe ich hier in Peshawar deinen Augen angesehen. Doch ich hoffe, du bedenkst Folgendes: Von Leid verschont bleibt nur, wer kein Gewissen hat und ohne Güte ist. Ich wünsche dir allerdings, dass dein Leiden mit dieser Reise nach Afghanistan ein Ende findet.

Amir jan, es beschämt mich, dass wir dich über all die Jahre belogen haben. Dein Wutausbruch in Peshawar war nur allzu berechtigt. Du hattest einen Anspruch auf Aufklärung. So wie auch Hassan. Ich will nichts und niemanden entschuldigen, aber das Kabul jener Tage war eine seltsame Welt, in der manche Dinge wichtiger waren als die Wahrheit.

Amir jan, ich weiß, du hattest es als Junge oft schwer mit deinem Vater. Ich habe miterlebt und mitgefühlt, wie sehr du dich um seine Zuneigung bemüht hast. Dein Vater, Amir jan, war hin- und hergerissen zwischen dir und Hassan. Er hat euch beide geliebt, konnte aber Hassan nicht so lieben, wie er es gewünscht hätte, nämlich unverhohlen und wie ein Vater. Also hat er seine Verzweiflung an dir ausgelassen – an Amir, der gesellschaftlich akzeptierten Hälfte, jener Hälfte, die für die ererbten Reichtümer steht und für all die damit einhergehenden Privilegien. Wenn er dich sah, sah er sich selbst. Und seine Schuld. Du hegst immer noch Groll, und mir ist klar, dass es noch zu früh ist, Nachsicht von dir zu erwarten, aber vielleicht wirst du eines Tages einsehen, dass dein Vater, wenn er es dir schwer gemacht hat, im Grunde mit sich selbst hart ins Gericht gegangen ist. Dein Vater hat wie du unter Seelenqualen gelitten, Amir jan.

Ich kann dir kaum beschreiben, wie tief meine Trauer war, in die mich der Tod deines Vaters gestürzt hat. Ich habe ihn geliebt, nicht nur als Freund, sondern auch, weil er ein guter Mensch war, ja ein großer Mann. Und es liegt mir sehr daran, dir klar zu machen, dass Güte, wahre Güte, aus Reue erwächst, so wie bei deinem Vater. Ich glaube, dass alles, was er getan hat, sei es seine Mildtätigkeit gegenüber den Armen auf den Straßen, sei es der Bau des Waisenhauses oder seine Freigebigkeit, mit der er Freunden in Not geholfen hat – dass all das in der Absicht geschah, eine Schuld zu tilgen. Das ist, glaube ich, wahre Wiedergutmachung: Wenn Schuldgefühle Gutes hervorbringen.

Ich bin zuversichtlich, dass uns Allah Vergebung widerfahren lässt. Er wird deinem Vater vergeben, wie auch mir und dir. Nimm Dir ein Beispiel daran. Vergib deinem Vater, wenn es dir möglich ist. Vergib mir, wenn es dir beliebt. Und, was am wichtigsten ist: Vergib dir selbst.

Ich habe Geld für dich deponiert, es ist nicht viel, aber trotzdem ein Großteil dessen, was ich hinterlasse. Ich vermute, du wirst Auslagen haben, wenn du hierher zurückkehrst; dafür sollte das Geld immerhin reichen. Es liegt in einem Schließfach, dessen Schlüssel jetzt in deinem Besitz ist. Farid kennt die Adresse der Bank in Peshawar.

Ich muss jetzt gehen. Mir bleibt nicht mehr viel Zeit, und die möchte ich allein verbringen. Bitte, versuche nicht, mich ausfindig zu machen. Das ist meine letzte Bitte an dich.

Allah sei mit dir.
Auf immer dein Freund,
Rahim

Ich fuhr mir mit dem Ärmel meines vom Krankenhaus gestellten Nachthemds über die Augen, faltete den Brief wieder zusammen und versteckte ihn unter der Matratze.

An Amir, der gesellschaftlich akzeptierten Hälfte, jener Hälfte, die für die ererbten Reichtümer steht und für all die damit einhergehenden Privilegien. Vielleicht lag darin der Grund, warum wir, Baba und ich, uns in den Vereinigten Staaten so viel besser verstanden haben, dachte ich. Dort, wo es uns so viel schlechter ging mit unseren armseligen Jobs und der schäbigen Wohnung, dort hat er in mir vielleicht einen Teil von Hassan gesehen.

Dein Vater hat wie du unter Seelenqualen gelitten. Möglich. Wir hatten beide Schuld auf uns geladen. Doch immerhin war es ihm gelungen, tätige Reue zu üben und Gutes hervorzubringen. Was aber hatte ich getan, abgesehen von den Versuchen, meine Schuld bei ebenjenen abzuladen, die ich betrogen hatte, um dann alles zu vergessen? Und um hernach unter Schlaflosigkeit zu leiden? Was hatte ich getan, um meine Fehler zu korrigieren?

Als die Schwester kam – nicht Aisha, sondern eine rothaarige Frau, deren Name mir entfallen ist – und mich fragte, ob ich eine Morphiuminjektion wünschte, sagte ich Ja.

Am nächsten Morgen wurde mir die Drainage aus der Brust entfernt, und Armand war einverstanden, dass man mir Apfelsaft verabreichte. Ich bat Aisha um einen Spiegel, als sie den mit Saft gefüllten Becher auf der Konsole neben meinem Bett abstellte. Sie schob ihre Bifokalbrille ins Haar und zog die Vorhänge auf, um die Morgensonne ins Zimmer scheinen zu lassen. »Seien Sie beruhigt«, sagte sie über die Schulter hinweg. »Schon in wenigen Tagen wird alles wieder besser aussehen. Mein Schwager hatte im vergangenen Jahr einen schweren Unfall mit seinem Moped. Er ist mit dem hübschen Gesicht über den Asphalt geschlittert und war so violett wie eine Aubergine. Jetzt ist er wieder schön wie ein Hollywood-Filmstar.«

Trotz ihrer freundlichen Worte stockte mir der Atem, als ich im Spiegel sah, was vorgab, mein Gesicht zu sein. Ich sah aus, als hätte man mir mit einer Luftpumpe den Kopf aufgeblasen. Die gesamte Augenpartie war dick angeschwollen und blau. Was mich aber noch viel mehr entsetzte, war mein Mund, ein grotesker Klumpen aus Blutergüssen und OP-Fäden. Der Versuch zu lächeln wurde mit einem stechenden Schmerz bestraft. Das also würde ich mir noch eine Weile verkneifen müssen. Genäht worden waren auch Platzwunden auf der linken Wange, unterm Kinn und an der Stirn knapp unterhalb des Haaransatzes.

Der alte Mann mit dem Gipsbein sagte etwas auf Urdu. Ich zuckte mit den Achseln und schüttelte den Kopf. Er deutete auf sein Gesicht, tätschelte es und zeigte mir ein breites, zahnloses Grinsen. »Very good«, sagte er auf Englisch. »*Inshallah.*«

»Danke«, flüsterte ich.

Gerade als ich den Spiegel aus der Hand gelegt hatte, kamen Farid und Suhrab zur Tür herein. Suhrab nahm auf dem Hocker Platz und lehnte den Kopf an das Metallrohr am Fußende des Bettes.

»Wir sollten machen, dass wir hier rauskommen«, sagte Farid.

»Dr. Faruqi ...«

»Ich meine nicht das Krankenhaus. Ich meine Peshawar.«

»Warum?«

»Ich fürchte, du bist hier nicht in Sicherheit«, antwortete Farid. Er senkte die Stimme. »Die Taliban haben Freunde hier. Sie werden früher oder später nach dir suchen.«

»Vermutlich haben sie schon damit angefangen«, murmelte ich in Erinnerung an den bärtigen Mann, der sich anscheinend im Zimmer verirrt und mich angestarrt hatte.

Farid rückte näher. »Sobald du wieder auf den Beinen stehen kannst, werde ich dich nach Islamabad bringen. Da ist es zwar auch nicht sicher, aber auf alle Fälle sicherer als hier. Und du wirst ein bisschen Zeit gewinnen.«

»Farid *jan,* du bringst dich selbst in Gefahr. Es wäre besser, wenn du dich nicht mit mir sehen ließest. Du hast für eine Familie zu sorgen.«

Farid winkte ab. »Meine Jungs sind zwar noch nicht erwachsen, aber schon sehr clever. Ihre Mütter und Schwestern zu beschützen dürfte kein Problem für sie sein.« Er schmunzelte. »Außerdem war nicht davon die Rede, dass ich dir ganz umsonst Hilfe leiste.«

»Das würde ich auch gar nicht zulassen«, antwortete ich. Ich vergaß, dass es in meinem Zustand nicht ratsam war, zu lächeln, und spürte einen Tropfen Blut über mein Kinn rinnen. »Darf ich dich um einen Gefallen bitten?«

»Für dich – tausendmal«, sagte Farid.

Und plötzlich gingen mir die Augen über. Tränen liefen mir über die Wangen und brannten in den offenen Wunden meiner Lippen. Ich schluchzte und schluchzte.

»Was ist los?«, fragte Farid alarmiert.

Ich verbarg das Gesicht in der einen Hand und hob die andere wie zur Abwehr. Ich ahnte, dass alle Blicke auf mich gerichtet waren. »Tut mir Leid«, sagte ich, wieder halbwegs gefasst. Ich fühlte mich matt und leer. Suhrab musterte mich mit kritischer Miene.

Als ich wieder zur Sprache zurückgefunden hatte, erklärte ich Farid, wie er mir helfen konnte. »Rahim Khan sagt, dass sie hier in Peshawar leben.«

»Du schreibst mir die Namen lieber auf«, meinte Farid. Er war sichtlich irritiert und schien sich zu fragen, was mich denn als Nächstes aus der Fassung bringen mochte. Ich kritzelte die Namen auf ein Stück Papierhandtuch. »John und Betty Caldwell.«

Farid faltete den Zettel und steckte ihn ein. »Sobald ich Zeit habe, werde ich sie suchen«, versprach er. Und an Suhrab gewandt: »Dich hole ich dann am Abend ab. Und denk daran, Amir Aga muss noch geschont werden.«

Suhrab ging ans Fenster, vor dem ein halbes Dutzend Tauben die auf dem Sims ausgestreuten Brotkrumen aufpickten.

In der mittleren Schublade der Konsole neben meinem Bett hatte ich eine alte Ausgabe von *National Geographic* gefunden, einen angekauten Bleistift, einen lückenhaften Kamm und das, wonach ich mich nun unter Aufbietung all meiner geschwundenen Kräfte reckte: einen Satz Spielkarten. Ich hatte sie schon durchgezählt und zu meinem Erstaunen festgestellt, dass keine Karte fehlte. Ohne eine Antwort zu erwarten, geschweige denn eine positive, fragte ich Suhrab, ob er nicht mit mir spielen wolle. In meiner

Gegenwart hatte er seit unserer Flucht aus Kabul kaum ein Wort gesagt. Jetzt wandte er sich allerdings vom Fenster ab und sagte: »Ich kann aber nur *panjpar.*«

»Dann tust du mir jetzt schon Leid, denn ich bin ein Großmeister des *panjpar.* Und als solcher auf der ganzen Welt bekannt.«

Er nahm Platz auf dem Hocker neben dem Bett. Ich gab ihm seine fünf Karten. »Als dein Vater und ich in deinem Alter waren, haben wir dieses Spiel auch immer gespielt. Vor allem im Winter, wenn es schneite und wir nicht nach draußen konnten. Wir spielten, bis es dunkel wurde.«

Er spielte eine Karte aus und hob eine von dem Stoß ab. Während er über sein Blatt grübelte, musterte ich ihn mit verstohlenen Blicken. Wie sehr und in wie vielerlei Hinsicht war er doch seinem Vater ähnlich: Genau wie dieser fächerte er die Karten mit beiden Händen auf, studierte sie mit halb zugekniffenen Augen und scheute den direkten Blickkontakt mit seinem Gegenüber.

Wir spielten schweigend. Ich gewann das erste Spiel, ließ ihn das nächste gewinnen und verlor die weiteren fünf glatt. »Du bist so gut wie dein Vater, vielleicht sogar besser«, sagte ich nach dem letzten verlorenen Spiel. »Ich habe ihn zwar manchmal geschlagen, glaube aber, dass er mich hat gewinnen lassen.« Und nach einer kurzen Pause: »Dein Vater und ich sind von derselben Amme gestillt worden.«

»Ich weiß.«

»Was ... was hat er dir sonst noch alles über uns erzählt?«

»Dass Sie der beste Freund waren, den er je hatte«, antwortete er.

Ich zupfte und nestelte am Karobuben in meiner Hand. »Ich fürchte, ich war ihm kein besonders guter Freund«, entgegnete ich. »Ich würde aber gern dein Freund sein, und ich glaube, dass ich dir ein guter Freund wäre. Einverstanden? Würde dir das gefallen?« Ich legte vorsichtig meine Hand auf seinen Arm, doch er zuckte zurück. Er ließ die Karten fallen, stand auf und wich zum Fenster aus. Über Peshawar ging die Sonne unter und malte rote und violette Streifen an den Himmel. Von der Straße tönten Autohupen, Eselsschreie und die Trillerpfeife eines Polizisten. Suhrab stand im roten Abendsonnenschein, die Stirn ans Glas gepresst und die Fäuste unter die Arme gesteckt.

Aisha hatte einen Assistenten, der mir noch an diesem Abend dabei half, die ersten Schritte zu gehen. Ich schleppte mich ein einziges Mal durchs Zimmer und zurück, wobei ich mit der einen Hand den rollenden Infusionsständer gepackt hielt und mit der anderen den Unterarm des Assistenten. Für diesen kurzen Ausflug brauchte ich zehn Minuten; danach tat mir wieder alles weh, und mein Körper war schweißgebadet. Keuchend ließ ich mich aufs Bett fallen und spürte das Herz in den Ohren pochen. Ich dachte an meine Frau und daran, wie sehr sie mir fehlte.

Am nächsten Tag spielten Suhrab und ich fast ununterbrochen *panjpar,* wiederum schweigend. So auch am übernächsten Tag. Wir wechselten kaum ein Wort, spielten einfach nur *panjpar,* ich aufgerichtet im Bett, er auf dem dreibeinigen Hocker sitzend. Aus der Hand legten wir die Karten nur, wenn ich meine mühsamen Gehversuche im Zimmer fortsetzen oder die Toilette am Ende des Ganges aufsuchen musste. In der folgenden Nacht hatte ich einen Traum. Ich träumte, dass Assef in der Tür zu meinem Krankenzimmer stand, immer noch mit der Messingkugel in der Augenhöhle. »Wir sind uns gleich, du und ich«, sagte er. »Du hast zwar mit ihm an einer Brust gelegen, bist aber in Wirklichkeit *mein* Zwilling.«

Am Morgen verlangte ich von Armand, entlassen zu werden.

»Dazu ist es noch zu früh«, protestierte Armand. Statt des Krankenhauskittels trug er heute einen marineblauen Anzug und eine gelbe Krawatte. Das Haar war frisch gegelt. »Sie müssen noch intravenös mit Antibiotika versorgt werden ...«

»Ich muss hier weg«, fiel ich ihm ins Wort. »Ich bin Ihnen und dem ganzen Personal sehr dankbar, wirklich. Aber ich muss jetzt hier weg.«

»Wohin wollen Sie?«, fragte Armand.

»Darauf möchte ich lieber nicht antworten.«

»Sie können sich doch kaum auf den Beinen halten.«

»Ich schaff's schon durch den ganzen Flur und zurück«, erwiderte ich. »Ich komme klar.« Mein Plan war folgender: Das Krankenhaus verlassen. Aus dem Schließfach der Bank Geld holen und meine Krankenhausrechnung begleichen. Zum Waisenhaus fahren und Suhrab bei John und Betty Caldwell absetzen. Dann nach Islamabad reisen, noch ein paar Tage ausruhen. Und nach Hause fliegen.

Das hatte ich vor. Bis Farid und Suhrab an diesem Morgen kamen. »Deine Freunde, dieser John Caldwell und seine Frau, sind gar nicht in Peshawar«, sagte Farid.

Ich hatte zehn Minuten gebraucht, nur um in meinen *pirhan-tumban* zu schlüpfen. Die noch wunde Stelle auf der Brust, in der das Plastikrohr gesteckt hatte, schmerzte höllisch, als ich den Arm hob, und der Magen schnürte sich mir zusammen, sooft ich mich nach vorn beugte. Meine wenigen Sachen einzupacken war so anstrengend, dass ich in Atemnot geriet. Ich hatte es dann schließlich doch geschafft und saß auf der Bettkante, als Farid mit der Nachricht herausrückte. Suhrab saß neben mir auf dem Bett.

»Wo sind sie hin?«, fragte ich.

Farid schüttelte den Kopf. »Verstehst du nicht ...«

»Rahim Khan hat doch gesagt ...«

»Ich war im US-Konsulat«, berichtete Farid und nahm die braune Papiertüte, in die ich meine Sachen gesteckt hatte. »In Peshawar sind nie ein John und eine Betty Caldwell gemeldet gewesen. Laut Auskunft der Leute im Konsulat existieren die beiden überhaupt nicht. Jedenfalls nicht hier in Peshawar.«

Neben mir blätterte Suhrab in der alten *National-Geographic*-Ausgabe.

Wir holten das Geld von der Bank. Der Manager, ein dickbäuchiger Mann mit Schwitzflecken unter den Achseln, lächelte ununterbrochen und versicherte mir, dass niemand in der Bank das Geld angerührt habe. »Absolut niemand«, bekräftigte er und fuchtelte genau wie Armand mit dem Zeigefinger in der Luft herum.

Mit so viel Geld in einer Papiertüte durch Peshawar zu fahren war eine ziemlich beängstigende Vorstellung. Außerdem würde ich in jedem bärtigen Mann, der mich zufällig anstarrte, einen von Assef auf mich angesetzten Killer sehen. Ich hätte wahrhaftig viele zu beargwöhnen gehabt, denn es gibt jede Menge bärtige Männer in Peshawar, und alle starren.

»Was machen wir mit ihm?«, fragte Farid, als er mich langsam von der Krankenhauspforte zum Auto führte. Suhrab hockte bereits im Fond des Landcruisers und stierte, das Kinn in die Hand gelegt, durch das heruntergekurbelte Fenster auf den Verkehr.

»In Peshawar kann er jedenfalls nicht bleiben«, antwortete ich keuchend.

»*Nay*, Amir Aga, das kann er nicht«, bestätigte Farid. Er ahnte, was ich gern gefragt hätte. »Tut mir Leid. Ich wünschte, ich …«

»Schon gut, Farid.« Ich zwang mich zu einem Lächeln. »Du hast schon genug Mäuler zu füttern.« Neben dem Wagen stand ein Hund auf den Hinterbeinen; er stützte sich mit den Pfoten an der Tür ab und wedelte, von Suhrab gestreichelt, mit dem Schwanz. »Er wird wohl fürs Erste mit mir nach Islamabad kommen müssen«, sagte ich.

Ich schlief fast während der gesamten vierstündigen Fahrt nach Islamabad und träumte eine Menge. In Erinnerung geblieben ist mir nur ein Sammelsurium von Bildern, Ausschnitte von visuellen Eindrücken, die mir wie die Karten einer Rollkartei durch den Kopf flatterten: Baba, wie er für meine dreizehnte Geburtstagsfeier Lammfleisch mariniert. Soraya und ich am Morgen nach der Hochzeitsnacht, die Musik vom Vorabend noch in den Ohren und ihre mit Henna bemalten Hände mit meinen verschränkt. Mit Baba und Hassan auf einem Erdbeerfeld bei Jalalabad – der Besitzer hatte uns erlaubt, so viele Erdbeeren zu essen, wie wir mochten, vorausgesetzt, dass wir mindestens vier Kilo kaufen würden – und wie wir uns am Ende vor Magenschmerzen krümmten. Wie dunkel, fast schwarz Hassans Blut ausgesehen hatte, das aus seinem Hosenboden in den Schnee getropft war. *Blut ist dicker als Wasser, bachem. Khala* Jamila, die Sorayas Knie tätschelte und sagte: *Weiß Gott, vielleicht sollte es einfach nicht sein.* Die Nacht auf dem Dach unseres Hauses, als Baba davon sprach, dass es nur eine einzige Sünde gebe, nämlich die des Diebstahls. *Wenn du eine Lüge erzählst, stiehlst du einem anderen das Recht auf Wahrheit.* Rahim Khan am Telefon mit dem Trost, dass Wiedergutmachung möglich sei.

24

Hatte mich Peshawar an die Stadt erinnert, die Kabul einmal gewesen war, so sah ich in Islamabad die Stadt, die Kabul vielleicht einmal würde sein können. Die Straßen waren breiter als in Peshawar, sauberer, von Hibiskussträuchern und Flammenbäumen gesäumt. Die Basare machten einen sehr viel besser organisierten Eindruck; das Gedränge von Rikschas und Fußgängern war hier längst nicht so groß. Eleganter, moderner war auch die Architektur, und ich sah Parkanlagen, wo im Schatten dichter Bäume Rosen und Jasmin blühten.

Farid fand ein kleines Hotel in einer Seitenstraße am Fuß der Margalla-Hügel. Wir kamen an der berühmten Faisal-Moschee vorbei, der angeblich größten Moschee der Welt mit ihren kolossalen Betontragwerken und den schwindelnd hohen Minaretten. Suhrab merkte auf beim Anblick dieser Moschee, lehnte sich aus dem Fenster und bestaunte sie, bis wir um eine Ecke gebogen waren.

Das Hotelzimmer war unvergleichlich komfortabler als das, wo wir, Farid und ich, in Kabul Quartier bezogen hatten. Die Bettwäsche war frisch gewaschen, der Teppich gesaugt und das Badezimmer blitzblank. Es gab Shampoo, Seife, Rasierklingen, eine Badewanne und Handtücher mit Zitronenduft. Und keine Blutspuren an den Wänden. Auf einer Kommode gegenüber den beiden Einzelbetten stand außerdem ein Fernsehapparat.

»Sieh mal!«, sagte ich an Suhrab gerichtet. Ich schaltete den Apparat ein – eine Fernbedienung fehlte –, suchte ein Programm und fand eine Show für Kinder, in der zwei flauschige Puppenschafe Lieder auf Urdu sangen. Suhrab setzte sich auf eines der Betten und zog die Knie an die Brust. Das flackernde Licht des Fernsehers spiegelte sich in seinen grünen Augen, als er mit regloser Miene zuschaute und dabei mit dem Oberkörper vor und zurück schaukelte. Ich erinnerte mich, Hassan versprochen zu haben, ihm und seiner Familie später einmal, wenn wir erwachsen sein würden, einen Fernseher zu schenken.

»Ich werde mich dann jetzt wieder auf den Weg machen, Amir«, sagte Farid.

»Bleib doch noch über Nacht«, entgegnete ich. »Du wärst dann ausgeruht für die lange Fahrt zurück.«

»*Tashakkor*«, sagte er. »Aber ich möchte noch heute Nacht wieder zu Hause sein. Ich vermisse meine Kinder.« Auf dem Weg hinaus blieb er in der Tür stehen. »Auf Wiedersehen, Suhrab *jan*«, sagte er. Auf eine Antwort wartete er vergebens. Suhrab nahm keine Notiz von ihm. Vom Licht des Fernsehers beschienen, schaukelte er vor und zurück. Draußen steckte ich Farid einen Briefumschlag zu. Als er ihn geöffnet hatte, fiel ihm die Kinnlade herunter.

»Ich weiß nicht, wie ich dir danken soll«, sagte ich. »Du hast so viel für mich getan.«

»Wie viel ist das?«, fragte Farid, sichtlich irritiert.

»Ein bisschen über dreitausend Dollars.«

»Dreitau...« Er stockte. Die Unterlippe zitterte ein wenig. Später, als sein Wagen anfuhr, drückte er zweimal auf die Hupe und winkte. Ich winkte zurück. Wir haben uns nie wieder gesehen.

Ich kehrte ins Hotelzimmer zurück und sah Suhrab zusammengerollt auf dem Bett liegen. Er hatte die Augen geschlossen, aber mir schien es, als weinte er. Der Fernseher war ausgeschaltet. Ich setzte mich aufs Bett, biss vor Schmerzen die Zähne aufeinander und wischte mir den kalten Schweiß von der Stirn. Ob ich aufstand, mich setzte oder im Bett zur Seite drehte – jede Bewegung tat höllisch weh, und ich fragte mich, wie lange noch. Ich fragte mich, wie lange ich noch auf feste Nahrung würde verzichten müssen. Ich fragte mich, was ich mit dem kleinen Jungen, dieser verletzten Seele, anstellen sollte, obwohl ein Teil von mir die Antwort längst kannte.

Auf dem Frisiertisch stand eine Karaffe Wasser. Ich schenkte mir ein Glas ein und nahm zwei von Armands Schmerztabletten. Das Wasser war warm und bitter. Ich zog die Vorhänge zu, nahm vorsichtig auf dem Bett Platz und streckte mich aus. Ich glaubte, mir würde die Brust zerspringen. Als der Schmerz ein wenig nachließ und ich wieder Luft schöpfen konnte, zog ich die Decke über die Brust und wartete darauf, dass die Wirkung der Pillen einsetzte.

Es war dunkler geworden, als ich aufwachte. Im Spalt des Vorhangs zeigte der Himmel über der Stadt die violette Tönung bei Anbruch der Nacht. Die Laken waren klamm, und mir dröhnte der Schädel. Ich hatte wieder geträumt, konnte mich aber an nichts erinnern.

Mein Herz stockte, als ich einen Blick zur Seite warf und feststellte, das Suhrabs Bett leer war. Ich rief seinen Namen und erschrak über den Klang meiner Stimme. In einem dunklen Hotelzimmer zu sitzen, Tausende von Meilen von zu Hause entfernt, mit geschundenem Körper, den Namen eines Jungen zu rufen, den ich erst seit wenigen Tagen kannte – das verstörte mich zutiefst. Ich rief seinen Namen noch einmal und hörte nichts. Ich mühte mich aus dem Bett, sah im Badezimmer nach, warf einen Blick in den engen Flur vor der Tür. Er war verschwunden.

Ich zog die Tür zu, schleppte mich nach unten, die Hand am Geländer, um mich zu stützen. In einer Ecke der Eingangshalle stand eine künstliche verstaubte Palme. Die Tapete war gemustert mit rosafarbenen Flamingos im Flug. Der Hotelmanager saß hinter dem Empfangsschalter und las Zeitung. Ich beschrieb Suhrab und fragte, ob er ihn gesehen habe. Er legte die Zeitung weg, nahm die Lesebrille von der Nase. Seine fettigen Haare und der quadratische kleine Schnurrbart waren grau meliert. Er verströmte den Geruch irgendeiner tropischen Frucht, die ich nicht genauer zu bestimmen wusste.

»Jungs stromern gern in der Gegend herum«, seufzte er. »Ich habe drei von der Sorte. Sind den ganzen Tag unterwegs und machen ihrer Mutter Sorgen.« Er griff wieder nach der Zeitung, fächelte sich Luft zu und starrte auf meine Kiefer.

»Ich glaube nicht, dass er einfach nur herumstromert«, entgegnete ich. »Im Übrigen sind wir nicht von hier. Ich fürchte, er könnte sich verirren.«

Er wiegte den Kopf hin und her. »Dann hätten Sie besser auf ihn Acht geben sollen, Mister.«

»Ich weiß«, sagte ich. »Aber ich bin eingeschlafen, und als ich wieder wach wurde, war er verschwunden.«

»Jungs darf man nie aus den Augen lassen, wissen Sie.«

»Ja«, sagte ich. Mein Puls ging schneller. Ich ärgerte mich über diesen Kerl, der meine Besorgnis offenbar überhaupt nicht ernst nahm. Er ließ die Zeitung in die andere Hand wechseln und fächelte weiter. »Jetzt wollen sie Fahrräder.«

»Wer?«

»Meine Jungs«, antwortete er. »Sie sagen, ›Papa, Papa, bitte kauf uns Fahrräder, und wir werden dir keinen Ärger mehr machen. Bitte, Papa!‹« Er schnaubte lachend durch die Nase. »Fahrräder. Ihre Mutter würde mich totschlagen, das schwöre ich Ihnen.«

Im Geiste sah ich Suhrab in einem Graben liegen. Oder im Kofferraum irgendeines Autos, gefesselt und geknebelt. Ich wollte nicht sein Blut an meinen Händen kleben haben. Nicht auch noch seins. »Bitte ...«, flehte ich. Ich schaute genauer hin auf das Namensschild am Kragen seines kurzärmeligen blauen Baumwollhemds. »Mr. Fayyaz, haben Sie ihn gesehen?«

»Den Jungen?«

Ich musste schwer an mich halten. »Ja, den Jungen! Den Jungen, der mit mir gekommen ist. Haben Sie ihn nun gesehen oder nicht, verflixt noch mal.«

Der Fächer blieb stehen. Mein Gegenüber kniff die Brauen zusammen. »Werden Sie bloß nicht frech, mein Freund. Ich bin schließlich nicht der, der ihn verloren hat.«

Mir schoss das Blut ins Gesicht. »Sie haben Recht. Es war meine Schuld. Also, haben Sie ihn gesehen?«

»Tut mir Leid«, antwortete er, kurz angebunden. Er setzte wieder seine Brille auf. Faltete die Zeitung auseinander. »Ich habe keinen Jungen gesehen.«

Ich stand noch eine Weile am Schalter. Fast hätte ich die Beherrschung verloren. Als ich auf den Ausgang zusteuerte, fragte er: »Haben Sie eine Ahnung, wohin er gegangen sein könnte?«

»Nein«, sagte ich. Ich fühlte mich erschöpft. Müde und verängstigt.

»Hat er irgendwelche Interessen?«, fragte er. Ich sah, dass er seine Zeitung beiseite gelegt hatte. »Meine Jungs sind zum Beispiel ganz verrückt auf amerikanische Actionfilme, vor allem auf solche mit Arnold Sowieswo.«

»Die Moschee!«, sagte ich. »Die große Moschee.« Ich erinnerte mich an Suhrabs Reaktion auf dieses Bauwerk, als wir daran vorbeigefahren waren, wie er sich aus dem Fenster gelehnt hatte, um es zu bestaunen.

»Die Shah Faisal?«

»Ja. Könnten Sie mich dorthin führen?«

»Es ist die größte Moschee der Welt, wussten Sie das?«, fragte er.

»Nein, aber ...«

»Allein der Vorplatz fasst 40 000 Menschen.«

»Könnten Sie mich hinführen?«

»Ist nur einen Kilometer entfernt«, sagte er, löste sich aber bereits vom Schalter.

»Ich zahle für die Fahrt«, sagte ich

Er seufzte und schüttelte den Kopf. »Warten Sie einen Augenblick.« Er verschwand in einem angrenzenden Zimmer, kehrte mit einer anderen Brille und einem Schlüsselbund in der Hand zurück, gefolgt von einer kleinen, rundlichen Frau in orangefarbenem Sari. Sie nahm seinen Platz hinterm Schalter ein. »Ich will kein Geld«, sagte er prustend. »Ich helfe Ihnen, weil ich selbst Vater bin.«

Ich war darauf gefasst, den ganzen Tag kreuz und quer durch die Stadt zu fahren, und sah mich schon bei der Polizei unter Mr. Fayyaz' tadelnden Blicken eine Beschreibung von Suhrab abgeben, meinte bereits die müde, gelangweilte Stimme des Beamten zu hören, der die obligatorischen Fragen stellte. Und in Zwischentönen würde wahrscheinlich eine andere Frage anklingen: Wen zum Teufel interessiert ein weiteres totes afghanisches Kind?

Doch wir fanden ihn; rund hundert Schritt von der Moschee entfernt, hockte er auf einer Raseninsel inmitten eines Parkplatzes, der zur Hälfte mit Autos gefüllt war. Mr. Fayyaz hielt neben der Insel an und ließ mich aussteigen. »Ich muss wieder zum Hotel«, sagte er.

»In Ordnung. Wir gehen zu Fuß zurück«, sagte ich. »Ich bin Ihnen sehr dankbar, Mr. Fayyaz. Wirklich.«

Er beugte sich über den Vordersitz, als ich ausstieg. »Darf ich Ihnen etwas sagen?«

»Sicher.«

Im Halbdunkel leuchteten mir die Brillengläser entgegen, in denen sich das abnehmende Licht spiegelte. »Also wirklich, ihr Afghanen ... ihr seid allesamt ziemlich leichtsinnig.«

Ich war müde und hatte Schmerzen, ganz besonders am Kiefer. Und diese verdammten Wunden in der Brust und am Bauch fühlten sich an wie Stacheldraht unter der Haut. Trotzdem fing ich unwillkürlich zu lachen an.

»Was ... was habe ich ...«, sagte Mr. Fayyaz, doch ich konnte nicht mehr an mich halten und stieß prustende Lachsalven durch meine verdrahteten Zähne.

»Verrücktes Volk«, brummelte er und fuhr davon.

»Du hast mir einen gehörigen Schrecken eingejagt«, sagte ich. Ich setzte mich neben Suhrab, stöhnend vor Schmerzen, als ich den Rumpf beugte. Suhrab war ganz in die Betrachtung der Moschee versunken. Sie sah aus wie ein riesiges Zelt. Auf dem Parkplatz herrschte reger Verkehr; in Weiß gekleidete Gläubige kamen und gingen. Wir saßen schweigend beieinander. Ich lehnte an einem Baumstamm, Suhrab hielt die angezogenen Knie mit den Armen umschlungen. Wir lauschten der Aufforderung zum Gebet, sahen die vielen hundert Lichter des Gotteshauses aufleuchten, als die Dunkelheit anbrach. Die Moschee glitzerte wie ein Diamant. Sie brachte den Himmel und Suhrabs Gesicht zum Leuchten.

»Sind Sie jemals in Mazar-e-Sharif gewesen?«, fragte Suhrab, das Kinn auf eines der Knie gestützt.

»Vor langer Zeit. Viel ist mir davon nicht in Erinnerung geblieben.«

»Vater hat mich einmal dahin mitgenommen. Mutter und Sasa waren auch dabei. Auf dem Basar hat mir Vater einen Affen gekauft. Keinen lebendigen, sondern einen, den man aufblasen konnte. Er war braun und trug einen Schlips.«

»So einen hatte ich früher auch einmal.«

»Wir haben die Blaue Moschee besucht, das Grab von Hazrat Ali«, fuhr Suhrab fort. »Draußen vor der *masjid* gab es viele, viele Tauben. Die hatten kaum Angst. Sie wagten sich ganz dicht an uns heran. Sasa gab mir kleine Stückchen *naan,* und ich habe die Tauben gefüttert. Das war lustig, all die gurrenden Tauben um mich herum.«

»Du vermisst deine Eltern sehr, nicht wahr?«, sagte ich. Ich fragte mich, ob er mit angesehen hatte, wie sie von den Taliban hinaus auf die Straße gezerrt worden waren, hoffte, dass ihm das erspart geblieben war.

»Vermissen Sie Ihre Eltern?«, fragte er.

»Ob ich meine Eltern vermisse? Meine Mutter habe ich nicht gekannt. Mein Vater ist vor einigen Jahren gestorben. Ja, ich vermisse ihn. Manchmal sehr.«

»Wissen Sie noch, wie er ausgesehen hat?«

Ich dachte an Babas kräftigen Nacken, die schwarzen Augen, das krause braune Haar. Auf seinem Schoß zu sitzen war, als ritte ich auf zwei Baumstämmen.

»Ja, ich weiß noch, wie er aussah«, antwortete ich. »Ich weiß sogar noch, wie er gerochen hat.«

»Bei mir ist es so, dass ich mehr und mehr vergesse«, sagte Suhrab. »Ist das schlimm?«

»Nein«, erwiderte ich. »Das bringt die Zeit so mit sich.« Mir fiel etwas ein. Ich griff in meine Manteltasche und holte die Polaroidaufnahme von Hassan und Suhrab hervor. »Hier«, sagte ich.

Er nahm das Foto, drehte es ins Licht, das von der Moschee herüberleuchtete, und führte es ganz dicht vor seine Augen. Lange betrachtete er die Aufnahme. Ich dachte, dass er womöglich zu weinen begänne, doch ich täuschte mich. Er hielt das Bild in den Händen und fuhr mit dem Daumen über die Oberfläche. Mir fiel eine Zeile ein, die ich irgendwo einmal gelesen oder aufgeschnappt hatte: Es gibt viele Kinder in Afghanistan, aber wenig Kindheit. Nach einer Weile reichte er mir das Foto zurück.

»Behalt es«, sagte ich. »Es gehört dir.«

»Danke.« Er warf noch einen Blick auf das Foto und steckte es dann in seine Westentasche. Ein Pferdekarren rollte klappernd über den Parkplatz. Die Schellen am Halsband des Pferdes läuteten bei jedem Schritt. »Ich habe in letzter Zeit viel über Moscheen nachgedacht«, sagte Suhrab.

»Ach ja? Inwiefern?«

Er zuckte mit den Achseln. »Einfach nur so.« Er hob das Gesicht und sah mich an. Jetzt hatte er tatsächlich zu weinen angefangen. »Darf ich Sie etwas fragen, Amir Aga?«

»Nur zu.«

»Wird Allah mich ...« Er stockte schluchzend. »Wird Allah mich in die Hölle stecken für das, was ich diesem Mann angetan habe?«

Ich streckte die Hand nach ihm aus. Er zuckte zurück, und ich ließ von ihm ab. »*Nay.* Gewiss nicht«, antwortete ich. Gern hätte ich ihn an mich gezogen, in meinen Armen gehalten und ihm gesagt, dass nicht er Böses getan habe, dass vielmehr ihm Böses widerfahren sei.

Er verzog das Gesicht, hatte sichtlich Mühe, Fassung zu bewahren. »Vater hat immer gesagt, dass es auch falsch wäre, bösen Menschen zu schaden. Weil sie es nicht besser wissen und weil sie manchmal auch gut werden.«

»Nicht immer, Suhrab.«

Er sah mich fragend an.

»Ich kenne den Mann, der dir wehgetan hat, schon seit vielen Jahren«, erklärte ich. »Vermutlich hast du das aus unserer Unterhaltung herausgehört. Er ... er hat mich einmal so bedroht, dass ich große Angst bekam und mir nicht zu helfen wusste, aber dein Vater hat mich gerettet. Wir waren damals so alt wie du jetzt. Dein Vater war sehr tapfer. Sooft ich in Not war, ist er für mich eingestanden. Eines Tages hat dieser schlechte Mann, der es eigentlich auf mich abgesehen hatte, deinen Vater geschlagen und ihm sehr, sehr Schlimmes zugefügt. Und ich ... ich konnte ihm nicht helfen, so wie er mir geholfen hätte.«

»Warum wollten andere meinem Vater wehtun?«, fragte Suhrab mit dünner Stimme. »Er war doch nie zu irgendjemandem gemein.«

»Du hast Recht. Dein Vater war ein guter Mann. Aber das ist

es ja gerade, das versuche ich dir zu erklären, Suhrab *jan*. Dass es in dieser Welt Menschen gibt, die schlecht sind und schlecht bleiben. Manchmal muss man solchen Menschen die Stirn bieten. Was du diesem Mann getan hast, hätte ich schon damals vor vielen Jahren tun müssen. Er hat es nicht anders verdient. Oder doch, im Grunde hätte er noch Schlimmeres verdient.«

»Glauben Sie, Vater wäre von mir enttäuscht?«

»Im Gegenteil, er wäre stolz. Davon bin ich überzeugt«, antwortete ich. »Du hast mir das Leben gerettet.«

Er wischte sich mit dem Hemdsärmel über das Gesicht, was die Speichelblase, die sich in seinem Mundwinkel gebildet hatte, zum Platzen brachte. »Ich vermisse Vater, und auch meine Mutter«, krächzte er. »Und ich vermisse Sasa und Rahim Khan Sahib. Manchmal bin ich aber froh, dass sie nicht ... sie nicht mehr hier sind.«

»Warum?« Ich berührte seinen Arm. Er wich mir aus.

»Weil ...«, er schluchzte, keuchte, »ich will nicht, dass sie mich sehen ... dreckig, wie ich bin.« Er holte tief Luft, stieß sie winselnd wieder aus. »Ich bin so dreckig und voller Sünde.«

»Das bist du nicht, Suhrab«, sagte ich.

»Diese Männer ...«

»Du bist nicht dreckig.«

»... was die gemacht haben! Der schlechte Mann und die beiden anderen ... was die mit mir gemacht haben!«

»Du hast dir nichts zu Schulden kommen lassen.« Wieder berührte ich seinen Arm, und wieder wich er mir aus. Behutsam legte ich meinen Arm um ihn und zog ihn an mich. »Ich werde dir nicht wehtun«, flüsterte ich. »Versprochen.«

Er sträubte sich noch ein wenig, gab dann aber nach. Er ließ es zu, dass ich ihn an mich zog, und lehnte seinen Kopf an meine Brust. Mit jedem Schluchzer zuckte sein kleiner Körper in meinen Armen.

Zwischen denen, die von derselben Brust genährt wurden, existieren verwandtschaftliche Bande. Jetzt, da mir der Schmerz des Jungen buchstäblich nahe ging, spürte ich, dass auch wir aufs Engste miteinander verbunden waren. Der Vorfall mit Assef hatte uns unwiderruflich zusammengeschweißt.

Seit Tagen hatte ich auf eine günstige Gelegenheit, auf den richtigen Zeitpunkt gewartet. Die Frage ging mir ständig im Kopf herum, ließ mich nachts nicht schlafen. Ich fand, dass hier und jetzt, da die hellen Lichter der Moschee zu uns herüberschienen, der richtige Moment gekommen war.

»Würde es dir gefallen, bei mir und meiner Frau in Amerika zu leben?«

Er antwortete nicht. Er weinte in mein Hemd, und ich ließ ihn gewähren.

Als wäre die Frage nie gestellt worden, kamen während der gesamten folgenden Woche weder er noch ich darauf zurück. Dann fuhren Suhrab und ich mit einem Taxi zu dem Aussichtspunkt Daman-e-Koh – dem »Bergsaum« –, der sich auf halber Höhe in den Margalla-Hügeln befindet und einen einzigartigen Blick auf Islamabad bietet, auf seine Karrees aus sauberen, von Bäumen gesäumten Alleen und weißen Häusern. Der Chauffeur machte uns darauf aufmerksam, dass man von dort oben den Präsidentenpalast erkennen könne. »Wenn es geregnet hat und die Luft klar ist, kann man bis nach Rawalpindi sehen«, sagte er. Im Rückspiegel sah ich seine Augen zwischen mir und Suhrab hin und her springen. Ich sah auch mich gespiegelt. Die Schwellungen im Gesicht waren ein wenig zurückgegangen, und die diversen Blutergüsse hatten eine gelbe Tönung angenommen.

Wir setzten uns auf eine Bank im Schatten eines Gummibaums. Es war ein warmer Tag, die Sonne stand hoch am topasblauen Himmel. Auf anderen Bänken in der Nähe picknickten Familien. Irgendwo tönte aus einem Radio ein Hindi-Lied, das ich aus einem alten Film mit dem Titel *Pakeeza* zu kennen glaubte. Etliche Kinder – viele in Suhrabs Alter – jagten ausgelassen lachend hinter Fußbällen her. Ich dachte an das Waisenhaus in Karteh-Seh, erinnerte mich an die Ratte, die mir in Zamans Büro um die Füße gelaufen war. In einem plötzlichen Anflug von Wut darüber, wie sehr meine Landsleute das eigene Land hatten verkommen lassen, schnürte sich mir die Brust zu.

»Was ist?«, fragte Suhrab.

Ich rang mir ein Lächeln ab. »Nicht so wichtig.«

Wir breiteten eines der aus dem Hotel mitgebrachten Badetücher auf dem Picknicktisch vor unserer Bank aus und spielten *panjpar.* Ich fühlte mich wohl dabei, mit dem Sohn meines Halbbruders Karten zu spielen, verwöhnt von der warmen Sonne im Nacken.

»Sehen Sie nur!«, sagte Suhrab. Er zeigte mit seinen Karten nach oben. Ich folgte seinem Blick und sah einen Falken am weiten Himmel kreisen. »Ich wusste gar nicht, dass es Falken in Islamabad gibt«, sagte ich.

»Ich auch nicht«, erwiderte er, den Blick nach oben gerichtet. »Gibt es da, wo Sie leben, auch welche?«

»In San Francisco? Ich glaube, ja. Nicht, dass ich dort schon besonders viele gesehen hätte ...«

»Aha«, sagte er. Ich hoffte auf weitere Fragen, doch er teilte ein neues Blatt aus und wollte wissen, ob es bald etwas zu essen gebe. Ich öffnete die Papiertüten und gab ihm sein Sandwich. Mein Lunch bestand wieder einmal nur aus Bananen- und Orangensaft – Mr. Fayyaz hatte mir seinen Mixer zur Verfügung gestellt. Mit einem Strohhalm sog ich den süßen Fruchtsaft in den Mund. Ein Teil davon tropfte an den Mundwinkeln wieder heraus. Suhrab reichte mir ein Taschentuch und sah zu, wie ich meine Lippen trocken tupfte. Ich lächelte, und er erwiderte mein Lächeln.

»Dein Vater und ich waren Brüder.« Diesmal kam spontan aus mir heraus, was ich mich an dem Abend vor der Moschee zu sagen noch gescheut hatte. Er hatte ein Recht darauf, Bescheid zu wissen; ich wollte ihm nichts mehr verheimlichen. »Genau gesagt, Halbbrüder. Wir hatten denselben Vater.«

Suhrab hörte zu kauen auf. Legte das Sandwich hin. »Vater hat nie davon gesprochen, dass er einen Bruder hat.«

»Weil er es nicht wusste.«

»Warum nicht?«

»Es ist ihm nie gesagt worden«, antwortete ich. »Auch ich wusste nichts davon. Ich habe es erst kürzlich herausgefunden.«

Suhrab blinzelte. Er sah mich an, sah mich zum allerersten Mal *wirklich* an. »Aber warum hat man Vater und Ihnen nichts davon gesagt?«

»Die Frage habe ich mir auch gestellt. Es gibt eine Antwort, und die ist nicht schön. Lass es mich so ausdrücken: Man hat uns nichts gesagt, weil wir, dein Vater und ich, eigentlich keine Brüder hätten sein sollen.«

»Weil er ein Hazara war?«

Nur mit Mühe gelang es mir, seinem Blick standzuhalten.

»Ja.«

»Hat Ihr Vater«, begann er und starrte auf sein Sandwich, »hat Ihr Vater Sie und meinen Vater gleich gern gehabt?«

Ich erinnerte mich an einen lange zurückliegenden Tag am Ghargha-See, als Baba Hassan anerkennend auf die Schulter geklopft hatte, weil der von ihm geworfene Stein häufiger übers Wasser gehüpft war als meiner. Ich sah Baba vor mir, wie er strahlte, als Hassan im Krankenhaus der Verband von den Lippen entfernt worden war. »Ich glaube, er hat uns gleich gern gehabt, aber auf unterschiedliche Weise.«

»Hat er sich für meinen Vater geschämt?«

»Nein«, antwortete ich. »Ich glaube, er hat sich für sich selbst geschämt.«

Schweigend nahm Suhrab wieder sein Sandwich in die Hand und nagte daran herum.

Erst am späten Nachmittag, müde von der Hitze, aber auf angenehme Art müde, machten wir uns auf den Rückweg. Im Taxi fühlte ich mich die ganze Zeit über von Suhrab beobachtet. Ich bat den Chauffeur vor einem Laden anzuhalten, der Telefonkarten verkaufte. Er tat mir den Gefallen und besorgte mir eine.

Am Abend sahen wir uns, auf den Betten liegend, eine Talkshow im Fernsehen an. Zwei Geistliche mit grau melierten langen Bärten und weißen Turbanen antworteten auf Anrufe aus aller Welt. Jemand aus Finnland, ein Mann namens Ayub, war um das Seelenheil seines zehnjährigen Sohnes besorgt und fragte allen Ernstes, ob es ihm schaden würde, wenn er den Bund seiner weiten Hose so weit herunterhängen ließe, dass die Unterwäsche darunter zum Vorschein kam.

»Ich habe einmal ein Foto von San Francisco gesehen«, sagte Suhrab.

»Tatsächlich?«

»Darauf war eine rote Brücke und ein ganz hohes, spitz zulaufendes Gebäude zu sehen.«

»Du solltest erst einmal die Straßen sehen«, sagte ich.

»Was ist mit denen?« Er hatte jetzt den Blick auf mich gerichtet. Die beiden Mullahs auf dem Bildschirm beratschlagten sich.

»Die sind so steil, dass man, wenn man bergauf fährt, nur Himmel und den Kühler des eigenen Autos sieht«, antwortete ich.

»Das hört sich ja schlimm an«, sagte er. Er drehte sich zu mir, kehrte dem Fernseher den Rücken zu und sah mich an.

»Man hat sich schnell daran gewöhnt.«

»Gibt es dort Schnee?«

»Nein, aber umso mehr Nebel. Hast du das Bild der roten Brücke noch vor Augen?«

»Ja.«

»Morgens hängt der Nebel manchmal so tief, dass nur noch die Spitzen der beiden Türme zu sehen sind.«

Der Junge war sichtlich beeindruckt. »Oh.«

»Suhrab?«

»Ja.«

»Hast du dir meine Frage noch einmal durch den Kopf gehen lassen?«

Das Lächeln verschwand. Er wälzte sich auf den Rücken, verschränkte die Hände hinterm Kopf. Die Mullahs kamen zu der Ansicht, dass Ayubs Sohn zur Hölle verdammt sei, wenn er seine Hosen so weit unten trüge. Das stünde so in der *Hadith,* behaupteten sie. »Ich habe darüber nachgedacht«, antwortete Suhrab.

»Und?«

»Es macht mir Angst.«

»Das ist nur verständlich«, sagte ich und schöpfte Hoffnung. »Ich bin sicher, dass du ganz schnell Englisch lernen, Freunde finden und dich eingewöhnen würdest ...«

»Ich meine etwas anderes. Davor hätte ich auch Angst, aber ...«

»Was meinst du denn?«

Er wandte sich mir wieder zu. Zog die Knie an. »Was, wenn Sie mich nicht mehr bei sich haben wollen? Wenn Ihre Frau mich nicht leiden kann?«

Ich mühte mich von meinem Bett und setzte mich zu ihm. »Dazu würde es nie kommen, Suhrab«, antwortete ich. »Niemals. Das verspreche ich. Vergiss nicht, du bist mein Neffe. Und Soraya *jan* ist eine gute Frau. Glaub mir, sie wird dich lieben. Auch das kann ich dir versprechen.« Ich wagte es, seine Hand zu ergreifen. Er verkrampfte sich ein wenig, ließ es aber zu, dass ich sie hielt.

»Ich will nicht noch einmal in ein Waisenhaus«, sagte er.

»Dazu wird es auch nie kommen. Du hast mein Wort darauf.« Ich nahm seine Hand in beide Hände. »Komm mit mir nach Hause.«

Tränen liefen ihm übers Gesicht. Er sagte lange nichts. Dann drückte er meine Hand. Und er nickte. Er nickte.

Beim vierten Versuch kam die Verbindung zustande. Nach dem dritten Rufzeichen hob sie ab. »Hallo?« In Islamabad war es halb acht Uhr abends, zwölf Stunden später als in Kalifornien. Soraya müsste seit etwa einer Stunde auf sein und sich fertig machen für die Schule.

»Ich bin's.« Ich saß aufrecht auf dem Bett und beobachtete Suhrab, der eingeschlafen war.

»Amir!« Es war fast ein Schrei. »Ist alles in Ordnung mit dir? Wo bist du?«

»In Pakistan.«

»Warum hast du nicht schon früher angerufen? Ich bin krank vor *tashweesh!* Meine Mutter betet jeden Tag und legt ein *nazr* ab.«

»Tut mir Leid, dass ich mich erst jetzt melde. Es geht mir wieder gut.« Ich hatte ihr gesagt, dass ich in einer, spätestens zwei Wochen wieder zu Hause sein würde. Mittlerweile war ich schon fast einen Monat lang weg. Ich lächelte. »Und sag *Khala* Jamila, dass sie aufhören soll, Schafe umzubringen.«

»Was heißt ›wieder gut‹? Und was ist mit deiner Stimme?«

»Mach dir keine Sorgen. Es geht mir gut. Wirklich. Da ist einiges, was ich dir erzählen muss, was ich dir eigentlich schon längst hätte erzählen müssen, aber vorher möchte ich dir noch etwas anderes sagen.«

»Was?«, fragte sie leise, zaghaft.

»Ich werde nicht alleine zurückkommen, sondern einen Jungen mitbringen.« Und nach einer kurzen Pause: »Ich will, dass wir ihn adoptieren.«

»*Was?*«

Ich warf einen Blick auf die Armbanduhr. »Mir bleiben auf dieser dummen Telefonkarte nur siebenundfünfzig Minuten, und ich habe dir noch so viel zu erzählen. Setz dich erst mal hin.« Ich hörte, wie sie hastig einen Stuhl auf dem Holzboden zurechtrückte.

»Schieß los.«

Dann holte ich nach, was ich in fünfzehn Jahren Ehe versäumt hatte: Ich erzählte meiner Frau alles. Alles. Vor diesem Moment war mir immer Angst und Bange gewesen, doch jetzt, da ich ihr alles gestand, fühlte ich mich von einer Last befreit. Soraya hatte vermutlich ganz ähnlich empfunden in der Nacht unserer *khastegari,* als sie mich über ihre Vergangenheit aufgeklärt hatte.

Als ich mit meiner Geschichte am Ende war, weinte sie.

»Was denkst du?«, fragte ich.

»Ich weiß nicht, was ich davon halten soll, Amir. Das war zu viel auf einmal.«

»Verstehe.«

Ich hörte, wie sie sich schneuzte. »Aber eins weiß ich: Du musst ihn mit nach Hause bringen.«

»Bist du dir sicher?«, fragte ich, lächelnd und mit geschlossenen Augen.

»Was für eine Frage«, entgegnete sie. »Amir, er ist dein *qaom,* er gehört zu deiner Familie, also ist er auch ein *qaom* von mir. Natürlich bin ich mir sicher. Du kannst ihn doch nicht auf der Straße zurücklassen.« Es blieb für eine Weile still in der Leitung. »Wie ist er?«

Ich warf einen Blick auf den Jungen. »Sehr lieb, auf seine ernste Art.«

»Ich bin sehr gespannt auf ihn, Amir.«

»Soraya?«

»Ja?«

»*Dostet darum.*« Ich liebe dich.

»Ich dich auch«, antwortete sie mit einem Lächeln in der Stimme. »Pass auf dich auf.«

»Das werde ich. Und sag deinen Eltern bitte nicht, wer er ist. Wenn sie es wissen müssen, sollten sie es von mir erfahren.«

»Einverstanden.« Wir legten auf.

Vor der amerikanischen Botschaft in Islamabad erstreckte sich eine fein säuberlich gepflegte Rasenfläche mit kreisrunden Blumenbeeten darin und einer Heckenumrandung, die mit dem Lineal gezogen zu sein schien. Das Gebäude selbst war wie viele andere Häuser in Islamabad: flach und weiß. Wir mussten etliche Straßensperren passieren und uns von drei verschiedenen Sicherheitsbeamten kontrollieren und durchsuchen lassen, nachdem die Drähte in meinem Mund den Alarm der Metalldetektoren ausgelöst hatten. Als wir schließlich, aus der Hitze kommend, die Vorhalle betraten, schlug mir die klimatisierte Luft wie ein Schwall Eiswasser entgegen. Die Empfangsdame, eine etwa 50-jährige, blonde Frau mit hagerem Gesicht, erkundigte sich lächelnd nach meinem Namen. Mit ihrer beigefarbenen Bluse und der schwarzen Hose war sie seit Wochen die erste Frau in meinem Umkreis, die weder Burkha noch *shalwar-kameez* trug. Sie suchte meinen Namen auf der Anmeldeliste und tippte mit dem Radiergummiende ihres Bleistifts auf den Schreibtisch. Als sie ihn gefunden hatte, forderte sie mich auf, Platz zu nehmen.

»Möchten Sie etwas trinken? Eine Limonade vielleicht?«, fragte sie.

»Nein, danke, für mich nicht«, antwortete ich.

»Und Ihr Sohn?«

»Wie bitte?«

»Wie steht's mit dem hübschen jungen Mann?«, fragte sie und lächelte Suhrab zu.

»Oh. Das wäre nett, danke.«

Suhrab und ich setzten uns auf das schwarze Ledersofa neben der großen US-Fahne. Suhrab nahm eins der Magazine von dem gläsernen Beistelltisch und blätterte darin herum, ohne sich die Bilder genauer anzusehen.

»Was ist?«, fragte Suhrab.

»Wie bitte?«

»Warum lächeln Sie?«

»Ich habe an dich gedacht«, antwortete ich.

Er grinste irritiert und nahm ein zweites Magazin zur Hand, das er in weniger als dreißig Sekunden durchgeblättert hatte.

»Keine Sorge«, sagte ich und berührte ihn am Arm. »Diese

Leute sind freundlich. Entspann dich.« Der gute Rat galt nicht zuletzt mir. Ich rutschte auf meinem Platz hin und her, löste die Schnürsenkel meiner Schuhe und schnürte sie wieder zu. Die Empfangsdame stellte ein großes eisgekühltes Glas Limonade auf dem Tischchen ab. »Zum Wohl.«

Suhrab lächelte schüchtern. »*Tank you wery match*«, bedankte er sich artig. Viel mehr wusste er auf Englisch nicht zu sagen, eigentlich bloß noch: *Have a nice day.*

Sie lachte. »Gern geschehen.« Auf ihren hohen Absätzen ging sie klackernd zurück hinter den Rezeptionsschalter.

»*Have a nice day*«, sagte Suhrab.

Raymond Andrews war ein kleiner Mann mit zierlichen Händen und perfekt manikürten Fingernägeln. Er trug einen Ehering am Ringfinger. Mir war, als zerquetschte ich einen Spatz, als ich seine Hand schüttelte. *In diesen Händen liegt unser Schicksal,* dachte ich, als wir, Suhrab und ich, vor seinem Schreibtisch Platz nahmen. Hinter ihm an der Wand, gleich neben einer Landkarte der Vereinigten Staaten, hing ein Poster der Verfilmung von *Les Misérables.* Auf dem Fensterbrett stand, von der Sonne beschienen, ein Topf mit Tomatenpflanzen.

»Zigarette gefällig?«, fragte Andrews mit volltönender, tiefer Stimme, die so gar nicht zu seiner schmächtigen Gestalt passte.

»Nein, danke«, antwortete ich. Dass er Suhrab keines Blickes würdigte und auch mich, wenn er sprach, nur flüchtig ansah, störte mich nicht im Geringsten. Er öffnete eine Schreibtischschublade und brachte eine halb leere Packung zum Vorschein, aus der er eine Zigarette zog und anzündete. Derselben Schublade entnahm er daraufhin eine Flasche Öl. Die Zigarette im Mundwinkel, rieb er sich mit diesem Öl die kleinen Hände ein und betrachtete derweil seine Tomatenpflanzen. Schließlich schloss er die Schublade wieder, stützte die Ellbogen auf den Schreibtisch und stieß aus vollen Backen Rauch aus. »So«, sagte er und zwinkerte mit den grauen vom Zigarettenrauch irritierten Augen. »Erzählen Sie mir Ihre Geschichte.«

Ich kam mir vor wie Jean Valjean, verhört von Inspektor Javert, und musste mir noch einmal klar machen, dass ich mich hier auf amerikanischem Territorium befand, dass Andrews auf meiner Seite stand und gut dafür bezahlt wurde, Menschen wie mir zu helfen.

»Ich möchte diesen Jungen adoptieren und ihn in die Staaten mitnehmen«, sagte ich.

»Erzählen Sie mir Ihre Geschichte«, wiederholte er und zerdrückte mit dem Zeigefinger ein Bröckchen Asche, das auf die penibel aufgeräumte Schreibtischplatte gefallen war.

Ich trug ihm vor, was ich mir gleich nach meinem Telefonat mit Soraya im Kopf zurechtgelegt hatte, nämlich dass ich nach Afghanistan gekommen sei, um mich um den verwaisten und verwahrlosten Sohn meines Halbbruders zu kümmern, dass ich diesen Jungen aus dem Heim geholt, diesem Heim etwas Geld gespendet hatte und dann mit ihm nach Pakistan gefahren sei.

»Sie sind der Halbonkel des Jungen?«

»Ja.«

Er warf einen Blick auf die Uhr. Lehnte sich zurück und richtete den Blick auf die Tomatenpflanzen im Fenster. »Kann das irgendjemand bezeugen?«

»Ja, aber ich weiß nicht, wo er sich zurzeit aufhält.«

Andrews wandte sich mir zu und nickte. Vergeblich versuchte ich, seine Miene zu deuten, und fragte mich, ob er mit diesen kleinen Händen wohl jemals Poker gespielt hatte.

»Ich vermute doch richtig, dass Sie Ihre Zähne nicht aus modischen Gründen haben verdrahten lassen, oder?«, fragte er, und mir war spätestens jetzt klar, dass er uns, Suhrab und mir, Ärger machen würde. Ich sagte, dass ich in Peshawar überfallen und zusammengeschlagen worden sei.

»Natürlich«, antwortete er. Er räusperte sich. »Sind Sie Moslem?«

»Ja.«

»Praktizierender?«

»Ja.« In Wahrheit konnte ich mich nicht daran erinnern, wann ich das letzte Mal betend mit der Stirn den Boden berührt hatte. Doch plötzlich fiel mir ein: Es war der Tag, an dem Baba von Dr. Amani erfahren hatte, dass er bald würde sterben müssen. Ich hatte mich auf den Gebetsteppich niedergekniet und von der ersten Sure aufgesagt, was mir noch aus dem Schulunterricht in Erinnerung geblieben war.

»Das hilft in Ihrem Fall, aber nicht viel«, sagte Andrews und kratzte sich eine Stelle im Kranz seiner sandfarbenen Haare.

»Was soll das heißen?«, fragte ich und nahm Suhrab bei der Hand. Der Junge blickte verunsichert mal auf Andrews, mal auf mich.

»Darauf gibt es eine ausführliche Antwort, und die werde ich Ihnen auch nicht schuldig bleiben. Aber vielleicht wollen Sie eine kurze Antwort vorweg hören?«

»Ich bitte darum.«

Andrews drückte seine Zigarette im Aschenbecher aus und spitzte die Lippen. »Es hat keinen Zweck.«

»Wie bitte?«

»Ihr Antrag auf Adoption hat keine Aussicht auf Erfolg. Darum rate ich Ihnen, es gar nicht erst zu versuchen.«

»Danke für den Rat«, entgegnete ich. »Dürfte ich vielleicht wissen, warum?«

»Sie fragen nach der ausführlichen Antwort«, sagte er mit gleichgültiger Stimme und unbeeindruckt von meinem barschen Ton. Er legte die Handflächen gegeneinander, als wollte er vor der Jungfrau Maria niederknien. »Gesetzt den Fall, Ihre Geschichte entspricht der Wahrheit – obwohl ich meine Pension darauf verwette, dass ein Großteil entweder frei erfunden oder ausgelassen worden ist. Wie auch immer, Sie sind hier, der Junge ist hier, und nur das ist von Belang. Trotzdem, Ihrem Antrag stehen ein paar gewichtige Hindernisse im Weg, so zum Beispiel der Umstand, dass dieses Kind keine Waise ist.«

»Und ob.«

»Aber nicht rechtlich.«

»Seine Eltern sind auf offener Straße exekutiert worden. Vor den Augen der Nachbarn«, sagte ich und war froh, dass Suhrab kein Englisch verstand.

»Haben sie Sterbeurkunden?«

»*Sterbeurkunden?* Wir sprechen hier über Afghanistan. Da haben die meisten Menschen nicht einmal Geburtsurkunden.«

Seine hellen Augen blieben ungerührt. »Ich bin für die Gesetze nicht verantwortlich, Sir. Ihre Empörung sei Ihnen unbenommen, trotzdem müssen Sie beweisen, dass die Eltern tot sind. Dass der Junge Vollwaise ist, muss amtlich bestätigt sein.«

»Aber ...«

»Sie wollten die ausführliche Antwort haben, ich gebe sie Ihnen. Ihr nächstes Problem wird darin bestehen, die zuständige Behörde im Heimatland des Jungen zur Zusammenarbeit zu bewegen. Und das dürfte selbst unter günstigeren Umständen sehr schwer fallen, denn wie sagten Sie doch selbst: Wir sprechen hier über Afghanistan. Kabul hat leider keine amerikanische Botschaft. Das macht die Sache ausgesprochen kompliziert, um nicht zu sagen unmöglich.«

»Was schlagen Sie mir vor – dass ich ihn wieder auf der Straße aussetze?«

»Davon war nicht die Rede.«

»Er ist sexuell missbraucht worden«, sagte ich und dachte an die Fußschellen, die geschminkten Augen.

»Bedauerlich«, sagte sein Mund. Seinem Augenausdruck nach hätte es in unserem Gespräch auch um das Wetter gehen können. »Doch das wird für die Einwanderungsbehörde kein Grund sein, diesem jungen Mann ein Visum auszustellen.«

»Was sagen Sie da?«

»Ich sage, wenn Sie helfen wollen, dann überweisen Sie eine Spende an eine seriöse Hilfsorganisation. Oder bieten Sie einem Flüchtlingslager Ihre Dienste an. Jedenfalls raten wir zum gegenwärtigen Zeitpunkt allen US-Bürgern entschieden davon ab, afghanische Kinder zu adoptieren.«

Ich stand auf. »Komm, Suhrab«, sagte ich auf Farsi. Suhrab schmiegte sich an mich, den Kopf an meine Hüfte gelehnt. Ich erinnerte mich an das Polaroidfoto, auf dem er und Hassan in ganz ähnlicher Pose zu sehen waren. »Darf ich Sie noch etwas fragen, Mr. Andrews?«

»Bitte.«

»Haben Sie Kinder?«

Zum ersten Mal zeigten seine Augen Verunsicherung.

»Nun? Die Frage müsste doch einfach zu beantworten sein.«

Er schwieg. »Das dachte ich mir«, sagte ich und nahm Suhrab

bei der Hand. »Auf Ihrem Platz müsste jemand sitzen, der weiß, was es heißt, ein Kind haben zu wollen.« Ich wandte mich von ihm ab.

»Darf ich nun *Sie* noch etwas fragen?«, rief mir Andrews nach.

»Nur zu.«

»Haben Sie diesem Kind versprochen, es mit sich zu nehmen?«

»Und wenn es so wäre?«

Er schüttelte den Kopf. »Kindern Versprechungen zu machen ist ziemlich heikel.« Seufzend zog er die Schublade wieder auf. »Sind Sie entschlossen, die Sache weiterzuverfolgen?«, fragte er und kramte in seinen Unterlagen.

»Allerdings.«

Er reichte mir eine Visitenkarte. »Dann rate ich Ihnen zu einem guten Anwalt, der sich in Einwanderungsfragen auskennt. Omar Faisal hat seine Kanzlei hier in Islamabad. Sie können ihm sagen, dass ich Sie geschickt habe.«

Ich nahm die Karte entgegen und murmelte: »Danke.«

»Viel Glück«, sagte er. Als wir den Raum verließen, warf ich einen Blick über die Schulter zurück. Andrews stand in einem Rechteck aus Licht, starrte wie geistesabwesend zum Fenster hinaus und drehte die Tomatenpflanzen in die Sonne.

»Alles Gute«, sagte die Empfangsdame, als wir an ihrem Schreibtisch vorbeikamen.

»Ihr Chef sollte sich bessere Manieren zulegen«, sagte ich und erwartete, dass sie die Augen verdrehen oder entgegen würde: »Wem sagen Sie das?« Stattdessen aber bemerkte sie mit gesenkter Stimme: »Armer Ray, seit dem Tod seiner Tochter ist er wie ausgewechselt.«

Ich kräuselte die Stirn.

»Selbstmord«, flüsterte sie.

Während der Fahrt zurück zum Hotel hielt Suhrab die Stirn ans Fenster gelehnt und starrte hinaus auf die vorbeifliegenden Häuser und Reihen der Gummibäume. Die Scheibe beschlug, trocknete und beschlug aufs Neue. Ich wartete darauf, dass er mir eine Frage zu dem Gespräch in der Botschaft stellte, doch das tat er nicht.

Hinter der geschlossenen Badezimmertür lief Wasser. Seit unserer Ankunft im Hotel nahm Suhrab an jedem Abend vor dem Zubettgehen ein ausführliches Bad. Im Kabul war fließend heißes Wasser Mangelware, so rar wie Väter. Suhrab verbrachte nun jedes Mal fast eine geschlagene Stunde in der Wanne, eingetaucht in Seifenwasser, und schrubbte sich. Ich saß auf der Bettkante und rief Soraya an. Mein Blick war auf die dünne Lichtspur unter der Badezimmertür gerichtet. *Findest du dich immer noch nicht sauber genug, Suhrab?*

Ich informierte Soraya über das, was ich von Raymond Andrews erfahren hatte. »Was hältst du davon?«, fragte ich.

»Wir sollten davon ausgehen, dass er falsch liegt.« Sie berichtete davon, mehrere Agenturen angerufen zu haben, die Adoptionen von ausländischen Kindern in die Wege leiteten. Sie hatte noch keine Vermittlungsstelle ausfindig gemacht, die auch in Afghanistan tätig war, wollte aber weitersuchen.

»Wie haben deine Eltern die Nachricht aufgenommen?«

»*Madar* freut sich für uns. Du weißt ja, sie hält große Stücke auf dich, Amir; in ihren Augen kannst du gar nichts falsch machen. Was *Padar* angeht ... nun, bei ihm weiß man nicht so recht. Er sagt nicht viel.«

»Und du? Bist du glücklich?«

Ich hörte, wie sie den Hörer von einer Hand in die andere wechselte. »Ich denke, dass es dein Neffe gut bei uns haben wird und dass es auch für uns schön sein wird.«

»Ich hatte denselben Gedanken.«

»Ist doch verrückt, nicht wahr, aber ich frage mich bereits, was er am liebsten isst und was wohl sein Lieblingsfach in der Schule sein wird. Ich sehe mich schon dabei, wie ich ihm bei seinen Hausaufgaben helfe.« Sie lachte. Im Badezimmer war der Wasserhahn endlich zugedreht. Ich hörte Suhrab in der Wanne herumrutschen und Wasser über den Rand schwappen.

»Du wirst es großartig machen«, sagte ich.

»Oh, fast hätte ich's vergessen! Ich habe *Kaka* Sharif angerufen.«

Ich erinnerte mich daran, wie *Kaka* Sharif während unserer *nika* ein Gedicht vorgetragen hatte. Als wir, Soraya und ich, von allen Seiten fotografiert, lächelnd auf die Bühne zugegangen waren, hatte sein Sohn den Koran über unsere Köpfe gehalten. »Was hat er gesagt?«

»Nun, er wird sich für uns stark machen. Er hat Freunde beim INS«, sagte sie.

»Wo?«

»Der Einwanderungsbehörde.«

»Das sind gute Nachrichten«, sagte ich. »Ich kann es kaum erwarten, dass du Suhrab endlich kennen lernst.«

»Ich kann es kaum erwarten, dich wiederzusehen«, sagte sie.

Lächelnd legte ich den Hörer auf.

Wenige Minuten später tauchte Suhrab aus dem Badezimmer auf. Seit der Unterredung mit Andrews hatte er kaum ein Dutzend Worte von sich gegeben, und meine Versuche, ein Gespräch mit ihm anzufangen, waren stets nur mit einem Kopfnicken oder einer einsilbigen Antwort quittiert worden. Er stieg ins Bett und zog die Decke unters Kinn. Es dauerte nicht lange, und er fing zu schnarchen an.

Ich wischte auf dem beschlagenen Spiegel eine kleine Stelle blank und rasierte mich mit dem hoteleigenen Rasiermesser, einem jener älteren Modelle mit auswechselbarer Klinge. Anschließend nahm auch ich ein Bad und lag in der Wanne, bis das heiße Wasser kalt und meine Haut schrumpelig war. Ich lag, sinnierte, träumte ...

Omar Faisal war untersetzt, dunkelhäutig, hatte Grübchen in den Wangen, schwarze Knopfaugen und ein freundliches Lächeln, das eine Lücke zwischen den oberen Schneidezähnen offenbarte. Das graue, schüttere Haar hatte er hinten zu einem Pferdeschwanz zusammengebunden. Er trug einen braunen Cordanzug mit Lederflicken an den Ellbogen und hielt eine abgegriffene überfüllte Aktentasche, deren Griff abgerissen war, zwischen Brust und Arm geklemmt. Er zählte zu jener Sorte Mensch, die jeden zweiten Satz mit einem Lachen und einer unnötigen Entschuldigung beginnen. *Nichts für ungut, ich wäre dann gegen fünf bei Ihnen.* Lachen. Als ich bei ihm angerufen hatte, hatte er darauf bestanden, zu uns zu kommen. »Tut mir Leid, die hiesigen Taxifahrer sind Haie«, sagte er in perfektem Englisch ohne jeden Akzent. »Die riechen Ausländer und verdreifachen den Preis.«

Lächelnd kam er zur Tür herein. Er schnaufte ein wenig und wischte sich mit einem Taschentuch den Schweiß von der Stirn, öffnete seine Aktentasche, kramte darin herum und entschuldigte sich dafür, dass er nicht auf Anhieb fand, wonach er suchte. Die Beine über Kreuz, hockte Suhrab auf dem Bett, den stumm geschalteten Fernseher im Blick. Mit einem Auge verfolgte er aber auch das hektische Treiben des Anwalts. Ich hatte ihn am Morgen auf Faisals Besuch vorbereitet, und mir schien es, als hätte er etwas fragen wollen, er hatte sich dann aber wieder dem Fernseher zugewandt, der eine Show mit sprechenden Tieren brachte.

»Na, da ist er ja«, sagte Faisal und holte einen gelben Notizblock zum Vorschein. »Ich hoffe, meine Kinder kommen in puncto Ordnung nach ihrer Mutter. Aber was rede ich da? Entschuldigung.« Er lachte. »Das ist wohl kaum, was Sie von Ihrem Anwalt zu hören erwarten.«

»Raymond Andrews hält große Stücke auf Sie.«

»Mr. Andrews. Ja, ja. Anständiger Kerl. Er hat mich übrigens angerufen und mir Ihren Fall geschildert.«

»Tatsächlich?«

»Oh ja.«

»Dann sind Sie also informiert.«

Faisal tupfte sich die Schweißperlen von der Oberlippe. »Informiert über das, was Sie Mr. Andrews zu Ihrem Fall vorgetragen haben«, präzisierte er. Ein scheues Lächeln vertiefte seine Grübchen. Mit Blick auf Suhrab sagte er auf Farsi: »Das wird wohl der junge Mann sein, auf den die Schwierigkeiten zurückgehen.«

»Das ist Suhrab«, sagte ich. »Suhrab, das ist Mr. Faisal, der Anwalt, von dem ich gesprochen habe.«

Suhrab rutschte über die Bettkante und gab Omar Faisal die Hand. »*Salaam alaykum*«, grüßte er leise.

»*Alaykum salaam,* Suhrab«, erwiderte Faisal. »Weißt du, dass du nach einem großen Krieger benannt bist?«

Suhrab nickte. Er stieg zurück aufs Bett und sah fern.

»Ich wusste nicht, dass Sie Farsi sprechen«, sagte ich auf Englisch. »Stammen Sie aus Kabul?«

»Nein, geboren bin ich in Karachi. Ich habe allerdings einige Jahre in Kabul gelebt. In Shar-e-Nau nahe der Haji-Yaghoub-Moschee«, antwortete Faisal. »Aber aufgewachsen bin ich in Berkeley. Mein Vater hat dort Ende der sechziger Jahre eine Musikalienhandlung aufgemacht. Freie Liebe, Stirnbänder, gebatikte Unterhemden und so weiter.« Er beugte sich vor. »Ich war in Woodstock dabei.«

»Groovy«, sagte ich, worauf Faisal so heftig lachte, dass er wieder zu schwitzen anfing. »Wie auch immer«, fuhr ich fort, »was ich Mr. Andrews gesagt habe, entspricht ziemlich genau der Wahrheit, abgesehen von ein, zwei kleinen Details. Ich werde Ihnen die unzensierte Version vortragen.«

Er befeuchtete die Kuppe des Zeigefingers, schlug eine noch unbeschriebene Seite auf und nahm einen Füller zur Hand. »Das weiß ich zu schätzen, Amir. Beschränken wir uns von jetzt ab aufs Englische.«

»Gern.«

Ich erzählte ihm alles, was passiert war. Berichtete ihm von meinem Treffen mit Rahim Khan, der Fahrt nach Kabul, dem Waisenhaus, der Steinigung im Ghazi-Stadion.

»Gott«, hauchte er. »Wie schrecklich, dabei habe ich so gute Erinnerungen an Kabul. Kaum zu glauben, dass es derselbe Ort ist, von dem Sie da berichten.«

»Sind Sie in jüngerer Zeit wieder einmal da gewesen?«

»Nein.«

»Wie in Berkeley ist es jedenfalls dort nicht, das können Sie mir glauben«, sagte ich.

Dann erzählte ich den Rest, von der Begegnung mit Assef, dem Kampf, Suhrab und seiner Schleuder, unserer Flucht nach Pakistan. Als ich fertig war, machte er sich ein paar Notizen, atmete tief durch, bedachte mich mit einem ernsten Blick und sagte: »Tja, Amir, da haben Sie einen schweren Kampf vor sich.«

»Einen, den ich gewinnen kann?«

Er schraubte die Kappe auf den Füller. »Auch auf die Gefahr hin, dass ich wie Raymond Andrews klinge: Die Chancen sind sehr gering. Unmöglich ist es nicht, aber sehr unwahrscheinlich.« Das Lächeln und der schelmische Ausdruck waren verschwunden.

»Aber Kinder wie Suhrab brauchen ein Zuhause am allernötigsten«, sagte ich. »Diese Regeln und Vorschriften ergeben für mich keinen Sinn.«

»Mir brauchen Sie das nicht zu sagen, Amir«, antwortete er. »Aber die geltenden Einwanderungsgesetze, das Adoptionsrecht, die politische Situation in Afghanistan – all das spricht gegen Sie.«

»Ich verstehe das nicht«, sagte ich und hätte am liebsten um mich geschlagen. »Ich meine, ich begreife zwar, kann es aber nicht verstehen.«

Omar nickte und runzelte die Stirn. »So ist es. Nach einer Katastrophe, ob natürlichen Ursprungs oder von Menschen verursacht – und die Taliban sind eine Katastrophe, Amir, glauben Sie mir –, nach einer Katastrophe ist es immer schwer, zweifelsfrei festzustellen, ob ein Kind Waise ist oder nicht. Kinder gehen in Flüchtlingslagern verloren, oder sie werden von ihren Eltern ausgesetzt, weil die nicht mehr für sie sorgen können. So etwas kommt ständig vor. Darum wird Ihrem Neffen erst dann ein Visum ausgestellt, wenn belegt ist, dass er der Definition eines Waisenkindes entspricht. Bedaure, ich weiß, es klingt lächerlich, aber Sie brauchen Sterbeurkunden.«

»Sie kennen doch die Verhältnisse in Afghanistan«, sagte ich, »und werden wissen, dass es schlicht unmöglich ist, dort solche Dokumente zu bekommen.«

»Ganz recht«, antwortete er. »Jetzt nehmen wir einmal an, es gäbe keinen Zweifel daran, dass das Kind verwaist ist. In dem Fall wird die Einwanderungsbehörde argumentieren, dass es gute Adoptionspraxis sei, das Kind an Eltern im eigenen Land zu geben, damit es sein Kulturerbe nicht aufzugeben braucht.«

»Was für ein Erbe?«, entgegnete ich. »Die Taliban haben alles, was die Afghanen an kulturellem Erbe hatten, vernichtet. Sie erinnern sich doch noch, was die mit den großen Buddha-Statuen in Bamiyan angerichtet haben.«

»Tut mir Leid, ich sage Ihnen ja nur, wie der INS verfährt, Amir«, erwiderte Omar und legte mir die Hand auf den Arm. Er warf einen kurzen Blick auf Suhrab und lächelte. Wieder an mich gewandt, sagte er: »Nun, ein Adoptionsverfahren richtet sich nach den Gesetzen und Regularien des jeweiligen Landes, aus dem das zu adoptierende Kind stammt. Wenn aber in einem solchen Land Chaos herrscht, wie etwa in Afghanistan, haben die überlasteten staatlichen Behörden Wichtigeres zu tun, als Adoptionsverfahren abzuwickeln.«

Ich seufzte und rieb mir die Augen, hinter denen sich ein pochender Schmerz bemerkbar machte.

»Aber nehmen wir einmal an, dass Afghanistan seine Angelegenheiten irgendwie in den Griff bekommt«, fuhr Omar fort und verschränkte die Hände auf seinem Bäuchlein. »Ich fürchte, auch dann werden Sie Ihren Antrag nicht durchbringen. Selbst moderatere muslimische Länder sind in dieser Hinsicht sehr zögerlich, da das islamische Recht, die Scharia, so etwas wie Adoption nicht vorsieht. Und die Taliban kann man nicht als moderat bezeichnen, sie sind Fundamentalisten.«

»Sie raten mir also, es gar nicht erst zu versuchen?«, fragte ich und presste die Hand an die Stirn.

»Ich bin in den Vereinigten Staaten aufgewachsen, Amir. Wenn ich dort eins gelernt habe, dann die Maxime, dass aufzugeben das Allerletzte ist. Aber als Ihr Anwalt muss ich Ihnen reinen Wein einschenken«, sagte er. »Und da wäre noch etwas: Adoptionsvermittlungsstellen recherchieren für gewöhnlich im Umfeld des Kindes. Aber welche Agentur in Amerika würde einen Angestellten nach Afghanistan schicken?«

Ich bemerkte, dass Suhrab uns beobachtete. So wie er hatte auch sein Vater immer dagesessen: das Kinn auf die Knie gestützt.

»Ich bin sein Halbonkel. Zählt das nicht?«

»Doch, wenn Sie es beweisen können. Gibt es irgendwelche Papiere, aus denen hervorgeht, dass Sie sein Halbonkel sind?«

»Nein«, antwortete ich müde. »Ich wusste es ja bis vor kurzem selber nicht. Die einzige Person, die Zeugnis ablegen könnte, ist verschwunden, womöglich inzwischen gestorben.«

»Hmm.«

»Welche Optionen bleiben mir noch, Omar?«

»Sehr wenige. Verzeihen Sie meine Offenheit.«

»Himmel, was kann ich tun?«

Omar holte Luft, tippte mit dem Füller an sein Kinn und atmete geräuschvoll aus. »Sie können einen Antrag stellen und das

Beste hoffen. Oder vielleicht versuchen Sie es mit einer so genannten *independent adoption.* Das heißt, Sie würden mit Suhrab für die nächsten zwei Jahre hier in Pakistan leben müssen. Oder Sie beantragen für ihn Asyl; in dem Fall müssten Sie sich auf ein längeres Verfahren einrichten und nachweisen, dass er in seinem Heimatland politisch verfolgt wird. Sie könnten auch bei der Staatsanwaltschaft eine Aufenthaltsgenehmigung beantragen, doch die wird nur in ganz seltenen Fällen ausgestellt.« Er stockte. »Es gibt da allerdings noch etwas, und das könnte Ihre Chance sein.«

»Was?«, drängte ich.

»Sie könnten ihn einem hiesigen Waisenhaus zur Verwahrung geben und eine *Waisenpetition* einreichen. Sie füllen dann die I-600 aus und lassen den vorgeschriebenen Eignungstest über sich ergehen.«

»Wie bitte? Ich kann nicht ganz folgen.«

»Verzeihung, die I-600 ist ein Antragsformular, das der INS ausgibt. Der Eignungstest wird von einer Vermittlungsstelle Ihrer Wahl bei Ihnen zu Hause durchgeführt«, erklärte Omar. »Er soll sicherstellen, dass Sie und Ihre Frau nicht übergeschnappt und gemeingefährlich sind.«

»Das geht nicht«, sagte ich mit Blick auf Suhrab. »Ich habe ihm versprechen müssen, ihn nicht wieder in ein Heim zu stecken.«

»Aber da läge, wie gesagt, Ihre beste Chance.«

Wir unterhielten uns noch eine Weile. Dann begleitete ich ihn nach draußen zu seinem Wagen, einem alten VW-Käfer. Die Sonne ging gerade unter, im Westen lag ihr Widerschein flammend rot über Islamabad. Ich sah, wie die Federung des Wagens unter Omars Gewicht nachgab, als er sich hinter das Steuerrad quetschte. Er kurbelte das Fenster herunter.

»Amir?«

»Ja.«

»Hab ich Ihnen eigentlich schon gesagt, dass ich Ihr Vorhaben großartig finde?«

Er winkte und fuhr los. Ich schaute ihm nach und wünschte, Soraya wäre bei mir.

Suhrab hatte den Fernseher ausgeschaltet, als ich ins Zimmer zurückkam. Ich setzte mich auf die Kante meines Bettes und bat ihn, an meiner Seite Platz zu nehmen. »Mr. Faisal sieht eine Möglichkeit, wie wir deine Einreise nach Amerika in die Wege leiten können.«

»Und?« Seit Tagen zeigte Suhrab wieder einmal ein flüchtiges Lächeln. »Wann fahren wir?«

»Tja, das ist der Punkt. Wir müssen uns noch eine Weile gedulden. Aber er sagt, dass es möglich ist, und will uns dabei helfen.« Ich legte ihm die Hand auf den Nacken. Draußen hallte die Aufforderung zum Gebet durch die Straßen.

»Wie lange?«, wollte Suhrab wissen.

»Ich weiß es nicht. Eine Weile.«

Suhrab zuckte mit den Achseln und lächelte, diesmal schon ein bisschen breiter. »Egal. Ich kann warten. Das ist wie mit sauren Äpfeln.«

»Sauren Äpfel?«

»Einmal, da war ich noch ganz klein, bin ich auf einen Baum geklettert und habe grüne, saure Äpfel gegessen. Davon ist mein Bauch angeschwollen und so hart geworden wie eine Trommel. Es hat schrecklich wehgetan. Und Mutter hat gesagt, dass mir nicht schlecht geworden wäre, wenn ich gewartet hätte, bis die Äpfel reif sind. Wenn ich jetzt etwas wirklich gerne haben will, denke ich daran, was sie über die Äpfel gesagt hat.«

»Saure Äpfel«, wiederholte ich. »*Mashallah,* du bist der schlauste kleine Junge, der mir je begegnet ist, Suhrab *jan.*« Ich sah, wie er rote Ohren bekam.

»Werden Sie mir diese große Brücke zeigen? Die aus dem Nebel aufragt?«

»Ganz bestimmt«, antwortete ich. »Ganz bestimmt.«

»Und die Straßen, auf denen man nur die Motorhaube und den Himmel sieht?«

»Die zeige ich dir auch, jede einzelne«, versprach ich und drängte eine Träne zurück.

»Ist Englisch zu lernen schwer?«

»Ich würde sagen, in etwa einem Jahr wirst du genauso gut Englisch sprechen können wie Farsi.«

»Wirklich?«

»Ja.« Ich legte einen Finger an sein Kinn und sorgte dafür, dass er mich ansah. »Aber es gibt da noch einen Haken, Suhrab.«

»Welchen?«

»Nun, Mr. Faisal meint, dass es helfen würde, wenn ... wenn du bereit wärst, noch eine Zeit lang in einem Heim für Kinder zu wohnen.«

»Heim für Kinder?« Das Lächeln verschwand. »Sie meinen ein Waisenhaus.«

»Es wäre nur für kurze Zeit.«

»Nein«, sagte er. »Bitte, nein.«

»Suhrab, es wäre wirklich nur für kurze Zeit. Das verspreche ich.«

»Sie haben mir versprochen, dass ich nie wieder an so einen Ort komme, Amir Aga«, sagte er mit brüchiger Stimme, und aus seinen Augen quollen Tränen. Ich kam mir vor wie ein Schuft.

»Das ist etwas anderes. Es wäre hier, in Islamabad, nicht in Kabul. Und ich würde immer zu Besuch kommen, bis wir dann endlich gemeinsam nach Amerika fliegen können.«

»Bitte. Bitte, nein!«, schluchzte er. »Ich habe Angst. Man wird mir wehtun. Ich will nicht.«

»Dir wird niemand wehtun. Nie wieder.«

»Doch, das werden sie! Alles andere ist gelogen. Bitte, lieber Gott!«

Ich wischte die Tränen, die ihm über die Wange liefen, mit meinem Daumen ab. »Saure Äpfel, du weißt doch, was es damit auf sich hat«, sagte ich leise. »Es wäre dasselbe.«

»Nein, wäre es nicht. Ich will nicht in ein Heim. Bitte, nein!« Er zitterte. Rotz und Tränen troffen ihm von der Oberlippe.

»Schhhhh.« Ich schlang die Arme um den bebenden kleinen Körper und zog ihn an mich. »Schhhh. Es wird alles gut werden. Wir werden zusammen nach Hause fliegen. Du wirst sehen, alles wird gut.«

Meine Brust dämpfte seine Stimme, doch war die Panik, die in ihr mitschwang, unüberhörbar. »Bitte, versprechen Sie mir, dass ich nicht ins Heim muss. Oh Gott, Amir Aga. Versprechen Sie's mir!«

Wie konnte ich ihm das versprechen? Ich drückte ihn an mich, wiegte ihn hin und her. Er weinte, bis seine Tränen versiegten, bis er zu beben aufhörte und seine flehenden Bitten in ein unverständliches Schluchzen übergegangen waren. Ich wartete, wiegte ihn, und allmählich atmete er wieder freier, und sein Körper entspannte sich. Ich erinnerte mich an Worte, die ich vor langer Zeit irgendwo gelesen hatte: *So gehen Kinder mit Schrecken um. Sie schlafen ein.*

Ich trug ihn in sein Bett. Dann streckte auch ich mich aus und schaute durch das Fenster auf den purpurnen Himmel über Islamabad.

Der Himmel war tiefschwarz, als mich das Telefon aus dem Schlaf riss. Ich rieb mir die Augen und schaltete die Lampe neben dem Bett ein. Es war kurz nach halb elf; ich hatte über drei Stunden geschlafen. Ich griff zum Hörer. »Hallo?«

»Ein Anruf aus Amerika«, meldete Mr. Fayyaz mit gelangweilter Stimme.

»Danke.« Im Badezimmer brannte Licht. Suhrab nahm sein nächtliches Bad. Es klickte ein paarmal in der Leitung, dann hörte ich Sorayas Stimme: »Salaam!« Sie klang aufgeregt.

»Hi.«

»Wie ist das Gespräch mit dem Anwalt gelaufen?«

Ich berichtete ihr von Omar Faisals Vorschlag. »Also, das kannst du vergessen«, antwortete sie. »Das wird nicht nötig sein.«

Ich richtete mich auf. »*Rawsti?* Warum, was ist los?«

»*Kaka* Sharif hat sich gemeldet. Er sagt, es komme einzig darauf an, Suhrab ins Land zu schleusen. Wenn er erst einmal da sei, werde sich alles andere finden. Er hat sich mit seinen Freunden beim INS in Verbindung gesetzt, mich heute Abend angerufen und gesagt, dass er aller Wahrscheinlichkeit nach eine Aufenthaltserlaubnis für Suhrab erwirken könne.«

»Im Ernst?«, sagte ich. »Gott sei Dank. Der gute alte Sharif *jan.*«

»Ja, und wir garantieren für Suhrabs Lebensunterhalt. Das Ganze sollte aber möglichst schnell über die Bühne gehen. Er sagte, die Aufenthaltserlaubnis ist nur für ungefähr ein Jahr gültig, aber das müsste ja für einen Adoptionsantrag reichen.«

»Dann wird es also wirklich dazu kommen?«

»Sieht ganz danach aus«, antwortete Soraya. Sie klang glücklich. Wir versicherten uns unserer Liebe. Dann legte ich auf.

»Suhrab!«, rief ich und stand vom Bett auf. »Gute Nachrichten.« Ich klopfte an die Badezimmertür. »Suhrab! Soraya hat soeben aus Kalifornien angerufen. Du wirst nicht in ein Heim gehen müssen, Suhrab. Wir fliegen nach Amerika, du und ich. Hörst du? Wir fliegen nach Amerika!«

Ich öffnete die Tür. Trat ein.

Plötzlich lag ich auf den Knien und schrie. Schrie durch zusammengebissene Zähne. Schrie, bis ich dachte, dass mir der Hals platzt.

Später erfuhr ich, dass ich immer noch schrie, als die Ambulanz eintraf.

25

Sie lassen mich nicht zu ihm.

Ich sehe, wie sie ihn auf einer Rolltrage durch eine Reihe von Flügeltüren fahren. Ich zwänge mich hinter ihnen hindurch. Ein Schwall von Jod- und Peroxidgerüchen schlägt mir entgegen. Alles, was ich jetzt sehe, sind zwei Männer mit OP-Haube auf dem Kopf und eine Frau in Grün, die sich über die Trage beugen. Ein weißes Laken hängt an der Seite herunter und streift über den schachbrettartig gefliesten Boden. Zwei kleine blutverschmierte Füße sehen unter dem Laken hervor, und mir fällt auf, dass der Nagel des großen Zehs am linken Fuß aufgerissen ist. Dann drückt mir ein großer, stämmiger Mann in Blau seine flache Hand auf die Brust und schiebt mich durch die Türen zurück. Ich spüre seinen Ehering kalt auf meiner Haut, versuche, gegen ihn anzukommen, schimpfe auf ihn ein, doch er sagt, dass ich keinen Zutritt habe, sagt es auf Englisch, freundlich, aber bestimmt. Sie müssen sich gedulden, sagt er und schiebt mich in den Wartebereich zurück. Scheinbar seufzend schwingen nun wieder die Flügeltüren hinter ihm zu, und ich sehe nur noch die Hauben der Chirurgen in dem schmalen rechteckigen Fensterausschnitt der Türen.

Ich befinde mich in einem weiten fensterlosen Flur voller Menschen, die auf metallenen Klappstühlen entlang den Wänden sitzen. Manche hocken auch auf dem dünnen, abgewetzten Teppich. Ich bin drauf und dran zu schreien und erinnere mich an eine Situation, in der mir ähnlich zumute war: auf der Flucht mit Baba, mit anderen Flüchtlingen eingepfercht im Tank eines Tanklastzugs. Ich wollte mich losreißen von diesem Ort, aus dieser Realität, wie eine Wolke aufsteigen und davonschweben, mich auflösen in der schwülen Sommernacht irgendwo da draußen, hoch oben über den Hügeln. Stattdessen aber bin ich hier, mit bleischweren Beinen, Lungen ohne Luft und brennender Kehle. Ein Davonschweben gibt es nicht. Es wird heute Nacht keine andere Realität geben. Ich schließe die Augen, nehme die Gerüche um mich herum wahr, Schweiß und Ammoniak, vergällter Alkohol und Curry. Unter der Decke stürzen sich Motten auf das graue Licht der Leuchtstoffröhren, und ich höre das papierene Flappen ihrer Flügel. Ich höre Geplapper, gedämpftes Schluchzen, Schniefen. Jemand stöhnt, ein anderer seufzt, Fahrstuhltüren öffnen sich mit einem *Pling*, und von der Zentrale wird auf Urdu irgendjemand über Lautsprecher gerufen.

Ich schlage die Augen wieder auf und weiß auf einmal, was ich zu tun habe. Ich sehe mich um. Mein Herz hämmert in der Brust, in den Ohren rauscht das Blut. Links von mir liegt eine kleine dunkle Abstellkammer. Darin finde ich, wonach ich suche. Ich nehme eins der gefalteten, gestapelten weißen Bettlaken und kehre damit zurück in den Flur. Vor der Toilettentür sehe ich eine Krankenschwester, die sich mit einem Polizisten unterhält. Ich mache die Frau auf mich aufmerksam und frage, wo Westen ist. Sie scheint nicht zu verstehen und kräuselt die Stirn. Mein Hals schmerzt, und der Schweiß brennt mir in den Augen. Wenn ich Luft hole, ist es, als würde ich Feuer einatmen, und ich glaube, ich weine. Ich wiederhole meine Frage. Ich bettle. Der Polizist zeigt mir schließlich die Richtung.

Ich werfe meinen provisorischen *jai-namaz,* meinen Gebetsteppich, auf den Boden, knie darauf nieder und senke den Kopf. Meine Tränen tropfen auf das Laken. Ich verbeuge mich gen Westen. Mir wird bewusst, dass ich seit über fünfzehn Jahren nicht gebetet habe. Ich habe die Worte vergessen. Aber das macht nichts, ich sage, was mir noch einfällt: *La illaha il Allah, Mohammad u rasul ullah.* Es gibt keinen Gott außer Allah, und Mohammed ist sein Prophet. Ich weiß jetzt, dass Baba irrte. Es gibt einen Gott, es hat ihn immer gegeben. Ich sehe ihn hier, in den Augen der Leute in diesem Flur der Verzweiflung, dem wahren Gotteshaus. Wer Gott verloren hat, findet ihn hier wieder, nicht in der weißen *masjid* mit ihren strahlenden Diamantenlichtern und den himmelwärts strebenden Minaretten. Es gibt einen Gott, es muss ihn geben, und nun werde ich beten, ich werde ihn bitten, mir zu verzeihen, dass ich ihn all die Jahre missachtet habe, dass ich betrogen, gelogen und gesündigt habe und mich ihm erst jetzt, in höchster Not zuwende; ich bitte, dass er sich mir gnädig, wohlwollend und gütig erweist, was er ja seiner Schrift nach ist. Ich verbeuge mich gen Westen, küsse den Boden und verspreche, die *zakat* zu entrichten, das *namaz* zu sprechen, während des Ramadan zu fasten und auch darüber hinaus; und ich werde jedes einzelne Wort seines heiligen Buches auswendig lernen und mich auf die Pilgerfahrt in die Wüstenstadt begeben und vor der *Ka'bah* das Haupt neigen. All das werde ich tun, und ich werde von nun an täglich seiner gedenken, wenn er mir doch nur diesen einen Wunsch erfüllt. An meinen Händen klebt Hassans Blut; gebe Gott, dass nicht auch das Blut seines Jungen an ihnen klebe.

Ich höre ein Wimmern und bemerke, dass es aus meinem eigenen Mund kommt. Tränen rinnen über mein Gesicht, schmecken salzig auf den Lippen. Ich spüre, dass alle Augen auf mich gerichtet sind, verharre aber, die Stirn auf dem Boden. Ich bete. Ich bete und hoffe, dass ich nicht so tief in der Sünde verstrickt bin, wie ich immer befürchtet habe.

Über Islamabad bricht eine schwarze, sternenlose Nacht herein. Es sind ein paar Stunden vergangen, und ich sitze auf dem Boden eines kleinen Warteraums jenseits des Flures, der zur Notaufnahme führt. Vor mir steht ein kleiner brauner Tisch voller Zeitungen und Magazine mit Eselsohren – eine 1996er Aprilausgabe der *Time;* eine pakistanische Zeitung mit dem Abbild eines Jungen, der vor einer Woche von einem Zug erfasst und getötet wurde; eine Hochglanz-Illustrierte mit lächelnden Hollywood-Stars. Mir gegenüber sitzt eine alte Frau in einem jadegrünen *shalwar-kameez* und mit gehäkeltem Schal in ihrem Rollstuhl. Sie ist eingenickt. Ab und an bewegt sie sich und murmelt auf Arabisch ein Gebet. Vor Müdigkeit benommen, frage ich mich, wessen Gebete wohl in dieser Nacht erhört werden, ihre oder meine. Im Geiste vergegenwärtige ich mir Suhrabs Gesicht, das spitz zulaufende Kinn, die kleinen Ohrmuscheln, seine wie Bambusblätter geformten schmalen Augen, die Augen seines Vaters. Mich überkommt eine Traurigkeit so schwarz wie die Nacht, und ich spüre, wie sich mir der Hals zuschnürt.

Ich brauche Luft.

Ich stehe auf und öffne das Fenster. Die durch das Fliegengitter strömende Luft ist modrig und heiß – sie riecht nach Dung und überreifen Datteln. Ich zwänge Mengen davon in meine Lungen, doch die Beklemmung bleibt. Ich sinke wieder zu Boden, nehme das *Time*-Magazin zur Hand und blättere in den Seiten. Lesen kann ich nicht, kann mich auf nichts konzentrieren. Ich werfe das Heft zurück auf den Tisch und starre wieder auf die wirren Risse im Betonfußboden, auf das Spinnengewebe im Winkel zwischen Decke und Wand, auf die toten Fliegen auf dem Fensterbrett. Und immer wieder starre ich auf die Wanduhr. Es ist kurz nach vier. Dass man mich aus dem Raum mit der schwingenden Flügeltür ausgesperrt hat, liegt nun schon über fünf Stunden zurück. Und noch immer hat man mir keine Nachricht gegeben.

Der Boden unter mir fühlt sich zunehmend wie ein Teil meines Körpers an. Mein Atem wird schwerer, langsamer. Ich möchte schlafen, die Augen schließen, meinen Kopf auf den kalten, staubigen Beton legen. Und wegdösen. Wenn ich dann aufwache, werde ich vielleicht feststellen, dass es nur ein Traum war, was sich mir im Badezimmer des Hotels gezeigt hatte: das blutige Badewasser, in das einzelne Tropfen vom Wasserhahn fallen; der über den Wannenrand hängende linke Arm; die blutverschmierte Rasierklinge auf dem Spülkasten der Toilette – dieselbe Klinge, mit der ich mich am Tag zuvor rasiert hatte; und seine Augen, halb offen, aber ohne Licht. Vor allem diese Augen. Ich wünschte, ich könnte sie vergessen.

Irgendwann überkommt mich der Schlaf, und ich gebe ihm nach. Später kann ich mich nicht erinnern, ob und was ich geträumt habe.

Irgendjemand tippt mir auf die Schulter. Ich öffne die Augen. Da kniet ein Mann an meiner Seite. Er trägt eine OP-Haube wie die Männer hinter der schwingenden Flügeltür und einen Papiermundschutz. Dass ich Blut auf dem Mundschutz sehe, macht mir Angst. Auf dem Piepser des Mannes klebt das Bild eines jungen Mädchens mit großen dunklen Augen. Er nimmt den Mundschutz vom Gesicht, und es erleichtert mich, dass ich Suhrabs Blut nicht länger sehen muss. Seine Haut ist so dunkel wie die importierte Schweizer Schokolade, die Hassan und ich früher immer auf dem Basar von Shar-e-Nau gekauft hatten. Er hat schütteres Haar und haselnussbraune Augen mit langen Wimpern. Er spricht mit britischem Akzent, stellt sich mir als Dr. Nawaz vor. Am liebsten würde ich weglaufen, fürchte ich doch, nicht ertragen zu können, was er mir zu sagen hat. Er sagt, der Junge habe sich tiefe Schnittwunden zugefügt und sehr viel Blut verloren. Meine Lippen beten wieder:

La illaha il Allah, Mohammad u rasul ullah.

Man hat ihm mehrere Einheiten roter Blutzellen übertragen.

Was werde ich Soraya sagen?

Zweimal musste er wiederbelebt werden.

Ich werde das Pflichtgebet sprechen und die zakat *entrichten.*

Wenn sein Herz nicht so jung und kräftig wäre, hätten sie ihn wohl kaum zurückholen können.

Ich werde fasten.

Er lebt.

Dr. Nawaz lächelt. Es dauert eine Weile, ehe ich begreife. Er sagt noch etwas, doch ich höre nicht mehr zu. Ich habe seine Hände ergriffen und an mein Gesicht gezogen. Ich weine meine Erleichterung in die mir fremden kleinen, weichen Hände. Er sagt nichts. Er wartet.

Die Intensivstation hat einen L-förmigen Grundriss. Überall piepen Monitore, summen Maschinen. Dr. Nawaz führt mich durch ein Spalier von Betten, die mit weißen Plastikvorhängen voneinander abgetrennt sind. Suhrabs Bett steht im Seitenflügel und ist das letzte in seiner Reihe, nahe dem Schwesternzimmer, das gerade von zwei Schwestern in grünen OP-Kitteln besetzt ist. Sie erledigen Schreibarbeit und unterhalten sich leise. Im Fahrstuhl mit Dr. Nawaz auf dem Weg nach oben hatte ich noch befürchtet, beim Anblick Suhrabs wieder weinen zu müssen. Doch jetzt, da ich auf dem Stuhl am Fußende seines Bettes Platz nehme und hinter einem

Wust von schimmernden Infusionsschläuchen und Drainagen sein bleiches Gesicht entdecke, bleiben meine Augen trocken. Ich sehe seine Brust im Rhythmus des zischenden Beatmungsgerätes sich heben und senken und spüre, wie sich eine sonderbare Taubheit in mir ausbreitet, eine Taubheit, wie man sie in Schrecksekunden erfährt.

Ich schlafe ein. Als ich aufwache, sehe ich im Fensterausschnitt neben dem Schwesternzimmer die Sonne am milchigen Himmel aufgehen. Das Licht fällt schräg in den Raum und lenkt meinen Schatten auf Suhrab. Er hat sich nicht gerührt.

»Es wäre besser, Sie legten sich schlafen«, sagt eine Schwester. Ein neues Gesicht; es hat wohl, als ich schlief, einen Schichtwechsel gegeben. Sie führt mich in ein Wartezimmer gleich neben der Intensivstation. Es ist leer. Sie reicht mir ein Kissen und eine Decke. Ich bedanke mich und strecke mich auf dem Vinylsofa in der Ecke des Zimmers aus. Augenblicklich schlafe ich ein.

Im Traum befinde ich mich wieder im Wartesaal im Erdgeschoss. Dr. Nawaz tritt ein, und ich stehe auf, um ihm entgegenzueilen. Er nimmt seinen Mundschutz ab. Seine Hände sind überraschend weiß, die Nägel sauber manikürt; das Haar ist ordentlich gescheitelt. Ich sehe nicht Dr. Nawaz vor mir, sondern Raymond Andrews, den kleinen Botschaftsangestellten, der Tomatenpflanzen in Töpfen zieht. Andrews legt den Kopf auf die Seite. Verengt die Augen.

Allmählich fand ich mich in dem Krankenhaus, diesem Labyrinth aus verwinkelten Fluren und grellem weißem Neonlicht, immer besser zurecht. Ich machte die Feststellung, dass die Anzeige für den vierten Stock im Fahrstuhl des Ostflügels nicht aufleuchtete, wie sie sollte, dass auf ebendieser Etage die Tür zur Herrentoilette klemmte und nur mit Gewalt zu öffnen war. Ich machte die Feststellung, dass das Leben im Krankenhaus festen Rhythmen folgt. Morgens, kurz vor Schichtwechsel, herrschte hektische Betriebsamkeit, so auch um die Mittagszeit; still und ruhig waren die späten Abendstunden, während denen man nur in Ausnahmefällen Ärzte oder Schwestern auftauchen sah. Tagsüber wachte ich an Suhrabs Bett, nachts wanderte ich durch die Korridore, lauschte dem Klappern meiner Absätze auf den Steinfliesen und überlegte, was ich Suhrab sagen sollte, wenn er aufwachte. Ich kehrte immer wieder auf die Intensivstation zurück, zu dem zischenden Beatmungsgerät neben dem Bett – und kam der Antwort keinen Schritt näher.

Nach drei Tagen entfernten sie den Beatmungstubus und verlegten Suhrab in ein Bett im Erdgeschoss. Ich war zu diesem Zeitpunkt nicht zur Stelle, sondern im Hotel, in das ich abends zuvor zurückgekehrt war, um einmal richtig durchschlafen zu können. Doch daraus wurde nichts; ich hatte mich stattdessen die ganze Nacht unruhig hin und her geworfen. Am Morgen traute ich mich kaum ins Badezimmer. Es war gründlich sauber gemacht worden; auf dem Boden lagen neue Fußmatten. Unwillkürlich setzte ich mich auf den kühlen Rand der Porzellanwanne und stellte mir Suhrab vor, wie er warmes Wasser hatte einlaufen lassen. Ich sah ihn die Kleider ablegen, sah, wie er den Griff des Rasierers abschraubte, die Halterung öffnete und die Rasierklinge zwischen Daumen und Zeigefinger daraus entfernte. Im Geiste sah ich ihn ins Wasser eintauchen und eine Weile ausgestreckt in der Wanne liegen, die Augen geschlossen. Ich fragte mich, welche Gedanken ihm durch den Kopf gingen, als er die Klinge ansetzte.

Der Hotelmanager Mr. Fayyaz fing mich in der Empfangshalle ab. »Es tut mir sehr Leid für Sie«, sagte er. »Trotzdem muss ich Sie bitten, das Hotel zu verlassen. So etwas ist schlecht fürs Geschäft, sehr schlecht.«

Ich zeigte Verständnis für ihn und räumte das Zimmer. Die drei Tage, die ich im Krankenhaus zugebracht hatte, stellte er nicht in Rechnung. Als ich draußen auf ein Taxi wartete, ging mir durch den Kopf, was Mr. Fayyaz während unserer gemeinsamen Suche nach Suhrab gesagt hatte: *Also wirklich, ihr Afghanen ... ihr seid allesamt ziemlich leichtsinnig*. Ich hatte darüber gelacht, aber vielleicht hatte er doch Recht gehabt. War ich tatsächlich eingeschlafen, nachdem ich Suhrab konfrontiert hatte mit dem, was er am meisten fürchtete?

Ich erkundigte mich bei meinem Taxichauffeur nach einer persischen Buchhandlung. Er kannte eine in der Nähe und fuhr mich auf dem Weg zum Krankenhaus dort vorbei.

Das Zimmer, in dem Suhrab nun lag, hatte cremefarbene Wände mit einem dunkelgrauen Fries aus Stuck, der an manchen Stellen bröckelte. Er teilte sich dieses Zimmer mit einem zehnjährigen Punjabi, der sich, wie ich später von einer der Schwestern erfuhr, ein Bein gebrochen hatte, als er vom Dach eines fahrenden Busses heruntergerutscht war. Das Bein war eingegipst und lag in einer Extensionsschiene mit Gewichtszug.

Suhrabs Bett stand neben dem zweigeteilten Fenster, durch dessen untere Hälfte das Licht der Morgensonne strahlte. Ein uniformierter Angestellter des Sicherheitsdienstes stand am Fenster und knabberte an gekochten Melonensamen – Suhrab stand, weil suizidgefährdet, rund um die Uhr unter Aufsicht. Das sei so Vorschrift, hatte mich Dr. Nawaz informiert. Der Wachposten tippte grüßend an die Kappe, als er mich sah, und verließ den Raum.

Suhrab steckte in einem kurzärmeligen Krankenhauspyjama. Er lag auf dem Rücken, hatte die Decke über die Brust gezogen und das Gesicht dem Fenster zugewandt. Ich dachte, er schlafe, doch als ich einen Stuhl ans Bett rückte, schlug er die Augen auf. Er schaute mich an und schaute wieder weg. Trotz all der Blutkonserven, die man ihm verabreicht hatte, sah er schrecklich bleich aus, und in der Beuge seines rechten Arms prangte ein großer violetter Bluterguss.

»Wie geht es dir?«, fragte ich.

Er antwortete nicht. Er blickte durchs Fenster auf den krankenhauseigenen Spielplatz mit Sandkasten und Schaukel. In der Nähe, beschattet von Hibiskusbäumen, spannte sich ein bogenförmiges Spaliergitter, an dem ein paar grüne Trauben rankten. Eine Hand voll Kinder spielte mit Eimerchen und Schaufel im Sandkasten. Der Himmel war ein wolkenloses Blau, und ich entdeckte ein winziges Flugzeug, das zwei weiße Streifen hinter sich zurückließ. An Suhrab gewandt, sagte ich: »Ich habe vorhin mit Dr. Nawaz gesprochen. Er meint, dass du schon übermorgen entlassen werden könntest. Freut dich das?«

Wieder blieb er mir eine Antwort schuldig. Der Punjabi auf der anderen Seite des Zimmers rührte sich im Schlaf und stöhnte. »Das Zimmer gefällt mir«, sagte ich und versuchte, nicht auf Suhrabs bandagierte Handgelenke zu blicken. »Es ist hell und hat eine schöne Aussicht.« Für ein paar Minuten herrschte betretenes Schweigen. Schweiß trat mir auf Stirn und Oberlippe. Ich deutete auf die mit Erbsbrei gefüllte Schale, die auf der Konsole neben dem Bett stand und offenbar nicht angerührt worden war. »Du solltest etwas essen, wieder zu Kräften kommen. Möchtest du, dass ich dich füttere?«

Mit versteinerter Miene hielt er meinem Blick für eine Weile stand. Seine Augen waren immer noch leer und ohne Licht, genauso wie in der Schreckensnacht, als ich ihn aus der Wanne gezogen hatte. Ich langte in die Papiertüte zwischen meinen Füßen und zog eine antiquarische Ausgabe des *Shahname* heraus, die ich in dem persischen Buchladen gekauft hatte. Ich hielt Suhrab den Buchdeckel vors Gesicht. »Daraus habe ich deinem Vater vorgelesen, als wir Kinder waren. Wir sind auf den Hügel hinterm Haus gestiegen und haben uns unter den Granatapfelbaum gesetzt ...« Ich stockte. Suhrab schaute unverwandt zum Fenster hinaus. Ich rang mir ein Lächeln ab. »Am liebsten hörte dein Vater die Geschichte von Rostem und Suhrab. Nach ihm bist du benannt, ich glaube, das weißt du.« Ich kam mir ein bisschen idiotisch vor. »Wie auch immer, in seinem Brief erwähnte er, dass es auch deine Lieblingsgeschichte sei. Also dachte ich, dir daraus vorzulesen. Würde dir das gefallen?«

Suhrab machte die Augen zu. Legte den violett angelaufenen Arm übers Gesicht.

Ich schlug die noch im Taxi markierte Seite auf. »Dann fange ich jetzt an«, sagte ich und fragte mich zum ersten Mal, welche Gedanken Hassan wohl durch den Kopf gegangen sein mochten, als er das *Shahname* schließlich selbst gelesen und entdeckt hatte, dass er all die Male von mir hinters Licht geführt worden war. »›Vernimm die tränenreiche Geschichte vom Kampf zwischen Suhrab und Rostem‹«, fing ich zu lesen an. »›Es begab sich, dass Rostem eines Tages mit düsteren Vorahnungen von seinem Lager aufstand. Er dachte bei sich ...‹« Ich las fast das ganze erste Kapitel vor und endete an der Stelle, wo der junge Krieger Suhrab von seiner Mutter Tahmineh, der Prinzessin aus Samengan, zu wissen verlangt, wer sein Vater ist. Ich klappte das Buch zu. »Soll ich weiterlesen? Im weiteren Verlauf kommt es zu Kämpfen. Erinnerst du dich? Suhrab führt sein Heer zur Weißen Burg im Iran. Soll ich weiterlesen?«

Er schüttelte den Kopf, worauf ich das Buch in die Papiertüte zurücksteckte. »Na gut«, sagte ich, froh darüber, dass er überhaupt reagiert hatte. »Vielleicht machen wir morgen weiter. Wie fühlst du dich?« Suhrab öffnete den Mund und gab heisere Laute von sich. Dr. Nawaz hatte mich darauf vorbereitet und erklärt, dass das Beatmungsrohr die Stimmbänder verletzt habe. Suhrab fuhr sich mit der Zunge über die Lippen und wiederholte den Versuch. »Müde.«

»Ich weiß. Dr. Nawaz sagt, das sei zu erwarten ...«

Er schüttelte den Kopf.

»Was ist denn, Suhrab?«

Es fiel ihm merklich schwer, die angekratzte Stimme zu bemühen. »Müde von allem«, hauchte er heiser.

Seufzend ließ ich mich auf den Stuhl zurücksinken. Ein Lichtstreif fiel zwischen uns übers Bett. Für einen Moment glaubte ich in dem aschgrauen Gesicht mir gegenüber das genaue Ebenbild Hassans zu erkennen, nicht des Hassan, mit dem ich Murmeln gespielt hatte, bis der Mullah zum Abendgebet rief, nicht des Hassan, mit dem ich von unserem Hügel herab um die Wette gelaufen war, wenn die Sonne hinter den Lehmdächern im Westen unterging; es war vielmehr jener Hassan, wie ich ihn das letzte Mal vom Fenster meines Zimmers aus gesehen hatte, als er zusammen mit Ali seine wenigen Habseligkeiten in den Kofferraum von Babas Wagen packte, während ein warmer Sommerregen auf die beiden niederging.

Er schüttelte den Kopf. »Müde von allem«, wiederholte er.

»Was kann ich tun, Suhrab? Bitte, sag es mir.«

»Ich möchte ...« krächzte er und langte mit der Hand an den Hals, als wollte er beseitigen, was seine Stimme unterdrückte. Wieder fiel mein Blick auf seine fest mit weißem Mull verbundenen Handgelenke. »Ich möchte in mein früheres Leben zurück«, hauchte er.

»Oh Suhrab.«

»Zurück zu Vater und Mutter *jan*. Zu Sasa. Ich möchte mit Rahim Khan Sahib im Garten spielen. Ich möchte wieder in unserem Haus wohnen.« Er warf den Unterarm übers Gesicht. »Ich möchte in mein früheres Leben zurück.«

Ich wusste nicht, was ich sagen sollte, wusste nicht, wohin mit den Augen und starrte auf meine Hände. *Dein früheres Leben,* dachte ich. *Oder das meine. Ich habe im selben Hof gespielt, Suhrab. Ich habe im selben Haus gewohnt. Aber das Gras ist verdorrt, und in der Auffahrt steht ein fremdes Auto, aus dem Öl auf den Asphalt tropft. Mit unserem früheren Leben ist es vorbei, Suhrab, und alle, die daran teilhatten, sind entweder tot oder liegen im Sterben. Nur du und ich sind übrig geblieben. Nur du und ich.*

»Dazu kann ich dir nicht verhelfen«, antwortete ich.

»Ich wünschte, Sie hätten mich nicht ...«

»Bitte, sag so etwas nicht.«

»... wünschte, Sie hätten mich nicht ... Ich wünschte, Sie hätten mich im Wasser liegen lassen.«

»Sag das nie wieder, Suhrab«, entgegnete ich und beugte mich vor. »Ich kann nicht ertragen, dass du so sprichst.« Ich legte ihm meine Hand auf die Schulter. Er entzog sich ihr. Voller Reue dachte ich daran, dass er auf meine Berührungen schon sehr viel entspannter reagiert hatte. »Suhrab, so Leid es mir tut, ich kann dir dein früheres Leben nicht zurückgeben. Aber ich kann dich mit mir nehmen. Das wollte ich dir sagen, als ich ins Badezimmer gekommen bin. Du kannst ein Visum bekommen und mit mir und meiner Frau in Amerika leben. Wirklich. Ich verspreche es dir.«

Er seufzte durch die Nase und schloss die Augen. Ich hätte mir wegen der letzten vier Wörter auf die Zunge beißen mögen. »Weißt du, ich habe in meinem Leben schon so manches getan, was ich bitter bereue«, sagte ich. »So zum Beispiel, dass ich dir etwas versprochen und dieses Versprechen dann zurückgenommen habe. Aber das wird nicht wieder vorkommen. Es tut mir zutiefst Leid, und ich bitte dich um Verzeihung. Verzeihst du mir? Wäre dir das möglich?« Ich senkte die Stimme. »Kommst du mit mir?«

Während ich auf seine Antwort wartete, erinnerte ich mich an einen lange zurückliegenden Wintertag. Hassan und ich saßen unter einem kahlen Kirschbaum im Schnee. Ich hatte ein hässliches

Spiel mit ihm getrieben: ihn gefragt, ob er Dreck essen würde, um mir seine Treue zu beweisen. Jetzt war ich auf dem Prüfstand und musste meinen Wert taxieren lassen. Es geschah mir recht.

Suhrab wälzte sich zur Seite, kehrte mir den Rücken zu. Lange ließ er mit der Antwort auf sich warten. Ich dachte schon, er sei eingeschlafen, als er schließlich krächzend sagte: »Ich bin so *khasta.*« So müde.

Ich saß an seinem Bett, bis er tatsächlich eingeschlafen war. Zwischen uns war etwas verloren gegangen. Vor meinem Gespräch mit dem Anwalt Omar Faisal hatte sich in Suhrabs Augen ein Hoffnungsschimmer gezeigt. Doch der war einem scheuen Gast gleich wieder verschwunden, und ich fragte mich, ob er je wieder zurückzukehren wagte. Ich fragte mich, wann es Suhrab wieder möglich sein würde zu lächeln. Wie lange es wohl noch dauerte, bis er mir wieder würde vertrauen können. Falls überhaupt.

Ich verließ das Krankenhaus und suchte nach einem anderen Hotel, nicht ahnend, dass noch fast ein ganzes Jahr verstreichen sollte, bis ich Suhrab wieder ein Wort sagen hörte.

Suhrab ging auf mein Angebot nicht ein. Er schlug es aber auch nicht aus, wusste er doch sehr genau, was ihm als verwaistem, obdachlosem Hazara bevorstand, sobald er aus dem Krankenhaus entlassen würde. Welche Wahl blieb ihm? Wohin hätte er sich wenden sollen? Was sich wie ein »Ja« anhörte, war in Wirklichkeit nicht so sehr Zustimmung als stille Kapitulation, die Verzichtserklärung eines Jungen, der zu müde war, um eine Entscheidung zu treffen, und weit davon entfernt, vertrauen zu können. Er sehnte sich nach seinem früheren Leben. Stattdessen bekam er mich und Amerika. Kein schlechtes Los, wenn man's recht bedenkt, aber das konnte ich ihm nicht vermitteln. Von Dämonen geplagt, war er nicht in der Lage, neue Ziele ins Auge zu fassen.

Ungefähr eine Woche später brachte ich Hassans Sohn von Afghanistan nach Amerika. Er tauschte die Gewissheit des Schreckens gegen erschreckende Ungewissheit.

Irgendwann war ich einmal in einer Videothek in Fremont; das muss 1983 oder 1984 gewesen sein. Ich stand vor einer Auswahl an Wildwestfilmen, als mich ein junger Mann, der Cola aus einem Seven-Eleven-Becher schlürfte, auf *Die glorreichen Sieben* ansprach und fragte, ob ich diesen Film schon gesehen habe. »Ja, dreizehnmal«, antwortete ich. »Darin geht es Charles Bronson an den Kragen. Und auch James Coburn und Robert Vaughn müssen dran glauben.« Er verzog das Gesicht, als hätte ich ihm soeben in die Cola gespuckt. »Besten Dank, Mann«, sagte er kopfschüttelnd und brummelte im Weggehen irgendetwas vor sich hin. An diesem Tag lernte ich, dass man Amerikanern niemals den Ausgang eines Films verraten darf, es sei denn, man will sie ärgern. Das Ende vorwegzunehmen gehört sich einfach nicht.

In Afghanistan kommt alles auf das Ende an. Sooft Hassan und ich einen Hindi-Film gesehen hatten und nach Hause zurückkehrten, wollten es alle, die bei uns ein und aus gingen, immer ganz genau wissen: Hat die junge Frau am Ende ihr Glück gefunden? Würden die Träume des *bacheh film,* des Filmhelden, in Erfüllung gehen, oder war er *nah-kam,* zum Scheitern verurteilt?

Jeder wollte wissen, ob das Ende glücklich war oder nicht. Wenn mich heute jemand fragte, ob die Geschichte von Hassan, Suhrab und mir ein glückliches Ende gefunden hat, wüsste ich nicht, was ich darauf antworten sollte. Wer könnte das schon sagen?

Das Leben ist schließlich kein Hindi-Film. *Zendagi migzara,* heißt es unter Afghanen: Das Leben geht weiter; unabhängig von Ausgang oder Ende, ungeachtet aller Klippen und Krisen, bewegt es sich langsam voran wie eine Karawane.

Ich weiß auf diese Frage keine Antwort. Daran ändert auch das kleine Wunder nichts, das sich letzten Sonntag zugetragen hat.

Vor etwa sieben Monaten, an einem warmen Tag im August 2001, kamen wir zu Hause an. Soraya holte uns vom Flughafen ab. Nie zuvor war ich so lange von meiner Frau getrennt gewesen, und als sie sich mir an die Brust warf, als ich in ihrem Haar den Duft von Äpfeln wahrnahm, wurde mir richtig bewusst, wie sehr ich sie vermisst hatte. »Du bist immer noch die Morgensonne meines *yelda*«, flüsterte ich.

»Was?«

»Ach, nichts.« Ich drückte ihr einen Kuss aufs Ohr.

Sie ging in die Hocke, um Suhrab auf gleicher Höhe in die Augen zu schauen. Lächelnd ergriff sie seine Hand. »*Salaam,* Suhrab *jan,* ich bin deine *Khala* Soraya. Wir haben dich schon sehnsüchtig erwartet.«

Als ich sah, wie sie den Jungen anlächelte, wie ihr Tränen in die Augen stiegen, bekam ich eine Ahnung davon, was für eine gute Mutter sie hätte sein können.

Suhrab trat von einem Fuß auf den anderen und schaute zu Boden.

Soraya hatte aus dem Arbeitszimmer im Obergeschoss ein Schlafzimmer für Suhrab gemacht. Die hellblaue Bettwäsche war mit bunten Papierdrachen gemustert. Neben dem Kleiderschrank hatte sie eine Messlatte an der Wand befestigt, mit der sich das Wachstum von Kindern verfolgen ließ. Am Fuß des Bettes sah ich einen Weidenkorb mit Büchern, einer Lokomotive und Wassermalfarben.

Suhrab trug das weiße T-Shirt und die Jeans, die ich ihm in Islamabad kurz vor unserem Abflug gekauft hatte. Das T-Shirt hing lose von seinen knochigen, eingezogenen Schultern herab. Abgesehen von den dunklen Augenrändern, war sein Gesicht immer noch ohne Farbe. Er betrachtete uns mit derselben ausdruckslosen Miene, mit der er auch das Essen betrachtet hatte, das ihm im Krankenhaus vorgesetzt worden war.

Soraya fragte, ob ihm das Zimmer gefalle, und ich merkte, dass ihr Blick immer wieder unwillkürlich auf die rosafarbenen Narben an Suhrabs Handgelenken fiel. Suhrab setzte sich auf die Bettkante, versteckte die Hände unter den Oberschenkeln und senkte den Kopf. Nach einer Weile legte er den Kopf aufs Kissen. Dann, kaum fünf Minuten später, fing er leise zu schnarchen an.

Auch wir gingen zu Bett. Es dauerte nicht lange, und Soraya war in meinen Armen eingeschlafen. Ich konnte wieder einmal keine Ruhe finden und lag im Dunkeln da, allein mit meinen Dämonen.

Irgendwann mitten in der Nacht stand ich leise auf und schlich in Suhrabs Zimmer. Als ich mich über ihn beugte, fiel mir ein

Gegenstand auf, der unter dem Kissen hervorlugte. Es war das Polaroidfoto von Rahim Khan, das ich Suhrab an dem Abend vor der Shah-Faisal-Moschee gegeben hatte, dasjenige, auf dem Hassan und Suhrab Seite an Seite zu sehen sind, wie sie, von der Sonne geblendet, blinzeln und lächeln, als wären sie mit sich und der Welt zufrieden. Ich fragte mich, wie lange Suhrab dieses Foto in den Händen gehalten und betrachtet haben mochte.

Dein Vater war hin- und hergerissen, hatte Rahim Khan in seinem Brief geschrieben. Zwischen mir, dem gesellschaftlich anerkannten, legitimen Nachfolger und ahnungslosen Erben seiner Schuld auf der einen und Hassan auf der anderen Seite, jenem Teil von ihm, der, wenngleich ohne Privilegien und Ansehen, all das geerbt hatte, was an Baba rein und edel gewesen war. Möglich, dass Baba im tiefsten Grunde seines Herzens nicht mich, sondern ihn für seinen wahren Sohn gehalten hatte.

Ich steckte das Foto unter das Kissen zurück. Plötzlich fiel mir noch etwas auf: nämlich, dass mich dieser letzte Gedanke gar nicht mehr schmerzte. Ich zog die Tür zu Suhrabs Zimmer hinter mir zu und fragte mich, ob womöglich gerade auf diese Weise Versöhnung zustande kommt – eben nicht mit dem Fanfarenstoß göttlicher Inspiration, sondern ganz heimlich, wenn der Schmerz nachlässt und sich unversehens mitten in der Nacht davonmacht.

Am nächsten Tag kamen der General und *Khala* Jamila zum Abendessen. *Khala* Jamila, die Haare kürzer und dunkler als sonst, hatte den Nachtisch mitgebracht: *maghout* mit Mandelkruste. Als sie Suhrab sah, ging ein Strahlen über ihr Gesicht. »*Mashallah!* Soraya *jan* hat zwar schon davon geschwärmt, wie hübsch du bist, aber in Wirklichkeit bist du noch viel hübscher, Suhrab *jan.*« Sie reichte ihm einen blauen Rollkragenpullover. »Den hab ich für dich gestrickt«, sagte sie. »Für den nächsten Winter. Hoffentlich passt er, *inshallah.*«

Suhrab nahm den Pullover entgegen.

»Hallo, junger Mann.« Mehr wusste der General nicht zu sagen. Er stützte sich mit beiden Händen auf seinen Stock und musterte Suhrab wie einen ungewöhnlichen Einrichtungsgegenstand im Haus eines Freundes.

Während Soraya und ihre Mutter den Tisch deckten, setzte ich mich mit dem General ins Wohnzimmer. Ich berichtete ihm von Kabul und den Taliban. Er hatte den Stock auf seinen Schoß gelegt und hörte zu, nickte zumeist, schüttelte aber den Kopf, als ich ihm von dem Mann erzählte, der seine Beinprothese verkauft hatte. Über die Exekutionen im Stadion und den Henker Assef verlor ich kein Wort. Er erkundigte sich nach Rahim Khan, dem er in Kabul ein paarmal begegnet war, und zeigte sich betroffen, als ich sagte, dass Rahim Khan sehr krank sei. Im weiteren Verlauf des Gesprächs fiel mir auf, dass sein Blick ein ums andere Mal auf Suhrab fiel, der schlafend auf der Couch lag. Ich hatte den Eindruck, als redeten wir um den heißen Brei herum.

Bei Tisch kam dann der General endlich auf den Punkt. Er legte die Gabel hin und sagte: »Amir *jan,* erkläre uns doch bitte, warum du diesen Jungen zu dir ins Haus geholt hast?«

»Iqbal *jan,* was für eine Frage«, sagte *Khala* Jamila.

»Während du, meine Liebe, fleißig Pullover strickst, habe ich mich um das öffentliche Ansehen unserer Familie zu kümmern. Man wird Fragen stellen. Man wird wissen wollen, warum ein Hazara-Junge im Haus unserer Tochter wohnt. Was werde ich auf solche Fragen antworten?«

Soraya ließ ihr Besteck fallen. Wandte sich an ihren Vater. »Das kann ich dir sagen ...«

»Lass gut sein, Soraya«, fiel ich ihr ins Wort und nahm ihre Hand. »Lass gut sein. Der General hat Recht. Die Leute *werden* fragen.«

»Amir ...«

»Schon gut.« Ich wandte mich dem General zu. »Mein Vater hat mit der Frau seines Dieners geschlafen. Sie brachte einen Sohn zur Welt und nannte ihn Hassan. Hassan ist inzwischen tot. Der Junge, der da auf der Couch liegt und schläft, ist Hassans Sohn. Er ist mein Neffe. Das darf jeder wissen.«

Meine Schwiegereltern starrten mich fassungslos an.

»Aber da ist noch etwas, General Sahib«, ergänzte ich. »Ich verbitte mir, dass Sie ihn in meiner Gegenwart noch einmal als ›Hazara-Jungen‹ bezeichnen. Er hat einen Namen und heißt Suhrab.«

Das ganze Essen über blieb es still am Tisch.

Es wäre falsch zu behaupten, dass Suhrab ruhig war. Ruhe ist Frieden. Gelassenheit. Ruhe kehrt ein, wenn der Lautstärkeregler des Lebens heruntergedreht wird.

Stille heißt, es ist alles ausgeschaltet.

Suhrab schwieg nicht aus Protest. Er hatte sich zurückgezogen und suchte in der Stille Deckung.

Von einem Zusammenleben mit ihm konnte keine Rede sein. Er nahm gewissermaßen nur Raum ein, und davon herzlich wenig. Wenn wir unterwegs waren, auf dem Markt oder im Park etwa, fiel auf, dass andere Leute kaum Notiz von ihm nahmen. Es schien, als wäre er gar nicht zugegen. Manchmal kam es vor, dass ich von der Zeitung aufblickte und plötzlich zu meiner Überraschung feststellte, dass Suhrab mir gegenübersaß. Seine Art zu gehen vermittelte den Eindruck, als scheute er sich, Spuren zu hinterlassen. Kaum dass sich ein Lüftchen rührte, wenn er sich bewegte. Meist schlief er.

Seine Stille machte Soraya schwer zu schaffen. In unseren Ferngesprächen zwischen Amerika und Pakistan hatte sie jede Menge Pläne für Suhrab gemacht. Da war von Schwimmunterricht die Rede gewesen, von Fußball, von Bowling. Doch wenn sie jetzt in sein Zimmer trat und feststellte, dass von den Büchern im Weidenkorb kein einziges geöffnet, die Messlatte ohne jede Eintragung und das Holzpuzzle immer noch eingepackt war, sah sie sich jedes Mal mit enttäuschten Erwartungen konfrontiert. Ihre Hoffnungen schwanden, kaum dass sie aufgekeimt waren. Und mir ging es ganz ähnlich. Auch ich hatte mir anderes erhofft.

Suhrab schwieg, nicht so die Welt. An einem Dienstagmorgen im September des vergangenen Jahres stürzten die Türme des World Trade Center ein, und über Nacht wurde alles anders. Überall sah man plötzlich das Sternenbanner: an den Antennen der Taxis, an den Revers der Passanten auf den Gehwegen, selbst an den speckigen Mützen der Bettler von San Francisco, die unter den Markisen der kleinen Kunstgalerien und offenen Läden saßen. Eines Tages kam ich an Edith vorbei, einer obdachlosen Frau, die Tag für Tag an der Ecke Sutter und Stockton Akkordeon spielte. Auf ihrem Instrumentenkoffer klebte die amerikanische Flagge.

Bald darauf wurde Afghanistan von Amerika bombardiert.

Truppen der Nordallianz rückten ein, und die Taliban verkrochen sich wie Ratten in ihre Höhlen. Die Namen der Städte meiner Kindheit – Kandahar, Herat, Mazar-e-Sharif – waren plötzlich in aller Munde. Vor vielen, vielen Jahren hatte Baba einmal mit Hassan und mir eine Fahrt nach Kunduz unternommen. Mir ist nur wenig davon in Erinnerung geblieben, nicht viel mehr als das Bild, wie wir, im Schatten einer Akazie sitzend, abwechselnd aus einem Keramikbecher den frischen Saft einer Wassermelone trinken und mit den Kernen um die Wette weitspucken. Jetzt hörte man im Café an der Ecke, wie sich Gäste über Kunduz als die letzte Talibanbastion im Norden unterhielten.

Im Dezember trafen sich Paschtunen, Tadschiken, Usbeken und Hazara in Bonn, um unter Beobachtung der Vereinten Nationen einen Friedensprozess in Gang zu setzen, der dem unseligen, seit über zwanzig Jahren herrschenden Unglück in ihrem *watan* ein Ende setzen sollte. Hamid Karzais Pelzkappe und grüner *chapan* machten Mode.

Suhrab bekam von alledem nichts mit.

Soraya und ich engagierten uns für Afghanistan-Projekte, nicht nur, weil wir uns als Bürger dazu aufgerufen fühlten; es ging uns vor allem auch darum, diese Stille in unserem Haus auszufüllen, die wie ein schwarzes Loch alles in sich aufzusaugen drohte. Ich war nie besonders aktiv gewesen, machte aber dann die Bekanntschaft mit einem Mann namens Kabir, einem ehemaligen afghanischen Botschafter in Sofia, der mich bat, an einem Krankenhausprojekt mitzuwirken. Ich erklärte mich einverstanden. Das Krankenhaus, um das es ging, lag in Rawalpindi, nahe der afghanisch-pakistanischen Grenze, und war mit einer kleinen chirurgischen Abteilung ausgestattet, in der Opfer von Landminen versorgt werden konnten. Es hatte aus finanziellen Gründen dichtmachen müssen. Mir übertrug man nun die Aufgabe der Geldbeschaffung, hoffte auf meine Reputation als Schriftsteller. Die meiste Zeit des Tages brachte ich in meinem Arbeitszimmer zu, korrespondierte mit Leuten auf der ganzen Welt, beantragte Fördermittel und organisierte Sponsorenveranstaltungen. Und redete mir unverdrossen weiter ein, dass es richtig gewesen war, Suhrab zu mir zu holen.

Den Silvesterabend verbrachten Soraya und ich auf dem Sofa; wir hatten uns eine Decke über die Beine gelegt und sahen fern: eine Show mit Dick Clark. Unter großem Gejohle zersprang die silberne Kugel, und alles verschwand im weißen Konfettiwirbel. Bei uns zu Hause fing das neue Jahr genauso an, wie das alte geendet hatte. In Stille.

Dann, vor knapp einer Woche, an einem kühlen, regnerischen Märztag im Jahre 2002, ereignete sich ein kleines Wunder.

Ich fuhr mit Soraya, *Khala* Jamila und Suhrab zu einem Treffen afghanischer Landsleute im Lake Elizabeth Park in Fremont. Der General war im Vormonat für einen Ministerposten nach Afghanistan geholt worden und seit zwei Wochen in Kabul. *Khala* Jamila sollte nachkommen, sobald er sich eingerichtet haben würde. Sie vermisste ihn sehr und machte sich große Sorgen um seine Gesundheit. Wir hatten darauf bestanden, dass sie bis auf weiteres bei uns wohnte.

Am voraufgegangenen Donnerstag war Frühlingsanfang gewesen, nach afghanischem Kalender Neujahr – *Sawl-e-nau* –, und der wurde unter den an der East Bay und auf der Halbinsel lebenden Afghanen groß gefeiert. Kabir, Soraya und ich hatten einen weiteren Grund zur Freude: Unser kleines Krankenhaus in Rawalpindi hatte vor einer Woche wieder aufgemacht, wenn auch fürs Erste nur mit einer pädiatrischen Abteilung. Es war nach Einschätzung aller dennoch ein guter Anfang.

Tagelang hatte die Sonne geschienen, doch als ich am Sonntagmorgen erwachte, klatschten schwere Regentropfen an die Fensterscheibe. Afghanisches Glück, dachte ich und schmunzelte in mich hinein. Während Soraya noch schlief, hielt ich mein allmorgendliches *namaz* – wozu ich das von der Moschee zur Verfügung gestellte Gebetbuch nicht mehr nötig hatte. Inzwischen konnte ich die Suren auswendig.

Gegen Mittag waren wir vor Ort und trafen nur eine Hand voll Leute an, die unter einer großen, zwischen sechs Zeltstangen aufgespannten Plastikplane Schutz gefunden hatten. Irgendjemand briet *bolani*. In einem Topf schmorte Blumenkohl, und aus den Teetassen stieg Dampf auf. Aus einem Kassettenrecorder dröhnte ein altes Lied von Ahmad Zahir. Ich musste lachen, als wir zu viert über den aufgeweichten Rasen auf die kleine Festtagsgesellschaft zugingen, Soraya und ich vornweg, *Khala* Jamila in der Mitte und Suhrab als Schlusslicht. Die Kapuze seines gelben Regenmantels war ihm in den Nacken gerutscht.

»Was ist denn so komisch?«, fragte Soraya, die eine gefaltete Zeitung über den Kopf hielt.

»Man kann Afghanen aus Paghman herausholen, aber eine Handvoll Afghanen macht noch lange kein Paghman«, antwortete ich.

Wir traten unter das provisorische Zeltdach. Soraya und *Khala* Jamila steuerten auf eine schwergewichtige Frau zu, die in einer Pfanne Spinat-*bolani* briet. Nach nur kurzem Aufenthalt unter dem Zeltdach kehrte Suhrab, die Hände tief in die Taschen seines Mantels gestopft, in den Regenschauer zurück. Sein Haar, das inzwischen so braun und glatt geworden war wie das von Hassan, klebte ihm an der Kopfhaut. Vor einer Pfütze blieb er stehen und starrte in das kaffeebraune Wasser. Niemand schien auf ihn zu achten. Niemand rief ihn zurück. In letzter Zeit waren die neugierigen Fragen nach unserem adoptierten und so absonderlichen Jungen deutlich seltener geworden, was uns sehr erleichterte, zumal in afghanischen Kreisen Erkundigungen dieser Art ausgesprochen taktlos sein können. Es fragte keiner mehr, warum er denn nicht spreche und mit anderen Kindern spiele. Noch erfreulicher war, dass man aufhörte, ihm mit übertriebenem Mitleid zu begegnen, mit kopfschüttelndem Bedauern und Ausrufen wie »*Oh gung bichara!*« *Oh, der arme kleine Stumme.*

Ich begrüßte Kabir, und er stellte mich mehreren Männern vor, unter anderem einem pensionierten Lehrer, einem Ingenieur, einem ehemaligen Architekten und einem ehemaligen Arzt, der jetzt in Hayward Hotdogs verkaufte. Sie alle kannten meinen Vater noch aus Kabul und äußerten sich sehr respektvoll über ihn. Er hatte auf die eine oder andere Weise mit jedem von ihnen zu tun gehabt. Sie meinten, dass ich mich glücklich schätzen dürfe, einen so großen Mann zum Vater gehabt zu haben.

Wir unterhielten uns über Karzai, über die schwierige und undankbare Aufgabe, die er übernommen hatte. Auch von der neu gebildeten *Loya jirga* war die Rede und von der bevorstehenden Rückkehr des Königs nach 28-jährigem Exil. Ich erinnerte mich an die Nacht im Jahre 1973, als Zahir Shah von seinem Cousin vom Thron gestürzt worden war; ich erinnerte mich an das Gewehrfeuer und den silbern leuchtenden Himmel – Ali hatte mich und Hassan in die Arme genommen und uns mit den Worten beruhigt, dass da draußen nur auf Enten geschossen werde.

Irgendjemand erzählte dann einen Hodscha-Nasreddin-Witz, und alle lachten. »Übrigens«, sagte Kabir, »dein Vater war auch ein sehr komischer Mann.«

»Ja, das war er«, bestätigte ich schmunzelnd und dachte daran, wie sich Baba kurz nach unserer Ankunft in Amerika abfällig über »US-Fliegen« ausgelassen hatte. Mit einer Fliegenklatsche in der Hand hatte er am Tisch gesessen und den hektischen, wirren Flugmanövern der kleinen Insekten zugesehen. »In diesem Land haben nicht einmal die Fliegen Zeit«, beklagte er sich, worüber ich herzhaft hatte lachen müssen. Noch bei der Erinnerung schmunzelte ich.

Gegen drei Uhr ließ der Regen nach. Der grau bewölkte Himmel lockerte ein wenig auf. Eine kühle Brise wehte durch den Park. Es kreuzten weitere Familien auf. Man begrüßte einander, umarmte, küsste sich, teilte mitgebrachte Speisen. Jemand sorgte für ein Holzkohlenfeuer, und bald duftete es herrlich nach Knoblauch und Fleischspießen. Es wurde auch musiziert und gesungen. Ich suchte Suhrab und sah ihn in seinem gelben Regenmantel an einen Mülleimer gelehnt, den Blick auf ein mit Maschendraht umzäuntes Baseballtrainingsfeld.

Ich unterhielt mich gerade mit dem ehemaligen Arzt, von dem ich erfuhr, dass er und Baba im achten Schuljahr Klassenkameraden gewesen waren, als mich Soraya am Ärmel zupfte. »Amir, sieh nur!«

Sie zeigte zum Himmel hinauf. Fünf, sechs Papierdrachen standen hoch oben in der Luft, leuchtend gelbe, rote und grüne Flecken vor grauen Wolken.

»Erkundige dich doch mal«, meinte Soraya, zeigte auf eine Bude in der Nähe, wo es offenbar Drachen zu kaufen gab.

Ich reichte Soraya meine Tasse Tee, entschuldigte mich bei meinem Gesprächspartner und ging auf den Verkaufsstand zu. Davor angekommen, deutete ich auf einen gelben *seh-parcha*. »*Sawl-e-nau mubarak*«, sagte der Verkäufer und gab mir für meine 20 Dollar den verlangten Drachen samt hölzerner Spule Glas-*tar*. Ich bedankte mich und wünschte ihm ebenfalls ein glückliches neues Jahr. Zwischen Daumen und Zeigefinger prüfte ich die Schnur, wie wir es früher immer getan hatten, Hassan und ich. Der Verkäufer sah schmunzelnd zu, wie ich mir die Finger an den feinen Glassplittern aufritzte und blutig machte.

Ich eilte mit dem Drachen zu Suhrab, der immer noch an dem Mülleimer lehnte, die Arme auf der Brust verschränkt. Er blickte zum Himmel hinauf.

»Wie findest du den *seh-parcha?*«, fragte ich und hielt den Drachen, am Leistenkreuz gepackt, in die Höhe. Er bedachte mich nur mit einem flüchtigen Blick und schaute wieder in den Himmel. Regenwasser tropfte ihm aus den Haaren und rann über sein Gesicht.

»Ich habe irgendwo einmal gelesen, dass man in Malaysia mit Drachen Fische fängt«, sagte ich. »Ich wette, das wusstest du noch nicht. Man befestigt eine Angelschnur am Drachen und lässt ihn überm Wasser schweben, so hoch, dass er keinen Schatten wirft und die Fische nicht verschreckt. Im alten China hat man sogar auf Schlachtfeldern Drachen steigen lassen, um den eigenen Truppen Zeichen zu geben. Das ist wahr. Ich binde dir keinen Bären auf.« Ich zeigte ihm meinen blutigen Daumen. »Die Schnur ist tipptopp.«

Aus dem Augenwinkel registrierte ich, dass Soraya uns vom Zelt aus beobachtete. Im Unterschied zu mir hatte sie es aufgegeben, Suhrab zu animieren. Die unbeantworteten Fragen, seine ausdruckslosen Blicke, das Schweigen – all das schmerzte sie zu sehr. Sie hielt sich selbst zurück und hoffte darauf, das Suhrab irgendwann einen Schritt auf sie zumachen würde.

Ich befeuchtete meinen Zeigefinger und hielt ihn in die Luft. »Ich weiß noch: Um die Windrichtung zu bestimmen, hat dein Vater immer mit seinen Sandalen Staub aufgewirbelt. Er hatte jede Menge Tricks auf Lager«, sagte ich. »Ich glaube, der Wind kommt von Westen.«

Suhrab wischte sich mit dem Daumen einen Regentropfen vom Ohrläppchen und verlagerte sein Gewicht von dem einen auf das andere Bein. Es war ihm kein Wort zu entlocken. Ich dachte an den Dialog zwischen Soraya und mir vor einigen Wochen, als sie mich gefragt hatte, wie seine Stimme klinge, und ich hatte antworten müssen, dass ich mich nicht mehr daran erinnerte.

»Habe ich dir schon erzählt, dass dein Vater der beste Drachenläufer im Wazir-Akbar-Khan-Viertel war? Wenn nicht sogar der beste von ganz Kabul?« Ich knotete das lose Ende der aufgewickelten Schnur an den Zügel des Drachen. »Die Nachbarskinder waren alle neidisch auf ihn. Wenn er einem Drachen folgte, brauchte er gar nicht zum Himmel aufzublicken. Die Leute sagten, dass er dem Schatten des Drachen nachjage. Was aber überhaupt nicht stimmte. Dein Vater jagte keine Schatten. Es wusste einfach, wohin und wie weit er laufen musste.«

Es waren inzwischen noch mehr Drachen aufgestiegen. Die Festgesellschaft versammelte sich in kleinen Gruppen. In der Hand eine Tasse Tee, beobachteten alle das Schauspiel am Himmel.

»Wie wär's, wenn du mir dabei hilfst, diesen Drachen steigen zu lassen?«, fragte ich Suhrab.

Er warf einen Blick auf mich, dann auf den Drachen.

»Okay.« Ich zuckte mit den Achseln. »Dann muss ich ihn wohl *tanhaii* fliegen lassen.« Allein.

Die Spule in der linken Hand, wickelte ich einen Meter Schnur ab und ließ den gelben Drachen daran baumeln, dicht über dem nassen Gras. »Letzte Chance«, sagte ich, doch Suhrab hatte seinen Blick auf zwei Drachen geheftet, die hoch über den Bäumen einander attackierten.

»Na schön. Dann mal los.« Ich rannte los, stampfte mit meinen Halbschuhen durch Matsch und Pfützen und hielt die Schnur am ausgestreckten Arm. Es war nach vielen, vielen Jahren der erste Versuch dieser Art, und ich fürchtete schon, mich lächerlich zu machen. In der linken Hand ließ ich die Spule abrollen und spürte die Schnur durch die rechte schießen. Der Drachen stieg, taumelte, und ich lief schneller, gab immer mehr Schnur nach, ohne darauf zu achten, dass sie mir eine Wunde in den Handteller schlitzte. Schließlich blieb ich stehen und drehte mich um. Schaute nach oben. Lächelnd. Mein Drachen stand hoch am Himmel, schwang wie ein Pendel hin und her und gab jene flappenden Geräusche von sich, mit denen ich seit eh und je Wintervormittage in Kabul assoziierte. Seit einem Vierteljahrhundert hatte ich keinen Drachen mehr steigen lassen, doch plötzlich war ich wieder zwölf Jahre alt, und all die Instinkte von damals meldeten sich von selbst zurück.

Als ich mich umdrehte, sah ich, dass Suhrab mir gefolgt war. Er stand neben mir, die Hände tief in den Taschen.

»Willst du's mal versuchen?«, fragte ich. Eine Antwort blieb aus. Als ich ihm aber die Schnur reichte, zog er eine Hand aus der Tasche. Zögerte. Nahm dann die Schnur entgegen. Mein Herz machte einen Sprung. Schweigend standen wir Seite an Seite, die Köpfe in den Nacken gelegt. Verfolgten unseren Drachen

Um uns herum tollten Kinder, schlitterten über den nassen Rasen. Irgendjemand spielte das Motiv einer alten Hindi-Filmmusik. Ein paar ältere Männer hatten sich der Reihe nach zum nachmittäglichen *namaz* auf Plastikfolien niedergelassen. In der Luft hing ein Duftgemisch aus nassem Gras, Rauch und gegrilltem Fleisch. Ich wünschte, die Zeit würde stillstehen.

Dann bemerkte ich, dass wir Gesellschaft bekamen. Ein grüner Drachen kam uns bedrohlich nahe. Ich folgte mit den Augen seiner Schnur und sah, rund dreißig Schritt von uns entfernt, einen Jungen mit kurz geschorenen Haaren und einem T-Shirt mit der Aufschrift »The Rock Rules« stehen. Er sah meinen Blick auf sich gerichtet und grinste. Winkte mir zu. Ich winkte zurück.

Suhrab reichte mir die Schnur.

»Bist du sicher?«, sagte ich.

Er nahm stattdessen die Spule.

»Okay«, sagte ich. »Wir sollten ihm ein *sabagh* geben, eine Lektion erteilen. Was meinst du?« Ich warf ihm einen Blick zu. Der glasige, leere Ausdruck in seinen Augen war plötzlich verschwunden. Hellwach und voll konzentriert beobachtete er die beiden Drachen, unseren gelben und den grünen des Jungen. Vor Erregung hatten sich seine Wangen ein wenig gerötet. Ich hatte, wie mir jetzt bewusst wurde, ganz vergessen, dass er trotz allem immer noch ein Kind war.

Der grüne Drachen griff an. »Jetzt bloß nicht die Nerven verlieren«, sagte ich. »Wir lassen ihn noch ein bisschen rankommen.« Er sackte ein Stück tiefer und rückte immer näher. »Na, komm doch. Komm zu mir«, flüsterte ich.

Der grüne Drachen stieg wieder ein Stück, sodass er nun schräg über dem unseren schwebte. Der Junge am anderen Ende der Schnur ahnte offenbar nicht, dass er mir in die Falle tappte. »Pass auf, Suhrab. Ich zeige dir jetzt einen Lieblingstrick deines Vaters.«

Neben mir atmete Suhrab schnell und in flachen Stößen durch die Nase. Er hielt die Spule fest gepackt. Unter der vernarbten Haut seiner Handgelenke traten die Sehnen wie Kordeln zum Vorschein. Einen Moment lang sah ich die Hände eines Jungen mit Lippenspalte vor mir, die Schwielen und aufgerissenen Nägel. Ich hörte eine Krähe krächzen und schaute nach oben. Geblendet vom Licht, wähnte ich mich in eine verschneite Parklandschaft versetzt und glaubte, dicke weiße Flocken von den Zweigen der Bäume rieseln zu sehen. Ich roch Steckrüben. Getrocknete Maulbeeren. Orangen. Sägemehl und Walnüsse. Die Stille im schalldämpfenden Schnee war betäubend. Dann hörte ich jenseits dieser Stille einen Ruf aus der Ferne, die Stimme eines Mannes, der sein rechtes Bein hinter sich herzog.

Der grüne Drachen stand jetzt direkt über dem unseren. »Er will's wissen. Gleich ist es so weit«, sagte ich, wieder ganz bei der Sache.

Der grüne Drachen zögerte. Verharrte in der Luft. Stieß dann herab. »Jetzt!«, rief ich.

Mein Konter war perfekt. Und das nach all den Jahren. Ich zerrte kurz an der Schnur und ließ unseren Drachen unter dem grünen Angreifer wegtauchen, um ihn gleich darauf mit einer schnellen Folge von präzisen, seitlich geführten Zügen wieder aufsteigen zu lassen. Plötzlich war mein Drache zuoberst. Mein Gegner verhaspelte sich, und ehe er reagieren konnte, hatte ich mir Hassans Trick zunutze gemacht. Ich zog an der Schnur und ließ unseren Drachen nach unten stürzen, konnte fast spüren, wie unsere Schnur die des anderen durchsägte, meinte hören zu können, wie sie entzweiriss.

Außer Kontrolle geraten, trudelte und kreiste der grüne Drachen in die Tiefe.

Hinter uns wurde Beifall laut. Ein Pfeifen und Gejohle. Ich schnappte nach Luft. Einen Gefühlsansturm dieser Art hatte ich seit dem Winter 1975 nicht mehr verspürt, als es mir gelungen war, den letzten Drachen zu schneiden, als ich Baba applaudieren und mit strahlendem Gesicht auf dem Dach stehen sah.

Ich schaute auf Suhrab. Ein Mundwinkel war ein kleines bisschen nach oben gezogen.

Ein schiefes Lächeln.

Nur eine Andeutung.

Aber es war da.

Hinter uns wurde es laut. Eine Horde schreiender Kinder rannte dem gekappten Drachen nach, der hoch über den Bäumen davonsegelte. Ehe ich mich versah, war das Lächeln wieder verschwunden. Aber es war da gewesen. Ich hatte es gesehen.

»Willst du, dass ich dir den Drachen hole?«

Er schluckte, und sein Kehlkopf sprang auf und ab. Der Wind fuhr ihm durchs Haar. Ich glaubte zu sehen, dass er nickte.

»Für dich – tausendmal«, hörte ich mich selbst antworten.

Dann drehte ich mich um und rannte los.

Es war nur ein Lächeln gewesen, nicht mehr. Aber wahrhaftig nicht gering zu schätzen. Nicht, dass sich nun alles plötzlich zum Guten gewendet hätte. Es war nur ein Lächeln gewesen. Ein Blatt im Wald, leicht bewegt im Sog eines vorbeifliegenden Vogels.

Doch ich nehme es an. Mit offenen Armen. Denn wenn der Frühling kommt, schmilzt der Schnee Flocke für Flocke, und vielleicht war das, was ich soeben gesehen hatte, das Schmelzen der allerersten gewesen.

Ich rannte los. Ein erwachsener Mann inmitten einer Schar schreiender Kinder. Doch das kümmerte mich nicht. Ich lief schneller als der Wind und mit einem Lächeln auf den Lippen, breiter als das Panjshir-Tal.

Ich rannte.

Nachwort

Seit fast drei Jahrzehnten ist die Situation der afghanischen Flüchtlinge eine der dramatischsten der Welt. Krieg, Hunger, Gesetzlosigkeit und Unterdrückung zwangen Millionen Menschen – wie Tarik und seine Familie in dieser Geschichte –, ihre Heimat zu verlassen und aus Afghanistan zu flüchten, um sich im benachbarten Pakistan oder im Iran niederzulassen. Auf der Höhe der Auswanderungswelle lebten mindestens acht Millionen Afghanen als Flüchtlinge außer Landes. Derzeit befinden sich noch mehr als zwei Millionen afghanische Flüchtlinge in Pakistan.

Seit 2002 konnten fast fünf Millionen Flüchtlinge mit Hilfe der UNHCR, dem Flüchtlingskommissariat der Vereinten Nationen, in ihre Heimat zurückkehren. Im September 2007 habe ich einige dieser Heimkehrer in Nordafghanistan besucht. Ich begegnete Familien, die von weniger als einem Dollar am Tag lebten. Sie hatten mehrere Winter eingepfercht in unterirdisch ausgehobenen Löchern verbracht. Ich besuchte Dörfer, in denen es alltäglich war, dass Familien sommers wie winters zehn bis fünfzehn Kinder verloren, weil diese die klimatischen Extreme nicht überlebten. Die Menschen tranken Wasser aus schlammigen Flüssen; viele starben an Krankheiten, denen man leicht hätte vorbeugen können. Sie hatten nur wenig Unterkünfte und keinerlei Zugang zu Einrichtungen des Gesundheitswesens, zu Schulen, Nahrung oder Arbeit. Ich war vollkommen verzweifelt.

Die Khaled Hosseini Foundation wurde als Ergebnis dieser Reise gegründet, die mein Leben veränderte. Wir hoffen, damit eine sinnvolle und bleibende Verbesserung der Zustände zu erreichen. 2009 entstanden in Zusammenarbeit mit dem UNHCR Unterkünfte für über siebzig obdachlose Familien in Nordostafghanistan. Weitere solcher Zufluchtsstätten sind in Planung. Wir finanzieren vor allem solche Projekte, die den Flüchtlingen zugutekommen, aber auch Frauen und Kindern, die in diesem belagerten Land mehr gelitten haben, als irgendjemand sonst, und die die Zukunft Afghanistans garantieren.

Der Bedarf an Wiederaufbauhilfe in Afghanistan ist riesig und angesichts des menschlichen Leids eine gewaltige Aufgabe. Um mehr darüber und die Khaled Hosseini Foundation zu erfahren, besuchen Sie uns auf unserer Website www.khaledhosseinifoundation.org.

Vielen Dank. Khaled Hosseini

Tausend strahlende Sonnen

Dieses Buch ist Haris und Farah, meinen beiden Augensternen, gewidmet und allen Frauen Afghanistans.

Erster Teil

I

Mariam war fünf, als sie zum ersten Mal das Wort *»harami«* hörte.

Es war an einem Donnerstag, zweifelsohne, denn Mariam erinnerte sich, dass sie aufgeregt und mit ihren Gedanken woanders gewesen war, wie immer an Donnerstagen, wenn Jalil in der *kolba* zu Besuch kam. Sie sehnte sich danach, ihn endlich im kniehohen Gras der Lichtung winkend näher kommen zu sehen, und hatte, um sich die Zeit zu vertreiben, das Teeservice aus dem Schrank geholt. Für ihre Mutter Nana war das Teeservice das einzige Andenken an die eigene Mutter, die zwei Jahre nach Nanas Geburt gestorben war. Nana hielt jedes Einzelteil aus blauem und weißem Porzellan in Ehren, die Kanne mit der elegant geschwungenen Tülle, den handgemalten Finken und Chrysanthemen, und das Zuckerschälchen mit dem Drachen, der böse Geister fernhalten sollte.

Ausgerechnet dieses Zuckerschälchen glitt Mariam aus der Hand, fiel auf die Holzdielen der *kolba* und zersprang in tausend Stücke.

Als Nana die Scherben sah, verfärbte sich ihr Gesicht dunkelrot, die Unterlippe bebte, und die Augen, das lidlahme ebenso wie das gesunde, trafen Mariam mit hartem, starrem Blick. Sie war so wütend, dass Mariam fürchtete, der Dschinn würde wieder Besitz von ihr ergreifen. Doch der Dschinn kam nicht, diesmal nicht. Stattdessen packte Nana Mariam bei den Händen, zog sie nah zu sich heran und stieß zwischen zusammengepressten Zähnen hervor: »Du ungeschickter kleiner *harami*. Das ist wohl der Dank für das, was ich alles ertragen musste. Zerbrichst mir mein Erbe, du ungeschickter kleiner *harami*.«

Damals verstand Mariam nicht. Sie wusste weder, was *harami* bedeutete, noch war sie alt genug zu begreifen, wie ungerecht der

Vorwurf war, denn schließlich hatten sich die Erzeuger schuldig gemacht und nicht der *harami* – der Bankert –, dessen einziges Vergehen darin bestand, auf die Welt gekommen zu sein. Der Tonfall ihrer Mutter ließ allerdings vermuten, dass ein *harami* etwas Hässliches, Widerwärtiges war, so etwas wie ein Insekt, wie die krabbelnden Kakerlaken, die Nana immer fluchend aus der *kolba* fegte.

Später konnte sich Mariam sehr wohl einen Begriff davon machen. Die Art, in der Nana das Wort aussprach – oder vielmehr ausspuckte –, ließ Mariam den Stachel spüren, der darin steckte. Sie verstand nun, was Nana meinte, dass nämlich ein *harami* etwas Unerwünschtes ist, dass sie, Mariam, als uneheliches Kind nie einen Anspruch auf das haben würde, was für andere ganz selbstverständlich war, Dinge wie Liebe, Familie, ein Zuhause und Anerkennung.

Jalil beschimpfte Mariam nie mit diesem Namen. Jalil nannte sie seine kleine Blume. Es gefiel ihm, sie auf seinen Schoß zu setzen und ihr Geschichten zu erzählen wie zuletzt von Herat, der Stadt, in der Mariam 1959 zur Welt gekommen war; sie sei, so hatte er gesagt, die Wiege der persischen Kultur, die Wohnstätte der Schriftsteller, Maler und Sufis.

»Man kann dort kein Bein ausstrecken, ohne dabei einem Dichter in den Hintern zu treten«, hatte er lachend gesagt.

Jalil erzählte ihr auch die Geschichte der Königin Gauhar Schad, die im 15. Jahrhundert die berühmten Minarette zum Zeichen ihrer Liebe zu Herat hatte errichten lassen. Er beschrieb ihr die grünen Weizenfelder von Herat, die Obsthaine, die Weinstöcke voll reifer Trauben und das Gewimmel in den überdachten Basaren.

»Da gibt es einen Pistazienbaum«, sagte er einmal, »und darunter, Mariam *jo*, liegt kein anderer als der große Dichter Jami begraben.« Er beugte sich über sie und flüsterte: »Jami lebte vor über fünfhundert Jahren. Wirklich wahr. Ich habe dich einmal zu dem Baum hingeführt. Da warst du noch klein. Du wirst dich nicht erinnern.«

Nein, Mariam erinnerte sich nicht. Und obwohl sie die ersten fünfzehn Jahre ihres Lebens ganz in der Nähe von Herat wohnte, bekam sie den berühmten Baum nicht zu Gesicht. Sie sah auch nie die berühmten Minarette von nahem, noch pflückte sie jemals eine Frucht von einem der Bäume in Herats Obsthainen oder wanderte durch die Weizenfelder. Wenn aber Jalil davon erzählte, hörte Mariam immer wie verzaubert zu. Sie bewunderte ihn dafür, dass er so viel wusste von der Welt, und es machte sie sehr stolz, einen solchen Vater zu haben.

»Nichts als Lügen«, sagte Nana, als Jalil gegangen war. »Reiche Männer lügen üppig. Er hat dich nie zu irgendeinem Baum hingeführt. Lass dich nicht kirre machen von ihm. Er hat uns betrogen, dein lieber Vater. Er hat uns vor die Tür gesetzt, aus seinem großen, vornehmen Haus geworfen, als wären wir nichts für ihn. Es war ihm ein Vergnügen, uns loszuwerden.«

Wenn Nana schimpfte, hörte Mariam immer brav zu. Sie wagte nicht zu sagen, dass sie es nicht mochte, wenn ihre Mutter über Jalil herzog. Im Beisein von Jalil kam sich Mariam nämlich nie wie ein *harami* vor. Wenn er donnerstags kam, immer lächelnd, mit Geschenken und Aufmerksamkeiten, hatte Mariam für eine oder zwei Stunden das Gefühl, an der Schönheit und den Schätzen des Lebens teilhaben zu dürfen. Dafür liebte sie Jalil.

Dass sie ihn mit anderen teilen musste, tat ihrer Liebe keinen Abbruch.

Jalil hatte drei Frauen und neun Kinder, neun eheliche Kinder. Für Mariam waren sie allesamt Fremde. Jalil zählte zu den wohlhabenden Männern Herats. Er betrieb ein Kino, das Mariam nie gesehen hatte, aber auf ihr Drängen hin hatte Jalil es ihr beschrieben, und so wusste sie, dass es eine Fassade aus blauen und sandfarbenen Terrakotta-Kacheln hatte, Logenplätze und eine mit Kattun verkleidete Decke. Doppelflügelige Schwingtüren öffneten sich in ein gefliestes Foyer, wo in Glasvitrinen Poster von Hindi-Filmen ausgestellt waren. Dienstags, so sagte Jalil einmal, bekämen Kinder am Eintrittskartenschalter Eiscreme spendiert.

Nana verzog das Gesicht, als er das sagte. Sie wartete, bis er die *kolba* verlassen hatte, feixte dann und sagte: »Kinder von Fremden kriegen Eis. Und was bekommst du, Mariam? Geschichten über Eiscreme.«

Außer dem Kino besaß Jalil auch Ländereien in Karokh und in Farah, drei Teppichhandlungen, einen Tuchladen und einen alten 1956er Buick Roadmaster. Er unterhielt beste Beziehungen, war sowohl mit dem Bürgermeister von Herat als auch mit dem Provinzgouverneur befreundet. Er hatte einen Koch, einen Chauffeur und drei Hausangestellte.

Nana war auch einmal eine seiner Angestellten gewesen. Bis schließlich ihr Bauch rund wurde.

Als das passierte, sagte Nana, sei bei all dem Gerede über Jalils Familie die Luft in Herat knapp geworden. Seine Schwäger schworen, Blut fließen zu lassen, während seine Frauen verlangten, dass er sie aus dem Haus warf. Sogar ihr eigener Vater, der in dem nahe gelegenen Dorf Gul Daman ein kleines Steinmetzhandwerk betrieb, verstieß sie, und weil er ebenfalls in Ungnade gefallen war, packte er seine Sachen, bestieg einen Bus, der Richtung Iran fuhr, und war seitdem spurlos verschwunden.

»Manchmal«, sagte Nana eines frühen Morgens, als sie die Hühner vor der *kolba* fütterte, »wünschte ich, mein Vater hätte den Mumm gehabt, eines seiner Messer zu wetzen und der Ehre Genüge zu tun. Es wäre womöglich besser für mich gewesen.« Sie warf eine weitere Handvoll Körner ins Gehege, hielt plötzlich inne und schaute Mariam an. »Besser auch für dich, vielleicht. Dir wäre der Kummer erspart geblieben, zu wissen, was du bist. Aber er war ein Feigling, mein Vater. Es fehlte ihm einfach an *dil*.«

Auch Jalil habe kein *dil*, sagte Nana, nicht den Mut, zu tun, was die Ehre verlangte, seiner Familie, seinen Frauen und Schwägern gegenüber aufzustehen und Verantwortung zu übernehmen. Stattdessen war hinter verschlossenen Türen und in aller Schnelle ein Abkommen getroffen worden, das sein Gesicht wahren sollte. Am nächsten Tag hatte er sie aufgefordert, ihre Sachen aus der Dienstbotenwohnung zu holen, und weggeschickt.

»Weißt du, was er seinen Frauen zu seiner Entschuldigung gesagt hat? Dass ich mich ihm *aufgedrängt* hätte. Dass es meine Schuld gewesen wäre. *Didi?* Verstehst du? Verstehst du, was es bedeutet, in dieser Welt eine Frau zu sein?«

Nana setzte die Schale mit dem Hühnerfutter ab. Sie streckte die Hand aus und hob Mariams Kinn in die Höhe.

»Schau mich an, Mariam.«

Mariam gehorchte widerstrebend.

»Lass dir das eine Lehre sein, meine Tochter«, sagte Nana. »So wie eine Kompassnadel immer nach Norden zeigt, wird der anklagende Finger eines Mannes immer eine Frau finden. Immer. Denk daran, Mariam.«

2

»Für Jalil und seine Frauen war ich nichts weiter als eine Quecke. Gemeiner Beifuß. Das Gleiche gilt für dich. Schon als du noch gar nicht geboren warst.«

»Was ist gemeiner Beifuß?«, fragte Mariam.

»Ein Unkraut«, antwortete Nana. »Etwas, das man ausreißt und wegwirft.«

Innerlich runzelte Mariam die Stirn. Sie fühlte sich von Jalil nie wie Unkraut behandelt, hielt es aber für klüger, ihren Einspruch für sich zu behalten.

»Im Unterschied zu Unkraut musste ich allerdings umgepflanzt und versorgt werden. Deinetwegen, verstehst du? Das war die Abmachung zwischen Jalil und seiner Familie.«

Nana sagte, sie habe sich geweigert, in Herat wohnen zu bleiben.

»Wozu auch? Um ihn mit seinen *kinchini*-Frauen den ganzen Tag durch die Stadt kutschieren zu sehen?«

Genauso wenig hatte sie im leer stehenden Haus ihres Vaters wohnen wollen, in dem kleinen Kaff Gul Daman, das auf einem steilen Hügel zwei Kilometer nördlich vor Herat lag. Sie sagte, sie habe irgendwo abseits leben wollen, an einem entlegenen Ort, wo ihr die Nachbarn nicht auf den Bauch starren, mit dem Finger auf sie zeigen, sich über sie lustig machen, oder schlimmer noch, sie mit geheuchelter Freundlichkeit überschütten würden.

»Und glaube mir«, sagte Nana, »es war eine große Erleichterung für deinen Vater, mich nicht mehr in seinem Blickfeld zu haben. Das kam ihm sehr gelegen.«

Es war Jalils ältester Sohn Muhsin mit seiner ersten Frau Khadija gewesen, der den Einfall mit der Lichtung hatte. Sie lag am

Rand von Gul Daman und war nur über eine holprige Schotterpiste zu erreichen, die von der Hauptstraße zwischen Herat und Gul Daman abzweigte. Zu beiden Seiten der Piste erstreckten sich Felder kniehohen Grases mit Flecken weiß und gelb blühender Blumen. Sie schlängelte sich bergan und führte auf ein Plateau voller Buschwerk, hoher Pappeln und Weiden. Von der Anhöhe aus konnte man zur Linken die verrosteten Flügelspitzen der Windmühle von Gul Daman sehen und zur anderen Seite hin ganz Herat. Die Piste endete im rechten Winkel vor einem breiten Fluss, der sich von den Safid-koh-Bergen ergoss und voller Forellen war. Knapp zweihundert Meter flussaufwärts stand ein kreisförmiger Hain aus Trauerweiden. In deren Mitte, im Schatten der Bäume, befand sich die Lichtung.

Jalil hatte sich vor Ort umgesehen. Als er zurückgekehrt sei, sagte Nana, habe er wie ein Wärter geklungen, der sich voller Stolz darüber auslasse, wie sauber und frisch das Gefängnis sei.

»Und dann hat er uns dieses Rattenloch gebaut.«

Im Alter von fünfzehn Jahren hätte Nana fast geheiratet. Der Bewerber war ein junger Mann aus Shindand gewesen, der mit Papageien handelte. Mariam erfuhr durch Nana davon, und obwohl ihre Mutter diese Geschichte als Episode abtat, erkannte man an ihrem wehmütigen Blick, dass sie sich auf die Ehe gefreut hatte. Vielleicht war sie, als es auf die Hochzeit zuging, zum ersten und bislang einzigen Mal in ihrem Leben glücklich gewesen.

Als Nana die Geschichte erzählte, saß Mariam auf ihrem Schoß und malte sich aus, wie ihre Mutter in einem Brautkleid ausgesehen hätte, auf dem Rücken eines Pferdes, mit scheuem Lächeln hinter einem grünen Schleier, die Handflächen mit Henna bemalt, das Haar mit Silberstaub gescheitelt und die Zöpfe zusammengehalten mit einem Haarfestiger aus Baumharz. Sie sah Musikanten auf der *shahnai*-Flöte blasen und *dohol*-Trommeln schlagen und Straßenkinder johlend um die Wette laufen.

Dann, eine Woche vor der Hochzeit, war ein Dschinn in Nanas Körper gefahren. Mariam brauchte keine weitere Erklärung, sie hatte oft genug mit angesehen, wie Nana plötzlich zusammenbrach und verkrampfte, wie sich die Augen nach oben wegdrehten, Arme und Beine zappelten, als würde sie von innen gewürgt, wie ihr Schaum vor den Mund trat, weißer Schaum, der manchmal mit Blut vermischt war. Und danach die Mattigkeit, die beängstigende Verwirrung, das unzusammenhängende Gestammel.

Als man in Shindand davon erfuhr, sagte die Familie des Papageienhändlers die Hochzeit ab.

»Es hat sie gegruselt«, pflegte Nana zu sagen.

Das Hochzeitskleid wurde weggepackt. Weitere Bewerber gab es nicht.

Jalil und seine Söhne Farhad und Muhsin bauten auf der Lichtung eine kleine *kolba*, in der Mariam die ersten fünfzehn Jahre ihres Lebens verbrachte. Die Hütte war mit luftgetrockneten Ziegeln aufgemauert und mit einem Gemisch aus Lehm und Stroh verputzt worden. Im Inneren befanden sich zwei Schlafstellen, ein Holztisch, zwei Stühle mit gerader Lehne und an die Wand genagelte Regale, in denen Nana Tongeschirr und ihr geliebtes Teeservice aus Porzellan aufbewahrte. Jalil hatte ein gusseisernes Öfchen für den Winter besorgt und einen Vorrat an Holzscheiten hinter der *kolba* aufgeschichtet. Er brachte auch ein paar Schafe und baute ihnen einen Futtertrog. Vor der Tür stand ein *tandoor* zum Brotbacken; dahinter befand sich der eingezäunte Laufstall für die Hühner. Am Rand des Weidenhains, rund hundert Meter von der Hütte entfernt, hob er mit Farhad und Muhsin ein tiefes Loch aus und baute ein Plumpsklo darüber.

Zum Bau der *kolba* hätte Jalil, wie Nana sagte, auch Arbeiter anheuern können, was er aber nicht tat.

»Das ist seine Vorstellung von Buße.«

Laut Nana hatte sie am Tag der Geburt ihrer Tochter keinerlei Hilfe gehabt. Es sei an einem feuchten, wolkenverhangenen Tag im Frühjahr 1959 gewesen, sagte sie, im sechsundzwanzigsten Jahr der vierzig Jahre währenden und fast durchweg ereignislosen Regentschaft von König Sahir Schah. Sie sagte, Jalil habe sich nicht um einen Arzt gekümmert, nicht einmal um eine Hebamme, obwohl er wusste, dass der Dschinn in sie einzufahren und ein Anfall die Geburt zu gefährden drohte. Sie lag mutterseelenallein und mit schweißnassem Körper auf dem Boden der *kolba*, ein Messer griffbereit.

»Wenn die Schmerzen nicht mehr auszuhalten waren, habe ich in ein Kissen gebissen und mich heiser geschrien. Und es kam niemand, der mir den Schweiß vom Gesicht gewischt oder zu trinken gegeben hätte. Und du, Mariam *jo*, hattest keine Eile. Du hast mich fast zwei Tage lang auf dem kalten, harten Boden liegen lassen. Ich konnte weder essen noch schlafen; ich konnte nur pressen und beten, dass du bald kommen würdest.«

»Tut mir leid, Nana.«

»Ich habe eigenhändig die Nabelschnur durchtrennt. Dafür hatte ich das Messer.«

»Tut mir leid.«

Nana trug immer ein müdes, gequältes Lächeln im Gesicht; ob es von stillen Vorwürfen zeugte oder von der zögerlichen Bereitschaft zu verzeihen, wusste Mariam nie zu unterscheiden. Es kam der jungen Mariam nicht in den Sinn, es als unfair zu erachten, dass sie sich für die Umstände ihrer Geburt entschuldigen musste.

Als ihr dieser Gedanke dann doch schließlich in den Sinn kam – um die Zeit, als sie zehn Jahre alt wurde –, mochte sie an die Geschichte ihrer schweren Geburt nicht mehr glauben. Sie glaubte vielmehr der Version Jalils, der sagte, dass er zwar nicht zugegen gewesen sei, aber für Nanas Betreuung in einem Krankenhaus in Herat gesorgt habe, wo ihr in einem hellen Zimmer ein frisch bezogenes Bett zur Verfügung gestellt worden sei. Als Mariam ihm von dem Messer erzählte, schüttelte Jalil nur traurig den Kopf.

Mariam fing auch daran zu zweifeln an, dass sie die Mutter zwei volle Tage hatte leiden lassen.

»Mir wurde gesagt, dass es keine Stunde gedauert hat«, erklärte Jalil. »Du bist ein gutes Mädchen, Mariam *jo*. Schon bei der Geburt warst du ein gutes Mädchen.«

»Er war nicht einmal zur Stelle!«, spuckte Nana aus. »Er war im Takht-e-Safar, auf einem Ausritt mit seinen teuren Freunden.«

Als ihm von der Geburt seiner Tochter berichtet worden sei, sagte Nana, habe Jalil nur mit den Schultern gezuckt, den Hals seines Pferdes getätschelt und noch weitere zwei Tage im Takht-e-Safar zugebracht.

»Tatsache ist, dass du schon einen Monat alt warst, als er dich das erste Mal auf den Arm nahm, und das auch nur, um einen einzigen Blick auf dich zu werfen und sich über dein längliches Gesicht zu mokieren. Dann gab er dich mir zurück.«

Auch an diesem Teil der Geschichte begann Mariam zu zweifeln. Zugegeben, sagte Jalil, er sei im Park von Takht-e-Safar gewesen, habe aber nicht mit den Schultern gezuckt, als ihm Mariams Geburt mitgeteilt worden sei. Nein, er habe sich sofort in den Sattel geschwungen und sei nach Herat zurückgeritten. Er habe sie in seinen Armen geschaukelt, mit dem Daumen ihre flockigen Augenbrauen nachgezeichnet und ein Wiegenlied gesummt. Mariam konnte sich nicht vorstellen, dass Jalil eine abfällige Bemerkung über ihr Gesicht gemacht hatte, obwohl es in der Tat recht lang geraten war.

Nana behauptete, dass sie den Namen Mariam gewählt habe, weil das der Name ihrer Mutter gewesen sei. Jalil hingegen sagte, er sei auf den Namen gekommen, denn Mariam werde auch die Nachthyazinthe genannt, und das sei eine wunderschöne Blume.

»Deine Lieblingsblume?«, fragte Mariam.

»Nun, eine meiner Lieblingsblumen«, antwortete er und lächelte.

3

Eine der am weitesten zurückreichenden Erinnerungen von Mariam war das Geräusch eisenbeschlagener Karrenräder auf felsigem Grund. Einmal im Monat kam dieser Karren, beladen mit Reis, Mehl, Tee, Zucker, Speiseöl, Seife und Zahnpasta. Er wurde geschoben von zwei Halbbrüdern Mariams, meist von Muhsin und Ramin, manchmal auch von Ramin und Farhad. Auf der steilen Strecke bergan wechselten sich die Jungen beim Schieben ab, bis sie den Fluss erreichten, wo der Karren geleert und seine Ladung per Hand übers Wasser getragen wurde. Dann brachten die Brüder auch den Karren auf die andere Uferseite, beluden ihn erneut und schoben ihn die restlichen zweihundert Meter zur *kolba*, nun durch dichtes, hohes Gras und vorbei an dornigen Büschen, schreckten dabei Frösche auf und wischten sich Stechmücken von den verschwitzten Gesichtern.

»Er hat doch Dienstboten«, sagte Mariam. »Warum schickt er die nicht?«

»Das ist seine Art von Buße«, antwortete Nana.

Die Geräusche des Karrens lockten Mariam und Nana ins Freie. Unvergessen für Mariam blieb, wie Nana an solchen Tagen der monatlichen Zuteilung aussah: eine groß gewachsene, hagere Frau, barfüßig wartend vor der Türschwelle, das lidlahme Auge spöttisch bis zu einem Schlitz verengt, die Arme trotzig vor der Brust verschränkt und ihr kurz geschorenes krauses Haar unverhüllt im Sonnenlicht. Das übergroße Hemd war bis zum Hals zugeknöpft. In den Taschen steckten walnussgroße Steine.

Die Jungen hockten wartend am Ufer, während Mariam und Nana den Proviant in die *kolba* trugen. Sie wagten es nicht, näher als bis auf dreißig Schritt heranzukommen, obwohl sie wussten, dass Nana weder gut zielen noch weit werfen konnte. Wenn sie die Sachen schleppte, brüllte sie die Jungen an und bedachte sie mit Ausdrücken, die Mariam nicht verstand. Sie verfluchte deren Mütter und schnitt hasserfüllte Grimassen. Die Jungen antworteten auf ihre Beleidigungen nie.

Mariam hatte Mitleid mit ihren Halbbrüdern. Wie müde und erschöpft sie nach diesem langen, beschwerlichen Weg doch sein mussten, dachte sie und wünschte, sie dürfte ihnen zumindest einen Schluck Wasser anbieten. Aber sie sagte nie etwas, und wenn sie ihr zuwinkten, verzichtete sie darauf, zurückzuwinken. Um ihrer Mutter zu gefallen, brüllte sie Muhsin sogar einmal zu, dass sein Mund wie der Arsch einer Echse aussehe – und war danach voller Schuldgefühle, Scham und Angst, sie könnten Jalil davon berichten. Nana aber lachte so ausgelassen, dass ihre faulenden Schneidezähne sichtbar wurden und Mariam befürchte, sie könnte wieder einen ihrer Anfälle bekommen. Als sie sich beruhigt hatte, richtete sie ihren Blick auf Mariam und sagte: »Du bist eine gute Tochter.«

Wenn der Karren geleert war, zogen die Jungen wieder ab. Mariam schaute ihnen nach, bis sie im hohen Gras und den blühenden Kräutern verschwunden waren.

»Kommst du?«

»Ja, Nana.«

»Sie lachen über dich. Das tun sie. Ich hör's.«

»Ich komme.«

»Glaubst du mir etwa nicht?«

»Ich bin da.«

»Du weißt, wie sehr ich dich liebe, Mariam *jo*.«

Morgens weckte sie das ferne Blöken von Schafen und das helle Pfeifen einer Flöte, wenn die Schäfer von Gul Daman ihre Herde auf den Berghang führten. Mariam und Nana melkten ihre Ziegen, fütterten die Hühner und sammelten Eier ein. Gemeinsam backten sie Brot. Nana zeigte ihr, wie der Teig zu kneten, der *tandoor* zu befeuern und die Teigfladen auf die Innenseite der tönernen Ofenwand zu kleben waren. Nana brachte ihr auch bei, zu nähen, Reis zu kochen und all die verschiedenen Beilagen zuzubereiten: *shalqam*-Eintopf mit Rüben, Spinat-*sabzi* oder Blumenkohl mit Ingwer.

Nana machte kein Hehl daraus, dass sie nicht besucht werden wollte. Im Grunde war ihr niemand willkommen, ausgenommen einige wenige, so etwa das Oberhaupt von Gul Daman, der Dorf-*arbab* Habib Khan, ein bärtiger Mann mit kleinem Kopf und großem Bauch, der einmal im Monat kam, begleitet von einer Dienerin, die ein Hühnchen mitbrachte, manchmal einen Topf *kichiri*-Reis oder ein Körbchen voll gefärbter Eier für Mariam.

Dann war da eine kugelrunde Frau, die von Nana Bibi *jo* genannt wurde; ihr verstorbener Mann, ein Steinmetz, war ein Freund von Nanas Vater gewesen. Bibi *jo* kam immer in Begleitung einer ihrer sechs Schwiegertöchter und eines oder zweier Enkelkindern. Sie humpelte und keuchte über die Lichtung und nahm dann mit großem Getue und schmerzhaftem Seufzen auf dem von Nana zurechtgerückten Stuhl Platz. Auch Bibi *jo* brachte Mariam immer etwas mit, eine Schachtel *dishlemeh*-Bonbons oder einen Korb mit Quitten. Nana bekam zunächst Klagen über Bibis angegriffene Gesundheit zu hören, dann den neuesten Klatsch aus Herat und Gul Daman, in aller Ausführlichkeit genüsslich vorgetragen, während die Schwiegertochter ehrerbietig hinter ihr saß und schwieg.

Am meisten freute sich Mariam, abgesehen von Jalil, auf Mullah Faizullah, den *akhund* des Dorfes, den Koranlehrer. Er kam ein- oder zweimal in der Woche, um sie in den fünf täglichen *namaz*-Gebeten zu unterweisen und ihr den Koran näherzubringen; er hatte auch schon Nana unterrichtet, als sie noch ein kleines Mädchen gewesen war. Mullah Faizullah hatte Mariam zu lesen beigebracht und ihr geduldig über die Schulter geschaut, wenn ihre Lippen die Silben tonlos formulierten und der Zeigefinger unter jedem Wort verharrte, so fest aufs Papier gedrückt, dass das Nagelbett weiß wurde. Es schien, als versuchte sie, die Bedeutung aus den Zeichen herauszupressen. Mullah Faizullah war es gewesen, der ihr die Hand gehalten und den Stift geführt hatte, bei der Aufwärtsbewegung eines jeden *alef*, der Kurve eines jeden *beh* und den drei Punkten eines jeden *seh*.

Er war ein hagerer, vornübergebeugter alter Mann mit zahnlosem Lächeln und einem weißen Bart, der ihm bis zum Nabel reichte. Für gewöhnlich kam er allein, manchmal aber auch in Begleitung seines Sohnes Hamza, der ein paar Jahre älter war als Mariam und rotblondes Haar hatte. Wenn Mullah Faizullah die *kolba* betrat, küsste Mariam ihm die Hand, die sich unter ihren Lippen anfühlte wie ein mit dünnem Papier überzogenes Bündel Zweige. Er drückte ihr einen Kuss auf die Stirn, bevor sie am Tisch Platz nahmen und mit der Lektion begannen. Danach setzten sie sich vor die Hütte, knabberten Pinienkerne, tranken grünen Tee und beobachteten die von Baum zu Baum schwirrenden Bülbül. Manchmal spazierten sie über das bronzefarbene Laub, vorbei an den Erlenbüschen und den Fluss entlang auf die Berge zu. Unterwegs befingerte er die Perlen seines *tasbeh*-Rosenkranzes und erzählte Mariam mit zitternder Stimme aus seiner Jugend, von der zweiköpfigen Schlange, die er im iranischen Isfahan auf der Brücke mit ihren dreiunddreißig Bögen entdeckt hatte, oder von der Wassermelone, die er vor der blauen Moschee in Mazar aufgeschnitten und die Samenkörner darin so vorgefunden hatte, dass sie auf der einen Seite das Wort *»Allah«* bildeten und auf der anderen das Wort *»Akbar«*.

Mullah Faizullah gab Mariam gegenüber zu, dass er den Sinn der arabischen Worte im Koran nicht verstehe, wohl aber ihren Klang zu schätzen wisse. Er sagte, sie trösteten ihn und erleichterten sein Herz.

»Auch dich werden sie trösten, Mariam *jo*«, sagte er. »Du kannst sie aufrufen, wenn du Kummer hast. Und du wirst nicht enttäuscht sein, denn Gottes Worte täuschen nie, mein Mädchen.«

Mullah Faizullah konnte nicht nur gut erzählen, sondern auch zuhören. Wenn Mariam redete, war er immer ganz Ohr. Er wiegte dabei langsam den Kopf, lächelte und zeigte sich so dankbar, als würde ihm ein großes Privileg gewährt. Ihm konnte Mariam bedenkenlos anvertrauen, was sie Nana nicht zu sagen gewagt hätte.

Eines Tages, als sie wieder einmal spazieren gingen, sagte Mariam, dass sie sich wünschte, die Schule besuchen zu dürfen.

»Ich meine eine wirkliche Schule, *akhund sahib*. In einem Klassenzimmer. Wie auch die anderen Kinder meines Vaters.«

Mullah Faizullah blieb stehen.

Zwei Wochen zuvor hatte Bibi *jo* berichtet, Jalils Töchter Saideh und Naheed seien von der Mehri-Schule für Mädchen in Herat aufgenommen worden. Seither spukten Bilder von Schulbänken und Lehrern durch Mariams Kopf, Bilder von Heften mit linierten Seiten, Spalten voller Zahlen und Tinte, die dunkle Zeichen auf dem Papier hinterließ. Sie malte sich aus, mit anderen Mädchen ihres Alters in einem Klassenzimmer zu sitzen, und sehnte sich danach, ein Lineal aufs Heft legen und wichtig aussehende Zeilen unterstreichen zu können.

»Ist dir das ein ernster Wunsch?«, fragte Mullah Faizullah und betrachtete sie mit seinen sanften wässrigen Augen. Er hatte die Hände hinter dem krummen Rücken verschränkt, und der Schatten seines Turbans fiel auf einen Flecken leuchtender Butterblumen.

»Ja.«

»Und jetzt willst du, dass ich deine Mutter um Erlaubnis bitte, nicht wahr?«

Mariam lächelte. Außer Jalil gab es, wie sie dachte, keinen Menschen auf der Welt, der sie so gut verstand wie ihr alter Lehrer.

»Was bliebe mir also anderes übrig? Gott in seiner Weisheit hat jedem von uns Schwächen mit auf den Weg gegeben, und die größte meiner vielen Schwächen ist, dass ich dir, Mariam *jo*, nichts ausschlagen kann«, erwiderte er und tippte ihr mit einem gichtigen Finger auf die Wange.

Doch als er sich später an Nana wandte, ließ diese das Messer fallen, mit dem sie gerade Zwiebeln schnitt, und fragte: »Wozu?«

»Lass das Mädchen lernen, wenn es das möchte. Gib ihr die Chance auf eine Ausbildung, meine Teure.«

»Lernen? Was denn, Mullah *sahib*?«, entgegnete Nana in scharfem Tonfall. »Was gäbe es da zu lernen?« Sie warf ihrer Tochter einen grimmigen Blick zu.

Mariam schaute zu Boden.

»Was für einen Sinn hätte es, ein Mädchen wie dich zu unterrichten. Genauso gut könnte man einen Spucknapf polieren. Außerdem kann man in diesen Lehranstalten nichts lernen, was von Wert wäre. Es gibt nur eines, was Frauen wie wir in diesem Leben können müssen, und das bekommt man nicht in der Schule beigebracht. Sieh mich an.«

»Du solltest so nicht mit ihr reden, mein Kind«, sagte Mullah Faizullah.

»Sieh mich an!«

Mariam gehorchte.

»Nur eines muss sie können. Und das ist: *tahamul*. Aushalten.«

»Aushalten? Was denn, Nana?«

»Ach, machen Sie sich mal darüber keine Sorgen«, antwortete Nana. »Da fände sich einiges, und das nicht zu knapp.«

Und dann beschwerte sie sich darüber, von Jalils Frauen als hässliche, armselige Steinmetztochter beschimpft worden zu sein, oder wie man sie gezwungen habe, bei Frost Wäsche zu waschen, bis ihr das Gesicht abgefroren sei und die Fingerspitzen gebrannt hätten.

»Das ist unser Los, Mariam. Das Los von Frauen wie uns. Wir müssen aushalten. Mehr ist nicht drin. Verstanden? Außerdem würden sie dich in der Schule doch nur auslachen. Glaub mir. Sie würden dich einen *harami* nennen und die hässlichsten Dinge über dich sagen. Das lasse ich nicht zu.«

Mariam nickte.

»Von Schule will ich nichts mehr hören. Du bist alles, was ich habe. Dich will ich nicht an die anderen verlieren. Sieh mich an. Kein Wort mehr über Schule.«

»Sei vernünftig. Ich bitte dich. Wenn ein Mädchen den Wunsch hat …«

»Und Sie, *akhund sahib*, bei allem Respekt, Sie sollten sich hüten, ihr solche Flausen einzureden. Wenn Ihnen wirklich an ihr gelegen ist, sollten Sie ihr klarmachen, dass sie hierher gehört, zu ihrer Mutter. Da draußen ist nichts für sie zu holen. Nichts außer Ablehnung und Schmerz. Ich weiß, wovon ich spreche, *akhund sahib*. Ich weiß es.«

4

Mariam freute sich über jeden Besuch in der *kolba*, über den Dorf-*arbab* und seine Geschenke, Bibi *jo* mit ihren schmerzenden Hüftgelenken und endlosen Klatschgeschichten und natürlich über Mullah Faizullah. Doch es gab niemanden, wirklich niemanden, den Mariam sehnlicher zu sehen wünschte als Jalil.

Schon dienstags abends setzte die Unruhe ein. Mariam konnte kaum einschlafen aus Sorge, dass Jalils Besuch am Donnerstag womöglich aus irgendwelchen geschäftlichen Gründen ausfallen könnte und sie eine weitere Woche würde warten müssen, bis sie ihn endlich wiedersähe. Mittwochs konnte sie keinen Moment lang stillsitzen; sie marschierte um die *kolba* herum, warf wahllos Hühnerfutter ins Gehege, streunte umher, zupfte Blütenblätter und schlug nach den Mücken, die ihr in die Arme zu stechen versuchten. Donnerstags endlich hockte sie schon morgens vor der Tür, die Augen unverwandt auf die Furt gerichtet, und wartete. Wenn sich Jalil verspätete, bekam sie es mit der Angst zu tun. Dann wurden ihr die Knie weich, und sie musste sich flach auf den Boden legen.

Schließlich würde Nana rufen: »Da ist er ja, dein Vater. In all seiner Herrlichkeit.«

Wenn sie ihn, lachend und überschwänglich winkend, über die Steine im Fluss hüpfen sah, sprang Mariam vom Boden auf. Sie wusste, dass Nana ein Auge auf sie hatte und jede ihrer Regungen ganz genau beobachtete, und es kostete sie immer viel Überwindung, in der Tür stehen zu bleiben, zu warten, anstatt auf ihn zuzulaufen. Sie hielt sich zurück und blickte ihm geduldig entgegen, wenn er, die Anzugjacke über die Schulter geworfen, durch das hohe Gras schritt und seine rote Krawatte im Wind flatterte.

Wenn Jalil die Lichtung erreichte, warf er seine Jacke auf den *tandoor* und breitete die Arme aus. Mariam ging auf ihn zu, zuerst langsam, dann im Laufschritt. Er fing sie unter den Achseln auf und warf sie hoch in die Luft. Mariam quietschte dann vor Vergnügen.

Gestützt von seinen Armen, blickte sie ihm von oben ins emporgewandte Gesicht mit seinem breiten verschmitzten Lächeln, dem spitzen Haaransatz und dem Grübchen im Kinn. Sie mochte seinen sorgfältig gestutzten Schnauzbart, und es gefiel ihr, dass er bei jedem Wetter einen Anzug trug – dunkelbraun, seine Lieblingsfarbe, mit einem weißen dreieckig gefalteten Taschentuch in der Brusttasche –, auch Manschettenknöpfe und eine Krawatte, meist rot, die immer ein bisschen gelockert war. Mariam sah sich dann auch selbst, gespiegelt in seinen braunen Augen: das sich bauschende Haar, ein vor Glück strahlendes Gesicht und den Himmel im Rücken.

Nana sagte, dass sie ihm eines Tages, wenn er sie verfehlte, aus den Händen gleiten, zu Boden stürzen und sich einen Knochen brechen würde. Doch dass er sie fallen lassen könnte, mochte Mariam nicht glauben. Vielmehr war sie überzeugt davon, dass sie in den sauberen, gepflegten Händen ihres Vaters immer sicher landen würde.

Sie saßen im Schatten vor der *kolba*. Nana servierte Tee. Sie und Jalil tauschten zur Begrüßung allenfalls ein befangenes Lächeln aus und nickten mit dem Kopf. Darauf, dass sie seine Kinder mit Steinen bewarf und verfluchte, kam er nie zu sprechen.

So heftig sie auch in seiner Abwesenheit gegen Jalil wütete, so still und höflich verhielt sie sich, wenn er zu Besuch kam. Ihr Haar war dann immer gewaschen, die Zähne geputzt. Sie trug ihre beste *hijab* und saß ihm auf einem Stuhl gegenüber, die Hände im Schoß gefaltet. Wenn sie lachte, versteckte sie den faulen Zahn hinter einer Faust.

Nana erkundigte sich nach seinen Geschäften. Auch nach seinen Frauen. Sie erwähnte, von Bibi *jo* gehört zu haben, dass Nargis, seine jüngste Frau, ihr drittes Kind erwarte, worauf Jalil, freundlich lächelnd, mit dem Kopf nickte.

»Nun, du bist sicher froh darüber«, sagte Nana. »Wie viele wären's dann insgesamt? Zehn, nicht wahr, *maschallah*? Zehn?«

Ja, sagte Jalil, zehn.

»Wenn du Mariam mitrechnetest, wären es natürlich elf.«

Später, als Jalil gegangen war, gerieten Mariam und Nana darüber in Streit. Mariam sagte, sie habe ihn ausgetrickst.

Nach dem Tee mit Nana gingen Mariam und Jalil immer an den Fluss, um zu fischen. Er zeigte ihr, wie die Leine ausgeworfen und ein Fang an Land gezogen werden musste, brachte ihr bei, wie eine Forelle auszunehmen, zu säubern war und wie sich mit einem Griff das Fleisch von den Gräten lösen ließ. Während sie darauf warteten, dass ein Fisch anbeißen würde, malte er Bilder für sie; er konnte mit einem Strich und ohne den Bleistift abzusetzen einen Elefanten zeichnen. Er brachte ihr auch Kinderreime bei. Zusammen sangen sie:

Eine Vogeltränke, klitzeklein,
war gehöhlt in einen Stein.
Stichling saß am Rand und trank,
rutschte aus und – plumps – versank.

Jalil hatte immer Ausschnitte aus der *Ittifaq-i Islam*, der Tageszeitung von Herat, bei sich und las daraus vor. So erfuhr Mariam, dass es jenseits der Lichtung, Gul Daman und Herat eine weite Welt gab, Regierungsoberhäupter mit unaussprechlichen Namen, Eisenbahnen und Museen, Fußball und Raketen, die die Erde umkreisten und auf dem Mond landeten, und an jedem Donnerstag brachte Jalil ein Stück dieser Welt mit in die *kolba*.

Von ihm erfuhr sie auch im Sommer 1973 – sie war damals vierzehn –, dass König Sahir Schah, der von Kabul aus über vierzig Jahre lang geherrscht hatte, durch einen unblutigen Staatsstreich gestürzt worden war.

»Dahinter steckte sein Cousin Daoud Khan. Er fädelte die Sache ein, als der König gerade in Italien war, wo er sich wegen einer Krankheit medizinisch behandeln ließ. Du erinnerst dich doch an

Daoud Khan, oder? Ich habe dir von ihm erzählt. Er war Premierminister in Kabul, vor deiner Geburt. Wie dem auch sei, Afghanistan ist keine Monarchie mehr, Mariam. Wir sind jetzt eine Republik, und Daoud Khan ist Präsident. Gerüchten zufolge haben ihm die Sozialisten in Kabul zur Macht verholfen. Nicht, dass er selbst Sozialist wäre, nein, aber er hat sich von ihnen unterstützen lassen. So heißt es jedenfalls.«

Mariam wollte wissen, was ein Sozialist sei, und Jalil versuchte es ihr zu erklären. Mariam aber war mit ihren Gedanken woanders.

»Hörst du mir überhaupt zu?«

»Ja.«

Dann sah er sie auf seine ausgebeulte Jackentasche starren. »Ah. Natürlich. Verstehe. Also dann ...«

Er fischte eine kleine Schachtel aus der Tasche und gab sie ihr. So war er, gelegentlich brachte er ihr Geschenke mit. Mal war es ein Armband aus Karmelian, mal ein Halsreif mit Lapislazuliperlen. Als Mariam an diesem Tag die Schachtel öffnete, fand sie darin eine Kette mit herzförmigem Anhänger, an dem winzig kleine Münzen hingen, in die Mond und Sterne eingraviert waren.

»Probier sie mal an, Mariam *jo*.«

Mariam legte die Kette um den Hals. »Wie steht sie mir?«

Jalil strahlte. »Ich finde, du siehst aus wie eine Königin.«

»Nomadenkram«, sagte Nana später. »Ich habe mal gesehen, wie sie so was herstellen. Sie schmelzen die Münzen ein, die ihnen vor die Füße geworfen werden, und machen Schmuck daraus. Soll er dir doch Gold mitbringen, dein teurer Vater. Das wär mal was.«

Wenn Jalil gehen musste, stand Mariam immer in der Tür und schaute ihm nach, bedrückt von dem Gedanken an die Woche, die wie ein riesiger, unverrückbarer Gegenstand zwischen ihr und seinem nächsten Besuch stand. Wenn er sich auf der Lichtung entfernte, hielt sie so lange wie möglich die Luft an und betete im Stillen, dass Gott ihr mit jeder Sekunde, die sie ohne Atem auskäme, einen weiteren Tag mit Jalil gewähren möge.

Nachts lag sie auf ihrer Pritsche und fragte sich, wie es in seinem Haus in Herat aussehen mochte. Sie fragte sich, wie es wohl wäre, wenn sie mit ihm zusammenlebte und ihn tagtäglich sehen könnte. Sie stellte sich vor, ihm, wenn er sich rasierte, ein Handtuch zu reichen. Sie würde Tee für ihn aufsetzen, abgerissene Knöpfe wieder annähen. Sie würden zusammen durch Herat spazieren und die Gewölbe des Basars aufsuchen, wo man, wie Jalil sagte, alles kaufen konnte, was das Herz begehrte. Sie würden mit seinem Auto herumkutschieren, und die Leute würden sagen: »Seht mal, da fährt Jalil Khan mit seiner Tochter.« Er würde ihr den berühmten Baum zeigen, unter dem ein Dichter begraben lag.

Irgendwann, möglichst bald, wollte sie ihm alle diese Dinge sagen. Und wenn er sie hörte, wenn er sähe, wie sehr er ihr fehlte, würde er sie bestimmt mit sich nehmen. Sie würde ihm nach Herat folgen und wie seine anderen Kinder in seinem Haus wohnen.

5

»Ich weiß, was ich mir wünsche«, sagte Mariam zu Jalil.

Es war im Frühjahr 1974, kurz vor Mariams fünfzehntem Geburtstag. Die drei saßen auf Klappstühlen im Schatten der Weiden vor der *kolba*.

»Zu meinem Geburtstag. Ich weiß, was ich mir wünsche.«

»Tatsächlich?« Jalil lächelte aufmunternd.

Zwei Wochen zuvor hatte er ihr auf ihr Drängen hin mitgeteilt, dass in seinem Kino ein amerikanischer Film gezeigt werde, ein besonderer Film, wie er erklärte, der nur aus Zeichnungen bestehe, aus Tausenden einzelner Zeichnungen, die, wenn man sie zu einem Film zusammenschneide und auf eine Leinwand projiziere, den Eindruck erweckten, als bewegten sie sich. Ein solcher Film werde Cartoon genannt. Dieser Cartoon, fuhr Jalil fort, erzähle die Geschichte eines alten, kinderlosen Erfinders, der sehr einsam sei und sich nichts sehnsüchtiger wünsche als einen Sohn. Also schnitzt er eine Puppe, einen hölzernen Jungen, der dann auf magische Weise zum Leben erwacht. Mariam hatte mehr von dieser Geschichte hören wollen und von Jalil erfahren, dass der alte Mann und seine Puppen jede Menge Abenteuer erlebten, dass es da einen Ort namens Pleasure Island gebe, wo böse Jungs in Esel verwandelt würden. Begeistert hatte Mariam Mullah Faizullah von diesem Film berichtet.

»Ich wünsche mir, dass du mich in dein Kino mitnimmst«, sagte Mariam nun. »Dass ich den Cartoon sehe und den hölzernen Jungen.«

Mariam spürte, wie sich schlagartig die Stimmung änderte. Ihre Eltern rutschten auf ihren Stühlen hin und her und tauschten irritierte Blicke.

»Das ist keine gute Idee«, sagte Nana. Ihre Stimme klang ruhig und beherrscht, wie immer, wenn Jalil zugegen war, doch ihre Miene verriet etwas anderes.

Jalil hustete und räusperte sich.

»Weißt du«, sagte er, »die Bildqualität ist ziemlich schlecht, so auch der Ton, und der Projektor hat in letzter Zeit seine Macken. Vielleicht hat deine Mutter recht. Vielleicht solltest du dir etwas anderes wünschen, Mariam *jo.*«

»*Aneh*«, bemerkte Nana. »Siehst du? Dein Vater und ich sind einer Meinung.«

Später am Fluss sagte Mariam: »Nimm mich mit.«

»Hör zu«, entgegnete er. »Ich sorge dafür, dass dich jemand abholt und mit dir ins Kino geht. Da wird man dir einen guten Platz freihalten und so viel Süßigkeiten bringen, wie du willst.«

»Nein. Ich will mit dir ins Kino gehen.«

»Mariam *jo* …«

»Und ich will, dass auch meine Brüder und Schwestern da sind. Ich möchte sie kennenlernen. Wir sehen uns alle zusammen den Film an. Das ist es, was ich mir wünsche.«

Jalil seufzte. Er wich ihrem Blick aus und schaute in Richtung Berge.

Mariam erinnerte sich, von ihm erfahren zu haben, dass auf einer Leinwand das Gesicht eines Menschen so groß erscheine wie ein Haus, dass, wenn darauf ein Autounfall zu sehen sei, der Zuschauer bis in die Knochen spüre, wie sich das Blech zerknautsche. Sie malte sich aus, neben Jalil und ihren Geschwistern auf einem der Logenplätze zu sitzen und an einem Stieleis zu lecken. »Das ist es, was ich mir wünsche«, sagte sie.

Jalil sah sie traurig an.

»Morgen. Morgen Mittag. Wir treffen uns hier, an dieser Stelle. In Ordnung? Morgen Mittag?«

»Komm her«, sagte er. Er kauerte sich auf den Boden, nahm sie in den Arm und drückte sie an sich.

Nana hatte die Hände zu Fäusten geballt und stampfte mit dem Fuß auf.

»Warum hat mich Gott bloß mit einer so undankbaren Tochter gestraft? Was habe ich nicht alles für dich erlitten? Wie kannst du es wagen? Wie kannst du es wagen, mich im Stich zu lassen, du verräterischer kleiner *harami*!«

Dann versuchte sie es mit Spott.

»Dummes Ding! Bildest du dir etwa ein, ihm etwas zu bedeuten, in seinem Haus willkommen zu sein? Dass er dich als seine Tochter bei sich aufnimmt? Lass dir eins gesagt sein: Das Herz eines Mannes ist verkommen, Mariam. Im Unterschied zum Mutterschoß blutet es nicht, und es dehnt sich auch nicht aus, um Platz für ein Lebewesen wie dich darin zu machen. Ich bin die Einzige, die dich liebt. Ich bin alles, was du auf dieser Welt hast, Mariam, und wenn ich gegangen bin, wirst du nichts haben. Rein gar nichts. Du bist ein Nichts!«

Schließlich versuchte sie, ihr ein schlechtes Gewissen zu machen.

»Ich sterbe, wenn du gehst. Der Dschinn wird in mich fahren. Ich werde einen Anfall bekommen, werde meine Zunge verschlucken und daran ersticken. Verlass mich nicht, Mariam *jo*. Bitte bleib. Ich sterbe, wenn du gehst.«

Mariam schwieg.

»Du weißt, wie sehr ich dich liebe, Mariam *jo*.«

Mariam sagte, sie wolle einen Spaziergang machen.

Sie fürchtete, wenn sie bliebe, die Mutter mit Worten verletzen zu können, denn sie hätte am liebsten gesagt, dass die Geschichte mit dem Dschinn erlogen war, dass ihre Krankheit, wie sie von Jalil wusste, einen Namen hatte und mithilfe von Pillen gelindert werden konnte. Sie hätte Nana womöglich gefragt, warum sie sich weigerte, Jalils Rat zu befolgen und seine Ärzte aufzusuchen. Warum sie nicht die Pillen nahm, die er ihr mitgebracht hatte. Wenn es Mariam möglich gewesen wäre, ihre Gefühle in Worten auszudrücken, hätte sie vielleicht sogar gesagt, dass sie es leid war, benutzt zu werden, die verdrehten Wahrheiten ihrer Mutter hören zu müssen und, als Alibi missbraucht, für ihren Groll gegen die Welt herhalten zu müssen.

Du hast Angst, Nana, hätte sie womöglich gesagt. Du hast Angst, dass ich das Glück finden könnte, das dir versagt geblieben ist. Und du willst nicht, dass ich glücklich bin. Du gönnst mir kein gutes Leben. Du bist von uns beiden diejenige mit dem verkommenen Herzen.

Am Rand der Lichtung gab es einen Aussichtspunkt, den Mariam gern aufsuchte. Dort setzte sie sich auch jetzt ins warme trockene Gras. Wie ein Brettspiel breitete sich Herat in der Ferne aus: der Frauengarten im Norden der Stadt; im Süden der Char-suq-Basar und die Ruinen der alten Zitadelle von Alexander dem Großen. Wie die verstaubten Finger eines Riesen ragten die Minarette in den Himmel, und in den Straßen stellte sie sich ein Gewimmel von Menschen, Karren und Maultieren vor. Über ihr schwirrten Schwalben durch die Luft. Sie beneidete die Vögel. Die waren schon in Herat gewesen, über seine Moscheen und Basare gesegelt. Vielleicht hatten sie sich schon einmal auf den Mauern von Jalils Haus oder auf den Eingangsstufen seines Kinos niedergelassen.

Sie sammelte zehn Kieselsteine auf und ordnete sie in drei senkrechte Reihen. Mit diesem Spiel beschäftigte sie sich manchmal heimlich, wenn Nana nicht zuschaute. Die vier Steine in der ersten Reihe standen für Khadijas Kinder, die drei in der zweiten für Afsoons und die drei in der dritten für Nargis' Kinder. Dann fügte sie den drei Reihen eine vierte hinzu. Einen einzigen, elften Kieselstein.

Am nächsten Morgen trug Mariam ein cremefarbenes Kleid, das ihr bis zu den Knien reichte, darunter eine Leinenhose. Den Kopf bedeckte sie mit einer grünen *hijab*, was sie ein wenig grämte, weil die Farbe nicht zum Kleid passte. Aber sie musste sich damit begnügen – die weiße *hijab* war von Motten zerfressen.

Sie warf einen Blick auf die Uhr, eine alte Uhr zum Aufziehen, mit schwarzen Ziffern auf minzegrünem Grund, ein Geschenk von

Mullah Faizullah. Es war neun Uhr. Sie fragte sich, wo Nana sei, und wähnte sie draußen vor der Tür, wagte es aber nicht, ihren gekränkten Blicken zu begegnen. Nana würde sie eine Verräterin schimpfen und sich über die törichten Wünsche der Tochter lustig machen.

Um sich die Zeit zu vertreiben, setzte sich Mariam an den Tisch und versuchte, einen Elefanten zu zeichnen, so wie Jalil es ihr gezeigt hatte, mit einem einzigen Strich. Immer und immer wieder. Vom langen Sitzen schmerzte ihr Rücken, doch um das Kleid nicht zu zerknittern, verzichtete sie darauf, sich auszustrecken.

Als die Zeiger schließlich auf halb elf standen, steckte Mariam ihre elf Kieselsteine ein und ging nach draußen. Auf dem Weg zum Fluss sah sie Nana unter dem gewölbten Laubdach der Trauerweide auf einem Stuhl sitzen. Es war nicht zu erkennen, ob ihre Mutter sie im Auge hatte oder nicht.

Am Flussufer angekommen, wartete Mariam an der tags zuvor verabredeten Stelle. Über den Himmel zogen ein paar graue, blumenkohlförmige Wolken. Jalil hatte ihr erklärt, dass solche Wolken deshalb grau scheinen, weil ihre dichten oberen Schichten das Sonnenlicht schlucken und einen Schatten auf die unteren Schichten werfen. »Das, was du siehst, Mariam *jo*«, hatte er hinzugefügt, »ist ihr dunkler Unterleib.«

Es verstrich einige Zeit.

Mariam kehrte zur *kolba* zurück. Diesmal folgte sie dem Westrand der Lichtung, um Nana aus dem Weg zu gehen. Sie warf einen Blick auf die Uhr. Es war kurz vor eins.

Er ist ein Geschäftsmann, dachte Mariam. Irgendetwas hat ihn aufgehalten.

Sie ging wieder zum Fluss und wartete. Schwarzdrosseln flatterten durch die Luft und tauchten dann irgendwo im Gras unter. Sie sah einer Raupe zu, die über die Wurzel einer jungen Distel kroch.

Sie wartete, bis ihr die Beine wehtaten. Doch diesmal kehrte sie nicht zur *kolba* zurück. Sie krempelte sich die Hosenbeine hoch, überquerte den Fluss und marschierte zum ersten Mal in ihrem Leben talwärts Richtung Herat.

Nana irrte auch, was Herat betraf. Keiner zeigte mit dem Finger auf Mariam. Keiner lachte sie aus. In einem nicht abreißenden Strom von Fußgängern, Fahrradfahrern und Maultier-*garis* schlenderte sie durch zypressengesäumte Alleen, und da war niemand, der sie mit einem Stein beworfen hätte. Keiner nannte sie einen *harami*. Es nahm sie überhaupt kaum jemand zur Kenntnis. Sie war hier, unerwarteter- und wunderbarerweise, eine ganz gewöhnliche Person.

Inmitten eines großen Parks verbrachte Mariam eine Weile vor einem ovalförmigen Teich. Staunend betastete sie eines der wunderschönen Marmorpferde, die am Uferrand standen und mit leeren Augen aufs Wasser blickten. Mehrere Jungen ließen Boote auf den Wellen segeln. Überall blühten Blumen, Tulpen, Lilien und Petunien, strahlend im Sonnenlicht. Menschen schlenderten über die mit Kies bestreuten Pfade, saßen auf Bänken und tranken Tee.

Mariam konnte kaum glauben, hier zu sein. Ihr Herz pochte vor Erregung. Sie wünschte, Mullah Faizullah könnte sie jetzt sehen. Wie wagemutig er sie finden würde! Wie verwegen! Sie erträumte sich ein neues Leben in dieser Stadt, ein Leben mit einem Vater, mit Schwestern und Brüdern, ein Leben, in dem sie Liebe zeigen und Liebe erfahren würde, ohne Vorbehalt oder Verstellung, ohne Scham.

Freudig kehrte sie auf die breite Straße vor dem Park zurück. Sie kam an alten Straßenhändlern mit ledrigen Gesichtern vorbei, die im Schatten der Platanen hinter Pyramiden von Kirschen und Bergen von Weintrauben hockten und zu ihr aufblickten. Barfüßige Jungen rannten Autos und Bussen hinterher und winkten mit Tüten voller Quitten. Mariam stand am Straßenrand. Sie beobachtete die vorbeiziehenden Leute und konnte nicht verstehen, dass sie die Wunder ringsum kaum zu beachten schienen.

Schließlich fasste sie sich ein Herz und fragte den alten Betreiber eines Pferde-*gari*, ob er wisse, wo Jalil, der Kinobesitzer, wohne. Der Alte hatte ein pausbackiges Gesicht und trug einen gestreiften *chapan* in den Farben des Regenbogens. »Du bist nicht aus Herat, stimmt's?«, sagte er leutselig. »Hier weiß nämlich jeder, wo Jalil Khan wohnt.«

»Würden Sie's mir zeigen?«

Er wickelte einen Karamellbonbon aus dem Papier und fragte: »Bist du allein?«

»Ja.«

»Steig auf. Ich bring dich hin.«

»Ich kann aber nicht bezahlen. Ich habe kein Geld.«

Er gab ihr den Bonbon und sagte, dass er schon seit zwei Stunden keinen Fahrgast mehr befördert und ohnehin die Absicht habe, nach Hause zurückzukehren. Jalils Haus liege auf dem Weg.

Mariam kletterte auf den *gari*. Schweigend fuhren sie durch die Straßen. Mariam sah Kräuterläden und Verkaufsstände, die Orangen und Birnen, Bücher und Schals, ja, sogar Falken feilboten. Kinder hatten mit Stöcken Kreise in den Staub gezogen und spielten mit Murmeln. Vor einem Teehaus saßen auf einem hölzernen, mit Teppichen ausgelegten Podest Männer, die Tee tranken und aus Wasserpfeifen Tabak rauchten.

Der alte Mann bog in eine breite Straße ein, die von Nadelbäumen gesäumt wurde, und hielt nach wenigen Metern das Pferd an.

»Da wären wir. Du scheinst Glück zu haben, *dokhtar jo*. Das da ist sein Auto.«

Mariam sprang auf die Straße. Er lächelte ihr zu und kutschierte davon.

Mariam hatte nie zuvor ein Auto berührt. Sie strich mit den Fingerspitzen über die Kühlerhaube von Jalils Auto. Es war schwarz lackiert und glänzte, und in den blanken Radkappen sah sie ihr in die Breite gezogenes Spiegelbild. Die Sitze waren mit weißem Leder bezogen. Hinter dem Steuer entdeckte Mariam mehrere runde Uhren.

Für einen Moment glaubte sie Nanas Stimme zu hören, die sich über sie lustig machte und alle Hoffnung im Keim zu ersticken versuchte. Ihr wurde angst und bange. Auf zitternden Beinen näherte sie sich der Eingangstür des Hauses. Mit beiden Händen stützte sie sich an der Außenmauer ab. Sie waren so hoch, so einschüchternd, Jalils Mauern. Sie musste den Kopf bis weit in den Nacken zurücklegen, um die Spitzen der Zypressen zu sehen, die auf der anderen Seite standen und vom Wind bewegt wurden. Mariam stellte sich vor, dass sie sie winkend willkommen hießen.

Eine barfüßige junge Frau öffnete die Tür. Sie hatte eine Tätowierung unter der Unterlippe.

»Ich bin gekommen, um Jalil Khan zu sehen. Ich bin Mariam. Seine Tochter.«

Die junge Frau zeigte sich verwirrt. Dann schien ihr ein Licht aufzugehen. Die Lippen verzogen sich zu einem flüchtigen Lächeln. »Augenblick«, sagte sie, plötzlich ganz eifrig und erwartungsvoll.

Sie schloss die Tür.

Es verstrichen mehrere Minuten. Dann öffnete ein Mann die Tür. Er war groß und stämmig, schaute schläfrig aus den Augen und hatte ein ruhiges Gesicht.

»Ich bin Jalil Khans Chauffeur«, sagte er nicht unfreundlich.

»Sein was?«

»Sein Fahrer. Jalil Khan ist nicht zu Hause.«

»Aber da steht doch sein Auto«, sagte Mariam.

»Er ist geschäftlich unterwegs.«

»Wann wird er wieder zurück sein?«

»Das hat er offengelassen.«

Mariam sagte, sie wolle warten.

Er schloss die Tür. Mariam setzte sich auf den Boden und zog die Knie an die Brust. Es wurde Abend. Sie hatte Hunger und lutschte den Bonbon des *gari*-Kutschers. Nach einer Weile trat der Fahrer wieder vor die Tür.

»Du solltest nach Hause gehen«, sagte er. »In knapp einer Stunde wird es dunkel sein.«

»Das macht mir nichts aus.«

»Und es wird kalt werden. Komm, ich fahr dich nach Hause und werde ihm sagen, dass du hier gewesen bist.«

Mariam sah ihn bloß an.

»Dann bring ich dich in ein Hotel. Da kannst du in einem bequemen Bett schlafen. Und morgen sehen wir weiter.«

»Lassen Sie mich ins Haus.«

»Das darf ich nicht. Schau, keiner weiß, wann er zurückkommt. Womöglich erst in zwei, drei Tagen.«

Mariam verschränkte die Arme.

Der Fahrer seufzte, ein wenig ungehalten, wie es schien.

Mit den Jahren sollte Mariam noch häufig Gelegenheit haben, darüber nachzudenken, wie ihr Leben verlaufen wäre, wenn der Chauffeur sie zur *kolba* zurückgebracht hätte. Doch sie widersetzte sich und verbrachte die Nacht vor Jalils Haus. Es wurde dunkel, Schatten legten sich auf die Fassade des Nachbarhauses. Das tätowierte Mädchen brachte ihr Brot und einen Teller Reis. Mariam sagte, dass sie nichts haben wolle, doch das Mädchen stellte beides neben ihr auf dem Boden ab. Von Zeit zu Zeit hörte Mariam Schritte auf der Straße, Türen aufgehen, gedämpfte Stimmen. Elektrisches Licht wurde angeschaltet, sickerte durch die Fenster. Hunde bellten. Als sie dem Hunger nicht länger widerstehen konnte, leerte sie den Teller und aß das Brot. Sie lauschte den Zikaden in den Gärten. Am Himmel glitten Wolken vor einem bleichen Mond dahin.

Am Morgen wurde sie von Händen geweckt, die ihre Schultern gepackt hielten und schüttelten. Mariam bemerkte, dass ihr in der Nacht jemand eine Decke übergeworfen hatte.

Vor ihr stand der Fahrer.

»Jetzt reicht's. Mach keine Geschichten. *Bas.* Es ist Zeit zu gehen.«

Mariam richtete den Oberkörper auf und rieb sich die Augen. Ihr Rücken und der Nacken schmerzten. »Ich werde auf ihn warten.«

»Schau«, sagte er. »Jalil Khan hat mir aufgetragen, dich zurückzufahren. Jetzt sofort. Verstehst du? Jalil Khan will es so.«

Er öffnete die hintere Beifahrertür. »*Bia.* Los jetzt«, sagte er geduldig.

»Ich möchte ihn sehen«, sagte Mariam, die Augen voller Tränen.

Der Fahrer seufzte. »Lass dich nach Hause fahren. Nun komm endlich, *dokhtar jo*.«

Mariam stand auf und ging auf ihn zu. Dann jedoch, im letzten Moment, änderte sie die Richtung und lief auf das Tor zu. Sie spürte die Finger des Fahrers nach ihrer Schulter greifen. Er versuchte, sie aufzuhalten; sie aber konnte ihn abschütteln und rannte durch das geöffnete Tor.

In den wenigen Sekunden, die sie in Jalils Garten war, bemerkte Mariam ein glänzendes Glashaus mit Pflanzen darin, Weinreben, die über hölzerne Spaliere rankten, einen von grauen Steinen eingefassten Fischteich, Obstbäume und überall Sträucher, die in hellen Farben blühten. Ihr Blick streifte all diese Dinge, bevor er plötzlich auf eines der Fenster im Obergeschoss fiel, hinter dem sich ein Gesicht zeigte, nur für einen flüchtigen Moment, aber lange genug, dass Mariam erkennen konnte, wie sich die Augen weiteten und der Mund öffnete. Dann war es wieder verschwunden. Stattdessen erschien eine Hand, die hektisch an einer Schnur zog. Vorhänge fielen herab.

Dann gruben sich Hände unter ihre Achseln und stemmten sie in die Luft. Mariam trat mit den Beinen aus. Die Kieselsteine fielen ihr aus der Tasche. Mariam trat und schrie, als sie zum Wagen getragen und auf das kühle Leder der Rückbank gesetzt wurde.

Mit gedämpfter Stimme versuchte der Fahrer, sie zu trösten. Mariam hörte nicht auf ihn. Während der gesamten Fahrt weinte sie, hin und her geworfen auf der Rückbank. Sie weinte Tränen des Kummers, der Wut und Enttäuschung, vor allem aber weinte sie aus Scham, der tiefen Scham darüber, dass sie so töricht gewesen war, auf Jalil vertraut und sich Sorgen darüber gemacht zu haben, ob der *hijab* zum Kleid passte; sie schämte sich, den weiten Weg zurückgelegt und, weil sie sich nicht hatte wegschicken lassen, wie ein streunender Hund die Nacht auf der Straße verbracht zu haben. Und sie schämte sich, dass sie sich ihrer Mutter widersetzt und ihr den Rücken gekehrt hatte. Nana, die recht behalten und sie gewarnt hatte.

Mariam musste immer wieder an sein Gesicht hinter dem Fenster denken. Er hatte sie auf der Straße schlafen lassen. *Auf der Straße.* Mariam legte sich auf die Rückbank und weinte. Sie wollte nicht gesehen werden. Sie stellte sich vor, dass ganz Herat an diesem

Morgen darüber Bescheid wusste, wie sehr sie sich erniedrigt hatte. Sie wünschte, Mullah Faizullah wäre jetzt bei ihr, dass sie ihren Kopf auf seinen Schoß legen könnte, um sich von ihm trösten zu lassen.

Die Straße wurde holpriger; es ging bergan. Sie fuhren auf den Hügel zwischen Herat und Gul Daman.

Was sollte sie Nana sagen, fragte sich Mariam. Wie sollte sie sich entschuldigen? Würde es ihr jetzt überhaupt möglich sein, ihr unter die Augen zu treten?

Das Auto hielt an, der Fahrer half ihr nach draußen. »Ich begleite dich«, sagte er.

Sie ließ sich von ihm über den Schotterweg führen. Am Rand wucherten Geißblatt und Seidenblumen. Bienen schwirrten über schimmernden Blüten. Der Fahrer nahm sie bei der Hand und half ihr über den Fluss. Dann ließ er sie los und sprach davon, dass die für Herat berühmt-berüchtigten Einhundertzwanzigtagewinde bald zu erwarten seien und von morgens bis abends Wolken von Sand aufwühlen würden. Plötzlich blieb er vor ihr stehen, versuchte ihre Augen mit der Hand abzudecken und drängte sie in die Richtung zurück, aus der sie gekommen waren. »Kehr um! Nein. Sieh nicht hin. Dreh dich nicht um. Geh zurück!«

Doch er war nicht schnell genug. Mariam sah es. Ein Windstoß teilte die herabhängenden Zweige der Trauerweide wie einen Vorhang, und unter dem Baum sah Mariam den Stuhl mit der geraden Lehne, umgekippt. Von einem hohen Ast hing ein Seil herab. An dessen Ende baumelte Nana.

6

Nana wurde in einer Ecke des Friedhofs von Gul Daman beigesetzt. Mariam stand neben Bibi *jo* in einer Gruppe von Frauen, als Mullah Faizullah Gebete sprach und Nanas verhüllter Leichnam von Männern ins Grab gesenkt wurde.

Danach führte Jalil Mariam zur *kolba*, wo er im Beisein der Dorfbewohner, die sie begleitet hatten, viel Aufhebens davon machte, dass er sich um seine Tochter kümmerte. Er sammelte ein paar Sachen von ihr zusammen und verstaute sie in einem Koffer. Er setzte sich zu ihr, als sie auf ihrer Pritsche lag, und fächelte ihr Luft zu. Er streichelte ihr die Stirn und fragte mit kummervoller Miene, ob sie irgendetwas brauche, irgendetwas – so sagte er es, zweimal.

»Ich will, dass Mullah Faizullah bei mir ist«, antwortete Mariam.

»Natürlich. Er ist draußen. Ich hole ihn für dich.«

Es war, als Mullah Faizullahs hagere, krumme Gestalt in der Tür erschien, dass Mariam zum ersten Mal an diesem Tag in Tränen ausbrach.

»Oh, Mariam *jo*.«

Er setzte sich zu ihr und nahm ihr Gesicht in beide Hände. »Nur zu, weine ruhig, Mariam *jo*. Dafür musst du dich nicht schämen. Aber denk daran, mein Mädchen, was im Koran geschrieben steht: *Segensreich ist Der, in Dessen Hand die Herrschaft ruht, Der über alle Dinge Macht hat, Der Tod und Leben geschaffen hat, damit Er dich prüfe.* Der Koran spricht die Wahrheit, mein Mädchen. Gott hat seine Gründe, für jede Prüfung und jeden Kummer, die er uns auflastet.«

Doch Mariam fand keinen Trost in Gottes Worten. Nicht an diesem Tag. Sie hörte immer nur Nana sagen: *Ich sterbe, wenn du gehst.*

Ich sterbe, wenn du gehst. Sie konnte nur noch weinen und weinen und ihre Tränen auf die papierdünne und altersfleckige Haut der Hände von Mullah Faizullah fallen lassen.

Kurz vor seinem Haus legte ihr Jalil, der neben ihr auf der Rückbank saß, einen Arm um die Schulter.

»Du kannst bei mir wohnen, Mariam *jo*«, sagte er. »Ich habe bereits ein Zimmer für dich herrichten lassen. Im Obergeschoss. Es wird dir gefallen, glaube ich. Von dort hast du einen schönen Blick auf den Garten.«

Zum ersten Mal hörte Mariam ihn mit Nanas Ohren. Klar und deutlich hörte sie jetzt die Unaufrichtigkeit heraus, die sich hinter seinen hohlen, falschen Versprechungen verbarg. Sie brachte es nicht über sich, ihm in die Augen zu schauen.

Das Auto hielt vor Jalils Haus an; der Fahrer öffnete ihnen die Tür und trug Mariams Koffer. Die Hand um ihre Schulter gelegt, führte Jalil sie durch dieselbe Außenpforte, neben der Mariam vor zwei Tagen auf ihn gewartet und übernachtet hatte. Noch vor zwei Tagen hatte sich Mariam nichts sehnlicher gewünscht, als an Jalils Seite durch diesen Garten zu schlendern. Seitdem war für sie ein Lebensabschnitt vergangen. Wie konnte nur so schnell alles anders werden?, fragte sie sich. Mit gesenktem Blick ließ sie sich auf grauen Steinplatten zum Haus führen. Sie war sich der vielen Leute bewusst, die tuschelnd am Rand standen und zurücktraten, als sie an ihnen vorbeikam.

Auch im Innern des Hauses blieben ihre Augen nach unten gerichtet. Sie ging über einen dunkelbraunen Teppich mit blauen und gelben Achteckmustern, sah aus dem Augenwinkel die marmornen Sockel von Statuen, die untere Hälfte von Vasen, die Fransen farbiger Wandbehänge. Die Treppe, auf der sie Jalil nach oben folgte, war sehr breit und mit einem ähnlichen Teppich ausgelegt, der an den Unterkanten jeder Stufe festgenagelt war. Oben angekommen, führte Jalil sie durch einen langen, ebenfalls mit Teppich ausgelegten Korridor. Vor einer der Türen blieb er schließlich stehen, öffnete sie und ließ sie eintreten.

»Deine Schwestern Niloufar und Atieh spielen hier manchmal«, sagte er. »Aber meistens nutzen wir diesen Raum als Gästezimmer. Du wirst dich hier wohlfühlen, glaube ich. Hübsch, nicht wahr?«

Das Zimmer hatte ein Bett mit einer grünen, geblümten Decke aus festem Waffelmustergewebe. Die dazu passenden Vorhänge waren zurückgezogen und gaben den Blick auf den Garten frei. Neben dem Bett stand eine Kommode mit drei Schubläden, darauf eine Blumenvase. Auf den Regalborden entlang den Wänden befanden sich gerahmte Fotos von Personen, die Mariam nicht kannte. Auf einem der Borde sah Mariam eine Sammlung hölzerner Puppen, die alle gleich aussahen, aber unterschiedlich groß und entsprechend aneinandergereiht waren.

Jalil folgte ihrem Blick. »Matrjoschka-Puppen. Aus Moskau. Du kannst mit ihnen spielen. Es hätte niemand was dagegen.«

Mariam setzte sich aufs Bett.

»Hast du irgendeinen Wunsch?«, fragte Jalil.

Mariam streckte sich aus und schloss die Augen. Wenig später hörte sie ihn leise die Tür zuziehen.

Mariam blieb auf ihrem Zimmer, es sei denn, sie musste zur Toilette, die am Ende des Korridors lag. Die tätowierte junge Frau, die ihr die Außenpforte geöffnet hatte, brachte ihr die Mahlzeiten auf einem Tablett: Lammkebab, *sabzi*, *aush*-Suppe. Mariam rührte ihr Essen kaum an. Mehrmals am Tag kam Jalil, setzte sich aufs Bett und fragte, ob alles in Ordnung sei.

»Du könntest auch unten mit uns essen«, sagte er, was aber nicht besonders überzeugend klang, denn er ließ Mariam allzu bereitwillig gewähren, wenn sie sagte, dass sie lieber allein essen wolle.

Mit Blick aus dem Fenster nahm Mariam teilnahmslos zur Kenntnis, was sie all die Jahre sehnsüchtig zu sehen gehofft hatte: die alltäglichen Lebensumstände ihres Vaters. Dienstboten kamen und gingen durch die Außenpforte. Ein Gärtner beschnitt die Sträucher und wässerte die Pflanzen im Treibhaus. Elegante Limousinen fuhren auf der Straße vor. Ihnen entstiegen Männer in Anzügen, *chapan* und Krimmermütze, *hijab*-tragende Frauen und

Kinder mit ordentlich gekämmten Haaren. Mariam sah, wie Jalil all diesen Fremden die Hand schüttelte und sich, die Hände auf der Brust überkreuzt, vor ihren Frauen verneigte, und wusste, dass Nana recht behalten hatte. Sie, Mariam, gehörte nicht hierher.

Aber wohin gehöre ich? Was soll ich jetzt tun?

Ich bin alles, was du auf dieser Welt hast, Mariam, und wenn ich gegangen bin, wirst du nichts haben. Rein gar nichts. Du bist ein Nichts!

Wie der Wind in den Weiden vor der *kolba* stürmten ihr Böen unsäglicher Niedergeschlagenheit durch den Sinn.

Am zweiten Tag in Jalils Haus suchte sie ein kleines Mädchen in ihrem Zimmer auf.

»Ich muss etwas holen«, sagte sie.

Mariam saß, die Beine überkreuzt, auf dem Bett und zog sich die Decke über den Schoß.

Das Mädchen eilte durch den Raum, öffnete die Schranktür und brachte einen grauen, würfelförmigen Karton zum Vorschein.

»Weißt du, was darin ist?«, fragte sie und öffnete den Karton. »Ein Plattenspieler. So nennt man das. Platten. Spieler. Für Schallplatten. Da ist Musik drauf, verstehst du?«

»Du bist Niloufar. Acht Jahre alt.«

Das Mädchen lächelte. Es hatte Jalils Lächeln und das gleiche Grübchen im Kinn. »Woher weißt du das?«

Mariam zuckte mit den Achseln. Sie sagte dem Mädchen nicht, dass sie einmal einen Kieselstein nach ihm benannt hatte.

»Willst du mal ein Lied hören?«

Wieder zuckte Mariam mit den Achseln.

Niloufar steckte den Stecker des Plattenspielers in die Dose und fischte eine kleine Schallplatte aus einer Tasche unter dem Kartondeckel. Sie legte die Platte auf und senkte die Nadel. Musik ertönte.

Ich nehm mein Blatt Papier
und schreibe dir den süßesten Brief,
du bist der Sultan meines Herzens,
der Sultan meines Herzens.

»Kennst du's?«

»Nein.«

»Es ist aus einem iranischen Film. Den hab ich im Kino meines Vaters gesehen. He, soll ich dir mal was zeigen?«

Ehe Mariam antworten konnte, hatte Niloufar die Hände auf den Boden gestützt, sich mit den Füßen abgestoßen und kopfüber aufgerichtet, so dass sie auf der Stirn zu stehen kam.

»Schaffst du das auch?«, fragte sie stolz.

»Nein.«

Niloufar ließ die Beine auf den Boden zurückfallen und zog ihr Hemd zurecht. »Ich könnte es dir beibringen«, sagte sie, indem sie eine Strähne von der geröteten Stirn wischte. »Wie lange bleibst du hier?«

»Weiß ich nicht.«

»Meine Mutter sagt, du wärst keine richtige Schwester von mir, wie du behauptest.«

»Das habe ich nie behauptet«, log Mariam.

»Sie sagt, doch. Ist aber auch egal. Ich meine, es macht mir nichts aus, wenn du das behauptest. Und ich hätte auch nichts dagegen, wenn du meine Schwester wärst.«

Mariam streckte sich auf dem Bett aus. »Ich bin müde.«

»Meine Mutter sagt, ein Dschinn hätte deine Mutter dazu gebracht, sich aufzuhängen.«

»Du kannst das jetzt ausstellen«, sagte Mariam und drehte sich zur Seite. »Die Musik, meine ich.«

Am selben Tag kam auch Bibi *jo*, um sie zu sehen. Draußen hatte es inzwischen zu regnen angefangen. Sie senkte ihren schweren Körper auf den Stuhl neben dem Bett und verzog das Gesicht.

»Dieser Regen ist Gift für meine Gelenke, Mariam *jo*. Der bringt mich noch um, das sage ich dir. Ich hoffe ... Oh, komm, mein Kind. Komm zu Bibi *jo*. Weine nicht. Armes Ding. Ts, ts. Du armes, armes Ding.«

In dieser Nacht konnte Mariam lange nicht einschlafen. Sie lag im Bett, starrte an die Decke, lauschte den Schritten im Haus, den von den Wänden gedämpften Stimmen und den Regenschauern vorm

Fenster. Kaum war sie endlich eingeschlafen, wurde sie durch lautes Rufen aufgeweckt. Stimmen, unten im Erdgeschoss, scharf und zornig. Mariam verstand kein Wort. Jemand knallte eine Tür zu.

Am nächsten Morgen kam Mullah Faizullah zu Besuch. Als Mariam ihren Vertrauten mit dem weißen Bart und dem freundlichen zahnlosen Lächeln in der Tür sah, traten ihr wieder Tränen in die Augen. Sie schwang ihre Beine über die Bettkante und eilte auf ihn zu, küsste wie immer seine Hand und bekam wie immer von ihm einen Kuss auf die Stirn. Sie rückte ihm einen Stuhl zurecht.

Er zeigte ihr den Koran, den er für sie mitgebracht hatte, und schlug ihn auf. »Ich dachte mir, es gibt eigentlich keinen Grund dafür, dass wir unseren Unterricht nicht fortsetzen sollten, oder?«

»Sie wissen doch, dass ich keinen Unterricht mehr brauche, Mullah *sahib*. Sie haben mir schon vor Jahren alle Suren und Ayat aus dem Koran beigebracht.«

Er lächelte und hob die Hände, als gäbe er sich geschlagen. »Dann bin ich wohl überführt. Aber ich könnte mir schlechtere Vorwände für einen Besuch bei dir vorstellen.«

»Dazu brauchen Sie keinen Vorwand. Sie nicht.«

»Das ist lieb von dir gesagt, Mariam *jo*.«

Er reichte ihr das Buch, damit sie es, wie er es ihr beigebracht hatte, dreimal küsste und zwischen jedem Kuss zur Stirn führte. Dann gab sie es ihm zurück.

»Wie geht es dir, mein Mädchen?«

»Ich muss ...« Sie stockte. Ihre Kehle war wie zugeschnürt. »Ich muss immer wieder an das denken, was sie gesagt hat, bevor ich gegangen bin. Sie ...«

»Na, na, na.« Mullah Faizullah legte ihr eine Hand aufs Knie. »Deine Mutter, möge Allah ihr verzeihen, war eine unglückliche Frau voller Probleme, Mariam *jo*. Was sie getan hat, ist schrecklich. Sich selbst und dir gegenüber und nicht zuletzt auch gegenüber Allah. Er wird ihr verzeihen, denn Er ist der Allesvergebende. Aber Er ist auch traurig, denn es gefällt Ihm nicht, dass sich jemand am Leben vergreift, ob am eigenen oder dem eines anderen. Er sagt, das Leben ist heilig. Siehst du ...« Er rückte mit dem Stuhl näher an sie heran und umfasste ihre beiden Hände. »Siehst du, ich kannte deine Mutter schon, bevor du zur Welt gekommen bist, und schon damals war sie sehr unglücklich. Ich fürchte, die Ursache für das, was sie getan hat, liegt weit zurück. Damit will ich sagen, dass es nicht deine Schuld war. Es war nicht deine Schuld, mein Mädchen.«

»Ich hätte sie nicht verlassen dürfen. Ich hätte ...«

»Hör auf damit. Solche Gedanken führen zu nichts, Mariam *jo*. Hörst du? Sie quälen dich nur. Es war nicht deine Schuld. Es war nicht deine Schuld. Nein.«

Mariam schniefte und nickte, doch sosehr sie es auch wünschte, sie konnte seinen Worten nicht glauben.

Eines Nachmittags, eine Woche später, klopfte es an der Tür, und eine große Frau trat ein. Sie hatte eine helle Haut, rötliches Haar und lange Finger.

»Ich bin Afsoon«, sagte sie, »Niloufars Mutter. Warum wäschst du dich nicht, Mariam, und kommst nach unten?«

Mariam antwortete, dass sie lieber in ihrem Zimmer bleibe.

»Nein, *na fahmidi*, du verstehst falsch. Du *musst* nach unten kommen. Wir haben mit dir zu reden. Es ist wichtig.«

7

Jalil und seine Frauen saßen ihr an einem langen dunkelbraunen Tisch gegenüber. Zwischen ihnen, in der Mitte des Tisches, standen eine Kristallvase mit frischen Ringelblumen und eine mit Wasser gefüllte Karaffe, von der Tropfen perlten. Afsoon, die rothaarige Frau, die sich ihr als Niloufars Mutter vorgestellt hatte, saß rechts von Jalil, die beiden anderen, Khadija und Nargis, links. Alle drei trugen einen dünnen schwarzen Schal, nicht etwa über dem Kopf, sondern lose im Nacken, wie einen nachträglichen Einfall. Mariam konnte sich nicht vorstellen, dass sie um Nana trauerten, und glaubte vielmehr, dass eine von ihnen oder vielleicht auch Jalil vorgeschlagen hatte, für das anstehende Gespräch mit der Hinterbliebenen etwas Schwarzes anzulegen.

Afsoon schüttete Wasser aus der Karaffe in ein Glas und stellte es vor Mariam auf einen kariert gemusterten Untersetzer. »Erst Frühling und schon so warm«, sagte sie und fächelte sich mit der Hand Luft zu.

»Hast du alles, was du brauchst?«, fragte Nargis, die ein kleines Kinn und schwarzes lockiges Haar hatte. »Wir hoffen, dass es dir hier gut ergangen ist. Die letzte Zeit muss hart für dich gewesen sein, sehr hart.«

Die beiden anderen nickten. Mariam betrachtete ihre Augenbrauen, das dünne tolerante Lächeln, das sie ihr schenkten. Ein ungutes Gefühl machte sich in ihr breit. Ihre Kehle brannte. Sie trank einen Schluck Wasser.

Im großen Fenster hinter Jalil sah Mariam eine Reihe blühender Birnbäume. Vor der Wand neben dem Fenster befand sich eine Vitrine aus dunklem Holz. Darauf standen eine Uhr und eine gerahmte Fotografie von Jalil und drei Jungen, die einen Fisch präsentierten. In den Schuppen des Fisches glitzerte Sonnenlicht. Jalil und die Jungen lachten.

»Nun«, hob Afsoon an, »ich, das heißt, wir haben dich gerufen, weil wir dir sehr gute Nachrichten mitzuteilen haben.«

Mariam blickte auf.

Sie sah, wie die Frauen Blicke tauschten, über Jalil hinweg, der auf die Karaffe starrte. Es war Khadija, die älteste der drei, die nun die Augen auf sie richtete, und Mariam ahnte, dass auch dies im Voraus abgesprochen worden war.

»Du hast einen Bewerber«, sagte Khadija.

Mariam glaubte nicht richtig zu hören. »Einen was?«, fragte sie und bekam die Lippen kaum auseinander.

»Einen *khastegar*. Einen Bewerber. Sein Name ist Raschid«, fuhr Khadija fort. »Er ist der Freund eines Geschäftspartners deines Vaters, ein Paschtune. Er stammt aus Kandahar, lebt aber jetzt in Kabul, im Bezirk Deh-Mazang. Dort gehört ihm ein zweigeschossiges Haus.«

Afsoon nickte. »Und er spricht Farsi, wie wir, wie du. Du müsstest also kein Paschto lernen.«

Mariam spürte, wie sich ihr die Brust zuschnürte. Vor ihren Augen geriet alles in Bewegung, der Boden unter ihren Füßen drohte wegzukippen.

»Er ist ein Schuhmacher«, sagte jetzt Khadija. »Nicht etwa ein gewöhnlicher *moochi* am Straßenrand, nein, nein. Er hat sein eigenes Geschäft und ist einer der renommiertesten Schuhmacher von ganz Kabul. Bei ihm bestellen Diplomaten, die Mitglieder der Präsidentenfamilie, hoch angesehene Leute. Kein Zweifel, er wird gut für dich sorgen können.«

Mariam fixierte Jalil. Das Herz schlug ihr bis zum Hals. »Ist das wahr? Stimmt es, was sie sagen?«

Jalil aber wich ihrem Blick aus. Er knabberte an der Unterlippe und starrte auf die Karaffe.

»Zugegeben, er ist ein wenig älter als du«, erklärte Afsoon, »dürfte aber nicht älter als … vierzig sein. Höchstens fünfundvierzig. Was meinst du, Nargis?«

»Ja. Aber wir wissen ja alle, dass schon neunjährige Mädchen mit noch viel älteren Männern verheiratet werden. So etwas kommt vor. Wie alt bist du jetzt? Fünfzehn? Na also, genau das richtige Heiratsalter für ein Mädchen.« Die beiden anderen Frauen nickten zustimmend. Es entging Mariam nicht, dass ihre beiden Halbschwestern Saideh und Naheed mit keinem Wort erwähnt wurden; sie waren beide in Mariams Alter, besuchten die Mehri-Schule in Herat und hatten die Absicht, an der Universität von Kabul zu studieren. Mit ihren fünfzehn Jahren waren sie offenbar noch nicht im richtigen Heiratsalter für Mädchen.

»Übrigens hat auch er einen großen Verlust erleiden müssen«, sagte Nargis. »Seine Frau ist vor zehn Jahren im Kindbett gestorben. Und vor drei Jahren ertrank sein Sohn in einem See.«

»Wirklich traurig. Er sucht seit mehreren Jahren eine Frau für sich, hat aber bislang keine passende gefunden.«

»Ich will nicht«, sagte Mariam mit Blick auf Jalil. »Ich will das nicht. Zwingt mich bitte nicht.« Sie schämte sich für den weinerlichen, flehentlichen Klang ihrer Stimme, konnte daran aber nichts ändern.

»Sei vernünftig, Mariam«, sagte eine der Frauen. Mariam achtete nicht mehr darauf, welche der drei mit ihr sprach. Sie war nur noch auf Jalil fixiert und wartete darauf, dass er das Wort ergriff, dass er sagte, das Ganze sei nur ein Scherz.

»Du kannst nicht den Rest deines Lebens hier verbringen.«

»Willst du denn nicht selbst eine Familie gründen?«

»Ja, eigene Kinder und ein Zuhause haben?«

»Du musst etwas machen aus deinem Leben.«

»Nun ja, es wäre dir bestimmt lieber, einen Hiesigen zu heiraten, einen Tajik, aber Raschid ist gesund und interessiert an dir. Er hat ein Haus und einen Beruf. Darauf kommt's doch an, oder etwa nicht? Und Kabul ist eine schöne, aufregende Stadt. Eine solche Gelegenheit wird sich dir womöglich kein zweites Mal bieten.«

Mariam richtete ihre Aufmerksamkeit wieder auf die Frauen.

»Ich werde mit Mullah Faizullah zusammenleben«, sagte sie. »Er wird mich bei sich aufnehmen. Ich weiß es.«

»Das ist keine gute Idee«, sagte Khadija. »Er ist alt und …« Sie suchte nach einer treffenden Formulierung, doch Mariam hatte längst begriffen, worum es ging. *Eine solche Gelegenheit wird sich dir womöglich kein zweites Mal bieten*. Und Ähnliches galt für die drei Frauen. Ihnen bot sich die Gelegenheit, die Schande, die Mariams Geburt über sie gebracht hatte, ein für alle Mal zu tilgen, den skandalösen Fehltritt ihres Mannes vergessen zu machen. Sie, Mariam, sollte weggeschickt werden, weil sie der lebende Beweis ihrer Schande war.

»Er ist alt und schwach«, sagte Khadija schließlich. »Was willst du tun, wenn er nicht mehr ist? Du wärst seiner Familie bloß eine Bürde.«

So wie du uns eine bist. Mariam konnte die unausgesprochenen Worte vor Khadijas Lippen buchstäblich aufsteigen sehen wie Atemluft an kalten Tagen.

Mariam stellte sich ein Leben in Kabul vor, in der großen, fremden, übervölkerten Stadt, die, wie Jalil ihr einmal erklärt hatte, rund sechshundertfünfzig Kilometer entfernt im Osten von Herat lag. Sechshundertfünfzig Kilometer. Die zwei Kilometer von der *kolba* bis zu Jalils Haus waren die längste Strecke, die sie jemals zurückgelegt hatte. In Gedanken versetzte sie sich ans andere Ende dieser fast unvorstellbar weiten Entfernung, in das Haus eines Fremden, der nach Lust und Laune über sie verfügen könnte. Sie würde für diesen Raschid putzen, kochen und waschen müssen, und nicht nur das – von Nana wusste sie, was Ehemänner sonst noch von ihren Frauen verlangten. Und gerade dies stellte sie sich so entsetzlich vor, dass ihr vor Angst und Schrecken der Schweiß ausbrach.

Wieder wandte sie sich an Jalil. »Sag ihnen, dass sie so etwas nicht mit mir machen dürfen, dass du das nicht zulässt.«

»Dein Vater hat Raschid schon sein Wort gegeben«, sagte Afsoon. »Raschid ist hier, in Herat, von Kabul angereist. Morgen früh wird die *nikka* sein, und gegen Mittag fahrt ihr mit dem Bus nach Kabul.«

»Sag's ihnen!«, platzte es aus Mariam heraus.

Die Frauen waren jetzt still. Mariam bemerkte, dass auch sie ihn beobachteten. Das Schweigen lastete schwer. Jalil befingerte seinen Ehering. Er wirkte gequält und hilflos. Die Uhr auf der Vitrine tickte.

»Jalil *jo*«, sagte schließlich eine der Frauen.

Langsam hob Jalil den Kopf. Er schaute Mariam in die Augen, wich ihrem Blick aber bald wieder aus. Er öffnete den Mund, doch alles, was er hervorbrachte, war ein schmerzliches Seufzen.

»Sag etwas«, forderte Mariam ihn auf.

Und das tat Jalil dann, mit dünner, bemühter Stimme. »Verdammt noch mal, Mariam, mach es mir doch nicht so schwer«, sagte er, als wäre er der Leidtragende.

Mariam spürte, wie sich plötzlich alle Spannung am Tisch auflöste.

Jalils Frauen sprachen Mariam wortreich und jetzt mit fast heiterer Miene Mut zu. Sie selbst hatte den Blick gesenkt und musterte die schlanken Tischbeine, die gerundeten Kanten der Platte, den spiegelnden Glanz der polierten dunkelbraunen Oberfläche. Ihr fiel auf, dass, sooft sie ausatmete, die Oberfläche sich eintrübte und ihr Abbild darauf verschwand.

Afsoon geleitete sie zurück in ihr Zimmer. Als Afsoon die Tür zugezogen hatte, hörte Mariam, wie von außen ein Schlüssel im Schloss herumgedreht wurde.

8

Am nächsten Morgen wurden ihr ein dunkelgrünes Kleid mit langen Ärmeln und eine weiße Hose zum Anziehen gegeben. Afsoon reichte ihr eine grüne *hijab* und farblich dazu passende Sandalen.

Man führte sie in das Zimmer mit dem langen braunen Tisch zurück. Darauf befanden sich jetzt eine Schale mit gebrannten Mandeln, ein Koran-Buch, ein grüner Schleier und ein Spiegel. Zwei Männer, die Mariam nie zuvor gesehen hatte – Trauzeugen, wie sie vermutete –, und ein Mullah, den sie ebenfalls nicht kannte, saßen bereits am Tisch.

Jalil wies ihr einen Platz zu. Er trug einen hellbraunen Anzug und eine rote Krawatte. Seine Haare waren frisch gewaschen. Als er den Stuhl für sie zurechtrückte, lächelte er ihr aufmunternd zu. Khadija und Afsoon setzten sich an den Tisch, diesmal auf Mariams Seite.

Auf ein Zeichen des Mullahs hin nahm Nargis den Schleier und drapierte ihn um Mariams Kopf, bevor sie selbst Platz nahm. Mariam betrachtete ihre Hände.

»Du kannst ihn jetzt hereinbitten«, forderte Jalil jemanden auf.

Bevor Mariam ihn sehen konnte, nahm sie seinen Geruch wahr, ein süßliches, aufdringliches Rasierwasser, vermischt mit kaltem Zigarettenrauch. Durch den Schleier sah sie am Rand ihres Blickfeldes einen kleinen Mann mit rundem Bauch und breiten Schultern in der Tür stehen. Sein Anblick hätte sie fast laut aufschreien lassen. Schnell senkte sie den Blick wieder. Ihr Herz pochte wie wild. Sie spürte ihn in der Tür verweilen und hörte dann, wie er sich mit langsamen, schwerfälligen Bewegungen näherte. Keuchend ließ er sich auf einem Stuhl neben ihr nieder. Er atmete geräuschvoll.

Der Mullah hieß ihn willkommen und sagte, dass die nun zu feiernde *nikka* von der traditionellen Form abweichen werde.

»Wenn ich richtig verstanden habe, wird der Bus nach Kabul schon bald abfahren. Weil also die Zeit drängt, empfiehlt es sich, den Ablauf zu verkürzen.«

Der Mullah zitierte ein paar Segenssprüche, sagte einige Worte zur Bedeutung der Ehe und fragte Jalil, ob er Einwände gegen diese Verbindung habe. Jalil schüttelte den Kopf. Daraufhin fragte der Mullah den Bräutigam, ob er wahrhaftig wünsche, die Ehe mit Mariam einzugehen. Raschid sagte: »Ja.« Seine Stimme erinnerte Mariam an das Geräusch trockener Laubblätter, die unter Füßen zertreten werden.

»Und willst du, Mariam *jan*, diesen Mann als deinen Gatten annehmen?«

Mariam schwieg. Jemand räusperte sich.

»Sie will«, sagte eine Frauenstimme.

»Das muss sie schon selbst sagen«, bemerkte der Mullah. »Und zwar erst nachdem ich dreimal gefragt habe. Schließlich wirbt er um sie und nicht umgekehrt.«

Er stellte die Frage zwei weitere Male. Als Mariam auch dann nicht antwortete, wiederholte er die Frage, nachdrücklicher diesmal. Mariam spürte, wie Jalil auf seinem Stuhl unruhig wurde und mit den Füßen scharrte. Wieder räusperte sich jemand. Eine kleine weiße Hand fuhr über den Tisch und wischte ein Staubkörnchen weg.

»Mariam«, flüsterte Jalil.

»Ja«, sagte sie kleinlaut.

Der Spiegel wurde ihr unter den Schleier gehalten. Mariam sah ihr Gesicht darin, die Augenbrauen, denen es an Schwung mangelte, das spröde Haar, die viel zu eng stehenden, freudlosen Augen, von denen man annehmen mochte, dass sie schielten. Sie fand ihre Stirn zu breit, das Kinn zu schmal, die Lippen zu dünn. Ihr Gesicht war ein in die Länge gezogenes Dreieck, fast wie das eines Hundes. Und doch, trotz all dieser wenig vorteilhaften Merkmale, erkannte Mariam, dass sie nicht unansehnlich war.

Im Spiegel erhaschte Mariam dann auch einen ersten Blick von Raschid: das kantige, grobschlächtige Gesicht, die gebogene Nase, gerötete Wangen, die den Eindruck durchtriebener Heiterkeit vermittelten; wässrige, gerötete Augen; Schneidezähne, die wie ein Dachgiebel gespreizt waren; der unglaublich tiefe Haaransatz, kaum zwei Fingerbreit über den buschigen Augenbrauen; das dichte, krause, graumelierte Haar.

Für einen kurzen Moment trafen sich ihre Blicke im Spiegel.

Das Gesicht meines Mannes, dachte Mariam.

Sie tauschten die schmalen Goldringe, die Raschid aus seiner Jackentasche gefischt hatte. Seine Fingernägel waren gelblich braun wie das Innere eines faulen Apfels und an den Rändern leicht nach oben gebogen. Mit zitternden Händen versuchte Mariam, den Ring über seinen Finger zu schieben. Er musste ihr dabei helfen. Der für sie bestimmte Ring war ein wenig zu eng, doch hatte Raschid wenig Mühe, ihn über ihre Knöchel zu zwingen.

»Da«, sagte er.

»Ein schöner Ring«, sagte eine der Frauen. »Sehr hübsch, Mariam.«

»Jetzt wäre nur noch der Ehevertrag zu unterzeichnen«, erklärte der Mullah.

Unter aller Augen buchstabierte Mariam ihren Namen – *meem, reh, ya, meem*. Als sie ein zweites Mal ihren Namen unter ein Dokument setzen sollte, siebenundzwanzig Jahre später, war wieder ein Mullah anwesend.

»Ihr seid nun Mann und Frau«, sagte der Mullah. »*Tabreek*. Glückwunsch.«

Raschid saß schon in dem bunt bemalten Bus. Mariam stand mit Jalil neben der hinteren Stoßstange und sah von ihrem Mann nur den Zigarettenrauch, der durch das geöffnete Fenster aufstieg. Ringsum wurden Hände geschüttelt und Abschiedsgrüße ausgetauscht, Koran-Bücher geküsst und weitergereicht. Barfüßige Jungen sprangen umher, die Gesichter verdeckt von Holzplatten, auf denen sie den Reisenden Kaugummis und Zigaretten zum Verkauf anboten.

Jalil legte Wert auf die Feststellung, Kabul sei eine so schöne Stadt, dass der Großmogul Babur darum gebeten hatte, dort bestattet zu werden. Mariam wusste schon im Voraus, dass er auch auf die Gärten Kabuls zu sprechen käme, auf die Geschäfte, die vielen Bäume und die frische Luft, und dann, wenn sie im Bus säße, würde er noch winkend ein paar Schritte nebenherlaufen, heiter, unbeschadet und erleichtert.

Dazu wollte es Mariam nicht kommen lassen.

»Ich habe dich verehrt«, sagte sie und unterbrach ihn mitten im Satz.

Jalil verschränkte die Arme vor der Brust und ließ sie wieder herabfallen. Ein junges Hindi-Paar drängte sich zwischen sie; die Frau trug einen Säugling im Arm, der Mann schleppte einen Koffer. Jalil schien dankbar für die Störung zu sein. Die beiden entschuldigten sich, und er lächelte höflich.

»Donnerstags habe ich stundenlang auf dich gewartet und mir Sorgen gemacht, dass du womöglich nicht kommen könntest.«

»Du hast eine lange Fahrt vor dir und solltest etwas essen.« Er sagte, er könne ihr Brot und Ziegenkäse kaufen.

»Ich habe ständig an dich gedacht. Ich habe gebetet, dass du hundert Jahre leben mögest, und nie für möglich gehalten, dass du dich meinetwegen schämst.«

Jalil senkte den Blick und kratzte wie ein verlegenes Kind mit der Schuhspitze über den Boden.

»Du schämst dich meinetwegen.«

»Ich werde dich besuchen«, stammelte er. »Ich werde nach Kabul kommen, um dich zu sehen. Wir könnten dann …«

»Nein. Nein«, sagte sie. »Komm nicht. Ich will dich nicht sehen. Bleib, wo du bist. Ich will auch nichts mehr von dir hören. Nie mehr.«

Er wirkte verletzt.

»Zwischen uns ist es hier und jetzt vorbei. Sag mir Lebwohl.«

»Du kannst doch so nicht gehen«, sagte er mit dünner Stimme.

»Du hattest nicht einmal den Anstand, mir Zeit zu lassen, mich von Mullah Faizullah zu verabschieden.«

Sie drehte sich um und ging auf die Bustür zu. Sie hörte, dass er ihr folgte. Er war hinter ihr, als sie einstieg.

»Mariam *jo*.«

Den Blick stur nach vorn gerichtet, folgte sie dem Mittelgang zu den beiden Plätzen, von denen Raschid einen bereits besetzt hatte, ihren Koffer zwischen den Beinen. Sie schaute nicht hin, als Jalil beide Hände an die Glasscheibe presste und klopfend auf sich aufmerksam zu machen versuchte. Auch als der Bus anfuhr, achtete sie nicht darauf, dass er im Laufschritt folgte; und als der Bus Fahrt aufgenommen hatte, schaute sie nicht zurück, um ihn in der Wolke aus Abgas und Staub verschwinden zu sehen.

Raschid, der mit seinem breiten Gesäß auch noch die Hälfte ihres Platzes in Anspruch nahm, legte seine plumpe Hand auf ihre Hände.

»Tja, Mädchen, tja«, sagte er und blickte dabei zum Fenster hinaus, wo er Interessanteres zu vermuten schien.

9

Am frühen Abend des folgenden Tages erreichten sie Raschids Haus.

»Wir sind hier in Deh-Mazang«, sagte er. Er hatte ihren Koffer in der einen Hand und schloss mit der anderen das hölzerne Außentor auf. »Im Südwesten der Stadt. Der Zoo ist ganz in der Nähe, genau wie die Universität.«

Mariam nickte. Das wusste sie bereits. Sie konnte ihn zwar verstehen, musste aber genau hinhören, wenn er sprach, denn sein Farsi hatte einen für sie fremden Kabuli-Akzent mit Nachklängen seiner Muttersprache Paschto. Er hingegen schien keinerlei Probleme mit ihrem Herati-Farsi zu haben.

Mariam warf einen kurzen Blick über die enge, unbefestigte Straße. Die Häuser standen dicht gedrängt, Wand an Wand. Kleine ummauerte Vorhöfe schirmten sie von der Straße ab. Die meisten Häuser hatten Flachdächer und waren aus gebrannten Ziegeln gemauert; manche bestanden aus Lehm und waren so staubgrau wie die Berge, die die Stadt umringten. Auf beiden Seiten der Straße verlief am Rand des Gehwegs eine Abflussrinne voll schlammigen Wassers. Hier und da hatte der Wind Abfallreste zu kleinen Haufen zusammengefegt. Raschids Haus hatte zwei Etagen; es war, wie Mariam sehen konnte, früher einmal blau gewesen.

Als Raschid das Außentor geöffnet hatte, blickte Mariam in einen kleinen ungepflegten Vorhof, wo gelbes Gras in schütteren Büscheln vor sich hin kümmerte. Rechter Hand war in einer Seitennische die Außentoilette untergebracht, links befand sich ein Brunnen mit Handpumpe, davor eine Reihe sterbender Bäumchen. Vor einem Werkzeugschuppen in der Ecke lehnte ein Fahrrad.

»Von deinem Vater weiß ich, dass du Fisch magst«, sagte Raschid, als sie auf das Haus zugingen. Einen Hinterhof gab es nicht, wie Mariam bemerkte. »Im Norden gibt es Täler mit Flüssen, in denen es von Fischen nur so wimmelt. Vielleicht fahren wir eines Tages mal dorthin.«

Er schloss die Haustür auf und ließ sie eintreten.

Raschids Haus war sehr viel kleiner als das von Jalil, aber verglichen mit der *kolba* geradezu eine Villa. Im Parterre gab es einen Vorraum, ein Wohnzimmer und eine Küche, wo er ihr die Töpfe und Pfannen, einen Schnellkochtopf und einen *ishtop* zeigte, der mit Petroleum betrieben wurde. Im Wohnzimmer stand eine pistaziengrüne Ledercouch. Ein Riss entlang der Längsseite war ungeschickt vernäht worden. Die Wände waren kahl. Es gab einen Tisch, zwei Korbsessel, zwei Klappstühle und in der Ecke einen schwarzen gusseisernen Ofen.

Mariam stand mitten im Wohnzimmer und schaute sich um. In der *kolba* hatte sie die Decke mit den Fingerspitzen erreichen können. Auf der Pritsche liegend, hatte sie am Einfallswinkel der Sonnenstrahlen die Zeit abzulesen vermocht. Sie hatte gewusst, wie weit sich die Tür öffnen ließ, bevor sie zu knarren anfing. In den dreißig Dielenbrettern kannte sie jeden Splitter und jeden Riss. Hier hingegen gab es nichts Vertrautes. Nana war tot, und sie, Mariam, war nun hier, in einer fremden Stadt, von Tälern, schneebedeckten Bergen und Wüsten getrennt von dem Leben, das sie kannte. Sie war in dem Haus eines Fremden. Mit verschiedenen Zimmern, dem Geruch kalten Tabaks, mit unbekannten Schränken voll unbekannter Gegenstände, mit schweren, dunkelgrünen Vorhängen und einer Decke, die sie nicht erreichen konnte. Mariam glaubte, ersticken zu müssen. Schmerzhaft sehnte sie sich nach Nana, nach Mullah Faizullah, nach ihrem alten Leben.

Dann fing sie zu weinen an.

»Was soll das?«, fragte Raschid ungehalten. Er griff in die Hosentasche, öffnete Mariams Finger und schob ihr ein Taschentuch in die Hand. Sich selbst steckte er eine Zigarette an, lehnte sich an die Wand und betrachtete Mariam, die das Taschentuch auf die Augen drückte.

»Fertig?«

Mariam nickte.

»Sicher?«

»Ja.«

Daraufhin fasste er sie beim Ellbogen und führte sie ans Fenster des Wohnzimmers.

»Der Blick geht nach Norden«, erklärte er und tippte mit dem krummen Zeigefingernagel auf die Scheibe. »Der Berg vor uns ist der Asmai, siehst du, und links davon der Berg Ali Abad. An seinem Fuß liegt die Universität. Hinter uns, im Osten und von hier aus nicht zu sehen, ist der Berg Shir Darwaza. Von dort wird an jedem Tag zur Mittagszeit ein Kanonenböller abgefeuert. Hör jetzt auf zu weinen. Ich mein's ernst.«

Mariam betupfte sich die Augen.

»Das ist etwas, was ich nicht ausstehen kann«, knurrte er. »Heulende Frauen. Tut mir leid, dafür fehlt's mir an Geduld.«

»Ich will nach Hause«, sagte Mariam.

Raschid schnaubte gereizt. Ein Schwall von Nikotingestank schlug Mariam entgegen. »Ich will's mal nicht persönlich nehmen. Diesmal nicht.«

Wieder fasste er sie beim Ellbogen und führte sie nach oben.

Von dem engen, düsteren Flur gingen zwei Schlafzimmer ab. Die Tür zum größeren Zimmer stand offen. Mariam blickte in einen Raum, der wie alle anderen Räume spärlich möbliert war: mit einem Bett, auf dem eine braune Decke und ein Kissen lagen, einem Kleiderschrank und einer Kommode. Von einem kleinen Spiegel abgesehen, waren die Wände kahl. Raschid zog die Tür zu.

»Das ist mein Zimmer.«

Er sagte, sie werde im Gästezimmer schlafen. »Du hast hoffentlich nichts dagegen. Ich bin daran gewöhnt, allein zu schlafen.«

Mariam verzichtete darauf, ihm zu sagen, wie erleichtert sie zumindest in dieser Hinsicht war.

Der für sie bestimmte Raum war sehr viel kleiner als das Zimmer, in dem sie bei Jalil gewohnt hatte. Es war mit einem Bett, einer alten graubraunen Kommode und einem kleinen Schrank eingerichtet. Durch das Fenster sah man in den Vorhof und die Straße dahinter. Raschid stellte ihren Koffer in einer Ecke ab.

Mariam setzte sich aufs Bett.

»Ist dir nichts aufgefallen?«, fragte er. Er stand in der Tür, den Kopf eingezogen, um unter den Sturz zu passen. »Da, auf dem Fensterbrett. Weißt du, was das für welche sind? Ich hab sie dahin gestellt, bevor ich nach Herat aufgebrochen bin.«

Erst jetzt sah Mariam einen kleinen Korb auf dem Fensterbrett. Über den Rand hingen weiße Nachthyazinthen.

»Magst du sie? Gefallen sie dir?«

»Ja.«

»Dann kannst du dich ruhig dafür bedanken.«

»Danke. Es tut mir leid. *Tashakor* …«

»Du zitterst ja. Vielleicht habe ich dir Angst gemacht. Hab ich dir Angst gemacht? Fürchtest du dich vor mir?«

Mariam sah ihn nicht an, hörte aber aus seinen Fragen heraus, wie sich Stichelei und Häme anfühlte. Sie schüttelte den Kopf und war sich darüber im Klaren, dass sie damit zum ersten Mal in ihrer Ehe gelogen hatte.

»Nein? Dann ist es gut. Gut für dich. Das ist jetzt dein Zuhause. Es wird dir gefallen. Du wirst sehen. Habe ich dir gesagt, dass wir elektrisches Licht haben? An den meisten Tagen und jede Nacht.«

Er machte Anstalten zu gehen, blieb aber noch mal stehen, zog an seiner Zigarette und blinzelte durch den Rauch, der ihm in die Augen stieg. Mariam glaubte, dass er noch etwas sagen wollte, es aber dann doch nicht tat. Er zog die Tür hinter sich zu und ließ sie mit ihrem Koffer und den Blumen allein.

10

In den ersten Tagen blieb Mariam meist auf ihrem Zimmer. Morgens wurde sie von dem aus der Ferne tönenden *athan* geweckt, dem Aufruf zum Gebet. Danach ging sie wieder ins Bett. Sie hörte Raschid im Haus hantieren und schließlich die Treppe heraufkommen, um nach ihr zu sehen, bevor er sich auf den Weg in sein Geschäft machte. Vom Fenster aus sah sie, wie er im Hof die Brotbüchse auf dem Gepäckträger seines Fahrrads befestigte, es dann auf die Straße schob und in die Pedale trat. In einer Kurve am Ende der Straße sah sie seine stämmige Gestalt verschwinden.

Fast den ganzen Tag blieb Mariam im Bett liegen; sie fühlte sich einsam und verloren. Einmal ging sie hinunter in die Küche und fuhr mit der Hand über die klebrige, fettfleckige Anrichte und die geblümten Kunststoffvorhänge, die nach Verbranntem rochen. In den schwergängigen Schubladen fand sie ein Sammelsurium an abgenutzten Löffeln, Messern und Pfannenwendern, Gebrauchsgegenständen ihres neuen Alltags, die ihr die Trostlosigkeit ihres Schicksals vor Augen führten und ihr das Gefühl gaben, entwurzelt, vertrieben und fehl am Platz zu sein.

In der *kolba* war darauf Verlass gewesen, dass sich irgendwann der Hunger meldete. Hier ging ihr jeder Appetit verloren. Manchmal nahm sie einen Teller mit übrig gebliebenem weißem Reis und einem Stück Brot und setzte sich damit ans Fenster des Wohnzimmers. Von dort hatte sie einen Blick auf die eingeschossigen Häuser der Straße mit ihren Höfen, wo Frauen Wäsche zum Trocknen aufhängten und Kinder spielten, Hühner im Staub pickten, Schaufeln und Spaten herumlagen und Kühe, an Bäume gebunden, wiederkäuten.

Sehnsüchtig erinnerte sie sich an die Sommernächte, in denen sie mit Nana auf dem Flachdach der *kolba* geschlafen hatte, wenn der Mond über Gul Daman glühte und die Luft so heiß war, dass die Kleider an der Brust klebten wie nasses Laub an einer Fensterscheibe. Sie dachte an die mit Mullah Faizullah verbrachten Nachmittage im Winter, an das Klirren der Eiszapfen, wenn sie von den Bäumen aufs Dach fielen, an das Krächzen der Krähen auf verschneiten Zweigen.

Von Unruhe getrieben, irrte sie durchs Haus, von der Küche ins Wohnzimmer, über die Treppe nach oben und wieder hinunter. Am Ende war sie wieder in ihrem Zimmer, verrichtete ihre Gebete oder hockte auf dem Bett, niedergeschlagen und krank vor Heimweh.

Je weiter die Sonne in den Westen vorrückte, desto unruhiger wurde sie. Sie schüttelte sich vor Grauen, wenn sie daran dachte, dass Raschid irgendwann beschließen würde, mit ihr die Ehe zu vollziehen. Während er unten allein am Tisch saß, lag sie auf ihrem Bett und zitterte vor Angst.

Er machte immer vor ihrem Zimmer Halt und steckte den Kopf zur Tür herein.

»Du wirst doch nicht schon schlafen. Es ist erst sieben. Bist du wach? Antworte. Los jetzt.«

Er gab erst Ruhe, wenn sich Mariam aus ihrem dunklen Winkel meldete.

Dann ließ er sich auf dem Boden nieder und blieb eine Weile in der Tür sitzen. Vom Bett aus sah Mariam seinen breiten Rumpf, die langen Beine und unscharf das hakennasige Profil hinter aufsteigenden Rauchschlieren, während der Leuchtpunkt der Zigarettenglut immer wieder für einen Moment heller wurde.

Er berichtete ihr von seinem Tag. Für den stellvertretenden Außenminister, der, wie Raschid sagte, alle seine Schuhe von ihm bezog, hatte er ein paar Slipper maßangefertigt. Ein polnischer Diplomat und seine Frau hatten Sandalen in Auftrag gegeben. Er erzählte ihr von den abergläubischen Vorstellungen, die manche Leute mit Schuhen in Verbindung brachten: Schuhe im Bett anzuziehen würde einen Todesfall in der Familie heraufbeschwören, und dem, der zuerst in den linken Schuh schlüpfe, drohe Streit.

»Es sei denn, so etwas passiert unbeabsichtigt an einem Freitag«, fügte er hinzu. »Und wusstest du, dass es angeblich ein schlechtes Zeichen ist, wenn man Schuhe zusammenbindet und sie an einen Nagel hängt?«

Raschid selbst glaubte nichts von alledem. Aberglaube war seiner Meinung nach typisch für Frauen.

Auf der Straße hatte er gehört, dass der amerikanische Präsident Richard Nixon wegen eines Skandals von seinem Amt zurückgetreten sei.

Mariam wusste nichts von einem Präsidenten namens Nixon, geschweige denn von dem Skandal, der ihn zum Rücktritt gezwungen hatte, verzichtete aber auf jeden Kommentar. Nervös wartete sie darauf, dass Raschid endlich zu reden aufhörte, seine Zigarette ausdrückte und sie in Ruhe ließ. Erst wenn sie ihn gehen und seine Zimmertür öffnen und schließen hörte, löste sich die Anspannung in ihr.

Dann, eines Abends, blieb er, nachdem er die Zigarette ausgedrückt hatte, im Türrahmen stehen, deutete mit einer Kopfbewegung auf ihren Koffer und sagte: »Wirst du das Ding jemals auspacken?« Er verschränkte die Arme über der Brust. »Ich war darauf eingestellt, dass du ein wenig Zeit brauchst. Aber das ist absurd. Du bist jetzt eine Woche hier und ... Kurz und gut, ich erwarte, dass du dich ab morgen wie eine Ehefrau aufführst. *Fahmidi?* Haben wir uns verstanden?«

Mariams Zähne fingen an zu klappern.

»Ich will eine Antwort hören.«

»Ja.«

»Gut«, sagte er. »Was stellst du dir eigentlich vor? Glaubst du etwa, hier in einem Hotel untergebracht zu sein? Hältst du mich für eine Art Gastwirt? Nun, es ... Oh. Oh. *La illah u ilillah*. Was habe ich dir gesagt zum Thema weinende Frauen? Mariam. Was habe ich dazu gesagt?«

Als am nächsten Morgen Raschid zur Arbeit aufgebrochen war, packte Mariam den Koffer aus und verstaute ihre Sachen in der

Kommode. Danach schöpfte sie Wasser aus dem Brunnen und putzte die Fenster in ihrem Schlafzimmer und im Wohnzimmer. Sie fegte die Böden und entfernte das Spinnengewebe aus den Ecken. Um das Haus zu lüften, sperrte sie sämtliche Fenster auf.

In einem Topf weichte sie drei Tassen Linsen ein, schnitt einige Möhren und zwei Kartoffeln klein und gab sie dazu. Sie suchte nach Mehl und fand es in einem der Schränke hinter einer Reihe verschmierter Gewürzdosen. Dann knetete sie einen Teig, wie es ihr von Nana beigebracht worden war, walkte ihn mit den Handballen aus, faltete den Fladen zusammen, drehte ihn um und walkte ihn wieder aus. Als sie damit fertig war, stäubte sie den Teig mit Mehl ein, wickelte ihn in ein feuchtes Tuch, warf eine *hijab* über und machte sich auf den Weg zum öffentlichen *tandoor*.

Raschid hatte ihr den Weg beschrieben – die Straße entlang, dann links und sofort wieder rechts –, doch Mariam brauchte nur der Schar von Frauen und Kindern zu folgen, sie hatten dasselbe Ziel. Die Kinder schwirrten um ihre Mütter herum oder rannten eilig voraus. Die Hemden, die sie trugen, waren an zahllosen Stellen geflickt, die Hosen entweder zu groß oder zu klein und die Sandalen mit verschlissenen Bändern befestigt. Manche Jungen trieben alte Fahrradreifen mit Stöcken vor sich her.

Die Mütter gingen in Gruppen zu dritt oder viert; einige trugen Burka, andere waren unverschleiert. Mariam hörte ihr schrilles Geplapper und helles Lachen. Den Kopf gesenkt, schnappte sie Bruchstücke der Gespräche auf, die sich offenbar alle um Kinderkrankheiten oder faule, undankbare Ehemänner drehten.

»Als ob das Essen von allein entstehen würde.«

»*Wallah o billah*, nicht einen Moment kommt man zur Ruhe!«

»Und dann sagt er zu mir, ich schwör's, sagt er doch tatsächlich zu mir …«

Von allen Seiten waren Klagen zu hören, die aber seltsam heiter klangen und kein Ende nehmen wollten. So ging es in einem fort, die Straße entlang, um die Ecke und in der Schlange vorm *tandoor*. Es ging um Männer, die Geld verspielten, um Männer, die von ihren Müttern schwärmten, für ihre Frauen aber keine *rupia* übrig hatten.

Mariam fragte sich, wie es sein konnte, dass so viele Frauen ein ähnlich schweres Los teilten wie sie und alle mit solch unausstehlichen Männern verheiratet waren. Oder belauschte sie da nur eine Art Spiel unter Frauen, von dem sie nichts verstand, ein alltägliches Ritual, das so gewöhnlich war wie das Einweichen von Linsen oder Kneten von Teig? Erwarteten die Frauen womöglich, dass sie sich an diesem Spiel beteiligte?

Unter den wartenden Frauen vor dem *tandoor* sah sich Mariam von allen Seiten beäugt; es wurde getuschelt. Ihre Hände fingen an zu schwitzen. Womöglich, so dachte sie, wussten schon alle, dass sie als *harami* zur Welt gekommen war, als Schande für ihren Vater und seine Familie, dass sie ihre Mutter verraten und sich selbst in Ungnade gebracht hatte.

Mit einem Zipfel ihres *hijab* wischte sie den Schweiß von der Oberlippe und versuchte, Fassung zu bewahren.

Über mehrere Minuten blieb sie unbehelligt.

Dann tippte ihr jemand auf die Schulter. Mariam drehte sich um und schaute in das hellhäutige, fast kreisrunde Gesicht einer Frau, unter deren *hijab* kurzes, drahtiges Haar zum Vorschein kamen. Die Unterlippe ihres vollen Mundes hing ein wenig herab, als würde sie von dem großen dunklen Leberfleck, der an der Seite prangte, heruntergezogen. Aus großen grünlichen Augen betrachtete sie Mariam mit freundlich aufmunterndem Blick.

»Du bist Raschid *jans* neue Frau, nicht wahr?«, sagte die Frau mit breitem Lächeln. »Die aus Herat. Wie jung du bist! Mariam *jan*, stimmt's? Mein Name ist Fariba. Ich wohne in derselben Straße wie du, fünf Häuser weiter, hinter der grünen Tür. Das ist mein Sohn Noor.«

Der Junge an ihrer Seite hatte ein glattes, heiteres Gesicht und das drahtige Haar seiner Mutter. Am linken Ohrläppchen wucherte ein Büschel schwarzer Haare. Seine Augen hatten einen schelmischen, unbekümmerten Glanz. Er hob seine Hand. »*Salaam, khala jan*.«

»Noor ist zehn. Ich habe auch noch einen älteren Sohn, Ahmad.«

»Der ist dreizehn«, sagte Noor.

»Dreizehn und geht auf die vierzig zu«, lachte Fariba. »Mein Mann heißt Hakim. Er ist Lehrer hier in Deh-Mazang. Komm uns mal besuchen, wir könnten eine Tasse ...«

Plötzlich und mit beängstigender Schnelligkeit drängten die anderen Frauen vor und bildeten einen Kreis um Mariam.

»Du bist also Raschid *jans* junge Braut ...«

»Wie gefällt es dir in Kabul?«

»Ich bin schon einmal in Herat gewesen. Da wohnt ein Cousin von mir.«

»Willst du zuerst einen Jungen oder ein Mädchen?«

»Die Minarette dort, wunderschön. Was für eine herrliche Stadt!«

»Wünsch dir einen Jungen, Mariam *jan*, einen Stammhalter ...«

»Bah! Jungen heiraten und machen sich aus dem Staub. Mädchen dagegen bleiben im Haus und kümmern sich um dich, wenn du alt bist.«

»Wir haben davon gehört, dass du kommst.«

»Am besten gleich Zwillinge, einen Jungen und ein Mädchen. Dann sind alle froh.«

Mariam wich zurück. Sie atmete flach und in kurzen Stößen. Es summte ihr in den Ohren, der Puls flatterte, ihr Blick irrte hin und her. Sie versuchte, noch weiter zurückzuweichen, war aber im Kreis der Frauen gefangen. Sie erhaschte einen Blick von Fariba, die ihre Notlage zu bemerken schien und die Stirn runzelte

»Lasst sie in Ruhe«, sagte Fariba. »Rückt zur Seite, ihr macht ihr ja Angst.«

Den Teigballen an die Brust gepresst, bahnte sich Mariam einen Weg durch die Frauenmenge.

»Wohin so eilig, *hamshira*?«

Sie drängte weiter und rannte die Straße entlang. Als sie die nächste Kreuzung erreichte, fiel ihr auf, dass sie in die falsche Richtung gelaufen war. Sie machte kehrt und rannte, den Kopf auf die Brust gesenkt, zurück, stolperte und schlug sich das Knie auf.

»Was ist los mit dir?«, rief eine der Frauen, als Mariam an ihnen vorbeihastete.

»Du blutest, *hamshira*!«

Mariam eilte weiter, bog um die eine und andere Ecke und fand sich schließlich in der richtigen Straße wieder, wusste aber nicht mehr, welches das Haus von Raschid war. Keuchend und den Tränen nahe lief sie die Straße auf und ab und rüttelte wahllos an den Außentoren. Manche waren verschlossen, andere öffneten sich in fremde Vorhöfe. Hunde bellten, Hühner schreckten auf. Mariam stellte sich vor, Raschid käme nach Hause zurück, während sie immer noch mit blutendem Knie umherirrte, verloren in der eigenen Straße. Sie konnte ihre Tränen nicht länger zurückhalten und geriet in Panik, stammelte Gebete und stieß an jedes Tor, bis sie endlich zu ihrer großen Erleichterung in den Vorhof mit der Handpumpe und dem Werkzeugschuppen blickte. Sie warf die Tür hinter sich zu und legte den Riegel vor, fiel dann entkräftet neben der Mauer zu Boden und übergab sich. Als sich der Krampf gelöst hatte, lehnte sie den Oberkörper an die Mauer und streckte die Beine aus. Nie zuvor hatte sie sich dermaßen einsam gefühlt.

Raschid kam am Abend mit einer braunen Papiertüte nach Hause. Er bemerkte nicht, dass die Fenster geputzt, die Böden gefegt und die Spinnweben entfernt waren, zeigte sich aber erfreut darüber, dass sie auf dem Wohnzimmerboden eine saubere *sofrah* ausgebreitet und mit seinem Essgeschirr eingedeckt hatte.

»Ich habe *daal* gekocht«, sagte Mariam.

»Gut. Ich habe Hunger bis unter beide Arme.«

Mit dem Wasser aus der *aftawa* wusch sie ihm die Hände, und während er sie mit einem Tuch trocknete, servierte Mariam ihm eine Schale mit dampfendem *daal* und flockigem weißem Reis auf einem Teller. Es war die erste Mahlzeit, die sie für ihn gekocht hatte, und Mariam fürchtete, dass sie ihr womöglich nicht gut genug gelungen war. Bei der Zubereitung hatte ihr immer noch der Schock über den Zwischenfall vor dem *tandoor* in den Gliedern gesteckt, und den ganzen Tag über war sie in Sorge darüber gewesen, ob die Linsen denn auch die richtige Konsistenz und Farbe hatten, ob womöglich zu viel Ingwer und zu wenig Kurkuma beigegeben waren.

Er tauchte seinen Löffel in das goldgelbe *daal*.

Mariam hielt die Luft an. Was, wenn er enttäuscht oder verärgert wäre? Was, wenn er seinen Teller angewidert von sich schöbe?

»Vorsichtig«, gelang es ihr zu sagen. »Es ist heiß.«

Raschid spitzte die Lippen, pustete auf den Happen und steckte ihn in den Mund.

»Gut«, sagte er. »Ein bisschen wenig Salz, aber gut. Vielleicht sogar besser als gut.«

Erleichtert schaute Mariam ihm beim Essen zu. *Vielleicht sogar besser als gut*. Sie ließ sich seine Worte auf der Zunge zergehen und war selbst überrascht, wie sehr sie dieses kleine Kompliment mit Stolz erfüllte. Es versöhnte sie ein wenig mit den Schrecken des Vormittags.

»Morgen ist Freitag«, sagte Raschid. »Was hältst du davon, wenn ich dir morgen die Stadt zeige?«

»Kabul?«

»Nein. Kalkutta.«

Mariam sah ihn sprachlos an.

»Sollte ein Witz sein. Natürlich Kabul. Was sonst?« Er langte in die braune Papiertüte. »Aber zuerst muss ich dir was sagen.«

Er zog eine himmelblaue Burka aus der Tüte. Der plissierte Stoff fiel ihm über die Knie. Er hob ihn in die Höhe und schaute Mariam an.

»Ich habe Kunden, Mariam, Männer, die mit ihren Frauen in den Laden kommen. Diese Frauen sind unverhüllt; sie schauen mir direkt ins Gesicht, ohne jede Scham. Sie sind geschminkt und tragen Röcke, die gerade bis zum Knie reichen. Manche halten mir sogar ihre bloßen Füße hin, damit ich Maß nehme, und ihre Männer stehen daneben und sehen zu. Sie erlauben's und denken sich anscheinend nichts dabei, wenn ein Fremder die nackten Füße ihrer Frauen berührt. Sie halten sich für moderne Männer, für Intellektuelle. Bilden sich womöglich was auf ihre Schulausbildung ein. Dass sie damit ihren *nang* und *namoos*, ihre Ehre und ihren Stolz, gefährden, scheint ihnen gar nicht bewusst zu sein.«

Er schüttelte den Kopf.

»Die meisten von ihnen kommen aus den reicheren Vierteln von

Kabul. Da führ ich dich hin. Du wirst sehen. Es gibt allerdings auch hier, Mariam, hier in unserem Viertel, solche weichen Männer. Da wäre zum Beispiel dieser Lehrer. Er heißt Hakim und wohnt ein paar Häuser weiter unten an der Straße. Seine Frau Fariba sieht man ständig nur mit einem Schal bedeckt in den Straßen herumlaufen. Ich finde es regelrecht beschämend, wenn ein Mann die Kontrolle über seine Frau verloren hat.«

Er bedachte Mariam mit einem festen Blick.

»Ich bin ein Mann von anderem Schlag, Mariam. Ich komme aus einer Gegend, in der jeder falsche Blick, ein einziges falsches Wort mit Blut vergolten wird. Wo ich herkomme, ist das Gesicht einer Frau einzig und allein Sache ihres Ehemannes. Ich möchte, dass du immer daran denkst. Verstehen wir uns?«

Mariam nickte und nahm die Burka von ihm entgegen.

Die Freude darüber, dass ihm ihr Essen schmeckte, war verschwunden. Stattdessen fühlte sie sich klein gemacht. Der Wille dieses Mannes kam ihr übermächtig und unverrückbar vor wie die Safid-koh-Berge über Gul Daman.

»Das also wäre klar zwischen uns«, sagte Raschid. »Und jetzt hätte ich gern mehr von diesen Linsen.«

11

Mariam hatte nie zuvor eine Burka getragen. Beim Anziehen musste sie sich von Raschid helfen lassen. Die in das Kopfteil eingenähte Kappe legte sich eng um ihre Stirn, und es mutete sie seltsam an, die Welt durch ein Gitternetz zu betrachten. Um sich daran zu gewöhnen, trug sie die Burka im Haus, trat aber ständig auf den Saum und geriet ins Stolpern. Der eingeschränkte Blickwinkel verunsicherte sie zusätzlich, und das über den Mund fallende Tuch hinderte sie daran, frei zu atmen.

»Na bitte«, sagt Raschid. »Ich wette, mit der Zeit magst du gar nichts anderes mehr tragen.«

Mit einem Bus fuhren sie zu einer Parkanlage, dem Shar-e-Nau, wie Raschid sagte. Kinder stießen sich gegenseitig auf Schaukeln an oder schlugen Volleybälle über zerrissene Netze, die zwischen Bäume gespannt waren. Seite an Seite schlenderten Raschid und Mariam umher und sahen zu, wie Jungen Drachen steigen ließen. Immer wieder stolperte sie über den Saum der Burka. Um die Mittagszeit führte Raschid sie in ein kleines Kebab-Haus nahe einer Moschee, die, wie sie von ihm erfuhr, nach Hadschi Jakob benannt worden war. Der Boden war klebrig, die Luft voller Rauch. Es roch nach rohem Fleisch, und die Musik – Raschid bezeichnete sie als *logari* – dröhnte ihr in den Ohren. Die Köche, dünne Burschen, schürten mit der einen Hand das Feuer unter den Spießen und versuchten mit der anderen, die Fliegen zu vertreiben. Mariam war zum ersten Mal in ihrem Leben in einem Restaurant und fand es anfangs seltsam, unter so vielen Fremden zu sitzen und die Burka zu lüften, um sich einen Happen in den Mund zu stecken. Sie verspürte einen Anflug derselben Angst, die sie vor dem öffentlichen *tandoor* ausgestanden hatte, sah sich aber ein wenig beruhigt durch

Raschids Anwesenheit, und nach einer Weile waren ihr die Musik, der Rauch, ja selbst die vielen Menschen erträglich. Zu ihrer eigenen Überraschung fand sie nun die Burka durchaus angenehm zu tragen. Das Gitternetz war wie ein Fenster, durch das sie selbst alles beobachten konnte, ohne den neugierigen Blicken anderer ausgesetzt zu sein. Sie brauchte sich keine Sorgen mehr darum zu machen, dass man sie wiedererkennen und die schändlichen Geheimnisse ihrer Vergangenheit durchschauen könnte.

Unterwegs machte Raschid sie auf wichtige Gebäude aufmerksam, auf die amerikanische Botschaft und das Außenministerium. Er deutete auf Autos und nannte die Namen ihrer Hersteller: sowjetische Wolgas, amerikanische Chevrolets, deutsche Opel.

»Welches gefällt dir am besten?«, fragte er.

Nach kurzem Zögern zeigte Mariam auf einen Wolga. Raschid lachte.

Kabul war sehr viel dichter bevölkert als das, was Mariam von Herat gesehen hatte. Bäume und von Pferden gezogene *garis* sah man hier nur vereinzelt; dafür gab es jede Menge Autos, höhere Gebäude, zahllose Verkehrsampeln und asphaltierte Straßen. Die Stadtbewohner sprachen in einem eigentümlichen Dialekt. *Jo*, was so viel wie »lieb« bedeutete, hieß hier *jan*; aus *hamshireh* – Schwester – wurde *hamshira*.

Raschid kaufte einem Straßenhändler zwei Becher Eiscreme ab. Für Mariam war es das erste Mal, dass sie Eis aß, und dass es so lecker schmeckte, hätte sie kaum für möglich gehalten. Obenauf lagen klein gehackte Pistazien, der Boden bestand aus Puffreis. Genüsslich löffelte sie ihren Becher leer und staunte über den süßen Schmelz auf der Zunge.

Sie gelangten an einen Ort, der Kocheh-Morgha hieß, Hühnerstraße. Es war ein enger, überfüllter Basar am Rand jenes Wohnviertels, von dem Raschid sagte, dass es zu den vornehmeren Teilen Kabuls zählte.

»Da wohnen die ausländischen Diplomaten, reiche Geschäftsleute und Mitglieder der Königsfamilie. Solche Leute. Keine Gegend für unsereins.«

»Ich sehe hier gar keine Hühner«, sagte Mariam.

»Sie sind ungefähr das Einzige, was man in der Hühnerstraße nicht finden kann«, lachte Raschid.

Rechts und links der Straße reihte sich ein Laden oder Verkaufsstand an den anderen. Verkauft wurden unter anderem Lammfellkappen und vielfarbige *chapans*. Raschid bewunderte in einem der Geschäfte einen schmuckvoll ziselierten silbernen Dolch, in einem anderen ein altes Gewehr, das, wie ihm der Verkäufer versicherte, noch aus dem ersten Krieg gegen die Briten stammte.

»Und ich bin Mosche Dajan«, murmelte Raschid und verzog das Gesicht zu einem Lächeln, von dem Mariam annahm, dass es ihr gewidmet sei. Ein ganz privates Lächeln unter Eheleuten.

Sie kamen an Teppichhändlern vorbei, an kleinen Handwerksbetrieben, Zuckerbäckern, Blumenläden und Geschäften, in denen Herrenanzüge und Damenkleider verkauft wurden. Hinter Vorhängen aus dünner Spitze sah Mariam junge Frauen Knöpfe annähen oder Hemdkragen bügeln. Ab und zu grüßte Raschid einen der Händler, mal auf Farsi, mal auf Paschto. Wenn sie sich die Hand gaben und auf die Wange küssten, hielt Mariam immer ein paar Schritte Abstand. Kein einziges Mal winkte Raschid sie zu sich, um sie einem Bekannten vorzustellen.

Vor einer Stickerei forderte er sie auf, draußen auf ihn zu warten. »Ich kenne den Besitzer«, erklärte er, »und will ihm nur kurz *Salaam* sagen.«

Mariam wartete auf dem überfüllten Gehweg. Autos krochen durch die verstopfte Hühnerstraße und verscheuchten Kinder und Esel, die sich nicht rühren wollten, mit lautem Gehupe. Händler standen mit gelangweilter Miene hinter ihren Verkaufsständen, rauchten oder spuckten in Näpfe aus Messing. Wenn sich jemand für ihre Stoffe oder pelzbesetzten *poostin*-Mäntel zu interessieren schien, tauchten ihre Gesichter aus dem Halbdunkel auf.

Mariams ganz besondere Aufmerksamkeit aber galt den Frauen.

Im Vergleich mit den Frauen aus ärmeren Nachbarschaften wie jenem Viertel, in dem sie und Raschid wohnten und wo die Burka gebräuchlich war, schienen die Frauen in diesem Teil Kabuls aus einer gänzlich anderen Welt zu stammen. Sie waren ... Welches Wort hatte Raschid verwendet? Modern. Ja, es waren moderne afghanische Frauen, verheiratet mit modernen afghanischen Männern, denen es nichts ausmachte, dass sich ihre Frauen mit geschminkten Gesichtern und barhäuptig in der Öffentlichkeit zeigten. Sie flanierten ganz unbefangen die Straße entlang, ob mit oder ohne Mann an ihrer Seite. Manche waren in Begleitung von Kindern mit rosigen Wangen, blank geputzten Schuhen und Armbanduhren. Sie schoben Fahrräder mit hochgezogener Lenkstange und gold lackierten Speichen – so ganz anders als die Kinder in Deh-Mazang, deren Gesichter von Sandmücken zerstochen waren und die mit Stöcken verbeulte Fahrradfelgen vor sich hertrieben.

All diese Frauen hier trugen Handtaschen und raschelnde Röcke. Mariam sah sogar eine, die hinter dem Steuer eines Autos saß und rauchte. Die Fingernägel dieser Frauen waren lang, rosa oder orangefarben lackiert, die Lippen so rot wie Tulpen. Sie stolzierten auf hohen Absätzen und mit schnellen Schritten, als ob sie immerzu dringliche Geschäfte zu erledigen hätten. Viele trugen dunkle Sonnenbrillen, und wenn sie vorbeirauschten, zogen sie eine Wolke von Parfüm hinter sich her. Mariam stellte sich vor, dass sie alle ein Diplom der Universität in der Tasche hatten, in einem der Bürohochhäuser arbeiteten, womöglich am eigenen Schreibtisch, wo sie Texte in eine Schreibmaschine tippten, rauchten oder wichtige Telefonate führten. Mariam war tief beeindruckt von ihnen. Gleichzeitig führten sie ihr aber auch die eigene Bedeutungslosigkeit vor Augen, ihr schlichtes Aussehen, ihren Mangel an Ehrgeiz und ihre Unwissenheit in so vielen Dingen.

Raschid tippte ihr auf die Schulter und reichte ihr etwas.

»Hier.«

Es war ein dunkelbrauner Seidenschal mit perlenverzierten Fransen und goldener Saumstickerei.

»Gefällt er dir?«

Mariam blickte zu Raschid auf und war von seiner Reaktion gerührt. Er blinzelte und wich ihrem Blick aus.

Sie dachte an Jalil und die auftrumpfende Art, mit der er sie immer beschenkt und so sehr eingeschüchtert hatte, dass sie nur ein zaghaftes Danke hervorbringen konnte. Nana hatte recht, was Jalils Geschenke anging. Sie waren halbherzige Zeichen von Reue, unaufrichtige Gesten, mit denen er weniger ihr als sich selbst einen Gefallen zu tun und Abbitte zu leisten versuchte. Dieser Schal dagegen war ein wahres Geschenk.

»Er ist wunderschön«, sagte sie.

Am Abend desselben Tages besuchte Raschid sie wieder in ihrem Zimmer. Aber anstatt im Türrahmen stehen zu bleiben und zu rauchen, kam er herein und setzte sich zu ihr aufs Bett. Die Federn knarrten, und das Gestell neigte sich unter seinem Gewicht.

Er zögerte einen Moment, schob ihr dann seine Hand in den Nacken und fuhr mit seinen fleischigen Fingern über ihre Halswirbel. Mit dem Daumen strich er über das Schlüsselbein, die Höhlung darüber. Mariam fing zu zittern an. Die Hand drängte tiefer. Die schartigen Fingernägel verhakten sich im Baumwollstoff ihrer Bluse.

»Ich kann nicht«, krächzte sie und starrte in sein vom Mondlicht beschienenes Gesicht, auf die massigen Schultern, die breite Brust und das aus dem Kragenausschnitt wuchernde dichte graue Haar.

Seine Hand lag jetzt auf ihrer rechten Brust und drückte zu. Sie hörte ihn tief durch die Nase einatmen.

Er schlüpfte zu ihr unter die Decke. Sie spürte, wie er sich zuerst am eigenen Gürtel und dann an der Kordel ihrer Hose zu schaffen machte. Sie selbst verkrallte die Finger im Laken. Er wälzte sich auf sie, rutschte hin und her. Mariam schloss die Augen und biss die Zähne aufeinander.

Der Schmerz kam plötzlich und überraschend heftig. Sie riss die Augen auf, schnappte nach Luft und biss sich auf den Knöchel des Daumens. Sie schlug mit dem freien Arm aus, bekam Raschids Hemd am Rücken zu fassen und zerrte daran.

Raschid hatte sein Gesicht in ihrem Kissen vergraben, während Mariam mit weit aufgesperrten Augen an seiner Schulter vorbei an die Decke starrte, seinen heißen Atem im Nacken spürte und am ganzen Körper zitterte. Die Luft zwischen ihnen roch nach Tabak, Zwiebeln und dem gegrillten Lammfleisch, das sie zum Abend gegessen hatten. Als seine Wange ihre Ohrmuschel streifte, bemerkte sie, dass er sich rasiert hatte.

Als es vorbei war, ließ er keuchend von ihr ab, wälzte sich zur Seite und legte den Unterarm auf die Stirn. Im Dunkeln sah sie die blau leuchtenden Zeiger seiner Armbanduhr. Für eine Weile lagen beide reglos Seite an Seite auf dem Rücken, ohne einander anzusehen.

»Du brauchst dich für nichts zu schämen, Mariam«, sagte er mit leicht schleppender Zunge. »So etwas machen Mann und Frau, wenn sie verheiratet sind. Das haben selbst der Prophet und seine Frauen gemacht. Es ist nichts Schlimmes dabei.«

Bald darauf schlug er die Decke zurück, stand auf und ging. Zurück blieben für sie der Schmerz im Unterleib, der Anblick am Himmel festgefrorener Sterne und eine Wolke, die wie ein Brautschleier den Mond verhüllte.

12

Es wurde Ramadan im Herbst des Jahres 1974. Zum ersten Mal erlebte Mariam, wie der Anblick der neuen Mondsichel eine ganze Stadt verändern konnte und Einfluss nahm auf Zeit und Stimmung. Über Kabul breitete sich schläfrige Stille aus. Der Straßenverkehr ließ nach, die Märkte leerten sich, die Restaurants drehten ihre Lichter aus und schlossen die Türen. Auf den Straßen war niemand zu sehen, der rauchte oder ein dampfendes Glas Tee in der Hand hielt. Zur *iftar*-Stunde, wenn die Sonne im Westen unterging und die Kanone auf dem Berg Shir Darwaza donnerte, brach die Stadt ihr Fasten mit Brot und einer Dattel. So auch Mariam, die zum ersten Mal in den fünfzehn Jahren ihres Lebens die angenehme Süße eines gemeinschaftlichen Erlebnisses schmeckte.

Raschid hielt sich nur einige wenige Tage an die Fastenvorschriften, und wenn er es tat, wurde er übellaunig. Hunger machte ihn schroff, gereizt und ungeduldig. Als Mariam eines Abends etwas länger für die Zubereitung der Mahlzeit brauchte, fing er an, Brot und Rettich zu essen, und als sie ihm dann Reis, Lammfleisch und ein Okra-*qurma* vorsetzte, rührte er es nicht an. Ohne ein Wort zu sagen und mit vor Wut angeschwollenen Adern an den Schläfen kaute er sein Brot und starrte vor sich hin. Als Mariam ihn ansprach, schaute er durch sie hindurch und steckte ein weiteres Stück Brot in den Mund.

Mariam war froh, als der Fastenmonat endete.

Damals in der *kolba* war Jalil immer am ersten der drei Tage des Zuckerfestes *Eid-ul-Fitr* nach Ramadan zu Besuch gekommen. Herausgeputzt in Anzug und Krawatte, brachte er *Eid*-Geschenke mit. Einmal war es ein Wollschal für Mariam. Zu dritt tranken sie Tee, und wenig später machte sich Jalil wieder auf den Weg.

»Um mit seiner richtigen Familie *Eid* zu feiern«, sagte Nana, als er den Fluss überquerte und noch einmal winkte.

Auch Mullah Faizullah kam immer an diesem besonderen Tag. Er brachte Mariam in Folie eingepackte Schokoladenstücke, einen kleinen Korb mit gefärbten, hart gekochten Eiern und Kekse in einer Blechbüchse. Wenn er gegangen war, kletterte Mariam mit ihren Geschenken in eine der Weiden. Auf einem Ast hoch oben lutschte sie dann Mullah Faizullahs Schokolade und ließ die Papierhüllen fallen, die sich wie silberne Blütenblätter um den Fuß des Baumes legten. Kaum war die Schokolade verzehrt, machte sie sich über die Kekse her, und danach malte sie mit einem Bleistift Gesichter auf die Eier, die er ihr mitgebracht hatte. Von solchen kleinen Vergnügungen abgesehen, hatte Mariam wenig Freude am Zuckerfest. *Eid*, die Zeit, in der sich feierlich ausstaffierte Familien untereinander besuchten, war ihr ein Graus. Sie stellte sich immer vor, dass die Luft über Herat vor Heiterkeit knisterte und hochgestimmte, lachende Menschen einander mit Freundlichkeiten und Glückwünschen überhäuften. Dann senkte sich Trübsal auf sie herab wie ein dunkler Schleier, der sich erst wieder lüftete, wenn *Eid* vorbei war.

In diesem Jahr sah Mariam das Zuckerfest ihrer Kindheitsvorstellungen zum ersten Mal mit eigenen Augen.

Raschid und sie gingen aus. Die Straßen waren voller Menschen, die, ungeachtet des kalten Wetters, von einem Verwandtschaftsbesuch zum nächsten eilten. Nie zuvor hatte sich Mariam inmitten einer so lebhaften Menge bewegt. In der eigenen Straße erkannte sie Fariba und ihren Sohn Noor wieder, der einen Anzug trug. Fariba, die einen weißen Schal angelegt hatte, ging an der Seite eines kleinen, schüchtern wirkenden Mannes mit Brille. Auch der ältere Sohn war dabei – Mariam erinnerte sich, dass Fariba ihr bei ihrem ersten Treffen vor dem *tandoor* seinen Namen, Ahmad, genannt hatte. Im Unterschied zu seinem jüngeren Bruder machte er mit seinen tief liegenden, nachdenklichen Augen einen ernsten, fast schon erwachsenen Eindruck. Um seinen Hals hing eine Kette mit glitzerndem *Allah*-Anhänger.

Fariba hatte Mariam offenbar auch erkannt, trotz der Burka. Sie winkte ihr zu und rief: »*Eid mubarak*!«

Unter ihrer Burka deutete Mariam ein Kopfnicken an.

»Du kennst also diese Frau, die Frau des Lehrers«, sagte Raschid.

Mariam verneinte.

»Du gehst ihr besser aus dem Weg. Sie ist eine neugierige und geschwätzige Person. Und ihr Mann hält sich für was Besonderes, weil er studiert hat. Tatsächlich aber ist er eine Maus. Schau ihn dir an. Sieht er nicht aus wie eine Maus?«

Sie gingen nach Shar-e-Nau, wo Kinder in frischen Hemden und bunten, perlenbesetzten Westen umhertollten und ihre *Eid*-Geschenke untereinander verglichen. Frauen schwenkten Teller voller Süßigkeiten. In den Fenstern der Geschäfte hingen schmuckvolle Laternen; aus Lautsprechern dröhnte Musik. Fremde wünschten Mariam und Raschid im Vorübergehen »*Eid mubarak*«.

Am Abend gingen sie nach Chaman, wo sie ein prächtiges Feuerwerk bestaunten. Mariam stand hinter Raschid und dachte an die Zeit zurück, als sie mit Mullah Faizullah vor der *kolba* gestanden hatte und in der Ferne die bunten Raketen über Herat zerplatzen und Farben versprühen sah, die sich in den sanften eingetrübten Augen ihres Lehrers widerspiegelten. Doch am meisten fehlte ihr Nana. Mariam wünschte, ihre Mutter würde all dies miterleben und sie, ihre Tochter, inmitten dieser Feierlichkeiten entdecken können – damit sie endlich einsähe, dass Zufriedenheit und Schönheit sehr wohl zu finden waren, selbst für Leute wie sie.

Sie empfingen auch *Eid*-Besucher bei sich zu Hause. Ausnahmslos Männer, Freunde von Raschid. Wenn jemand anklopfte, musste sich Mariam auf ihr Zimmer zurückziehen. Dort blieb sie, solange die Männer mit Raschid Tee tranken, rauchten und plauderten. Raschid hatte ihr eingeschärft, dass sie erst dann wieder nach unten kommen dürfe, wenn die Besucher gegangen seien.

Mariam hatte nichts dagegen. Im Gegenteil, sie fühlte sich geschmeichelt. Für Raschid war das, was sie miteinander gemein hatten, heilig. Er hielt ihre Ehre, ihren *namoos*, für schützenswert und vermittelte ihr damit das Gefühl, etwas Kostbares, Bedeutendes zu sein.

Am dritten und letzten Tag des Zuckerfestes verließ Raschid das Haus, um seinerseits Freunde zu besuchen. Mariam, die seit der Nacht unter Magenschmerzen litt, setzte Wasser auf und machte sich eine Tasse grünen Tee mit zerdrücktem Kardamom. Danach räumte sie im Wohnzimmer die Hinterlassenschaften der *Eid*-Besucher vom Vorabend auf: umgekippte Tassen, Spelzen von Kürbiskernen, die zwischen die Polster gerutscht waren, Teller mit den verkrusteten Resten der letzten Mahlzeit. Mariam machte sich an die Arbeit und staunte darüber, wie emsig bequeme Männer sein konnten, wenn es darum ging, Unordnung zu schaffen.

Es war nicht ihre Absicht, in Raschids Zimmer zu gehen, doch die Hausarbeit führte sie vom Wohnzimmer zur Treppe, nach oben und an seine Tür. Unversehens war sie plötzlich in seinem Zimmer, zum ersten Mal. Sie kam sich wie ein Eindringling vor.

Auf der Bettkante sitzend, betrachtete sie die schweren grünen Vorhänge, die sorgfältig vor der Wand geordneten polierten Schuhe, den Kleiderschrank, von dem an einer Stelle an der Tür die graue Farbe abgeblättert war. Auf der Kommode neben dem Bett lag eine Packung Zigaretten. Sie steckte sich eine zwischen die Lippen, stand auf und musterte sich in dem kleinen ovalen Spiegel an der Wand. Sie paffte in die Luft und tat, als streifte sie Asche ab. Schließlich steckte sie die Zigarette in die Packung zurück. Es würde ihr wohl nie gelingen, so elegant zu rauchen wie die Frauen von Kabul. Bei ihr sah es ungelenk und lächerlich aus.

Es war ihr bewusst, etwas Verbotenes zu tun, als sie die obere Schublade der Kommode aufzog.

Als Erstes sah sie die Pistole. Sie war schwarz, hatte einen Griff aus Holz und einen kurzen Lauf. Mariam merkte sich genau, wie die Waffe in der Lade lag, ehe sie danach langte. Sie war schwerer als gedacht. Der Griff fühlte sich glatt in der Hand an, der Lauf war kalt. Es beunruhigte sie, dass Raschid etwas besaß, dessen einziger Zweck darin bestand, einen anderen Menschen zu töten. Aber wahrscheinlich dachte er nur an seine und ihre Sicherheit.

Unter der Pistole lagen mehrere Illustrierte mit abgegriffenen Blättern. Mariam schlug eine davon auf. Sie erstarrte.

Auf jeder Seite waren Frauen abgebildet, wunderschöne Frauen, die weder Hemd noch Hose, Socken oder Unterwäsche trugen. Sie hatten überhaupt nichts an, lagen zwischen zerwühlten Laken und schauten Mariam aus halb geschlossenen Augen an. Auf den meisten Bildern hielten sie die Beine gespreizt und zeigten die dunkle Stelle dazwischen. Manche Frauen knieten am Boden wie – Gott möge ihr den Gedanken verzeihen – in *sujda* zum Gebet. Sie warfen einen Blick über die Schulter, der gelangweilte Verachtung verriet.

Schnell legte Mariam das Heft zurück. Sie fühlte sich wie benommen. Wer waren diese Frauen? Wie hatten sie es zulassen können, solchermaßen fotografiert zu werden? Vor lauter Ekel rebellierte ihr Magen. Schaute sich Raschid diese Bilder an, wenn er nachts zu Bett ging? Fand er sie selbst in dieser Hinsicht so enttäuschend? Und was sollte all dieses Gerede von Ehre und Anstand? Wieso rümpfte er die Nase über weibliche Kunden, die doch nur ihre Füße entblößten, um passende Schuhe zu finden? »Das Gesicht einer Frau«, so hatte er gesagt, »ist einzig und allein Sache ihres Ehemannes.« Die Frauen auf diesen Seiten hatten doch gewiss auch Ehemänner, zumindest einige von ihnen. Oder Brüder. Wieso bestand Raschid darauf, dass sie, Mariam, sich verhüllte, wenn er doch offenbar kein Problem damit hatte, die intimsten Stellen von Frauen und Schwestern anderer Männer zu betrachten?

Verwirrt und peinlich berührt setzte sich Mariam wieder auf sein Bett. Sie legte den Kopf in die Hände, machte die Augen zu und atmete langsam ein und aus, bis sie sich halbwegs beruhigt hatte.

Allmählich fand sie zu einer Erklärung. Immerhin war er ein Mann, der jahrelang allein gelebt hatte. Er hatte andere Bedürfnisse als sie. Für sie waren seine nächtlichen Besuche in ihrem Bett nach wie vor eine Übung in stiller Duldsamkeit. Er dagegen empfand einen Heißhunger, der sich manchmal auf geradezu brutale Weise äußerte, wenn er sie gepackt hielt, ihre Brüste knetete und wie wild mit den Hüften zustieß. Er war ein Mann, der jahrelang auf eine Frau hatte verzichten müssen. Konnte sie ihm vorwerfen, so zu sein, wie er von Gott erschaffen worden war?

Mariam wusste, dass sie darüber nie mit ihm würde reden können. Ausgeschlossen. Aber war es wirklich unverzeihlich? Sie brauchte sich bloß den anderen Mann in ihrem Leben vor Augen zu führen. Jalil hatte außereheliche Beziehungen zu Nana unterhalten, obwohl er Ehemann dreier Frauen und Vater von neun Kindern war. Was war schlimmer, Raschids Hefte oder Jalils Ehebruch? Und was überhaupt berechtigte sie, ein *harami* und Mädchen vom Lande, ein Urteil zu fällen?

Mariam zog die untere Schublade der Kommode auf.

Darin fand sie das Schwarzweißfoto eines vier- oder fünfjährigen Jungen mit gestreiftem Hemd und Fliege. Es war ein hübscher Junge; er hatte eine schmale Nase, braunes Haar und dunkle, tiefe Augen. Er wirkte abgelenkt und schien in dem Moment, da die Kamera ausgelöst wurde, auf etwas anderes aufmerksam gemacht worden zu sein.

Darunter lag ein weiteres Foto, ebenfalls schwarzweiß, aber sehr viel körniger. Es zeigte eine sitzende Frau; hinter ihr stand, schlank und jung, Raschid mit schwarzem Haar. Die Frau war wunderschön, zweifelsfrei schöner als sie, Mariam. Sie hatte ein zartes Kinn und langes, in der Mitte gescheiteltes schwarzes Haar, hohe Wangenknochen und eine sanft geschwungene Stirn. Mariam dachte an ihr eigenes Aussehen, an die dünnen Lippen und das lange Kinn, und verspürte einen Anflug von Neid.

Lange betrachtete sie das Foto. Es wirkte irgendwie beunruhigend, wie Raschid hinter der Frau aufragte und ihre Schultern mit beiden Händen gefasst hielt, er mit genüsslichem, schmallippigem Lächeln und sie mit ernster Miene, den Oberkörper leicht nach vorn gebeugt, als versuchte sie, sich von ihm zu befreien.

Mariam legte alles dahin zurück, wo sie es gefunden hatte.

Als sie später die Wäsche machte, bereute sie, in seinem Zimmer herumgeschnüffelt zu haben. Wozu? Was hatte sie Neues über ihn in Erfahrung gebracht? Dass er eine Pistole besaß, dass er ein Mann mit den Bedürfnissen eines Mannes war? Außerdem hätte sie das Foto von ihm und seiner Frau nicht so lange anschauen sollen, geschweige denn einer Körperhaltung, zufällig festgehalten in einem kurzen Moment, über Gebühr Bedeutung beimessen dürfen.

Während die voll behängte Wäscheleine vor ihr auf und ab wippte, empfand sie jetzt Mitleid für Raschid. Auch er hatte es nicht leicht gehabt in seinem Leben, das von Verlust und traurigen Schicksalswendungen geprägt war. Ihre Gedanken kehrten zu dem Jungen zurück, Yunus, der in diesem Hof Schneemänner gebaut hatte, dessen Füße über dieselben Stufen gestiegen waren. Der See hatte ihn seinem Vater entrissen, verschluckt wie der Wal den Propheten gleichen Namens. Es schmerzte Mariam, es schmerzte sie sehr, sich vorzustellen, wie Raschid in seiner Hilflosigkeit und Panik am Ufer des Sees herumgeirrt sein mochte, flehentlich darum bittend, dass ihm sein Sohn zurückgegeben werde. Und zum ersten Male empfand sie eine wirkliche Verwandtschaft mit ihrem Mann. Vielleicht, so dachte sie, würde am Ende doch noch ein gutes Paar aus ihnen werden.

13

Als Mariam nach dem Arztbesuch mit dem Bus nach Hause fuhr, wusste sie selbst nicht, wie ihr geschah. Alles, worauf ihr Blick fiel, leuchtete in hellen Farben, sogar die grauen Betonhochhäuser, die Blechdächer, die zur Straße hin offenen Läden und das trübe Wasser in den Abflusskanälen. Es war, als hätte sich ein Regenbogen über ihre Augen gespannt.

Raschid, der neben ihr saß, trommelte mit behandschuhten Fingern auf den Schenkeln und summte eine Melodie. Sooft der Bus durch ein Schlagloch fuhr, schnellte seine Hand vor und legte sich schützend auf ihren Bauch.

»Was hältst du von Zalmai?«, fragte er. »Ein schöner Paschtunenname.«

»Und wenn's ein Mädchen ist?«, entgegnete Mariam.

»Ich glaube, es ist ein Junge. Ja. Ein Junge.«

Plötzlich ging ein Raunen durch den Bus. Mehrere Fahrgäste deuteten nach draußen; alle reckten die Hälse, um zu sehen, was da vor sich ging.

»Schau mal«, sagte Raschid und tippte an die Scheibe. Er lächelte. »Siehst du?«

Auf der Straße waren die Passanten stehen geblieben. Hinter den Fenstern der Autos, die vor der Verkehrsampel warteten, tauchten Gesichter auf, die nach oben blickten, einem Gewimmel tanzender Schneeflocken entgegen. Woran, so fragte sich Mariam, mochte es wohl liegen, dass der erste Schneefall des Jahres alle zu verzaubern schien? Lag es an der seltenen Möglichkeit, zu sehen, was noch vollkommen rein und unbelastet war? An dem Ausblick auf eine neue Jahreszeit, einen Neubeginn voller Hoffnungen, die noch nicht enttäuscht waren?

»Wenn's ein Mädchen ist …«, sagte Raschid, »also angenommen, es wäre ein Mädchen, was es aber nicht ist, kannst du ganz allein entscheiden, wie sie heißen soll.«

Am nächsten Morgen wurde Mariam von Sägegeräuschen und Hammerschlägen geweckt. Sie umwickelte sich mit einem Schal und ging hinunter in den verschneiten Vorhof. Das Schneetreiben der vergangenen Nacht hatte sich gelegt. Kohlegeruch hing in der Luft. Über der Stadt lag eine gespenstische Stille; sie glich einer riesigen weißen Steppdecke, aus der hier und da Rauchsäulen emporstiegen.

Raschid war im Werkzeugschuppen und hämmerte Nägel in ein Holzbrett. Als er sie sah, zog er einen Nagel aus dem Mundwinkel und sagte: »Eigentlich wollte ich dich damit überraschen. Er wird eine Wiege brauchen. Die solltest du aber erst sehen, wenn sie fertig ist.«

Mariam hätte sich gewünscht, dass er nicht all seine Hoffnungen auf einen Jungen setzte, und sosehr sie sich auch über ihre Schwangerschaft freute, belasteten sie seine Erwartungen. Tags zuvor war Raschid ausgegangen und mit einem Wildledermantel für einen Jungen nach Hause zurückgekehrt, gefüttert mit weichem Lammfell und roten und gelben Seidenstickereien auf den Ärmeln.

Raschid machte sich daran, ein langes, schmales Brett in der Mitte zu zersägen, und sagte, dass er sich wegen der Treppe Sorgen mache. »Dazu werden wir uns was einfallen lassen müssen, wenn er zu klettern anfängt.« Das Gleiche gelte für den Ofen, meinte er. Außerdem müsse darauf geachtet werden, dass alle Messer und Gabeln außer Reichweite für ihn blieben. »Man kann nicht vorsichtig genug sein. Jungs sind ziemlich übermütig.«

Mariam fröstelte und zog den Schal enger.

Am nächsten Morgen erklärte Raschid, dass er Freunde zum Essen einladen wolle, um mit ihnen zu feiern. Den ganzen Vormittag über las und wässerte Mariam Linsen und Reis. Sie zerteilte Auberginen für *borani* und kochte Lauch und Hackfleisch für *aushak*.

Sie scheuerte den Boden, klopfte die Vorhänge aus und lüftete das Haus, obwohl es wieder zu schneien angefangen hatte. Entlang der Wände im Wohnzimmer legte sie Matratzen und Kissen aus und stellte Schalen mit Süßigkeiten und gerösteten Mandeln auf den Tisch.

Bevor die ersten Männer eintrafen, hatte sie sich auf ihr Zimmer zurückgezogen. Während die Stimmen und das Gelächter im Erdgeschoss immer lauter wurden, lag sie im Bett und befühlte ihren Bauch. Sie dachte an das, was in ihr heranwuchs, und glaubte, vor Glück fast zu zerspringen. Tränen stiegen ihr in die Augen.

Mariam erinnerte sich an die sechshundertfünfzig Kilometer lange Busfahrt mit Raschid, von Herat nahe der iranischen Grenze im Westen bis nach Kabul im Osten. Sie hatten kleine und große Städte passiert, zahllose Ortschaften, die eine nach der anderen vor ihnen auftauchten. Sie waren über Bergpässe und durch wüste Landstriche gefahren, von einer Provinz zur nächsten. Nun war sie hier, diesseits der steinigen Hügel, in ihrem eigenen Zuhause, mit einem Mann an ihrer Seite, aufgebrochen zu einer Reise in eine neue, ersehnte Provinz: Mutterschaft. Wie köstlich war es, an dieses Kind zu denken, *ihr* Kind, das *gemeinsame* Kind. Wie herrlich war das Wissen darum, dass ihre Liebe zu diesem Kind schon jetzt alles andere in den Schatten stellte und dass sie es nicht mehr nötig hatte, mit Kieselsteinen zu spielen.

Im Wohnzimmer erklang ein Harmonium, dazu das Klopfen eines Schlegels zum Stimmen einer *tabla*. Jemand räusperte sich. Und dann wurde gepfiffen, in die Hände geklatscht, gejauchzt und gesungen.

Mariam streichelte ihren Bauch. »Noch kaum größer als ein Fingernagel«, hatte der Arzt gesagt.

Ich werde Mutter, dachte sie.

»Ich werde Mutter«, sagte sie, lachte und wiederholte den Satz ein ums andere Mal.

Wenn Mariam an ihr Kind dachte, schwoll ihr Herz an. Es schwoll und schwoll, bis all das, was sie an Verlust, Trauer, Einsamkeit und Erniedrigung in ihrem Leben erfahren hatte, wie weggespült war. Jetzt wusste sie, warum Gott sie den weiten Weg hierher geführt hatte. Sie erinnerte sich an einen Koranvers, der ihr von Mullah Faizullah beigebracht worden war: *Und Allah ist der Osten und der Westen, wohin ihr euch auch wendet, folgt ihr Seinem Ratschluss …* Sie rollte ihren Gebetsteppich aus und sprach den *namaz*. Als sie damit fertig war, legte sie die Hände vors Gesicht und bat Gott, dass sich das Glück nicht von ihr abwenden möge.

Es war Raschids Idee, in den *hamam* zu gehen. Mariam hatte nie zuvor ein Badehaus aufgesucht, doch er sagte, es gebe gerade im Winter nichts Schöneres, als nach einem Schwitzbad wieder hinaus ins Kalte zu treten und die wohlig warme Haut zu spüren.

Im *hamam* war der Wasserdampf so dicht, dass Mariam die anderen Frauen darin nur als schemenhafte Gestalten ausmachen konnte, eine Hüfte da, dort die Kontur einer Schulter. Junge Mädchen kreischten, alte Frauen schnaubten, und das Geplätscher von Wasser hallte von den Wänden wider, wo Rücken geschrubbt und Haare eingeseift wurden. Mariam saß für sich in einem entlegenen Winkel und bearbeitete ihre Fersen mit einem Bimsstein, abgeschirmt von einem Vorhang aus Dampf.

Plötzlich fing sie zu bluten an. Sie schrie laut auf.

Laufgeräusche waren zu hören, klatschende Füße auf nassen Steinen. Gesichter tauchten vor ihr auf. Zungen schnalzten.

Später berichtete Fariba ihrem Mann, dass sie, von einem Schrei alarmiert, in den hinteren Teil der Halle geeilt sei, wo sie Raschids Frau zitternd und die Arme um die Knie geschlungen in einer Blutpfütze habe hocken sehen.

»Dem armen Mädchen haben die Zähne geklappert, Hakim. So sehr hat sie gezittert.«

Sie habe dann, fuhr Fariba fort, zu ihr aufgeblickt und mit dünner, zaghafter Stimme gefragt: »Ist doch nicht weiter schlimm, oder? Ist doch normal, nicht wahr?«

Wieder im Bus mit Raschid. Und es schneite wieder. Heftiger diesmal. Der Schnee häufte sich auf Gehwegen und Dächern, bildete weiße Krusten auf der Rinde der Bäume. Vor ihren Läden schaufelten Händler den Zugang frei. Eine Handvoll junger Burschen jagte einen schwarzen Hund. Mariam warf einen Blick auf Raschid. Er hatte die Augen geschlossen. Er summte nicht. Auch Mariam machte die Augen zu und senkte den Kopf. Sie wollte heraus aus ihren kalten Socken, aus dem feuchten Wollpullover, der auf der Haut kratzte. Sie wollte raus aus dem Bus.

Zu Hause angekommen, legte sie sich auf die Couch. Raschid warf ihr eine Steppdecke über.

»Was soll man von solch einer Antwort halten?«, sagte er zum wiederholten Mal. »Die kann man von einem Mullah erwarten, aber ein Arzt, dem man teures Geld bezahlt, sollte sich wahrhaftig etwas Besseres einfallen lassen als: ›Gott will es so.‹«

Mariam zog die Knie an und sagte, dass sie etwas Ruhe brauche.

»Gott will es so«, brummte er.

Er ging auf sein Zimmer und rauchte den ganzen Tag.

Mariam lag auf der Couch, hielt die Hände unter den Knien verschränkt und starrte in das Schneegewirbel vor dem Fenster. Sie erinnerte sich, dass Nana einmal gesagt hatte, jede einzelne Schneeflocke sei das Seufzen einer gekränkten Frau irgendwo auf der Welt. Alle Seufzer stiegen zum Himmel empor, verdichteten sich dort zu Wolken und zerbrächen in winzige Teile, die dann lautlos auf die Menschen herabfielen.

»Zur Erinnerung daran, wie sehr wir Frauen leiden«, hatte sie gesagt. »Wie still wir alles ertragen, was uns aufgebürdet wird.«

14

Allein schon der Gedanke an die ungebaute Wiege oder an den kleinen Wildledermantel in Raschids Kleiderschrank löste Schmerzen der Trauer in Mariam aus, deren Schärfe sie immer wieder aufs Neue überraschte. Dann fantasierte sie, dass das Kind zur Welt komme; sie konnte es hören, sein hungriges Schmatzen, Sabbern und Plappern. Sie spürte es an der Brust liegen. Die Trauer überschwemmte sie in solchen Momenten, riss sie fort und machte sie schwindeln. Mariam konnte selbst kaum glauben, ein Wesen, das sie nie gesehen hatte, auf so verstörende Weise vermissen zu können.

Aber es gab auch Tage, an denen der Kummer erträglich schien und der Gedanke an eine Rückkehr zum gewohnten Alltag möglich war, ohne daran zu verzweifeln, Tage, an denen es sie nicht übermäßig viel Kraft kostete, aus dem Bett zu steigen, ihre Gebete zu sprechen, das Haus in Ordnung zu bringen und für Raschid zu kochen.

Mariam scheute sich, das Haus zu verlassen. Sie beneidete die Nachbarinnen und deren Kinderscharen. Manche hatten sieben oder acht und schienen selbst nicht zu wissen, wie gesegnet sie waren, wie glücklich sie darüber sein mussten, dass sie diese Kinder austragen, zur Welt bringen und an ihren Brüsten stillen durften. Kinder, die nicht mit Blut, Seifenlauge und dem Schmutz von Fremden in den Abfluss irgendeines Badehauses gespült worden waren. Mariam ertrug es nicht, wenn sie Klagen über angeblich missratene Söhne oder faule Töchter hörte.

Eine innere Stimme versuchte sie mit gut gemeinten, aber unangebrachten Tröstungen zu besänftigen.

Du wirst andere Kinder haben, inschallah. *Du bist jung. Es werden sich bestimmt weitere Gelegenheiten bieten.*

Doch Mariams Trauer war alles andere als diffus. Sie trauerte um *dieses* Kind, dieses besondere Kind, das sie für kurze Zeit so glücklich gemacht hatte.

Manchmal glaubte sie, dass das Kind eine unverdiente Segnung und sein früher Tod eine Strafe für das war, was sie Nana angetan hatte. War es nicht so, dass sie ihrer Mutter die Schlinge gewissermaßen eigenhändig um den Hals gelegt hatte? Verräterische Töchter verdienten es nicht, selber Mütter zu werden. Die Strafe war durchaus gerecht. Mariam hatte schreckliche Träume, in denen Nanas Dschinn an ihr Bett geschlichen kam, ihr mit seinen Klauen in den Unterleib fuhr und das Kind entriss, während Nana vor Freude und Genugtuung laut auflachte.

An manchen Tagen war Mariam voller Wut. Dann gab sie Raschid die Schuld an ihrem Verlust, weil er die Stirn gehabt hatte, seinen eitlen Stolz zu feiern, in seiner Anmaßung überzeugt davon, Vater eines Sohnes zu werden. Weil er dem Kind schon einen Namen gegeben und Gottes Einverständnis einfach schon vorausgesetzt hatte. Seinetwegen war sie in dieses Badehaus gegangen, wo irgendetwas, vielleicht der Dampf, das schmutzige Wasser oder die Seife zu dem geführt hatte, was geschehen war. Nein, nicht Raschid. Die Schuld lag bei ihr. Sie wurde wütend auf sich selbst und warf sich vor, auf der falschen Seite geschlafen, das Essen zu stark gewürzt und, statt genügend Früchte zu sich zu nehmen, zu viel Tee getrunken zu haben.

Es war Gottes Schuld. Er hatte sie verhöhnt, ihr nicht gewährt, was er so vielen anderen Frauen gewährte. Er hatte ihr in quälerischer Absicht das größte Glück versprochen, um es ihr sogleich wieder zu entreißen.

Aber alles Wüten, all diese Schuldzuweisungen halfen ihr nicht weiter. Im Gegenteil. Es war *kofr*, frevelhaft, solche Gedanken zuzulassen. Allah war nicht gehässig und schon gar nicht ein kleinlicher Gott. Mullah Faizullahs Worte gingen ihr durch den Kopf: *Segensreich ist Der, in Dessen Hand die Herrschaft ruht, Der über alle Dinge Macht hat, Der Tod und Leben geschaffen hat, damit Er dich prüfe.*

Von Schuldgefühlen gepeinigt, ging Mariam in solchen Momenten in die Knie und flehte um Vergebung dafür, dass sie solchen Gedanken nachgehangen hatte.

Seit dem Tag im Badehaus zeigte sich Raschid verändert. Er verlor schnell die Geduld mit Mariam und herrschte sie dann an. Wenn er abends von der Arbeit nach Hause kam, wechselte er kaum ein Wort mit ihr. Er aß, rauchte, ging zu Bett und kam manchmal mitten in der Nacht zu ihr, um sich abzureagieren, wobei er in letzter Zeit immer gröber zur Sache ging. Er war schnell beleidigt, mäkelte an dem Essen, das sie ihm vorsetzte, beschwerte sich über die Unordnung im Vorhof und machte sie im Haus auf Stellen aufmerksam, die seiner Meinung nach nicht sauber genug waren. Zwar führte er sie freitags immer noch manchmal in die Stadt aus, ging aber immer mehrere Schritte vor ihr her, sprach kein Wort und achtete nicht auf sie, die fast rennen musste, um ihm folgen zu können. Lachen sah sie ihn kaum noch. Er kaufte ihr auch keine Süßigkeiten oder Geschenke mehr und verzichtete darauf, Sehenswürdigkeiten zu benennen, wie er es früher getan hatte. Auf ihre Fragen antwortete er, wenn überhaupt, unwirsch.

Eines Abends saßen sie gemeinsam im Wohnzimmer und hörten Radio. Der Winter ging seinem Ende entgegen. Die kalten Winde, die einem Schnee ins Gesicht bliesen und die Augen tränen ließen, hatten sich gelegt. Der Schnee auf den Zweigen der hohen Ulmen taute. An seiner Stelle würden sich in wenigen Wochen hellgrüne Knospen ausbilden. Raschid wippte gedankenverloren mit dem Fuß zum Takt der *tabla* eines Hamahang-Liedes und zwinkerte den Rauch seiner Zigarette aus den Augen.

»Bist du mir gram?«, fragte Mariam.

Raschid antwortete nicht. Nach der Musik kamen die Nachrichten. Eine Frauenstimme berichtete, der Präsident habe erneut eine Gruppe sowjetischer Berater nach Moskau zurückgeschickt, wogegen der Kreml aller Voraussicht nach Protest einlegen werde.

»Ich mache mir Sorgen und fürchte, dass ich dich verärgert haben könnte.«

Raschid seufzte.

»Ist das so?«

Er sah sie an. »Wie kommst du darauf?«

»Ich weiß nicht, aber seit ich das Kind …«

»Glaubst du etwa, so einer wäre ich? Nach allem, was ich für dich getan habe?«

»Nein. Natürlich nicht.«

»Dann hör auf damit!«

»Tut mir leid. *Bebakhsh*, Raschid. Entschuldige.«

Er drückte den Stummel aus, steckte sich eine neue Zigarette an und drehte das Radio lauter.

»Aber ich habe nachgedacht«, sagte Mariam und versuchte, die Musik zu übertönen.

Raschid seufzte wieder, ungehaltener diesmal, und drehte die Lautstärke herunter. Müde fuhr er sich mit der Hand über die Stirn. »Was jetzt?«

»Ich finde, wir sollten es anständig beisetzen. Das Kind, meine ich. Nur wir zwei, ein paar Gebete, sonst nichts.«

Diesen Gedanken hatte Mariam schon seit einiger Zeit. Sie wollte das Kind nicht vergessen und seinem Verlust ein dauerhaftes Zeichen setzen.

»Wozu? Das ist doch blödsinnig.«

»Mir wäre dann wohler zu Mute, glaube ich.«

»Dann tu's«, schnappte er. »Einen Sohn habe ich schon begraben. Das reicht mir. Und jetzt lass mich bitte in Ruhe. Ich will Radio hören.«

Er drehte die Lautstärke wieder auf, lehnte sich zurück und schloss die Augen.

An einem sonnigen Morgen noch in derselben Woche suchte sich Mariam eine Stelle im Hof aus und grub ein Loch.

»Im Namen Allahs und mit Allah und im Namen Seines Gesandten, auf dem die Segnungen und der Friede Allahs ruhen«, murmelte sie, als sie das Wildledermäntelchen, das Raschid für das Kind gekauft hatte, ins Grab legte und mit Erde bedeckte.

»Du lässt die Nacht zum Tag und den Tag zur Nacht werden,

Du lässt die Lebenden aus den Toten hervortreten und die Toten aus den Lebenden und segnest, wenn es Dir gefällt, einen jeglichen über die Maßen.«

Sie klopfte die Erde mit der Schaufel fest, hockte sich neben den kleinen Grabhügel und schloss die Augen.

Gib uns Deinen Segen, Allah. Und sei mir gnädig.

15

Am 17. April 1978, dem Jahr, in dem Mariam neunzehn werden sollte, wurde ein Mann namens Mir Akbar Khaibar ermordet aufgefunden. Zwei Tage später gab es in Kabul eine Großdemonstration. Auch alle Nachbarn waren auf der Straße. Mariam sah sie vom Fenster aus zusammenlaufen, aufgeregt miteinander diskutieren und Transistorradios ans Ohr halten. Sie sah Fariba, an die Mauer ihres Hauses gelehnt, im Gespräch mit einer Frau, die neu war in Deh-Mazang. Fariba lächelte und hielt mit beiden Händen ihren schwellenden Bauch umfasst. Die andere Frau – Mariam hatte ihren Namen vergessen – war allem Anschein nach älter als Fariba und hatte einen eigentümlich purpurnen Schimmer in ihrem dunklen Haar. Sie hielt einen kleinen Jungen an der Hand. Er hieß Tarik, wie Mariam wusste, denn sie hatte diese Frau nach ihm rufen hören.

Mariam und Raschid blieben im Haus. Sie hörten Radio, während sich Tausende von Menschen in den Straßen versammelten und vor dem Regierungssitz auf und ab marschierten. Raschid erklärte, dass Mir Akbar Khaibar ein prominenter Kommunist gewesen sei und dass seine Anhänger dem Präsidenten Daoud Khan vorwürfen, seine Ermordung veranlasst zu haben. Raschid sah sie nicht an, als er das sagte. Das tat er schon seit Tagen nicht, weshalb Mariam im Unklaren darüber blieb, ob er überhaupt mit ihr sprach oder nur mit sich selbst.

»Was ist ein Kommunist?«, fragte sie.

Raschid schnaubte und kniff die Augenbrauen zusammen. »Nicht einmal das weißt du? Das weiß doch jeder. Du hast … Ach. Warum rege ich mich überhaupt auf?« Er legte die Beine auf den Tisch und brummte etwas von Leuten, die an Karl Marxist glaubten.

»Wer ist Karl Marxist?«

Raschid stöhnte.

Eine Sprecherin im Radio berichtete, dass Taraki, der Anführer des *Khalq*-Flügels der kommunistischen Partei PDPA, unter den Demonstranten sei und aufrührerische Parolen ausgebe.

»Ich meinte bloß, was wollen sie?«, fragte Mariam. »Diese Kommunisten. Woran glauben sie?«

Raschid verzog das Gesicht, doch hatte Mariam den Eindruck, dass er unsicher war. Er fuhr sich mit der Hand durchs Haar und sagte: »Hast du denn von nichts eine Ahnung? Du bist wie ein Kind. Strohdumm.«

»Ich frage, weil …«

»*Chup ko*. Halt's Maul.«

Mariam gehorchte.

Es fiel ihr schwer, seine abfällige Art zu ertragen, hinzunehmen, dass er sich über sie mokierte, sie beleidigte und ansonsten kaum zur Kenntnis nahm. Aber nach inzwischen mehr als vier Ehejahren wusste Mariam sehr genau, wie viel eine Frau, die Angst hatte, zu ertragen im Stande war. Und Mariam hatte Angst. Sie lebte in ständiger Furcht vor seinen Launen, davor, dass er keinen Anlass ausließ, um mit ihr zu streiten, manchmal sogar gewalttätig wurde und sie schlug oder mit dem Fuß nach ihr trat, wofür er sich anschließend, wenn auch beileibe nicht immer, halbherzig entschuldigte.

In den vier Jahren seit dem Tag im Badehaus hatte Mariam sechs weitere Male Hoffnung schöpfen können, doch immer folgte schon bald Verlust und Zusammenbruch, und jeder weitere Arztbesuch ließ sie mehr verzweifeln als der vorhergegangene. Mit jeder Enttäuschung rückte Raschid weiter von ihr ab. Durch nichts ließ er sich versöhnlich stimmen. Sie hielt Ordnung im Haus, sorgte dafür, dass er immer saubere Hemden hatte, kochte seine Lieblingsgerichte. Einmal kaufte sie sich sogar Make-up und machte sich hübsch für ihn. Doch als er am Abend nach Hause kam, sah er sie nur einmal kurz an und wandte sich ab, offenbar so angewidert, dass sie zum Waschbecken rannte und die Schminke mit Tränen der Scham und Seifenwasser abwischte.

Inzwischen fürchtete Mariam sogar den Moment, wenn sein Schlüssel im Schloss klickte und die Tür aufging. Schon allein diese Geräusche brachten ihr Herz zum Rasen. Wenn sie im Bett lag, lauschte sie angestrengt seinen Schritten im Haus. Sie versuchte sich vorzustellen, was er tat, wenn Stuhlbeine über den Boden kratzten, der Korbsessel knarrte, das Geschirr klapperte, Zeitungsseiten raschelten oder Wasser in ein Glas geschüttet wurde. Und verängstigt fragte sie sich dann jedes Mal, woran er an diesem Abend Anstoß nehmen könnte. Der geringste Anlass brachte ihn in Rage, und so eifrig sie auch darum bemüht war, seinen Wünschen und Forderungen nachzukommen, gelang es ihr nicht, ihn zufrieden zu stellen. Denn eines vermochte sie nicht. Ihm den Sohn zurückzugeben. In dieser entscheidenden Hinsicht hatte sie versagt, nicht weniger als siebenmal, und jetzt war sie ihm nur noch eine Last. Daran ließ er keinen Zweifel; sie konnte es seinen Blicken ansehen, *wenn* er sie denn anblickte. Sie war ihm eine Last.

»Was wird jetzt geschehen?«, fragte sie.

Schnaubend nahm Raschid die Beine vom Tisch, schaltete das Radio aus und ging damit auf sein Zimmer. Er schloss sich darin ein.

Am 27. April beantwortete sich Mariams Frage mit krachenden Salven und ohrenbetäubendem Lärm. Auf bloßen Füßen eilte sie nach unten ins Wohnzimmer, wo Raschid im Unterhemd und mit wirren Haaren bereits am Fenster stand, die Handflächen an die Scheiben gepresst. Mariam ging ans andere Fenster. Am Himmel jagten Militärflugzeuge kreischend nach Norden und Osten. In der Ferne waren Donnerschläge zu hören. Schwarzer Rauch stieg auf.

»Was ist los, Raschid?«, fragte sie. »Was hat das zu bedeuten?«

»Weiß Gott«, murmelte er. Das Radio gab nur ein Rauschen von sich.

»Was machen wir jetzt?«

Nervös antwortete er: »Wir warten ab.«

Später am Tag, als sich Raschid immer noch am Radio zu schaffen machte, ging Mariam in die Küche und kochte Reis und Spinat. Sie erinnerte sich daran, dass es einmal eine Zeit gegeben hatte, in der sie gern für Raschid gekocht und sich sogar darauf gefreut hatte, ihm eine Mahlzeit vorzusetzen. Jetzt machte ihr die Arbeit am Herd zusätzlich Angst. Die *qurmas* waren ihm immer zu salzig oder zu fad, der Reis entweder zu matschig oder zu trocken, das Brot zu weich oder zu hart. Seine Beschwerden ließen sie an sich selbst zweifeln.

Als sie ihm sein Essen brachte, tönte die Nationalhymne aus dem Radio.

»Ich habe *sabzi* gemacht«, sagte sie.

»Stell den Teller ab und sei ruhig.«

Nach der Hymne meldete sich die Stimme eines Mannes, der sich als Generalleutnant Abdul Kadir vorstellte. Er berichtete, dass die Vierte Panzerdivision seit dem Vormittag den Flughafen und strategische Schlüsselpositionen in der Stadt besetzt halte. Eingenommen seien auch Radio Kabul, die Ministerien für Kommunikation und Inneres sowie das Außenministerium. Kabul, so verkündete er stolz, befinde sich nun in der Hand des Volkes.

MIG-Kampfjets hätten den Präsidentenpalast angegriffen; Panzer waren vorgerückt. Aufständische und Daouds Truppen lieferten sich dort noch heftige Gefechte. Überall sonst sei aber die Lage unter Kontrolle, beruhigte Abdul Kadir.

Tage später, als die Kommunisten damit anfingen, Anhänger des Regimes von Daoud Khan im Schnellverfahren hinzurichten und Gerüchte von grausamen Folterungen im Kabuler Pol-e-Charkhi-Gefängnis die Runde machten, hörte auch Mariam von dem Gemetzel, das vor dem königlichen Palast stattgefunden hatte. Daoud Khan war tatsächlich getötet worden, aber zuerst hatten an die zwanzig Mitglieder seiner Familie einschließlich der Frauen und Enkelkinder dran glauben müssen. Manche behaupteten, er habe sich selbst das Leben genommen, andere wollten bezeugen können, dass er in der Schlacht gefallen sei, und wiederum andere beteuerten, man habe ihn gezwungen, das Massaker an seiner Familie mit anzusehen, und ihn danach erschossen.

Raschid drehte die Lautstärke seines Radios auf und rückte näher an den Apparat.

»Die Streitkräfte haben einen Revolutionsrat ins Leben gerufen. Unser *watan* trägt von nun an den Namen Demokratische Republik Afghanistan«, sagte Abdul Kadir. »Mit der Aristokratie, Vetternwirtschaft und Ungleichheit ist es ein für alle Mal vorbei, Genossen *hamwatans*. Wir haben Jahrzehnte der Tyrannei an den Wurzeln ausgerissen. Die Macht liegt nun in den Händen friedliebender Menschen. Eine ruhmreiche neue Ära hat für unser Land begonnen. Afghanistan wurde neu geboren. Wir versichern euch, dass ihr nichts zu befürchten habt, Genossen, Afghanen. Die neue Regierung wird den Grundsätzen des Islam und der Demokratie äußersten Respekt entgegenbringen. Wir haben allen Grund zur Freude und zum Feiern.«

Raschid schaltete das Radio aus.

»Ist das jetzt gut oder schlecht?«, fragte Mariam.

»Schlecht für die Reichen, wie es scheint«, antwortete Raschid. »Für unsereins vielleicht nicht ganz so schlecht.«

Mariam dachte an Jalil. Sie fragte sich, ob die Kommunisten ihm nachstellen, ihn und seine Söhne womöglich ins Gefängnis sperren und seine Geschäfte, all seinen Besitz beschlagnahmen würden.

»Ist der auch warm genug?«, sagte Raschid mit Blick auf den Reis.

»War soeben noch im Topf.«

Er brummte vor sich hin und forderte sie auf, ihm den Teller zu reichen.

Während in der Nacht rote und gelbe Blitze am Horizont aufleuchteten, lag Fariba erschöpft, mit verklebtem Haar und schweißnassem Gesicht auf ihrem Bett, den Oberkörper, leicht angehoben, auf die Ellbogen gestützt. Wajma, eine ältliche Hebamme, stand daneben und zeigte Faribas Mann und den beiden Söhnen das Neugeborene. Sie bestaunten das helle Haar des kleinen Mädchens, die rosigen Wangen, die winzigen Lippen und jadegrünen Augen, die sich hinter dem Schlitz der geschwollenen Lider hin und her bewegten. Sie lächelten, als sie sein Stimmchen zum ersten Mal hörten; es erschien zuerst wie das Mauzen eines Kätzchens, schwoll dann aber zu einem gesunden kehligen Schrei an. Noor verglich die Augen mit Edelsteinen. Ahmad, der Frömmste der Familie, sang seiner kleinen Schwester den *athan* ins Ohr und blies ihr dreimal ins Gesicht.

»Also nennen wir sie Laila, oder?«, fragte Hakim, seine Tochter wiegend.

»Laila«, sagte Fariba mit mattem Lächeln. »Nachtschönheit. Das passt.«

Raschid langte mit den Fingern in den Reis, formte ihn zu einem kleinen Kloß und führte die Hand zum Mund. Kaum hatte er davon probiert, verzog er das Gesicht und spuckte aus.

»Was ist?«, fragte Mariam mit ängstlicher Stimme, worüber sie sich selbst ärgerte. Sie spürte, wie sich ihr Puls beschleunigte und sich die Nackenhaare aufrichteten.

»Was ist?«, äffte er sie nach. »Der Reis ist wieder mal nicht durch, das ist.«

»Aber ich habe ihn fünf Minuten länger kochen lassen als sonst.«

»Lüge.«

»Ich schwöre ...«

Er schüttelte die Reiskörner von den Fingern und schob den Teller so wütend von sich, dass die Hälfte von Reis und Sauce auf die *sofrah* schwappte. Dann stürmte er aus dem Wohnzimmer, verließ das Haus und schlug die Tür hinter sich zu.

Mariam ging in die Knie und machte sich daran, das verschüttete Essen auf den Teller zurückzuschieben, musste aber innehalten, weil ihre Hände zu sehr zitterten. Der Schrecken war ihr in die Glieder gefahren. Sie versuchte, tief durchzuatmen. Zufällig fiel ihr Blick auf ihr bleiches Spiegelbild in der Fensterscheibe. Sie schaute weg.

Wenig später ging die Haustür wieder auf. Raschid kehrte ins Wohnzimmer zurück.

»Steh auf«, zischte er. »Steh auf und komm her.«

Er zerrte sie in die Höhe und drückte ihr Kieselsteine in die Hand.

»Steck sie in den Mund.«

»Was?«

»Steck. Sie. In den Mund.«

»Lass gut sein, Raschid, ich …«

Um sie zu zwingen, den Mund zu öffnen, quetschte er ihr mit seiner Pranke die Kieferknochen. Mariam wehrte sich, kam aber nicht gegen ihn an und musste geschehen lassen, dass er ihr einen Kieselstein nach dem anderen in den Mund stopfte.

»Und jetzt kau«, verlangte er, die Oberlippe höhnisch verzerrt.

Die Zunge voller Sand und Steine, flehte sie ihn brabbelnd an. Tränen traten ihr in die Augen.

»KAU!«, brüllte er und stieß ihr einen Nikotinschwall ins Gesicht.

Mariam kaute. Im hinteren Teil des Mundes knackte etwas.

»Gut«, sagte Raschid. Seine Wangen bebten. »Jetzt weißt du, wie dein Reis schmeckt. Jetzt weißt du, was du mir als Ehefrau bietest. Ungenießbares Essen und sonst nichts.«

Dann war er wieder verschwunden. Mariam blieb zurück und spuckte Steine, Blut und die Trümmer zweier Backenzähne aus.

Zweiter Teil

16

Kabul, Frühjahr 1987

Laila, inzwischen neun Jahre alt, konnte es schon morgens nach dem Aufstehen kaum erwarten, ihren Freund Tarik zu sehen. Heute aber würde sie, wie sie wusste, nicht mit ihm zusammen sein können.

»Wie lange wirst du wegbleiben?«, hatte sie ihn gefragt, nachdem er ihr erzählt hatte, dass er mit seinen Eltern nach Ghazni in den Süden fahren werde, um den Onkel väterlicherseits zu besuchen.

»Dreizehn Tage.«

»*Dreizehn Tage?*«

»Die sind schnell rum. Kein Grund, so ein Gesicht zu machen.«

»Was mach ich denn für ein Gesicht?«

»Du wirst doch nicht etwa heulen?«

»Quatsch. Wegen dir schon gar nicht. Nicht in tausend Jahren.«

Sie hatte ihm einen Tritt vors Schienbein versetzt, und zwar nicht vor das künstliche, sondern das gesunde, worauf er ihr einen neckischen Klaps auf den Hinterkopf gegeben hatte.

Dreizehn Tage. Fast zwei Wochen. Und es waren erst fünf Tage vergangen, fünf Tage, in denen Laila eine grundlegende Erkenntnis über die Zeit gewonnen hatte: Wie das Akkordeon, mit dem Tariks Vater manchmal Paschto-Lieder vortrug, zog sich die Zeit dahin oder schrumpfte zusammen, je nachdem, ob Tarik abwesend oder bei ihr war.

Unten im Parterre stritten sich die Eltern. Wieder einmal. Laila kannte es zur Genüge: Mami, wütend und unbeherrscht, würde zeternd im Zimmer auf und ab marschieren, während Babi mit betretener Miene dasäße, brav mit dem Kopf nickte und darauf wartete, dass sich der Sturm legte. Laila machte die Tür zu, doch das Gezeter blieb unüberhörbar. *Mamis* Gezeter. Schließlich fiel eine Tür ins Schloss. Jemand kam mit stampfenden Schritten die Treppe herauf. Die Sprungfedern von Mamis Bett quietschten. Babi, so schien es, hatte auch diesen Streit überlebt.

»Laila!«, rief er. »Ich komm zu spät zur Arbeit.«

»Augenblick noch!«

Sie schlüpfte in ihre Schuhe, trat vor den Spiegel und fuhr sich mit der Bürste durch die schulterlangen blonden Locken. Mami behauptete, dass Laila ihre Haarfarbe von der Urgroßmutter, Mamis Großmutter, geerbt habe, so auch die türkisgrünen Augen mit den dichten Wimpern, die Wangengrübchen und die volle Unterlippe. »Sie war ein *pari*, eine Augenweide, sagte Mami von ihrer Großmutter. »Von ihrer Schönheit wurde im ganzen Tal geschwärmt. Sie hat zwei Generationen in unserer Familie übersprungen, aber mit dir, Laila, ist sie wieder voll zur Entfaltung gekommen.« Das Tal, auf das sich Mami bezog, war das Pandschir-Tal hundert Kilometer nordöstlich von Kabul, die Region der Farsi-sprechenden Tadschiken. Dort waren auch Mami und Babi als Cousin und Cousine ersten Grades zur Welt gekommen und aufgewachsen, ehe sie in den sechziger Jahren, frisch verheiratet, nach Kabul gingen, weil Babi eine Zulassung zum Universitätsstudium erworben hatte.

Auf Zehenspitzen schlich Laila an Mamis Zimmer vorbei und die Treppe hinunter. Unten angekommen, sah sie Babi vor der Fliegengittertür knien.

»Hast du das gesehen, Laila?«

Babi machte auf einen Riss aufmerksam, den es schon seit Wochen in der Tür gab. Laila kauerte sich neben ihn. »Nein. Scheint neu zu sein.«

»Genau das habe ich auch deiner Mutter gesagt.« Er machte einen zerknitterten Eindruck, wie immer, wenn Mami mit ihm fertig war. »Sie beklagt sich über die vielen Bienen im Haus.«

Babi war ein kleiner Mann mit schmalen Schultern und schlanken, zarten, fast fraulich wirkenden Händen. Wenn Laila ihn abends in seinem Zimmer aufsuchte, sah sie ihn fast immer vor einem aufgeschlagenen Buch sitzen, die Brille auf der Nasenspitze. Manchmal bemerkte er sie gar nicht, wenn aber doch, legte er ein Lesezeichen zwischen die Seiten und lächelte sie mit geschürzten Lippen an. Babi kannte einen Großteil der Gaselen von Rumi und Hafis auswendig. Er konnte stundenlang vom Kampf der Briten mit dem zaristischen Russland um Afghanistan erzählen. Er wusste den Unterschied zwischen Stalaktiten und Stalagmiten zu erklären und hatte ausgerechnet, dass der Abstand zwischen Erde und Sonne eine halbe Million Mal größer ist als die Entfernung zwischen Kabul und Ghazni. Wenn es aber darum ging, den Deckel eines Marmeladenglases zu öffnen, musste sich Laila an Mami wenden, was ihr immer ein wenig wie Verrat vorkam. Mit praktischen Dingen war Babi überfordert. Unter seiner Verwaltung blieben quietschende Türangeln auf ewig ungeölt, ein angeblich geflicktes Leck im Dach ließ mehr Regenwasser durchsickern als vorher, und der Schimmel in den Küchenschränken wucherte ungehindert weiter. Mami sagte, dass sich Ahmad um all diese Dinge gekümmert habe, bevor er 1980 zusammen mit Noor in den Dschihad gegen die Sowjets gezogen war.

»Aber wenn du ein Buch hast, das dringend gelesen werden muss, ist Hakim genau der Richtige«, frotzelte sie.

Laila allerdings wurde das Gefühl nie los, dass ihre Mutter vor dem Tag, als Ahmad und Noor in den Krieg gezogen waren – bevor Babi dies zugelassen hatte –, die schrullige Stubengelehrsamkeit ihres Mannes freundlicher aufgenommen und sie früher einmal seine Vergesslichkeit und Ungeschicklichkeit durchaus charmant gefunden hatte.

»Na, den wievielten Tag haben wir denn heute?«, fragte er verschmitzt. »Den fünften? Oder schon den sechsten?«

»Was weiß ich? Glaubst du etwa, ich zähle mit?«, entgegnete Laila und zuckte mit den Achseln, freute sich aber im Stillen über sein Mitgefühl. Mami hatte gar nicht zur Kenntnis genommen, dass Tarik weggefahren war.

»Wart's ab, eh du dich versiehst, wird er wieder seine Blinklichter setzen«, sagte Babi in Anspielung auf Lailas und Tariks allnächtlichen Austausch von Grußnoten per Taschenlampe. Die beiden spielten dieses Spiel schon so lange, dass es ihnen so selbstverständlich war wie das Zähneputzen vorm Zubettgehen.

Babi griff mit der Hand durch den Riss. »Den sollte ich also dann wohl so schnell wie möglich flicken. Aber jetzt müssen wir uns beeilen.« Und mit lauter Stimme rief er durch den Flur: »Wir gehen jetzt, Fariba. Ich bringe Laila zur Schule. Vergiss nicht, sie abzuholen.«

Als Laila draußen auf den Gepäckträger von Babis Fahrrad stieg, fiel ihr ein Auto auf, das vor dem Haus parkte, in dem der Schuhmacher Raschid und seine scheue Frau wohnten. Es war ein dunkelblauer Benz mit einem weißen Mittelstreifen auf Motorhaube, Dach und Kofferraum. Laila sah zwei Männer darin sitzen, den einen hinterm Steuer, den anderen auf der Rückbank.

»Wer ist das?«, fragte sie.

»Das geht uns nichts an«, antwortete Babi. »Los jetzt, sonst kommen wir noch zu spät.«

Laila erinnerte sich an einen länger zurückliegenden Streit zwischen den Eltern und die schnippischen Worte ihrer Mutter: »Ja, das ist typisch für dich, nicht wahr, lieber Vetter, dass du dich aus allem heraushältst. Sogar dann, wenn's um die eigenen Söhne geht. Wie hab ich dich angefleht, zu verhindern, dass sie gehen. Aber stattdessen steckst du deine Nase in diese verfluchten Bücher und lässt sie ziehen wie zwei *haramis*.«

Babi radelte die Straße entlang. Laila hatte die Arme um seinen Bauch geschlungen. Als sie an dem blauen Benz vorbeikamen, erhaschte Laila einen Blick auf den Mann, der auf dem Rücksitz saß. Er war sehr hager, hatte weißes Haar und trug einen dunkelbraunen Anzug mit einem weißen dreieckigen Einstecktuch in der Brusttasche. Außerdem fiel ihr auf, dass der Wagen Nummernschilder aus Herat hatte.

Schweigend fuhren die beiden weiter. Von Babi war nur etwas zu hören, wenn er vor einer Kurve abbremste und sagte: »Halt dich fest, Laila. Vorsichtig, schön vorsichtig.«

Nur mit Mühe konnte Laila an diesem Tag dem Unterricht folgen; sie dachte immerzu an Tarik, und auch der Streit zwischen den Eltern wollte ihr nicht aus dem Kopf gehen. So hatte sie auch nicht aufgepasst, als die Lehrerin sie nach den Hauptstädten Rumäniens und Kubas fragte.

Die Lehrerin hieß Shanzai, wurde aber hinter ihrem Rücken *Khala Rangmaal* genannt, Tante Malerin, denn wenn sie einen Schüler ohrfeigte, ließ sie in schneller Abfolge Handrücken und Handteller aufklatschen, was so aussah, als schwenkte ein Maler seinen Pinsel. *Khala Rangmaal* war eine junge Frau mit scharf geschnittenen Gesichtszügen und dichten Augenbrauen. An ihrem ersten Schultag hatte sie voll Stolz erklärt, dass sie die Tochter eines armen Landarbeiters aus Khost sei. Sie hielt sich sehr gerade und hatte ihr pechschwarzes Haar zu einem festen Knoten im Nacken zusammengefasst. Wenn sie sich umdrehte, konnte man den dunklen Haaransatz im Nacken erkennen. Make-up oder Schmuck waren an ihr nie zu sehen. Sie trug auch keine Kopfbedeckung und verbat ihren Schülerinnen, sich zu verschleiern. Sie sagte, Frauen und Männer seien in jeder Hinsicht ebenbürtig und es gebe keinen Grund, warum sich Frauen verhüllen sollten, wenn Männer dies nicht täten.

Ihrer Meinung nach war die Sowjetunion, von Afghanistan abgesehen, die beste Nation auf der Welt. Ihre Führung stehe, wie sie sagte, auf Seiten der Arbeiterschaft und behandle alle Menschen gleich; alle Bürger der Sowjetunion seien glücklich und freundlich. Amerikaner hingegen würden sich aus Angst vor kriminellen Übergriffen kaum aus dem Haus trauen. Aber in Afghanistan, sagte sie, würden auch bald alle glücklich sein, sobald die Banditen von gestern, die sich gegen jeden Fortschritt stemmten, endlich geschlagen wären.

»Darum sind unsere sowjetischen Brüder 1979 in unser Land gekommen. Um ihren Nachbarn zu Hilfe zu eilen und den inneren Feind zurückzudrängen, dem daran gelegen ist, dass unser Land eine rückständige, primitive Nation bleibt. Auch ihr müsst helfen, Kinder. Ihr müsst jeden zur Anzeige bringen, der auf der Seite des

Feindes steht. Das ist eure Pflicht. Haltet die Augen auf und erstattet Meldung. Selbst dann, wenn es eure Eltern, Onkel oder Tanten trifft. Denn keiner liebt euch so sehr, wie es euer Land tut. Denkt daran, euer Land steht immer an erster Stelle. Es wird stolz auf euch sein, so wie ich es bin.«

An der Wand hinter ihrem Pult hingen eine Karte der Sowjetunion, eine Karte Afghanistans und ein gerahmtes Foto des jüngsten kommunistischen Staatspräsidenten Nadschibullah, der, wie Laila von Babi wusste, früher Chef der Geheimpolizei KHAD gewesen war. Darüber hinaus gab es noch weitere Fotos im Klassenzimmer, vor allem von jungen sowjetischen Soldaten, die Apfelbäume pflanzten, Häuser bauten, immer freundlich lächelten und einfachen Bauern die Hände schüttelten.

»Nun«, sagte *Khala Rangmaal*, »störe ich dich etwa beim Träumen, *inqilabi*-Mädchen?«

So lautete Lailas Spitzname – Revolutionsmädchen –, denn sie war in der Aprilnacht des Putsches von 1978 zur Welt gekommen – allerdings nahm man im Beisein von *Khala Rangmaal* das Wort »Putsch« lieber nicht in den Mund. Sie bestand darauf, von einer *inqilab* zu sprechen, von einer Revolution der arbeitenden Bevölkerung. Verboten war auch das Wort »Dschihad«. Sie leugnete, dass in den Provinzen Krieg herrsche; es könne allenfalls von Auseinandersetzungen mit Unruhestiftern die Rede sein, mit »ausländischen Provokateuren«, wie sie sagte. Und niemand, wirklich niemand wagte es, in ihrer Gegenwart jenes immer weiter um sich greifende Gerücht anzusprechen, wonach den Sowjets nach achtjährigem Kampfeinsatz in Afghanistan eine Niederlage in diesem Krieg bevorstehe. Und das schon bald, weil der amerikanische Präsident Reagan, wie es hieß, den Mudschaheddin Stinger-Raketen zur Verfügung stellte, mit denen sie sowjetische Hubschrauber abschießen konnten. Außerdem, so hieß es weiter, kämen aus der ganzen Welt – aus Ägypten, Pakistan und Saudi-Arabien – Muslime ins Land, um die Rebellen zu unterstützen.

»Bukarest. Havanna«, antwortete Laila.

»Und sind die Menschen dort unsere Freunde oder nicht?«

»Ja, das sind sie, *moalim sahib*. Unsere Freunde.«

Khala Rangmaal zeigte sich mit einem knappen Kopfnicken einverstanden.

Bei Schulschluss war Mami wieder einmal nicht pünktlich zur Stelle. Laila ging schließlich zu Fuß nach Hause, begleitet von ihren Klassenkameradinnen Giti und Hasina.

Giti war ein mageres kleines Mädchen mit zwei seitlich abstehenden Pferdeschwänzen. Sie sah meist grimmig drein und hielt ihre Bücher wie einen Schild vor der Brust. Hasina war zwölf, drei Jahre älter als Laila und Giti; sie hatte die dritte Klasse wiederholen müssen und machte nun schon ihren dritten Anlauf in der vierten. Was ihr an Grips fehlte, machte sie durch Unfug weg und mit einem Mund, der, wie Giti sagte, einer Nähmaschine gleiche. Es war Hasina, die den Spitznamen der Lehrerin geprägt hatte.

Heute verteilte sie Ratschläge, wie sich unattraktive Verehrer abwimmeln ließen. »Die Methode ist narrensicher und funktioniert garantiert. Ehrenwort.«

»Was soll ich damit?«, sagte Giti. »Ich bin doch noch zu jung für Verehrer.«

»Ach was.«

»Jedenfalls hat noch niemand um meine Hand angehalten.«

»Das muss an deinem Bart liegen, meine Liebe.«

Giti deutete einen Boxhieb auf Hasinas Kinn an und blickte Hilfe suchend zu Laila, die ihr halb mitleidig, halb aufmunternd zulächelte – Giti war das humorloseste Mädchen, das sie kannte.

»Wie dem auch sei, wollt ihr's wissen oder nicht?«

»Schieß los«, sagte Laila.

»Bohnen. Nicht weniger als vier Dosen, einzunehmen wenige Stunden bevor der zahnlose Lümmel kommt, um dir seine Liebe zu gestehen. Aber aufgepasst, meine Damen, das genaue Timing ist entscheidend. Ihr müsst das Feuerwerk zurückhalten, bis es Zeit ist, ihm seinen Tee einzuschenken.«

»Ich werd mich dran erinnern«, sagte Laila.

»Das wird auch er.«

Laila hätte erwidern können, dass sie den Rat nicht nötig habe, weil Babi sie so bald nicht freigeben würde. Babi arbeitete zwar für Silo, in der größten Brotfabrik Kabuls, wo er bei brütender Hitze und zwischen lärmenden Maschinen von morgens bis abends die riesigen Öfen und Mahlwerke beschickte, war aber ein Mann mit Universitätsabschluss. Die Kommunisten hatten ihn aus seinem Lehramt vertrieben – das war kurz nach dem Putsch von 1978 gewesen, anderthalb Jahre vor dem Einmarsch der Sowjets. Babi hatte Laila von klein auf klarzumachen versucht, dass das Allerwichtigste für ihn erstens ihre Sicherheit und zweitens ihre Schulausbildung sei.

»Du bist zwar noch jung, aber ich möchte, dass du jetzt schon eines lernst«, hatte er gesagt. »Heiratsabsichten kannst du aufschieben, nicht aber deine Ausbildung. Du bist ein sehr gescheites Mädchen. Ja, das bist du wahrhaftig. Dir stehen alle Türen offen, Laila. Davon bin ich überzeugt. Und ich weiß auch, dass, wenn dieser Krieg vorüber ist, Afghanistan dich genauso nötig haben wird wie seine Männer, vielleicht sogar nötiger. Denn eine Gesellschaft hat keine Aussicht auf Erfolg, wenn ihre Frauen nicht hinreichend ausgebildet sind.«

Hasina gegenüber sagte Laila nichts von den Worten ihres Vaters; sie erwähnte auch nicht, dass sie glücklich darüber war, einen solchen Vater zu haben, dass sie stolz war, von ihm so wertgeschätzt zu werden, und entschlossen, zu studieren, wie er es getan hatte. Am Ende der beiden letzten Schuljahre war ihr jeweils das *awal numra* zuerkannt worden, mit dem die Schule den besten Schüler einer Jahrgangsstufe auszeichnete. Von alldem sagte Laila Hasina gegenüber nichts, denn deren Vater war ein übellauniger Taxifahrer, der seine Tochter wahrscheinlich in zwei oder drei Jahren weggeben würde. In einem ihrer wenigen ernsten Momente hatte Hasina Laila anvertraut, dass ihre Familie bereits entschieden habe, sie mit einem Cousin ersten Grades zu verheiraten, der zwanzig Jahre älter war als sie und eine Autohandlung in Lahore besaß. »Bislang habe ich ihn zweimal gesehen«, hatte Hasina gesagt. »Und beide Male hat er beim Essen laut geschmatzt.«

»Bohnen«, betonte Hasina. »Merkt euch das. Es sei denn …« – an dieser Stelle grinste sie verschmitzt und stupste Laila mit dem Ellbogen an –, »es sei denn, dein hübscher einbeiniger junger Prinz klopft bei dir an. Dann …«

Laila stieß den Ellbogen von sich. Bei jedem anderen, der sich über Tarik lustig gemacht hätte, wäre Laila in Harnisch geraten. Aber sie wusste, dass Hasina es nicht böse meinte. Sie hatte einfach nur ein loses Mundwerk und verschonte niemanden, am wenigsten sich selbst.

»So redet man nicht über andere«, sagte Giti.

»Andere? Wen meinst du damit?«

»Zum Beispiel Kriegsversehrte«, antwortete Giti mit ernster Miene und ging damit der Klassenkameradin auf den Leim.

»Mir scheint, Mullah Giti hat sich in Tarik verguckt. Hab ich's doch geahnt. Ha! Aber er ist schon vergeben. Hab ich nicht recht, Laila?«

»Ich hab mich nicht verguckt«, entgegnete Giti. »In niemanden.« Die beiden entfernten sich von Laila und gingen streitend weiter.

Laila legte den Rest des Weges allein zurück. Als sie in ihre Straße einbog, bemerkte sie, dass der blaue Benz immer noch vor dem Haus von Raschid und Mariam parkte. Der ältere Mann im braunen Anzug stand jetzt, auf einen Stock gestützt, neben der Motorhaube und schaute auf das Haus.

Plötzlich hörte Laila eine Stimme hinter sich rufen: »He, Gelbhaar. Sieh mal her.«

Laila drehte sich um und blickte in die Mündung einer Pistole.

17

Die Pistole war rot und hatte einen grünen Abzugbügel. Der Finger am Abzug gehörte Khadim, einem dicken elfjährigen Jungen mit vorstehendem Unterkiefer. Er, der Sohn eines Metzgers, war in Deh-Mazang berüchtigt dafür, Passanten mit den Innereien von Kälbern zu bewerfen. Wenn Tarik nicht in der Nähe war, stellte Khadim Laila in den Pausen auf dem Schulhof nach, belästigte sie mit Anzüglichkeiten und gab wiehernde Geräusche von sich. Einmal hatte er ihr auf die Schulter getippt und gesagt: »Du bist so hübsch, Gelbhaar. Ich will dich heiraten.«

Jetzt winkte er mit der Pistole. »Keine Bange«, sagte er. »Was da rauskommt, sieht man nicht. Nicht auf deinen Haaren.«

»Untersteh dich! Ich warne dich.«

»Womit willst du mir drohen?«, fragte er. »Wirst du mir deinen Krüppel auf den Hals hetzen? ›Oh, Tarik *jan*, komm bitte nach Hause und erlöse mich von diesem *badmash*.‹«

Laila wich zurück, doch Khadim pumpte schon am Abzug der Pistole. Dünne Strahlen warmen Wassers trafen Lailas Haar und dann die Hände, als sie damit ihr Gesicht zu schützen versuchte.

Andere Jungen, die sich bislang versteckt gehalten hatten, kamen jetzt herbeigerannt und feixten.

Irgendwann war Laila einmal auf der Straße eine Beleidigung zu Ohren gekommen, die sie nicht so recht verstand, aber offenbar eine derart drastische Wucht hatte, dass sie ihr nun durchaus angemessen zu sein schien.

»Deine Mutter ist eine Schwanzlutscherin.«

»Immerhin ist sie nicht so bekloppt wie deine«, entgegnete Khadim ungerührt. »Und immerhin ist mein Vater keine Memme. Übrigens, willst du nicht mal an deinen Händen riechen?«

Die anderen Jungen johlten: »Riech mal, riech mal!«

Unwillkürlich führte Laila ihre Hände an die Nase, doch bevor sie daran roch, wurde ihr schlagartig klar, was Khadim damit gemeint hatte, dass man das Wasser nicht auf ihren Haaren sah. Sie stieß einen schrillen Schrei aus, was die Jungen zu noch lauterem Gejohle anstachelte.

Laila drehte sich um und rannte kreischend nach Hause.

In hektischer Eile schöpfte sie Wasser aus dem Brunnen, füllte damit eine Schüssel und zerrte sich das Hemd über den Kopf. Sie seifte sich die Haare ein und scheuerte, vor Abscheu wimmernd, die Kopfhaut mit den Fingerspitzen. Mehrmals hintereinander spülte sie die Haare und seifte sie wieder ein. Immer wieder drohte sich ihr der Magen umzustülpen. Heulend und zitternd schrubbte sie mit einem Waschlappen Gesicht und Hals, bis sich die Haut rötete.

Das wäre ihr nie passiert, wenn sie Tarik bei sich gehabt hätte, dachte sie, als sie sich frische Sachen anzog. Khadim hätte es nie gewagt. Natürlich wäre es auch nicht dazu gekommen, wenn Mami sie, wie versprochen, abgeholt hätte. Manchmal fragte sich Laila, warum ihre Mutter überhaupt zugelassen hatte, mit ihr noch einmal schwanger zu werden. Eltern, so fand sie, sollte kein weiteres Kind erlaubt sein, wenn alle Liebe, die sie geben konnten, bereits aufgebraucht war. Voller Wut stürmte Laila in ihr Zimmer und ließ sich aufs Bett fallen.

Als sie sich halbwegs beruhigt hatte, stand sie auf und klopfte an die Tür ihrer Mutter. Vor dieser Tür hatte sie früher manchmal stundenlang gehockt, ein ums andere Mal zaghaft angeklopft und den Namen ihrer Mutter geflüstert, immer wieder, wie eine Zauberformel, mit der sie einen Bann zu brechen versuchte: »Mami, Mami, Mami, Mami …« Doch Mami hatte die Tür nie geöffnet. So auch jetzt nicht. Laila drehte den Knauf und trat ein.

Mami hatte manchmal auch gute Tage. Dann war sie schon morgens nach dem Aufstehen voller Elan, und die schwere Unterlippe kräuselte sich zu einem Lächeln. Dann nahm sie ein Bad, zog frische Kleider an und tuschte ihre Wimpern. Sie ließ sich von Laila Ohrringe anstecken und die Haare bürsten, was Laila besonders gern tat. Gemeinsam gingen sie dann zum Einkauf in den Mandaii-Basar. Laila brachte sie dazu, mit ihr das Leiterspiel zu spielen, und sie aßen Schokoladenspäne, eine der wenigen Naschereien, für die beide ein Faible hatten. Der für Laila schönste Moment an Mamis guten Tagen war, wenn Babi nach Hause kam, Mami vom Spielbrett aufblickte und lächelnd ihre braunen Zähne zeigte. Dann durchströmte Laila ein unvergleichliches Hochgefühl, denn es vermittelte sich ihr eine Ahnung von jener zärtlichen Romanze, die ihre Eltern früher einmal, als dieses Haus noch voller Leben und Heiterkeit war, miteinander verbunden hatte.

An ihren guten Tagen backte Mami manchmal Kuchen und lud Nachbarinnen zu einer Tasse Tee ein. Laila schleckte die Teigschüssel aus, während Mami den Tisch mit Servietten und dem Geschirr für besondere Anlässe deckte. Wenn dann die Gäste gekommen waren, durfte Laila mit am Tisch Platz nehmen und den Gesprächen der Frauen zuhören, und es machte sie selbst stolz, wenn die Backkunst ihrer Mutter von allen gelobt wurde. Sie hatte in solchen Runden zwar selbst nicht viel zu sagen, genoss es aber, dabei zu sein, vor allem deshalb, weil ihr ein seltenes Vergnügen zuteil wurde: Sie hörte dann Mami mit liebevollen Worten von Babi sprechen.

»Er war ein vorzüglicher Lehrer«, sagte sie. »Seine Schüler haben ihn verehrt. Und das nicht nur, weil er sie im Unterschied zu den anderen Lehrern nie geschlagen hat. Sie haben ihn geachtet, weil er *sie* geachtet hat. Er war großartig.«

Besonders gern erzählte Mami die Geschichte ihrer Verlobung.

»Ich war sechzehn, er neunzehn. Unsere Familien lebten im Pandschir Tür an Tür. Oh, was war ich vernarrt in ihn, *hamshiras*! Ich bin fast jeden Tag über die Mauer zwischen unseren Häusern gestiegen, um dann mit ihm im Obstgarten seines Vaters zu spielen. Hakim hatte immer Angst, von meinem Vater Prügel zu beziehen. ›Der wird mir noch den Hosenboden versohlen‹, hat er immer gesagt. Er war ständig auf der Hut und sehr ernst. Und eines Tages habe ich dann zu ihm gesagt: ›Cousin‹, sagte ich, ›wie stet's? Wirst du um meine Hand anhalten, oder soll ich der *khastegari* sein, der um dich wirbt?‹ Im Ernst, das habe ich gesagt. Ihr hättet sein Gesicht sehen sollen.«

Mami klatschte vergnügt in die Hände, wenn dann die Frauen und auch Laila lachten.

Solche Geschichten belegten, dass es eine Zeit gegeben haben musste, in der die Eltern glücklich gewesen waren und noch nicht in getrennten Zimmern geschlafen hatten. Laila wünschte, sie hätte diese Zeit miterlebt.

Die Frauen am Tisch kamen unweigerlich auch darauf zu sprechen, welcher junge Mann und welche junge Frau ein gutes Paar abgäben. Wenn Afghanistan von den Sowjets befreit wäre und die Söhne nach Hause zurückkämen, würden sie wohl heiraten wollen, und so überlegten die Frauen, welche Mädchen aus der Nachbarschaft Ahmad und Noor gefallen könnten. Wenn von ihren Brüdern die Rede war, fühlte sich Laila immer ausgeschlossen, und ihr war, als würde man sich über einen besonders schönen Film unterhalten, den sie nicht gesehen hatte. Sie war zwei Jahre alt gewesen, als Ahmad und Noor ins Pandschir-Tal gezogen waren, um sich den Streitkräften Ahmad Schah Massouds anzuschließen und im Dschihad zu kämpfen. Laila hatte kaum eine Erinnerung mehr an sie. Ein glänzender *Allah*-Anhänger an Ahmads Halskette und ein Büschel schwarzer Haare auf einem von Noors Ohren. Das war alles.

»Wie wär's mit Azita?«

»Die Tochter des Teppichwebers?«, fragte Mami und gab sich in gespielter Empörung einen Klaps auf die Wange. »Die hat doch einen noch dichteren Schnurrbart als Hakim.«

»Oder vielleicht Anahita. Es heißt, sie sei die Klassenbeste in Zarghoona.«

»Habt ihr mal ihre Zähne gesehen? Regelrechte Grabsteine. Sie hält einen Friedhof hinter ihren Lippen versteckt.«

»Dann wären da die Wahidi-Schwestern.«

»Diese beiden Zwerge? Nein, nein, nein. Die kommen für meine

Söhne nicht in Betracht. Nicht für meine Sultane. Die verdienen Besseres.«

Während die Frauen miteinander schwatzten, hing Laila eigenen Gedanken nach, die letztlich immer zu Tarik wanderten.

Mami hatte die gelblichen Vorhänge zugezogen. In dem verdunkelten Zimmer roch es nach Schlaf, ungewaschenen Laken, Schweiß, schmutzigen Socken, Parfüm und dem *qurma* vom Vorabend. Als sich ihre Augen an die Dunkelheit gewöhnt hatten, durchquerte sie den Raum. Ihre Füße verhedderten sich in den Kleidern, die auf dem Boden verstreut lagen.

Laila zog die Vorhänge auf. Vor dem Fußende des Bettes stand ein alter metallener Klappstuhl. Sie nahm darauf Platz und beobachtete den Wulst unter den Decken.

Die Wände ringsum waren voller Fotos von Ahmad und Noor. Laila sah sich von lächelnden Fremden umgeben. Hier hockte Noor auf einem Dreirad, dort kauerte Ahmad betend neben einer Sonnenuhr, die er im Alter von zwölf Jahren mit Babis Hilfe gebaut hatte, und an anderer Stelle saßen die Brüder Rücken an Rücken unter dem alten Birnbaum im Hof.

Unter dem Bett erkannte Laila eine Ecke von Ahmads Schuhkarton, in dem er, wie sie wusste, alte Zeitungsausschnitte und Flugblätter von Aufständischen und Widerstandsgruppen aufbewahrte, die in Pakistan ihren Stützpunkt hatten. Laila erinnerte sich, dass darin auch das Zeitungsfoto eines Mannes lag, der ein langes weißes Gewand trug und einem kleinen Jungen ohne Beine einen Dauerlutscher schenkte. Die Bildunterschrift lautete: *Sowjetische Landminen zielen auf Kinder*. In dem Artikel dazu hieß es, dass die Sowjets auch bunte Spielzeuge mit Sprengstoff füllten, die, wenn ein Kind sie in die Hand nahm, explodierten und ihnen die Hand oder sogar den Arm abrissen. Die Väter solcher Opfer konnten am Dschihad nicht teilnehmen, weil sie zu Hause bleiben und sich um ein verkrüppeltes Kind kümmern mussten. In einem anderen Artikel kam ein junger Mudschaheddin zu Wort, der davon berichtete, dass sein Heimatdorf von den Sowjets mit Giftgasen angegriffen worden sei, die den Bewohnern die Haut verätzt und viele blind gemacht hätten. Er habe mit eigenen Augen gesehen, wie seine Mutter und seine Schwester, aus dem Mund blutend, zum Fluss gerannt seien.

»Mami.«

Der Wulst rührte sich. Durch die Decken drang ein Stöhnen.

»Steh auf, Mami. Es ist schon drei Uhr.«

Noch ein Stöhnen. Wie das Periskop eines U-Bootes tauchte ein Arm auf, der aber sogleich wieder fallen gelassen wurde. Jetzt kam etwas mehr Bewegung in den Wulst. Die Decken raschelten. Nach und nach kam die Mutter darunter zum Vorschein, zuerst das zerzauste Haar, dann das weiße verquollene Gesicht mit den zusammengekniffenen Augen, eine Hand, die nach dem Bettpfosten langte. Ächzend richtete sie sich auf. Vom hellen Licht geblendet, schlug sie die Hand vors Gesicht und ließ den Kopf auf die Brust fallen.

»Wie war's in der Schule?«, murmelte sie.

Es war jedes Mal das Gleiche. Eintönige Fragen, nichtssagende Antworten. Beide gaben sich nur wenig Mühe in diesem lustlos absolvierten alten Spiel.

»Wie soll's schon gewesen sein?«

»Hast du was gelernt?«

»Das Übliche.«

»Schon gegessen?«

»Ja.«

»Gut.«

Mami hob den Kopf, blickte Richtung Fenster und blinzelte. Die rechte Gesichtshälfte war gerötet und das Haar auf dieser Seite platt gedrückt. »Ich habe Kopfschmerzen.«

»Soll ich dir Aspirin bringen?«

Mami massierte sich die Schläfen. »Vielleicht später. Ist dein Vater zu Hause?«

»Wir haben doch erst drei.«

»Ja, richtig. Das sagtest du.« Mami gähnte. »Ich habe geträumt.« Ihre Stimme war kaum lauter als das Rascheln der Laken. »Gerade eben noch, und jetzt weiß ich schon nicht mehr, was. Kennst du das auch?«

»Das kennt jeder, Mami.«

»Seltsam.«

»Während du geträumt hast, bin ich von einem Jungen mit Pisse aus einer Wasserpistole angespritzt worden.«

»Wie bitte? Womit?«

»Pisse. Urin.«

»Das ist … das ist ja schrecklich. Gütiger Himmel. Armes Ding. Den Lümmel werd ich mir vorknöpfen, gleich morgen früh. Oder vielleicht sollte ich lieber gleich seiner Mutter ein paar Takte flüstern. Ja, ich glaube, das wäre besser.«

»Du weißt doch noch gar nicht, wer's war.«

»Oh. Und? Wer war's?«

»Nicht der Rede wert.«

»Du bist wütend.«

»Du wolltest mich von der Schule abholen.«

»Ach ja?«, krächzte Mami. Ob sie damit ihr Versäumnis bedauerte oder die Verabredung in Frage stellte, hätte Laila nicht sagen können. Mami zupfte sich an den Haaren. Es zählte für Laila zu den größten Rätseln der Natur, dass ihre Mutter, die sich ständig an den Haaren zupfte, nicht längst kahl war wie ein Ei. »Was ist mit … wie war noch gleich sein Name? Mit deinem Freund Tarik? Wo steckt er?«

»Er ist verreist.«

»Oh.« Mami schniefte. »Hast du dich gewaschen?«

»Ja.«

»Dann bist du also wieder sauber.« Mami schaute zum Fenster hin. »Du bist sauber, und alles ist in Ordnung.«

Laila stand auf. »Ich muss jetzt meine Hausaufgaben machen.«

»Natürlich, recht so. Zieh bitte die Vorhänge zu, bevor du gehst, Liebes«, hauchte Mami und sank ins Kissen zurück.

Als Laila vorm Fenster stand und nach den Vorhängen griff, sah sie ein Auto durch die Straße fahren, gefolgt von einer dichten Staubwolke. Es war der blaue Benz aus Herat. Die Fensterscheiben glitzerten im Sonnenlicht. Sie blickte dem Wagen nach, bis er an der nächsten Ecke abbog und verschwand.

»Morgen werde ich nicht vergessen, dich abzuholen«, flüsterte Mami. »Versprochen.«

»Das hast du gestern auch gesagt.«

»Ach, wenn du wüsstest, Laila.«

»Was?« Laila wirbelte auf dem Absatz herum und wandte sich ihrer Mutter zu. »Wenn ich was wüsste?«

Mami klopfte sich matt mit der Hand auf die Brust. »Wie's da drinnen aussieht. Du hast ja keine Ahnung.«

18

Die Woche verging, ohne dass Tarik von sich hätte hören lassen, dann noch eine weitere Woche.

Um sich die Zeit zu vertreiben, flickte Laila die Fliegengittertür, wozu Babi immer noch nicht gekommen war. Anschließend nahm sie all seine Bücher aus dem Regal, staubte sie ab und ordnete sie alphabetisch. Sie ging in die Hühnerstraße, begleitet von Hasina, Giti und deren Mutter, einer Näherin, die gelegentlich zusammen mit Mami für andere nähte. In dieser Woche gelangte Laila zu der Auffassung, dass von allen Nöten, die einen Menschen befallen können, das lange Warten am schwersten zu ertragen war.

Eine weitere Woche ging zu Ende.

Laila wurde von schrecklichen Gedanken heimgesucht.

Er käme nie zurück. Seine Eltern waren womöglich für immer fortgezogen, und die Fahrt nach Ghazni hatte nur als Vorwand dienen sollen, listig eingefädelt von den Eltern, um den beiden einen schmerzlichen Abschied zu ersparen.

Womöglich war er wieder auf eine Landmine getreten, so wie damals, 1981, als er, fünfjährig, das letzte Mal mit seinen Eltern nach Ghazni in den Süden gefahren war, kurz nach Lailas drittem Geburtstag. Er hatte damals noch Glück gehabt und nur ein Bein verloren, Glück, überhaupt am Leben geblieben zu sein.

Ihr Kopf war voll von solch quälenden Gedanken.

Dann, eines Abends, sah Laila endlich ein kleines Licht in der Straße blinken. Ihren Lippen entwich ein Laut, halb Quieken, halb Keuchen. Eilig fischte sie ihre Taschenlampe unter dem Bett hervor, nur um feststellen zu müssen, dass sie nicht funktionierte. Wütend schlug sie die Lampe auf die offene Hand und verfluchte die leeren Batterien. Sei's drum. Er war wieder da. Vor Erleichterung ganz schwindlig, setzte sich Laila auf die Bettkante und betrachtete das wunderschöne gelbe Auge, das ihr zuzwinkerte.

Als sie sich am nächsten Tag auf den Weg zu Tariks Haus machte, sah Laila Khadim mit ein paar Freunden auf der anderen Straßenseite. Khadim hockte auf den Fersen und zeichnete mit einem Stock Figuren in den Staub. Als er sie sah, ließ er den Stock fallen, griff mit krabbelnden Fingern in die Luft und sagte etwas, worüber sich die anderen ausschütteten vor Lachen. Mit gesenktem Kopf stürmte Laila an ihnen vorbei.

»Was hast du *getan*?«, schimpfte sie, als Tarik ihr die Tür geöffnet hatte. Dann fiel ihr ein, dass sein Onkel Friseur war.

Tarik fuhr mit der Hand über seinen frisch rasierten Schädel und zeigte lachend seine weißen, ein wenig schiefen Zähne.

»Gefällt's dir?«

»Du siehst aus, als hätte dich das Militär eingezogen.«

»Willst du mal fühlen?« Er senkte den Kopf.

Die winzigen Stoppeln kratzten angenehm auf der Handfläche. Tarik war beileibe nicht so wie die anderen Jungen, deren Haar eierförmige Schädel und unansehnliche Wülste verbarg. Tariks Kopf war perfekt gerundet und ohne jeden Makel.

Als er aufblickte, bemerkte Laila, dass seine Wangen und die Stirn gebräunt waren.

»Warum warst du so lange weg?«, fragte sie.

»Mein Onkel war krank. Komm. Komm rein.«

Er führte sie ins Wohnzimmer. Laila liebte alles in diesem Haus, selbst den durchgetretenen alten Teppich oder die Patchwork-Decke auf der Couch und das übliche Durcheinander: die Stoffreste seiner Mutter, ihre Nähnadeln, die in Garnspulen steckten, die Zeitungen von vorgestern und den alten Akkordeonkasten in der Ecke.

»Wer ist da?«

Seine Mutter rief aus der Küche.

»Laila«, antwortete er.

Er rückte ihr einen Stuhl zurecht. Dank des Doppelfensters, das sich zum Hof hin öffnete, war es sehr hell im Wohnzimmer von Tariks Familie. Auf dem Sims standen Gläser, in denen seine Mutter Auberginen und Karottenmarmelade einweckte.

»Also unsere *aroos*, unsere Schwiegertochter«, sagte sein Vater, als er den Raum betrat. Er war Schreiner, ein hagerer weißhaariger Mann Anfang sechzig. Er hatte eine Lücke zwischen den Schneidezähnen und die blinzelnden Augen eines Mannes, der die meiste Zeit seines Lebens im Freien verbrachte. Laila lief in seine ausgebreiteten Arme und genoss den angenehmen, vertrauten Duft von Sägemehl. Sie küssten einander dreimal auf die Wangen.

»Du riskierst, dass sie nicht mehr kommt, wenn du sie weiterhin so nennst«, sagte Tariks Mutter, die mit einer Schüssel und vier Schalen auf einem Tablett ins Zimmer trat. Sie stellte das Tablett ab, schmiegte beide Hände um Lailas Gesicht und sagte: »Schön, dich zu sehen. Nimm Platz, meine Liebe. Ich habe eingelegte Früchte aus dem Süden mitgebracht.«

Der Tisch war etwas klobig geraten und bestand aus hellem unbehandeltem Holz – Tariks Vater hatte ihn geschreinert, wie auch die Stühle. Darauf lag eine moosgrüne Plastikdecke, gemustert mit kleinen magentaroten Halbmonden und Sternen. Ringsum an den Wänden hingen Fotos von Tarik in verschiedenen Altersstufen. Auf denen aus frühen Jahren hatte er noch zwei Beine.

»Ihr Bruder war krank?«, fragte Laila und tauchte den Löffel in das Dessert aus gewässerten Rosinen, Pistazien und Aprikosen.

Er steckte sich gerade eine Zigarette an. »Ja, aber jetzt geht's ihm schon viel besser, *shokr e Khoda*, Gott sei Dank.«

»Er hatte seinen zweiten Herzinfarkt«, erklärte Tariks Mutter und bedachte ihren Mann mit strengem Blick.

Der blies Rauch in die Luft und zwinkerte Laila zu. Tariks Eltern hätte man durchaus auch für seine Großeltern halten können. Seine Mutter war schon weit über vierzig gewesen, als sie ihn zur Welt gebracht hatte.

»Wie geht's deinem Vater, meine Liebe?«, fragte Tariks Mutter über den Rand ihrer Schale hinweg.

Sie trug, so lange Laila sie kannte, eine Perücke, die inzwischen einen stumpfen Violettton angenommen hatte. Heute saß sie etwas zu tief in der Stirn und ließ an den Seiten graue Haare zum Vorschein treten. Manchmal war sie auch zu weit in den Nacken gerutscht. Auf Laila aber machte Tariks Mutter nie einen bedauernswerten Eindruck. Laila sah unter der Perücke ein ruhiges, selbstbewusstes Gesicht, kluge Augen und ein angenehmes, gelassenes Wesen.

»Ihm geht's gut«, antwortete Laila. »Er arbeitet natürlich immer noch für Silo, scheint aber zufrieden zu sein.«

»Und deine Mutter?«

»Hat ihre guten und schlechten Tage. Wie immer.«

»Ja«, sagte Tariks Mutter, nachdenklich in ihrer Schale rührend. »Es muss einer Mutter schrecklich schwer ums Herz sein, wenn ihre Söhne fort sind.«

»Bleibst du zum Mittagessen?«, fragte Tarik.

»Unbedingt«, sagte seine Mutter. »Es gibt *shorwa*.«

»Ich will nicht *mozahem* sein.«

»Aufdringlich?«, sagte Tariks Mutter. »Kaum sind wir ein paar Wochen weg, und schon wirst du uns gegenüber genierlich.«

»Na schön, ich bleibe«, entgegnete Laila errötend und lächelte.

»Das wäre also abgemacht.«

Tatsächlich aß Laila mit Tarik und dessen Eltern viel lieber als bei sich zu Hause, wo sie meist allein am Tisch saß. Sie mochte die lilafarbenen Plastikbecher, die hier zum Trinken benutzt wurden, und den Wasserkrug, in dem immer Zitronenspalten schwammen. Es gefiel ihr, dass jede Mahlzeit mit einer Schale frischem Joghurt begann und alles mit dem Saft saurer Orangen gewürzt wurde, selbst der Joghurt, und dass immer kleine harmlose Hänseleien ausgetauscht wurden.

Bei Tisch gab es stets viel zu erzählen. Tarik und seine Eltern waren zwar Paschtunen, aber in Lailas Beisein wurde Farsi gesprochen, obwohl sie Paschto in der Schule lernte und mehr oder weniger gut verstand. Von Babi wusste sie, dass es Spannungen gab zwischen der Minderheit der Tadschiken und den Paschtunen, der größten Volksgruppe in Afghanistan. »Die Tadschiken fühlen sich seit eh und je benachteiligt«, hatte Babi gesagt. »Fast zweihundertfünfzig Jahre lang herrschten Paschtunenkönige; nur einmal, 1929, war ein Tadschike an der Macht, ein Rebell, Deserteur und Wegelagerer mit dem Beinamen Der Sohn des Wasserträgers. Er raubte den Thron, wurde aber schon nach neun Monaten Regentschaft hingerichtet.«

»Und du«, hatte Laila gefragt, »fühlst du dich auch benachteiligt, Babi?«

Babi hatte seine Brille am Saum des Hemdes geputzt. »Für mich ist das alles blanker Unsinn, ein gefährlicher dazu, wenn der eine betont, Tadschike zu sein, und der andere stolz darauf ist, den Paschtunen, Hazaras oder Usbeken anzugehören. Wir sind alle Afghanen, und darauf sollte es ankommen. Aber wenn eine Volksgruppe so lange Zeit über eine andere herrscht, ja, dann entsteht böses Blut, dann kommt's zu Hass und Feindschaft. So ist es immer gewesen.«

Vielleicht. Aber von solchen Spannungen war in Tariks Haus nie etwas zu spüren. Herkunft oder Sprache spielten hier keine Rolle, und es gab auch keine Gehässigkeiten, die die Atmosphäre vergiftet hätten. Laila fühlte sich im Kreis der Familie rundum wohl und ungezwungen.

»Wie wär's mit einem Kartenspielchen?«, schlug Tarik vor.

»Ja, geht nach oben«, sagte seine Mutter, die sich gerade naserümpfend gegen den Qualm aus dem Mund ihres Mannes zur Wehr setzte. »Ich werde mich derweil um die *shorwa* kümmern.«

Die beiden lagen bäuchlings mitten in Tariks Zimmer und teilten abwechselnd die Karten zu einer weiteren Runde *panjpar* aus. Tarik schwenkte den gesunden Fuß in der Luft und berichtete von seiner Reise. Von den jungen Pfirsichbäumen, die er mit seinem Onkel gepflanzt hatte. Von der im Garten gefangenen Schlange.

In diesem Zimmer machten Laila und Tarik auch ihre Hausaufgaben, hier bauten sie Türme aus Karten und zeichneten lustige Porträts vom jeweils anderen. Wenn es regnete, lehnten sie an der Fensterbank, tranken lauwarme, sprudelnde Orangenlimonade und betrachteten die an der Scheibe entlangrinnenden Tropfen.

Sie zählten die vorbeifahrenden Autos und stellten einander Rätselfragen.

»Hör zu«, sagte Laila, die Karten mischend. »Was reist um die ganze Welt, bleibt aber immer in einer Ecke kleben?«

»Augenblick.« Tarik richtete sich auf und wuchtete seine Beinprothese herum. Mit einem Stöhnen legte er sich auf die Seite, den Kopf auf die Hand gestützt. »Reich mir mal das Kissen.« Er stopfte es sich unters Bein. »Schon besser.«

Laila erinnerte sich an den Augenblick, als er ihr zum ersten Mal den Stumpf gezeigt hatte. Sie war damals sechs gewesen. Mit einem Finger hatte sie die gespannte, glänzende Haut unter dem linken Knie befühlt und kleine feste Knoten darunter ertastet, Knochensporne, wie Tarik erklärte, die sich nach einer Amputation manchmal bildeten. Auf ihre Frage, ob der Stumpf schmerze, hatte er gesagt, dass er abends häufig wehtue, wenn er geschwollen sei und die Prothese kneifen würde wie ein Fingerhut am Daumen. »Manchmal ist er auch ganz wund gescheuert. Besonders an heißen Tagen. Dann bilden sich Ausschlag und Blasen. Aber dafür hat meine Mutter Salben, die helfen. Ist halb so schlimm.«

Laila war in Tränen ausgebrochen.

»Warum weinst du?« Er hatte die Prothese wieder angeschnallt. »Du wolltest es sehen, *giryanok*, du Heulsuse. Wenn ich gewusst hätte, dass dir das so viel ausmacht, hätte ich's dir nicht gezeigt.«

»Eine Briefmarke«, antwortete er jetzt.

»Was?«

»Die Lösung deines Rätsels. Briefmarke. Wollen wir nach dem Essen in den Zoo gehen?«

»Du kanntest es schon, stimmt's?«

»Nein.«

»Lüg nicht.«

»Du bist ja nur neidisch.«

»Worauf?«

»Auf meine maskuline Cleverness.«

»Deine *maskuline* Cleverness? Dass ich nicht lache. Wer gewinnt denn jede Schachpartie?«

»Ich lasse dich gewinnen«, antwortete er lachend. Sie wussten beide, dass dem nicht so war.

»Und wer kommt in Mathe nicht mit? Wem muss ich immer bei den Hausaufgaben helfen, obwohl du eine Klasse über mir bist?«

»Ich wäre schon zwei Klassen weiter, wenn mich Mathe nicht so langweilen würde.«

»Erdkunde langweilt dich dann wohl auch.«

»Woher weißt du das? Schluss jetzt. Gehen wir in den Zoo, ja oder nein?«

Laila lächelte. »Ja.«

»In Ordnung.«

»Du hast mir gefehlt.«

Es entstand eine Pause. Dann wandte sich Tarik ihr mit einer Miene zu, die, halb grinsend, halb grimassierend, Missfallen zum Ausdruck bringen sollte. »Was ist bloß los mit dir?«

Den Schulfreundinnen fiel es nicht schwer, diese vier Wörter zu sagen, wenn sie sich einmal zwei oder drei Tage lang nicht gesehen hatten. »Du hast mir gefehlt, Hasina.« – »Oh, du mir auch.« Tariks Grimasse aber zeigte ihr, dass Jungs in dieser Hinsicht anders waren. Sie machten kein Aufhebens um freundschaftliche Gefühle und hatten offenbar nicht das Bedürfnis, darüber zu sprechen. Von ihren Brüdern, so dachte Laila, wäre wahrscheinlich auch nicht mehr zu erwarten. Anscheinend war für Jungen Freundschaft so selbstverständlich wie die Sonne; man genoss ihre Wärme, setzte sich den Strahlen aber lieber nicht direkt aus.

»Ich wollte dich nur ein bisschen ärgern«, sagte sie.

Er warf ihr einen flüchtigen Blick zu. »Das ist dir gelungen.«

Immerhin war, wie sie bemerkte, seine Miene nun wieder entspannter, und es schien, als hätte die Sonnenbräune seiner Wangen für einen Moment zugenommen.

Laila hatte eigentlich kein Wort darüber verlieren wollen, denn ihr war klar, dass Tarik die Sache nicht auf sich beruhen lassen konnte und irgendjemand verletzt werden würde. Doch als sie später das Haus verließen und auf die Bushaltestelle zugingen, sah sie Khadim im Kreis seiner Freunde an einer Mauer lehnen, die Daumen in den Hosenbund gesteckt und mit trotzigem Grinsen im Gesicht.

Da platzte es aus ihr heraus, und sie erzählte Tarik, was vorgefallen war.

»Was hat er getan?«

Sie wiederholte die Geschichte.

Er zeigte mit dem Finger auf Khadim. »Der da? Er war's? Bist du dir sicher?«

»Ja.«

Tarik biss die Zähne zusammen und stieß einen Satz auf Paschto hervor, den Laila nicht verstand. »Du wartest hier«, sagte er wieder auf Farsi.

»Nein, Tarik …«

Doch er er war schon losgegangen.

Khadim grinste nicht mehr, als er ihn kommen sah. Er stieß sich von der Mauer ab, nahm die Daumen aus dem Hosenbund und straffte die Schultern. Er gab sich alle Mühe, bedrohlich zu wirken. Die anderen folgten seinem Beispiel.

Laila bereute, Tarik von dem Vorfall erzählt zu haben. Was, wenn die ganze Meute – wie viele waren es? Elf, zwölf? – über ihn herfallen würde? Was, wenn sie ihn verletzten?

Tarik blieb wenige Meter vor Khadim und seiner Bande stehen. Er schien zu zögern, und als er sich bückte, glaubte Laila, dass er seine Schnürsenkel festzubinden vortäuschte, um dann zu ihr zurückzukehren. Aber dann sah sie, was er tatsächlich vorhatte.

Die anderen sahen es auch. Tarik richtete sich auf und hüpfte, die Prothese wie ein Schwert hoch über dem Kopf erhoben, einbeinig in weiten Sätzen auf Khadim zu.

Die Jungen stoben auseinander und machten ihm den Weg frei.

Dann wirbelte Staub auf, Fäuste flogen, es wurde getreten und geschrien.

Khadim belästigte Laila nie wieder.

Wie an den meisten Tagen deckte Laila auch an diesem Abend den Tisch nur für zwei. Meist hatte Mami entweder keinen Hunger, oder sie ging mit dem Teller auf ihr Zimmer, ehe Babi zurückkehrte, und wenn Laila und Babi zu Tisch saßen, lag sie schon im Bett.

Wenn Babi von der Arbeit kam, ging er zuerst immer ins Badezimmer, um sich den Mehlstaub aus den Haaren zu spülen.

»Was gibt's heute?«, fragte er, als er, frisch gewaschen und die Haare zurückgekämmt, das Wohnzimmer betrat.

»Den Rest der *aush*-Suppe.«

»Prima«, sagte er und faltete das Handtuch zusammen, mit dem er sich abgetrocknet hatte. »Und womit werden wir uns anschließend beschäftigen? Mit der Addition von Brüchen?«

»Diesmal muss ich Brüche in Dezimalzahlen auflösen.«

»Ah. Richtig.«

Jeden Abend half Babi seiner Tochter bei den Hausaufgaben und stellte ihr dann auch noch zusätzliche Aufgaben. Er wollte, dass Laila ihren Mitschülerinnen stets einen oder zwei Schritte voraus war. Nicht, dass er den von der Schule angebotenen Lernstoff für allzu dürftig erachtet hätte. Im Gegenteil, ungeachtet der ideologischen Propaganda, die dort vermittelt wurde, hielt er den Kommunisten immerhin eines zugute, und das war ironischerweise deren Wertschätzung für Ausbildung und Lehre, von der sie ihn selbst ausgeschlossen hatten. Zumindest hatten die Kommunisten sich das auf die Fahnen geschrieben, insbesondere die Ausbildung von Frauen. Die Regierung finanzierte Alphabetisierungskurse für alle Frauen. Inzwischen seien, sagte Babi, fast zwei Drittel der Studierenden an der Universität von Kabul Frauen, die nicht zuletzt auch Studienfächer wie Jura, Medizin und Ingenieurwissenschaften belegten.

»Frauen hatten es immer schwer in diesem Land, Laila. Jetzt, unter den Kommunisten, sind sie womöglich freier als je zuvor; jedenfalls haben sie mehr Rechte«, hatte er mit gedämpfter Stimme gesagt, weil er sich vor Mami hütete, die an den Kommunisten kein gutes Haar lassen mochte. »Es ist wahr, für afghanische Frauen sind gute Zeiten angebrochen, und auch du kannst davon profitieren, Laila.« An dieser Stelle hatte er bekümmert den Kopf geschüttelt und hinzugefügt: »Leider ist dies, die Freiheit der Frauen, einer der Gründe, warum die Leute da draußen zu den Waffen greifen.«

Mit »da draußen« war nicht Kabul gemeint, deren Bürger immer schon als vergleichsweise liberal und progressiv galten. Hier in Kabul lehrten Frauen sogar an der Universität, sie übten Regierungsämter aus und leiteten Schulen. Nein, Babi meinte die Stammesgebiete, insbesondere die der Paschtunen im Süden oder die Region im Osten nahe der pakistanischen Grenze, wo sich Frauen nur noch in Burka und in männlicher Begleitung auf den Straßen zeigen durften. Er meinte jene Gebiete, wo Männer nach alten Stammesregeln lebten und gegen die Kommunisten rebellierten, weil diese die Zwangsehe abzuschaffen versuchten und das heiratsfähige Alter für Mädchen auf sechzehn Jahre heraufgesetzt hatten. Von einer Regierung – zumal einer gottlosen – vorgeschrieben zu bekommen, dass ihre Töchter zur Schule gehen und am Arbeitsplatz den Männern gleichgestellt sein müssten, kam für Männer einer Beleidigung jahrhundertealter Traditionen gleich.

»Gott bewahre, dass so etwas passiert!«, frotzelte Babi gern. Dann seufzte er immer und sagte: »Laila, meine Liebe, der einzige Feind, den eine Afghane niemals wird bezwingen können, ist niemand anders als er selbst.«

Babi setzte sich an den Kopf des Tisches und tunkte ein Stück Brot in seine *aush*.

Laila hatte vor, ihm von der Schlägerei zwischen Tarik und Khadim zu erzählen. Doch dazu kam sie nicht, denn plötzlich klopfte es an der Tür.

19

»Ich muss mit deinen Eltern sprechen, *dokhtar jan.*« Laila hatte einem fremden Mann die Tür geöffnet. Er war untersetzt, sein Gesicht scharf geschnitten und vom Wetter gegerbt. Er trug einen sandfarbenen Mantel und einen braunen wollenen *pakol* auf dem Kopf.

»Wie ist Ihr Name?«

Dann lag Babis Hand auf Lailas Schulter. Sanft zog er sie von der Tür weg und sagte: »Du gehst jetzt besser nach oben auf dein Zimmer.«

Als sie sich auf die Treppe zubewegte, hörte Laila den Besucher sagen, dass er Nachrichten aus dem Pandschir-Tal habe. Mami war inzwischen auch im Wohnzimmer. Sie hielt eine Hand vor den Mund gedrückt und ließ ihren Blick zwischen Babi und dem Mann mit dem *pakol* hin und her springen.

Laila lugte durch den Türspalt und sah, wie der Fremde, nachdem er und ihre Eltern Platz genommen hatten, sich nach vorn beugte und die Lippen bewegte. Plötzlich wurde Babi kreidebleich. Er starrte auf seine Hände. Mami fing zu schreien an und zerrte sich an den Haaren.

Am nächsten Morgen, dem Tag der *fatiha*, kamen Nachbarinnen ins Haus und sorgten für die Vorbereitung des *khatm*-Mahls, das nach der Trauerfeier stattfinden sollte. Mami saß den ganzen Vormittag über mit verquollenem Gesicht auf der Couch und nestelte an einem Taschentuch. Zwei Frauen saßen rechts und links von ihr; abwechselnd betätschelten sie ihre Hand und waren so vorsichtig dabei, dass man hätte meinen können, Mami sei eine seltene, zerbrechliche Puppe. Sie selbst schien die Frauen gar nicht wahrzunehmen.

Laila kniete sich vor sie hin und ergriff ihre Hände. »Mami.«

Mami senkte den Blick und schaute sie aus glasigen Augen an.

»Wir kümmern uns um sie, Laila *jan*«, sagte eine der Frauen mit gewichtiger Miene. Laila hatte schon an einigen Trauerfeiern teilgenommen und jedes Mal Frauen wie diese angetroffen, Frauen, die alles, was mit dem Tod zusammenhing, zu genießen schienen. Solche ehrenamtlichen Trösterinnen ließen sich durch nichts und niemanden davon abhalten, den Pflichten nachzukommen, die sie sich selbst auferlegt hatten.

»Wir haben alles unter Kontrolle. Du kannst gehen, Mädchen, und dich mit irgendwas anderem beschäftigen. Lass deine Mutter jetzt in Ruhe.«

Laila kam sich nutzlos vor. Sie wanderte von einem Zimmer zum nächsten und lungerte in der Küche herum. Hasina kam in Begleitung ihrer Mutter Nila und verhielt sich ungewohnt zurückhaltend. Auch Giti kam mit ihrer Mutter. Als sie Laila sah, eilte sie auf sie zu, umschlang sie mit ihren knochigen Armen und hielt sie lange Zeit fest an sich gedrückt. Mit Tränen in den Augen sagte sie: »Es tut mir so leid, Laila.« Laila bedankte sich für ihre Anteilnahme. Die drei Mädchen gingen in den Hof hinaus und hockten dort beieinander, bis sie von einer der Frauen beauftragt wurden, Gläser zu spülen und den Tisch zu decken.

Babi irrte ziellos im Haus umher und suchte, wie es schien, nach irgendeiner Beschäftigung.

»Haltet ihn mir vom Leib.« Es war das Einzige, was Mami an diesem Vormittag von sich gab.

Er setzte sich schließlich auf den Klappstuhl im Flur und wirkte in seiner Verzweiflung noch kleiner, als er es ohnehin war. Dann meinte eine der Frauen, dass er den Weg versperre. Er entschuldigte sich und verschwand in seinem Arbeitszimmer.

Am Nachmittag fuhren die Männer nach Karteh-Seh, wo sie sich in einem Saal versammelten, den Babi für die *fatiha* angemietet hatte. Die Frauen blieben im Haus. Laila und Mami saßen gleich neben der Wohnzimmertür, wie es sich für die Familie des Verstorbenen gehörte. Die Trauergäste zogen vor der Tür die Schuhe aus, nickten beileidsvoll und durchquerten das Zimmer, um auf einem der Stühle an der Wand Platz zu nehmen. Laila sah Wajma, die alte Hebamme, die sie zur Welt gebracht hatte. Sie sah auch Tariks Mutter, deren Perücke mit einem schwarzen Schal umwickelt war. Sie nickte Laila zu und lächelte traurig.

Aus den Lautsprechern des Kassettenrekorders tönte eine Männerstimme, die Koranverse vortrug. Dazwischen waren immer wieder Seufzer, rückende Stühle und das Schnäuzen von laufenden Nasen zu hören, unterdrücktes Husten, Getuschel und manchmal auch ein theatralisches, herzzerreißendes Schluchzen.

Raschids Frau Mariam betrat das Zimmer. Sie trug eine schwarze *hijab*. Eine Haarsträhne fiel ihr in die Stirn. Sie nahm Laila gegenüber an der Wand Platz.

Mami wippte mit dem Oberkörper vor und zurück. Laila nahm die Hand ihrer Mutter und legte sie in ihren Schoß, was Mami aber nicht zu bemerken schien.

»Willst du was trinken?«, flüsterte Laila ihr ins Ohr. »Hast du Durst?«

Doch Mami antwortete nicht. Sie schaukelte vor und zurück und starrte mit leerem Blick auf den Teppich.

Angesichts ihrer Mutter und der Trauermienen ringsum tat sich für Laila eine Ahnung von der Schwere des Schlages auf, der die Familie getroffen hatte. Von den versagten Möglichkeiten, den zerstörten Hoffnungen.

Doch hielt dieses Gefühl nicht lange vor. Sie vermochte den Schmerz ihrer Mutter nicht nachzuempfinden, *wirklich* nachzuempfinden. Es gelang ihr nicht, den Tod von Menschen zu betrauern, die sie kaum kennengelernt hatte. Sie kannte Ahmad und Noor nur vom Hörensagen. Die beiden waren ihr so fern wie Märchengestalten, wie Prinzen aus Geschichtsbüchern.

Tarik dagegen war für sie real, aus Fleisch und Blut, Tarik, der ihr Schimpfwörter auf Paschto beigebracht hatte, der gesalzene Kleeblätter mochte, der beim Essen die Stirn runzelte und brummelnde Laute von sich gab, der unter dem linken Schlüsselbein ein rosafarbenes Muttermal in Form einer auf dem Kopf stehenden Mandoline hatte.

So saß Laila neben ihrer Mutter, trauerte pflichtschuldig um Ahmad und Noor, konnte sich aber mit dem Gedanken trösten, dass ihr wahrer Bruder lebte und wohlauf war.

20

Es stellten sich Beschwerden ein, unter denen Mami den Rest ihrer Tage zu leiden hatte, Beklemmungen in der Brust und Kopfschmerzen, Gelenkschmerzen und nächtliche Schweißausbrüche, qualvolle Schmerzen in den Ohren und Knoten, die kein anderer ertasten konnte. Babi ging mit ihr zum Arzt, der Blut- und Urinproben untersuchte, Röntgenaufnahmen machte, aber keine akute Erkrankung festzustellen vermochte.

Mami lag meist im Bett. Sie trug Schwarz. Sie zupfte an ihren Haaren und knabberte am Leberfleck unter der Lippe. Wenn sie ausnahmsweise einmal auf den Beinen war, schlurfte sie durchs Haus und gelangte letztlich immer in Lailas Zimmer, als hoffte sie dort ihre Söhne anzutreffen, die früher in diesem Zimmer geschlafen, gefurzt und Kissenschlachten veranstaltet hatten. Aber sie begegnete dort immer nur deren Abwesenheit. Und Laila. Was, wie Laila vermutete, für Mami ein und dasselbe war.

Es gab nur eine Pflicht, die Mami nie vernachlässigte, und das waren ihre täglichen fünf *namaz*-Gebete. Zum Schluss eines jeden *namaz* flehte sie, den Kopf gesenkt und die erhobenen Hände nach innen gewendet, dass Allah den Mudschaheddin zum Sieg verhelfen möge. Laila musste sich immer mehr um den Haushalt kümmern. Wenn sie nicht für Ordnung sorgte, nahm das Durcheinander von Kleidung, Schuhen, offenen Reisbeuteln, Konservendosen und schmutzigem Geschirr bald überhand. Sie wusch Mamis Wäsche und wechselte die Laken. Sie holte sie aus dem Bett, wenn es an der Zeit war, zu baden oder zu essen. Sie war es auch, die Babis Hemden und Hosen bügelte. Die Zubereitung der Mahlzeiten blieb schließlich ganz ihr überlassen.

Wenn sie mit diesen Aufgaben fertig war, kroch Laila manchmal zu ihrer Mutter ins Bett. Sie nahm sie in den Arm, verschränkte die Finger mit den ihren und vergrub das Gesicht in ihrem Haar. Mami rührte sich dann und murmelte etwas. Schließlich kam sie unweigerlich auf die Jungen zu sprechen.

Eines Tages, als sie so beieinander lagen, sagte Mami: »Ahmad war für Höheres bestimmt. Er hatte das, was man Charisma nennt. Wenn er das Wort ergriff, hörten ihm selbst Leute, die dreimal so alt waren wie er, respektvoll zu. Das hättest du sehen sollen. Und Noor. Oh, mein kleiner Noor. Er zeichnete immer Bauwerke und Brücken. Sein Wunsch war es, Architekt zu werden, um später einmal ganz Kabul nach seinen Entwürfen neu aufzubauen. Und jetzt sind sie *shaheed*, meine Jungen, Märtyrer alle beide.«

Laila hörte immer aufmerksam zu und hoffte im Stillen, Mami würde bemerken, dass *sie*, Laila, kein *shaheed* war und noch lebte, dass sie hier mit ihr im Bett lag und eigene Wünsche für die Zukunft hatte. Allerdings war ihr klar, dass sich ihre Zukunft mit der Vergangenheit ihrer Brüder nicht messen lassen konnte. Die beiden warfen einen langen Schatten auf ihr Leben. Mami war jetzt die Kuratorin ihres Andenkenmuseums und sie, Laila, bloß eine Besucherin, die an den Mythos ihrer Brüder erinnert wurde.

»Der Mann, der mit der Todesnachricht kam, sagte, dass Ahmad Schah Massoud, als die Jungen ins Lager gebracht worden seien, persönlich ihre Beisetzung beaufsichtigt und ein Gebet für sie gesprochen habe. Ja, deine Brüder waren zwei so tapfere junge Männer, Laila, dass kein Geringerer als Kommandeur Massoud, der Löwe von Pandschir, Gott segne ihn, ihrem Begräbnis beiwohnte.«

Mami drehte sich auf den Rücken. Laila rückte zur Seite und legte ihren Kopf auf Mamis Brust.

»Manchmal«, sagte Mami mit heiserer Stimme, »lausche ich dem Ticken der Uhr im Flur. Dann denke ich an all die Sekunden und Minuten, an die Stunden, Tage, Wochen und Monate, die ich noch zu leben habe. Ohne meine Söhne. Und es ist, als träte mir jemand aufs Herz, so dass ich keine Luft mehr bekomme. Ich fühle mich dann so schwach, dass ich am liebsten sterben würde.«

»Ich wünschte, ich könnte etwas für dich tun«, sagte Laila. Es war ihr ernst, doch ihre Worte klangen so beiläufig wie das Beileidsbekunden eines freundlichen Fremden.

»Du bist eine gute Tochter«, erwiderte Mami seufzend. »Leider bin ich dir keine gute Mutter.«

»Sag so etwas nicht.«

»Aber es ist wahr. Ich weiß es, und es tut mir leid, meine Liebe.«

»Mami?«

»Mm.«

Laila richtete sich auf und sah ihre Mutter an. In ihrem Haar zeigten sich inzwischen graue Strähnen. Es erschreckte Laila, dass ihre Mutter, die immer drall und rundlich gewesen war, so viel an Gewicht verloren hatte. Ihre Wangen waren eingefallen, die Bluse, die sie trug, warf über den knochigen Schultern Falten, und zwischen Hals und Schlüsselbeinen klafften tiefe Kuhlen. Der Ehering drohte ihr vom Finger zu rutschen.

»Ich möchte dich etwas fragen.«

»Was denn?«

»Du würdest doch nicht ...« Laila stockte.

Sie hatte mit Hasina darüber gesprochen und auf ihren Vorschlag hin das Aspirinfläschchen über dem Ausguss entleert sowie sämtliche Küchenmesser und den Kebabspieß unter der Couch versteckt. Hasina hatte im Hof ein Seil entdeckt und verschwinden lassen. Als Babi seine Rasierklingen nicht finden konnte, war Laila gezwungen, ihm ihre Ängste anzuvertrauen. Sie hatte gehofft, dass er sie beruhigen würde, doch er hockte nur mit hängenden Schultern auf dem Rand der Couch, stopfte seine Hände zwischen die Knie und starrte mit leerem Blick vor sich hin.

»Du würdest doch nicht ..., Mami, ich mache mir Sorgen, dass ...«

»Daran habe ich tatsächlich gedacht, als die Nachricht kam«, erklärte Mami. »Ich will dich nicht anlügen. Der Gedanke geht mir immer noch durch den Kopf. Aber nein. Du brauchst keine Angst zu haben, Laila. Ich will den Tag erleben, an dem sich der Traum meiner Söhne verwirklicht. Ich möchte miterleben, wie die Sowjets schmachvoll abziehen und die Mudschaheddin als Sieger in Kabul einmarschieren. Ich möchte dabei sein, wenn das geschieht, damit meine Söhne durch mich, mit meinen Augen sehen, dass Afghanistan endlich befreit ist.«

Kurz darauf war Mami eingeschlafen. Laila blieb mit gemischten Gefühlen neben ihr liegen. Obwohl beruhigt darüber, dass Mami am Leben bleiben wollte, schmerzte es sie, dass nicht *sie* der Grund dafür war. Sie würde im Herzen ihrer Mutter keinen solchen Eindruck hinterlassen wie ihre Brüder, denn Mamis Herz war wie ein fahler Sandstrand, auf dem Lailas Spuren von den Wellen des Kummers, die darüber hinwegbrandeten, immer wieder weggespült werden würden.

21

Der Fahrer lenkte sein Taxi an den Straßenrand, um einen weiteren Konvoi sowjetischer Jeeps und Panzerfahrzeuge vorbeizulassen. Tarik beugte sich nach vorn und rief: »*Pajalusta! Pajalusta!*«

Ein Jeep hupte; Tarik antwortete mit schrillem Pfeifton. Er strahlte übers ganze Gesicht und winkte den Soldaten zu. »Was für Geschütze!«, rief er. »Diese Jeeps, super. Eine fantastische Armee. Zu dumm nur, dass ihr gegen einen Haufen Bauern mit Steinschleudern den Kürzeren ziehen werdet.«

Der Konvoi zog vorbei. Der Chauffeur nahm die Fahrt wieder auf.

»Wie weit ist es noch?«, fragte Laila.

»Eine Stunde, höchstens«, antwortete der Taxifahrer. »Vorausgesetzt, wir werden nicht ständig aufgehalten.«

Laila, Babi und Tarik unternahmen einen Tagesausflug. Hasina hatte auch mitkommen wollen, was ihr aber von ihrem Vater verboten worden war. Die Idee zu dem Ausflug war Babis gewesen, und obwohl er es sich eigentlich kaum leisten konnte, hatte er den Chauffeur für einen ganzen Tag angeheuert. Wohin es gehen sollte, wollte er Laila nicht verraten; er hatte lediglich angedeutet, dass das Ziel ihrer Allgemeinbildung zugute komme.

Sie waren schon seit fünf Uhr in der Früh unterwegs. Schneebedeckte Berge, Wüsten, Schluchten und unter der Sonne glühende Felsmassive wechselten einander ab. Sie kamen an strohgedeckten Lehmhütten vorbei, an Feldern voller Getreidegarben. Auf staubigem Gelände entdeckte Laila hier und da die schwarzen Zelte der *Koochi*-Nomaden, häufiger noch ausgebrannte Wracks sowjetischer Panzer und abgeschossener Hubschrauber. Das also, dachte sie, war das Afghanistan ihrer Brüder. Hier, in diesen Provinzen, wurden die Schlachten ausgetragen. Nicht in Kabul. In Kabul blieb es meist friedlich, und wären dort nicht gelegentlich Maschinengewehrsalven zu hören und sowjetische Soldaten zu sehen, die rauchend über die Gehwege schlenderten oder in ihren Jeeps über die Straßen rollten, hätte man den Krieg für ein Gerücht halten können.

Am späten Vormittag erreichten sie, nachdem sie zwei weitere Kontrollpunkte hatten passieren müssen, ein Flusstal, wo Babi seine Tochter auf Ruinen in der Ferne aufmerksam machte, die aus uralter Zeit zu stammen schienen und rötlich unter der Sonne schimmerten.

»Das ist Shahr-e-Zohak. Die rote Stadt. Sie war einmal eine Festung und wurde vor rund neunhundert Jahren errichtet, um das Tal vor Eindringlingen zu schützen. Der Enkel von Dschingis Khan hatte sie im 13. Jahrhundert einzunehmen versucht, wurde aber abgewehrt und getötet. Es war schließlich Dschingis Khan selbst, der sie zerstörte.«

»Tja, meine jungen Freunde, das ist das Schicksal unseres Landes«, sagte der Chauffeur und schnippte eine Zigarettenkippe aus dem Fenster. »Ein Eroberungsfeldzug nach dem anderen. Mazedonier, Sassaniden, Araber, Mongolen. Und jetzt die Russen. Aber wir sind wie die Festungsmauern da drüben. Ramponiert und kein schöner Anblick, aber immer noch stehend. Hab ich nicht recht, *badar*?«

»So ist es«, antwortete Babi.

Eine halbe Stunde später hielt der Fahrer an.

»Kommt«, sagte Babi. »Kommt und seht euch das an.«

Sie stiegen aus dem Auto. Babi streckte den Arm aus. »Da sind sie. Schaut.«

Tarik schnappte unwillkürlich nach Luft. So auch Laila. Ihr war auf Anhieb klar, dass sie vor einem Wunderwerk standen, das auf der ganzen Welt seinesgleichen suchte.

Die beiden Buddhas waren riesig und wirkten noch viel kolossaler als auf den Fotos, die sie von ihnen gesehen hatte. Eingemeißelt in den von der Sonne gebleichten Fels, blickten sie auf die kleine

Gruppe herab wie schon vor fast zweitausend Jahren, als, wie es sich Laila vorzustellen versuchte, durch dieses Tal der Seidenstraße Handelskarawanen gezogen waren. Zahllose Höhlen markierten die überhängenden Steilwände zu beiden Seiten.

»Daneben kommt man sich ja winzig klein vor«, sagte Tarik.

»Wie wär's? Steigen wir rauf?«, schlug Babi vor.

»Auf die Statuen?«, fragte Laila. »Ist das denn möglich?«

Babi lächelte und streckte seine Hand aus. »Auf geht's.«

Tarik musste sich von Laila und Babi helfen lassen, als sie im Halbdunkel durch einen engen gewundenen Treppenschacht nach oben stiegen. Immer wieder kamen sie an Höhlen und Nischen vorbei, die wie Bienenwaben den Fels durchsetzten.

»Passt gut auf«, sagte Babi. Seine Stimme hallte von den Wänden wider. »Die Stufen sind tückisch.«

An manchen Stellen öffnete sich der Schacht und gab einen Blick auf die Buddhas frei.

»Nicht nach unten blicken, Kinder. Die Augen immer geradeaus.«

Babi erzählte, dass Bamiyan einst ein blühendes buddhistisches Zentrum gewesen sei, bevor es im 9. Jahrhundert unter die Herrschaft islamischer Araber geriet. Buddhistische Mönche hatten Höhlen in den Sandstein gegraben, die ihnen selbst als Wohnung oder durchreisenden Pilgern als Zuflucht dienten. Früher, erklärte Babi, seien die Wände und Gewölbe mit prächtigen Fresken ausgemalt gewesen.

»In der Blütezeit haben hier an die fünftausend Mönche gelebt«, sagte er.

Tarik war völlig erschöpft, als sie oben anlangten. Auch Babi keuchte heftig. Seine Augen aber strahlten vor Begeisterung.

»Wir stehen hier auf dem Kopf des Buddhas«, sagte er und wischte sich mit einem Taschentuch den Schweiß von der Stirn. »Da drüben ist ein Balkon, von dem sich ein herrlicher Ausblick bietet.«

Vorsichtig rückten sie weiter vor, bis auf einen Felssims, wo sie Babi in ihre Mitte nahmen und aufs Tal hinabblickten.

»Seht euch das an!«, staunte Laila.

Babi lächelte.

Ein Teppich aus üppig grünen Feldern breitete sich unter ihnen aus. Babi sagte, dass dort Winterweizen, Luzerne und Kartoffeln angebaut würden. Pappeln säumten die Felder, die von Bewässerungsgräben und Bachläufen durchzogen waren. An den Ufern hockten Wäsche waschende Frauen. Babi machte auf die terrassierten Reis- und Gerstenfelder an den Berghängen aufmerksam. Es war Herbst. Auf den Flachdächern der Lehmziegelhäuser wurde die Ernte zum Trocknen ausgelegt. Pappeln säumten auch die Straße, die durch die Ortschaft führte. Es gab dort kleine Geschäfte, Teehäuser und Barbiere, die ihre Kunden unter freiem Himmel bedienten. Die Bergausläufer jenseits der Ortschaft und des Flusses waren kahl und staubbraun. Dahinter erhoben sich, wie überall in Afghanistan, die schneebedeckten Gipfel des Hindukusch.

Über das gesamte Panorama spannte sich ein makellos blauer Himmel.

»Wie still es hier ist«, flüsterte Laila. Auf der Talsohle waren winzige Schafe und Pferde auszumachen, aber auch von ihnen drang kein Laut herauf.

»Ja, das ist mir auch immer aufgefallen, sooft ich hier war«, bestätigte Babi. »Die Stille, die friedliche Stimmung. Diesen Eindruck wollte ich euch vermitteln. Aber ich wollte euch auch einen Teil der reichen Geschichte unseres Landes zeigen, Kinder. Wie ihr seht, kann ich euch noch einiges beibringen. Etwas, das man nicht aus Büchern lernt, das man einfach mit eigenen Augen sehen und mit allen Sinnen erfahren muss.«

»Seht mal«, sagte Tarik.

Ein Falke kreiste in weiten Bögen über die Ortschaft.

»Bist du auch mal mit Mami hier gewesen?«, wollte Laila wissen.

»Oh ja, oft. Schon vor, aber auch nach der Geburt deiner Brüder. Deine Mutter war damals sehr unternehmungslustig und ... voller Leben. Der lebendigste, fröhlichste Mensch, der mir je begegnet ist.« Er lächelte wehmütig. »Sie hatte ein unwiderstehliches Lachen. Ich glaube, deswegen habe ich sie geheiratet, wegen ihres Lachens. Wenn sie lachte, musste man zwangsläufig mitlachen. Dagegen war kein Kraut gewachsen.«

Laila spürte ein warmes Gefühl der Zuneigung in sich aufwallen. In diesem Moment prägte sich ihr ein Bild von Babi ein, an das sie sich auch nach Jahren noch erinnern sollte: wie er dastand und von Mami schwärmte, die Ellbogen auf den Fels gestützt und das Kinn auf beide Hände gelegt, die Haare vom Wind zerzaust und mit blinzelnden, von der Sonne beschienenen Augen.

»Ich will mir mal eine dieser Höhlen ansehen«, sagte Tarik.

»Sei vorsichtig«, mahnte Babi.

»Keine Sorge, *kaka jan*. Ich pass schon auf.«

Laila beobachtete drei Männer in der Tiefe, die neben einer angepflockten Kuh standen und sich miteinander unterhielten. Die welkenden Bäume ringsum schimmerten in Braun-, Gelb- und Rottönen.

»Weißt du, ich vermisse die Jungen auch«, sagte Babi mit feuchten Augen. Sein Kinn zitterte. »Vielleicht kann ich … Nun, bei deiner Mutter sind Freude und Traurigkeit immer schon extrem gewesen. Sie kann beides nicht verbergen. Das konnte sie noch nie. Ich bin in der Hinsicht wohl etwas anders. Ich neige dazu … Aber der Tod der Jungen hat auch mich gebrochen. Es vergeht kein Tag, an dem ich nicht … Ach, es ist sehr schwer, Laila, sehr schwer.« Er drückte Daumen und Zeigefinger auf die Nasenwurzel. Als er wieder zu sprechen versuchte, kippte ihm die Stimme weg. Er presste die Lippen aufeinander und wartete, holte dann tief Luft und schaute sie an. »Ich bin froh, dass ich dich habe. Dafür danke ich Gott tagtäglich. Manchmal, wenn deine Mutter ihre ganz dunklen Tage hat, drängt sich mir das Gefühl auf, dass du, Laila, alles bist, was ich habe.«

Laila schmiegte sich an ihn und legte ihre Wange auf seine Brust, was ihn zu verunsichern schien, denn im Unterschied zu Mami zeigte er seine Zuneigung nur selten unmittelbar. Er gab ihr einen flüchtigen Kuss auf die Stirn und drückte sie auf seine linkische Art an sich. So standen sie für eine Weile da und blickten ins Tal.

»Sosehr ich dieses Land auch liebe, spiele ich doch oft mit dem Gedanken auszuwandern«, sagte er.

»Wohin?«

»Wo es mir leichter fallen würde zu vergessen. Vielleicht zuerst nach Pakistan, für ein, zwei Jahre, um von dort aus alle Formalitäten zu erledigen.«

»Und dann?«

»Und dann, nun, die Welt ist groß. Vielleicht nach Amerika. Irgendwo am Meer. Zum Beispiel Kalifornien.«

Babi sagte, die Amerikaner seien besonders großzügig. Man würde sie dort für eine Weile unterstützen, bis sie auf eigenen Füßen stehen könnten.

»Ich würde mir Arbeit suchen und nach ein paar Jahren, wenn wir genug angespart hätten, ein Restaurant eröffnen. Nichts Besonderes – ein bescheidenes kleines Restaurant mit ein paar Tischen und Teppichen. An den Wänden vielleicht Bilder von Kabul. Und unser Essen wird so zubereitet, dass es auch den Amerikanern schmeckt. Die Kochkünste deiner Mutter werden dafür sorgen, dass die Gäste auf der Straße Schlange stehen.

Und du, du würdest natürlich weiter zur Schule gehen. Du weißt ja, wie wichtig mir das ist. Dir eine gute Ausbildung zukommen zu lassen, zuerst auf der Highschool und dann auf dem College, hat absolute Priorität. In deiner Freizeit könntest du im Restaurant aushelfen, aber nur, wenn du willst, Bestellungen entgegennehmen, Wasserkrüge auffüllen und so weiter.«

Babi sagte, dass in dem Restaurant Geburtstage, Verlobungen oder Silvesterpartys gefeiert würden und dass sich dort andere Afghanen, die wie sie dem Krieg entflohen waren, treffen könnten. Wenn dann in der Nacht der letzte Gast gegangen und alles aufgeräumt wäre, würden sie zu dritt inmitten des leeren Raumes müde beieinander sitzen, Tee trinken und dem günstigen Schicksal danken.

Nach diesen Worten wurde Babi still. Auch Laila sagte nichts. Beide wussten, dass für Mami eine Ausreise nie und nimmer in Betracht kam. Selbst wenn Ahmad und Noor noch lebten, hätte sie eine solche Möglichkeit strikt abgelehnt. Jetzt auszuwandern wäre für sie wie ein Betrug, ein Verrat an ihren Söhnen, die als *shaheed* den Opfertod gestorben waren.

Wie kannst du so etwas nur denken?, hörte Laila ihre Mutter im Geiste sagen. Bedeutet dir ihr Tod denn gar nichts, Vetter? Mein einziger Trost ist es, zu wissen, dass sie nicht umsonst ihr Blut vergossen haben für dieses Land, in dem ich lebe. Nein. Niemals.

Und Laila wusste, Babi würde sie nie im Stich lassen, obwohl sie ihm so wenig Frau war wie ihr eine Mutter. Sie würden also bleiben, egal, wie lange der Krieg noch dauerte, und egal, was danach käme.

Laila erinnerte sich an einen Streit zwischen ihren Eltern, in dessen Verlauf Babi von Mami als Mann ohne Überzeugungen gescholten wurde. Wenn sie aber einmal in den Spiegel blickte, würde ihr, so dachte Laila, eine unverrückbare Überzeugung seines Lebens entgegenblicken.

Später aßen sie gekochte Eier, Kartoffeln und Brot zu Mittag. Danach legte sich Tarik zum Schlafen unter einen Baum am Ufer eines plätschernden Baches, den Kopf auf seinen zusammengerollten Mantel gebettet und die Hände über dem Bauch gefaltet. Der Chauffeur ging in den Ort, um Mandeln zu kaufen. Babi setzte sich an den Stamm einer großen Akazie und schlug ein Buch auf. Laila kannte das Buch; er hatte ihr schon daraus vorgelesen. Es erzählte die Geschichte eines alten Fischers namens Santiago, der einen mächtigen Fisch an der Angel hat, von dem aber, als der Fischer sein Boot endlich in Sicherheit bringen kann, nur das Skelett übrig geblieben ist, weil er von Haien zerrissen worden war.

Laila setzte sich ans Ufer und tauchte die Füße ins kühle Wasser. Mücken schwirrten umher, und die Luft war voller Pappelsamen. Eine Libelle schnurrte vorbei. Laila sah sie von Grashalm zu Grashalm fliegen und die Sonne auf ihren Flügeln glitzern, violett, grün und gelbrot. Auf der anderen Seite des Baches sammelten Hazara-Jungen getrocknete Kuhfladen vom Boden auf, die sie in Säcke stopften und auf dem Rücken davontrugen. Irgendwo schrie ein Esel. Ein Stromgenerator fing zu knattern an.

Laila dachte an Babis Traum. *Irgendwo am Meer.*

Oben auf dem Buddha hatte sie ihm gegenüber eines unerwähnt gelassen: dass es ihr nämlich in einer wichtigen Hinsicht durchaus recht wäre, wenn aus diesem Traum nichts werden sollte. Sie würde Giti und ihre verkniffene Ernsthaftigkeit vermissen, ja sogar auch Hasina mit ihrem schrillen Lachen und den unbekümmerten Albereien. Vor allem aber erinnerte sich Laila noch allzu gut an die unerträglichen vier Wochen ohne Tarik, als er in Ghazni gewesen war, wie zäh sich die Zeit hingezogen und sie nichts mit sich anzufangen gewusst hatte. Sie mochte sich nicht vorstellen, auf Dauer von ihm getrennt zu sein.

Vielleicht war es töricht, an einem anderen so sehr festhalten zu wollen, hier, in diesem Land, dem die eigenen Brüder zum Opfer gefallen waren. Doch allein das Bild, wie Tarik mit seiner Prothese auf Khadim losgegangen war, reichte aus, um sie davon zu überzeugen, dass es für sie auf der Welt das einzig Vernünftige war.

Sechs Monate später, im April 1988, kam Babi mit großen Neuigkeiten nach Hause.

»Sie haben ein Abkommen unterzeichnet«, sagte er. »In Genf. Damit steht es jetzt fest. Sie werden abziehen. In spätestens neun Monaten wird kein Sowjet mehr in Afghanistan sein.«

Mami richtete sich in ihrem Bett auf. Sie zuckte mit den Achseln.

»Aber die Kommunisten regieren weiter«, entgegnete sie. »Nadschibullah ist eine Marionette der Sowjets. Er bleibt. Und der Krieg geht weiter. Das ist noch längst nicht das Ende.«

»Nadschibullah wird sich nicht halten können«, sagte Babi.

»Sie ziehen ab, Mami! Sie ziehen tatsächlich ab.«

»Ihr zwei könnt ja feiern, wenn ihr wollt. Ich für mein Teil bin erst dann zufrieden, wenn die Mudschaheddin triumphierend in Kabul einziehen.«

Und damit legte sie sich wieder hin und zog die Decke unters Kinn.

22

Januar 1989

An einem kalten, dicht bewölkten Tag im Januar 1989, drei Monate vor ihrem zwölften Geburtstag, machte sich Laila mit ihren Eltern und Hasina auf den Weg, um die letzten sowjetischen Konvois abfahren zu sehen. An der Durchfahrtsstraße im Villenviertel Wazir Akbar Khan hatte sich vor dem Militärclub eine große Menschenmenge versammelt. Sie standen im matschigen Schnee und schauten der Kolonne aus Panzern, Panzerfahrzeugen und Jeeps nach, in deren Scheinwerfern leichte Flocken wirbelten. Hämische Zurufe und johlendes Gelächter waren zu hören. Afghanische Soldaten sperrten die Straße ab. Manchmal fielen Warnschüsse.

Mami hielt ein Foto von Ahmad und Noor in die Höhe, dasjenige, auf dem die beiden Rücken an Rücken unter dem Birnbaum saßen. Wie ihre Mutter zeigten auch andere Frauen Bilder ihrer Ehemänner, Söhne oder Brüder, die als *shaheed* gefallen waren.

Jemand tippte Laila und Hasina auf die Schulter. Es war Tarik.

»Was hast du denn da auf dem Kopf?«, rief Hasina überrascht.

»Dem Anlass entsprechend wollte ich mir was Besonderes anziehen«, erklärte Tarik. Er trug eine riesige russische Pelzmütze mit heruntergezogenen Ohrenklappen auf dem Kopf. »Wie sehe ich aus?«

»Albern«, lachte Laila.

»Das war meine Absicht.«

»Was sagen deine Eltern dazu? Sind sie auch hier?«

»Nein, sie sind zu Hause geblieben«, antwortete er.

Im Herbst des vergangenen Jahres war Tariks herzkranker Onkel aus Ghazni gestorben. Wenige Wochen später hatte auch Tariks Vater einen Herzinfarkt gehabt; er war danach lange Zeit sehr krank gewesen und litt unter Depressionen. Laila war froh, Tarik bei guter Laune zu sehen, denn auch er hatte nach dem Anfall seines Vaters wochenlang Trübsal geblasen.

Zu dritt stahlen sie sich davon und ließen Mami und Babi in der Menge zurück. Bei einem Straßenhändler kaufte Tarik für jeden einen Teller Bohnen mit Koriander-Chutney. Sie aßen unter der Markise einer geschlossenen Teppichhandlung, und danach verabschiedete sich Hasina, um nach ihren Eltern zu suchen.

Auf der Busfahrt nach Hause saßen Tarik und Laila hinter ihren Eltern. Mami starrte aus dem Fenster, das Foto ihrer Söhne an die Brust gepresst. Babi ließ sich, ohne wirklich zuzuhören, von einem Mann darüber belehren, dass die Sowjets zwar abzögen, Nadschibullah aber weiterhin mit Waffen beliefern würden.

»Er ist deren Pappkamerad und wird für sie den Krieg fortsetzen. Darauf können Sie wetten.«

Von anderer Stelle kam Zustimmung.

Mami murmelte monotone Gebete vor sich hin, ohne zwischendurch Luft zu holen, so dass ihr zum Ende hin die Stimme wegblieb.

Am Nachmittag gingen Laila und Tarik in den Cinema Park, wo sie sich mit einem sowjetischen Film begnügen mussten, dessen Synchronisation auf Farsi unabsichtlich komische Blüten trieb. Er spielte auf einem Handelsschiff, dessen erster Offizier sich in die Tochter des Kapitäns verliebte. Ihr Name war Alyona. Das Schiff geriet in einen schweren Gewittersturm. Einer der in Panik geratenen Matrosen schrie etwas, das eine absurd ruhige Stimme übersetzte mit: »Mein lieber Herr, hätten Sie die Freundlichkeit, mir die Leine zu reichen?«

Tarik prustete laut los, und bald wurden beide von unbändigen Lachkrämpfen geschüttelt. Kaum hatten sie sich ein wenig beruhigt, fing einer von ihnen erneut zu glucksen an, und es platzte wieder aus ihnen heraus. Ein Mann, der zwei Reihen vor ihnen saß, drehte sich um und zischte ihnen zu, sie sollten gefälligst ruhig sein.

Gegen Ende des Films wurde das Paar getraut. Der Kapitän hatte sich erweichen lassen und Alyona dem ersten Offizier zur Frau gegeben. Die frisch Vermählten tauschten lächelnde Blicke aus. Alle tranken Wodka.

»Ich werde nie heiraten«, flüsterte Tarik.

»Ich auch nicht«, erwiderte Laila nach kurzem Zögern und hoffte, dass ihre Stimme die Enttäuschung über seine Worte nicht verriet. Mit klopfendem Herzen und energischem Nachdruck fügte sie hinzu: »Niemals.«

»Hochzeiten sind blöd.«

»Heckmeck.«

»Und wie viel Geld dabei draufgeht.«

»Wofür?«

»Für Klamotten, die man dann nie wieder anzieht.«

»Ha!«

»Falls ich doch mal heiraten sollte«, sagte Tarik, »wird man auf der Traubühne Platz für drei schaffen müssen. Für mich, die Braut und für den Typen, der mir die Pistole an den Kopf drückt.«

Der Mann vor ihnen warf ihnen einen strengen Blick zu.

Auf der Leinwand gaben sich Alyona und ihr Ehemann einen Kuss auf die Lippen.

Beim Anblick der beiden wurde Laila plötzlich ganz anders. Sie spürte ihr Herz pumpen, das Blut in den Ohren rauschen und bemerkte, dass Tarik neben ihr still wurde und die Luft anhielt. Der Kuss zog sich in die Länge. Laila wagte es nicht, sich zu rühren oder einen Mucks von sich zu geben, und ahnte, dass Tarik sie aus den Augenwinkeln beobachtete, um festzustellen, ob sie *ihn* beobachtete. Sie fragte sich, ob er ihr Atmen hörte, das womöglich nicht ganz regelmäßig war und ihre Gedanken verriet.

Und wie wäre es wohl, wenn er sie küsste? Wie würde sich der Flaum auf seiner Oberlippe anfühlen?

Dann rutschte Tarik, offenbar unruhig geworden, auf seinem Platz hin und her und sagte mit angestrengter Stimme: »Wusstest du, dass in Sibirien der Schnodder, den man aus der Nase schnäuzt, zu einem grünen Eiszapfen gefriert, bevor er am Boden auftrifft?«

Beide lachten, aber nur kurz und nervös diesmal. Als der Film zu Ende war und sie nach draußen gingen, stellte Laila zu ihrer Erleichterung fest, dass die Dämmerung eingesetzt hatte und sie Tariks Blicken nicht bei hellem Tageslicht ausgeliefert war.

23

April 1992

Drei Jahre vergingen.

Tariks Vater hatte in dieser Zeit mehrere Schlaganfälle erlitten; die linke Hand war gelähmt, und das Sprechen fiel ihm schwer. Wenn er sich aufregte, was häufig der Fall war, konnte man ihn kaum verstehen.

Tarik war wieder einmal seiner Prothese entwachsen und dank des Roten Kreuzes zu einem neuen Bein gekommen, worauf er allerdings sechs Monate hatte warten müssen.

Hasinas Befürchtungen waren wahr geworden; sie hatte mit ihrer Familie nach Lahore umziehen und ihren Cousin, den Autohändler, heiraten müssen. Am Tag der Abreise waren Laila und Giti morgens zur Freundin gegangen, um sich von ihr zu verabschieden. Hasina hatte ihnen mitgeteilt, dass ihr zukünftiger Ehemann im Begriff sei, nach Deutschland auszuwandern, wo seine Brüder lebten. Noch in diesem Jahr, sagte sie, würden sie in Frankfurt sein. Alle drei fielen sich in die Arme und weinten. Giti war untröstlich. Das letzte Mal sah Laila Hasina, als sie, von ihrem Vater geführt, auf der Rückbank eines überfüllten Taxis Platz nahm.

Die Sowjetunion zerfiel in verblüffend kurzer Zeit. Im Wochenrhythmus, so schien es Laila, meldete Babi, dass ein weiterer Teilstaat unabhängig geworden sei. Litauen. Estland. Die Ukraine. Über dem Kreml wurde die sowjetische Flagge eingeholt. Auch Russland war nun eine Republik.

In Kabul versuchte Nadschibullah, sich als frommen Muslim auszugeben und eine politische Kehrtwendung zu vollziehen. »Das ist zu wenig und zu spät«, meinte Babi. »Man kann nicht bis gestern Chef der Geheimpolizei gewesen sein und heute in einer Moschee mit anderen beten, deren Angehörige man gefoltert und getötet hat.« Weil ihm in Kabul der Boden unter den Füßen zu heiß wurde, setzte sich Nadschibullah für ein Abkommen mit den Mudschaheddin ein, was diese aber strikt ablehnten.

»Richtig so«, sagte Mami von ihrem Bett aus. Sie hoffte immer noch auf den Triumphzug der Gotteskrieger und den Sturz der Feinde ihrer Söhne.

Dazu sollte es schließlich auch kommen, und zwar im April 1992, dem Jahr, als Laila vierzehn wurde.

Nadschibullah dankte ab und suchte im UN-Quartier nahe dem Darulaman-Palast im Süden der Stadt Zuflucht.

Der Dschihad war vorbei. Das kommunistische Regime, das seit Lailas Geburt mit wechselnden Vertretern über Afghanistan geherrscht hatte, war zerschlagen. Mamis Helden, die Kampfgefährten ihrer Söhne, hatten gesiegt. Jetzt, nach mehr als einem Jahrzehnt schwerster Opfer und blutiger Kämpfe, zogen die Mudschaheddin, die sich über die ganze Zeit fernab von ihren Familien in den Bergen hatten versteckt halten müssen, in Kabul ein, entkräftet und ausgezehrt, aber triumphierend.

Mami kannte sie alle mit Namen:

Dostum, der stets prunkvoll herausgeputzte usbekische Kommandeur und Anführer der *Junbish-i-Milli*-Truppen, von dem man wusste, dass er nicht selten die Seiten gewechselt hatte. Gulbuddin Hekmatyar, jener mürrische Gründer der islamischen Partei *Hezb-e-Islami*, ein Paschtune, der Ingenieurwissenschaften studiert und einen maoistischen Kommilitonen getötet hatte. Rabbani, der tadschikische Anführer der *Jamiat-e-Islami*-Fraktion, der in den Tagen der Monarchie an der Kabuler Universität Islamwissenschaften unterrichtet hatte. Sayyaf, ein Paschtune aus Paghman mit Verbindungen nach Saudi-Arabien, ein unerschrockener Muslim und Anführer der *Ittehad-i-Islami*-Kämpfer. Abdul Ali Mazari, Gründer der Partei *Hezb-e-Wahdat*, von den Hazaras, seinen Stammesgenossen, auch Baba Mazari genannt, der enge Kontakte zum Iran unterhielt.

Am meisten aber verehrte Mami Rabbanis Verbündeten, den charismatischen tadschikischen Kommandeur Ahmad Schah Massoud, den Löwen von Pandschir. Sie hatte sich ein Poster von ihm ins Zimmer gehängt. Massouds stattliches Porträt mit den tiefschwarzen Augen, der nachdenklich gekrausten Stirn und seinem Markenzeichen, dem schief auf dem Kopf sitzenden *pakol*, sollte bald überall in Kabul zu sehen sein, auf Reklametafeln, Mauern, in Schaufenstern und auf kleinen Fahnen an den Antennen von Taxis.

Diesen Tag hatte sich Mami herbeigesehnt. Es war für sie die Erfüllung nach all den Jahren des Wartens.

Endlich konnten ihre Söhne in Frieden ruhen.

Am Tag der Kapitulation Nadschibullahs verließ Mami ihr Bett als neue Frau. Nach dem *shaheed*-Tod ihrer Söhne vor fünf Jahren verzichtete sie erstmals auf Schwarz und zog ein weiß gepunktetes kobaltblaues Leinenkleid an. Sie putzte die Fensterscheiben, scheuerte den Boden, lüftete das Haus und nahm ein langes Bad. Ihre Stimme war schrill vor Freude.

»Das muss gefeiert werden«, erklärte sie.

Sie schickte Laila los, um die Nachbarn einzuladen. »Sag ihnen, dass es morgen Mittag ein Festessen bei uns gibt.«

Die Hände in die Hüften gestemmt, schaute sich Mami in der Küche um und sagte in freundlich-vorwurfsvollem Ton: »Was hast du nur angestellt, Laila? *Wooy*. Hier ist ja nichts mehr an seinem Platz.«

Sie machte sich daran, Töpfe und Pfannen umzustellen, und ging dabei so theatralisch zu Werke, dass es den Anschein hatte, als versuchte sie, ihr Territorium neu abzustecken. Laila hütete sich, ihr zu nahe zu kommen. Das war sicherer so, denn Mami konnte, in Euphorie geraten, ebenso unbeherrscht sein wie in ihren Wutanfällen. Mit beunruhigender Energie fing sie zu kochen an: *aush*-Suppe mit roten Bohnen und getrocknetem Dill, *kofta*, feurig scharfen *mantu*, mariniert in Joghurt und frischer Pfefferminze.

»Zupfst du dir etwa die Augenbrauen?«, fragte Mami, als sie einen großen Sack Reis öffnete.

»Nur ein bisschen.«

Mami schaufelte mit einer Kelle Reis in einen großen, mit Wasser gefüllten schwarzen Topf, krempelte sich die Ärmel hoch und begann zu rühren.

»Wie geht's Tarik?«

»Sein Vater ist krank«, antwortete Laila.

»Wie alt ist er jetzt überhaupt?«

»Keine Ahnung. In den Sechzigern, schätze ich.«

»Ich meine Tarik.«

»Oh. Sechzehn.«

»Netter Junge. Findest du nicht auch?«

Laila zuckte mit den Achseln.

»Im Grunde kein Junge mehr, oder? Sechzehn. Fast ein Mann. Was meinst du?«

»Worauf willst du hinaus, Mami?«

»Wieso?« Mami lächelte unschuldig. »Nichts. Ich dachte nur … Ach, am besten sage ich gar nichts.«

»Nur keine falsche Zurückhaltung«, entgegnete Laila, irritiert von Mamis gezierten Umschweifen.

»Nun.« Sie faltete die Hände auf dem Rand des Topfes. Beides, das gespreizte »nun« und die Art, wie sie die Hände faltete, machte auf Laila einen unnatürlichen Eindruck; ihr schien es fast, als habe ihre Mutter diese Geste einstudiert. Es war zu befürchten, dass sie eine Rede halten wollte.

»Wenn zwei kleine Kinder ständig zusammen sind, wie ihr es gewesen seid, hat niemand was dagegen. Im Gegenteil. Es ist drollig. Aber jetzt? Mir ist aufgefallen, dass du einen BH trägst, Laila.«

Laila verschlug es die Sprache.

»Du hättest mir übrigens ruhig etwas sagen können. Dass du einen BH brauchst. Davon wusste ich nichts. Es enttäuscht mich, dass du dich mir nicht anvertraut hast.« Jetzt, da sie ihre Tochter in der Defensive wusste, kam sie auf ihr eigentliches Anliegen zu sprechen. »Nun, es geht nicht um mich oder den BH, sondern um dich und Tarik. Er ist ein Junge, verstehst du, und als solcher macht er sich um Anstandsfragen keine Gedanken. Die solltest du dir aber machen. Es steht nicht weniger als dein Ruf auf dem Spiel. Und der Ruf eines Mädchens, zumal eines so hübschen, wie du es bist, ist eine delikate Sache. Wie ein Beo in geschlossener Hand. Wenn du sie auch nur ein klein wenig öffnest, fliegt er davon.«

»Und wie war das bei dir, als du über die Mauer gestiegen bist, um dich mit Babi im Obstgarten zu treffen?«, fragte Laila, froh darüber, wie schnell sie sich von dem Überfall ihrer Mutter erholt hatte.

»Wir waren Cousin und Cousine. Und wir haben ja schließlich geheiratet. Hat dieser Junge um deine Hand angehalten?«

»Er ist ein Freund. Ein *rafiq*. Mehr ist da nicht zwischen uns«, entgegnete Laila, was allerdings nicht besonders überzeugend klang. »Er ist für mich wie ein Bruder«, fügte sie ungeschickterweise hinzu. Und noch bevor sich die Miene ihrer Mutter verfinsterte, wusste sie, dass sie einen Fehler gemacht hatte.

»*Das* ist er nicht«, blaffte Mami. »Du wirst diesen einbeinigen Tischlersohn doch wohl nicht mit deinen Brüdern vergleichen wollen. An unsere beiden Jungen reicht keiner heran.«

»Ich habe ja auch nicht behauptet, dass er ... So war es nicht gemeint.«

Mami seufzte und presste die Lippen aufeinander.

»Wie dem auch sei«, fuhr sie fort, nun aber sehr viel ernster als vorher. »Was ich dir begreiflich zu machen versuche, ist, dass die Leute über dich reden werden, wenn du nicht vorsichtig bist.«

Laila wollte etwas entgegnen. Nicht, dass sie ihrer Mutter widersprochen hätte. Laila wusste, dass sie nicht länger so unbekümmert mit Tarik herumtollen konnte wie früher. Seit einiger Zeit war ihr selbst ein wenig merkwürdig zumute, wenn sie sich mit ihm in der Öffentlichkeit zeigte. Dann empfand sie eine Scheu, die ihr früher unbekannt gewesen war – und womöglich auch jetzt noch unbekannt wäre, hätte sich nicht eines grundlegend verändert: Sie hatte sich in Tarik verliebt. Hoffnungslos. Wenn er in ihrer Nähe war, kamen ihr unwillkürlich die skandalösesten Gedanken, und sie stellte sich vor, seinen schlanken nackten Körper zu umschlingen und zu küssen. Wenn sie nachts in ihrem Bett lag, malte sie sich aus, wie es sein mochte, seine Hände und weichen Lippen im Nacken, auf der Brust, am Rücken und noch tiefer zu spüren. Wenn sie auf diese Weise an ihn dachte, kam sie sich verdorben und schuldig vor; und dann war da noch ein sonderbares, warmes Gefühl, das vom Bauch ausging und ausstrahlte, bis sie den Eindruck hatte, als glühte ihr Gesicht.

Nein. Mamis Bedenken waren wahrhaftig nicht von der Hand zu weisen. Manche Nachbarn, wenn nicht alle, hatten sich wahrscheinlich längst ihr Bild gemacht. Nicht selten waren den beiden verstohlene Blicke zugeworfen worden, und Laila ahnte, dass über sie und Tarik getuschelt wurde. Erst kürzlich war ihnen Raschid, der Schuhmacher, mit seiner verhüllten Frau Mariam im Schlepp auf der Straße begegnet. Im Vorübergehen hatte er grinsend gesagt: »Wen haben wir denn da? Laila und Madschnun!«, womit er auf das Liebespaar in Nizamis Gedicht aus dem 12. Jahrhundert anspielte – eine Farsi-Version von *Romeo und Julia*, wie ihr Babi später erklärte; allerdings habe Nizami seine Geschichte der unglücklichen Liebe bereits vierhundert Jahre vor Shakespeare verfasst.

Mami hatte durchaus recht.

Was Laila wurmte, war, dass Mami nicht verdiente, recht zu behalten. Auf Babis Meinung hätte sie mehr Wert gelegt. Aber Mami? Nach all den Jahren, in denen sie sich abgesondert und kaum einen Gedanken an ihre Tochter verschwendet hatte … Das war unfair. Laila kam sich vor wie eins dieser Küchenutensilien, die man je nach Laune vernachlässigen oder in Beschlag nehmen konnte.

Dennoch, dies war ein großer und für alle wichtiger Tag. Es wäre kleinlich, Anstoß zu nehmen und die Stimmung zu verderben.

»Ich habe verstanden.«

»Gut«, sagte Mami. »Das wäre also geklärt. Wo ist eigentlich Hakim? Ja, wo treibt sich mein lieber kleiner Gatte herum?«

Der Himmel war strahlend blau, das Wetter perfekt für eine Party. Die Männer saßen auf wackligen Klappstühlen im Hof. Sie tranken Tee, rauchten und diskutierten eifrig über die Pläne der Mudschaheddin. Babi hatte Laila schon einiges darüber mitgeteilt: Afghanistan nannte sich jetzt Islamischer Staat von Afghanistan. Ein von den verschiedenen Fraktionen der Mudschaheddin in Peschawar gebildeter Rat, der Islamische Dschihad-Rat, hatte unter Leitung von Sibghatullah Mujaddidi die politischen Geschäfte übernommen. Er sollte nach zwei Monaten abgelöst werden von einem Führungsrat unter Rabbani, dessen Amtszeit auf vier Monate begrenzt war. Im Laufe dieser sechs Monate sollte eine *Loya Dschirga* einberufen werden, eine große Versammlung der Anführer und Ältesten des Landes, mit dem Ziel, eine auf zwei Jahre begrenzte Übergangsregierung zu bilden, die unter anderem die Aufgabe hatte, demokratische Wahlen vorzubereiten.

Einer der Männer drehte Lammspieße über der zischenden Glut eines provisorischen Grills. Babi und Tariks Vater spielten im Schatten des alten Birnbaums eine Partie Schach, die Gesichter vor Konzentration zerknittert. Tarik sah ihnen dabei zu und lauschte mit einem Ohr der Diskussion am Tisch nebenan.

Die Frauen hielten sich im Wohnzimmer, im Flur und in der Küche auf. Manche hatten einen Säugling auf dem Arm und wichen geschickt den Kindern aus, die einander durchs Haus zerrten. Aus den Lautsprechern des Kassettenrekorders plärrte eine Gasele von Ustad Sarahang.

Laila stand in der Küche und füllte, von Giti unterstützt, *dogh* in Karaffen. Giti war längst nicht mehr so schüchtern oder ernst wie früher. Sie lachte jetzt gern und manchmal ein bisschen kokett, wie Laila zu ihrer Verwunderung bemerkte. Anstelle eines Pferdeschwanzes trug sie ihr Haar nunmehr offen und färbte rötliche Strähnchen hinein. Nach hartnäckiger Nachfrage erfuhr Laila, dass der Anstoß zu dieser Verwandlung von einem achtzehnjährigen jungen Mann ausging, den Giti auf sich aufmerksam gemacht hatte. Er hieß Sabir und war Torwart in der Fußballmannschaft, der auch ihr älterer Bruder angehörte.

»Er hat ein wahnsinnig süßes Lächeln und enorm dichtes schwarzes Haar«, hatte Giti ihrer Freundin anvertraut. Von dem Flirt wusste natürlich niemand. Giti war erst zweimal heimlich mit ihm verabredet gewesen, und das nur für jeweils eine Viertelstunde in einem kleinen Teehaus in Taimani am anderen Ende der Stadt.

»Er wird um meine Hand anhalten, Laila. Vielleicht schon im Sommer. Kaum zu glauben, oder? Ehrlich, er geht mir einfach nicht mehr aus dem Kopf.«

»Und was ist mit der Schule?« Auf Lailas Frage hatte Giti nur die Augen verdreht.

Von Hasina war früher des Öfteren zu hören gewesen: »Wenn wir, Giti und ich, zwanzig sind, hat jede von uns schon vier oder fünf Kinder geworfen. Und auf dich, Laila, werden wir zwei Strohköpfe einmal richtig stolz sein. Aus dir wird noch was. Ich bin mir sicher, irgendwann sehe ich eine Zeitung mit deinem Foto auf der Titelseite.«

Mit verträumtem, in sich gekehrtem Blick schnitt Giti Gurken klein.

Mami, die ihr duftiges Sommerkleid trug, pellte zusammen mit der Hebamme Wajma und Tariks Mutter gekochte Eier.

»Ich werde Kommandeur Massoud ein Foto von Ahmad und Noor zukommen lassen«, sagte sie zu Wajma. Wajma nickte und versuchte, ernsthaftes Interesse vorzutäuschen.

»Er hat persönlich für ihre Beisetzung gesorgt und an ihrem Grab ein Gebet gesprochen. Dafür möchte ich mich bedanken.« Mami schlug ein weiteres gekochtes Ei an. »Er soll ja, wie man hört, ein sehr nachdenklicher und ehrenwerter Mann sein. Ich glaube, er wird meine Geste zu schätzen wissen.«

Frauen schwirrten umher, holten Schalen mit *qurma*, Teller voll *mastawa* und Brot aus der Küche ab, die sie dann auf der am Boden des Wohnzimmers ausgebreiteten *sofrah* verteilten.

Ab und zu zeigte sich auch Tarik, um von den Speisen zu naschen.

»Hier werden keine Männer geduldet«, sagte Giti.

»Raus, raus!«, rief Wajma.

Tarik schmunzelte. Es schien ihm zu gefallen, nicht willkommen zu sein und die Frauenwirtschaft mit seinem männlich respektlosen Grinsen zu verärgern.

Laila tat ihr Bestes, ihn zu ignorieren, um den Frauen nicht noch mehr Stoff für Klatsch und Tratsch zu bieten. Also hielt sie den Blick gesenkt und sagte nichts, erinnerte sich aber an das, was sie vor einigen Nächten geträumt hatte: sein und ihr Gesicht im Spiegel hinter einem zarten grünen Schleier. Und Reiskörner, die, aus ihrem Haar fallend, mit einem kleinen *Pling* vom Glas abprallten.

Tarik langte mit einem Löffel in den Eintopf aus Kalbfleisch und Kartoffeln.

»*Ho bacha!*« Wajma klatschte ihm auf die Hand. Tarik stahl den Happen dennoch und lachte.

Er war inzwischen fast einen Kopf größer als Laila und musste sich rasieren. Die Gesichtszüge waren markanter geworden, die Schultern breiter. Er trug jetzt meist Bundfaltenhosen, schwarze, blank polierte Slipper und Hemden mit kurzen Ärmeln, um mit seinen Muskeln angeben zu können, die er tagtäglich mit zwei alten rostigen Hanteln im Hof trainierte. In letzter Zeit setzte er gern eine streitlustige Miene auf, neigte, wenn er sprach, den Kopf ein bisschen zur Seite und lupfte eine Braue, wenn er lachte. Auch das spöttische Grinsen war neu an ihm.

Tarik war kurz zuvor schon einmal aus der Küche verscheucht worden, und seine Mutter hatte Laila dabei ertappt, dass sie ihm einen heimlichen Blick zuwarf. Laila war zusammengezuckt und hatte sich schnell wieder darangemacht, die Gurkenstücke unter den gesalzenen Joghurt zu rühren. Sie spürte die Augen von Tariks Mutter auf sich gerichtet, ihr wissendes, wohlmeinendes Schmunzeln.

Die Männer gingen mit gefüllten Tellern und Gläsern zurück in den Hof. Nachdem sie versorgt waren, nahmen die Frauen und Kinder rund um die *sofrah* auf dem Fußboden Platz und fingen zu essen an.

Als später die *sofrah* wieder fortgeräumt und das Geschirr in die Küche gebracht worden war, als es nun galt, Tee zuzubereiten und sich daran zu erinnern, wer grünen beziehungsweise schwarzen Tee bevorzugte, nickte Tarik Laila mit dem Kopf zu und schlüpfte durch die Tür nach draußen.

Laila wartete fünf Minuten und folgte dann.

Sie fand ihn weiter unten auf der Straße, wo er neben der Mündung einer engen Gasse an der Mauer lehnte. Er summte ein altes paschtunisches Lied von Ustad Awal Mir:

Da ze ma ziba watan,
da ze ma dada watan.
Dies ist unser schönes Land,
dies ist unser geliebtes Land.

Und er rauchte – auch das eine neue Angewohnheit, die er von den Jungs übernommen hatte, mit denen er in letzter Zeit häufig zusammen war. Laila konnte sie nicht leiden, seine neuen Freunde. Sie alle trugen Bundfaltenhosen und enge Hemden, die ihre Schultern und Arme betonten. Außerdem rochen alle nach Eau de Cologne. Und sie rauchten, ausnahmslos. In Gruppen stolzierten sie durch die Nachbarschaft, alberten herum, lachten laut und riefen den Mädchen nach, wobei sie samt und sonders das gleiche dümmliche, selbstgefällige Grinsen im Gesicht trugen. Einer von ihnen hielt sich anscheinend für ein Double von Sylvester Stallone und bestand darauf, Rambo genannt zu werden.

»Deine Mutter würde dir die Hölle heiß machen, wenn sie dich rauchen sähe«, sagte Laila. Sie schaute sich nach allen Seiten um und trat in die Gasse.

»Davon erfährt sie nichts«, entgegnete er und rückte zur Seite, um ihr Platz zu machen.

»Vielleicht doch.«

»Von wem? Von dir vielleicht?«

Laila scharrte mit dem Fuß. »Sprich deine Geheimnisse in den Wind, aber mach ihm keinen Vorwurf, wenn er sie den Bäumen weitererzählt.«

Tarik lächelte und hob die linke Braue. »Wer hat das gesagt?«

»Khalil Gibran.«

»Angeberin.«

»Gib mir auch eine.«

Er schüttelte den Kopf und verschränkte die Arme vor der Brust. Auch das gehörte zum Repertoire seiner neuen Posen: mit dem Rücken an eine Wand gelehnt, die Arme verschränkt, eine Zigarette im Mundwinkel und das gesunde Bein lässig angewinkelt.

»Warum nicht?«

»Ist schlecht für dich«, antwortete er.

»Für dich nicht?«

»Ich tu's, um den Mädchen zu gefallen.«

»Welchen Mädchen?«

Er grinste. »Sie finden es sexy.«

»Von wegen.«

»Nein?«

»Glaub mir.«

»Nicht sexy?«

»Du siehst aus wie ein *khila*, ein Schwachkopf.«

»Das tut weh«, sagte er.

»Von welchen Mädchen sprichst du?«

»Eifersüchtig?«

»Nur neugierig.«

Er paffte und blinzelte durch den Rauch. »Ich wette, man zerreißt sich gerade über uns das Maul.«

Laila dachte an die Mahnung ihrer Mutter. *Wie ein Beo in geschlossener Hand. Wenn du sie auch nur ein klein wenig öffnest, fliegt er davon.* Sie beschlich ein ungutes Gefühl. Laila blendete Mamis Stimme aus. Stattdessen weidete sie sich an Tariks Formulierung des Wörtchens *uns*. Er hatte es ganz beiläufig und wie selbstverständlich verwendet und damit ihre Verbundenheit bestätigt.

»Und was werden sie über uns sagen?«

»Dass wir auf dem Fluss der Sünde paddeln«, antwortete er. »Vom Kuchen der Untugend naschen.«

»Mit der Rikscha des Verderbens fahren?«, stimmte Laila mit ein.

»Ein Frevel-*qurma* kochen.«

Beide lachten. Dann bemerkte Tarik, dass ihr Haar länger geworden sei. »Ist hübsch so«, sagte er.

Laila hoffte, nicht rot zu werden. »Du lenkst ab.«

»Wovon?«

»Von den hirnlosen Mädchen, die dich sexy finden.«

»Du weißt es doch.«

»Was weiß ich?«

»Dass ich nur Augen für dich habe.«

Ihr wurde schwummrig. Sie versuchte, seine Miene zu lesen, sah aber nur ein albernes Grinsen, das so gar nicht zum Ausdruck seiner Augen zu passen schien. Ein cleverer Blick, genau abgezirkelt zwischen Spott und Ernsthaftigkeit.

Tarik drückte den Stummel unter dem Absatz des gesunden Fußes aus. »Was hältst du von alledem?«

»Von der Party?«

»Wer ist jetzt der Schwachkopf von uns beiden? Ich meine die Mudschaheddin. Ihren Einzug in Kabul.«

»Oh.«

Sie wollte gerade berichten, was Babi über die gefährliche Ehe zwischen Gewehren und Eigensinn gesagt hatte, als plötzlich Schreie laut wurden, die vom Haus ihrer Eltern kamen.

Laila rannte los. Tarik hinkte hinterher.

Im Hof herrschte helle Aufregung. Zwei Männer wälzten sich ringend am Boden. In dem einen erkannte Laila einen der Männer wieder, die zuvor miteinander über Politik diskutiert hatten. Der andere war derjenige, der die Kebabspieße gewendet hatte. Einer von ihnen hielt ein Messer in der Hand. Mehrere Männer versuchten, die beiden auseinanderzubringen. Babi war nicht dabei. Er hielt sich in sicherer Entfernung vor der Hofmauer auf. Tariks Vater, der neben ihm stand, hatte Tränen im Gesicht.

Aus den aufgebrachten Kommentaren ringsum machte sich Laila ihren Reim: Der eine, ein Paschtune, hatte Ahmad Schah Massoud einen Verräter genannt und ihm vorgeworfen, in den achtziger Jahren mit den Sowjets »krumme Geschäfte« getrieben zu haben. Der andere, ein Tadschike, hatte Anstoß daran genommen und die Zurücknahme der Behauptung verlangt. Der Paschtune weigerte sich, worauf der Tadschike sagte, dass, wenn Massoud nicht gewesen wäre, seine Schwester – die des anderen – immer noch den sowjetischen Soldaten »zu Gefallen« sein müsste. Und dann war es rundgegangen. Einer von ihnen hatte ein Messer gezogen; wer von beiden, war nicht klar.

Mit Schrecken sah Laila, wie sich Tarik Hals über Kopf in das Handgemenge stürzte. Einer derjenigen, die zu schlichten versuchten, schlug nun selber mit den Fäusten zu, und ihr war, als habe sie ein zweites Messer aufblitzen sehen.

Später, am Abend, versuchte Laila noch einmal nachzuvollziehen, wie die Schlägerei um sich gegriffen hatte, bis schließlich fast alle Männer mit Geschrei und fliegenden Fäusten übereinander hergefallen waren, Tarik mitten unter ihnen. Am Ende kam er mit zerrissenem Hemd und schmerzverzerrtem Gesicht aus dem Gewühl hervorgekrochen. Die Prothese war ihm verloren gegangen.

Die Ereignisse überstürzten sich.

Der Führungsrat war voreilig gebildet worden. Er wählte Rabbani zum neuen Präsidenten, was zu Rivalitäten zwischen den einzelnen Fraktionen führte. Massoud mahnte zu Geduld und Ruhe.

Hekmatyar empörte sich über seinen Ausschluss. Die Hazaras, immer schon unterdrückt und missachtet, kochten vor Wut.

Beleidigungen machten die Runde. Finger zeigten auf andere. Vorwürfe flogen hin und her. Versammlungen wurden unter Protest abgebrochen, Türen geknallt. Die Stadt hielt den Atem an. In den Bergen griff man wieder zu den Kalaschnikows.

In Ermangelung eines gemeinsamen Feindes bekämpften sich die bis an die Zähne bewaffneten Mudschaheddin untereinander.

Für Kabul war der Tag der Abrechnung gekommen.

Raketen prasselten auf die Stadt nieder; ihre Bewohner verbarrikadierten sich. Mami trug wieder Schwarz, ging auf ihr Zimmer, zog die Vorhänge zu und vergrub sich unter den Decken.

24

»Am schlimmsten finde ich das Pfeifen«, sagte Laila zu Tarik, »dieses verdammte Pfeifen.«

Tarik nickte zustimmend.

Später dachte Laila, dass es nicht so sehr das Pfeifen als solches war als vielmehr die Sekunden bis zum Aufprall. Die kurze unbestimmte Zeitspanne in der Schwebe. Nicht das Wissen, sondern das Warten. Wie für den Angeklagten vor Gericht der Augenblick unmittelbar vor dem Urteilsspruch.

Es war häufig zur Abendzeit, wenn sie und Babi zu Tisch saßen. Wenn es einsetzte, schreckten sie auf. Wie gebannt lauschten sie dem Pfeifen, die Gabeln in der Luft, die Kaubewegungen angehalten. Laila beobachtete ihre schwach beleuchteten Gesichter im Spiegel der schwarzen Fensterscheibe, die reglosen Schatten an der Wand. Das Pfeifen. Dann die Detonation, glücklicherweise irgendwo anders, da, wo mit Geschrei und unter erstickenden Rauchwolken jetzt wahrscheinlich bloße Hände in Trümmern wühlten und zu bergen versuchten, was von einer Schwester, einem Bruder, einem Enkelkind übrig geblieben war.

Doch verschont geblieben zu sein ersparte einem nicht die quälende Frage, wen es getroffen haben mochte. Nach jedem Raketeneinschlag rannte Laila nach draußen und stammelte ein Gebet, um die schreckliche Vorstellung abzuwehren, dass man diesmal Tarik unter rauchenden Trümmern begraben finden würde.

Nachts sah Laila, im Bett liegend, weiße Blitze im Fenster aufzucken. Sie hörte das Rattern automatischer Gewehre und zählte das Kreischen von Raketen, während das Haus bebte und Verputz von der Decke herabregnete. Manchmal, wenn der Feuerschein der Raketen so hell war, dass man ein Buch hätte lesen können, war an

Schlaf nicht zu denken. Wenn sie aber schlief, träumte Laila von abgerissenen Gliedmaßen, Feuersbrünsten und dem Schreien Verwundeter.

Der Morgen brachte keine Erleichterung. Wenn der Muezzin zum *namaz* rief, legten die Mudschaheddin ihre Waffen nieder und wandten sich gen Westen zum Gebet. Danach aber wurden die Teppiche sofort wieder eingerollt, die Gewehre geladen und das Feuer von den Bergen über Kabul neu eröffnet. Laila und alle anderen Städter waren ohnmächtige Zeugen der Gefechte, hilflos wie der alte Santiago, der mit ansehen musste, wie die Haie seinen großen Fang zerfleischten.

Überall traf Laila auf Massouds Männer. Sie sah sie durch die Straßen ziehen, Autos anhalten und deren Insassen verhören. In ihren Kampfanzügen und dem unverzichtbaren *pakol* auf dem Kopf saßen sie rauchend auf Panzern oder beobachteten an Straßenkreuzungen, hinter Sandsäcken verbarrikadiert, die Passanten.

Laila wagte sich nur selten ins Freie. Wenn sie es tat, wurde sie immer von Tarik begleitet, dem diese ritterliche Pflicht zu gefallen schien.

»Ich habe mir eine Pistole gekauft«, sagte er eines Tages. Sie hockten unter dem Birnbaum in Lailas Hof. Er zeigte ihr die Waffe. Es sei eine halbautomatische, sagte er, eine Beretta. Für Laila war sie nur ein schwarzes, tödliches Ding.

»So etwas macht mir Angst«, sagte sie.

Tarik hantierte mit dem Magazin herum.

»Letzte Woche sind in einem Haus in Karteh-Seh drei Leichen gefunden worden«, berichtete er. »Hast du davon gehört? Schwestern. Vergewaltigt alle drei. Mit aufgeschlitzten Kehlen. Jemand hat ihnen die Ringe von den Fingern gebissen. Das war an den Spuren zu erkennen, die eindeutig von Zähnen …«

»Davon will ich nichts hören.«

»Ich wollte dich nicht aufregen«, sagte Tarik. »Aber ich … Mit dem Ding fühle ich mich sicherer.«

Er war jetzt ihr Informant. Er schnappte auf, was in den Straßen gesprochen wurde, und gab es weiter an sie. So erfuhr sie auch, dass sich in den Bergen Milizionäre verschanzt hatten, die auf ihre Treffsicherheit Wetten setzten und wahllos auf Zivilisten schossen, auf Männer, Frauen und Kinder. Er sagte, dass sie Raketen auf Autos abfeuerten, Taxis aber aus irgendwelchen Gründen verschonten – was erklärte, warum sich in letzter Zeit viele beeilten, ihre Autos gelb zu lackieren.

Innerhalb von Kabul, so berichtete Tarik, würden sich immer wieder Grenzen und Zonen verschieben. Ihre Straße zum Beispiel gehöre bis zur zweiten Akazie auf der linken Seite dem einen Warlord und die nächsten vier Blocks, die bis zur Bäckerei neben der zerstörten Apotheke reichten, einem anderen. Wenn man von hier aus achthundert Meter nach Westen gehe, sei man im Territorium eines dritten Warlords und dessen Scharfschützen ausgeliefert. So also wurden jetzt Mamis Helden genannt, dachte Laila. Warlords. Oder auch *tofangdar*, Jäger. Manche bezeichneten sie nach wie vor als Mudschaheddin, wobei sie allerdings eine verächtliche Miene aufsetzten und das Wort wie eine Beleidigung aussprachen.

Tarik ließ das Magazin einschnappen.

»Hättest du das Zeug dazu?«, fragte Laila.

»Wozu?«

»Abzudrücken. Jemanden zu töten.«

Tarik steckte die Waffe hinter den Bund seiner Jeans. Und dann sagte er etwas, das schön und schrecklich zugleich war. »Für dich würde ich's tun, Laila.«

Er rückte näher an sie heran. Ihre Hände berührten sich, dann noch einmal. Als er vorsichtig versuchte, seine Finger mit ihren zu verschränken, ließ es Laila zu. Und als er sich plötzlich über sie beugte und ihr seine Lippen auf den Mund drückte, war sie auch damit einverstanden.

In diesem Moment hatte das, was Mami über den guten Ruf und Beos sagte, für Laila keine Bedeutung. Ja, es erschien ihr geradezu absurd. Denn in Anbetracht der schrecklichen Gewalttaten und Verwüstungen ringsum war es doch wahrhaftig harmlos, hier unter einem Baum zu sitzen und Tarik zu küssen. Eine durchaus verzeihliche Nachgiebigkeit. Also ließ sie sich küssen, und als er seinen Mund von ihrem löste, beugte sie sich mit pochendem Herzen und heißen Lippen vor, um ihn zu küssen.

Im Juni desselben Jahres, 1992, kam es im Westen Kabuls zu schweren Kämpfen zwischen Sayyafs paschtunischen Truppen und den Hazaras der Wahdat-Fraktion. Granaten rissen Strommasten um und pulverisierten Geschäfts- und Wohnblocks. Laila hörte, dass Milizionäre der Paschtunen in Häuser der Hazaras eindrangen und ganze Familien auslöschten. Die Hazaras übten Vergeltung; sie entführten paschtunische Zivilisten, vergewaltigten paschtunische Mädchen, nahmen paschtunische Nachbarschaften unter Mörserbeschuss und mordeten blindwütig. Tagtäglich fand man Tote, an Bäume gebunden, manche bis zur Unkenntlichkeit verbrannt. Vielen waren die Augen ausgestochen und die Zunge herausgeschnitten worden.

Babi versuchte zum wiederholten Mal, Mami davon zu überzeugen, dass es besser sei, Kabul zu verlassen

»Sie werden's schon richten«, sagte Mami. »Die Kämpfe sind bald zu Ende. Dann setzen sich alle an einen Tisch und verhandeln.«

»Fariba, diese Leute kennen nur eins, und das ist Krieg«, entgegnete Babi. »Schon beim Laufenlernen hatten sie in der einen Hand eine Milchflasche und in der anderen eine Waffe.«

»Du meinst, du kannst dir ein Urteil erlauben?«, blaffte Mami. »Hast du am Dschihad teilgenommen? Hast du alles aufgegeben und dein Leben riskiert? Wenn es die Mudschaheddin nicht gäbe, wären wir immer noch Sklaven der Sowjets. Du willst doch nicht etwa, dass wir sie verraten.«

»Wir sind es nicht, die des Verrats schuldig sind, Fariba.«

»Dann geh doch. Nimm deine Tochter und mach dich aus dem Staub. Schick mir eine Postkarte. Ich jedenfalls werde bleiben und darauf warten, dass Frieden einkehrt.«

Babi stürmte aus ihrem Zimmer.

In den Straßen war es so gefährlich, dass er einen für ihn besonders bitteren Entschluss gefasst und Laila aus der Schule genommen hatte.

Er gab ihr nun selbst Unterricht. Jeden Tag nach Sonnenuntergang kam Laila zu ihm ins Arbeitszimmer, und während im Süden der Stadt Hekmatyar seine Raketen auf Massoud abfeuerte, beschäftigten sich Babi und Laila mit Hafis' Gaselen und den Werken des großen afghanischen Dichters Ustad Khalilullah Khalili. Babi brachte ihr bei, quadratische Gleichungen abzuleiten, Polynomfunktionen auszudrücken und Kurvenparameter zu bestimmen. Wenn er unterrichtete, war Babi immer wie verwandelt. Inmitten seiner Bücher wirkte er auf Laila um einiges größer. Seine Stimme klang fester, und er blinzelte nicht annähernd so häufig wie sonst. Laila stellte sich ihn vor, wie er früher mit weit ausholenden Bewegungen die Wandtafel saubergewischt oder seinen Schülern väterlich und aufmerksam über die Schulter geschaut hatte.

Es fiel Laila jedoch schwer, seinem Unterricht zu folgen. Sie war immer wieder abgelenkt.

»Wie berechnet man das Volumen einer Pyramide?«, fragte Babi, doch Laila dachte an Tariks volle Lippen, an seinen heißen Atem und ihr Spiegelbild in seinen haselnussbraunen Augen. Nach der Begegnung unter dem Baum hatten sie sich zwei weitere Male geküsst, länger und inniger und, wie sie fand, weniger ungeschickt. Beide Male waren sie heimlich in der engen Gasse zusammengekommen, wo er am Tag von Mamis Party eine Zigarette geraucht hatte. Beim zweiten Mal hatte sie es zugelassen, dass er ihre Brust berührte.

»Laila?«

»Ja, Babi.«

»Das Volumen einer Pyramide. Wo bist du?«

»Entschuldige. Ich war ... ehm ... Pyramide. Das Volumen ist ein Drittel der Grundfläche mal Höhe.«

Babi nickte und betrachtete sie mit kritischem Blick. Laila dachte daran, wie ihr Tarik mit der Hand über den Rücken fuhr, während sie sich küssten und küssten.

Es war immer noch Juni, als Giti und zwei Klassenkameradinnen auf dem Heimweg von der Schule, nur drei Straßenecken von Gitis Zuhause entfernt, von einer Rakete getroffen wurden. Am Abend erfuhr Laila, dass Gitis Mutter Nila, nachdem sie die schreckliche Nachricht erhalten hatte, an der Unglücksstelle hysterisch schreiend umhergeirrt war und Teile ihrer Tochter in der Schürze eingesammelt hatte. Zwei Wochen später wurde ihr rechter Fuß, der noch in Strumpf und Schuh steckte und schon in Verwesung übergegangen war, auf dem Dach eines der umstehenden Häuser gefunden.

Bei Gitis *fatiha* tags darauf saß Laila wie benommen in einem Raum voll weinender Frauen. Sie erlebte zum ersten Mal, dass diesem Krieg ein Mensch zum Opfer gefallen war, den sie liebte. Sie konnte nicht begreifen, dass Giti nicht mehr lebte, ihre Freundin, die ihr im Klassenzimmer heimlich Briefchen zugesteckt, sich die Fingernägel poliert und mit einer Pinzette die Augenbrauen gezupft hatte. Giti, die den Torwart Sabir hatte heiraten wollen, war tot. *Tot*. In Stücke zerrissen.

Laila weinte um sie. Und all die Tränen, die während der Trauerfeier für ihre Brüder ausgeblieben waren, vergoss sie jetzt.

25

Laila konnte sich nicht rühren; sie war wie versteinert. Die an sie gerichteten Worte erreichten sie kaum. Als Tarik sprach, sah Laila ihr Leben wie ein morsches Seil ausfransen, zerfasern und reißen.

Es war ein heißer, stickiger Nachmittag im August 1992. Sie saßen im Wohnzimmer. Mami hatte seit den frühen Morgenstunden so schlimme Bauchschmerzen, dass Babi mit ihr trotz der Raketen, die Hekmatyar aus dem Süden abfeuern ließ, zum Arzt gefahren war. Und nun saß Tarik neben Laila auf der Couch, den Blick gesenkt und die Hände zwischen den Knien.

Er sagte, dass er wegziehen werde.

Nicht nur aus der Nachbarschaft oder Kabul. Er werde das Land verlassen.

Laila konnte es nicht fassen.

»Wohin? Wohin gehst du?«

»Zuerst nach Pakistan. Peschawar. Und danach …, wer weiß? Vielleicht nach Indien. Oder in den Iran.«

»Wie lange …«

»Ich weiß nicht.«

»Ich meine, wie lange denkst du schon daran, wegzugehen?«

»Schon seit einiger Zeit. Ich wollte es dir längst gesagt haben, ehrlich, hab's aber nicht über mich gebracht.«

»Wann?«

»Morgen.«

»Morgen?«

»Laila, sieh mich an.«

»Morgen.«

»Mein Vater drängt. Er ist krank, wie du weißt. Er kann all das Kämpfen und Morden nicht länger verkraften.«

Laila vergrub ihr Gesicht in den Händen. Das Herz schnürte sich in ihrer Brust zusammen.

Sie hätte es ahnen können, dachte sie. Es waren schon so viele gegangen, und jetzt, nur vier Monate nach Ausbruch der Kämpfe zwischen den Mudschaheddin, begegnete ihr auf der Straße kaum mehr ein bekanntes Gesicht. Hasinas Familie war im Mai nach Teheran geflohen. Wajma hatte sich mit ihrem Clan im gleichen Monat nach Islamabad abgesetzt. Gitis Eltern und Geschwister waren im Juni, kurz nach Gitis Tod, abgereist. Laila wusste nicht einmal, wohin. Es hieß, dass sie nach Mashad in den Iran hatten gehen wollen. Nach dem Auszug der Nachbarn blieben ihre Häuser für ein paar Tage leer; dann zogen entweder Milizionäre oder fremde Zivilisten ein.

Alle flohen. Nun auch Tarik.

»Und meine Mutter ist nicht mehr die Jüngste«, sagte er. »Die beiden haben nur noch Angst. Laila, sieh mich an.«

»Du hättest es mir sagen sollen.«

»Bitte, sieh mich an.«

Laila wimmerte, schluchzte und fing dann zu weinen an. Als er mit dem Daumen die Tränen abzuwischen versuchte, stieß sie seine Hand von sich, empört und wütend darüber, dass er sie im Stich ließ, Tarik, der wie ein Teil von ihr war und in all ihren Gedanken auftauchte. Wie konnte er sie verlassen? Sie schlug ihn. Sie schlug ihn und zerrte an seinen Haaren, bis er sie bei den Handgelenken packte und festhielt. Er versuchte, auf sie einzureden, klang ruhig und vernünftig dabei, doch sie hörte ihm nicht zu. Er kam ihr näher, so nahe, dass sie wieder seinen Atem auf ihren Lippen spürte.

Und als er sie dann küsste, ließ sie es sich gefallen.

Alles genau in Erinnerung zu behalten, was dann geschah, wurde ihr wichtigstes Anliegen in den nächsten Tagen und Wochen. Wie ein Kunstliebhaber, der einem brennenden Museum entfliehen muss, versuchte sie, alles, was ihr wertvoll erschien, festzuhalten und vor dem Vergessen zu bewahren – möglichst jeden Blick, jede Empfindung, jedes geflüsterte Wort. Doch die Zeit ist ein verheerendes Feuer, und am Ende konnte sie nur weniges retten: den jähen, heftigen Schmerz; das schräg auf den Teppich fallende Sonnenlicht; die hastig abgeschnallte Prothese, die neben ihnen lag; seine Ellbogen in ihren Händen; das Muttermal unter seinem Schlüsselbein – die auf dem Kopf stehende Mandoline – rot erglüht; sein Gesicht dicht vor ihren Augen; seine herabhängenden schwarzen Locken, ihre Wangen kitzelnd; die Angst, ertappt zu werden; das ungläubige Staunen über den eigenen Wagemut; die seltsame, unbeschreibliche Wonne, vermischt mit Schmerz; den vielfältigen Ausdruck in Tariks Blicken: Scheu, Sorge, Zärtlichkeit, Verlegenheit, vor allem aber Hunger.

Danach herrschte helle Aufregung. Mit fliegenden Fingern wurden Hemden zugeknöpft, Haare gekämmt und Gürtel geschnallt. Schließlich saßen sie wieder Seite an Seite auf der Couch, die Gesichter gerötet und beide sprachlos über das, was geschehen war. Was sie getan hatten.

Laila entdeckte drei Tropfen Blut auf dem Teppich, *ihr* Blut, und stellte sich die Eltern vor, wenn sie später auf dieser Couch säßen, ohne etwas von der Sünde zu ahnen, die sie, ihre Tochter, begangen hatte. Scham und Schuldgefühle überkamen sie jetzt, und oben tickte die Uhr, überlaut für Lailas Ohren. Wie das unablässige Klopfen eines Richterhammers zu ihrer Verurteilung.

Tarik sagte: »Komm mit mir.«

Laila glaubte fast für einen Moment, dass es ihr möglich wäre, zusammen mit Tarik und seinen Eltern auszuwandern, ihre Taschen zu packen, einen Bus zu besteigen und alle Gewalt hinter sich zu lassen, um ein neues Leben an Tariks Seite zu beginnen, auf Gedeih oder Verderb. Ohne ihn bliebe ihr nur trostlose Einsamkeit.

Ja, es wäre ihr möglich. Sie könnten zusammen gehen.

Es würde weitere solcher Nachmittage geben.

»Ich will dich heiraten, Laila.«

Erst jetzt hob sie den Blick, um ihm in die Augen zu schauen. Sie versuchte, seine Gedanken zu erforschen. Diesmal zeigte sich nichts von jenem clever einstudierten vieldeutigen Mienenspiel, dass er sonst so gut beherrschte. Er wirkte vielmehr ungewohnt ernst und entschlossen.

»Tarik …«

»Ich will dich zur Frau, Laila. Wir könnten heute noch heiraten.«

Er wollte noch mehr sagen, ihr vorschlagen, eine Moschee aufzusuchen, einen Mullah und zwei Trauzeugen ausfindig zu machen, eine *nikka* auf die Schnelle …

Doch Laila dachte an Mami, die in ihrem Groll und in ihrer Verzweiflung so unnachgiebig und kompromisslos war wie die Mudschaheddin. Sie dachte an Babi, der seiner Frau nichts entgegenzusetzen und längst aufgegeben hatte.

Manchmal … drängt sich mir das Gefühl auf, dass du, Laila, alles bist, was ich habe.

Dies waren die unüberwindlichen Umstände ihres Lebens.

»Ich werde bei *Kaka* Hakim um deine Hand anhalten. Sein Segen ist uns gewiss, Laila; davon bin ich überzeugt.«

Tarik hatte recht. Babi würde zustimmen. Aber es würde ihn auch zerbrechen lassen.

Tarik redete weiter, mal mit gedämpfter Stimme, flehend, dann mit Nachdruck und vernünftigen Argumenten, seine Miene mal hoffnungsvoll, mal verzweifelt.

»Ich kann nicht«, sagte Laila.

»Sag so etwas nicht. Ich liebe dich.«

»Es tut mir leid …«

»Ich liebe dich.«

Wie lange hatte sie darauf gewartet, diese Worte von ihm zu hören? Wie oft hatte sie geträumt, dass er sie ausspräche? Jetzt endlich tat er es, und die Ironie der Umstände stieß ihr bitter auf.

»Es ist wegen meines Vaters«, versuchte Laila zu erklären. »Ich bin sein Ein und Alles. Er würde es nicht verkraften, wenn ich ginge.«

Tarik wusste es. Er wusste, dass sie sich über manche Dinge im Leben ebenso wenig hinwegsetzen konnte wie er. Trotzdem ging es noch eine Weile hin und her mit seinen Bitten und ihrer Ablehnung, mit seinen Vorschlägen und ihren Entschuldigungen, mit seinen und ihren Tränen.

Am Ende musste Laila ihn drängen zu gehen.

Vor der Tür nahm sie ihm das Versprechen ab, auf einen Abschied zu verzichten. Sie schloss die Tür und lehnte sich mit dem Rücken dagegen. Sein Pochen von außen ging ihr durch Mark und Bein. Mit einem Arm hielt sie den Bauch umfasst, und die Hand vor den Mund gepresst, hörte sie ihn beteuern, dass er zu ihr zurückkehren würde. Sie rührte sich nicht, bis er endlich, müde geworden, aufgab und ging. Sie lauschte seinen hinkenden Schritten, bis nichts mehr zu vernehmen war außer dem Gewehrfeuer in den Bergen und den eigenen Herzschlägen, die ihren ganzen Körper vibrieren ließen.

26

Es war der mit Abstand heißeste Tag des Jahres, die Stadt wie gelähmt von der drückenden Hitze, die sich zwischen den Bergen aufgestaut hatte. Seit Tagen gab es keinen Strom mehr. Die elektrischen Ventilatoren standen still, fast wie zum Hohn.

Laila lag reglos und mit durchgeschwitzter Bluse auf der Couch im Wohnzimmer. Beim Ausatmen streifte heiße Luft die Nasenspitze. Die Eltern waren, wie sie hörte, in Mamis Zimmer und diskutierten miteinander. In der letzten und vorletzten Nacht war sie von ihren Stimmen geweckt worden. Seit der Querschläger ein weiteres Loch in die Außenpforte gerissen hatte, sprachen sie täglich miteinander.

Draußen dröhnte fernes Artilleriefeuer, gefolgt von hämmernden Gewehrsalven aus der Nähe.

Auch in Laila herrschte Krieg: zwischen Schuld und Scham auf der einen und der Überzeugung auf der anderen Seite, dass es keine Sünde war, was sie und Tarik getan hatten, dass es vielmehr ganz natürlich, gut und schön war, ja sogar unausweichlich, angetrieben von dem Wissen, dass sie sich womöglich nie wieder sehen würden.

Laila drehte sich auf die Seite und versuchte, ihrem Gedächtnis auf die Sprünge zu helfen. Über ihr am Boden liegend und den Kopf an ihre Stirn geneigt, hatte Tarik etwas gekeucht. War es *Tu ich dir weh?* oder *Tut es weh?*

Laila wusste nicht mehr, ob es die eine oder andere Wendung war.

Er war erst zwei Wochen fort, und schon verwischten sich die Erinnerungen. Laila konzentrierte sich. Was genau hatte er gesagt? Es war ihr plötzlich überaus wichtig.

Laila schloss die Augen und dachte angestrengt nach.

Mit der Zeit würde sich die Kraft für solche Versuche erschöpfen. Es würde ihr zunehmend schwerfallen, heraufzubeschwören und wiederzubeleben, was längst verloren war. Irgendwann, in ein paar Jahren vielleicht, würde sie seinen Verlust nicht länger beklagen. Jedenfalls nicht mehr so untröstlich. Die Erinnerungen würden verblassen, und wenn auf der Straße eine Mutter ihr Kind bei Tariks Namen riefe, würde sie davon nicht mehr aus der Fassung gebracht werden. Sie würde ihn nicht mehr so sehr vermissen wie jetzt, da sie der Kummer über seine Abwesenheit ständig begleitete – wie der Phantomschmerz in einem amputierten Glied.

Es sei denn, die Erinnerungen an jenen Nachmittag zu zweit würden plötzlich und überraschend wieder lebendig, ausgelöst durch irgendeinen Umstand oder irgendeine Tätigkeit, vielleicht, wenn sie ein Hemd bügelte oder ihre Kinder auf einer Schaukel anstieße. Dann wäre womöglich alles wieder da. Die Spontaneität ihres Tuns. Ihre erstaunliche Unvorsichtigkeit. Ihre Unbeholfenheit. Der Schmerz, die Wonne und die Traurigkeit darin. Die Hitze ihrer aneinandergeschmiegten Körper.

Die Erinnerungen würden sie überschwemmen und ihren Atem stocken lassen.

Aber auch solche Momente würden vergehen. Zurück blieben allenfalls Mattigkeit und ein vages Gefühl von Nervosität.

Sie glaubte, dass er gesagt hatte: *Tu ich dir weh?* Ja. So war es. Laila war froh, dass sie sich erinnerte.

Plötzlich rief Babi nach ihr und forderte sie auf, schnell nach oben zu kommen.

»Sie ist einverstanden!«, sagte er, und seine Stimme zitterte vor Erregung. »Wir wandern aus, Laila. Alle drei. Wir verlassen Kabul.«

Zu dritt saßen sie in Mamis Zimmer auf dem Bett. Draußen flogen Raketen durch den Himmel; die Kämpfe zwischen Hekmatyars und Massouds Truppen nahmen kein Ende. Laila ahnte, dass es irgendwo in der Stadt wieder Tote gab und schwarze Rauchwolken über zersprengten Häusern aufstiegen. Es lägen wieder Leichen auf den Straßen. Manche würden geborgen, andere nicht. Die Hunde in Kabul waren auf den Geschmack gekommen und würden sich an den Toten weiden.

Gleichzeitig drängte es Laila hinaus auf die Straßen. Sie konnte ihr Glück kaum fassen. Es kostete sie Überwindung, still sitzen zu bleiben und nicht vor Freude zu kreischen. Babi sagte, dass sie zuerst nach Pakistan gehen würden, um dort Visa zu beantragen. Pakistan, wo auch Tarik noch sein musste! Er war erst vor siebzehn Tagen gefahren. Wenn sich Mami bloß eher entschieden hätte, wären sie womöglich gemeinsam aufgebrochen. Sie könnte jetzt bei ihm sein. Sei's drum. In Peschawar angekommen, würde Laila nach Tarik und seinen Eltern suchen. Sie wären bestimmt noch dort, damit beschäftigt, ihre Ausreise zu organisieren. Und dann, wer weiß? Europa? Amerika? Vielleicht, wie Babi immer sagte, irgendwo am Meer …

Mami lehnte am Kopfteil des Bettes. Ihre Augen waren geschwollen. Sie zupfte sich an den Haaren.

Drei Tage zuvor war Laila, um frische Luft zu schnappen, nach draußen gegangen. Sie hatte neben der Außenpforte gestanden, als es plötzlich krachte und ein Geschoss an ihrem rechten Ohr vorbeiflog, aufprallte und Holzsplitter aufwirbeln ließ. Nach Gitis Tod, zahllosen Feuergefechten und Raketeneinschlägen war es dieses eine runde Loch in der Pforte unmittelbar neben der Stelle, wo Laila gestanden hatte, das Mami endlich wachgerüttelt und ihr vor Augen geführt hatte, wie sehr ihr einzig verbliebenes Kind von diesem Krieg bedroht war.

Von den Fotos an den Wänden lächelten Ahmad und Noor herab. Laila sah, wie die Augen ihrer Mutter schuldbewusst von einem Bild zum anderen sprangen. Es schien fast, als erflehte sie das Einverständnis ihrer toten Söhne. Deren Segen. Und Vergebung.

»Hier kann uns nichts mehr halten«, sagte Babi. »Unsere Söhne sind gefallen, aber wir haben immer noch Laila. Wir haben noch uns, Fariba. Fangen wir ein neues Leben an.«

Babi beugte sich zur Seite, um die Hand seiner Frau zu ergreifen. Mami ließ es zu. Sie gab ihm nach. Die beiden hielten sich bei der Hand. Dann rückte Babi näher und schloss sie in die Arme. Mami legte ihren Kopf auf seine Schulter und hielt sich an seinem Hemd fest.

In dieser Nacht war Laila zu aufgewühlt, um die Augen zu schließen. Sie lag im Bett und beobachtete am Horizont den gespenstischen Feuerschein explodierender Granaten. Doch trotz ihrer Erregung und des Grollens der Geschütze in der Ferne schlief sie irgendwann ein.

Und träumte.

Sie sitzen am Meeresstrand auf einer Steppdecke. Der Himmel ist verhangen, und es weht ein kühler Wind, doch neben Tarik und unter der Decke, die sie sich über die Schultern geworfen haben, fühlt sie sich wohlig warm. Sie sieht Autos hinter einem weiß gestrichenen Zaun parken; darüber erheben sich Palmen, die im Wind schaukeln. Der Wind lässt ihre Augen tränen, bläst Sand in die Schuhe und treibt Büschel abgestorbener Gräser von Düne zu Düne. In der Ferne ziehen Segelboote vorüber. Möwen schwirren schreiend durch die Luft. Dann glaubt sie, Musik zu hören, und erinnert sich an ein Lied, das ihr Babi vor Jahren beigebracht hat. Sie erzählt Tarik von diesem Lied, in dem von singendem Sand die Rede ist.

Er wischt sich Sandkörner von der Stirn. Sie sieht den Ring an seinem Finger. Sie selbst trägt das Gegenstück; es ist aus Gold und ringsum ziseliert.

»Tatsächlich«, sagt sie. »Was da klingt, ist die Reibung der Sandkörnchen aneinander. Hör mal.« Er lauscht. Er zieht die Stirn kraus. Sie warten. Sie hören es wieder. Bei leichtem Wind ist es ein Seufzen, das, wenn der Wind zunimmt, zu einem Heulen und schrillen Chorus anschwillt.

Babi sagte, dass nur mitgenommen werden solle, was absolut notwendig sei. Alles andere müsse verkauft werden.

»Von dem Erlös könnten wir in Peschawar leben, bis ich Arbeit gefunden habe.«

Während der nächsten zwei Tage trugen sie zusammen, was entbehrt werden konnte und für den Verkauf bestimmt war.

In ihrem Zimmer sortierte Laila alte Kleidungsstücke, Schuhe, Bücher und Spielzeug aus. Unter ihrem Bett fand sie die kleine gelbe Glaskuh, die sie in der fünften Klasse von Hasina bekommen hatte. Außerdem waren da ein kleiner Fußball als Schlüsselanhänger, ein Geschenk von Giti; ein kleines hölzernes Zebra auf Rädern; ein aus Ton gebrannter Astronaut, den sie und Tarik im Straßengraben gefunden hatten. Sie war damals sechs und er acht Jahre alt gewesen. Es hatte Streit darüber gegeben, wer von ihnen der eigentliche Finder war.

Auch Mami machte sich an die Arbeit. Doch ihre Bewegungen waren träge und zögerlich, ihre Augen glanzlos und der Blick nach innen gekehrt. Sie packte ihr gutes Geschirr zusammen, ihre Servietten, den gesamten Schmuck bis auf den Ehering und einen Großteil ihrer alten Kleider.

»Das willst du doch nicht etwa verkaufen, oder?«, sagte Laila und hob Mamis Hochzeitskleid in die Höhe. Es fiel ihr in Kaskaden auf den Schoß. Sie berührte die Spitze und Schleife am Halsausschnitt, die mit der Hand aufgestickten Perlen an den Ärmeln.

Achselzuckend nahm Mami ihr das Kleid ab und schleuderte es brüsk zu den anderen ausrangierten Sachen. Als würde sie sich mit einem Ruck von einem Verband befreien, dachte Laila.

Babi hatte die schmerzlichste Aufgabe zu erledigen.

Laila fand ihn in seinem Arbeitszimmer. Mit wehmütigem Blick betrachtete er seine Bücher in den Regalen. Er trug ein T-Shirt aus zweiter Hand; darauf abgebildet war die rote Hängebrücke von San Francisco, eingetaucht in dichten Nebel, der aus weiß schäumendem Wasser in der Tiefe aufstieg.

»Du kennst die Frage«, sagte er. »Welche Bücher soll man auf eine einsame Insel mitnehmen, wenn man sich nur fünf auswählen darf? Dass auch ich einmal vor diesem Problem stehen würde, hätte ich mir nicht träumen lassen.«

»Du wirst mit einer neuen Sammlung anfangen, Babi.«

»Mm.« Er lächelte traurig. »Ich kann kaum glauben, Kabul hinter mir zurückzulassen. Ich bin hier zur Schule gegangen, war selbst Lehrer in dieser Stadt und bin hier Vater geworden. Es ist eine seltsame Vorstellung, demnächst unter dem Himmel einer anderen Stadt zu schlafen.«

»Auch für mich.«

»Mir gehen schon den ganzen Tag zwei Zeilen aus einem Gedicht über Kabul durch den Kopf. Es stammt aus dem 17. Jahrhundert und wurde von Saib-e-Tabrizi geschrieben. Ich konnte einmal das ganze Gedicht auswendig aufsagen, kann mich jetzt aber nur noch an diese beiden Zeilen erinnern:

Nicht zu zählen sind die Monde, die auf ihren Dächern schimmern,
noch die tausend strahlenden Sonnen, die verborgen hinter Mauern stecken.«

Laila blickte auf und sah ihn weinen. Sie legte ihren Arm um seine Taille. »Oh, Babi. Irgendwann kehren wir zurück. Wenn dieser Krieg vorbei ist. Dann sind wir wieder hier, *inschallah*. Du wirst sehen.«

Am dritten Tag schaffte Laila alles, was abgegeben werden sollte, in den Hof. Mit einem Taxi wollten sie die Sachen in ein Pfandhaus bringen.

Laila schleppte Karton um Karton, gefüllt mit Kleidern, Geschirr und Babis Büchern, nach draußen. Gegen Mittag, als sich der Hausrat vor der Eingangstür schulterhoch stapelte, hätte sie eigentlich erschöpft sein müssen; tatsächlich aber wurde sie von Minute zu Minute lebendiger. Beflügelt von der Aussicht, Tarik bald wiederzusehen, wuchs sie über sich hinaus.

»Wir brauchen ein großes Taxi.«

Laila schaute nach oben und sah ihre Mutter im Fenster ihres Schlafzimmers lehnen. Das strahlende Sonnenlicht verfing sich in ihrem ergrauten Haar und ließ ihre verhärmten Gesichtszüge noch stärker in Erscheinung treten. Sie trug das kobaltblaue Kleid, das sie auch zur Freudenfeier vor vier Monaten getragen hatte, ein Kleid, das jünger machte. Laila aber sah in diesem Moment eine alte Frau vor sich. Eine alte Frau mit dünnen Armen, eingefallenen Schläfen und dunklen Ringen unter müden Augen, ein scheinbar völlig anderes Wesen, verglichen mit der drallen, pausbackigen Frau, die einem aus den alten körnigen Hochzeitsfotos entgegenlachte.

»Oder besser gleich zwei große Taxis«, sagte Laila.

Laila konnte auch ihren Vater sehen, der im Wohnzimmer Bücherkartons aufeinanderstellte.

»Komm rein, wenn du fertig bist«, sagte Mami. »Wir essen dann. Es gibt gekochte Eier und den Rest Bohnen.«

»Meine Lieblingsspeise.«

Sie dachte an ihren Traum, an Tarik neben ihr auf einer Steppdecke, das Meer und die Dünen vor Augen. An den Wind in den Palmen.

Wie hatte es noch geklungen, fragte sie sich, das Singen des Sandes?

Laila blickte auf. Eine graue Eidechse kam aus einem Spalt gekrochen, wippte mit dem Kopf, blinzelte mit den Augen und schlüpfte unter einem Stein in Deckung.

Im Geiste sah Laila wieder den Strand vor sich und glaubte, das Singen zu hören. Es schwoll an, wurde lauter, greller und übertönte bald alles andere. Wie gefiederte Pantomimen sperrten die Möwen ihre Schnäbel auf, ohne einen Laut von sich zu geben. Auch die Brandung der Wellen war nicht mehr zu hören. Der Sand aber sang in schrillen Tönen weiter. Es klang wie … ein Klirren?

Nein, so nicht, vielmehr wie ein Pfeifen.

Laila ließ den Karton aus den Händen fallen und blickte nach oben. Sie schirmte die Augen mit der Hand ab.

Dann war da ein ohrenbetäubendes Fauchen.

Hinter ihr ein weißer Blitz.

Der Boden unter ihren Füßen erbebte.

Etwas Heißes, Wuchtiges schlug ihr in den Rücken, riss sie aus den Sandalen und hob sie empor. Es schleuderte und wirbelte sie im hohen Bogen durch die Luft. Ein großes glimmendes Holzstück schoss an ihr vorbei, gefolgt von einem Schwall aus zersplittertem Glas. Laila meinte, jede einzelne Scherbe unterscheiden zu können, die sich wie in Zeitlupe um sich selbst drehte. Sie sah die Sonne darin aufblitzen und winzig kleine, wunderschöne Regenbögen erstrahlen.

Dann prallte sie an die Mauer und fiel zu Boden. Schutt und Scherben hagelten auf sie herab. Das Letzte, was sie wahrnahm, war der dumpfe Aufprall eines blutüberströmten Gegenstandes. Darauf die aus dichtem Nebel ragenden Träger einer roten Brücke.

Schatten ziehen vorüber. Unter der Decke brennt ein fluoreszierendes Licht. Ein Frauengesicht taucht auf, schwebt über ihr.

Laila schwinden wieder die Sinne.

Noch ein Gesicht. Diesmal das eines Mannes mit schweren, hängenden Wangen. Seine Lippen bewegen sich lautlos. Laila hört ein Klingeln.

Der Mann winkt ihr mit der Hand zu, legt die Stirn in Falten und bewegt wieder die Lippen.

Schmerzen machen sich bemerkbar. Sie ringt nach Luft. Es tut überall weh.

Ein Glas Wasser. Eine pinkfarbene Pille.

Wieder wird ihr schwarz vor Augen.

Da ist wieder die Frau. Das längliche Gesicht und die eng zusammenstehenden Augen. Sie sagt etwas. Laila kann sie nicht verstehen; es klingelt zu laut in den Ohren. Aber sie glaubt die Worte sehen zu können, die wie dicker schwarzer Sirup von den Lippen der Frau rinnen.

Die Brust schmerzt. Ein Stechen fährt durch Arme und Beine.

Ringsum scheint alles in Bewegung.

Wo ist Tarik?

Warum ist er nicht hier?

Dunkelheit. Stiebende Sterne.

Babi und sie, irgendwo auf hoher Warte. Er zeigt auf ein Gerstenfeld. Ein Stromgenerator fängt zu knattern an.

Die Frau mit dem länglichen Gesicht schaut auf sie herab.

Atem zu schöpfen tut weh.

Akkordeonklänge sind zu hören.

Sie ist dankbar für die pinkfarbene Pille. Dann wabernde Schwere und Stille. Bleierne Stille senkt sich auf sie herab.

Dritter Teil

27

Mariam

»Weißt du, wer ich bin?«

Die Lider des Mädchens flatterten.

»Weißt du, was passiert ist?«

Ihre Lippen zitterten. Sie schloss die Augen. Schluckte. Sie fuhr mit der Hand über die linke Wange, versuchte, etwas zu sagen.

Mariam beugte sich über sie.

»Das Ohr«, hauchte das Mädchen. »Ich kann nicht hören.«

Während der ersten Woche schlief das Mädchen fast nur, ruhiggestellt von den pinkfarbenen Pillen, die Raschid im Krankenhaus erstanden hatte. Es murmelte im Schlaf, redete manchmal wirres Zeug, schrie auf und rief Namen, die Mariam nicht kannte. Es weinte auch im Schlaf, wurde hektisch und zerwühlte die Decken; Mariam musste es dann festhalten. Es kam vor, dass es sich übergab und alles erbrach, was Mariam ihm zu essen gegeben hatte.

Wenn es ruhig war, lag das Mädchen einfach nur da und starrte aus stumpfen Augen an die Zimmerdecke. Auf Mariams und Raschids Fragen antwortete es flüsternd und mit knappen Worten. An manchen Tagen war es wie ein Kind und warf den Kopf hin und her, wenn Mariam oder Raschid versuchten, es zu füttern. Wenn ihm der Löffel zum Mund geführt wurde, biss es die Zähne aufeinander und erstarrte, gab aber schließlich aus Mattigkeit dem hartnäckigen Drängen der beiden nach. Danach schluchzte es untröstlich.

Auf Raschids Rat behandelte Mariam die Schnittwunden im Gesicht und am Hals des Mädchens mit einer antibiotisch wirkenden Salbe, auch die Nähte an der Schulter, den Unterarmen und Unterschenkeln, die Mariam anschließend mit stets frisch gewaschenen Verbänden umwickelte. Wenn sich das Mädchen übergeben musste, hielt Mariam seinen Kopf gefasst und achtete darauf, dass ihm keine Haare ins Gesicht fielen.

»Wie lange wird sie bleiben?«, fragte Mariam ihren Mann.

»Bis es ihr besser geht. Sieh sie dir an. In ihrer Verfassung kann sie nicht gehen. Armes Ding.«

Es war Raschid gewesen, der das Mädchen gefunden und unter den Trümmern hervorgezogen hatte.

»Ein Glück, dass ich zu Hause war«, sagte er ihm. Er saß auf einem Klappstuhl neben Mariams Bett, in dem das Mädchen lag. »Glück für dich, meine ich. Ich habe dich eigenhändig aus den Trümmern befreit. Da war ein Metallsplitter, so dick …« Er deutete mit Daumen und Zeigefinger die Stärke des Splitters an und übertrieb dabei, wie Mariam fand. »So dick. Der steckte dir in der Schulter. Richtig tief. Zuerst dachte ich, den kann man nur mit einer Kneifzange rausziehen. Na ja, ist ja noch mal gut gegangen. Bald wirst du wieder *nau socha* sein. So gut wie neu.«

Es war auch Raschid gewesen, der einen kleinen Teil von Hakims Büchern geborgen hatte.

»Die meisten sind verbrannt. Der Rest, fürchte ich, wurde geplündert.«

In der ersten Woche half er seiner Frau dabei, das Mädchen zu versorgen. Einmal kam er mit einer neuen Decke und einem neuen Kopfkissen von der Arbeit nach Hause. Ein anderes Mal brachte er ein Fläschchen mit Pillen mit.

»Vitamine«, sagte er.

Es war Raschid, der Laila mitteilte, dass das Haus ihres Freundes Tarik inzwischen wieder bewohnt sei.

»Einer von Sayyafs Kommandeuren hat es dreien seiner Männer zum Geschenk gemacht. Einfach so. Ha!«

Die drei »Männer« waren im Grunde noch junge Burschen mit sonnengebräunten knabenhaften Gesichtern. Mariam sah sie manchmal, wenn sie an dem Haus vorbeikam. Sie trugen immer Kampfanzüge, hockten vor der Eingangstür, spielten Karten und rauchten. Ihre Kalaschnikows lehnten an der Wand. Ihr Anführer war ein stämmiger Kerl mit selbstgefälliger, grimmiger Miene. Der jüngste von ihnen machte einen zurückhaltenden Eindruck und schien das Draufgängertum seiner Freunde mit gemischten Gefühlen zu betrachten. Er lächelte und grüßte mit einem Kopfnicken, wenn Mariam vorüberging. Dann zeigte sich ihr unter seiner rauen Oberfläche ein menschliches Gesicht, das noch unverdorben war.

Eines Morgens schlugen Raketen in das Haus ein, abgefeuert, wie es hieß, von den Hazaras der Wahdat-Fraktion. Noch Tage später fand man Glieder und Körperteile der Jungen.

»Sie haben's nicht anders verdient«, sagte Raschid.

Das Mädchen habe außerordentlich großes Glück gehabt, fand Mariam. Dass es mit nur leichten Verletzungen davongekommen war, während die Rakete das Elternhaus in Schutt und Asche verwandelt hatte, kam wahrhaftig einem Wunder gleich. Allmählich erholte es sich. Es aß jetzt besser, bürstete sich die Haare und wusch sich wieder selbst. Seine Mahlzeiten nahm es bald unten mit Mariam und Raschid ein.

Doch dann flackerten immer wieder ungebetene Erinnerungen auf; es verstummte oder wurde reizbar. Es zog sich zurück. Zusammenbrüche. Leere Blicke. Albträume und plötzliche Anfälle abgrundtiefer Trauer, die bis zum Erbrechen führten.

Manchmal überkam sie Reue.

»Ich dürfte gar nicht hier sein«, sagte sie eines Tages.

Mariam wechselte die Laken. Das Mädchen hockte mit angezogenen Knien auf dem Boden und schaute ihr dabei zu.

»Mein Vater wollte die Kartons mit den Büchern nach draußen bringen. Er sagte, sie seien zu schwer für mich. Aber ich habe mich nicht davon abbringen lassen. Ich wollte es unbedingt selbst tun, hätte aber eigentlich im Haus sein sollen, als es passierte.«

Mariam schlug das frische Laken aus und ließ es aufs Bett fallen. Sie betrachtete das Mädchen, seine blonden Locken, den schlanken

Hals und die grünen Augen, die hohen Wangenknochen und vollen Lippen. Mariam erinnerte sich, sie auf der Straße gesehen zu haben, schon vor Jahren, als sie noch ein Kind war, mit der Mutter auf dem Weg zum *tandoor*, auf den Schultern ihres älteren Bruders und begleitet von dem jüngeren, von dem Mariam noch wusste, dass er ein Haarbüschel am Ohr gehabt hatte. Und mit dem Tischlersohn hatte sie immer Murmeln gespielt.

Das Mädchen blickte sie an, als hoffte es darauf, irgendein kluges oder aufmunterndes Wort aus Mariams Mund zu hören. Aber was hätte sie ihm zum Trost oder zur Aufmunterung sagen können? Mariam dachte zurück an den Tag, an dem Nana beigesetzt worden war; die von Mullah Faizullah zitierten Koranworte hatten sie kaum trösten können. *Segensreich ist Der, in Dessen Hand die Herrschaft ruht, Der über alle Dinge Macht hat, Der Tod und Leben geschaffen hat, damit Er dich prüfe*. Und zu ihren Selbstvorwürfen hatte er gesagt: »Solche Gedanken führen zu nichts, Mariam *jo*. Hörst du? Sie quälen dich nur. Es war nicht deine Schuld. Es war nicht deine Schuld.«

Mit welchen Worten hätte sie nun das Mädchen entlasten können?

Doch bevor sie etwas sagen konnte, verzog sich das Gesicht des Mädchens. Es kauerte plötzlich auf allen vieren und sagte, dass sich ihm der Magen umdrehe.

»Warte! Augenblick. Ich hole einen Eimer. Nicht auf den Boden. Ich habe gerade sauber gemacht … Oh, oh. *Khodaya*. Gott.«

Ungefähr einen Monat nach dem Raketeneinschlag, der die Eltern des Mädchens getötet hatte, klopfte ein Mann an die Tür. Mariam machte ihm auf. Er erklärte ihr sein Anliegen.

»Hier ist jemand, der dich sprechen möchte«, sagte Mariam.

Das Mädchen hob den Kopf vom Kissen.

»Sein Name ist Abdul Sharif.«

»Ich kenne keinen Abdul Sharif.«

»Nun, er fragt nach dir. Du solltest nach unten kommen und mit ihm reden.«

28

Laila

Laila saß einem dünnen Mann mit kleinem Kopf und klobiger Nase gegenüber. Sein Gesicht war von Narben zerklüftet. Die kurzen braunen Haare standen ihm vom Kopf ab wie Nadeln auf einem Nadelkissen.

»Ich bitte um Verzeihung, *hamshira*«, sagte Abdul Sharif. Er richtete seinen losen Kragen und betupfte sich mit einem Taschentuch die Stirn. »Es ist so, dass ich immer noch nicht voll auf der Höhe bin. Noch fünf Tage muss ich diese Tabletten nehmen, diese – wie heißen sie gleich? – Sulfonamide.«

Laila drehte den Kopf ein wenig und wandte ihm das rechte Ohr zu, mit dem sie besser hören konnte. »Waren Sie ein Freund meiner Eltern?«

»Nein, nein«, beeilte sich Abdul Sharif zu sagen. »Verzeih mir.« Er hob einen Finger und nahm einen Schluck aus dem Wasserglas, das Mariam vor ihm auf den Tisch gestellt hatte.

»Tja, wo soll ich anfangen? Das Beste wäre, ich hole ein wenig aus.« Er wischte sich die Lippen und betupfte sich wieder die Stirn. »Ich bin Geschäftsmann und besitze mehrere Geschäfte für Bekleidung, hauptsächlich Herrenbekleidung. *Chapans*, Hüte, *tumbans*, Anzüge, Krawatten, was auch immer. Zwei Geschäfte hier in Kabul, eins in Taimani, das andere in Shar-e-Nau. Von denen habe ich mich allerdings gerade getrennt. Geblieben sind nur die beiden Filialen in Pakistan, in Peschawar. Da befindet sich auch mein Warenlager. Ich bin also viel unterwegs. Und das ist in diesen Tagen ...« – er schüttelte den Kopf und lächelte müde –, »sagen wir: ziemlich abenteuerlich.

Vor kurzem noch war ich in Peschawar, um Aufträge entgegenzunehmen und das Inventar durchzugehen. Das Übliche. Natürlich auch, um meine Familie zu besuchen. Wir haben drei Töchter, *alhamdulellah*. Ich habe sie und meine Frau nach Peschawar gebracht, als die Mudschaheddin damit anfingen, sich gegenseitig zu bekriegen. Ich will nicht, dass eine meiner Lieben auf der *shaheed*-Liste erscheint. Davor hüte ich mich auch selbst. Bald werde ich wieder bei ihnen sein, *inschallah*.

Wie dem auch sei, eigentlich hätte ich schon Mittwoch vorletzter Woche in Kabul sein sollen, aber wie es der Zufall wollte, wurde ich krank. Ich will dir die Einzelheiten ersparen, *hamshira*. Es reicht zu sagen, dass mir beim Wasserlassen war, als würde ich Glassplitter ausscheiden. So etwas wünsche ich nicht einmal diesem Hekmatyar. Meine Frau Nadia *jan*, Allah segne sie, drängte mich dazu, einen Arzt aufzusuchen, doch ich glaubte, die Sache mit Aspirin und viel Wasser selbst in den Griff bekommen zu können. Nadia *jan* bestand darauf, und ich weigerte mich. So ging es hin und her. Du kennst vielleicht das Sprichwort: Ein störrischer Esel braucht einen störrischen Treiber. In unserem Fall hat sich am Ende der Esel durchgesetzt. Und der bin ich.«

Er trank das restliche Wasser und reichte Mariam das Glas. »Wenn ich bitten dürfte, ohne allzu *zahmat* zu erscheinen.«

Mariam nahm das Glas entgegen, um es wieder aufzufüllen.

»Ich hätte natürlich auf sie hören sollen. Sie war immer schon die Vernünftigere von uns beiden, Gott schenke ihr ein langes Leben. Als ich schließlich im Krankenhaus war, hatte ich hohes Fieber und zitterte wie ein *beid*-Baum im Wind. Ich konnte mich kaum mehr auf den Beinen halten. Die Ärztin bescheinigte mir eine akute Blutvergiftung und sagte, dass, wenn ich zwei oder drei Tage länger gewartet hätte, meine Frau jetzt Witwe wäre.

Ich wurde auf eine Station gebracht, wo, wie ich glaube, ausnahmslos Schwerkranke liegen. »Oh, *tashakor*.« Er nahm das gefüllte Glas von Mariam entgegen und holte eine große weiße Pille aus der Jackentasche. »Schrecklich groß, diese Dinger.«

Laila sah ihn die Pille schlucken. Sie spürte, wie sich ihr Atem beschleunigte. Die Beine waren ihr schwer geworden und schienen wie von Gewichten belastet zu sein. Sie ahnte, dass er auf das eigentliche Thema noch nicht zu sprechen gekommen war, gleich aber damit herausrücken würde. Sie musste an sich halten, um nicht aufzustehen und zu gehen, denn sie fürchtete, dass er ihr etwas zu sagen hatte, was sie nicht hören wollte.

Abdul Sharif stellte das Glas auf dem Tisch ab.

»Und dort, im Krankenhaus, habe ich deinen Freund Mohammad Tarik Walizai kennengelernt.«

Laila stockte der Atem. Tarik, in einem Krankenhaus. Auf einer Station für Schwerkranke.

Sie schluckte trockenen Speichel und straffte die Schultern. Sie musste sich zusammenreißen. Wenn sie es nicht täte, würde sie womöglich die Fassung verlieren. Sie versuchte, sich abzulenken, und dachte daran, dass ihr Tariks voller Name vor vielen Jahren das letzte Mal zu Ohren gekommen war, nämlich während jenes Sprachkurses im Winter, den sie beide belegt hatten, um Farsi zu lernen. Die Lehrerin, die zu Anfang einer jeden Stunde prüfte, welche Schüler anwesend waren, hatte genau so seinen Namen aufgerufen. Mohammad Tarik Walizai. Seinen vollständigen Namen zu hören war ihr damals komisch vorgekommen, so förmlich.

»Von einer der Schwestern habe ich erfahren, was mit ihm passiert ist«, fuhr Abdul Sharif fort und klopfte sich mit der Faust auf die Brust, um, wie es schien, der geschluckten Pille den Weg nach unten zu bahnen. »Ich halte mich so oft in Peschawar auf, dass mir Urdu inzwischen durchaus geläufig ist. Kurzum, mir wurde gesagt, dass dein Freund mit zweiundzwanzig anderen Flüchtlingen auf einem Lastwagen in Richtung Peschawar unterwegs war. In der Nähe der Grenze sind sie in ein Gefecht geraten. Der Lastwagen wurde von einer Rakete getroffen, angeblich einem Irrläufer, aber bei diesen Leuten weiß man ja nie. Nur sechs überlebten. Sie sind alle in dasselbe Krankenhaus gekommen. Drei von ihnen starben kurze Zeit später. Zwei Schwestern konnten, wenn ich richtig verstanden habe, schon bald entlassen werden. Übrig blieb nur dein Freund, der junge Walizai. Er war schon seit fast drei Wochen dort, als ich eingeliefert wurde.«

Also lebte er. Aber wie schwer mochte er verletzt sein, fragte sich Laila verzweifelt. Wie schwer? Dass er auf einer besonderen Station lag, ließ Schlimmes befürchten. Laila spürte, dass ihr der Schweiß ausbrach. Ihr Gesicht fühlte sich heiß an. Sie versuchte, an etwas anderes zu denken, etwas Angenehmes, an den Ausflug nach Bamiyan etwa, wo sie mit Tarik und Babi die Buddhas bestaunt hatte. Stattdessen aber drängte sich ihr ein Bild von Tariks Eltern auf: die Mutter, unter dem umgekippten Lastwagen begraben, nach ihrem Sohn schreiend, von Flammen und Rauch bedroht, die Perücke auf dem Kopf zerschmelzend ...

Laila musste tief durchatmen.

»Er lag im Bett neben mir. Zwischen uns war nur ein Vorhang, so dass ich ihn sehen konnte.«

Abdul Sharif befingerte seinen Ehering. Er sprach jetzt langsamer.

»Dein Freund war schwer verwundet, sehr schwer. Ich weiß gar nicht mehr, wie viele Schläuche in ihm steckten. Zuerst ...« Er räusperte sich. »Zuerst dachte ich, er hätte bei dem Anschlag beide Beine verloren, doch dann sagte eine Schwester, dass der rechte Stumpf schon älter sei. Er hatte auch innere Verletzungen und musste dreimal operiert werden. Man hat ihm Teile des Darms entfernt. Genaueres weiß ich nicht. Außerdem hatte er Verbrennungen. Ziemlich schlimme. Das ist alles, was ich dazu sagen kann. Es dürfte ohnehin genug sein, *hamshira*. Mehr als genug.«

Tarik hatte keine Beine mehr. Er war ein Torso mit zwei Stümpfen. *Ohne Beine*. Laila fürchtete zusammenzubrechen. Es wollte ihr das Herz zerreißen. In verzweifelter Anstrengung versuchte sie, ihre Gedanken Reißaus nehmen zu lassen, fort von diesem Mann, hinaus aus dem Fenster, über die Stadt hinweg, die Stadt mit ihren Basaren, labyrinthischen Straßen und zerschossenen Wohnhäusern.

»Er stand meist unter Drogen, wegen der Schmerzen, versteht sich, hatte aber auch klare Momente, selbst wenn ihm dann die Schmerzen schrecklich zusetzten. Immerhin konnten wir uns unterhalten. Ich habe ihm gesagt, wer ich bin und von wo ich komme.

Mir schien, dass er froh war, einen *hamwatan* in seiner Nähe zu wissen.

Meist habe ich geredet. Ihm fiel das Sprechen schwer. Seine Stimme war heiser, und ich glaube, es tat ihm weh, die Lippen zu bewegen. Also habe ich ihm von meinen Töchtern erzählt, von unserem Haus in Peschawar und der Veranda, die mein Schwager und ich im Hof gerade aufzubauen versuchen. Ich habe ihm von dem Verkauf der Geschäfte in Kabul berichtet und gesagt, dass ich noch einmal dorthin fahren müsse, um den Papierkram zu erledigen. Es war nicht viel, was ich ihm sagen konnte, aber es hat ihm, glaube ich, gutgetan, zuzuhören. Das hoffe ich zumindest.

Manchmal hat er auch etwas gesagt. Er war schwer zu verstehen, trotzdem konnte ich einiges aufschnappen. Er hat mir das Haus seiner Eltern beschrieben und von seinem Onkel in Ghazni gesprochen, von den Kochkünsten seiner Mutter geschwärmt und gesagt, dass sein Vater Tischler war und Akkordeon spielen konnte.

Am meisten aber hat er von dir erzählt, *hamshira*. Er sagte, du seist ... wie hat er sich ausgedrückt? ... seine jüngste Erinnerung? Ja, ich glaube, das waren seine Worte. Fest steht jedenfalls, dass du ihm viel bedeutet hast. *Balay*, das war deutlich. Aber er sagte auch, er sei froh darüber, dass du zurückgeblieben bist und ihn in diesem Zustand nicht zu sehen brauchst.«

Laila fühlte sich wieder wie von schweren Gewichten niedergedrückt, ohnmächtig und wie ausgeblutet. Aber ihr Geist hatte sich abgesetzt und flog frei und leicht über Kabul hinweg, über zerklüftete braune Hügel, Wüsten voller Salbei, über tiefe, in rötliche Felsen gegrabene Schluchten und schneebedeckte Berge ...

»Als ich ihm sagte, dass ich nach Kabul zurückfahre, bat er mich, dich aufzusuchen und dir mitzuteilen, dass er an dich denkt. Dass er dich vermisst. Ich hab's ihm versprochen. Er war mir nämlich auf Anhieb sympathisch, verstehst du. Ein anständiger Junge, kein Zweifel.«

Abdul Sharif wischte sich mit dem Taschentuch die Stirn.

»Ich bin eines Nachts aufgewacht«, fuhr er fort und beschäftigte sich wieder mit seinem Ring, »jedenfalls glaube ich, dass es Nacht war. Das weiß man an solchen Orten nie so genau. Ich wachte auf und bemerkte, dass sich am Bett nebenan einiges tat. Du musst wissen, ich stand selbst unter Drogen, war nie so ganz bei mir und wusste oft nicht, ob ich träumte oder wachte. Ich erinnere mich nur, dass Alarmsignale zu hören waren und Ärzte am Bett standen, die einen ziemlich hektischen Eindruck machten und mit Spritzen hantierten.

Am Morgen war das Bett leer. Ich habe eine Schwester gefragt. Sie sagte, dass er sehr tapfer gekämpft habe.«

Laila nahm nur am Rande wahr, dass sie nickte. Sie hatte es geahnt. Schon in dem Moment, als sie vor diesem fremden Mann Platz genommen hatte, war ihr klar gewesen, welche Nachricht er ihr bringen würde.

»Weißt du, anfangs habe ich gar nicht geglaubt, dass es dich gibt«, sagte er. »Ich dachte, er fantasiert bloß. Vielleicht habe ich sogar *gehofft*, dass es dich nicht gibt. Es ist mir nämlich ein Graus, schlimme Nachrichten überbringen zu müssen. Aber ich habe es ihm versprochen. Und wie gesagt, er war mir sehr sympathisch. Ich bin vor wenigen Tagen in Kabul angekommen, habe mich nach dir erkundigt und mit Nachbarn gesprochen. Sie haben mir gesagt, wo ich dich finden kann. Sie sagten mir auch, was deinen Eltern zugestoßen ist. Als ich das hörte, habe ich auf dem Absatz kehrtgemacht. Ich wollte dir eigentlich nichts sagen, dir nicht noch mehr zumuten. Ich hatte Angst, du könntest es nicht verkraften. Das kann man doch auch kaum.«

Abdul Sharif beugte sich vor und legte ihr eine Hand aufs Knie. »Ich bin dann trotzdem gekommen, ihm zuliebe. Er hätte es so gewollt. Das glaube ich. Es tut mir schrecklich leid. Ich wünschte ...«

Laila hörte nicht mehr zu. Sie erinnerte sich an den Tag, als der Mann aus dem Pandschir-Tal mit der Nachricht vom Tod ihrer Brüder gekommen war. Sie dachte an Babi, in sich zusammengesunken und bleich im Gesicht, und an Mami, wie sie die Hand vor den Mund schlug, als sie das Schreckliche hörte. Zu sehen, wie es Mami an diesem Tag das Herz zerriss, hatte ihr Angst gemacht, doch Trauer zu empfinden war ihr kaum möglich gewesen. Sie hatte den

Verlust nicht nachempfinden können. Jetzt war wieder ein Fremder mit einer Todesnachricht gekommen. Jetzt saß *sie* ihm gegenüber. Sollte dies etwa eine Strafe dafür sein, dass sie sich damals über den Kummer ihrer Mutter hinweggesetzt hatte?

Laila erinnerte sich, wie ihre Mutter schreiend zu Boden gesunken war und sich die Haare gerauft hatte. Aber nicht einmal dazu war Laila nun im Stande. Sie konnte sich nicht rühren, kaum einen Muskel bewegen.

Stattdessen saß sie reglos auf dem Stuhl, die schlaffen Hände im Schoß, die Augen ins Leere gerichtet und mit losgelöstem Verstand. Sie ließ die Gedanken schweifen, bis sie einen guten und sicheren Platz fanden, wo Gerstenfelder grünten, klare Bäche sprudelten und Myriaden fedriger Pappelsamen durch die Luft schwirrten; wo Babi, unter einer Akazie sitzend, aus einem Buch vorlas und Tarik, die Hände auf der Brust gefaltet, ein Nickerchen machte; wo sie, die Füße ins Wasser getaucht, unter der Wacht uralter Götter, der von der Sonne gebleichten Felsen, von schönen Dingen träumen konnte.

29

Mariam

»Es tut mir leid«, sagte Raschid zu dem Mädchen, als er eine Schale *mastawa* mit Fleischklößen von seiner Frau entgegennahm, ohne diese anzusehen. »Ich weiß, ihr wart sehr eng … befreundet. Und immer zusammen, schon als Kinder. Eine schreckliche Sache, die da passiert ist. Auf diese Weise kommen leider allzu viele junge Afghanen um.«

Den Blick immer noch auf das Mädchen gerichtet, fuchtelte er mit der Hand und verlangte nach einer Serviette.

Seit Jahren schaute ihm Mariam beim Essen zu, sah, wie sich die Kaumuskeln an den Schläfen bewegten, wie er mit den Fingern den Reis zu kleinen Bällchen formte und sich mit dem Rücken der anderen Hand den Mund abwischte. Seit Jahren aß er, ohne aufzublicken, ohne ein Wort zu sprechen. Sein Schweigen kam ihr wie eine Bestrafung vor. Er brach es nur, um ihr Vorwürfe zu machen, um missbilligende Laute von sich zu geben oder um mit einem Wort mehr Brot oder Wasser zu verlangen.

Jetzt aß er mit einem Löffel. Er benutzte eine Serviette, sagte »*lotfan*«, wenn er Wasser wollte. Und redete. Unablässig und angeregt.

»Wenn du mich fragst, haben die Amerikaner auf den falschen Mann gesetzt, als sie Hekmatyar in den achtziger Jahren durch ihre CIA mit Waffen für den Kampf gegen die Sowjets beliefert haben. Die Sowjets sind verschwunden, aber er verfügt immer noch über diese Waffen, die er jetzt auf unschuldige Menschen wie deine Eltern richtet. Und das nennt er Dschihad. Was für eine Farce! Was hat der Dschihad mit der Ermordung von Frauen und Kindern zu tun?

Es wäre besser gewesen, die CIA hätte Kommandeur Massoud aufgerüstet.«

Unwillkürlich krauste Mariam die Stirn. *Kommandeur* Massoud? Ihr war noch allzu gut in Erinnerung, mit welch wütenden Worten Raschid Massoud als Verräter und Kommunisten beschimpft hatte. Zudem war Massoud ein Tadschike. Wie auch Laila.

»Ein wirklich vernünftiger Kerl ist das. Ein ehrenhafter Afghane. Ein Mann, der ein aufrichtiges Interesse an einer friedlichen Lösung hat.«

Raschid zuckte mit den Achseln und seufzte.

»Aber das kann den Amerikanern ja egal sein. Was kümmert's die, dass sich Paschtunen und Hazaras, Tadschiken und Usbeken gegenseitig massakrieren? Wer von denen könnte sie überhaupt voneinander unterscheiden? Nein, von den Amerikanern ist keine Hilfe zu erwarten. Jetzt, da die Sowjetunion zerfällt, sind wir ihnen nicht mehr wichtig. Wir haben unseren Zweck erfüllt. Für sie ist Afghanistan ein *kenarab*, ein Scheißloch. Entschuldige meine Ausdrucksweise, aber so ist es nun einmal. Was meinst du, Laila *jan*?«

Das Mädchen murmelte etwas, das nicht zu verstehen war, und schob einen Fleischkloß in ihrer Schale umher.

Raschid nickte nachdenklich, als hätte sie etwas besonders Kluges von sich gegeben. Mariam schaute weg.

»Weißt du, dein Vater, Gott habe ihn selig, dein Vater und ich haben häufig solche Diskussionen geführt. Schon zu einer Zeit, als du noch gar nicht auf der Welt warst. Stundenlang haben wir über Politik geredet. Auch über Bücher. Stimmt's, Mariam? Du erinnerst dich doch.«

Mariam nahm einen Schluck Wasser.

»Nun, ich hoffe, ich langweile dich nicht mit diesen politischen Geschichten.«

Später, als Mariam in der Küche war und das schmutzige Geschirr in Seifenwasser einweichen ließ, saß ihr der Groll wie ein Knoten im Magen.

Es waren nicht so sehr seine Lügen oder sein geheucheltes Mitgefühl, ja nicht einmal die Tatsache, dass er sie, die eigene Frau, wie eine Fremde behandelte, seit er das Mädchen aus den Trümmern gezogen hatte.

Es war vielmehr dieses Schauspiel, das er veranstaltete, sein durchsichtiges Bemühen, das Mädchen zu beeindrucken und ihm zu gefallen.

Und plötzlich wusste Mariam, dass ihr Argwohn berechtigt war. Die Einsicht traf sie mit voller Wucht: Was sie da miterlebte, war nicht weniger als Liebeswerben.

Sie fasste schließlich all ihren Mut zusammen und suchte ihn in seinem Zimmer auf.

Raschid steckte sich eine Zigarette an und fragte: »Warum nicht?«

Mariam wusste nun, dass sie geschlagen war. Sie hatte halb erwartet, halb gehofft, dass er alles abstreiten würde, sich überrascht gäbe, vielleicht sogar empört wäre über ihre Unterstellung. Dann hätte sie vielleicht die Oberhand behalten und ihn beschämen können. Doch sein gelassenes Eingeständnis und sein nüchterner Tonfall nahmen ihr alle Entschlossenheit.

»Setz dich«, sagte er. Er lag mit dem Rücken zur Wand auf seinem Bett, die robusten Beine ausgestreckt. »Setz dich, bevor du in Ohnmacht fällst und dir den Kopf aufschlägst.«

Mariam ließ sich auf den Klappstuhl fallen, der neben dem Bett stand.

»Würdest du mir den Aschenbecher geben?«, sagte er.

Sie gehorchte.

Raschid war inzwischen an die sechzig oder schon ein paar Jahre darüber – sein genaues Alter kannte nicht einmal er selbst. Sein Haar war grau geworden, aber immer noch dicht und borstig. Unter den Augen hatten sich Tränensäcke gebildet, die Haut im Nacken war runzlig und ledern geworden. Seine Wangen hingen schlaff herunter. Morgens stand er reichlich krumm auf den Beinen. Doch er hatte immer noch breite Schultern, einen massigen Rumpf, kräftige Hände und einen runden Bauch, der das Erste war, was man von ihm sah, wenn er zur Tür hereinkam.

Im Großen und Ganzen, fand Mariam, hatte er sich – im Gegensatz zu ihr – über die Jahre ganz passabel gehalten.

»Wir müssen die Angelegenheit ins Reine bringen«, sagte er und stellte den Aschenbecher auf seinen Bauch. Die Lippen spöttisch gekräuselt, fügte er hinzu: »Nicht, dass man sich am Ende über uns das Maul zerreißt. Dass eine junge, unverheiratete Frau bei uns wohnt, werden manche anstößig finden. Das schadet meinem Ruf. Und dem ihren. Nicht zuletzt auch deinem, wenn ich das hinzufügen darf.«

»In den achtzehn Jahren unserer Ehe habe ich dich nie um irgendeinen Gefallen gebeten«, sagte Mariam. »Jetzt tue ich es.«

Er inhalierte Rauch und ließ ihn langsam aus dem Mund entweichen. »Sie kann nicht ohne Weiteres hierbleiben, wenn es das ist, was du meinst. Ich werde sie nicht einfach nur durchfüttern, mit Kleidern versorgen und beherbergen. Ich bin schließlich nicht das Rote Kreuz, Mariam.«

»Aber …«

»Aber was? Was? Hältst du sie etwa für zu jung? Sie ist vierzehn und kein Kind mehr. Du warst fünfzehn, erinnerst du dich? Meine Mutter war vierzehn, als sie mich zur Welt brachte. Dreizehn, als sie heiratete.«

»Ich … ich will das nicht«, sagte Mariam, von Abscheu und Hilflosigkeit wie betäubt.

»Damit hast du nichts zu tun. Die Entscheidung liegt bei ihr und bei mir.«

»Ich bin zu alt.«

»Unsinn. Sie ist weder zu jung, noch bist du zu alt.«

»Doch. Ich bin zu alt, als dass du mir so etwas antun könntest«, erwiderte Mariam und zerknüllte mit zitternden Händen ihr Kleid. »Nach all den Jahren kannst du mich nicht zu einer *ambagh* machen.«

»Stell dich nicht an. So etwas ist ganz normal, und das weißt du. Ich habe Freunde mit zwei, drei oder vier Frauen. Dein eigener Vater hatte drei. Und überhaupt, was ich vorhabe, hätten andere Männer an meiner Stelle längst schon getan. Auch das weißt du.«

»Ich werde es nicht erlauben.«

Raschid lächelte matt. »Es gäbe eine andere Möglichkeit«, sagte er und scheuerte sich mit der schwieligen Ferse des einen Fußes die Sohle des anderen. »Sie kann verschwinden. Ich werde ihr nicht im Weg stehen. Allerdings käme sie wahrscheinlich nicht weit. Ohne Essen, ohne Wasser und ohne eine *rupia* in der Tasche, während ringsum Kugeln und Mörsergranaten durch die Luft fliegen. Was glaubst du, wie viele Tage es dauern würde, bis man sie schließlich entführt, vergewaltigt oder mit aufgeschlitzter Kehle in irgendeinen Straßengraben wirft?«

Er hustete und richtete das Kissen im Nacken.

»Die Welt da draußen kennt kein Pardon, Mariam, glaub mir. Bluthunde und Banditen an jeder Straßenecke. Sie hätte keine Chance, nicht die geringste. Aber angenommen, es geschähe ein Wunder und sie würde es bis nach Peschawar schaffen. Was dann? Hast du eine Vorstellung davon, wie es in den Lagern dort zugeht?«

Er blinzelte ihr durch eine Rauchwolke zu.

»Die Flüchtlinge hausen in Pappkartons. Tuberkulose, Ruhr, Hunger, Verbrechen sind an der Tagesordnung. Und das alles schon vor dem Winter. Dann kommt der Frost. Lungenentzündung. Die Leute erstarren zu Eiszapfen. Diese Lager verwandeln sich in Friedhöfe.«

Er wackelte mit dem Kopf und grinste. »Natürlich hätte sie es warm in einem der Bordelle vor Ort. Das Geschäft läuft gut, wie man hört. Eine Schönheit wie sie würde ein kleines Vermögen einbringen, glaubst du nicht auch?«

Er stellte den Aschenbecher auf der Nachtkonsole ab und schwang seine Beine über den Bettrand.

»Hör zu«, sagte er im versöhnlichen Tonfall des Überlegenen. »Mir war klar, dass du Schwierigkeiten damit haben wirst. Verständlich, ich mache dir keinen Vorwurf. Aber so ist es das Beste. Wart's ab. Denk noch einmal in diesem Sinne darüber nach, Mariam. *Du* hättest Hilfe im Haushalt, und *sie* wäre mit einem Mann und einem Dach über dem Kopf in Sicherheit. Gerade jetzt, so wie die Zeiten sind, braucht eine Frau einen Mann. Ist dir schon aufgefallen, wie viele Witwen in den Straßen schlafen? Für eine solche Chance, die ich dem Mädchen biete, würden sie Mord und Totschlag begehen. Im Grunde …, ja, im Grunde ist mein Angebot geradezu mildtätig.«

Er lächelte.

»Dafür verdiente ich wahrhaftig einen Orden.«

Später, im Dunkeln, berichtete Mariam dem Mädchen von ihrem Gespräch mit Raschid.

Lange Zeit sagte das Mädchen nichts.

»Er will bis morgen eine Antwort hören«, sagte Mariam.

»Die kann er sofort haben«, erwiderte das Mädchen. »Meine Antwort ist Ja.«

30

Laila

Tags darauf blieb Laila den ganzen Tag über im Bett. Sie lag unter der Decke, als Raschid morgens den Kopf zur Tür hereinsteckte und sagte, dass er zum Friseur gehe. Sie war immer noch im Bett, als er am späten Nachmittag zurückkehrte und ihr seinen neuen Haarschnitt vorführte, einen neuen dunkelblauen Nadelstreifenanzug aus zweiter Hand und den Ehering, den er für sie gekauft hatte.

Er setzte sich zu ihr aufs Bett, löste langsam und mit großer Gebärde die Schleife der Verpackung, öffnete das Kästchen und zupfte mit spitzen Fingern den Ring daraus hervor. Er habe Mariams alten Ehering dafür eingetauscht, erklärte er.

»Das macht ihr nichts aus. Glaub mir. Sie wird es nicht einmal bemerken.«

Laila verkroch sich auf die andere Seite des Bettes. Sie konnte Mariam hören, die unten Wäsche bügelte.

»Sie hat ihn ohnehin nie getragen«, sagte Raschid.

»Ich will ihn nicht«, flüsterte Laila. »Nicht unter diesen Umständen. Sie sollten ihn zurückbringen.«

»Zurückbringen?« In seinem Blick flackerte Missmut auf, der aber sogleich wieder verschwand. Er lächelte. »Ich musste noch dazuzahlen, und das nicht zu knapp. Es ist ein sehr viel besserer Ring. Zweiundzwanzig Karat Gold. Fühl mal, wie schwer. Na los, nimm ihn in die Hand. Nein?« Er schloss das Kästchen. »Wie wär's mit Blumen? Das würde dir doch gefallen, oder? Hast du irgendwelche Lieblingsblumen? Margeriten, Tulpen, Flieder? Keine Blumen? Gut. Ich kann auch nichts damit anfangen. Ich dachte nur … Nun, ich kenne da einen Schneider in Deh-Mazang. Da sollten wir morgen vielleicht mal hingehen und dir ein schönes Kleid anpassen lassen.«

Laila schüttelte den Kopf.

Raschid kniff die Brauen zusammen.

»Mir wär's lieber ...«, hob Laila an.

Er legte ihr eine Hand in den Nacken. Laila zuckte unwillkürlich zusammen und wimmerte. Seine Berührung fühlte sich an wie ein kratziger feuchter Wollpullover auf nackter Haut.

»Ja?«

»Mir wär's lieber, wir brächten die Sache möglichst schnell hinter uns.«

Raschid riss den Mund auf. Dann grinste er und zeigte gelbe Zähne. »Du kannst es wohl kaum erwarten«, sagte er.

In den Tagen vor Abdul Sharifs Erscheinen war Laila fest entschlossen gewesen, nach Pakistan auszuwandern. Auch danach hätte sie den Mut noch aufgebracht wegzufahren, irgendwohin, möglichst weit weg von dieser Stadt, wo an jeder Straßenecke eine Falle zu befürchten war und in jeder Gasse ein Gespenst lauerte, das wie ein Springteufel über sie herzufallen drohte. Sie hätte die Risiken auf sich genommen.

Jetzt aber gab es diese Möglichkeit nicht mehr.

Nicht mit der täglichen Übelkeit, den schwellenden Brüsten und der Gewissheit, dass die Regel ausgesetzt hatte.

Laila sah sich im Geiste in einem Flüchtlingslager, auf steinigem Wüstengelände zwischen Tausenden von provisorischen Zelten aus Plastikplanen, an denen ein kalter Wind zerrte. Sie malte sich aus, in einem dieser Zelte ein Kind, Tariks Kind, zur Welt zu bringen, einen leblosen Wurm mit bläulich grauer Haut. Sie stellte sich vor, wie dieser winzige Körper von Fremden gewaschen und, mit einem gelbbraunen Tuch umhüllt, auf freiem Feld und unter kreisenden Geiern in ein ausgehobenes Loch gelegt würde.

Wie sollte es ihr jetzt noch möglich sein zu fliehen?

Mit düsterem Sinn machte Laila eine Bestandsaufnahme der

Menschen in ihrem Leben: Ahmad und Noor, beide gefallen; Hasina, verschwunden; Giti, tot, so auch Mami und Babi. Jetzt Tarik …

Aus ihrem früheren Leben aber war etwas auf wundersame Weise zurückgeblieben, eine letzte Verbindung zu damals, zu einer Zeit, in der sie noch nicht so schrecklich einsam und allein gewesen war wie jetzt. Ein Teil von Tarik war noch am Leben, in ihr, wuchs heran und bildete kleine Arme aus und winzige durchscheinende Hände mit Fingerknospen. Wie könnte sie das Einzige, was ihr von ihm und ihrem früheren Leben geblieben war, durch eine Flucht gefährden?

Sie traf ihre Entscheidung schnell. Sechs Wochen waren seit jenem Nachmittag mit Tarik vergangen. Falls sie länger wartete, würde Raschid Verdacht schöpfen.

Sie wusste um die Fragwürdigkeit ihrer Absicht. Was sie zu tun beschlossen hatte, war ehrlos, unredlich und schändlich. Ganz und gar unfair gegenüber Mariam. Zwar war das Kind in ihr noch nicht viel größer als eine Maulbeere, doch ahnte Laila bereits, zu welchen Aufopferungen eine Mutter bereit sein musste. Die Preisgabe der Tugend war nur eines der ersten Opfer.

Sie legte eine Hand auf ihren Unterleib und schloss die Augen.

An die Zeremonie sollte sich Laila später nur vage und in Bruchstücken erinnern: an die cremefarbenen Streifen auf Raschids Anzug; den aufdringlichen Geruch seines Haarwassers; die kleine Rasiermesserwunde über dem Adamsapfel; die rauen Kuppen seiner vom Nikotin verfärbten Finger, als er ihr den Ring aufsteckte; an den nicht funktionierenden Stift; die Suche nach Ersatz; den Vertrag; die Unterschrift – seine mit fester Hand, während ihre zitterte; die Gebete; daran, dass er, wie ihr im Spiegel auffiel, seine Augenbrauen getrimmt hatte.

Und irgendwo im Raum stand Mariam, erniedrigt und voller Gram.

Laila brachte es nicht über sich, dem Blick der älteren Frau zu begegnen.

Von seinem kalten Bett aus sah sie ihn in dieser Nacht die Vorhänge zuziehen. Sie zitterte schon, ehe er ihr Hemd aufknöpfte und an der Kordel ihres Hosenbundes zog. Er war erregt und so fahrig, dass er Mühe hatte, das eigene Hemd aufzuknöpfen und den Gürtel zu lösen. Laila bekam seine schlaffen Brüste zu Gesicht, den hervortretenden Bauchnabel mit der kleinen dunkelblauen Ader in der Mitte, den Wust weißer Haare auf Brust, Schultern und Oberarmen. Seine Blicke lechzten nach ihr.

»Gott hilf mir, ich glaube, ich liebe dich«, sagte er.

Ihre Zähne klapperten, als sie ihn bat, das Licht zu löschen.

Später, als sie sicher sein konnte, dass er schlief, langte Laila nach dem Messer, das sie unter der Matratze versteckt hatte. Mit der Spitze stach sie sich in die Kuppe des Zeigefingers. Dann hob sie die Decke und ließ Blut auf die Stelle tropfen, an der er auf ihr gelegen hatte.

31

Mariam

Tagsüber ließ sich das Mädchen kaum blicken. Mariam konnte es meist nur hören, am Knarren der Bettfedern und den tapsenden Schritten im Flur. Auf der Toilette rauschte Wasser, im Schlafzimmer klirrte ein Teelöffel an Glas. Mitunter erhaschte Mariam auch einen Blick von ihm, wenn es mit fliegendem Kleid und schlappenden Sandalen die Treppe hinaufhastete.

Es konnte jedoch auf die Dauer nicht ausbleiben, dass sich die beiden häufiger über den Weg liefen. Mariam begegnete ihr auf den Treppenstufen, im engen Flur, in der Küche oder an der Tür, wenn sie aus dem Hof ins Haus zurückkehrte. Dann machte sich jedes Mal eine unangenehme Spannung bemerkbar. Das Mädchen raffte den Rock, flüsterte ein oder zwei Worte der Entschuldigung und eilte errötend vorüber. Manchmal nahm Mariam wahr, dass Raschid bei ihr gewesen war. Sie konnte seinen Schweiß auf der Haut des Mädchens riechen, seinen Tabak, seine Gier. Das Kapitel ehelichen Verkehrs war für sie gnädigerweise abgeschlossen, schon lange. Allein der Gedanke an jene qualvollen Episoden, in denen Raschid auf ihr gelegen hatte, bereiteten ihr Übelkeit.

An den Abenden aber waren diese aufeinander abgestimmten Ausweichmanöver nicht möglich. Raschid sagte, sie seien eine Familie, und bestand darauf, dass sie gemeinsam zu Tisch saßen.

»Was soll das?«, fragte er und klaubte mit den Fingern Fleisch von einem Knochen – seine Scharaden mit Löffel und Gabel hatte er schon eine Woche nach der Hochzeit aufgegeben. »Habe ich etwa zwei Ölgötzen geheiratet? Los, Mariam, *gap bezan*, unterhalte dich mit ihr. Wo sind deine guten Manieren geblieben?«

Während er noch Mark aus dem Knochen lutschte, sagte er zu dem Mädchen: »Mach dir nichts daraus. Sie hat noch nie viel gesprochen. Was im Grunde ein Segen ist, denn, *wallah*, wenn jemand nicht viel zu sagen hat, ist es besser, er geizt mit Worten. Wir zwei, du und ich, sind Stadtmenschen, aber sie ist eine *dehati*, ein Mädchen vom Dorf. Ach was, nicht einmal das. Sie ist in einer *kolba* aus Lehm aufgewachsen, am Rande eines Dorfes. Ihr Vater hat sie dort ausgesetzt. Hast du ihr eigentlich schon gesagt, dass du eine *harami* bist, Mariam? Ja, das ist sie. Aber sie hat, wenn man's bedenkt, durchaus auch ihre guten Seiten. Die werden dir auch noch auffallen, Laila *jan*. Sie ist zum Beispiel ziemlich strapazierfähig, eine gute Arbeiterin und ohne jeden Dünkel. Mal so gesagt: Wenn sie ein Auto wäre, wäre sie ein Wolga.«

Mit ihren dreiunddreißig Jahren war Mariam inzwischen eine alte Frau, doch als *harami* bezeichnet zu werden, verletzte sie nach wie vor. Sie kam sich dann vor wie eine Krankheit oder Ungeziefer und erinnerte sich an Nana, wie sie sie bei den Handgelenken gepackt gehalten hatte. »Du ungeschickter kleiner *harami*. Das ist wohl der Dank für das, was ich alles ertragen musste. Zerbrichst mir mein Erbe, du ungeschickter kleiner harami.«

»Du«, sagte Raschid zu dem Mädchen, »du dagegen wärst ein Benz. Ein brandneuer, blitzblanker Benz der A-Klasse. *Wah, wah*. Aber ...« – er hob den fettigen Zeigefinger der rechten Hand –, »einen solchen Benz muss man mit Vorsicht behandeln. Schon allein aus Respekt vor seiner Schönheit und Technik, verstehst du? Oh, ihr müsst jetzt nicht denken, dass ich verrückt bin. Ich behaupte nicht, dass ihr Autos seid. Ich wollte nur was klarmachen.«

Für das, was er nun vorbringen wollte, legte Raschid das Reisbällchen, das er soeben mit den Fingern geformt hatte, auf dem Tellerrand ab, ließ die Hände über seinem Essen schweben und schaute nachdenklich vor sich hin.

»Über Tote soll man ja nicht schlecht reden, schon gar nicht über *shaheed*. Und ich meine es wirklich nicht böse, wenn ich sage, dass ich gewisse ... Vorbehalte ... habe, was deine Eltern angeht, Allah möge ihnen vergeben und einen Platz im Paradies gewähren.

Ich finde, sie waren dir gegenüber viel zu nachsichtig. Tut mir leid.«

Der kalte, hasserfüllte Blick, den das Mädchen Raschid entgegenschleuderte, entging Mariam nicht, im Gegensatz zu Raschid, der auf seinen Teller stierte.

»Wie dem auch sei. Ich bin jetzt dein Ehemann, und als solcher fällt mir die Aufgabe zu, nicht nur über *deine*, sondern vor allem über *unsere* Ehre zu wachen, ja, über unseren *nang* und *namoos*. Das ist die Pflicht eines Ehemanns. Und lass sie meine Sorge sein. Bitte. Du bist die Königin, die *malika*, und dieses Haus ist dein Schloss. Wenn du irgendetwas brauchst, bitte Mariam darum. Sie wird es richten. Nicht wahr, Mariam? Und wenn dir was gefällt, so werde ich es dir besorgen. Du wirst sehen, ich bin ein guter Ehemann.

Als Gegenleistung erwarte ich lediglich, dass du dieses Haus nicht verlässt, es sei denn in meiner Begleitung. Das ist alles. Mehr nicht. Falls du irgendetwas erledigen musst, wenn ich nicht da bin, ich meine, wenn es so dringend ist, dass du nicht auf mich warten kannst, dann schick Mariam, und sie wird tun, was du verlangst. Das mag dir vielleicht seltsam erscheinen: Sie darf das Haus verlassen, du aber nicht. Nun, einen Wolga fährt man auch nicht so wie einen Benz. Das wäre doch töricht, oder? Und noch etwas: Wenn wir zusammen ausgehen, möchte ich, dass du eine Burka trägst. Zu deinem eigenen Schutz, versteht sich. Es ist besser so. In der Stadt halten sich neuerdings viele Männer auf, die es in ihrer Lüsternheit nur darauf anlegen, verheiratete Frauen zu entehren. So. Das wär's.«

Er hustete.

»Wenn ich nicht zu Hause bin, macht Mariam stellvertretend für mich Augen und Ohren auf.« Er warf Mariam einen flüchtigen Blick zu, der so hart war wie ein Tritt mit eisenbeschlagener Schuhspitze. »Nicht, dass ich misstrauisch wäre. Im Gegenteil. Ich halte dich für sehr viel klüger, als man es von einer so jungen Frau erwarten kann. Aber du bist nun einmal eine junge Frau, Laila *jan*, eine *dokhtar e jawan*, und junge Frauen neigen dazu, übermütig zu werden. Wie dem auch sei, auf Mariam ist Verlass. Und falls es zu einem Fehltritt kommen sollte ...«

Er redete und redete. Mariam beobachtete das Mädchen aus den Augenwinkeln, während Raschids Forderungen und Ansprüche über sie hereinbrachen wie die Raketen auf Kabul.

Am nächsten Tag war Mariam im Wohnzimmer damit beschäftigt, einige von Raschids Hemden zusammenzufalten, die sie kurz zuvor von der Wäscheleine im Hof abgenommen hatte. Als sie eines der Hemden zur Hand nahm und in der Luft ausschüttelte, sah sie plötzlich das Mädchen in der Tür stehen, die Hände um ein Teeglas gewölbt.

»Ich wollte dich nicht erschrecken«, sagte das Mädchen. »Verzeihung.«

Mariam schaute sie nur an.

Sonnenlicht fiel dem Mädchen aufs Gesicht, auf die großen grünen Augen, die glatte Stirn, auf die hohen Wangenknochen und die kräftigen, wunderschön geschwungenen Augenbrauen, um die Mariam es am meisten beneidete. Sein helles, in der Mitte gescheiteltes Haar war an diesem Morgen ungekämmt.

Das Mädchen hatte die Schultern eingezogen, und an der Art, wie es das Glas hielt, glaubte Mariam erkennen zu können, dass es nervös war. Mariam hatte den Eindruck, dass es mit sich rang.

»Die Blätter werden braun«, sagte das Mädchen in geselligem Tonfall. »Schon gesehen? Der Herbst ist meine liebste Jahreszeit. Ich mag den Geruch, der entsteht, wenn die Leute das Laub in ihren Gärten verbrennen. Meine Mutter liebte den Frühling am meisten. Kanntest du meine Mutter?«

»Nicht wirklich.«

Das Mädchen hielt die Hand hinters Ohr. »Wie bitte?«

Mariam sprach lauter. »Ich sagte, nein. Ich kannte deine Mutter kaum.«

»Oh.«

»Willst du irgendwas?«

»Mariam *jan*. Es ist wegen gestern Abend. Er hat da Dinge gesagt …«

»Darüber wollte ich auch mit dir sprechen«, fiel ihr Mariam ins Wort.

»Ja, bitte«, antwortete das Mädchen erwartungsvoll und trat einen Schritt vor. Es wirkte fast erleichtert.

Draußen trällerte eine Goldamsel. Jemand schob einen Karren. Mariam hörte die Deichsel knarren und die eisernen Radreifen klappern. In der Nähe krachten Schüsse, zuerst einer, gefolgt von dreien, dann weiteren.

»Ich werde nicht deine Dienerin sein«, sagte Mariam. »Das kommt überhaupt nicht in Frage.«

Das Mädchen fuhr zusammen. »Nein. Natürlich nicht.«

»Es soll wohl sein, dass du in diesem Palast die *malika* bist und ich eine *dehati*, aber ich werde keine Befehle von dir entgegennehmen. Ausgeschlossen. Du kannst dich bei ihm beschweren, und vielleicht wird er damit drohen, mir die Kehle aufzuschlitzen. Aber ich werde nicht deine Dienerin sein. Hast du gehört?«

»Ja. Ich habe auch gar nicht erwartet …«

»Und wenn du glaubst, du könntest mich mit deinem hübschen Aussehen vertreiben, liegst du falsch. Ich war hier zuerst. Ich lasse mich nicht rauswerfen, schon gar nicht von dir.«

»Das will ich doch gar nicht«, erwiderte das Mädchen kleinlaut.

»Wie ich sehe, sind deine Verletzungen verheilt. Es hält dich also nichts mehr davon ab, mir im Haus zur Hand zu gehen.«

Das Mädchen nickte eifrig und verschüttete dabei ein paar Tropfen Tee, was ihm aber nicht auffiel. »Ja, das ist der andere Grund, warum ich gekommen bin; dafür zu danken, dass du dich um mich gekümmert hast.«

»Leider«, versetzte Mariam. »Ich hätte es nicht getan, wenn ich gewusst hätte, dass du mir den Mann ausspannst.«

»Ausspannst …?«

»Ich werde nach wie vor kochen und das Geschirr spülen, die Wäsche machen und die Zimmer ausfegen. Mit allen anderen Aufgaben werden wir uns täglich abwechseln. Und noch etwas. An deiner Gesellschaft ist mir nicht gelegen. Ich will sie nicht. Ich will allein sein. Du wirst mich in Ruhe lassen, und ich lasse dich in Ruhe. Nur so kommen wir miteinander klar. Das sind die Regeln.«

Während Mariam dies sagte, hämmerte ihr das Herz; der Mund war wie ausgedörrt. So schroff hatte sie noch nie gesprochen, noch nie hatte sie ihren Willen so deutlich zum Ausdruck gebracht. Diese neue Standfestigkeit hätte ihr Auftrieb geben können, doch ihre Genugtuung hielt sich angesichts des Mädchens, das in Tränen aufgelöst vor ihr stand, in Grenzen.

Sie reichte ihm die Hemden.

»Leg sie in die *almari*, nicht in den Kleiderschrank. Er möchte die weißen in der oberen Schublade haben, die anderen in der Mitte, zusammen mit den Socken.«

Das Mädchen setzte das Teeglas auf dem Boden ab und streckte die Arme aus, die Handfläche nach oben gewendet. »Es tut mir alles schrecklich leid«, krächzte es.

»Das sollte es auch«, erwiderte Mariam. »Dazu hast du allen Grund.«

32

Laila

Laila erinnerte sich an einen Besuch in diesem Haus vor vielen Jahren, als Mami einen ihrer guten Tage gehabt hatte. Die Frauen saßen im Garten und aßen frische Maulbeeren, die Wajma vom Baum in ihrem Hof gepflückt hatte, pralle weiße und rosafarbene Beeren; manche waren auch purpurn wie die kleinen Äderchen auf Wajmas Nase.

»Ihr habt doch gehört, wie sein Sohn ums Leben gekommen ist«, hatte Wajma gesagt und sich dann eine Handvoll Beeren in den eingefallenen Mund gestopft.

»Er ist ertrunken, nicht wahr?«, fragte Gitis Mutter Nila nach. »Im Ghargha-See. War's nicht so?«

»Aber wusstet ihr auch, wusstet ihr, dass Raschid ...« Wajma hob einen Finger, nickte bedächtig mit dem Kopf und ließ die Frauen warten, bis sie die Beeren zerkaut und geschluckt hatte. »Wusstet ihr, dass er damals an der *sharab*-Flasche hing und an diesem Tag sturzbetrunken war? Wirklich wahr. Volltrunken soll er gewesen sein. Und das schon am Vormittag. Gegen Mittag hing er auf seinem Campingstuhl und konnte sich nicht mehr rühren. Selbst wenn die Mittagskanone gleich neben seinem Ohr abgefeuert worden wäre, hätte er nicht mit der Wimper gezuckt.«

Laila erinnerte sich daran, wie Wajma die Hand vor den Mund gelegt, laut aufgestoßen und mit der Zunge nach Resten zwischen den Zähnen gefischt hatte.

»Alles Weitere könnt ihr euch vorstellen. Der Junge ging unbeaufsichtigt in den See. Man entdeckte ihn erst sehr viel später, mit dem Gesicht nach unten auf dem Wasser treibend. Helfer kamen herbeigerannt; sie versuchten, beide wiederzubeleben, den Jungen und den Vater. Einer beugte sich über den Jungen, um ihn zu beatmen …, von Mund zu Mund, wie man so was macht. Es war zwecklos. Das stellte sich schnell heraus. Der Junge lebte nicht mehr.«

Laila erinnerte sich an Wajmas erhobenen Finger, an ihre vor Eifer und Ehrfurcht zitternde Stimme. »Darum verbietet der Heilige Koran den *sharab*. Weil es immer die Unschuldigen trifft, die für die Sünden der Betrunkenen bezahlen müssen. So ist es.«

Es war diese Geschichte, die Laila durch den Kopf ging, als sie Raschid mitteilte, dass sie schwanger war, woraufhin er auf sein Fahrrad sprang, zur nächsten Moschee radelte und um einen Sohn bat.

Beim Abendessen sah Laila Mariam dabei zu, wie sie einen Fleischbrocken auf ihrem Teller herumschob. Laila war zugegen gewesen, als Raschid die Neuigkeit mit schrillem Überschwang verkündete – eine solch fröhliche Grausamkeit hatte Laila noch nie miterlebt. Mariams Augenlider flackerten, als sie es hörte. Sie errötete und hockte wie verloren da.

Als Raschid auf sein Zimmer ging, um Radio zu hören, half Laila dabei, die *sofrah* abzuräumen.

»Womit wärst du wohl jetzt zu vergleichen?«, fragte Mariam, die Reiskörner und Brotkrumen von der Decke sammelte. »Wo du doch vorher schon ein Benz gewesen bist.«

Laila versuchte es mit Heiterkeit. »Mit einem Zug? Oder vielleicht einem Jumbojet?«

Mariam richtete sich auf. »Du glaubst hoffentlich jetzt nicht, von den Haushaltspflichten befreit zu sein.«

Laila lag eine Entgegnung auf der Zunge, sie rief sich aber ins Bewusstsein, dass Mariam die einzige Unschuldige von allen Beteiligten war. Mariam und das Baby.

Später im Bett brach Laila in Tränen aus.

Was los sei, wollte Raschid wissen und hob mit der Hand ihr Kinn. Ob es ihr nicht gut gehe. Ob das Baby Probleme mache.

Ob sie von Mariam schlecht behandelt werde.

»Das ist es, nicht wahr?«

»Nein.«

»*Wallah o billah*, ich gehe jetzt runter und erteile ihr eine Lektion. Wofür hält sie sich, dieser *harami*, dass sie dich …«

»Nein!«

Er war schon aufgesprungen. Sie ergriff seinen Arm und hielt ihn zurück. »Lass das! Nein! Sie behandelt mich anständig. Ich brauche eine Minute, das ist alles. Es geht mir schon wieder besser.«

Er setzte sich auf die Bettkante und streichelte ihren Hals. Seine Hand fuhr tiefer, bis auf den Rücken und wieder zurück. Er beugte sich über sie und entblößte seine schief stehenden Zähne.

»Dann wollen wir mal sehen«, schnurrte er. »Wär doch gelacht, wenn's mir nicht gelänge, dich in bessere Stimmung zu bringen.«

Zuerst verloren die Bäume – die wenigen, die nicht zu Feuerholz zerhackt worden waren – ihre fleckig gelben und kupferfarbenen Blätter. Dann brausten Winde kalt und rau über die Stadt hinweg. Sie rissen das letzte Laub von den Bäumen, die nun vor dem gedeckten Braun der Hügel wie Gespenster anmuteten. Der erste Schneefall war leicht, und die Flocken schmolzen, kaum dass sie den Boden berührten. Dann setzte der Frost ein. Schnee häufte sich auf den Flachdächern und sammelte sich in den Fensternischen hinter Glasscheiben voller Eisblumen. Mit dem Schnee kamen auch die bunten Drachen, einst Beherrscher des Winterhimmels über Kabul, jetzt aber nur als schüchterne Gäste in dem von Raketen und Kampfjets eingenommenen Luftraum.

Raschid brachte immer neue Nachrichten über den Krieg mit nach Hause und verwirrte Laila mit seinen Ausführungen über wechselnde Allianzen. Nach seinen Informationen bekämpfte Sayyaf die Hazaras, die ihrerseits mit Massoud im Streit lagen.

»Und der legt sich mit Hekmatyar an, der von den Pakistani unterstützt wird. Die beiden, Massoud und Hekmatyar, sind Todfeinde. Sayyaf schlägt sich auf Massouds Seite. Und Hekmatyar hat jetzt die Hazaras als Verbündete.«

Und was den unberechenbaren Usbeken-Kommandeur Dostum betreffe, sagte Raschid, wisse keiner so recht, wo er stehe. Dostum hatte in den achtziger Jahren zusammen mit den Mudschaheddin gegen die Sowjets gekämpft, sich aber nach deren Abzug der kommunistischen Schattenregierung Nadschibullahs angeschlossen, wofür ihm von Nadschibullah persönlich ein Orden verliehen worden war. Dann aber wechselte er die Seiten erneut und kehrte zu den Mudschaheddin zurück. Zurzeit sehe es danach aus, sagte Raschid, dass Dostum gemeinsame Sache mit Massoud mache.

In Kabul, vor allem im Westen der Stadt, standen zahllose Gebäude in Brand; über verschneiten Straßen stiegen schwarze Rauchwolken auf. Botschaften wurden evakuiert, Schulen geschlossen. In den Aufnahmesälen der Krankenhäuser warteten Dutzende von Verletzten vergeblich auf ärztliche Hilfe; viele verbluteten, während in den Operationssälen Glieder ohne Betäubung amputiert wurden.

»Aber mach dir keine Sorgen«, sagte Raschid. »Hier bei mir bist du in Sicherheit, meine Blume, meine *gul*. Sollte jemand versuchen, dir wehzutun, werde ich ihm die Leber herausreißen und sie ihm zu fressen geben.«

In diesem Winter kam sich Laila wie eingemauert vor. Sehnsüchtig dachte sie an den offenen Himmel ihrer Kindheit, an die Tage, an denen sie mit Babi den *buzkashi*-Turnieren zugesehen hatte oder mit Mami in Mandaii zum Einkaufen gegangen war, oder als sie unbeschwert durch die Straßen gelaufen und sich mit Giti und Hasina über Jungs unterhalten hatte. Und sie dachte an die Tage, als sie und Tarik an irgendeinem mit Klee überwucherten Bachufer gesessen, Rätsel und Süßigkeiten ausgetauscht und in den Sonnenuntergang geblickt hatten.

Doch es tat ihr nicht gut, an Tarik zu denken, denn am Ende sah sie ihn immer auf einem Krankenbett liegen, den verbrannten Körper mit Kanülen gespickt. In diesen Tagen stieg ihr häufig ätzende Galle in den Schlund; ebenso wehrlos war sie gegen den lähmenden Schmerz, der aus dem Innersten auf sie übergriff. Ihre Beine drohten dann unter ihr wegzuknicken, und sie musste sich festhalten, um nicht zu stürzen.

Den Winter 1992 verbrachte sie damit, das Haus auszufegen, die kürbisfarbenen Wände des Schlafzimmers, das sie mit Raschid teilte, abzuschrubben und in einem großen kupfernen *lagaan* draußen im Hof Wäsche zu waschen. Manchmal sah sie sich, wie vom eigenen Körper getrennt, über den Rand des *lagaan* gebeugt, die Ärmel bis über beide Ellbogen hochgekrempelt, mit roten Händen das Seifenwasser aus Raschids Unterhemden wringen. In solchen Momenten fühlte sie sich wie eine Schiffbrüchige auf offenem Meer.

Wenn es zu kalt war, um in den Hof zu gehen, geisterte Laila durchs Haus. Sie fuhr mit dem Fingernagel die Wände entlang, ging im Flur auf und ab, die Treppe hinauf und wieder hinunter. Sie konnte sich nicht aufraffen, das Gesicht zu waschen oder die Haare zu kämmen. Wenn sie auf Mariam traf, die gerade eine Paprikaschote zerkleinerte oder Fettschichten vom Fleisch trennte, warf diese ihr nur einen flüchtigen, freudlosen Blick zu. Dann machte sich ein schmerzliches Schweigen zwischen ihnen breit, und Laila spürte eine Feindseligkeit, die ihr wie ein heißer Schwall entgegenschlug. Sie zog sich dann auf ihr Zimmer zurück und betrachtete vom Bett aus das Schneegestöber vorm Fenster.

Eines Tages nahm Raschid sie mit in sein Schuhgeschäft.

Unterwegs ging er neben ihr her und hielt mit der Hand ihren Ellbogen gestützt. Sich auf der Straße zu bewegen kam für Laila einer Übung zur Abwehr von Verletzungen gleich. Sie hatte sich immer noch nicht an das einengende Gitterfenster der Burka gewöhnen können und stolperte zudem immer wieder über den Saum. Sie war in ständiger Sorge, einen falschen Schritt zu tun und zu stürzen. Gleichwohl fand sie Trost in der Anonymität, zu der ihr die Burka verhalf. Falls ihr Bekannte von früher begegneten, bliebe sie unerkannt. Es bliebe ihr erspart, verwunderten Blicken standhalten zu müssen, dem Mitleid oder der heimlichen Freude darüber, wie tief sie gefallen war und wie gründlich sich all ihre Hoffnungen zerschlagen hatten.

Raschids Geschäft war größer und heller als erwartet. Er ließ sie vor der Werkbank Platz nehmen, auf der sich alte Sohlen und Lederreste häuften. Er zeigte ihr seine Hämmer, führte ihr die Schleifmaschine vor und beschrieb mit hoher stolzer Stimme seine Arbeit.

Er befühlte ihren Bauch, wobei er sich nicht etwa damit begnügte, die Hand auf das Kleid zu legen; er griff darunter und fuhr mit kalten, rauen Fingerkuppen über die gespannte Haut. Laila erinnerte sich an die weichen, aber kräftigen Hände Tariks, an die auf den Handrücken hervortretenden Venen, die einen so männlichen Eindruck auf sie gemacht hatten.

»Wie schnell der anschwillt«, sagte Raschid. »Es wird bestimmt ein großer Junge. Mein Sohn wird ein strammer *pahlawan* sein. Wie sein Vater.«

Laila strich das Kleid glatt. Ihr wurde angst und bange, wenn er so sprach.

»Wie geht es dir, Laila?«

Sie antwortete, dass mit ihr alles in Ordnung sei.

»Gut. Gut.«

Von dem ersten heftigen Streit mit Mariam erzählte sie nichts.

Dazu war es vor wenigen Tagen gekommen. Laila hatte sie in der Küche angetroffen, wo sie eine Schublade nach der anderen aufriss und wieder zurammte. Sie suchte, wie sie sagte, nach dem langen Holzlöffel, mit dem sie immer den Reis umrührte.

»Wo hast du ihn hingetan?«, herrschte sie Laila an.

»Ich? Ich hab ihn nicht in der Hand gehabt. Wann wäre ich schon einmal hier in der Küche?«

»Gute Frage.«

»Soll das ein Vorwurf sein? Du willst es ja so. Du wirst dich wohl erinnern, mir ausdrücklich gesagt zu haben, dass du die Mahlzeiten zubereitest. Wenn du aber willst, dass wir uns abwechseln …«

»Soll das heißen, dem Löffel sind Beine gewachsen und er hat sich von allein davongemacht? Klammheimlich? Das ist passiert, ja, *degeh*?«

Laila versuchte, Ruhe zu bewahren. Normalerweise fiel es ihr nicht schwer, Mariams Hohn und Zurechtweisungen zu ertragen. An diesem Tag hatte sie allerdings schon seit dem frühen Morgen schreckliches Sodbrennen; außerdem waren die Fußgelenke angeschwollen, und ihr dröhnte der Kopf. »Es könnte ja auch sein, dass du ihn verlegt hast«, sagte sie.

»Verlegt?« Mariam zerrte eine Schublade so heftig auf, dass ihr Inhalt schepperte. »Seit wann bist du hier? Seit ein paar Monaten. Ich lebe bereits neunzehn Jahre in diesem Haus, *dokhtar jo*. *Dieser* Löffel lag schon in *dieser* Schublade, als du noch in die Windeln gemacht hast.«

»Trotzdem ...« Laila konnte sich kaum mehr beherrschen. Zwischen zusammengebissenen Zähne stieß sie hervor: »Trotzdem ist es möglich, dass du ihn irgendwo liegen gelassen und vergessen hast.«

»Und es ist möglich, dass du ihn versteckt hast, um mich zu ärgern.«

»Du bist zu bedauern«, entgegnete Laila.

Mariam zuckte zusammen, hatte sich aber schnell erholt und schürzte die Lippen. »Und du bist eine Hure. Eine Hure und ein *dozd*. Eine diebische Hure. Das bist du.«

Daraufhin gerieten beide außer Kontrolle. Es hätte nicht viel gefehlt, und Töpfe und Geschirr wären geflogen. Die beiden warfen sich Gemeinheiten an den Kopf, Worte, für die sich Laila jetzt schämte. Seitdem hatten sie nicht mehr miteinander gesprochen. Laila war immer noch erschrocken über sich selbst; nicht nur, dass sie sich zu diesen Ausfällen hatte hinreißen lassen, es hatte ihr sogar gefallen, Mariam anzuschreien, sie zu verfluchen und in ihr eine Zielscheibe zu finden, auf die sich alle Wut und Trauer richten ließ.

Vielleicht, so dachte Laila einsichtig, mochte es für Mariam nicht anders sein.

Nach dem Streit war sie nach oben gelaufen und hatte sich auf Raschids Bett geworfen. Von unten schallte es herauf: »Schande über dein Haupt! Schande über dein Haupt!« Laila schluchzte ins Kissen. Der Verlust ihrer Eltern schmerzte sie plötzlich so sehr wie seit den schrecklichen Tagen nach dem Anschlag nicht mehr. Und so lag sie da, die Hände im Laken verkrallt, als sie etwas spürte, das allen Schrecken vergessen ließ. Nach Luft schnappend, richtete sie sich auf und fuhr mit den Händen an den Bauch.

Das Kind hatte soeben zum ersten Mal mit dem Fuß ausgetreten.

33

Mariam

Im Frühjahr 1993 stand Mariam eines Morgens in aller Frühe vorm Fenster des Wohnzimmers und sah Raschid das Mädchen aus dem Haus führen. Das Mädchen schleppte sich, leicht nach vorn gebeugt, voran und hielt einen Arm schützend um den Bauch gelegt, dessen kugelrunde Form sich selbst unter der Burka abzeichnete. Raschid, überaus fürsorglich und aufmerksam, stützte sie am Ellbogen und führte sie wie ein Verkehrspolizist über den Hof. Er gab ihr mit einem Zeichen zu verstehen, dass sie einen Augenblick warten möge, beeilte sich, das Tor zu öffnen, hielt es mit einem Fuß auf und winkte das Mädchen zu sich. Als sie ihn erreichte, nahm er sie bei der Hand und half ihr auf die Straße. Mariam glaubte fast, ihn sagen zu hören: »Gib acht, wohin du trittst, meine Blume, meine *gul*.«

Am frühen Abend kehrten sie zurück.

Mariam sah Raschid als Ersten den Hof betreten. Das Tor ließ er zurückfallen; es schlug dem Mädchen fast ins Gesicht. Mit schnellen, kurzen Schritten durchquerte er den Hof. Mariam bemerkte einen Schatten auf seiner Miene, der tiefer war als die Schatten der kupfrigen Abenddämmerung. Im Haus zog er den Mantel aus und warf ihn auf die Couch. »Ich habe Hunger. Bring das Essen auf den Tisch«, knurrte er Mariam an.

Die Haustür ging auf. Mariam sah das Mädchen mit einem Bündel in der linken Armbeuge auf der Schwelle. Mit einem Fuß in der Tür bückte sie sich, um den Papierbeutel mit ihren Sachen vom Boden aufzuheben, den sie dort abgestellt hatte, um die Tür zu öffnen. Ihr war anzusehen, wie schwer es ihr fiel. Sie hob den Kopf und erblickte Mariam.

Mariam wandte sich von ihr ab und ging in die Küche, um für Raschid das Essen aufzuwärmen.

»Als würde einem ein Schraubenzieher ins Ohr gerammt«, stöhnte Raschid und rieb sich die verquollenen Augen. Er stand, nur mit einem vor dem Bauch zusammengeknoteten *tumban* bekleidet, in der Tür zu Mariams Zimmer. Die weißen Haare standen ihm wirr vom Kopf. »Dieses Schreien. Ich kann's nicht länger ertragen.«

Unten ging das Mädchen mit dem Baby durch den Flur und versuchte, es mit einem Lied zu beruhigen.

»Seit zwei Monaten habe ich nicht mehr richtig durchschlafen können«, beklagte sich Raschid. »Und im Schlafzimmer stinkt's wie auf einem Abort. Überall liegen die vollgeschissenen Windeln herum. Gestern Abend bin ich in eine reingetreten.«

Mariam empfand eine hämische Freude, die sie sich aber nicht anmerken ließ.

»Geh mit ihr nach draußen!«, brüllte Raschid nach unten. »Kannst du nicht mit ihr rausgehen?«

Das Singen verstummte. »Sie erkältet sich noch.«

»Es ist Sommer.«

»Was?«

Raschid verzog das Gesicht. »Ich sagte, draußen ist es warm genug«, brüllte er noch lauter.

»Ich gehe nicht mit ihr nach draußen.«

Das Singen setzte wieder ein.

»Irgendwann, ich schwör's, irgendwann werde ich das Ding in einer Kiste auf dem Kabul aussetzen. Wie Moses.«

Mariam hatte ihn seine Tochter noch nie bei ihrem Namen – Aziza, die Verehrte – nennen hören. Er bezeichnete sie nur als »das Baby« oder, wenn er gereizt war, »das Ding«.

In manchen Nächten gab es Streit zwischen den Eltern. Mariam schlich dann auf Zehenspitzen an die Schlafzimmertür und lauschte. Sie hörte ihn über das Kind klagen, über das andauernde Schreien, die stinkenden Windeln und Spielzeuge, über die er immer wieder stolperte, darüber, dass er von Laila gar nicht mehr beachtet wurde, weil sich alles nur um das Ding drehte, das ständig gefüttert, gewaschen und gehalten werden wollte. Das Mädchen hingegen schimpfte, dass er im Zimmer rauchte und das Kind nicht mit in ihrem Bett schlafen ließ.

Es gab auch andere Auseinandersetzungen, ausgetragen in wütendem Flüsterton.

»Der Arzt sagt, allenfalls sechs Wochen.«

»Jetzt noch nicht, Raschid. Nein. Lass mich. Bitte. Tu's nicht.«

»Es ist schon zwei Monate her.«

»Psst, leise. Na prima, jetzt hast du das Baby aufgeweckt.« Und mit schärferer Stimme: »*Kosh shodi?* Endlich zufrieden?«

Mariam war dann zurück in ihr Zimmer geschlichen.

Jetzt jammerte Raschid: »Kannst du nicht irgendwie helfen?«

»Ich kenne mich mit Babys nicht aus«, antwortete Mariam.

»Raschid! Bringst du mal das Fläschchen? Es steht auf der *almari*. Sie will nicht trinken. Ich muss es mit der Flasche versuchen.«

Das Baby fing wieder zu schreien an.

Raschid schlug die Hände über dem Kopf zusammen. »Dieses Ding ist ein Warlord. Ich sag's dir, Laila hat einen zweiten Gulbuddin Hekmatyar zur Welt gebracht.«

Mariam sah, dass das Mädchen ausschließlich mit dem Baby beschäftigt war. Es musste geschaukelt, unterhalten und in regelmäßigen Abständen gestillt werden. Wenn es schlief, waren Windeln zu waschen. Das Mädchen ließ sie in einem Trog einweichen und benutzte dafür ein Desinfektionsmittel, das Raschid auf ihr Drängen hin besorgt hatte. Sie feilte der Kleinen die Fingernägel mit feinem Sandpapier, wusch die Strampler und Nachthemdchen und hängte sie zum Trocknen auf. Auch wegen dieser Sachen gab es immer wieder Streit.

»Was ist dagegen einzuwenden?«, wollte Raschid wissen.

»Es sind Sachen für Jungen. Für einen *bacha*.«

»Glaubst du etwa, ihr würde der Unterschied auffallen? Ich

habe für das ganze Zeug gutes Geld ausgegeben. Und noch etwas: Mir gefällt dein Ton nicht. Versteh meinen Hinweis als Warnung.«

Regelmäßig einmal in der Woche erhitzte das Mädchen eine kleine Pfanne überm Feuer, röstete darin eine Prise Rautensamen und fächerte den daraus aufsteigenden *espandi*-Rauch ihrem Kind zu, um es vor bösen Einflüssen zu schützen.

Mariam konnte die Begeisterung des Mädchens für das Kind kaum ertragen, musste sich aber eingestehen, dass sie auch so etwas wie Bewunderung empfand. Sie bemerkte, wie die Augen des Mädchens geradezu ehrfürchtig leuchteten, selbst morgens nach schlafloser Nacht, wenn ihr Gesicht abgespannt aussah und die Haut wächsern. Das Mädchen konnte herzhaft lachen, wenn das Baby pupste. Die winzigste Veränderung entzückte sie, und jede Regung des Kindes war für sie ein spektakuläres Ereignis.

»Sieh nur! Sie greift nach der Rassel. Wie clever sie ist.«

»Ich sollte wohl die Presse rufen«, knurrte Raschid.

Abends gab es immer kleine Vorführungen, und wenn das Mädchen darauf bestand, dass Raschid Kenntnis davon nahm, hob er das Kinn und warf seinen mürrischen Blick über den blau geäderten Haken seiner Nase.

»Schau. Schau, wie sie lacht, wenn ich mit den Fingern schnippe. Da. Hast du's gesehen?«

Raschid gab dann meist einen Grunzlaut von sich und stocherte weiter in seinem Essen herum. Mariam erinnerte sich, dass ihn vor nicht allzu langer Zeit allein schon die Anwesenheit des Mädchens überwältigt hatte. Jedes Wort von ihr war ihm eine Offenbarung gewesen, jede Geste ein Grund, aufzumerken und anerkennend mit dem Kopf zu nicken.

Dass das Mädchen bei ihm in Ungnade gefallen war, hätte Mariam mit einem Gefühl von Triumph quittieren können, was sich aber seltsamerweise nicht einstellen wollte. Zu ihrer eigenen Überraschung empfand Mariam Mitleid mit dem Mädchen.

Das Mädchen war immerzu von Sorgen geplagt, die es allabendlich am Esstisch wortreich zum Ausdruck brachte. An erster Stelle stand die Befürchtung, das Kind könnte an einer Lungenentzündung erkranken, und jedes noch so kleine Husten bestärkte sie darin. Wenn es Durchfall hatte, sah sie schon das Gespenst der Ruhr vor Augen, und jeder Hautausschlag deutete für sie auf Windpocken oder Masern hin.

»Du solltest dein Herz nicht so sehr daran hängen«, sagte Raschid eines Abends.

»Was soll das heißen?«

»Ich habe vor kurzem einen Radiobericht gehört. Von Voice of America. Da wurde eine interessante Statistik genannt. Es heißt, dass in Afghanistan von vier Kindern eines nicht älter wird als fünf. Das spricht wohl für sich – he, was ist? Wo willst du hin? Komm zurück. Komm sofort zurück!«

Er warf Mariam einen irritierten Blick zu. »Was hat sie bloß?«

Als Mariam im Bett lag, brach das Gezänk wieder aus. Es war eine heiße, trockene Sommernacht, typisch für den Monat *Saratan* in Kabul. Mariam hatte das Fenster geöffnet, dann aber wieder geschlossen, weil statt der erwünschten kühlen Brise nur Stechmücken kamen. Sie spürte, wie die Hitze draußen vom Boden aufstieg, die Außenmauer hinaufkroch und mit den faulen Gerüchen des Abtritts in ihr Zimmer drang.

Normalerweise hatten sich die Streitereien nach wenigen Minuten erschöpft, doch jetzt war schon über eine halbe Stunde vergangen, und die Wut eskalierte. Mariam hörte Raschid aus vollem Hals brüllen. Die Stimme des Mädchens klang ängstlich und schrill. Bald fing auch das Baby zu schreien an.

Dann hörte Mariam, dass die Schlafzimmertür mit Wucht aufgestoßen wurde – am nächsten Morgen sollte sie eine tiefe Delle vorfinden, mit der sich der Türknauf in der Wand abgebildet hatte. Sie saß bereits aufrecht im Bett, als ihre eigene Tür aufflog und Raschid hereingestürmt kam.

Er trug weiße Unterwäsche mit dunklen Schweißflecken unter den Achseln. Seine Füße steckten in Gummilatschen. Er hielt den braunen Gürtel in der Hand, den er sich zur *nikka* gekauft hatte. Das gelochte Ende war um seine Faust gewickelt.

»Du steckst dahinter. Hab ich's mir doch gedacht«, knurrte er und rückte näher.

Mariam schlüpfte aus dem Bett und wich zurück, die Arme schützend vor der Brust, weil er dort immer zuerst hinschlug.

»Wovon redest du?«, stammelte sie.

»Von ihrer Ablehnung. Das hat sie von dir.«

Mit den Jahren hatte Mariam gelernt, sich gegen seine Wutausbrüche und Vorwürfe, seine Verhöhnungen und Zurechtweisungen abzuhärten. Aber die Furcht vor ihm war geblieben. Selbst nach all den Jahren zitterte sie vor Angst, wenn er so vor ihr stand, mit hasserfülltem Gesicht, den Gürtel um die Faust geschlungen und die geröteten Augen voller Boshaftigkeit. Es war die Angst einer Ziege, eingesperrt in einem Tigerkäfig, wenn der Tiger seinen Kopf von den Tatzen erhebt und zu knurren anfängt.

Jetzt kam auch das Mädchen ins Zimmer, die Augen weit aufgerissen und die Hände ringend.

»Ich hätte wissen müssen, dass du sie gegen mich aufhetzt«, spuckte Raschid aus. Er hob den Gürtel und ließ ihn auf den eigenen Schenkel klatschen. Die Schnalle klirrte.

»Hör auf, *bas*!«, sagte das Mädchen. »Lass das, Raschid.«

»Verschwinde.«

Mariam wich weiter zurück.

»Nein! Tu's nicht!«

»Ich werd's dir zeigen.«

Wieder hob er den Gürtel und holte zum Schlag gegen Mariam aus.

Und dann geschah etwas Erstaunliches: Das Mädchen fiel über ihn her. Mit beiden Händen packte sie seinen Arm und hängte ihr ganzes Gewicht daran, um ihn nach unten zu zwingen, was ihr aber nicht gelang. Immerhin schaffte sie es, den Schlag zu verhindern.

»Lass los!«, brüllte Raschid.

»Du hast gewonnen. Du hast gewonnen. Tu es nicht. Bitte, Raschid, schlag sie nicht. Bitte nicht.«

So rangen die beiden miteinander. Das Mädchen hielt seinen Arm umklammert und flehte ihn an, während Raschid sie abzuschütteln versuchte, ohne Mariam aus den Augen zu lassen, die wie gelähmt vor ihm stand.

Am Ende wusste Mariam, dass es keine Schläge geben würde, nicht in dieser Nacht. Er hatte sich auch so durchgesetzt. Seine Brust ging keuchend auf und ab, und auf der Stirn hatte sich Schweiß gebildet. Langsam senkte er den Arm. Die Füße des Mädchens berührten den Boden. Es schien ihm nicht zu trauen und hielt sich an Raschid fest. Er musste seinen Arm mit Gewalt losreißen.

»Sieh dich vor!«, sagte er und warf den Gürtel über die Schulter. »Seht euch beide vor! Ich lasse mich nicht zum *ahmaq* machen, zum Narren in meinem eigenen Haus.«

Er schleuderte Mariam einen letzten harten Blick zu und stieß das Mädchen nach draußen.

Als die Tür ins Schloss gefallen war, stieg Mariam ins Bett zurück, vergrub ihr Gesicht im Kissen und wartete darauf, dass das Zittern aufhörte.

Dreimal wurde Mariam in dieser Nacht aus dem Schlaf gerissen. Zuerst waren es die Raketen im Westen, abgefeuert in der Gegend um Karteh-Char. Dann wurde sie vom Schreien des Säuglings, den Beruhigungsversuchen des Mädchens und dem Klappern eines Löffels an der Milchflasche geweckt. Schließlich war es der Durst, der sie aus dem Bett holte.

Das Wohnzimmer war dunkel bis auf einen Mondstrahl, der durchs Fenster fiel. Mariam hörte irgendwo eine Fliege summen, sah die Umrisse des gusseisernen Ofens in der Ecke, dessen Rohr knapp unter der Decke rechtwinklig abgebogen war.

Auf dem Weg in die Küche stolperte Mariam über ein Hindernis am Boden. Als sie den Blick darauf richtete, erkannte sie das Mädchen, ausgestreckt auf einer Steppdecke, den Säugling im Arm.

Das Mädchen lag auf der Seite und schnarchte leise. Das Baby war wach. Mariam zündete die Kerosinlampe auf dem Tisch an und ging in die Hocke. Im Schein der Lampe betrachtete sie das Kind zum ersten Mal aus der Nähe, seinen dunklen Haarschopf, die langen Wimpern, haselnussbraunen Augen, rosigen Wangen und Lippen, die so rot wie reife Granatäpfel waren.

Mariam hatte den Eindruck, dass auch das Baby sie mit forschendem Blick betrachtete. Es lag auf dem Rücken, hatte den Kopf ein wenig zur Seite gedreht und schaute zu ihr auf, amüsiert, verwirrt und argwöhnisch zugleich. Mariam fragte sich, ob sie der Kleinen womöglich Angst machte, doch dann quiekte das Baby freudig, und Mariam wusste, dass ihr Anblick erwünscht war.

»Psst«, flüsterte Mariam. »Du weckst noch deine Mutter, todmüde, wie sie ist.«

Das Kind ballte eine Hand zur Faust, die hin und her ruckte, aber dann den Weg zum Mund fand. Die Finger zwischen den zahnlosen Gaumen, lächelte es Mariam an und brachte prustend Speichelblasen zwischen den Mundwinkeln hervor.

»Sieh dich an. Was für ein trauriges Bild du abgibst, angezogen wie ein Junge. Und so dick eingepackt bei dieser Hitze! Kein Wunder, dass du wach bist.«

Mariam schlug die Decke beiseite, fand zu ihrem Schrecken eine zweite darunter und lüftete auch diese, wobei sie mit der Zunge schnalzte. Das Kind lachte erleichtert und schwang die Arme wie ein Vogel.

»Besser, oder?«

Als sich Mariam aufzurichten versuchte, ergriff das Kind ihren kleinen Finger und hielt ihn fest umklammert. Seine kleine Hand war warm, weich und feucht vom Speichel.

»Gunuh«, sagte es.

»Gut jetzt, *bas*, lass los.«

Das Kind hielt fest und strampelte mit den Beinen.

Mariam zog ihren Finger frei. Das Baby strahlte, gab gurgelnde Laute von sich und führte die Hand wieder zum Mund.

»Worüber freust du dich so? He? Warum lachst du? Anscheinend bist du doch nicht so clever, wie deine Mutter behauptet. Du hast einen Rohling als Vater und eine Närrin als Mutter. Wenn dir das klar wäre, würde dir das Lachen vergehen. Glaub mir. Und jetzt versuch zu schlafen. Na los.«

Mariam stand auf und wandte sich zur Tür. »Eh, eh, eh«, machte das Kind und signalisierte damit, dass es gleich zu schreien anfangen würde. Mariam kehrte zu ihm zurück.

»Was ist? Was willst du von mir?«

Das Kind strahlte übers ganze Gesicht.

Mariam seufzte. Sie setzte sich auf den Boden, gab dem Kind ihren kleinen Finger wieder zum Spielen und sah, wie es sich freute, die kleinen runden Beinchen in die Luft hob und zu strampeln anfing. Mariam schaute ihm zu, bis es die Augen schloss und eingeschlafen war.

Draußen fingen die Drosseln zu zwitschern an, und wenn sie aufflatterten, sah Mariam ihre Flügel im bläulichen Licht des Mondes schwingen, der durch die Wolken strahlte. Und obwohl ihre Kehle vor Durst wie ausgetrocknet war und ihre Beine einzuschlafen drohten, blieb sie noch lange am Boden hocken, bevor sie ihren Finger vorsichtig aus der Hand des Säuglings befreite und aufstand.

34

Laila

Für Laila gab es nichts Schöneres, als neben Aziza zu liegen, so dicht vor ihrem Gesicht, dass sie die großen Pupillen sehen konnte, wie sie sich weiteten und zusammenzogen. Sie liebte es, Azizas weiche Haut zu streicheln, mit dem Finger über die Grübchen in den Handknöcheln zu fahren oder die Pölsterchen am Ellbogen zu befühlen. Manchmal legte sie sich Aziza auf die Brust und erzählte ihr flüsternd von Tarik, dem Vater, der ihr immer fremd bleiben und den sie nie zu Gesicht bekommen würde. Sie erzählte ihr von seinen Streichen, dem Unfug, den er angestellt hatte, von seinem herzhaften Lachen und davon, wie gut er im Lösen von Rätseln gewesen war.

»Er hatte die hübschesten Wimpern, die so lang wie deine waren, ein kräftiges Kinn, eine schmale Nase und eine gewölbte Stirn. Ja, dein Vater, Aziza, sah wirklich toll aus. Er war vollkommen. Vollkommen, wie du es bist.«

Doch Laila hütete sich, seinen Namen auszusprechen.

Manchmal ertappte sie Raschid dabei, dass er Aziza auf höchst sonderbare Weise musterte. Eines Abends – er saß auf dem Schlafzimmerboden und hobelte sich ein Hühnerauge vom Fuß – fragte er wie beiläufig: »Na, wie war das eigentlich so, zwischen euch beiden?«

Laila warf ihm einen verwunderten Blick zu und tat so, als ob sie ihn nicht verstünde.

»Laila und Madschnun. Zwischen dir und dem *yaklenga*, dem Krüppel. Was lief da zwischen euch?«

»Er war mein Freund«, sagte sie, vorsichtig darauf bedacht, ihre

Stimme unter Kontrolle zu halten. Sie war gerade dabei, ein Fläschchen für die Kleine fertig zu machen. »Das weißt du.«

»Mir geht's nicht um das, was ich weiß.« Raschid legte das Messer auf den Fenstersims und ließ sich ins Bett fallen. Die Federn protestierten mit lautem Quietschen. Er spreizte die Beine und griff sich in den Schritt. »Habt ihr als ... Freunde irgendetwas angestellt, was nicht in Ordnung war?«

»Nicht in Ordnung?«

Raschid schmunzelte leutselig, doch sie spürte seinen kalten, wachsamen Blick auf sich. »Nun, hat er dir jemals einen Kuss gegeben? Dir womöglich seine Hand auf Stellen gelegt, wo sie nicht hingehört hat?«

Laila gab sich empört und hoffte, damit zu überzeugen. Sie spürte das Herz im Hals schlagen. »Er war mir wie ein Bruder.«

»Was war er denn nun, Freund oder Bruder?«

»Beides, er ...«

»Wie bitte?«

»Er war mir beides.«

»Brüder und Schwestern sind neugierige Wesen. Ja. Ein Bruder zeigt seiner Schwester manchmal sein Piephahn, und eine Schwester ...«

»Du bist ekelhaft«, sagte Laila.

»Es war also nichts.«

»Ich will davon nichts mehr hören.«

Raschid legte den Kopf zur Seite, schürzte die Lippen und nickte. »Es wurde getratscht. Ich weiß davon. Man konnte allerlei über euch hören. Aber du behauptest, da war nichts.«

Sie musste sich überwinden, ihm ins Gesicht zu sehen.

Ohne mit der Wimper zu zucken, hielt er ihrem Blick stand, was sie so einschüchterte, dass es ihr nur mit letzter Kraftanstrengung gelang, die Fassung zu bewahren. Die Knöchel der Hand, mit der sie die Milchflasche umklammert hielt, liefen weiß an.

Sie erzitterte bei dem Gedanken an das, was zu befürchten wäre, fände er heraus, dass sie ihn bestahl. Seit Azizas Geburt vergriff sie sich Woche für Woche an seiner Brieftasche, wenn er schlief oder außer Haus war, und entwendete ihr jeweils einen Schein. Manchmal, wenn wenig Geld darin war, nahm sie nur einen Fünfer oder gar nichts, aus Angst, er könnte es bemerken. War die Brieftasche aber prall gefüllt, riskierte sie es, einen Zehner oder Zwanziger zu nehmen. Einmal stahl sie sogar zwei Zwanziger. Das Geld versteckte sie in einer Tasche, die sie in das Futter ihres karierten Wintermantels eingenäht hatte.

Sie fragte sich, was er täte, wenn er erführe, dass sie im kommenden Frühling die Flucht ergreifen wollte. Spätestens im nächsten Sommer. Bis dahin hoffte Laila, rund tausend Afghanis oder mehr zurückgelegt zu haben. Die Hälfte davon würde sie allein schon für die Busfahrkarte von Kabul nach Peschawar ausgeben müssen. Wenn es so weit war, wollte sie den Ehering zum Pfandhaus bringen, wie auch den anderen Schmuck, den Raschid ihr geschenkt hatte, als sie noch die *malika* in seinem Schloss gewesen war.

»Sei's drum«, sagte er schließlich und trommelte sich mit den Fingern auf den Bauch. »Mir kann man keinen Vorwurf machen. Ich bin ein verheirateter Mann, und als solcher mache ich mir meine eigenen Gedanken. Nur gut, dass er tot ist. Denn wenn er jetzt hier wäre, wenn ich ihn zu fassen bekäme …« Er saugte an seinen Zähnen und schüttelte den Kopf.

»Ich dachte, man sollte nicht schlecht über Tote reden.«

»Manche können gar nicht tot genug sein«, entgegnete er.

Zwei Tage später fand Laila, als sie aus dem Bett gestiegen war, einen Stapel sorgfältig gefalteter Kinderkleider vor der Schlafzimmertür: ein glockenförmiges Röckchen mit kleinen aufgenähten rosafarbenen Fischen, ein blaues, blumig gemustertes Wollkleid, dazu passende Socken und Handschuhe, ein gelbes Nachthemd mit orangefarbenen Punkten und eine grüne Baumwollhose mit gepunkteten Aufschlägen.

»Es heißt, dass sich Dostum auf die Seite Hekmatyars schlagen will«, sagte Raschid eines Abends bei Tisch. Von Aziza und ihrem neuen Nachthemd nahm er keinerlei Notiz. »Massoud wird alle Hände voll zu tun haben, wenn die beiden geschlossen gegen ihn antreten. Und dann dürfen wir die Hazaras nicht vergessen.« Er nahm einen Löffel von dem Pfirsichkompott, das Mariam im Sommer eingemacht hatte. »Hoffen wir, dass es sich nur um ein Gerücht handelt. Denn wenn es wirklich dazu kommen sollte, wird das, was wir bislang erlebt haben, nur ein harmloses Vorgeplänkel gewesen sein«, sagte er und winkte bedeutungsvoll mit der Hand.

Später bestieg er Laila und erleichterte sich in stummer Hast, voll angezogen bis auf seinen *tumban*, den er bis auf die Fußgelenke heruntergezogen hatte. Als er fertig war, wälzte er sich zur Seite und war Minuten später eingeschlafen.

Laila schlich aus dem Schlafzimmer und fand Mariam in der Küche vor, wo sie am Boden hockte und zwei Forellen ausnahm. In einem Topf, der hinter ihr stand, wässerte Reis. Es roch nach Kreuzkümmel und Rauch, gerösteten Zwiebeln und Fisch.

Laila setzte sich in einer Ecke auf den Boden und streifte den Saum des Kleides über die Knie.

»Danke«, sagte sie.

Mariam beachtete sie nicht. Sie hatte gerade die erste Forelle ausgenommen und griff zur zweiten. Mit einem Sägemesser trennte sie die Flossen ab und schlitzte dann den Bauch vom Schwanz bis zum Kopf auf. Laila sah zu, wie sie den Daumen in das aufgeschnittene Maul steckte und mit einer geschickten Handbewegung die Kiemen und sämtliche Innereien entfernte.

»Die Sachen sind wunderschön.«

»Ich hatte keine Verwendung dafür«, murmelte Mariam. Sie legte den Fisch auf ein mit grauem klebrigem Saft verschmiertes Zeitungsblatt und trennte den Kopf ab. »Entweder sie kommen deiner Tochter oder den Motten zugute.«

»Wo hast du gelernt, Fische auszunehmen?«

»Ich habe als Kind am Ufer eines Flusses gelebt und schon früh damit angefangen, Fische zu fangen.«

»Das habe ich noch nie getan.«

»Ist nicht schwierig. Man muss nur Geduld haben.«

Mariam zerteilte den Fisch in drei Teile.

»Wann hast du die Kleider genäht?«, wollte Laila wissen.

Mariam wusch die Fischteile in einer Schale mit Wasser. »Als ich das erste Mal schwanger war. Vor achtzehn, neunzehn Jahren. Ich weiß es nicht mehr genau. Wie gesagt, ich hatte keine Verwendung dafür.«

»Du bist eine gute *khayat*. Vielleicht könntest du mir was beibringen.«

Mariam legte die gesäuberten Stücke in eine saubere Schüssel. Wasser tropfte von ihren Fingerspitzen, als sie den Kopf hob und Laila anschaute. Es war, als sähe sie sie zum ersten Mal.

»Damals, in der Nacht, als er ... Mich hat noch nie jemand in Schutz genommen«, sagte sie.

Laila betrachtete die schlaffen Wangen, die in müde Falten eingebetteten Augenlider, die tiefen Linien unter den Mundwinkeln. Sie schien all dies erst jetzt zur Kenntnis zu nehmen. Und es war nicht das Gesicht einer Rivalin, das Laila sah, sondern eines, das von unaussprechlichem Kummer zeugte, von klaglos erduldeten Zumutungen und der Fügung in ein hartes Los. Würde sie selbst, so fragte sich Laila, in zwanzig Jahren genauso aussehen, wenn sie bliebe?

»Ich konnte es nicht zulassen«, sagte Laila. »Da, wo ich aufgewachsen bin, gab es solche Ausfälle nicht.«

»Aber jetzt lebst du hier und solltest dich daran gewöhnen.«

»Daran? Niemals.«

»Er wird sich auch an dir vergreifen«, sagte Mariam und wischte sich die Hände an einem Lappen trocken. »Und das schon bald. Selbst der frischeste Fisch riecht nach ein paar Tagen. Und du hast ihm eine Tochter gegeben. Das verzeiht er noch weniger als mein Missgeschick.«

Laila stand auf. »Es ist zwar kühl draußen, aber was hältst du davon, wenn wir zwei im Hof eine Tasse *chai* trinken?«

Mariam schaute sie verwundert an. »Das geht nicht. Ich muss noch die Bohnen schneiden und waschen.«

»Dabei helfe ich dir morgen.«

»Und ich möchte noch aufräumen.«

»Auch das können wir zusammen tun. Ist nicht noch was vom

halwa übrig geblieben? Das wäre jetzt genau das Richtige zum *chai.*«

Mariam legte den Lappen auf die Anrichte. Sichtlich befangen zupfte sie an ihren Ärmeln, richtete ihre *hijab* und strich sich eine Strähne aus der Stirn.

»Die Chinesen sagen, dass man eher drei Tage aufs Essen verzichten kann als einen Tag auf Tee.«

Mariam lächelte matt. »Da könnte was dran sein.«

»So ist es.«

»Aber viel Zeit habe ich nicht.«

»Nur für eine Tasse.«

Sie gingen in den Hof, setzten sich auf Klappstühle und aßen mit den Fingern aus einer Schale *halwa.* Nach der zweiten Tasse schlug Laila vor, auch noch auf eine dritte zu bleiben, und Mariam stimmte zu. Von den Bergen hallte Gewehrfeuer. Wolken schoben sich vor den Mond, und die letzten Glühwürmchen schrieben helle gelbe Spuren in die Nacht. Irgendwann wachte Aziza auf und fing zu schreien an. Raschid brüllte von oben, Laila solle sofort kommen und sie zur Ruhe bringen. Die beiden Frauen sahen einander an. Es war ein unverstellter Blick, der zu verstehen gab, dass sie sich in ihrer Not verbunden fühlten. Dieser flüchtige, wortlose Austausch ließ keinen Zweifel mehr daran, dass ihre Feindschaft beigelegt war.

35

Mariam

In der Folgezeit besorgten Mariam und Laila den Haushalt gemeinsam. Sie saßen in der Küche und rollten Teig aus, schnitten Frühlingszwiebeln, hackten Knoblauch und gaben Aziza, die mit Löffeln klapperte, Gurkenstückchen zu naschen. Wenn sie sich im Hof aufhielten, lag Aziza warm angezogen und mit einem Wollschal um den Hals in einer Korbwiege. Mariam und Laila behielten sie im Auge, wenn sie Seite an Seite Hemden, Hosen und Windeln auf dem Waschbrett rieben.

Mariam gewöhnte sich allmählich an das vorsichtige, aber angenehme Miteinander. Dass sie nach getaner Arbeit mit Laila *chai* im Hof trank, wurde zu einem allabendlichen Ritual, auf das sie sich schon den ganzen Tag lang freute. Morgens wartete sie immer sehnsüchtig auf das Schlappen der durchgetretenen Latschen auf der Treppe, wenn Laila zum Frühstücken nach unten kam, und auf Azizas helles Lachen, den Anblick ihrer acht Zähnchen und den milchigen Duft ihrer Haut. Wenn Laila und Aziza länger im Bett blieben, wurde Mariam unruhig. Sie spülte dann Geschirr, das gar nicht gespült zu werden brauchte, ordnete die Sitzkissen im Wohnzimmer oder wischte Staub auf staubfreien Fensterbänken. Sie beschäftigte sich irgendwie, bis Laila endlich mit der Kleinen auf der Hüfte die Küche betrat.

Wenn Aziza Mariam morgens erblickte, gingen ihre Augen weit auf. Sie gluckste dann und wand sich im Arm ihrer Mutter, streckte die Arme nach Mariam aus, öffnete und schloss die kleinen Hände und drängte danach, von Mariam gehalten zu werden, das Gesicht voller Bewunderung und Erregung.

»Was für ein Aufstand«, sagte Laila dann und gab die Kleine frei, damit sie auf Mariam zukrabbeln konnte. »Was für ein Aufstand! Beruhige dich. *Khala* Mariam geht nirgendwohin. Sie ist da, deine Tante. Siehst du? Na, geh schon zu ihr.«

Und kaum dass sie in Mariams Armen war, schnellte der Daumen in den Mund, und sie schmiegte ihr Gesicht an Mariams Hals.

Ein wenig verlegen, aber mit dankbarem Lächeln auf den Lippen wiegte sie dann das Kind. So vorbehaltlos und unmittelbar waren ihr gegenüber noch nie liebende Gefühle zum Ausdruck gebracht worden.

Mariam hätte vor Rührung weinen können.

»Warum hängst du dein kleines Herz an eine so alte, hässliche Schachtel, wie ich es bin?«, flüsterte Mariam in Azizas Haar. »He? Wer bin ich denn schon? Eine *dehati*. Was könnte ich dir geben?«

Doch Aziza brabbelte bloß und schmiegte sich noch enger an sie. Und wenn sie das tat, war Mariam so überwältigt, dass ihr die Augen feucht wurden. Und sie fragte sich, wie es möglich sein konnte, dass sie nach all den Jahren trüber Einsamkeit und gescheiterter Beziehungen zu diesem kleinen Wesen eine erste, wahre Verbindung gefunden hatte.

Zu Beginn des folgenden Jahres, im Januar 1994, wechselte Dostum tatsächlich die Seiten. Er schloss sich Gulbuddin Hekmatyar an und bezog Stellung bei Bala Hissar, der alten Festungsanlage im Koh-e-Shirdawaza-Gebirge hoch über der Stadt. Mit vereinten Kräften beschossen sie Massouds und Rabbanis Truppen, die sich im Verteidigungsministerium und im Königspalast verschanzt hatten. Die Gefechte eskalierten. Die Straßen von Kabul waren buchstäblich übersät mit Toten, Schutt und Metallteilen. Es wurde geplündert, gemordet und – zur Einschüchterung der Zivilbevölkerung und Belohnung der Milizionäre – in unvorstellbarem Ausmaß vergewaltigt. Mariam hörte von Frauen, die sich aus Angst vor Schändung selbst das Leben genommen hatten, und von Männern, die im Namen der Ehre Frauen und Töchter töteten, die von Milizionären vergewaltigt worden waren.

Das unablässige Donnern der Mörsergranaten verschreckte Aziza. Um sie abzulenken und zu beruhigen, schüttete Mariam Reis auf den Boden und formte mit den Körnern die Umrisse eines Hauses, eines Hahns oder eines Sterns, um sie anschließend von Aziza wieder verwischen zu lassen. Sie zeichnete für die Kleine Elefanten, wie es ihr von Jalil beigebracht worden war, mit einem Strich und ohne den Stift abzusetzen.

Von Raschid war zu hören, dass tagtäglich Dutzende von Zivilisten den Kämpfen zum Opfer fielen. Krankenhäuser und Gebäude, in denen medizinisches Material lagerte, standen unter Beschuss. Versorgungstransporte, so sagte er, würden vor der Stadt abgefangen, ausgeplündert und in Brand gesteckt. Mariam fragte sich, ob auch in Herat mit gleicher Wut gekämpft wurde und wie, wenn dies der Fall wäre, Mullah Faizullah zurechtkäme, falls er denn noch lebte, und wie es Bibi *jo*, ihren Söhnen, Schwägerinnen und Enkelkindern ergehen mochte. Und natürlich Jalil. Ob er sich irgendwo versteckt hielt?, fragte sie sich. Oder war er mit Frauen und Kindern außer Landes geflohen? Sie hoffte, dass er sich in Sicherheit befand und dem Krieg hatte entkommen können.

Der Kämpfe wegen musste Raschid eine Woche lang zu Hause bleiben. Er verriegelte die Außenpforte, installierte Sprengfallen und verbarrikadierte die Haustür mit der Couch. Rauchend ging er durchs Haus, spähte durch die Fenster nach draußen und hielt seine Pistole schussbereit. Zweimal feuerte er sie auf die Straße ab und behauptete, dass jemand versucht habe, über die Mauer zu steigen.

»Sie zwingen Halbwüchsige mitzukämpfen«, sagte er. »Die Mudschaheddin. Bei helllichtem Tag und unter vorgehaltenen Waffen entführen sie junge Burschen. Und wenn die von der Gegenseite gefangen genommen werden, blüht ihnen Folter. Ich habe gehört, dass man ihnen Elektroschocks verpasst und die Hoden mit Kneifzangen quetscht. Das habe ich gehört. Diese Jungen werden dazu gezwungen, die Soldaten zum Haus ihrer Eltern zu führen, wo diese dann einbrechen, die Väter töten und die Schwestern und Mütter vergewaltigen.«

Raschid fuchtelte mit der Pistole herum. »Sollen sie es nur wagen, in mein Haus einzubrechen. Dann werde ich denen die Eier zerquetschen. Ich werde diesen Hurensöhnen die Köpfe wegpusten. Wisst ihr eigentlich, wie gut ihr es habt, von einem Mann beschützt zu werden, dem nicht einmal der *Shaitan* Angst einjagen könnte?«

Er blickte zu Boden und sah das Kind vor seinen Füßen. »Verzieh dich!«, blaffte er und fuchtelte verscheuchend mit der Pistole. »Lass mich in Frieden und hör auf, mir deine Pratzen entgegenzustrecken. Ich heb dich nicht auf. Verschwinde. Verschwinde, bevor ich auf dich trete.«

Aziza schreckte zusammen. Verängstigt krabbelte sie auf Mariam zu. Auf ihren Schoß zurückgekehrt, steckte sie den Daumen in den Mund und beobachtete Raschid mit verstörter Miene. Manchmal blickte sie zu Mariam auf, wie um sich von ihr rückversichern zu lassen.

Doch was Väter anbelangte, konnte Mariam ihr keine Sicherheit bieten.

Als die Kämpfe nachließen, war Mariam vor allem darüber erleichtert, dass Raschid wieder seiner Arbeit nachgehen konnte und nicht länger den Hausfrieden störte.

In diesem Winter erbot sich Laila eines Tages, Mariam die Haare zu flechten.

Mariam saß auf einem Stuhl und schaute im Spiegel dabei zu, wie Laila ihr mit schlanken Fingern und konzentrierter Miene die Haare teilte und feste Zöpfe flocht. Aziza lag zusammengerollt auf dem Boden und schlief, im Arm eine Puppe, die Mariam ihr genäht und mit Bohnen ausgestopft hatte. Sie trug ein im Teesud gefärbtes Kleid und eine Kette aus leeren kleinen Garnspulen.

Als Aziza im Schlaf pupste, fing Laila zu lachen an, und Mariam stimmte mit ein. Lachend betrachteten sie einander im Spiegel, was sie immer mehr erheiterte, so dass schließlich ihre Augen tränten. Dieser Moment war so unbeschwert und natürlich, dass Mariam plötzlich und wie selbstverständlich von früher zu erzählen anfing, von Jalil, Nana und dem Dschinn. Laila stand reglos hinter ihr, die

Augen auf Mariams Spiegelbild gerichtet. Sie sah die Worte herausssprudeln wie Blut aus einer geöffneten Arterie. Mariam erzählte von Bibi jo, Mullah Faizullah, den Demütigungen in Jalils Haus und von Nanas Selbstmord. Sie berichtete von Jalils Frauen, der überstürzten *nikka* mit Raschid, der Reise nach Kabul, ihren Schwangerschaften, dem endlosen Kreis von Hoffnung und Enttäuschung und Raschids Übergriffen.

Danach setzte sich Laila vor Mariams Stuhl auf den Boden. Selbstvergessen zupfte sie eine Fluse aus Azizas Haar.

»Ich habe dir auch etwas zu erzählen«, sagte Laila nach langem Schweigen.

In dieser Nacht fand Mariam keinen Schlaf. Sie saß auf ihrem Bett und beobachtete das lautlose Schneegestöber vor dem Fenster.

Eine Jahreszeit war auf die andere gefolgt; in Kabul waren Präsidenten vereidigt und ermordet worden; ein Großreich zerfiel; alte Kriege waren zu Ende gegangen, neue ausgebrochen. Doch von alldem hatte Mariam kaum Notiz genommen. Es war ihr einerlei gewesen. Sie hatte die Jahre in trister Abgeschiedenheit verbracht, wunsch- und klaglos, jenseits von Träumen und Enttäuschungen. Die Zukunft zählte nicht, und die Vergangenheit hatte ihr nur diese eine Einsicht hinterlassen: dass die Liebe ein gefährlicher Fehler ist und ihre Komplizin, die Hoffnung, eine trügerische Illusion. Und wann immer diese giftigen Zwillingsblumen in der Einöde ihres Alltags zu sprossen versuchten, riss sie sie aus. Sie jätete sie aus, bevor sie Wurzeln schlagen konnten.

Während der vergangenen Monate jedoch waren ihr Laila und Aziza, die, wie sich herausstellte, wie sie ein *harami* war, ans Herz gewachsen. In der Aussicht darauf, ohne sie auskommen zu müssen, erschien ihr das Leben, das sie so viele Jahre stoisch ertragen hatte, plötzlich nicht länger erträglich.

Wir werden noch in diesem Frühjahr Kabul verlassen. Aziza und ich. Komm mit uns, Mariam.

Mariam hatte schwere Zeiten mitgemacht. Aber vielleicht warteten auf sie noch ein paar freundliche Jahre, ein neues Leben, das

Versprechungen bereithielt, von denen Nana gesagt hatte, dass sie einem *harami* vorenthalten blieben. Ganz unerwartet waren zwei neue Blumen gewachsen. Den fallenden Schnee vor Augen, dachte Mariam an Mullah Faizullah und stellte sich vor, wie er sich, seine *tasbeh*-Perlen befingernd, zu ihr beugte und ihr mit seiner weichen zittrigen Stimme zuflüsterte: »Es ist Gott, der sie gepflanzt hat, Mariam *jo*. Und es ist sein Wille, dass du sie pflegst. Es ist sein Wille, mein Mädchen.«

36

Laila

An diesem Frühlingsmorgen 1994, als sich das Tageslicht allmählich gegen die Dunkelheit am Himmel durchsetzte, war sich Laila fast sicher, dass Raschid eine Vorahnung haben könnte. Dass er sie jeden Moment aus dem Bett reißen und fragen würde, ob sie ihn tatsächlich für einen *khar*, einen Esel, halte, der sich auf Dauer täuschen ließe. Doch dann wurde zum *athan* gerufen, die Morgensonne fiel schräg über die flachen Dächer, die Hähne schrien, und das, was sie befürchtete, blieb aus.

Sie hörte Raschid, wie er im Badezimmer seinen Rasierer am Schüsselrand abklopfte, nach unten ging und den Teekessel aufsetzte. Die Schlüssel klirrten. Jetzt durchquerte er den Hof und ging auf sein Fahrrad zu.

Am Wohnzimmerfenster spähte Laila durch einen Schlitz zwischen den Vorhängen nach draußen. Sie sah ihn davonradeln, einen dicken Mann auf kleinem Fahrrad. Das Sonnenlicht blinkte auf der Lenkstange.

»Laila?«

Mariam stand in der Tür. Ihr war anzusehen, dass auch sie nicht geschlafen hatte. Wahrscheinlich, so dachte Laila, war auch sie die ganze Nacht über von Euphorie und Attacken lähmender Angst hin und her gerissen worden.

»In einer halben Stunde brechen wir auf«, sagte Laila.

Im Taxi sprachen sie miteinander kein Wort. Aziza saß auf Mariams Schoß; sie hielt ihre Puppe in den Händen und bestaunte mit großen Augen die vor den Scheiben vorbeifliegende Stadt.

»*Ona!*«, rief sie und zeigte auf eine Gruppe seilspringender Mädchen. »Mayam! *Ona.*«

Überall glaubte Laila Raschid zu sehen, vor dem rußgeschwärzten Fenster eines Friseurladens, bei einem Händler, der Hühner verkaufte, oder in einem zur Straße hin offenen Geschäft, in dem sich alte Autoreifen bis zur Decke stapelten.

Sie rutschte tiefer in ihren Sitz.

Mariam murmelte ein Gebet. Laila hätte ihr gern ins Gesicht gesehen, doch Mariam trug – wie sie selbst – eine Burka, in deren Ausschnitt nur das Glitzern ihrer Augen zu erkennen war.

Laila war seit Wochen das erste Mal außer Haus, abgesehen von dem kurzen Besuch beim Pfandverleiher am Tag zuvor, wo sie im Vollgefühl der Endgültigkeit und Unumkehrbarkeit ihrer Entscheidung den Ehering über die gläserne Ladentheke geschoben hatte.

Ringsum bekam Laila nun die Folgen der jüngsten Kämpfe zu Gesicht, Schutthalden aus Lehm und Ziegeln, Ruinen mit zerbrochenem Gebälk, ausgebrannte Fahrzeugwracks, umgestürzt oder aufeinanderliegend, von großkalibrigen Schusslöchern verwüstete Mauern und überall Glasscherben. Sie sah einen Trauerzug auf eine Moschee zustreben, ganz zum Schluss eine in Schwarz gekleidete alte Frau, die sich an den Haaren zerrte. Sie passierten einen Friedhof voll frischer Gräber und zerrissenen *shaheed*-Fahnen, die im Wind flatterten.

Laila griff über den Koffer und schloss die Hand um den weichen Arm ihrer Tochter.

Vor der Busstation am Lahore-Tor im Osten Kabuls parkte eine Schlange von Bussen am Straßenrand der Pul-e-Mahmood Khan. Männer in Turbanen hievten Bündel, Pakete und Koffer auf die Dächer der Busse und sicherten sie mit Seilen ab. In der Station drängten sich Reisende vor dem einzigen Fahrkartenschalter. Gruppen von Frauen, in Burkas verhüllt, standen zwischen Bergen von Gepäck und plauderten miteinander. Säuglinge wurden geschaukelt, streunende Kinder zurückgerufen.

Milizionäre der Mudschaheddin patrouillierten in der Station und auf dem Vorplatz. Die knappen Befehle, die sie ausstießen, klangen wie Gebell. Sie trugen Stiefel, *pakols* und staubgrüne Kampfanzüge. Alle waren mit Kalaschnikows bewaffnet.

Laila fühlte sich beobachtet. Ihr war, als sei sie allen an diesem Ort bekannt, als missbillige jeder, der sie sah, das, was sie und Mariam taten.

»Hast du schon jemanden entdeckt?«, fragte Laila.

»Ich suche noch«, antwortete Mariam und wechselte Aziza von einem Arm auf den anderen.

Dies – und das hatte Laila von Anfang an gewusst – war die erste Schwierigkeit ihres gewagten Unternehmens: einen Begleiter zu finden, der die Rolle eines Familienmitgliedes zu spielen bereit war. Die Freiheiten und Möglichkeiten, die Frauen zwischen den Jahren 1978 und 1992 genossen hatten, gehörten nun der Vergangenheit an. Laila dachte an Babis Worte über die kommunistische Regierung: *Es ist wahr, für afghanische Frauen sind gute Zeiten angebrochen, Laila.* Seit der Machtergreifung der Mudschaheddin im April 1992 jedoch lautete der offizielle Name ihres Heimatlandes »Islamischer Staat Afghanistan«. Der oberste Gerichtshof unter Rabbani bestand nun mehrheitlich aus rückwärtsgewandten Mullahs, die die von den Kommunisten eingeführten Freiheitsrechte für Frauen rückgängig gemacht und stattdessen Gesetze auf Grundlage der Scharia eingeführt hatten, jener strengen islamischen Rechtsprechung, die unter anderem Frauen dazu verpflichtete, sich in der Öffentlichkeit zu verschleiern. Außerdem wurde ihnen untersagt, ohne einen männlichen Angehörigen zu verreisen. Noch wurde auf die Einhaltung dieser Gesetze nur wenig geachtet. »Aber wenn sie einmal nicht mehr so sehr damit beschäftigt sind, sich gegenseitig totzuschießen«, hatte Laila zu Mariam gesagt, »dann werden sie die Gesetze mit Eifer durchsetzen.«

Weitere Schwierigkeiten erwarteten sie bei der Ankunft in Pakistan. Im Januar dieses Jahres hatte Pakistan, das bereits mit fast anderthalb Millionen afghanischen Flüchtlingen überfordert war, die Grenzen nach Afghanistan geschlossen. Laila hatte erfahren, dass nur Inhaber eines gültigen Visums durchgelassen wurden. Allerdings war die Grenze immer schon sehr porös gewesen, und Laila wusste, dass nach wie vor Tausende von Afghanen ins Nachbarland flohen, entweder mithilfe von Schmiergeldern oder dem Nachweis humanitärer Gründe. Außerdem gab es genügend Schlepper, die man anheuern konnte. »Wir werden einen Weg finden, wenn es so weit ist«, hatte sie Mariam versprochen.

»Wie wär's mit dem?«, fragte Mariam jetzt und deutete mit einer Kinnbewegung auf einen Kandidaten.

»Dem traue ich nicht.«

»Und der da?«

»Zu alt. Und außerdem in Begleitung zweier anderer Männer.«

Schließlich fiel Lailas Blick auf einen bärtigen Mann, der neben einer verschleierten Frau auf einer Bank saß. Er war groß und schlank, trug ein Hemd mit offenem Kragen und einen schlichten grauen Mantel, an dem mehrere Knöpfe fehlten. Auf seinem Schoß hockte ein kleiner Junge in Azizas Alter.

»Warte hier«, sagte Laila. Im Weggehen hörte sie Mariam wieder ein Gebet murmeln.

Als sie auf den jungen Mann zuging, blickte er auf und legte die Hand an die Stirn, um seine Augen gegen die Sonne abzuschirmen.

»Entschuldigen Sie, Bruder, aber darf ich fragen, ob Sie nach Peschawar fahren?«

»Ja«, antwortete er blinzelnd.

»Könnten Sie uns vielleicht einen Gefallen tun?«

Er reichte seiner Frau den Jungen und trat mit Laila ein paar Schritte beiseite.

»Worum geht's denn, *hamshira*?«

Er hatte ein freundliches Gesicht und sanfte Augen, die Laila Mut machten.

Und so erzählte sie ihm die Geschichte, auf die sie sich mit Mariam verständigt hatte. Sie sei eine *biwa*, eine Witwe, sagte sie, und wolle mit Mutter und Tochter Kabul verlassen, um in Peschawar zu ihrem Onkel zu ziehen.

»Ihr wollt euch mir und meiner Familie anschließen«, sagte der junge Mann.

»Ich weiß, es ist *zahmat*. Aber mir scheint, Sie sind ein anständiger Bruder, und ich …«

»Keine Sorge, *hamshira*. Ich verstehe. Kein Problem. Dann will ich mal Karten für euch kaufen.«

»Danke, Bruder. Das ist *sawab*, eine gute Tat. Gott wird's vergelten.«

Sie zog einen Umschlag unter ihrer Burka hervor. Er enthielt elfhundert Afghanis, ungefähr die Hälfte des Geldes, das sie in einem Jahr beiseitegelegt hatte. Der junge Mann steckte den Umschlag in seine Hosentasche.

»Warte hier.«

Sie sah ihn in der Station verschwinden. Eine halbe Stunde später kehrte er zurück.

»Es ist besser, wenn ich die Fahrkarten behalte. Der Bus fährt in einer Stunde, gegen elf. Wir steigen dann gemeinsam ein. Mein Name ist Wakil. Wenn es Fragen geben sollte, was ich aber nicht glaube, werde ich sagen, dass du meine Cousine bist.«

Laila nannte ihm ihren Namen und die von Mariam und Aziza. Er werde sie sich merken, sagte er.

»Und haltet euch in unserer Nähe auf«, fügte er hinzu.

Sie nahmen auf der Bank neben Wakil und seiner Familie Platz. Es war ein sonniger, warmer Morgen. Nur über den Bergen in der Ferne schwebten ein paar fedrige Wolken. Mariam gab Aziza einen der Kekse zu essen, an die sie in der Hektik des Aufbruchs zum Glück noch gedacht hatte. Sie bot auch Laila einen an.

»Nein, danke«, sagte Laila lachend. »Den würde ich wohl nicht bei mir behalten können. Ich bin so aufgeregt.«

»Ich auch.«

»Danke, Mariam.«

»Wofür?«

»Dafür, dass du mit uns kommst«, antwortete Laila. »Allein würd ich's wahrscheinlich nicht schaffen.«

»Das musst du auch nicht.«

»Es wird doch alles gut werden, Mariam, da, wo wir hinfahren, oder?«

Mariam streckte den Arm aus und ergriff ihre Hände. »Im Koran heißt es: Und Allah ist der Osten und der Westen, wohin ihr euch auch wendet, folgt ihr Seinem Ratschluss.«

»*Bov!*«, rief Aziza und zeigte auf einen Bus. »Mayam, *bov*!«

»Ja, Aziza *jo*«, sagte Mariam. »Ganz recht, ein *bov*. Bald werden wir selbst in einem *bov* fahren. Oh, und was du dann alles zu sehen bekommst.«

Laila lächelte. Auf der anderen Straßenseite sah sie einen Tischler in seiner offenen Werkstatt bei der Arbeit; er hobelte und ließ Späne fliegen. Autos rollten vorbei, die Fenster voller Ruß und Dreck. Sie betrachtete die am Straßenrand parkenden Busse mit ihren an den Seiten aufgemalten Pfauen, Löwen, aufgehenden Sonnen und glitzernden Schwertern.

In der warmen Morgensonne fühlte sich Laila wie berauscht und voller Überschwang. Als ein streunender gelbäugiger Hund vorbeihinkte, beugte sie sich vor und tätschelte ihm den Rücken.

Wenige Minuten vor elf rief ein Mann mit Megafon alle Reisenden nach Peschawar auf, den Bus zu besteigen. Zischend öffneten sich die hydraulischen Türen des Busses. Die Passagiere eilten herbei und drängten.

Wakil gab Laila einen Wink und nahm seinen Sohn auf den Arm.

»Auf geht's«, sagte Laila.

Wakil ging voraus. Als sie sich dem Bus näherten, sah Laila Gesichter hinter den Fenstern auftauchen, Nasen und Handflächen an die Glasscheiben gepresst. Ein vielstimmiger Chor wünschte lautstark eine gute Reise.

Ein junger Soldat der Miliz kontrollierte die Fahrkarten.

»*Bov!*«, rief Aziza.

Wakil reichte dem Soldaten die Fahrkarten, der sie in der Mitte durchriss und zurückgab. Wakil half seiner Frau beim Einsteigen. Laila sah, wie er mit dem Soldaten Blicke tauschte. In der Bustür stehend, beugte sich Wakil vor und flüsterte ihm etwas ins Ohr. Der Soldat nickte.

Laila stockte der Atem.

»Ihr zwei da mit dem Kind, zur Seite treten«, sagte der Soldat.

Laila achtete nicht auf ihn und schickte sich an, den Bus zu besteigen. Doch er packte sie bei der Schulter und zerrte sie zurück. »Du auch«, rief er in Richtung Mariam. »Beeilung. Ihr haltet die anderen auf.«

»Wo ist das Problem, Bruder?«, fragte Laila. Sie war wie betäubt. »Wir haben Fahrkarten. Hat mein Cousin sie nicht gezeigt?«

Er winkte mit der Hand ab und rief einen anderen Uniformierten hinzu, dem er etwas zuflüsterte. Der zweite, ein rundlicher Mann mit schläfrigen grünen Augen und einer Narbe auf der rechten Wange, nickte.

»Folgt mir«, sagte er.

»Wir müssen in den Bus«, rief Laila. Sie spürte, wie sich ihre Stimme überschlug. »Wir haben Fahrkarten. Warum tun Sie das?«

»Du wirst diesen Bus nicht besteigen. Vielleicht akzeptierst du das. Du begleitest mich jetzt. Oder willst du, dass ich dir dein Mädchen wegnehme?«

Als sie zu einem Lastwagen geführt wurde, warf Laila einen Blick über die Schulter zurück und sah Wakils Jungen hinter der Heckscheibe des Busses. Er winkte ihnen fröhlich zu.

Auf der Polizeistation am Torabaz-Khan-Platz mussten sie in einem langen Korridor getrennt voneinander Platz nehmen. Zwischen ihnen saß hinter einem Schreibpult ein Mann, der eine Zigarette nach der anderen rauchte und ab und zu auf einer Schreibmaschine herumtippte. Sie warteten über drei Stunden. Aziza trippelte zwischen Laila und Mariam hin und her. Sie spielte mit einer Heftklammer, die ihr der Mann am Pult gegeben hatte, aß die restlichen Kekse und schlief schließlich auf Mariams Schoß ein.

Gegen drei Uhr wurde Laila in ein Verhörzimmer geführt. Mariam und Aziza mussten im Korridor zurückbleiben.

Der Mann auf der anderen Seite des Schreibtisches war Mitte dreißig und trug Zivil: einen schwarzen Anzug, Krawatte und schwarze Halbschuhe. Er hatte einen sorgfältig gestutzten Bart, kurze Haare und Augenbrauen, die in der Mitte zusammengewachsen waren. Er starrte Laila an und klopfte mit dem Radiergummiende eines Bleistifts auf die Schreibtischplatte.

»Wir wissen«, hob er an und räusperte sich, wobei er diskret die geschlossene Hand vor den Mund führte, »dass du heute schon einmal gelogen hast, *hamshira*. Der junge Mann vom Busbahnhof ist nicht dein Cousin. Das hat er uns selbst gesagt. Jetzt stellt sich die Frage, ob du dieser Lüge weitere hinzuzufügen gedenkst oder nicht. Ich persönlich rate dir davon ab.«

»Wir wollten zu meinem Onkel«, sagte Laila. »Das ist die Wahrheit.«

Der Polizeibeamte nickte. »Die *hamshira* im Korridor ist deine Mutter?«

»Ja.«

»Sie hat einen Herati-Akzent. Du nicht.«

»Sie ist in Herat aufgewachsen; ich bin in Kabul zur Welt gekommen.«

»Natürlich. Du bist also verwitwet. Das sagtest du doch, oder? Mein Beileid. Und dieser Onkel, dein *kaka*, wo lebt er?«

»In Peschawar.«

»Ach ja.« Er leckte an der Spitze des Bleistifts und hielt ihn über einem unbeschriebenen Blatt Papier in der Luft. »Wo genau in Peschawar? In welchem Stadtteil? Straßenname, Bezirksnummer.«

Laila spürte Panik in der Brust aufkeimen und versuchte dagegen anzukämpfen. Sie kannte nur eine einzige Straße in Peschawar und nannte ihren Namen – er war damals auf der Party gefallen, die Mami gegeben hatte, als die Mudschaheddin in Kabul eingezogen waren. »Jamrud Road.«

»Ah, die Straße, an der auch das Pearl Continental Hotel liegt. Das hat er bestimmt erwähnt, nicht wahr?«

Laila griff den Hinweis auf und bejahte seine Frage. »Ja, genau dort.«

»Das Hotel liegt allerdings an der Khyber Road.«

Laila konnte Aziza im Korridor schreien hören. »Meine Tochter hat Angst. Dürfte ich sie holen, Bruder?«

»Für dich bin ich Sergeant. Du wirst gleich bei ihr sein. Hast du die Telefonnummer deines Onkels?«

»Ja. Ich hatte sie. Sie ist …« Trotz der Burka war Laila vor seinen durchdringenden Blicken nicht geschützt. »Tut mir leid, ich muss sie verloren haben.«

Er seufzte durch die Nase und fragte nach dem Namen des Onkels, dem Namen seiner Frau. Wie viele Kinder er habe und wie diese hießen. Wo er arbeite. Wie alt er sei. Seine Fragen schüchterten Laila ein.

Er legte den Bleistift ab, faltete die Hände und beugte sich vor wie ein Vater, der seiner kleinen Tochter etwas beizubringen versuchte. »Ist dir klar, *hamshira*, dass eine Frau ihrem Mann nicht ungestraft weglaufen darf? Solche Fälle häufen sich. Ich habe oft mit Frauen zu tun, die allein reisen und behaupten, verwitwet zu sein. Bei manchen stimmt's, bei den meisten aber nicht. Ich vermute, du weißt, dass Frauen, die Reißaus zu nehmen versuchen, ins Gefängnis gesteckt werden, *nay*?«

»Lassen Sie uns gehen, Sergeant …«, sie las seinen Namen von der Marke ab, die an seinem Revers steckte, »Sergeant Rahman. Machen Sie Ihrem Namen Ehre und zeigen Sie Mitleid. Was wäre schon dabei, zwei Frauen laufen zu lassen? Sie riskieren doch nichts. Wir sind keine Kriminellen.«

»Ausgeschlossen.«

»Ich flehe Sie an.«

»Es geht um *qanoon*, *hamshira*, um eine Sache des Rechts«, sagte Rahman mit feierlicher, gewichtiger Betonung. »Meine Pflicht besteht darin, für Ordnung zu sorgen.«

Trotz ihrer Verzweiflung hätte Laila fast laut aufgelacht. Die Verwendung dieses Wortes erschien ihr absurd angesichts der brutalen Kämpfe zwischen den Mudschaheddin, der Mordtaten, Plünderungen, Vergewaltigungen und Folter, der Hinrichtungen, Bombenanschläge und Artilleriegefechte, die sie sich lieferten, ohne Rücksicht auf unschuldige Zivilisten zu nehmen, die in ihrem Kreuzfeuer zu Schaden kamen. *Ordnung*. Sie biss sich auf die Zunge.

»Kaum auszudenken«, sagte sie mit schleppender Stimme, »was er uns antun wird, wenn Sie uns zurückschicken.«

Es machte ihm sichtlich Mühe, ihrem Blick standzuhalten. »Was ein Mann in seinem Haus für richtig hält, ist allein seine Sache.«

»Und wo bleibt dort das Recht, Sergeant Rahman?« Tränen der Wut traten ihr in die Augen. »Werden Sie zur Stelle sein, um für Ordnung zu sorgen?«

»Wir mischen uns prinzipiell nicht in familiäre Angelegenheiten ein, *hamshira*.«

»Natürlich nicht. Solange es dem Herrn des Hauses nützt. Und ist nicht auch unser Fall, wie Sie sagen, eine Familienangelegenheit? Ist es nicht so?«

Er stieß sich vom Schreibtisch ab, stand auf und strich sein Jackett glatt. »Unser Gespräch ist beendet. Ich muss sagen, du hast deine Sache sehr schlecht vertreten. Wirklich schlecht. Wenn du jetzt bitte draußen warten würdest, ich habe noch ein paar Fragen an deine – wer ist sie noch gleich? – zu richten.«

Laila protestierte und fing zu schreien an, worauf der Beamte zwei Männer ins Zimmer rief, die sie nach draußen zerrten.

Mariams Verhör dauerte nur wenige Minuten. Mit verzweifelter Miene kehrte sie in den Korridor zurück.

»Er hat so viele Fragen gestellt«, sagte sie. »Es tut mir leid, Laila *jo*. Ich bin nicht so gewandt wie du. Er hat so viele Fragen gestellt, auf die ich keine Antwort wusste. Es tut mir leid.«

»Du brauchst dir keine Vorwürfe zu machen, Mariam«, erwiderte Laila matt. »Es ist meine Schuld, alles meine Schuld.«

Es war kurz nach sechs, als der Polizeiwagen vor dem Haus anhielt. Laila und Mariam wurden aufgefordert, im Auto zu warten. Zwei Milizionäre der Mudschaheddin passten auf sie auf, während der Fahrer ausstieg, den Hof durchquerte und von Raschid an der Haustür empfangen wurde. Es war Raschid, der sie zu sich winkte.

»Willkommen zu Hause«, sagte der Mann auf dem Beifahrersitz und zündete sich eine Zigarette an.

»Du wartest hier«, verlangte er von Mariam.

Mariam setzte sich auf die Couch und sagte kein Wort.

»Ihr zwei kommt mit mir nach oben.«

Raschid packte Laila beim Ellbogen und stieß sie die Treppe hinauf. Statt der Latschen, die er sonst immer im Haus anhatte, trug er noch seine Arbeitsschuhe. Auch den Mantel hatte er noch nicht abgelegt. Laila stellte sich vor, wie er soeben, von der Arbeit zurückgekehrt, durch das Haus gerannt sein mochte, von einem Zimmer zum anderen, Türen schlagend, fluchend und außer sich vor Wut.

Auf dem oberen Treppenabsatz angelangt, drehte sich Laila zu ihm um.

»Sie war dagegen«, sagte sie. »Ich habe sie dazu gedrängt. Sie wollte nicht gehen ...«

Laila sah den Schlag nicht kommen. Plötzlich lag sie mit weit aufgerissenen Augen am Boden und rang nach Luft. Ihr war, als hätte sie ein Auto mit voller Wucht gerammt. Der Fausthieb war zwischen Brustbein und Bauchnabel aufgetroffen. Aziza lag schreiend neben ihr; sie hatte sie fallen lassen. Der Versuch, nach Luft zu schnappen, ergab nur ein ächzendes Würgen. Speichel tropfte ihr von den Lippen.

Dann spürte sie seine Pranke an ihren Haaren zerren. Sie sah, wie er Aziza vom Boden aufhob, die mit den Beinen strampelte und ihre Sandalen dabei verlor. Haare rissen aus der Kopfhaut. Der Schmerz trieb Laila das Wasser in die Augen. Sie sah, wie er mit dem Fuß die Tür zu Mariams Zimmer aufstieß und das Kind aufs Bett warf. Dann ließ er von ihren Haaren ab und versetzte ihr einen Fußtritt, der sie über die Schwelle warf und vor Schmerz laut aufbrüllen ließ. Er schlug die Tür zu. Ein Schlüssel klickte im Schloss.

Aziza schrie immer noch. Laila lag zusammengerollt am Boden und schnappte nach Luft. Sie stieß sich mit den Händen ab, kroch auf das Bett zu und streckte die Arme nach ihrer Tochter aus.

Unten wurde jetzt geprügelt. Den Geräuschen hörte Laila an, dass dort eine geradezu routinierte, fast methodische Strafaktion durchexerziert wurde. Es gab keine Schreie, kein Fluchen, kein Flehen, nur das dumpfe, rhythmische Schlagen eines festen Gegenstandes. Ein Körper prallte an die Wand, Kleider zerrissen. Zwischendurch waren Laufschritte zu hören, eine stumme Verfolgungsjagd, in deren Verlauf Möbel umstürzten und Glas zersprang. Und dann wieder das Schlagen.

Laila schloss Aziza in ihre Arme. Das Kleidchen war feucht. Die Kleine hatte eingenässt.

Nach lautem Gepolter und stampfenden Schritten waren jetzt unten wieder Schläge zu hören; es klang, als würde ein Stück Fleisch weichgeklopft.

Laila schaukelte Aziza, bis es unten still wurde. Als sie die Haustür auf- und zugehen hörte, setzte sie Aziza auf dem Boden ab und trat ans Fenster. Sie sah, wie Raschid Mariam am Kragen durch den Hof zerrte. Mariam war barfüßig und in der Hüfte eingeknickt. Seine Hände waren blutverschmiert, wie auch ihr Gesicht, die Haare, ihr Nacken und der Rücken. Ihr Hemd war vorn aufgerissen.

»Verzeih mir, Mariam«, hauchte Laila weinend an die Scheibe.

Sie sah, wie er Mariam in den Schuppen stieß. Er ging hinterher und tauchte wenig später mit einem Hammer und mehreren langen Holzbrettern wieder auf. Dann schloss er die Doppeltür des Schuppens, zog einen Schlüssel aus der Tasche und steckte ihn ins Vorhängeschloss. Nachdem er sich davon überzeugt hatte, dass die Tür verschlossen war, ging er auf die Rückseite des Schuppens und holte eine Leiter.

Minuten später tauchte sein Kopf vor Lailas Fenster auf. Im Mundwinkel steckten Nägel. Die Haare standen ihm wild vom Kopf ab. Auf der Stirn klebte Blut. Bei seinem Anblick schrie Aziza auf und verbarg ihr Gesicht in Lailas Armbeuge.

Raschid nagelte Bretter vor das Fenster.

Die Dunkelheit war vollkommen, undurchdringlich und ohne jede Kontur. Raschid hatte die Ritzen zwischen den Brettern abgedichtet und einen großen Gegenstand vor die Tür gestellt, so dass kein Licht durch den Spalt dringen konnte. Selbst das Schlüsselloch war verstopft.

Sichtbare Hinweise auf den Ablauf der Zeit gab es keine. Laila konnte sich nur auf ihr gesundes Ohr verlassen. Der *athan* und das Krähen der Hähne kündigten den frühen Morgen an. Abend war es, wenn in der Küche Geschirr klapperte und das Radio angestellt wurde.

Am ersten Tag suchten Laila und Aziza einander tastend und tappend. Laila sah nicht, wohin die Kleine kroch und wo sie steckte, wenn sie weinte.

»*Aishee*«, jammerte Aziza. »*Aishee*.«

»Bald.« Laila wollte ihrer Tochter einen Kuss auf die Stirn drücken, landete aber mit den Lippen auf ihrem Haar. »Bald werden wir Milch haben. Gedulde dich noch ein Weilchen. Sei ein braves Mädchen, ich besorge dir *aishee*.«

Laila sang ihr Lieder vor.

Der Aufruf zum Gebet ertönte ein zweites Mal, doch Raschid hatte immer noch nichts zu essen gebracht und, schlimmer noch, auch nichts zu trinken. Am Tag wurde es unerträglich heiß. Das Zimmer verwandelte sich in einen trocken gekochten Dampfkessel. Laila fuhr sich mit der Zunge über die Lippen und dachte an den Brunnen im Hof, an kaltes, frisches Wasser. Aziza weinte immerzu, und Laila stellte mit Schrecken fest, dass, wenn sie der Kleinen über die Wange fuhr, um die Tränen abzuwischen, ihre Hand trocken blieb. Sie zog ihr alle Kleider aus und suchte nach einem Gegenstand, der als Fächer dienen mochte, musste dann aber damit vorliebnehmen, ihrer Tochter Luft zuzublasen, bis ihr schwindlig wurde. Aziza bewegte sich bald kaum mehr und schlief die meiste Zeit.

Immer wieder pochte Laila mit den Fäusten gegen die Wände, erschöpfte letzte Kraftreserven, indem sie laut schreiend die Nachbarn zu alarmieren versuchte. Aber es kam niemand, und ihre Schreie verängstigten die Kleine nur, die wieder mit dünner, krächzender Stimme zu weinen anfing. Laila streckte sich auf dem Boden aus. Voller Schuldgefühle dachte sie an Mariam, die bei dieser Hitze, geschunden und blutend, im Werkzeugschuppen eingesperrt war.

Irgendwann schlief sie ein und träumte von einer Begegnung mit Tarik. Sie hatte Aziza bei sich und entdeckte ihn jenseits einer dicht bevölkerten Straße unter der Markise einer Schneiderei. Er hockte am Boden vor einer Kiste voller Feigen, von denen er eine probierte. »Das ist dein Vater«, sagte Laila, »der Mann dort hinten. Siehst du ihn? Er ist dein wirklicher Baba.« Sie rief seinen Namen, doch ihre Stimme ging im Lärm der Straße unter, und Tarik hörte sie nicht.

Das schrille Pfeifen von Raketen weckte sie auf. Irgendwo am Himmel, den sie nicht sah, loderte Feuerschein auf. Das hektische Rattern von Maschinengewehren war zu hören. Laila schloss die Augen. Sie wachte wieder auf, als Raschid durch den Flur stampfte, schleppte sich zur Tür und schlug mit der flachen Hand dagegen.

»Nur ein Glas Wasser, Raschid. Nicht für mich. Für sie. Du willst dich doch nicht an ihr versündigen.«

Er ging vorüber.

Sie flehte ihn an, bettelte um Vergebung, machte Versprechungen. Sie verfluchte ihn.

Die Tür zu seinem Zimmer fiel ins Schloss. Das Radio wurde eingeschaltet.

Der Muezzin rief zum dritten Mal den *athan*. Wieder diese Hitze. Aziza wurde schwächer und schwächer. Sie bewegte sich kaum noch und weinte auch nicht mehr.

Laila führte immer wieder ihr Ohr über den Mund der Kleinen und lauschte, jedes Mal voller Angst, sie könnte zu atmen aufhören. Sich aufzurichten machte sie schwindeln und war ihr bald zu viel. Sie schlief ein und hatte einen Traum, an den sie sich nach dem Erwachen nicht erinnern konnte. Sofort tastete sie mit der Hand nach Aziza, deren trockene Lippen aufgesprungen waren. Als sie sich davon überzeugt hatte, dass ihr Puls an der Halsschlagader noch zu erfühlen war, legte sie sich wieder hin. Dass sie hier sterben würde, schien ihr nunmehr festzustehen, aber was sie noch mehr schreckte, war, dass sie ihre Tochter, die ja so viel schwächer war, überdauern würde. Wie lange mochte Aziza noch aushalten? Sie würde dieser Hitze bald erlegen sein und ihr kleiner Körper erstarren, während sie, ihre Mutter, auf den eigenen Tod wartete. Wieder schlief sie ein. Wachte auf. Schlief ein. Die Grenze zwischen Traum und wachem Bewusstsein verwischte.

Es war weder der *athan* noch ein krähender Hahn, der sie diesmal weckte, sondern das Geräusch eines schweren Gegenstandes, der vor der Tür zur Seite geschoben wurde. Sie hörte ein Klappern, und plötzlich flutete Licht ins Zimmer, das ihr in den Augen schmerzte. Laila hob den Kopf und schlug wimmernd eine Hand vor die Augen. Durch einen Spalt zwischen den Fingern sah sie eine große verschwommene Silhouette im gleißend hellen Ausschnitt der Tür. Der Schatten rückte näher. Dann beugte sich eine Gestalt über sie. Eine Stimme drang an ihr Ohr.

»Solltest du es noch mal versuchen, werde ich dich finden. Ich schwöre beim Namen des Propheten, dass ich dich finden werde. Und in diesem gottverdammten Land wird es keinen Richter geben, der mich dafür büßen ließe, was ich dann tun werde. Zuerst mit Mariam, dann mit ihr und zuletzt mit dir. Ich werde dich zwingen, dabei zuzusehen. Verstehst du mich? Du würdest es mit eigenen Augen sehen.«

Dann verließ er das Zimmer, nicht ohne ihr vorher noch einen Tritt in die Seite zu versetzen, der dazu führte, dass Laila tagelang Blut ausscheiden sollte.

37

Mariam
September 1996

Am frühen Morgen des 27. September – zweieinhalb Jahre nach ihrer gescheiterten Flucht – wurde Mariam von Rufen und schrillen Pfiffen, Musik und dem Krachen von Feuerwerkskörpern geweckt. Sie lief ins Wohnzimmer und sah Laila mit Aziza auf den Schultern vorm Fenster stehen. Sie drehte sich um und lächelte.

»Die Taliban sind da«, sagte sie.

Zum ersten Mal hatte Mariam im Oktober 1994 von den Taliban gehört, als Raschid mit der Nachricht nach Hause gekommen war, dass diese die Kriegsherren aus Kandahar vertrieben und die Stadt eingenommen hätten. Er hatte sie als Partisanen bezeichnet und erklärt, dass es sich bei ihnen um junge Paschtunen handele, deren Familien während des Krieges gegen die Sowjets nach Pakistan geflohen waren. Die meisten von ihnen seien in den Flüchtlingslagern an der pakistanischen Grenze aufgewachsen – oder auch zur Welt gekommen – und in den dortigen *madrasas*, den Koranschulen, von Mullahs in islamischem Recht unterwiesen worden. Ihr Anführer Mullah Omar, sagte Raschid halb amüsiert, sei ein mysteriöser einäugiger Analphabet, der sehr zurückgezogen lebe und sich selbst *Amir al-Muminin* nenne, Führer der Gläubigen.

»Es stimmt, diese Burschen haben keine *risha*, keine Wurzeln«, sagte Raschid, ohne dass er Mariam oder Laila direkt angesprochen hätte. Seit der gescheiterten Flucht waren Mariam und Laila für ihn ein und dasselbe, gleichermaßen erbärmlich, verabscheuenswert und seiner nicht würdig. Wenn er sprach, hatte Mariam den

Eindruck, dass er mit sich selbst redete oder mit irgendeiner unsichtbaren Person, die im Unterschied zu ihr und Laila seine Ansprache verdiente.

»Vielleicht haben sie ja keine Vergangenheit«, sagte er und blies Zigarettenrauch unter die Zimmerdecke. »Mag sein, dass sie von der Welt und der Geschichte dieses Landes keine Ahnung haben. Ja. Und verglichen mit ihnen könnte Mariam womöglich glatt als Universitätsprofessorin durchgehen. Ha! So ist es wohl. Aber schaut euch um. Was seht ihr? Korrupte, gierige Mudschaheddin-Kommandeure, die bis an die Zähne bewaffnet sind, sich am Heroinschmuggel bereichern, untereinander Krieg führen und alles niedermachen, was ihnen in die Quere kommt. So sieht's doch aus. Die Taliban dagegen sind immerhin sauber und unbestechlich. Anständige Muslime. *Wallah*, wenn sie kommen, wird aufgeräumt. Sie werden für Frieden und Ordnung sorgen. Dann muss man nicht mehr fürchten, beim Milchholen erschossen zu werden, und mit den Raketen ist es vorbei. Das wär doch was.«

Seit nunmehr zwei Jahren drängten die Taliban die Mudschaheddin immer weiter zurück, besetzten eine Stadt nach der anderen und machten den Kämpfen zwischen den zerstrittenen Fraktionen ein Ende. Sie hatten Ismael Khan, den Kriegsherrn von Herat, zur Flucht in den Iran gezwungen, den Hazara-Kommandeur Abdul Ali Mazari gefangen genommen und hingerichtet. Seit Monaten schon hielten sie Vororte im Süden Kabuls besetzt und lieferten sich Artilleriegefechte mit Ahmad Schah Massoud. Anfang September dieses Jahres hatten sie die Städte Jalalabad und Sarobi eingenommen.

Die Taliban hätten den Mudschaheddin gegenüber einen entscheidenden Vorteil, erklärte Raschid. Sie seien sich einig.

»Sollen sie kommen«, sagte er. »Ich für mein Teil werde ihnen Rosenblätter auf den Weg streuen.«

Sie gingen aus an diesem Tag, alle vier. Raschid fuhr mit ihnen im Bus durch die Stadt, um ihre neue Welt und ihre neuen Anführer zu begrüßen. Überall sah Mariam aus den Ruinen zerschossener Häuser Gestalten in Erscheinung treten. Sie sah eine alte Frau, die aus vollen Händen Reis über Passanten streute und lachend ihren zahnlosen Mund dabei öffnete. Zwei Männer lagen sich vor einem verwüsteten Gebäude in den Armen, und am Himmel zischten und zerplatzten Feuerwerkskörper, die junge Burschen von Hausdächern aus abfeuerten. Aus Lautsprechern tönte die Nationalhymne in Konkurrenz mit dem Gehupe der Autos.

»Sieh mal da, Mayam!«, rief Aziza und zeigte auf eine Gruppe von Jungen, die die Jadeh Maywand entlangliefen. Sie schwangen ihre Fäuste, zogen verrostete Konservendosen an Schnüren hinter sich her und brüllten, dass Massoud und Rabbani aus Kabul abgezogen seien.

Ringsum erschallte der Ruf *Allah-u-akbar*.

Vor einem Fenster an der Jadeh Maywand hing ein weißes Bettlaken, auf dem in großen schwarzen Druckbuchstaben geschrieben stand: *Zenda Baad Taliban*. Lang leben die Taliban.

Während sie durch die Straßen fuhren, entdeckte Mariam weitere solcher Willkommensgrüße – auf Schaufenster gemalt, auf Schilder, die an Türen genagelt waren, oder auf Fähnchen, die an Autoantennen flatterten.

Ein paar Stunden später bekam Mariam schließlich auch die gefeierten Helden leibhaftig zu Gesicht, nämlich am Paschtunistan-Platz, den sie mit Raschid, Laila und Aziza aufsuchte. Eine große Menschenmenge hatte sich um den blauen Brunnen in der Mitte des Platzes versammelt. Mariam sah, wie alle die Hälse reckten und den Blick auf das alte Khyber-Restaurant am Rand des Platzes richteten.

Raschid setzte seine Körperfülle ein, um sich einen Weg durch die Zuschauermenge zu bahnen und seine Frauen auf einen Platz zu führen, wo jemand über Lautsprecher Parolen kundtat.

Bei dem Anblick, der sich ihnen nun bot, stieß Aziza einen Schrei aus und verbarg ihr Gesicht in Mariams Burka.

Die Lautsprecherstimme gehörte einem schlanken, bärtigen jungen Mann mit schwarzem Turban auf dem Kopf. Er stand auf einem provisorisch zusammengezimmerten Podest und hielt eine

Panzerfaust in der freien Hand. Unmittelbar neben ihm hingen zwei blutüberströmte Männer, aufgeknüpft unter dem Querträger einer Straßenlaterne. Ihre Kleider waren zerrissen und die entstellten Gesichter blauviolett angelaufen.

»Den einen kenne ich«, sagte Mariam, »den auf der linken Seite.«

Eine junge Frau, die vor ihr stand, drehte sich um und sagte, dass es Nadschibullah sei. Der andere war sein Bruder. Mariam erinnerte sich an Nadschibullahs volles Schnauzbartgesicht, das während der Jahre der sowjetischen Besetzung auf zahllosen Reklametafeln und in Schaufenstern zu sehen gewesen war.

Später erfuhr sie, dass die Taliban den früheren Präsidenten aus dem UN-Hauptquartier am Darulaman-Palast entführt, stundenlang gefoltert und dann, mit den Beinen an einen Lastwagen gefesselt, durch die Straßen geschleift hatten.

»Er hat viele, viele Muslime auf dem Gewissen«, brüllte der junge Talib durch sein Mikrofon. Er sprach abwechselnd Paschto und Farsi mit einem Paschto-Akzent. Seine Worte betonte er, indem er mit seiner Waffe immer wieder auf die Toten zielte. »Jeder weiß um seine Verbrechen. Er war Kommunist und *kafir*. Wie ihm wird es allen Ungläubigen ergehen, die sich am Islam versündigen.«

Raschid grinste.

Auf Mariams Arm fing Aziza zu weinen an.

Am folgenden Tag wurde Kabul von Kleintransportern überrollt. In Khair khana, Shar-e-Nau, Karteh-Parwan, Wazir Akbar Kahn und Taimani fuhren rote Toyota-Trucks durch die Straßen. Auf den Pritschen hockten bärtige Männer mit schwarzen Turbanen. Von jedem dieser Fahrzeuge tönte aus schepperndem Megafon eine offizielle Bekanntmachung. Dieselbe Mitteilung war auch über Lautsprecher auf den Moscheen und im Radio zu hören, dessen Sender nunmehr »Stimme der Scharia« hieß. Gleichzeitig wurde diese Mitteilung auf Flugblättern in den Straßen verteilt. Mariam fand eines im Hof.

Unser watan *trägt ab sofort den Namen Islamisches Emirat Afghanistan. Dies sind die Gesetze, die wir durchsetzen werden und denen zu gehorchen ist:*

Alle Bürger müssen fünfmal am Tag beten. Wer während der Gebetszeit etwas anderes tut und dabei überführt wird, wird mit Prügel bestraft.

Für alle Männer gilt Bartpflicht. Das korrekte Längenmaß des Bartes entspricht der Breite einer geballten Faust unter dem Kinn. Wer diese Vorschrift nicht beachtet, wird mit Prügel bestraft.

Alle Jungen tragen Turban. Schüler der ersten bis zur sechsten Klasse tragen schwarze, ältere Schüler weiße Turbane. Alle Jungen tragen islamische Kleidung. Hemden sind bis zum Kragen zuzuknöpfen.

Singen ist verboten.

Tanzen ist verboten.

Kartenspiele, Schach, Glücksspiele und Drachen-steigen-Lassen sind verboten.

Bücher zu schreiben, Filme anzusehen und Bilder zu malen ist verboten.

Das Halten von Papageien wird mit Prügelstrafe geahndet; die Vögel werden getötet.

Überführten Dieben wird die Hand am Handgelenk abgetrennt. Wiederholungstätern wird ein Fuß abgeschnitten.

Nicht-Muslime haben ihren Gottesdienst an Orten zu feiern, wo sie nicht von Muslimen gesehen werden können. Wer sich nicht daran hält, den erwarten Prügelstrafe und Inhaftierung. Der Versuch, einen Muslim zu einem anderen Glauben zu bekehren, wird mit dem Tod geahndet.

Frauen – aufgepasst:

Ihr werdet Euch zu allen Zeiten ausschließlich im Haus aufhalten. Es gehört sich nicht für eine Frau, ziellos auf Straßen herumzuziehen. Ausgänge sind nur in Begleitung eines mahram, *eines männlichen Angehörigen, gestattet. Wer allein auf der Straße aufgegriffen wird, wird mit Prügel bestraft und nach Hause geschickt.*

Ihr dürft unter keinen Umständen Euer Gesicht zeigen und werdet, wenn im Freien unterwegs, Burka tragen. Zuwiderhandlung wird mit Prügelstrafe geahndet.

Kosmetik ist verboten.

Schmuck ist verboten.

Das Tragen aufreizender Kleider ist verboten.

Ihr dürft nur sprechen, wenn Ihr dazu aufgefordert werdet.

Ihr werdet mit Männern keinen Blickkontakt aufnehmen.

Ihr werdet in der Öffentlichkeit nicht lachen. Zuwiderhandlung wird mit Prügelstrafe geahndet.

Das Lackieren der Fingernägel ist verboten. Bei Zuwiderhandlung wird ein Finger abgetrennt.

Für Mädchen ist der Besuch einer Schule verboten. Alle Mädchenschulen werden mit sofortiger Wirkung geschlossen.

Erwerbsarbeit ist Frauen verboten.

Wer sich des Ehebruchs schuldig macht, wird gesteinigt.

Nehmt dies zur Kenntnis. Gehorcht. Allah-u-akbar.

Raschid schaltete das Radio aus. Sie hockten auf dem Boden des Wohnzimmers und aßen zu Abend. Es war noch keine Woche her, dass sie Nadschibullahs Leiche an der Laterne hatten hängen sehen.

»Sie können doch nicht verlangen, dass die Hälfte der Bevölkerung zu Hause bleibt und nichts tut«, sagte Laila.

»Warum nicht?«, fragte Raschid. Mariam stimmte ihm ausnahmsweise zu. Von ihr und Laila verlangte er das schließlich schon lange. Das musste doch auch Laila begreifen.

»Wir leben schließlich nicht in irgendeinem Dorf, sondern in Kabul. Hier arbeiten Frauen als Rechtsanwältinnen und Ärztinnen; manche hatten Regierungsämter inne ...«

Raschid grinste. »So spricht das arrogante Töchterchen eines Universitätsmannes, der Gedichte gelesen hat. Wie mondän, wie tadschikisch. Du hältst die Taliban wohl für verrückt. Aber hast du dich mal darum gekümmert, wie es in Afghanistan wirklich zugeht, im Süden, im Osten, entlang der pakistanischen Grenze? Nein? Ich schon. Und ich kann dir sagen, dass es in diesem Land viele Gegenden gibt, in denen das, was die Taliban jetzt auch bei uns einzuführen versuchen, längst gang und gäbe ist. Mehr oder weniger jedenfalls. Aber davon hast du ja keine Ahnung.«

»Ich mag es nicht glauben«, sagte Laila. »Das kann doch nicht deren Ernst sein.«

»Wie sie mit Nadschibullah umgegangen sind, erschien mir durchaus ernsthaft«, entgegnete Raschid. »Findest du nicht auch?«

»Er war Kommunist. Er war Chef der Geheimpolizei.«

Raschid lachte.

Mariam hörte seinem Lachen an, was er dachte: dass Nadschibullah als Kommunist und Chef der gefürchteten KHAD in den Augen der Taliban nur unwesentlich verachtenswerter war als eine Frau.

38

Laila

Laila war froh, dass Babi nicht miterleben musste, was nun im Namen der Taliban geschah. Es hätte ihn krank gemacht.

Mit Spitzhacken bewaffnete Männer stürmten das baufällige Kabul-Museum und zerschlugen Statuen aus vorislamischer Zeit, genauer gesagt, all das, was nicht schon von den Mudschaheddin geplündert worden war. Die Universität wurde geschlossen, die Studenten nach Hause geschickt. Gemälde wurden von den Wänden gerissen und mit Messern zerfetzt, Fernsehgeräte mit Füßen getreten, Buchhandlungen geschlossen und Bücher, mit Ausnahme des Koran, zu Bergen aufgehäuft und verbrannt. Werke von Khalili, Pazwak, Ansari, Hadschi Dehqan, Ashraqi, Behtab, Hafis, Jami, Nizami, Rumi, Khayyam, Beydel und vieler anderer gingen in Rauch auf.

Laila hörte davon, dass Männer unter dem Vorwurf, einen *namaz* ausgelassen zu haben, mit Gewalt in die Moschee getrieben wurden. Sie erfuhr, dass das Restaurant Marco Polo an der Hühnerstraße zu einer Verhörzentrale umgewandelt worden war. Hinter den schwarz verkleideten Fenstern wurden häufig Schreie laut. Die Bartpatrouille streifte auf Toyota-Transportern durch die Straßen auf der Suche nach glatt rasierten Gesichtern.

Auch die Kinos mussten dichtmachen. Cinema Park. Ariana. Aryub. Projektoren wurden zerschlagen, Filmrollen in Brand gesetzt. Laila erinnerte sich, wie oft sie sich mit Tarik in einem dieser Lichtspielhäuser Hindi-Filme angesehen hatte, all die melodramatischen Geschichten von Liebenden, die durch tragische Umstände voneinander getrennt und in einem fernen Land zur Ehe gezwungen worden waren, wo sie auf Wiesen voller Ringelblumen mit Tränen in den Augen traurige Lieder sangen und sich den andern herbeisehnten. Sie erinnerte sich, dass Tarik immer gelacht hatte, wenn auch sie in Tränen ausgebrochen war.

»Ich würde gern wissen, was sie mit dem Kino meines Vaters gemacht haben«, sagte Mariam eines Tages. »Ob es das Haus noch gibt und ob es immer noch in seinem Besitz ist.«

In Kharabat, dem uralten Musikerviertel von Kabul, war es still geworden. Die Musiker hatte man ins Gefängnis geworfen, ihre *rubabs*, *tambouras* und Harmonien zerschlagen. Es hieß, dass die Taliban mit Gewehren auf das Grab von Ahmad Zahir, dem Lieblingssänger Tariks, geschossen hatten.

»Er ist schon seit fast zwanzig Jahren tot«, sagte Laila zu Mariam. »Reicht es denn nicht, einmal gestorben zu sein?«

Raschid störte sich nicht an den Taliban. Er ließ sich einen Bart wachsen und ging regelmäßig in die Moschee. Ansonsten zuckte er ratlos, aber nachsichtig mit den Schultern wie über einen querköpfigen Vetter, von dem man nichts anderes erwarten konnte, als dass er über die Stränge schlug.

Jeden Mittwochabend hörte Raschid die »Stimme der Scharia«, den Sender, über den die Taliban die Namen derer verlasen, die eine öffentliche Bestrafung zu erwarten hatten. Freitags ging er ins Ghazi-Stadion, kaufte sich eine Cola und sah dem Schauspiel zu. Wenn er dann abends zu Laila ins Bett stieg, berichtete er ihr genüsslich und in allen Einzelheiten von abgehackten Händen, durch den Strang vollstreckten Todesurteilen, Enthauptungen und Auspeitschungen.

»Heute hat ein Mann dem Mörder seines Bruders die Kehle aufgeschlitzt«, sagte er eines Abends.

»Barbaren!«, empörte sich Laila.

»Findest du?«, entgegnete er. »Verglichen mit wem? Die Sowjets haben eine Million Menschen getötet. Und weißt du, wie viele den Mudschaheddin während der vergangenen vier Jahre allein in Kabul zum Opfer gefallen sind? Fünftausend. *Fünftausend*. Ein paar wenigen Dieben die Hände abzuschlagen ist doch eine Bagatelle dagegen. Auge um Auge, Zahn um Zahn. So steht's im Koran. Stell dir vor, jemand würde Aziza töten – würdest du dich nicht an ihrem Mörder rächen wollen?«

Laila warf ihm einen angewiderten Blick zu.

»Na bitte«, sagte er.

»Du bist denen sehr ähnlich.«

»Apropos Aziza. Sie hat eine interessante Augenfarbe. Findest du nicht auch? Weder deine noch meine.«

Er drehte ihr sein Gesicht zu und kratzte sanft mit dem krummen Nagel seines Zeigefingers über ihren Schenkel.

»Ich will mich klar ausdrücken«, sagte er. »Es könnte sein, womit ich nicht behaupten will, dass es dazu kommt, aber gesetzt den Fall, mir wäre danach, hätte ich durchaus das Recht dazu, Aziza abzugeben. Wie würde dir das gefallen? Ich könnte eines Tages zu den Taliban gehen, einfach bei ihnen hineinspazieren und sagen, dass ich einen gewissen Verdacht gegen dich hege. Mehr wäre nicht nötig. Denn wem würden sie wohl glauben? Und was würden sie dann wohl mit dir anstellen?«

Laila rückte von ihm ab.

»Keine Bange«, sagte er. »So was würde ich doch nicht tun? *Nay*. Wahrscheinlich nicht. Du kennst mich ja.«

»Du bist widerwärtig«, sagte Laila.

»Ein großes Wort«, erwiderte Raschid. »Ja, das ist so deine Art, und die hat mir noch nie an dir gefallen. Schon als kleines Mädchen, als du mit diesem Krüppel herumgezogen bist, sind dir all diese Bücher und Gedichte zu Kopf gestiegen. Aber was hilft dir deine Belesenheit heute? Wem verdankst du dieses Dach überm Kopf, deiner Cleverness oder mir? Widerwärtig bin ich? Die Hälfte der weiblichen Bevölkerung dieser Stadt würde mich zum Mann haben wollen, und dafür morden. Jawohl, morden.«

Er rollte sich auf den Rücken.

»Große Worte gefallen dir, nicht wahr? Wie wär's mit diesem? Perspektive. Das ist, was ich hier versuche, nämlich dafür zu sorgen, dass du deine Perspektiven nicht aus den Augen verlierst.«

Was Laila in dieser Nacht um den Schlaf brachte, ja ihr sogar

Brechreiz verursachte, war die Tatsache, dass sich nichts von dem, was Raschid gesagt hatte, von der Hand weisen ließ.

Am nächsten Morgen und den folgenden Tagen dauerte die Übelkeit an, verschlimmerte sich noch und wurde mit der Zeit zu einer ständigen Begleiterin.

Es war kalt und der Himmel wolkenverhangen, als Laila wenige Tage später kurz nach Mittag auf dem Boden ihres Schlafzimmers lag. Aziza und Mariam hielten ein Nickerchen in deren Zimmer.

In Lailas Hand steckte eine Speiche, die sie mit einer Kneifzange aus dem Laufrad eines kaputten Fahrrads herausgebrochen hatte. Es war in derselben Gasse abgestellt worden, in der sie vor Jahren den ersten Kuss mit Tarik ausgetauscht hatte. Lange Zeit lag Laila mit gespreizten Beinen und zusammengebissenen Zähnen auf dem Fußboden.

Aziza war ihr schon in dem Moment von Herzen willkommen gewesen, als sie eine erste Ahnung von ihrer Existenz gehabt hatte. Von den Selbstzweifeln und Ungewissheiten, die sie jetzt plagten, war damals nichts zu spüren gewesen. Wie schrecklich, dachte Laila, dass eine Mutter fürchten konnte, nicht genügend Liebe für das eigene Kind aufzubringen. Ein verstörender Gedanke. Und doch drängte sich ihr genau diese Frage auf, als sie da auf dem Boden lag und die Speiche mit schweißnassen Händen zu führen versuchte. Und sie zweifelte daran, Raschids Kind jemals so lieben zu können wie das von Tarik.

Am Ende brachte sie das, was sie vorgehabt hatte, nicht über sich.

Es war nicht die Angst davor, zu verbluten, die ihr die Speiche aus der Hand fallen ließ, auch nicht die Hemmung, eine Sünde zu begehen, was es ja wohl gewesen wäre. Laila ließ die Speiche fallen, weil sie nicht akzeptieren wollte, was für die Mudschaheddin offenbar nie ein Problem gewesen war, nämlich dass einem Krieg Unschuldige zum Opfer fielen. Laila führte Krieg gegen Raschid. Das Kind sollte darunter nicht leiden. Zu viele waren schon getötet worden, und Laila hatte im Kreuzfeuer der feindlichen Lager mehr als genug Unschuldige sterben sehen.

39

Mariam
September 1997

»Frauen werden hier nicht mehr behandelt«, bellte der Wachbeamte. Er stand vor dem Portal der Malalai-Klinik und blickte mit eisiger Miene auf die Menge herab, die sich vor den Eingangsstufen versammelt hatte.

Unmut machte sich breit.

»Aber das ist doch ein Krankenhaus für Frauen«, empörte sich eine Frau, die hinter Mariam stand. Ihr stimmten viele lauthals zu.

Mariam hatte Aziza auf dem Arm und stützte mit der freien Hand Laila, die sich auf der anderen Seite an Raschids Schulter festhielt und leise vor sich hin jammerte.

»Jetzt nicht mehr«, sagte der Talib.

»Meine Frau bekommt ein Kind!«, brüllte ein stämmiger Mann. »Soll sie etwa auf der Straße gebären, Bruder?«

Mariam hatte schon im Januar dieses Jahres von der Verordnung gehört, wonach erkrankte Männer und Frauen auf getrennte Krankenhäuser zu verteilen seien und das weibliche Personal sämtlicher Krankenhäuser Kabuls in einer Zentralklinik für Frauen arbeiten werde. Allerdings war diese Verordnung nicht durchgeführt worden, und keiner hatte an ihre Umsetzung geglaubt. Bis jetzt.

»Und was ist mit dem Ali-abad-Hospital?«, rief ein anderer Mann.

Der Wachmann schüttelte den Kopf.

»Wazir Akbar Khan?«

»Nur für Männer«, sagte er.

»Was sollen wir tun?«

»Geht ins Rabia Balkhi«, sagte der Wachmann.

Eine junge Frau erklärte, dass sie schon dort gewesen sei. Es gebe dort kein sauberes Wasser, sagte sie, keinen Sauerstoff, keine Elektrizität, keine Medikamente. »Da gibt es nichts.«

»Nur da dürft ihr hin«, sagte der Wachmann.

Rufe der Empörung wurden laut; vereinzelt waren auch Beleidigungen zu hören. Jemand warf einen Stein.

Der Talib hob seine Kalaschnikow und feuerte in die Luft. Ein anderer, der hinter ihm stand, schwang eine Peitsche.

Die Menge löste sich schnell auf.

Der Wartesaal der Rabia-Balkhi-Klinik war übervoll von verhüllten Frauen und Kindern. Es stank nach Schweiß und Schmutz, nach Füßen, Desinfektionsmitteln, Urin und Zigarettenrauch. Unter der Decke drehte sich ein Ventilator. Kinder tobten umher und sprangen über die ausgestreckten Beine schlafender Väter.

Mariam half Laila auf einen freien Stuhl. Von der Wand hinter ihr war großflächig Putz abgebröckelt; sie sah aus wie eine Karte fremder Kontinente. Laila hielt sich den Bauch und schaukelte vor und zurück.

»Ich werde dafür sorgen, dass du gleich drankommst, Laila *jo*.«

»Beeil dich«, sagte Raschid.

Vor dem Anmeldungsschalter drängte sich eine Traube von Frauen. Es wurde gerempelt und gestoßen. Einige hielten Säuglinge auf dem Arm. Andere befreiten sich aus der Menge und eilten auf die Doppeltür zu, die zu den Behandlungszimmern führte. Ein bewaffneter Talib versperrte ihnen den Weg und schickte sie zurück.

Mariam zwängte sich durch das Gewühl und schob die Hüften und Schultern der anderen mit Nachdruck beiseite. Ein Ellbogen traf ihre Rippen; sie wehrte sich auf gleiche Art. Sie parierte eine Hand, die auf ihr Gesicht zielte, zerrte an Armen, Kleidern und Haaren und ließ sich durch nichts und niemanden aufhalten, am allerwenigsten durch Worte.

Mariam erkannte nun, was eine Mutter aufopfern musste. Nicht zuletzt ihren Anstand. Voller Reue dachte sie an Nana, an das, was ihr aufgebürdet worden war. Nana hätte sie abgeben oder aussetzen und davonlaufen können. Aber sie hatte es nicht getan und stattdessen die Schande ertragen, einen *harami* zur Tochter zu haben. Sie hatte ihr Leben der undankbaren Aufgabe gewidmet, Mariam aufzuziehen, und sie sogar auf ihre Weise geliebt. Und am Ende war Mariam zu Jalil übergelaufen. Während sie sich nun mit wilder Entschlossenheit durch die Menge kämpfte, bedauerte sie es zutiefst, Nana keine bessere Tochter gewesen zu sein. Sie wünschte, sie hätte schon damals verstanden, was Mutterschaft bedeutete.

Endlich stand sie einer Schwester gegenüber, die von Kopf bis Fuß in eine schmutzige graue Burka gehüllt war. Die Schwester sprach mit einer jungen Frau, durch deren Verschleierung am Kopf Blut sickerte.

»Bei meiner Tochter ist die Fruchtblase geplatzt, aber das Kind will nicht kommen«, rief Mariam.

»*Ich* bin zuerst dran!«, blaffte die blutende junge Frau. »Warte gefälligst, bis du an der Reihe bist.«

Die Menge hinter ihnen wogte hin und her wie das hohe Gras vor der *kolba*, wenn der Wind über die Lichtung fuhr. Eine Frau schrie, dass ihre Tochter vom Baum gefallen sei und sich den Ellbogen gebrochen habe. Eine andere klagte heulend über Blut im Stuhl.

»Hat sie Fieber?«, fragte die Schwester, und es dauerte einen Moment, ehe Mariam bemerkte, dass sie mit ihr sprach.

»Nein«, antwortete Mariam.

»Blutet sie?«

»Nein.«

»Wo ist sie?«

Mariam deutete über die Köpfe der Frauen hinweg auf den Wartesaal.

»Wir kümmern uns drum«, sagte die Schwester.

»Wann?«, rief Mariam. Jemand packte sie bei den Schultern und zerrte sie zurück.

»Ich weiß nicht«, antwortete die Schwester. Sie sagte, dass nur zwei Ärzte Dienst hätten und beide zurzeit operierten.

»Sie hat Schmerzen«, drängte Mariam.

»Ich auch«, blaffte die Frau, die durch ihre Burka blutete. »Und du hast zu warten!«

Mariam wurde zurückgezerrt. Schultern und Köpfe versperrten ihr den Blick auf die Schwester. Ein Säugling, der unmittelbar neben ihr im Arm seiner Mutter hing, stieß Milch auf.

»Gehen Sie mit ihr im Gang auf und ab«, rief die Schwester. »Und gedulden Sie sich.«

Draußen war es schon dunkel geworden, als endlich eine Schwester kam und sie in den Kreißsaal führte. Darin standen acht Betten, bis auf eines alle belegt von schreienden und sich windenden Frauen, um die sich vollständig verschleierte Schwestern kümmerten. Zwei Frauen kamen gerade nieder. Es gab keine Vorhänge zwischen den Betten. Für Laila war das Bett am äußeren Rand frei gemacht worden; es stand unter einem schwarz lackierten Fenster. Daneben befand sich ein trockenes und an mehreren Stellen aufgesprungenes Waschbecken, über dem an einer Wäscheleine schmutzige Gummihandschuhe hingen. In der Mitte des Raumes sah Mariam einen Regaltisch aus Aluminium stehen; auf der oberen Ablage lag eine anthrazitfarbene Decke, das untere Fach war leer.

Eine der Frauen bemerkte, worauf Mariams Blick gerichtet war.

»Die Lebenden kommen nach oben«, sagte sie.

Unter einer dunkelblauen Burka verbarg sich die Ärztin, eine kleine nervöse Frau mit vogelartigen Bewegungen. Alles, was sie sagte, klang gehetzt und ungeduldig.

»Das erste Baby?«, fragte sie im Tonfall einer Feststellung.

»Das zweite«, antwortete Mariam.

Laila stieß einen Schrei aus und wälzte sich zur Seite. Ihre Finger schlossen sich um Mariams Hand.

»Gab's Probleme bei der ersten Geburt?«

»Nein.«

»Sind Sie ihre Mutter?«

»Ja«, antwortete Mariam.

Die Ärztin lüftete das Unterteil der Burka und brachte ein trichterförmiges Instrument aus Metall zum Vorschein. Dann entblößte sie Lailas Unterleib, legte das weite Ende des Instruments auf ihren Bauch und führte das schmale Ende ans Ohr. Sie lauschte eine Weile, verrückte den Trichter an eine andere Stelle und lauschte wieder.

»Ich muss das Kind jetzt ertasten, *hamshira*.«

Sie zog sich einen der Gummihandschuhe an, die über dem Waschbecken hingen, drückte dann mit der einen Hand auf Lailas Bauch und fuhr ihr mit der anderen in die Scheide. Laila wimmerte. Als die Ärztin fertig war, gab sie den Handschuh einer Schwester, die ihn unter dem Wasserhahn abwusch und wieder auf die Leine hängte.

»Das Kind ist in Steißlage. Wir müssen einen Kaiserschnitt machen. Wissen Sie, was das ist? Wir setzen einen Schnitt an und holen das Kind heraus.«

»Ich verstehe nicht«, sagte Mariam.

Die Ärztin erklärte, dass das Kind sich nicht gedreht habe und von allein nicht kommen könne. »Wir dürfen keine Zeit mehr verlieren und müssen jetzt sofort in den OP.«

Laila verzog das Gesicht und nickte. Ihr Kopf fiel zur Seite.

»Noch etwas«, sagte die Ärztin und rückte näher an Mariam heran, um ihr etwas mitzuteilen, etwas Vertrauliches, wie es schien. Sie machte einen leicht verlegenen Eindruck.

»Was ist los?«, krächzte Laila. »Stimmt was nicht mit dem Baby?«

»Aber wie soll sie die Schmerzen aushalten?«, fragte Mariam.

Der Ärztin schien die Frage als Vorwurf zu verstehen, denn ihre Antwort klang wie eine Entschuldigung. »Glauben Sie etwa, mir ist das recht?«, sagte sie. »Was soll ich tun? Man gibt mir nun einmal nicht, was ich brauche. Und es fehlt hier an allem, sogar an einfachen Antibiotika. Die Gelder der WHO stecken sich die Taliban ein, oder es fließt an Stellen, wo es ausschließlich Männern zugute kommt.«

»Aber, Doktor *sahib*, gibt es da nichts, was Sie ihr geben könnten?«, fragte Mariam.

»Was ist los?«, stöhnte Laila.

»Sie könnten das Mittel aus eigener Tasche bezahlen, aber …«

»Schreiben Sie mir bitte den Namen auf«, sagte Mariam. »Schreiben Sie ihn auf, und ich besorge es.«

Unter der Burka schüttelte die Ärztin den Kopf. »Dazu bleibt keine Zeit mehr«, sagte sie. »Außerdem ist das Mittel in keiner der umliegenden Apotheken zu haben. Sie müssten durch die halbe Stadt fahren, und das bei dem Verkehr, von Apotheke zu Apotheke, wo Sie aber wahrscheinlich auch nichts bekommen werden. Es ist gleich halb neun, das heißt, Sie wären bis zur Sperrstunde nicht zurück. Und selbst wenn Sie das Mittel irgendwo auftreiben könnten, würden Sie es wahrscheinlich nicht bezahlen können. Oder es sind andere Kunden da, die, ebenso verzweifelt wie Sie, versuchen werden, Sie zu überbieten. Wie dem auch sei, die Zeit drängt. Das Kind muss sofort geholt werden.«

»Sagt mir endlich, was ist«, verlangte Laila. Sie hatte sich, auf einen Ellbogen gestützt, aufgerichtet.

Die Ärztin holte tief Luft und klärte Laila darüber auf, dass dem Krankenhaus keine Betäubungsmittel zur Verfügung stünden.

»Aber wenn wir uns jetzt nicht beeilen, werden Sie Ihr Kind verlieren.«

»Dann schneiden Sie mich auf«, sagte Laila. Sie ließ sich aufs Bett zurückfallen und zog die Knie an. »Schneiden Sie mich auf und geben Sie mir mein Baby.«

Zitternd lag Laila in dem armseligen OP-Saal auf einer rollbaren Trage, während sich die Ärztin über einer Wasserschüssel die Hände schrubbte. Eine Schwester rieb Lailas Bauch mit einem Lappen ab, der mit einer gelbbraunen Flüssigkeit getränkt war. Eine andere Schwester stand neben der Tür, die sie immer wieder einen Spaltbreit öffnete, um nach draußen zu spähen.

Die Ärztin hatte ihre Burka abgelegt. Mariam sah einen Schopf silbriger Haare, schwere Augenlider und schlaffe Mundwinkel, die von Müdigkeit zeugten.

»Sie verlangen, dass wir selbst beim Operieren eine Burka tragen«, erklärte sie und deutete auf die Schwester an der Tür. »Sie passt auf, dass keiner kommt, und schlägt gegebenenfalls Alarm.«

Sie sagte dies ganz nüchtern und wie beiläufig, und Mariam spürte, dass sie längst alle Wut hinter sich gelassen hatte. Eine Frau, so dachte sie, die noch froh darüber sein konnte, dass sie überhaupt arbeiten durfte, sich gleichzeitig aber darüber im Klaren war, dass auch dieses Privileg auf dem Spiel stand.

An der Trage waren auf Schulterhöhe zwei aufrechte Metallstangen angebracht, zwischen die nun die Schwester, die Laila den Bauch desinfiziert hatte, ein Tuch spannte, das eine Art Vorhang zwischen Laila und der Ärztin bildete.

Mariam stellte sich ans Kopfende der Trage und beugte sich tief herab, um ihre Wange an Lailas Wange zu legen. Sie spürte, wie ihr die Zähne klapperten. Die Hände der beiden waren fest ineinander verschränkt.

Durch den Vorhang sah Mariam den Schatten der Ärztin auf der linken, den der Schwester auf der rechten Seite. Laila hatte ihre Lippen gegen das Zahnfleisch gepresst; der Speichel drang in Blasen zwischen den zusammengebissenen Zähnen hervor. Sie gab kleine Zischlaute von sich.

Die Ärztin sagte: »Fassen Sie sich ein Herz, kleine Schwester.«

Sie beugte sich über Laila.

Laila riss Augen und Mund auf. Sie verkrampfte, zitterte am ganzen Leib. Die Sehnen am Hals waren zum Zerreißen gespannt. Schweiß tropfte ihr vom Gesicht. Ihre Hände quetschten Mariams Finger.

Mariam sollte sie für immer dafür bewundern, wie tapfer sie aushielt und wie lange es dauerte, bevor sie nicht mehr anders konnte als zu schreien.

40

Laila
Herbst 1999

Das Loch zu graben ging auf Mariams Vorschlag zurück. Eines Morgens zeigte sie auf eine Stelle hinter dem Werkzeugschuppen. »Da wär's gut«, sagte sie. »Versuchen wir's.«

Sie wechselten sich dabei ab, den Boden mit einem Spaten zu lockern und die lose Erde beiseitezuschaufeln. Es sollte kein großes oder tiefes Loch werden, und doch kostete die Arbeit mehr Kraft als gedacht. Seit 1998 herrschte Dürre, nun schon im zweiten Jahr und mit verheerenden Auswirkungen für das ganze Land. Im vergangenen Winter hatte es kaum geschneit, und während des Frühlings war kein Tropfen Regen gefallen. Überall in Afghanistan waren Bauern gezwungen, ihr Hab und Gut zu verkaufen, ihre ausgetrockneten Felder zu verlassen und auf der Suche nach Wasser von Dorf zu Dorf zu ziehen. Sie wanderten nach Pakistan aus oder in den Iran. Viele versuchten, in Kabul Fuß zu fassen. Aber auch dort waren die Wasservorräte fast aufgebraucht und alle weniger tiefen Brunnen versiegt. Vor den tiefen Brunnen standen Laila und Mariam oft stundenlang Schlange, bis sie endlich an die Reihe kamen und Wasser schöpfen konnten. Das Flussbett des Kabul war knochentrocken, voller Unrat und Abfall.

Und so mühten sie sich mit dem Spaten ab, denn der von der Sonne gebackene Boden war wie versteinert.

Mariam war in diesem Jahr vierzig geworden. Das über der Stirn aufgerollte Haar zeigte graue Strähnen. Unter den Augen hing die Haut in braunen halbmondförmigen Falten herab. Zwei Schneidezähne fehlten; der eine war von allein ausgefallen, der andere von

Raschid herausgeschlagen worden, nachdem sie Zalmai aus Versehen fallen gelassen hatte. Ihre Haut war wie gegerbt von den vielen Stunden unter glühender Sonne im Hof, wo sie Zalmai und Aziza beim Spielen beaufsichtigte.

»Das müsste reichen«, sagte Mariam, als ihr das Loch tief genug erschien. Die beiden Frauen traten zurück und betrachteten ihr Werk.

Zalmai war jetzt zwei, ein strammer kleiner Junge mit lockigem Haar. Er hatte wie Raschid braune Augen, und seine Wangen waren immer rosig, bei jedem Wetter. Auch den tiefen, wie abgezirkelten Haaransatz hatte er von seinem Vater.

Allein mit seiner Mutter, war Zalmai freundlich und verspielt. Er liebte es, auf ihre Schultern zu klettern oder mit Aziza im Hof Verstecken zu spielen, auch stieg er gern auf Lailas Schoß und ließ sich etwas von ihr vorsingen. Sein Lieblingslied war »Mullah Mohammad jan«. Wenn sie ihm die Verse ins Ohr sang, wippte er mit den runden kleinen Füßen im Takt und stimmte in den Refrain mit seiner heiseren Stimme ein.

Komm und lass uns nach Mazar gehn,
Mullah Mohammad jan,
die Tulpenfelder dort zu sehn,
mein lieber kleiner Kumpan.

Laila liebte Zalmais feuchte Küsse auf ihren Wangen, die Grübchen an den Ellbogen und seine kräftigen kleinen Zehen. Sie liebte es, ihn zu kitzeln, aus Kisten und Polstern Höhlengänge zu bauen, durch die er dann zu krabbeln versuchte, oder ihn in den Armen zu wiegen, bis er einschlief, wobei er immer eins ihrer Ohren mit der Hand gefasst hielt. Ihr wurde schlecht, wenn sie an jenen Nachmittag zurückdachte, als sie mit der Fahrradspeiche zwischen den Beinen am Boden gelegen hatte. Es war für sie nicht mehr nachzuvollziehen, dass sie eine solche Möglichkeit überhaupt in Erwägung gezogen hatte. Sie sah in ihrem Sohn ein Geschenk und stellte zu ihrer Erleichterung fest, dass ihre Sorgen unbegründet waren, denn sie liebte ihn von ganzem Herzen, genauso sehr wie Aziza.

Vor allem aber hing Zalmai an seinem Vater, und wenn Raschid ihn verwöhnte, war der Kleine wie ausgewechselt. In Raschids Gegenwart verhielt er sich trotzig und eigensinnig; er war dann auch schnell beleidigt, bockig und ließ sich von Laila nichts sagen.

Raschid hatte Gefallen daran. »Der Junge beweist Intelligenz«, sagte er und klatschte auch Beifall, wenn Zalmai übermütig wurde, Murmeln verschluckte, mit Streichhölzern spielte und an Raschids Zigarettenstummeln lutschte.

Als Zalmai zur Welt gekommen war, hatte Raschid darauf bestanden, dass er im Bett seiner Eltern schlief. Später hatte er ihm eine neue Wiege gekauft, deren Seiten mit Bildern von Löwen und kauernden Leoparden bemalt waren. Er kaufte auch neue Kleidung, Rasseln, neue Flaschen und neue Windeln, obwohl sie sich diese Ausgaben nicht leisten konnten und die alten Sachen von Aziza durchaus genügt hätten. Eines Tages kam er nach Hause und hängte ein batteriebetriebenes Mobile über Zalmais Wiege – eine Plastiksonnenblume, um die kleine schwarz-gelbe Hummeln schwirrten, die quietschten, wenn man sie drückte. Dazu erklang eine Melodie.

»Ich dachte, die Geschäfte gehen nicht gut«, sagte Laila.

»Ich habe Freunde, von denen ich mir Geld leihen kann«, entgegnete er unwirsch.

»Wie willst du die Schulden jemals begleichen?«

»Es kommen auch wieder andere Zeiten. Ihm gefällt's. Siehst du?«

Tagsüber musste Laila meist auf ihren Sohn verzichten. Raschid nahm ihn mit in seinen Laden, wo er ihn über die Werkbank krabbeln und mit alten Gummisohlen oder Lederresten spielen ließ. Während er Absätze festnagelte oder an der Schleifmaschine arbeitete, behielt er seinen Sohn immer im Blick. Wenn Zalmai ein Schuhregal zum Kippen brachte, erteilte ihm Raschid eine freundliche Rüge und lächelte dabei. Wenn er es wieder tat, legte Raschid den Hammer aus der Hand, setzte ihn auf die Werkbank und versuchte, vernünftig auf ihn einzureden.

Seine Geduld, die er Zalmai entgegenbrachte, war ein tiefer Brunnen, der nie austrocknete.

Wenn sie am Abend zurückkehrten, thronte Zalmai auf seinen Schultern und wackelte mit dem Kopf. Beide rochen nach Leim und Leder. Sie schmunzelten verschlagen, als hätten sie, anstatt Schuhe zu flicken, den ganzen Tag geheime Pläne geschmiedet. Zalmai saß beim Abendessen immer neben seinem Vater. Die beiden neckten sich, während Mariam, Laila und Aziza die Teller auf der *sofrah* verteilten. Sie stupsten einander mit ausgestreckten Fingern an, bewarfen sich mit Brotkrumen, kicherten und tuschelten miteinander. Wenn Laila ein Wort an sie richtete, zeigte sich Raschid über ihre Einmischung verärgert. Wenn sie darum bat, Zalmai auf den Arm nehmen zu dürfen – oder schlimmer noch, wenn Zalmai von sich aus zu ihr wollte –, verfinsterte sich Raschids Miene.

Laila verspürte dann jedes Mal einen Stich und zog sich zurück.

Eines Abends, wenige Wochen nach Zalmais drittem Geburtstag, kam Raschid mit einem Fernsehgerät und einem Videorekorder nach Hause zurück. Es war ein milder Tag gewesen, doch zum Abend hatte es merklich abgekühlt, und die Nacht versprach, kalt zu werden.

Er stellte seine Errungenschaften auf dem Wohnzimmertisch ab und sagte, dass er sie auf dem Schwarzmarkt erstanden habe.

»Wieder mit geborgtem Geld?«, fragte Laila.

»Das ist ein Magnavox.«

Aziza kam ins Zimmer. Als sie den Fernseher sah, lief sie darauf zu.

»Vorsicht, Aziza *jo*«, sagte Mariam. »Nicht berühren.«

Azizas Haar war inzwischen so hell wie das ihrer Mutter, und in den Grübchen auf ihren Wangen erkannte Laila ihre eigenen wieder. Aziza hatte sich zu einem ruhigen, nachdenklichen kleinen Mädchen gemausert und legte ein Verhalten an den Tag, das, wie Laila fand, sehr viel reifer war, als man es von einem sechsjährigen Kind erwarten konnte. Laila staunte über die Sprachfertigkeit ihrer Tochter, über Tonfall und Wortwahl, über die besonnenen Pausen und Hebungen. Sie klang so erwachsen, dass der kleine Körper gar nicht so recht zu ihr zu passen schien. Aziza hatte es sich zur Aufgabe gemacht, Zalmai morgens aufzuwecken, anzuziehen, zu füttern und zu kämmen. Sie war es, die das quirlige Kerlchen mit Gleichmut und gespielter Autorität im Zaum hielt und ihn mittags schlafen legte, und wenn er es allzu toll trieb, sah man sie wie eine entnervte Erwachsene auf drollige Weise die Augen verdrehen.

Aziza drückte auf den Einschaltknopf des Fernsehers. Raschid kniff die Brauen zusammen und packte sie unsanft beim Handgelenk.

»Das ist Zalmais Apparat«, sagte er.

Aziza lief auf Mariam zu und kletterte auf ihren Schoß. Die beiden waren längst unzertrennlich. Vor kurzem hatte Mariam mit Lailas Einverständnis damit begonnen, Aziza Verse aus dem Koran beizubringen. Die Kleine konnte bereits die Suren *al-Fatiha* und *al-Ikhlas* auswendig aufsagen und wusste, wie die vier *Rakat* des Morgengebets vorzutragen waren.

»Das ist alles, was ich ihr geben kann«, hatte Mariam gesagt, »dieses Wissen, diese Gebete. Sie sind das Einzige, was ich je besessen habe.«

Jetzt kam Zalmai ins Zimmer. Raschid schaute ihm erwartungsvoll dabei zu, wie er am Kabel zog, auf die Schalter tippte und seine Hände an den Bildschirm drückte. Als er sie wieder entfernte, blieben kleine Kondensflecken auf der Scheibe zurück, die sich allmählich auflösten. Davon offenbar fasziniert, patschte er nun immer wieder auf den Bildschirm. Raschid strahlte übers ganze Gesicht, und man hätte meinen können, er bestaunte die Tricks eines Zauberkünstlers.

Die Taliban hatten den Besitz von Fernsehgeräten verboten. Videokassetten waren in der Öffentlichkeit demonstrativ zerschlagen, die Bänder herausgerissen und um Zaunpfosten gewickelt worden. Satellitenschüsseln baumelten wie Gehenkte an Straßenlaternen. Doch Raschid meinte, dass Verbotenes nicht aus der Welt sei und durchaus aufgetrieben werden könne.

»Morgen werde ich mich nach Zeichentrickfilmen umschauen«, verkündete er. »Auch das dürfte nicht allzu schwer sein. In den Untergrundbasaren ist alles zu kaufen.«

»Dann solltest du uns vielleicht einen neuen Brunnen besorgen«, sagte Laila, was Raschid mit einem finsteren Blick quittierte.

Ein paar Tage später, nach einem Abendessen, das wieder nur aus weißem Reis bestand und der anhaltenden Dürre wegen ohne Tee auskommen musste, teilte Raschid Laila mit, wozu er sich entschieden hatte.

»Kommt nicht in Frage«, sagte Laila.

Sein Entschluss stehe nicht zur Debatte, entgegnete er.

»Ist mir egal.«

»Das wäre es nicht, wenn du die ganze Geschichte kennen würdest.«

Er erklärte, dass er erneut Freunde habe anpumpen müssen, weil die Einkünfte aus dem Geschäft für den Unterhalt der Familie nicht länger ausreichten. »Ich wollte dich nicht beunruhigen. Darum hab ich's nicht schon früher gesagt.«

»Und außerdem«, fügte er hinzu, »es wird dich überraschen, was da an Geld zusammenkommt.«

Laila bekräftigte ihr Nein. Sie waren im Wohnzimmer, Mariam und die Kinder in der Küche. Sie hörte Geschirr klappern, Zalmais schrilles Lachen und Aziza, die in ihrer ruhigen, vernünftigen Stimme Worte an Mariam richtete.

»Sie wäre beileibe nicht die Einzige, nicht einmal die Jüngste«, sagte Raschid. »Kabul ist voll davon.«

Laila erwiderte, ihr sei einerlei, was andere Eltern ihren Kindern zumuteten.

»Ich werde sie im Auge behalten«, sagte Raschid, merklich gereizt. »Die Stelle, die ich mir ausgesucht habe, ist sicher. Auf der anderen Straßenseite steht eine Moschee.«

»Ich werde nicht zulassen, dass du aus meiner Tochter eine Bettlerin machst«, sagte Laila.

Seine Pranke traf sie laut schallend im Gesicht und so wuchtig, dass ihr der Kopf herumschleuderte. Die Geräusche in der Küche verstummten, und für einen Moment lang war es im Haus vollkommen still. Dann waren hastige Schritte im Flur zu hören. Mariam und die Kinder kamen ins Wohnzimmer geeilt. Ihre ängstlichen Blicke flogen zwischen Raschid und Laila hin und her.

Laila schlug zurück.

Es war das erste Mal, dass sie die Hand gegen einen anderen erhob, abgesehen von den Kabbeleien mit Tarik, die aber eher schüchtern und freundschaftlich ausgetragen worden waren, mit einem Knuff oder Klaps als Ausdruck ihrer sowohl irritierend als auch spannend empfundenen Befangenheit. Sie hatte damals immer auf den Muskel gezielt, den Tarik neunmalklug als Deltoid bezeichnete.

Laila spürte jetzt, wie ihre geballte Faust auf Raschids stoppeligem Kinn auftraf. Es klang, als wäre ein Reisbeutel zu Boden gefallen. Sie hatte so hart zugeschlagen, dass Raschid ins Wanken geriet und zurücktaumelte.

In der anderen Ecke des Zimmers wurden Schreie laut. Wer sie ausstieß, hörte Laila nicht. Sie war zu perplex, um darauf zu achten, und schien abzuwarten, ob ihr Verstand realisierte, was sich gerade zugetragen hatte. Als er es tat, war ihr zum Lachen zumute, und sie musste unwillkürlich schmunzeln, als Raschid zu ihrer Verwunderung wortlos den Raum verließ.

Plötzlich war ihr, als fiele alle Not, die sie selbst und im Mitgefühl für Aziza und Mariam erleiden musste, von ihr ab, als löste sie sich auf wie Zalmais Fingerabdrücke auf dem Fernsehschirm. So absurd es auch scheinen mochte, fühlte sie sich doch in diesem Moment des Aufbegehrens entschädigt dafür, dass sie Raschids entwürdigende Zumutungen so lange ertragen hatte.

Dass Raschid ins Zimmer zurückgekehrt war, bemerkte sie erst, als er ihr die fleischigen Hände um den Hals geschlungen hatte. Er stemmte sie in die Höhe und stieß sie mit dem Rücken an die Wand.

Aus nächster Nähe erschien ihr sein Gesicht unmöglich groß. Ihr fiel auf, dass es mit den Jahren aufgedunsen war. Das Aderngeflecht auf der Nase hatte sich ausgeweitet. Raschid sagte nichts. Worte erübrigten sich.

Die Razzien waren der Grund für das ausgehobene Loch hinterm Schuppen. Hatte man vor kurzem noch allenfalls ein- oder zweimal im Monat mit ihnen rechnen müssen, kamen die Taliban in jüngster Zeit fast täglich. Sie konfiszierten nach Belieben, versetzten Fußtritte, teilten Hiebe aus. Häufig zerrten sie ihre Opfer auch auf die Straße, um ihnen in aller Öffentlichkeit Fußsohlen und Handflächen auszupeitschen.

»Vorsichtig«, sagte Mariam, die am Rand der Grube kniete. Gemeinsam senkten sie den mit einer Plastikfolie umwickelten Fernseher ins Loch.

»Gut so«, sagte Mariam.

Sie füllten das Loch auf, stampften den Boden mit den Füßen fest und verwischten verräterische Spuren.

»Das wär's.« Mariam wischte sich die Hände am Kleid ab.

Wenn die Taliban ihre Razzien einstellten, würden sie, so war es verabredet, das Gerät wieder ausgraben. Doch darüber mochten noch Monate vergehen.

Laila träumte, mit Mariam hinter dem Schuppen wieder eine Grube auszuheben. Doch diesmal wird Aziza vergraben, deren Atem die Kunststofffolie beschlägt, in die sie eingewickelt ist. Laila sieht die Panik in den Augen ihrer Tochter, die weißen Handflächen, die sich von innen an die Folie pressen. Aziza schreit. Laila kann sie nicht hören. »Nur für eine Weile« ruft sie ihr zu, »es ist nur für eine Weile. Wegen der Razzien, verstehst du, mein Liebes? Wenn die vorüber sind, werden dich Mami und *Khala* Mariam wieder ausgraben. Das verspreche ich dir. Und dann spielen wir wieder miteinander. Wir spielen, was du willst.« Sie schaufelt Erde ins Loch.

Schweißüberströmt wachte Laila auf, den Geschmack von Staub auf der Zunge.

41

Mariam

Die Dürre ging ins dritte Jahr und erreichte im Sommer 2000 ihren Höhepunkt.

Die Bewohner der Provinzen Helmand, Zabol und Kandahar hatten ihre Höfe verlassen und nomadisierten auf der Suche nach Wasser und grünen Weiden für ihr Vieh. Als dann ihre Ziegen, Schafe und Kühe verdursteten, kamen sie nach Kabul. An den Hängen des Kareh-Ariana entstanden Slums, wo sich meist fünfzehn bis zwanzig Menschen eine der provisorischen Hütten teilten.

Es war auch der Sommer, in dem das Spielfilmdrama *Titanic* im Fernsehen gezeigt wurde. Aziza war so angetan davon, dass sie immer wieder Szenen nachzuspielen versuchte, und zwar stets in der Rolle des Jack Dawson.

»Sei leise, Aziza *jo*.«

»Jack! Sag meinen Namen, *Khala* Mariam. Sag ihn. Jack!«

»Dein Vater wird böse sein, wenn du ihn weckst.«

»Jack, und du bist Rose.«

Mariam musste sich geschlagen geben und einverstanden erklären. »Schön, du bist Jack«, sagte sie, rücklings auf dem Boden liegend. »Das heißt aber auch, dass du schon in jungen Jahren stirbst und ich uralt werde.«

»Ja, aber ich sterbe als Held«, erwiderte Aziza, »während du dich, Rose, dein ganzes trauriges Leben lang nach mir sehnst.« Sie hockte sich rittlings auf Mariams Brust und verkündete: »Jetzt müssen wir uns küssen.« Mariam warf den Kopf hin und her, und Aziza, begeistert von ihrer skandalösen Bravour, prustete mit geschürzten Lippen.

Manchmal kam Zalmai dazu, beobachtete die beiden bei ihrem Spiel und verlangte auch eine Rolle für sich.

»Du bist der Eisberg«, sagte Aziza.

In jenem Sommer wurde ganz Kabul vom *Titanic*-Fieber gepackt. Aus Pakistan wurden Raubkopien ins Land geschmuggelt – häufig versteckt in der Unterwäsche. Zur Sperrstunde waren allerorts die Türen verriegelt, Lichter ausgeschaltet und Taschentücher für die Tränen gezückt, die dann um Jack, Rose und die anderen Passagiere des untergehenden Schiffes vergossen wurden. Wenn es Strom gab, konnten auch Mariam und Laila nicht widerstehen. An die Dutzend Male holten sie das Fernsehgerät spät in der Nacht aus dem Versteck hinterm Schuppen, löschten die Lichter, verhängten die Fenster und schauten sich mit den Kindern den Film an.

Im ausgetrockneten Flussbett des Kabul fanden sich bald fliegende Händler ein, die aus ihren Karren Teppiche und Stoffe mit *Titanic*-Dekors zum Kauf anboten. Es gab auch *Titanic*-Deodorants, *Titanic*-Zahnpasta, *Titanic*-Parfüm, *Titanic-pakoras* und sogar *Titanic*-Burkas. Ein besonders hartnäckiger Bettler bezeichnete sich selbst als *Titanic*-Bittsteller.

Titanic City war geboren.

»Es ist wegen der Musik«, sagten viele.

»Nein, das Meer. Der Luxus. Das Schiff.«

»Die Sexszenen«, flüsterten manche.

»Leo«, meinte Aziza freimütig. »Es ist vor allem wegen Leo.«

»Alle wollen Jack«, sagte Laila zu Mariam. »Darum geht's. Alle wollen von Jack vor der Katastrophe gerettet werden. Aber es gibt keinen Jack. Jack ist tot.«

Im Spätsommer schlief ein Tuchhändler mit brennender Zigarette im Mund über seiner Ware ein. Er überlebte, doch sein Stand brannte ab. Das Feuer griff auch auf andere Stände, einen Altkleiderladen, ein kleines Möbelgeschäft und eine Bäckerei über.

Hätte der Wind, so hieß es später, eine andere Richtung genommen, wäre Raschids Werkstatt, die am Rand des betroffenen Viertels lag, vielleicht verschont geblieben.

Sie mussten alles verkaufen.

Zuerst wurden Mariams Habseligkeiten veräußert, dann die von Laila, ebenso Azizas Säuglingskleidung und die wenigen Spielzeuge, die Raschid ihr auf Lailas Drängen hin gekauft hatte. Aziza fand sich wortlos damit ab. Raschid verkaufte seine Armbanduhr, das alte Transistorradio, seine beiden Krawatten, die Schuhe und den Ehering. Trennen mussten sie sich auch von Couch und Tisch, dem Teppich und den Stühlen. Zalmai wütete wie wild, als Raschid den Fernseher verkaufte.

Nach dem Feuer ging Raschid kaum mehr aus dem Haus. Er schlug Aziza. Er trat Mariam. Er warf mit Gegenständen um sich. Er mäkelte an Laila herum, an der Art, wie sie sich kleidete und frisierte. Er beschwerte sich über ihren Körpergeruch und die gelb gewordenen Zähne.

»Was ist aus dir geworden?«, knurrte er. »Ich habe eine *pari* geheiratet, bin aber jetzt mit einer Vettel gestraft. Du stehst Mariam in nichts mehr nach.«

Er verlor eine Anstellung in einem Kebab-Haus am Hadschi-Jakob-Platz, weil sich ein Gast über seine unfreundliche Bedienung beschwert hatte, worauf es zu einer handfesten Auseinandersetzung gekommen war. Raschid hatte ihn als usbekischen Affen beschimpft. Eine Pistole war gezogen, ein Bratspieß gezückt worden. Raschid behauptete später, dass er den Bratspieß in der Hand gehalten habe. Mariam zweifelte daran.

Er kellnerte in einem Restaurant in Taimani, wo er sich aber auch nicht lange halten konnte, weil die Kundschaft klagte, viel zu lange aufs Essen warten zu müssen. Raschid behauptete, der Koch sei zu langsam und zu faul.

»Wahrscheinlich hast du in irgendeiner Ecke gehockt und gedöst«, bemerkte Laila.

»Provozier ihn nicht, Laila *jo*«, sagte Mariam.

»Sieh dich vor, Frau«, blaffte er.

»Entweder gedöst oder geraucht.«

»Ich warne dich nicht noch einmal.«

»Von dir ist wahrhaftig nichts anderes zu erwarten.«

Und dann fiel er über sie her, prügelte mit Fäusten auf sie ein, riss ihr an den Haaren und schleuderte sie gegen die Wand. Weinend zerrte Aziza an seinem Hemd; auch Zalmai weinte und versuchte, ihn von seiner Mutter wegzuziehen. Raschid stieß die Kinder beiseite, warf Laila zu Boden und trat ihr in den Leib. Mariam versuchte, Laila mit ihrem eigenen Körper zu schützen, doch er trat weiter, blind in seiner Wut, mit Schaum vorm Mund und irrem Blick. Er trat, bis er nicht mehr konnte.

»Du legst es noch darauf an, dass ich dich umbringe, Laila«, schnaubte er keuchend und rannte aus dem Haus.

Das Geld ging aus. Sie hatten nichts mehr zu essen. Alles drehte sich nur noch darum, den Hunger zu stillen.

Wenn es hoch kam, gab es gekochten Reis, ohne jede Zutat. Immer häufiger mussten sie auf eine Mahlzeit verzichten. Manchmal brachte Raschid eine Dose Ölsardinen und trockenes Brot mit nach Hause, das wie Sägemehl schmeckte. Manchmal stahl er Äpfel und riskierte, dafür die Hand abgehackt zu bekommen. In Lebensmittelläden ließ er heimlich eine Dose Ravioli in der Tasche verschwinden, deren Inhalt dann durch fünf geteilt wurde; Zalmai bekam jedes Mal die größte Portion. Sie aßen rohe Rüben, mit einer Prise Salz gewürzt, welke Salatblätter und schwarze Bananen.

An Unterernährung zu sterben wurde zur realen Gefahr. Viele mochten auf einen solchen Tod nicht lange warten. Mariam hörte von einer Witwe aus der Nachbarschaft, die trockenes Brot zerrieben, mit Rattengift vermischt und all ihren sieben Kindern zu essen gegeben hatte. Zuletzt nahm sie selbst davon.

Bei Aziza zeichneten sich die Rippen unter der Haut ab; die runden Wangen fielen ein. Die Waden schrumpften, und ihre Haut nahm die Farbe dünnen Tees an. Wenn Mariam sie auf den Arm nahm, spürte sie die hervortretenden Hüftknochen. Zalmai lag mit stumpfen, halb geschlossenen Augen und schlaffen Gliedern am Boden oder auf dem Schoß seines Vaters. Wenn er genug Kraft dazu hatte, weinte er sich in den Schlaf, doch der Schlaf war gestört und ohne erholsame Wirkung. Sooft sich Mariam erhob, tanzten ihr weiße Funken vor den Augen. Ihr schwindelte, und in den Ohren rauschte es unablässig. Sie erinnerte sich, was Mullah Faizullah zu Beginn eines jeden Ramadan über den Hunger gesagt hatte: »Auch wer von einer Schlange gebissen wurde, kann schlafen, nicht aber der, der hungert.«

»Meine Kinder liegen im Sterben«, jammerte Laila. »Und ich muss tatenlos zusehen.«

»Nein«, sagte Mariam. »Dazu kommt es nicht. Mach dir keine Sorgen, Laila *jo*. Ich werde es zu verhindern wissen.«

An einem brütend heißen Tag zog sich Mariam ihre Burka über und ging, von Raschid begleitet, zum Hotel Intercontinental – zu Fuß, denn das Geld für eine Busfahrkarte konnten sie nicht aufbringen. Der Weg dorthin führte über einen steilen Anstieg. Von heftigen Schwindelanfällen geplagt, war Mariam immer wieder gezwungen, zu pausieren, um sich zu erholen. Völlig erschöpft erreichte sie schließlich ihr Ziel.

Vor dem Hoteleingang steuerte Raschid auf einen der Türsteher zu, die burgunderrote Livree und eine Schirmmütze trugen. Die beiden begrüßten sich mit einer Umarmung und wechselten ein paar Worte miteinander. Raschid deutete zwischendurch auf Mariam und machte den anderen auf sie aufmerksam. Ihr kam der Livrierte irgendwie bekannt vor.

Er verschwand dann im Foyer. Mariam und Raschid warteten. Von der Stelle, an der sie stand, konnte Mariam das Polytechnische Institut sehen, dahinter das alte Stadtviertel Khair khana und die Straße nach Mazar. Im Süden zeigte sich die leer stehende Brotfabrik Silo; in der blassgelben Fassade klafften tiefe Einschusslöcher. Weiter südlich erkannte Mariam die Ruine des Darulaman-Palastes, in dessen Garten sie und Raschid vor vielen Jahren gepicknickt hatten. Die Erinnerung an diesen Tag erschien ihr wie das Relikt einer Vergangenheit, mit der sie nichts mehr zu tun hatte.

Mariam konzentrierte sich auf diese Dinge, diese Wahrzeichen, denn sie fürchtete, ihren Mut zu verlieren, wenn sie eigenen Gedanken nachhing.

In kurzen Abständen fuhren Jeeps und Taxis vor. Türsteher eilten den Neuankömmlingen entgegen. Es waren durchweg bewaffnete bärtige Männer mit Turban und bedrohlich selbstsicherem Auftreten. Wenn sie an ihr vorbeikamen, schnappte sie ein paar Brocken auf. Die meisten sprachen Paschto oder Farsi, aber Mariam hörte auch Worte auf Urdu und Arabisch.

»Unsere wahren Herren«, flüsterte Raschid. »Pakistani und arabische Islamisten. Die Taliban sind nur deren Handlanger. Das da sind die eigentlichen Spieler, und Afghanistan ist ihr Spielfeld.«

Raschid erklärte, gehört zu haben, dass diese Leute im ganzen Land mit Wissen der Taliban geheime Lager unterhielten, in denen junge Männer zu Selbstmordattentätern und Dschihad-Kämpfern ausgebildet würden.

»Warum braucht er so lange?«, fragte Mariam.

Raschid spuckte auf den Boden und scharrte mit dem Fuß Dreck über seinen Auswurf.

Eine Stunde später winkte sie der Türsteher durchs Portal. Ihre Absätze klapperten auf den Bodenfliesen einer angenehm kühlen Vorhalle. Mariam sah zwei Männer in ledernen Sesseln sitzen, zwischen ihnen ein niedriger Tisch, auf dem sie ihre Gewehre abgelegt hatten. Sie tranken schwarzen Tee und aßen in Sirup getränkte und mit Puderzucker bestreute *jelabi*-Kringel. Mariam dachte an Aziza, die *jelabi* liebte, und wandte den Blick ab.

Der Türsteher führte sie auf einen Balkon. Er zog ein kleines schwarzes schnurloses Telefon und ein Stück Papier aus der Tasche, auf dem eine Telefonnummer geschrieben stand. Darüber lasse sich sein Vorgesetzter auf dessen Satellitentelefon erreichen, sagte er Raschid.

»Ich gebe dir fünf Minuten«, sagte er. »Mehr nicht.«

»*Tashakor*«, dankte Raschid. »Das werde ich dir nicht vergessen.«

Der Türsteher nickte und zog sich zurück. Raschid wählte und reichte Mariam das Telefon.

Mariam lauschte dem blechernen Rufzeichen und dachte an jenen Tag vor dreizehn Jahren im Frühjahr 1987 zurück, an dem sie Jalil zum letzten Mal gesehen hatte. Er hatte, auf einen Stock gestützt, vor ihrem Haus gestanden, neben einem blauen Mercedes mit Herater Kennzeichen und weißem Mittelstreifen auf Motorhaube, Dach und Heck. Drei Stunden lang stand er dort, rief immer wieder ihren Namen und wartete, so wie sie einmal vor *seinem* Haus gewartet hatte. Sie hielt sich hinter dem Vorhang versteckt, lugte durch einen winzigen Spalt und sah, dass sein Haar schütter und weiß geworden war. Er hielt sich ein wenig gebückt, trug Brille und wie immer eine rote Krawatte sowie ein weißes Taschentuch in der Brusttasche. Vor allem fiel ihr auf, dass er dünner geworden war, sehr viel dünner; er schien in seinem dunkelbraunen Anzug zu verschwinden.

Jalil hatte sie offenbar gesehen, wenn auch nur für einen kurzen Moment. Ihre Blicke waren einander begegnet, wieder, wie schon vor vielen Jahren, zwischen einem Spalt im Vorhang. Mariam war ihm ausgewichen, hatte sich aufs Bett gesetzt und darauf gewartet, dass er wegfuhr.

Er hatte einen Brief für sie vor der Tür zurückgelassen. Daran dachte sie jetzt. Sie hatte ihn tagelang unter ihrem Kissen versteckt gehalten, manchmal hervorgezogen und hin und her gewendet, am Ende aber ungeöffnet zerrissen.

Und nach all den Jahren versuchte sie nun, Jalil anzurufen.

Mariam bedauerte, ihm die Tür nicht geöffnet zu haben. Was hätte es geschadet, ihn hereinzubitten und erklären zu lassen, was er auf dem Herzen hatte? Er war ihr Vater. Zugegeben, kein guter Vater, aber im Vergleich zu Raschids Bösartigkeit oder der Brutalität und Gewalt, mit der sich andere Männer bekriegten, erschienen ihr Jalils Fehler nun durchaus verzeihlich.

Sie wünschte, sie hätte den Brief nicht zerrissen.

Eine tiefe Männerstimme meldete sich am Telefon und informierte Mariam darüber, dass sie mit dem Bürgermeisteramt in Herat verbunden war.

Mariam räusperte sich. »*Salaam*, Bruder, ich suche nach einem bestimmten Einwohner von Herat. Jedenfalls hat er vor vielen Jahren dort gelebt. Sein Name ist Jalil Khan. Er wohnte in Shar-e-Nau und war Besitzer eines Kinos. Wissen Sie zufällig, wo er sich heute aufhalten könnte?«

Der Mann am anderen Ende war hörbar irritiert. »Deshalb rufen Sie im Bürgermeisteramt an?«

Mariam antwortete, dass sie nicht wisse, an wen sie sich sonst wenden könne. »Verzeihen Sie, Bruder. Ich kann mir vorstellen, dass Sie sehr beschäftigt sind, aber in meinem Fall geht es um Leben und Tod. Deshalb rufe ich an.«

»Ich kenne diesen Mann nicht. Das Kino ist vor vielen Jahren geschlossen worden.«

»Wüssten Sie vielleicht jemanden, der ihn kennen könnte, eine Person, die …«

»Da ist niemand.«

Mariam schloss die Augen. »Bitte, Bruder. Es geht vor allem um Kinder. Kleine Kinder.«

Ein langer Seufzer.

»Vielleicht kann jemand …«

»Ich glaube, unser Hausmeister hat immer schon in Herat gelebt.«

»Ja, fragen Sie ihn, bitte.«

»Rufen Sie morgen wieder an.«

Mariam sagte, dass das unmöglich sei. »Ich habe dieses Telefon nur für fünf Minuten. Ein zweites Mal …«

Es klickte am anderen Ende, und Mariam fürchtete schon, dass die Verbindung abgebrochen war. Doch dann hörte sie Schritte und Stimmen, eine Autohupe aus der Ferne und ein von regelmäßigen Quietschlauten unterbrochenes Surren, vielleicht von einem elektrischen Ventilator. Sie legte den Hörer ans andere Ohr und schloss die Augen.

Sie stellte sich Jalil vor, wie er lächelnd in seine Jackentasche griff.

Ah. Natürlich. Verstehe. Also dann …

Eine Kette mit herzförmigem Anhänger, an dem winzig kleine Münzen hingen, in die Mond und Sterne eingraviert waren.

Probier sie mal an, Mariam jo.

Wie steht sie mir?

Ich finde, du siehst aus wie eine Königin.

Nach zwei oder drei Minuten waren wieder Schritte zu hören, ein Knarren, ein Klicken. »Er kennt ihn.«

»Wirklich?«

»Das behauptet er jedenfalls.«

»Wo ist er?«, fragte Mariam. »Weiß dieser Mann, wo sich Jalil Khan aufhält?«

Es entstand eine kurze Pause. »Er sagt, dass er schon vor Jahren gestorben ist. 1987.«

Mariam stockte der Atem. Natürlich hatte sie an diese Möglichkeit gedacht. Jalil wäre inzwischen weit über siebzig, aber ...

1987.

Er hatte also damals nicht mehr lange zu leben gehabt und war den ganzen Weg von Herat gekommen, um sich zu verabschieden.

Sie trat an den Rand des Balkons. Von dort oben konnte sie den einstmals berühmten Swimmingpool des Hotels sehen, der jetzt leer und verschmutzt war, voller Einschusslöcher und Scherben zerplatzter Fliesen. Dahinter lag ein heruntergekommener Tennisplatz, das zerrissene Netz am Boden wie eine abgestreifte Schlangenhaut.

»Ich muss jetzt Schluss machen«, sagte die Stimme am anderen Ende.

»Entschuldigen Sie nochmals die Störung«, erwiderte Mariam lautlos weinend. Sie sah Jalil, wie er ihr zuwinkte und über die Steine im Fluss hüpfte, die Taschen voller Geschenke. Sie hatte jedes Mal den Atem angehalten und Gott darum gebeten, dass sie mehr Zeit mit ihm würde verbringen dürfen. »Danke«, sagte Mariam, doch der Mann am anderen Ende hatte bereits aufgelegt.

Raschid sah sie an. Sie schüttelte den Kopf.

»Zu nichts zu gebrauchen«, brummte er und riss ihr das Telefon aus der Hand. »Wie die Tochter, so der Vater.«

In der Lobby eilte Raschid auf die inzwischen frei gewordene Sitzgruppe mit dem Teetisch zu und steckte sich einen übrig gebliebenen *jelabi*-Kringel in die Tasche. Er würde ihn mit nach Hause nehmen und Zalmai geben.

42

Laila

Aziza packte folgende Gegenstände in eine Papiertasche: ihr geblümtes Hemd und das einzige Paar Socken, die nicht zueinander passenden Wollhandschuhe, eine alte, mit Sternen und Kometen gemusterte sandfarbene Decke, einen zerkratzten Plastikbecher, eine Banane und ihre Würfel.

Es war ein kalter Morgen im April 2001, kurz nach Lailas dreiundzwanzigstem Geburtstag. Der Himmel war grau, und ein feuchtkalter Wind rüttelte in Böen an der Fliegengittertür.

Vor wenigen Tagen hatte Laila erfahren, dass Ahmad Schah Massoud nach Frankreich geflogen war, um vor dem Europäischen Parlament zu reden. Massoud hatte sich in den Norden, seine Heimat, zurückgezogen, wo er die Nordallianz anführte, die einzig verbliebene Oppositionsgruppe, die den Taliban die Stirn bot. In Europa hatte Massoud den Westen vor Ausbildungslagern für Terroristen in Afghanistan gewarnt und die Vereinigten Staaten eindringlich gebeten, ihn im Kampf gegen die Taliban zu unterstützen.

»Wenn uns Präsident Bush nicht hilft«, hatte er gesagt, »werden diese Terroristen bald auch den Vereinigten Staaten und Europa großen Schaden zufügen.«

Einen Monat zuvor war Laila zu Ohren gekommen, dass die Taliban die riesigen Buddhas in Bamiyan, die von ihnen als sündhafte Götzenbildnisse bezeichnet wurden, zerstört hatten. Von Amerika bis China war ein Aufschrei der Empörung zu hören gewesen. Staatsmänner, Historiker und Archäologen der ganzen Welt hatten die Taliban in Briefen aufgefordert, diese beiden größten noch existierenden Kulturschätze Afghanistans zu schonen. Doch davon unbeeindruckt, hatten die Taliban die zweitausend Jahre alten Buddhas mit Sprengladungen bespickt, jede Explosion mit *Allah-u-akbar*-Rufen gefeiert und gejubelt, sooft Teile eines Arms oder Beins der Statuen in einer Wolke aus Staub zerfielen. Laila erinnerte sich, 1987 mit Babi und Tarik bei strahlendem Sonnenschein und von einer sanften Brise umweht auf dem größten der beiden Buddhas gestanden und einen Falken beobachtet zu haben, der hoch über dem Tal seine Kreise zog. Die Nachricht von der Zerstörung der Statuen hatte sie jedoch kaltgelassen. Es war für sie nicht von Belang. Was zählten Statuen, wenn das eigene Leben zu Staub zerfiel?

Solange Raschid sie nicht aufforderte zu gehen, hockte Laila in einer Ecke des Wohnzimmers auf dem Boden, schweigend und mit versteinerter Miene, das Haar in zerzauste Fransen aufgelöst. Auch wenn sie noch so tief einzuatmen versuchte, war ihr, als bekäme sie nie ausreichend Luft.

Unterwegs nach Karteh-Seh schaukelte Zalmai auf Raschids Armen, während Mariam Aziza bei der Hand hielt, die sich beeilen musste, um Schritt zu halten. Ein scharfer Wind blies ihnen entgegen und zerrte am Schal, den das Mädchen um den Hals gewickelt hatte. Aziza blickte düster drein; mit jedem Schritt schien sie der Ahnung näher zu kommen, dass sie hinters Licht geführt wurde. Laila hatte nicht den Mut aufgebracht, die Wahrheit zu sagen, und ihr stattdessen vorgespielt, dass sie eine Schule besuchen werde, eine besondere Schule, in der die Kinder zusammen essen und schlafen und nach dem Unterricht nicht nach Hause entlassen würden. Aziza stellte Laila auch jetzt wieder all die Fragen, die sie schon seit Tagen an sie gerichtet hatte. Ob die Kinder denn in verschiedenen Räumen oder in einem großen Saal schliefen. Ob sie damit rechnen könne, Freundschaften zu schließen. Ob die Lehrer auch ganz bestimmt nett seien.

Und immer wieder: »Wie lange soll ich dort bleiben?«

Als sie sich bis auf zwei Blocks ihrem Ziel genähert hatten, blieben sie stehen.

»Zalmai und ich warten hier«, sagte Raschid. »Oh, bevor ich's vergesse.«

Er holte einen Kaugummi aus der Tasche, ein Abschiedsgeschenk, das er Aziza in steifer Großmutsgeste reichte. Aziza nahm es an und bedankte sich murmelnd. Laila staunte über die Freundlichkeit ihrer Tochter, über deren ungewöhnlich große Nachsicht, und ihre Augen füllten sich mit Tränen. Vor Kummer schnürte sich ihr das Herz zu, und mit Schmerzen dachte sie daran, dass Aziza an diesem Nachmittag nicht neben ihr schlafen würde, dass sie darauf würde verzichten müssen, ihre zarte Hand auf der Brust, ihren Kopf in der Armbeuge, ihren warmen Atem auf der Haut und ihre Füße an den Schenkeln zu spüren.

Als Aziza weggeführt wurde, fing Zalmai zu weinen an. »Ziza! Ziza!«, rief er. Er wand sich in den Armen seines Vaters, strampelte mit den Beinen und rief nach seiner Schwester, bis der Affe eines Leierkastenmanns auf der anderen Straßenseite seine Aufmerksamkeit ablenkte.

Sie gingen die letzten Schritte allein, Mariam, Laila und Aziza. Als sie sich dem Gebäude näherten, sah Laila, dass die Fassade bröckelte, das Dach durchhing und einige der Fenster mit Brettern vernagelt waren. Neben einer baufälligen Mauer stand eine Schaukel.

Vor der Eingangstür angekommen, wiederholte Laila, was sie ihrer Tochter bereits eingeschärft hatte.

»Also, was antwortest du, wenn man dich nach deinem Vater fragt?«

»Dass er von den Mudschaheddin getötet worden ist«, sagte Aziza mit argwöhnischer Miene.

»Gut so. Verstehst du auch, warum, Aziza?«

»Weil das eine besondere Schule ist«, antwortete Aziza. Sie war vollkommen niedergeschlagen. Angesichts des trostlosen Gebäudes ließ sich nichts mehr beschönigen. Ihre Unterlippe zitterte, Tränen stiegen ihr in die Augen. Laila sah, wie schwer sie mit sich ringen musste, um tapfer zu bleiben. »Wenn ich die Wahrheit sagen würde«, fuhr Aziza mit tonloser Stimme fort, »würden sie mich nicht aufnehmen. Es ist eine besondere Schule. Ich will nach Hause.«

»Ich ... ich werde dich ganz oft besuchen«, stammelte Laila. »Versprochen.«

»Ich auch«, sagte Mariam. »Wir kommen dich besuchen, Aziza *jo*. Und dann spielen wir miteinander, so wie immer. Es ist nur für kurze Zeit – bis dein Vater Arbeit gefunden hat.«

»Hier hast du immer genug zu essen«, sagte Laila mit bebender Stimme. Sie war froh, ihre Burka zu tragen, froh darüber, dass Aziza nicht sehen konnte, wie elend ihr zumute war. »Hier wirst du keinen Hunger haben müssen. Es gibt genügend Reis und Brot und Wasser, vielleicht sogar Früchte.«

»Aber *du* bist nicht da. Und *Khala* Mariam auch nicht.«

»Ich werde kommen und dich besuchen«, sagte Laila. »Ganz oft. Schau mich an. Aziza. Glaub mir. Ich bin deine Mutter. Ich besuche dich, und wenn es mich das Leben kostet.«

Der Direktor des Waisenhauses war ein gebückter Mann mit schmalen Schultern und freundlichem Gesicht. Er hatte kaum mehr Haare auf dem Kopf, einen zotteligen Bart und Augen wie Erbsen. Sein Name war Zaman. Er trug ein Scheitelkäppchen. Das linke Brillenglas war zersprungen.

Auf dem Weg in sein Büro fragte er die drei nach ihren Namen und erkundigte sich nach Azizas Alter. Sie gingen durch einen spärlich beleuchteten Korridor. Barfüßige Kinder traten zur Seite, um Platz zu machen, und schauten ihnen nach. Denen, die nicht kahlgeschoren waren, standen die Haare zu Berge. Sie trugen Pullover mit durchgescheuerten Ärmeln, Jeans, die an den Knien aufgerissen waren, und mit Klebestreifen geflickte Mäntel. Es roch nach Ammoniak und Urin, Seife und Talkum. Aziza war so verschreckt, dass sie zu wimmern begann.

Durch eine Tür warf Laila einen Blick auf den Hof, ein erbärmliches Geviert mit einer klapprigen Schaukel, alten Autoreifen und einem Basketball, dem die Luft ausgegangen war. In den Räumen, an denen sie vorbeikamen, waren die Fenster mit Plastikfolie verklebt. Ein kleiner Junge kam aus einem dieser Zimmer herbeigerannt, packte Laila beim Ellbogen und versuchte, auf ihren Arm zu klettern. Ein Betreuer, der gerade wegwischte, was wie eine Urinpfütze aussah, stellte seinen Mob ab und befreite Laila von dem Kleinen.

Zaman schien den Waisenkindern wohlgesinnt zu sein. Er tätschelte sie im Vorbeigehen, richtete ein paar freundliche Worte an sie und fuhr ihnen mit der Hand durchs Haar, ohne dass er dabei herablassend gewirkt hätte. Den Kindern gefiel sein Zuspruch. Alle blickten hoffnungsvoll zu ihm auf.

Er zeigte den Frauen sein Büro, einen Raum, in dem nur drei Klappstühle standen und ein unaufgeräumter Schreibtisch, auf dem sich Akten stapelten.

»Sie sind aus Herat, nicht wahr?«, sagte er zu Mariam. »Das hört man an Ihrem Akzent.«

Er lehnte sich auf seinem Stuhl zurück, faltete die Hände über dem Bauch und erwähnte, dass einer seiner Schwäger dort gelebt habe. Auf Laila machte Zaman einen angestrengten Eindruck; selbst kleinste Gesten schienen ihn Kraft zu kosten. Obwohl er freundlich lächelte, meinte sie deutlich spüren zu können, dass ihn große Sorgen plagten. Es schien, als versuchte er manche Enttäuschung und Niederlage mit einer aufgesetzt heiteren Miene zu vertuschen.

»Er war Glasbläser«, sagte er, »und machte diese wunderschönen jadegrünen Schwäne. Wenn man sie in die Sonne hält, funkeln sie im Innern, und es scheint, als steckten in dem Glas viele winzig kleine Edelsteinsplitter. Waren Sie mal wieder in der Heimat?«

Mariam verneinte.

»Ich selbst stamme aus Kandahar. Sind Sie schon einmal dort gewesen, *hamshira*? Nein? Eine herrliche Stadt. Diese Gärten! Und die Weintrauben erst, ja, das sind Trauben! Sie verzaubern den Gaumen.«

Einige Kinder hatten sich draußen im Flur versammelt und lugten zur Tür herein. Zaman verscheuchte sie mit ein paar liebevollen Worten auf Paschto.

»Herat ist natürlich auch wunderschön. Die Stadt der Künstler und Schriftsteller, Sufis und Mystiker. Vielleicht kennen Sie den alten Spruch, wonach man in Herat kein Bein ausstrecken kann, ohne dabei einem Dichter in den Hintern zu treten.«

Aziza kicherte.

Zaman schnappte künstlich nach Luft. »Oh, mir scheint, ich habe dich zum Lachen gebracht, kleine *hamshira*. Das ist für gewöhnlich gar nicht so einfach, und ich habe mir schon überlegt, wie ich's anstellen könnte, und daran gedacht, wie ein Huhn zu gackern oder wie ein Esel zu schreien. Aber es geht ja auch so. Und wie schön du bist, wenn du lachst.«

Er rief einen Betreuer und bat ihn, mit Aziza eine Weile nach draußen zu gehen. Aziza sprang auf Mariams Schoß und klammerte sich an ihr fest.

»Wir wollen uns nur ein bisschen unterhalten, meine Liebe«, versuchte Laila zu beschwichtigen. »Ich bin die ganze Zeit hier. In Ordnung? Ich bin hier.«

»Komm, wir gehen für eine Minute nach draußen, Aziza *jo*«, sagte Mariam. »Deine Mutter hat mit *Kaka* Zaman noch einiges zu besprechen. Nur für eine Minute. Komm jetzt.«

Als sie allein waren, wollte Zaman Azizas Geburtsdatum wissen, welche Kinderkrankheiten sie gehabt hatte und ob sie gegen irgendetwas allergisch war. Er erkundigte sich nach Azizas Vater, und Laila hatte bei ihrer Antwort das seltsame Gefühl, eine Lüge vorzutragen, die im Grunde der Wahrheit entsprach. Zaman hörte zu, und seine Miene verriet keinerlei Zweifel. Er leite das Waisenhaus ehrenamtlich, sagte er. Wenn eine *hamshira* sage, dass ihr Mann tot sei und sie nicht allein für ihre Kinder sorgen könne, werde er das nicht in Frage stellen.

Laila fing zu weinen an.

Zaman legte seinen Stift ab.

»Ich schäme mich so«, schluchzte Laila und presste eine Hand auf den Mund.

»Schauen Sie mich an, *hamshira*.«

»Was ist das nur für eine Mutter, die ihr eigenes Kind im Stich lässt?«

»Schauen Sie mich an.«

Laila blickte auf.

»Machen Sie sich keine Vorwürfe. Hören Sie? Sie trifft keine Schuld. Es sind diese Wilden, diese *wahshis*, die an den Pranger gehören. Sie bringen Schande über mich als Paschtunen. Sie haben den Namen meines Volkes in den Schmutz gezogen. Und Sie, *hamshira*, sind wahrhaftig keine Ausnahme. Uns suchen viele Mütter auf, sehr viele, die ihre Kinder nicht mehr ernähren können, weil es ihnen die Taliban verwehren, einer Arbeit nachzugehen und für ihren Lebensunterhalt zu sorgen. Also, geben Sie sich nicht selbst die Schuld. Hier ist niemand, der Ihnen etwas vorwerfen würde. Ich kann Sie gut verstehen.« Er beugte sich vor. »*Hamshira*. Ich habe Verständnis für Sie.«

Laila wischte sich mit dem Ärmel der Burka die Augen.

»Was dieses Haus betrifft …« Seufzend deutete Zaman mit der Hand im Kreis. »Sie sehen ja selbst, in welch beklagenswertem Zustand es ist. Wir erhalten nur wenig Spenden und müssen uns nach der Decke strecken und improvisieren. Von den Taliban ist nur wenig oder keine Unterstützung zu erwarten. Aber wir schaffen's auch ohne. Wie Sie, *hamshira*, wissen auch wir, was zu tun ist. Allah ist gut und freundlich, Allah sorgt für uns, und solange er das tut, werde ich mich darum kümmern, dass Aziza ausreichend zu essen bekommt und anständig gekleidet ist. So viel kann ich Ihnen versichern.«

Laila nickte.

»In Ordnung?« Er lächelte. »Weinen Sie nicht, *hamshira*. Zeigen Sie Ihrer Tochter nicht, dass Sie weinen.«

Laila wischte sich wieder die Augen. »Gott segne Sie«, flüsterte sie. »Gott segne Sie, Bruder.«

Als es Zeit wurde, Abschied zu nehmen, kam es zu der grauenvollen Szene, die Laila befürchtet hatte.

Aziza geriet in Panik.

Auf dem Nachhauseweg und noch Stunden später hallten Laila die Schreie ihrer Tochter im Kopf nach. Sie sah Zaman mit den Händen nach Aziza greifen, sie zunächst mit sanftem Nachdruck, dann aber mit Gewalt von ihr losreißen, und sie sah Aziza, in Zamans Armen gefangen, mit den Füßen austreten, als er sich beeilte, mit ihr hinter der nächsten Ecke zu verschwinden. Die Kleine schrie, als fürchtete sie, von der Hölle verschluckt zu werden. Und Laila sah sich selbst, wie sie mit gesenktem Kopf und einem in der Kehle erstickten Schrei den Korridor entlanglief.

»Ich rieche sie«, sagte Laila zu Mariam, als sie zu Hause angekommen waren. Aus tränennassen Augen schaute sie, ohne etwas zu sehen, über Mariams Schulter hinweg in den Hof, auf die Mauern und zu den Bergen, die so braun waren wie der Auswurf eines Rauchers. »Ich habe ihren Duft in der Nase, den Duft, wenn sie schläft. Du nicht auch? Riechst du's nicht auch?«

»Oh, Laila *jo*«, sagte Mariam. »Hör auf damit. Zu was wäre es gut? Zu was?«

Anfangs gab Raschid Lailas Drängen nach und begleitete sie – Laila, Mariam und Zalmai –, wenn sie loszogen, um Aziza im Waisenhaus zu besuchen. Unterwegs dorthin stellte er jedes Mal sicher, dass sie seinen gequälten, leidenden Blick bemerkte und dass sie zu Ohren bekam, welche Beschwernis er ihretwegen auf sich nahm und wie sehr ihn von dem langen Marsch zum Waisenhaus und zurück seine Beine, der Rücken und die Füße schmerzten. Er ließ keine Möglichkeit aus, ihr deutlich zu machen, wie schrecklich schwer er es hatte.

»Ich bin kein junger Mann mehr«, jammerte er. »Aber das kümmert dich ja nicht. Wenn es nach dir ginge, würdest du mich in Grund und Boden rennen. Aber merke dir, Laila, es geht nicht nach deinen Wünschen.«

Zwei Blocks vor dem Waisenhaus blieb er zurück und sagte, dass er ihnen eine Viertelstunde gebe. »Keine Minute länger«, betonte er. »Sonst könnt ihr ohne mich zurücklaufen, denn ich bin dann weg.«

Laila flehte ihn an, ihr doch ein bisschen mehr Zeit mit Aziza zu gönnen, und nicht nur ihr, sondern auch Mariam, die untröstlich war über Azizas Abwesenheit, aber wie immer im Stillen darunter litt. Und auch Zalmai zuliebe, der tagtäglich fragte, wo seine

Schwester sei, und in Wutanfälle ausbrach, die häufig in Weinkrämpfen endeten, denen nicht beizukommen war.

Manchmal blieb Raschid auf halbem Weg zum Waisenhaus stehen, klagte über Schmerzen im Bein und machte kehrt, um mit überraschend forschem, sicherem Schritt nach Hause zurückzueilen. Oder er schnalzte mit der Zunge und ächzte: »Meine Lungen, Laila. Ich bekomme kaum mehr Luft. Morgen geht's mir vielleicht wieder besser, oder übermorgen. Mal sehen.« Er gab sich dann nicht einmal die Mühe, Atemnot vorzutäuschen. Im Gegenteil, kaum hatte er ihr den Rücken gekehrt, steckte er sich meist eine Zigarette an. Laila, hilflos und zitternd vor Wut, blieb nichts anderes übrig, als ihm zu folgen.

Eines Tages eröffnete er ihr, dass er ihr als Begleiter nicht mehr zur Verfügung stehen werde. »Diese Wege machen mich so müde, dass ich es nicht mehr schaffe, mich nach Arbeit umzusehen.«

»Dann werde ich allein gehen«, sagte Laila. »Du kannst mich nicht aufhalten, Raschid. Verstehst du mich? Ich besuche meine Tochter, und wenn du mich noch so sehr prügelst.«

»Mach, was du willst. An den Taliban kommst du aber nicht vorbei. Und behaupte nachher nicht, ich hätte dich nicht gewarnt.«

»Ich komme mit dir«, sagte Mariam.

Laila lehnte das Angebot ab. »Bleib du mit Zalmai zu Hause. Ich möchte ihm ersparen mitzuerleben, was passiert, wenn sie uns aufgreifen.«

In der Folgezeit drehten sich Lailas Gedanken fast ausschließlich um die Frage, welche Wege einzuschlagen waren, um zu Aziza zu gelangen und ein paar Minuten bei ihr sein zu können. Häufig schaffte sie es nicht bis zum Waisenhaus. Immer wieder wurde sie von Taliban aufgehalten, mit Fragen traktiert – »Wie heißt du? Wo willst du hin? Warum bist du allein, wo ist dein *mahram*?« – und nach Hause zurückgeschickt. Wenn sie Glück hatte, blieb es bei einer Standpauke, einem Tritt ins Hinterteil oder einem Stoß in den Rücken. Manchmal musste sie aber auch Prügel einstecken und bekam Knüppel, frische Zweige, Peitschen, Fäuste oder Ohrfeigen zu spüren.

Eines Tages hieb ein junger Talib mit einer Autoantenne auf sie ein. Am Ende versetzte er ihr noch einen Schlag in den Nacken und sagte: »Wenn ich dich noch einmal erwische, verprügele ich dich, bis dir die Muttermilch durch die Knochen sickert.«

An diesem Tag kehrte sie vorzeitig nach Hause zurück, warf sich aufs Bett, fühlte sich wie ein törichtes, jämmerliches Tier und winselte vor Schmerzen, als ihr Mariam die blutigen Striemen auf Rücken und Schenkeln mit feuchten Tüchern abdeckte. Für gewöhnlich aber gab Laila nicht so schnell auf. Sie tat zwar so, als kehrte sie nach Hause zurück, versuchte aber dann auf Umwegen zum Waisenhaus zu gelangen. Es kam vor, dass sie an einem einzigen Tag drei- bis viermal aufgegriffen, verhört und geprügelt wurde. Von Peitschen und Antennen blutig geschlagen, schleppte sie sich dann nach Hause, ohne Aziza gesehen zu haben. Bald ging Laila dazu über, trotz des heißen Wetters zwei oder drei Pullover als Schutzpolster unter der Burka zu tragen.

Doch für Laila lohnten sich alle Strapazen, wenn sie denn nur Aziza sehen konnte. Manchmal blieb sie stundenlang bei ihr. Sie saßen im Hof neben der Schaukel, zusammen mit anderen Kindern und Müttern, und sprachen über das, was Aziza in der vergangenen Woche gelernt hatte.

Aziza sagte, dass *Kaka* Zaman ihnen jeden Tag etwas Neues beibrächte. Meist lernten sie Lesen, Schreiben und Rechnen; er unterrichtete aber auch Erdkunde, Geschichte oder ein Fach, das sich mit Pflanzen und Tieren befasste.

»Wir müssen die Vorhänge zuziehen«, sagte Aziza, »damit uns die Taliban nicht sehen.« Für den Fall einer Kontrolle halte *Kaka* Zaman immer Strickzeug bereit, erklärte sie. »Dann verstecken wir schnell die Bücher und tun so, als strickten wir.«

Eines Tages sah Laila eine Frau mittleren Alters, die, von drei Jungen und einem Mädchen begleitet, zu Besuch im Waisenhaus war. Sie hatte das Kopfteil ihrer Burka gelüftet, und obwohl ihr Haar grau geworden und der Mund eingefallen war, erkannte Laila sie auf den ersten Blick wieder. Das scharf geschnittene Gesicht und die dichten Augenbrauen waren unverändert. Laila erinnerte sich an die Schals, die schwarzen Kleider und die brüske Stimme, daran, wie diese Frau ihr pechschwarzes Haar zu einem so straffen Knoten zusammengefasst hatte, dass die Nackenhärchen sichtbar waren. Diese Frau hatte einst, wie sich Laila erinnerte, ihren Schülerinnen verboten, sich zu verschleiern, auf die Gleichheit von Mann und Frau gepocht und erklärt, dass es keinen Grund gebe, warum Frauen ihr Gesicht verhüllen sollten, wenn Männer dies nicht täten.

Einmal trafen sich ihre Blicke, doch Laila sah in den Augen von *Khala Rangmaal*, ihrer alten Lehrerin, keinen Hinweis darauf, dass sie in ihr die Schülerin von damals wiedererkannte.

»In der Erdkruste gibt es Bruchstellen«, sagte Aziza. »Die nennt man Verwerfungen.«

Es war an einem warmen Freitagnachmittag im Juni 2001. Sie saßen im Hinterhof des Waisenhauses, alle vier: Laila, Zalmai, Mariam und Aziza. Raschid hatte sich ausnahmsweise bequemt, sie zu begleiten. Er wartete vor der Bushaltestelle weiter unten an der Straße.

Barfüßige Kinder lungerten um sie herum und kickten lustlos einen platten Fußball hin und her.

»Zu beiden Seiten der Verwerfungen liegen Gesteinsschichten aufeinander; das ist die Erdkruste«, führte Aziza aus.

Jemand hatte ihr die Haare aus dem Gesicht gekämmt, zu Zöpfen geflochten und am Kopf festgesteckt. Laila beneidete alle, denen es vergönnt war, hinter ihrer Tochter zu sitzen, das Haar zu teilen, zu flechten und sie aufzufordern stillzuhalten.

Aziza demonstrierte mit nach oben geöffneten Händen die Reibung der Platten. Zalmai schaute mit großem Interesse zu.

»Kektonische Platten, so heißen sie, oder?«

»Tektonische«, korrigierte Laila. Zu sprechen tat ihr weh. Kiefer, Hals und Nacken schmerzten. Die Lippe war geschwollen, und die Zunge fuhr immer wieder in die Lücke des unteren Schneidezahns, den Raschid ihr zwei Tage zuvor ausgeschlagen hatte. Bis zum Tod ihrer Eltern, der ihr Leben auf den Kopf gestellt hatte, hätte Laila nicht für möglich gehalten, dass ein menschlicher Körper so viel brutale Schläge aushalten konnte und trotzdem noch zu funktionieren im Stande war.

»Genau. Und wenn sie aneinander entlangschaben, bleiben sie immer wieder hängen und rutschen dann weiter, siehst du, Mami, und dabei wird Energie frei, die die Erdoberfläche durcheinanderschüttelt.«

»Wie gescheit du schon bist!«, lobte Mariam. »Viel gescheiter als deine dumme *khala*!«

Azizas Miene verfinsterte sich. »Du bist nicht dumm, *Khala* Mariam. Und *Kaka* Zaman sagt, dass sich die Felsen auch ganz tief im Innern bewegen, dass da gewaltige, unheimliche Kräfte wirken, die wir aber hier oben nur als ein kleines Zittern wahrnehmen. Nur ein kleines Zittern.«

Beim letzten Besuch hatte Aziza von Sauerstoffatomen in der Atmosphäre berichtet, die das Sonnenlicht bläulich erscheinen ließen. »Wenn es keine Atmosphäre gäbe«, hatte sie fast atemlos gesagt, »wäre der Himmel nicht blau, sondern ein stockdunkles Meer und die Sonne darin ein großer heller Stern.«

»Kommt Aziza diesmal mit, wenn wir nach Hause gehen?«, fragte Zalmai.

»Diesmal noch nicht, aber bald, mein Liebling«, antwortete Laila. »Bald.«

Laila sah ihn auf die Schaukel zugehen. Er bewegte sich wie sein Vater: ein wenig nach vorn gebeugt und die Fußspitzen nach innen gekehrt. Er brachte den leeren Sitz der Schaukel in Schwung, setzte sich dann auf den Betonboden und zupfte Unkraut aus einem Spalt.

»Aus den Blättern verdunstet Wasser, Mami, wusstest du das? So wie aus der Wäsche, die zum Trocknen an der Leine hängt. Und das Wasser steigt in den Bäumen auf, aus der Erde und durch die Wurzeln, durch den Stamm und die Äste bis hin zu den Blättern. Das nennt man Transpiration.«

Laila fragte sich immer wieder, was wohl geschähe, wenn die Taliban *Kaka* Zaman dabei ertappten, dass er die Kinder heimlich unterrichtete.

Während der Besuche ließ Aziza keinen Moment Ruhe aufkommen. Sie redete unablässig, führte mit hoher, heller Stimme aus, was sie im Unterricht gelernt hatte, und gestikulierte mit hektischen Handbewegungen, die so gar nicht typisch für sie waren. Sie lachte auch anders. Es war im Grunde weniger ein Lachen als ein nervöses Zeichensetzen, mit dem sie sich, wie Laila vermutete, Mut zu machen versuchte.

Auffällig waren auch andere Veränderungen. Laila bemerkte, dass sie immer schmutzige Fingernägel hatte. Wenn Aziza sah, dass ihr die Mutter auf die Finger schaute, beeilte sie sich, die Hände unter den Schenkeln zu verstecken. Wenn einem schreienden Kind der Schnodder auf den Lippen hing oder wenn eines mit bloßem Hinterteil und vor Dreck starrendem Haar an ihnen vorbeikam, verdrehte Aziza die Augen und entschuldigte sich für das Kind. Sie verhielt sich wie eine Gastgeberin, die sich vor ihren Gästen für ihr schmutziges Haus und die ungezogenen Kinder schämte.

Wenn sie gefragt wurde, wie es ihr in diesem Haus ergehe, gab sie jedes Mal eine heitere Antwort, die kaum überzeugen konnte.

»Prima, Khala. Mir geht's gut.«

Ob sie von den anderen gehänselt werde?

»Nein, Mami. Sie sind alle nett.«

Ob sie genug zu essen bekäme und gut schlafen könne?

»Ja. Gestern Abend gab's Lammfleisch. Oder war's letzte Woche? Und schlafen kann ich auch.«

Bei solchen Antworten hörte Laila Mariam aus ihrer Tochter sprechen.

Aziza stotterte, was Mariam als Erste bemerkte. Es war ein leichtes, aber wahrnehmbares Stottern und fiel vor allem bei Wörtern auf, die mit einem T anfingen. Laila sprach Zaman darauf an. Er runzelte die Stirn und sagte: »Ich dachte, das hätte sie immer schon getan.«

An diesem Freitagnachmittag verließen sie mit Aziza das Waisenhaus, um einen Ausflug mit ihr zu unternehmen. Als Zalmai seinen Vater an der Bushaltestelle warten sah, quiekte er vor Vergnügen und wand sich voller Ungeduld in Lailas Armen. Azizas Gruß war knapp, aber nicht unfreundlich. Sie hegte keinen Groll gegen Raschid.

Raschid sagte, sie sollten sich beeilen; er habe nur zwei Stunden Zeit und müsse sich dann an seinem Arbeitsplatz zurückmelden. Er war Anfang der Woche als Portier beim Intercontinental angestellt worden. An sechs Tagen in der Woche musste er von zwölf Uhr mittags bis acht Uhr abends Autotüren aufhalten, Koffer tragen und den Eingangsbereich sauber halten. Nach getaner Arbeit ließ ihn der Koch des Selbstbedienungsrestaurants Essensreste für zu Hause einpacken: kalte, ölige Fleischbällchen, gebratene, ausgetrocknete Hähnchenflügel, von denen die knusprige Haut abgefallen war, verklebte Nudeltaschen oder steif gewordenen Reis. Voraussetzung für die Gefälligkeit war, dass er Stillschweigen darüber bewahrte. Raschid hatte Laila versprochen, dass Aziza nach Hause zurückkommen könne, sobald er etwas Geld angespart habe.

Er trug seine Livree, einen burgunderroten Anzug aus Polyester, ein weißes Hemd, eine Ansteckkrawatte und eine Schirmmütze, gegen die sich sein weißes Kraushaar sträubte. In dieser Uniform war Raschid wie ausgewechselt und kaum wiederzuerkennen. Er wirkte darin verletzlich und verwirrt, geradezu erbärmlich und harmlos, wie jemand, der die entwürdigenden Zumutungen, die das Leben für ihn bereithielt, ohne jeden Protest hinnahm und in seiner Fügsamkeit lächerlich und bewundernswert zugleich war.

Mit dem Bus fuhren sie zur sogenannten Titanic City, jenem wild auswuchernden Markt, wo sich zu beiden Seiten des ausgetrockneten Flussbettes ein provisorischer Verkaufsstand an den anderen reihte. Nahe der Brücke hing unter einem Kranausleger ein Toter mit abgeschnittenen Ohren und gebrochenem Genick an einem Seil. Unmittelbar daneben führten die Treppenstufen entlang, auf denen Raschid und seine Familie die Uferböschung hinabstiegen. Unten im Wadi erwartete sie ein Gewimmel von Menschen, Käufern und Verkäufern, Geldwechslern und Spendensammlern, Zigarettenhändlern und verschleierten Frauen, die gefälschte Rezepte für Antibiotika feilboten und um Almosen bettelten. *Naswar* kauende Taliban passten mit gezückten Peitschen darauf auf, dass niemand unanständig lachte und keine Frau den Schleier lüftete.

Zwischen einem Händler von *poosteen*-Mänteln und einem Stand mit künstlichen Blumen entdeckte Zalmai einen Kiosk voller Spielzeug und griff zielstrebig nach einem Basketball mit gelben und blauen Wirbelmustern.

»Such dir auch was aus«, sagte Raschid zu Aziza.

Aziza reagierte sichtlich verlegen und zögerte.

»Beeilung. Ich muss in einer Stunde wieder arbeiten.«

Aziza deutete auf die Spielzeugversion eines Kaugummiautomaten voller Süßigkeiten, die sich nach dem Einwurf einer Spielmarke Stück für Stück entnehmen ließen.

Raschid kniff die Brauen zusammen, als der Händler ihm den Preis nannte. Nachdem die beiden eine Weile gefeilscht hatten, wandte sich Raschid an Aziza und herrschte sie an, als wäre sie es, die ihn zu übervorteilen versuchte. »Nach dem Ball kann ich mir das nicht auch noch leisten.«

Auf dem Rückweg wurde Aziza immer schweigsamer und ernster, je näher sie dem Waisenhaus kamen. Es war nun an Laila und Mariam, das Gespräch in Gang zu halten, angestrengt zu lachen und die gedrückte Stimmung zu heben.

Als sich Raschid von ihnen getrennt hatte und in einen Bus gestiegen war, um zur Arbeit zu gelangen, nahmen auch Laila, Mariam und Zalmai von Aziza Abschied. Laila sah, wie sich Aziza, nachdem sie ihnen noch einmal nachgewinkt hatte, mit eingezogenen Schultern an der Mauer des Hinterhofes vorbeidrückte. Sie dachte an Azizas Stottern und auch an das, was sie über Verwerfungen und die mächtigen Kollisionen im Erdinnern gesagt hatte, von denen man an der Oberfläche manchmal nur ein leichtes Zittern wahrnehmen konnte.

»Geh weg, du!«, zeterte Zalmai.

»Ruhig«, sagte Mariam. »Wen meinst du mit deinem Geschrei?«

Er streckte die Hand aus. »Da. Der Mann.«

Laila folgte mit dem Blick und sah einen Mann vorm Haus, der an der Eingangstür lehnte. Als er sie kommen sah, richtete er sich auf und kam ein paar Schritte auf sie zugehinkt.

Laila erstarrte.

Ihr war, als schnürte sich ihr die Kehle zu. Die Knie drohten unter ihr wegzuknicken. Es drängte sie danach, sich an Mariam anzulehnen und festzuklammern, aber sie tat es nicht. Sie wagte es nicht. Sie wagte es nicht, sich zu rühren, Luft zu holen oder auch nur mit der Wimper zu zucken, aus Angst, dass sie nur einem Trugbild aufsaß, einer flüchtigen Illusion, die sich bei der kleinsten Erschütterung auflösen würde. Sie stand wie angewurzelt da und blickte Tarik entgegen, bis ihre Brust nach Luft schrie und die Augen zu brennen anfingen. Und als sie endlich Atem schöpfte und mit den Augen blinzelte, stand er wundersamerweise immer noch an derselben Stelle. Es war tatsächlich Tarik, der da vor ihrer Haustür stand.

Laila ging einen Schritt auf ihn zu. Einen zweiten. Noch einen. Und dann rannte sie.

43

Mariam

Zalmai tollte ausgelassen in Mariams Zimmer umher und ließ seinen neuen Ball auf den Boden und gegen die Wände prallen. Mariam bat ihn, damit aufzuhören, obwohl ihr klar war, dass er nicht auf sie hören würde. Er spielte weiter mit dem Ball und warf ihr trotzige Blicke zu. Schließlich gelang es ihr, ihn mit einem Spielzeugauto abzulenken, einem Krankenwagen mit roter Aufschrift auf den Seiten, den sie auf dem Zimmerboden zwischen sich hin und her stießen.

Als sie vor der Tür mit Tarik zusammengetroffen waren, hatte Zalmai seinen Basketball an die Brust gepresst und einen Daumen in den Mund gesteckt, was er für gewöhnlich nicht mehr tat, außer er war ängstlich. Er hatte Tarik misstrauisch beäugt.

»Wer ist der Mann?«, fragte er jetzt. »Ich mag ihn nicht.«

Mariam versuchte zu erklären, dass er mit Laila aufgewachsen war, doch Zalmai schnitt ihr das Wort ab und sagte, sie solle den Krankenwagen herumdrehen, so dass der Kühlergrill auf ihn zeige, und kaum hatte sie seinem Wunsch entsprochen, wollte er wieder mit dem Basketball spielen.

»Wo ist er?«, fragte er. »Wo ist der Ball, den mir Baba *jan* geschenkt hat? Wo? Ich will ihn haben!« Seine Stimme wurde von Wort zu Wort schriller.

»Gerade war er noch hier«, antwortete Mariam, und er schrie: »Jetzt ist er nicht mehr da. Er ist weg. Wo ist er?«

»Hier«, sagte sie und holte den Ball aus der Ecke, wohin er gerollt war. Zalmai aber mochte sich nicht beruhigen, schlug mit den Fäusten auf den Boden und brüllte, dass dies der falsche Ball sei, weil der richtige verloren gegangen wäre, und den wolle er wiederhaben. »Wo, wo, wo?«, schrie er in einem fort.

Er schrie so laut, dass Laila nach oben kam und ihn auf den Arm nahm. Sie schaukelte ihn, fuhr mit den Fingern durch seine dunklen Locken, trocknete die Tränen von seinen Wangen und schnalzte sanft mit der Zunge.

Mariam wartete unterdessen vor der Tür. Vom oberen Treppenabsatz konnte sie von Tarik, der im Wohnzimmer saß, nur dessen lange Beine sehen, das eigene und die Prothese. Er trug eine staubgraue Leinenhose und hatte die Beine ausgestreckt. Plötzlich fiel ihr eine Erklärung dafür ein, warum ihr der Türsteher vor dem Intercontinental bekannt vorgekommen war. Hätte er an diesem Tag weder Sonnenbrille noch Mütze getragen, wäre sie sofort darauf gekommen. Mariam erinnerte sich, wie dieser Mann vor gut neun Jahren unten im Wohnzimmer gesessen, seine Stirn mit einem Taschentuch betupft und um Wasser gebeten hatte. Fragen über Fragen gingen ihr jetzt durch den Kopf. Waren die Pillen, die er angeblich schlucken musste, womöglich auch nur Requisiten des abgekarteten Spiels gewesen? Wer von den beiden hatte sich die Lüge ausgedacht und mit überzeugenden Einzelheiten ausgeschmückt? Und wie viel hatte Raschid diesem Abdul Shafir, falls er denn so überhaupt hieß, bezahlt, damit dieser ins Haus kam und Laila mit der Geschichte von Tariks Tod das Herz brach?

44

Laila

Tarik berichtete von einem Mithäftling, dessen Vetter öffentlich ausgepeitscht worden war, weil er Flamingos malte. Er, dieser Vetter, hatte anscheinend eine ausgeprägte Vorliebe für diese Tiere.

»Ganze Skizzenbücher hatte er damit gefüllt«, sagte Tarik. »Dutzende von Ölgemälden, auf denen sie in Scharen durch Lagunen waten oder in Marschlandschaften sonnenbaden. Ich fürchte, er hat auch welche gemalt, die dem Sonnenuntergang entgegensegeln.«

»Flamingos«, wiederholte Laila, die Augen auf Tarik gerichtet, der an der Wand hockte und sein gesundes Bein angewinkelt hatte. Es drängte sie wieder, ihn in die Arme zu nehmen, wie es sie auch schon vor der Tür gedrängt hatte, als sie auf ihn zugelaufen war. Es war ihr peinlich, daran zu denken, wie sie sich ihm an die Brust geworfen, geweint und mit schluchzender Stimme immer und immer wieder seinen Namen gestammelt hatte. War sie womöglich zu überschwänglich gewesen, fragte sie sich. Vielleicht. Aber sie hatte sich einfach nicht zurückhalten können. Und jetzt sehnte sie sich wieder danach, ihn zu berühren, um keinen Zweifel daran aufkommen zu lassen, dass er nicht bloß ein Traum, eine Erscheinung war, sondern in Fleisch und Blut vor ihr saß.

»In der Tat«, murmelte Tarik.

Die Taliban, so sagte er, hätten Anstoß genommen an den langen nackten Beinen der Vögel. Man hatte dem Maler die gefesselten Füße blutig geschlagen und ihn vor die Wahl gestellt, entweder seine Gemälde zu vernichten oder die Flamingos auf züchtige Weise darzustellen. Daraufhin hatte er zum Pinsel gegriffen und jedem einzelnen Vogel Hosen gemalt.

»Das gibt's nun also auch, islamische Flamingos«, frotzelte Tarik.

Laila hätte laut auflachen mögen, hielt sich aber zurück. Sie schämte sich ihrer gelben Zähne und für den fehlenden Schneidezahn, ebenso auch wegen ihres gealterten Gesichts und der geschwollenen Lippen. Sie bedauerte, keine Gelegenheit gehabt zu haben, sich zu waschen oder wenigstens die Haare zu kämmen.

»Aber er wird zuletzt lachen, dieser Maler«, sagte Tarik. »Er hat nämlich für die Hosen Wasserfarben verwendet. Wenn die Taliban weg sind, wird er die Bilder nur abzuwaschen brauchen.« Er lächelte, und Laila bemerkte, dass auch ihm ein Zahn fehlte. Er schaute auf seine Hände. »In der Tat.«

Er hatte einen *pakol* auf dem Kopf, trug Wanderstiefel und einen schwarzen Wollpullover, den er unter den Bund der grauen Leinenhose gestopft hatte. Er deutete ein Lächeln an und nickte bedächtig. Laila konnte sich nicht erinnern, dass er früher so häufig »in der Tat« gesagt hätte; auch die nachdenkliche Art, mit der er die Fingerspitzen aneinanderlegte und nickte, erschien ihr neu an ihm. Ja, Tarik war jetzt erwachsen, ein fünfundzwanzigjähriger Mann mit langsamen Bewegungen und einem müden Lächeln, groß gewachsen, bärtig, schlanker als in ihren Träumen von ihm, aber mit kräftigen Händen, den Händen eines Arbeiters, auf denen sich pralle Venen abzeichneten. Sein Gesicht war immer noch schmal und hübsch, die Haut allerdings nicht mehr so hell. Die Sonne hatte ihm zugesetzt; Nacken, Stirn und Wangen waren dunkelbraun gebrannt wie bei einem Wanderer am Ende einer langen, beschwerlichen Reise. Sein *pakol* war nach hinten gerutscht, und sie sah, dass das Haar nicht mehr ganz so dicht war wie früher. Die haselnussbraunen Augen schienen an Glanz verloren zu haben, was aber auch am Licht im Wohnzimmer liegen mochte.

Laila dachte an Tariks Mutter, an ihre Gelassenheit, das verschmitzte Lächeln und die stumpfe violette Perücke. Und an seinen Vater, der immer mit den Augen geblinzelt hatte, an seinen trockenen Humor. Vor der Tür hatte sie Tarik mit tränenerstickter Stimme und gestammelten Worten erklärt, was ihr über ihn und seine Eltern zu Ohren gekommen war, worauf er kopfschüttelnd geantwortet hatte, dass von alldem nichts wahr sei. Also fragte sie ihn jetzt, wie es seinen Eltern gehe, bereute aber sogleich, die Frage gestellt zu haben, denn Tarik blickte betreten zu Boden und sagte leise: »Sie sind gestorben.«

»Das tut mir leid.«

»Tja. Mir auch. Hier, sieh mal.« Er zog eine kleine Papiertüte aus der Tasche und gab sie ihr. »Mit herzlichen Grüßen von Alyona.« In der Tüte befand sich ein Käsestück, in Folie einwickelt.

»Alyona. Ein hübscher Name.« Laila versuchte, ihre Stimme unter Kontrolle zu halten. »Deine Frau?«

»Meine Ziege.« Er lächelte und sah sie erwartungsvoll an.

Da erinnerte sie sich. Der russische Film. Alyona war die Tochter des Kapitäns gewesen, das Mädchen, das sich in den ersten Offizier verliebt hatte. Am Morgen vor dem gemeinsamen Kinobesuch hatten sie die sowjetischen Panzer und Jeeps aus Kabul abziehen sehen; Tarik trug damals diese groteske russische Pelzmütze auf dem Kopf.

»Ich habe ihr ein Gehege gebaut«, sagte Tarik. »Wegen der Wölfe. Das Bergland, in dem ich wohne, hat ausgedehnte Wälder, vor allem aus Kiefern, aber auch Fichten und Zedern. Da halten sie sich meist auf, aber frei laufende Ziegen locken sie auch ins Freie. Darum das Gehege.«

Laila wollte mehr über dieses Bergland wissen.

»Pir Panjal. Pakistan«, sagte er. »Rund zwei Stunden von Islamabad entfernt. Der Ort, an dem ich wohne, heißt Murree und zieht im Sommer viele Urlauber an, denn er ist hoch gelegen und hat, weil grün und luftig, ein wohltuend kühles Klima. Perfekt für den Tourismus.«

Die in Rawalpindi stationierten Briten, so erklärte er, hätten dort einen Vorposten eingerichtet, wohin sie sich vor der Hitze im Flachland zurückziehen konnten. Aus der Kolonialzeit sei noch einiges erhalten geblieben, sagte Tarik, zum Beispiel die Holzhäuser, Bungalows mit Blechdächern, sogenannte Cottages, und dergleichen mehr. Die Stadt selbst sei klein und angenehm. An der

Hauptstraße, der sogenannten Mall, gebe es ein Postamt, einen Basar, ein paar Restaurants und Geschäfte, in denen Touristen überteuerte Nippes aus bemaltem Glas und handgeknüpfte Teppiche kauften. Verrückterweise sei diese Mall eine Einbahnstraße, auf der der Verkehr in der einen Woche von links nach rechts und in der anderen in umgekehrter Richtung geführt werde.

»Die Einheimischen behaupten, dass es in vielen irischen Ortschaften ähnlich zugeht«, sagte Tarik. »Keine Ahnung. Aber wie dem auch sei, es ist sehr nett dort. Ziemlich einfach, aber mir gefällt's. Ich wohne gern in Murree.«

»Mit deiner Ziege. Mit Alyona.«

Laila wollte mit dem, was unbeabsichtigterweise wie ein Scherz klang, eigentlich in Erfahrung bringen, ob er sich außer der Ziege auch noch um andere Sorgen machen musste. Aber Tarik nickte nur mit dem Kopf.

»Auch um deine Eltern tut's mir leid«, sagte er.

»Du hast davon gehört?«

»Ich hatte schon Gelegenheit, mit Nachbarn zu sprechen«, erwiderte er, und Laila fragte sich, was er sonst noch von denen erfahren haben mochte. »Von damals habe ich niemanden wiedererkannt.«

»Sie sind alle fort. Es ist keiner mehr da, den du kennen könntest.«

»Auch Kabul ist nicht wiederzuerkennen.«

»Für mich auch nicht«, sagte Laila. »Dabei bin ich nie weg gewesen.«

»Mami hat einen neuen Freund«, sagte Zalmai nach dem Abendessen. »Einen Mann.«

Raschid blickte auf. »Ach ja?«

Tarik fragte, ob er rauchen dürfe.

Er erzählte, dass er eine Zeit lang im Flüchtlingslager Nasir Bagh bei Peschawar zugebracht habe, unter sechzigtausend Afghanen, die sich dort bereits aufhielten, als er mit seinen Eltern angekommen sei.

»Es war da nicht so schlimm wie in manchen anderen Lagern, wie zum Beispiel in Jalozai«, sagte er und streifte Zigarettenasche auf einem Unterteller ab. »Während des kalten Krieges war es sogar ein Musterlager, auf das der Westen immer verwies, wenn es darum ging, der Welt zu beweisen, dass man nicht nur Waffen nach Afghanistan schmuggelte.«

Doch das sei noch zur Zeit des sowjetischen Krieges gewesen, in den Tagen des Dschihad, der weltweit Interesse erregt, für großzügige Spenden gesorgt und zu mehreren Staatsbesuchen von Margaret Thatcher geführt habe.

»Den Rest kennst du ja, Laila. Nach dem Krieg ist die Sowjetunion auseinandergefallen, und der Westen hat sich zurückgezogen. Für den Westen stand in Afghanistan nichts mehr auf dem Spiel. Also blieb auch finanzielle Hilfe aus. Nasir Bagh ist jetzt eine Wüste aus Zelten und offenen Abwasserkanälen. Einmal am Tag gibt es was zu essen. Als wir dort angekommen sind, hat man uns eine Stange und eine Zeltplane gegeben, mit denen wir uns dann selbst behelfen mussten.«

Tarik und seine Eltern hatten ein ganzes Jahr im Lager zugebracht. Wenn er sich an Nasir Bagh zu erinnern versuche, sagte er, komme ihm vor allem die Farbe Braun in den Sinn. »Braune Zelte. Braune Menschen. Braune Hunde. Brauner Brei.«

Tag für Tag war er auf einen abgestorbenen Baum geklettert, hatte sich auf einen Ast gesetzt und die Flüchtlinge beobachtet, die mit schwärenden Wunden und amputierten Gliedmaßen ungeschützt in der Sonne lagen. Er sah kleine ausgehungerte Jungen in Benzinkanistern Wasser schleppen, Hundekot einsammeln, um Feuer damit zu machen, mit stumpfen Messern aus Holzstücken Spielzeuggewehre schnitzen und Säcke voller Mehl, das zum Brotbacken völlig ungeeignet war, über den Boden schleifen. Ständig ging ein Wind durchs Lager, der an den Zelten rüttelte, Staub und welkes Unkraut aufwirbelte, aber auch bunte Drachen über dem ansonsten trostlosen Ort am Himmel tanzen ließ.

Jede Woche sei mindestens einer gestorben, sagte er, meist ein Kind.

»Die Kinder hatten besonders zu leiden. Ruhr, Tb, Hunger, was auch immer. Vor allem die verdammte Ruhr. Himmel, Laila. Wie oft ich da gesehen habe, wie Kinder begraben wurden. Etwas Schlimmeres kann man sich nicht vorstellen.«

Er schlug die Beine übereinander. Es blieb für eine Weile still zwischen ihnen.

»Mein Vater hat den ersten Winter nicht überlebt. Er starb im Schlaf. Ich glaube, er hat kaum Schmerzen gehabt.«

Im selben Winter sei seine Mutter an einer Lungenentzündung erkrankt, an der sie bestimmt gestorben wäre, hätte ihr nicht ein Arzt aus einem UNHCR-Camp geholfen, der mit einem zu einer mobilen Klinik umgebauten Lieferwagen ins Lager kam. Sie habe nächtelang wach gelegen, hohes Fieber gehabt, schrecklich gehustet und rostfarbenen Schleim ausgeworfen. Die Patienten hätten vor der mobilen Klinik Schlange gestanden, sagte er, zitternde, stöhnende und hustende Menschen; manchen sei der Durchfall an den Beinen heruntergelaufen, andere hätten vor lauter Mattigkeit und Hunger kein Wort mehr herausgebracht.

»Aber er war ein guter Mann, dieser UNHCR-Arzt. Er hat meine Mutter behandelt, ihr Medikamente gegeben und über den Winter geholfen.«

In diesem Winter habe er einen Jungen überfallen, gestand Tarik.

»Zwölf, vielleicht dreizehn Jahre alt«, sagte er, ohne mit der Wimper zu zucken. »Ich habe ihm eine Glasscherbe an den Hals gedrückt und seine Wolldecke abgenommen, um sie meiner Mutter zu geben.«

Nach der überstandenen Krankheit seiner Mutter hatte er gelobt, keinen weiteren Winter in dem Lager zu verbringen, und den Entschluss gefasst, eine Arbeit anzunehmen und Geld zu sparen, um dann mit ihr in Peschawar eine Wohnung mit Heizung und fließendem Wasser zu beziehen. Als der Frühling kam, suchte er nach Arbeit. Von Zeit zu Zeit kam frühmorgens ein Lastwagen ins Lager, sammelte zwanzig bis dreißig junge Burschen ein und lieferte sie an einem Ort ab, wo es etwas für sie zu tun gab: ein Feld, das von Steinen befreit werden sollte, oder eine Obstplantage, auf der Äpfel zu pflücken waren. Zum Lohn dafür bekamen sie ein wenig Geld, manchmal auch nur eine Decke oder ein Paar Schuhe. Ihn aber habe niemand gewollt, sagte er.

»Ein Blick auf mein Bein, und das war's dann.«

Es gab noch andere Jobs. Gräben ausheben, Hütten bauen, Wasser schleppen oder Sickergruben leeren. Die jungen Männer rissen sich um solche Verdienstmöglichkeiten, und Tarik ging immer leer aus.

Im Herbst 1993 lernte er dann einen Geschäftsmann kennen.

»Ich sollte für ihn einen Ledermantel nach Lahore bringen, wofür er mir Geld anbot, nicht viel, aber genug, um eine Wohnung für einen, vielleicht sogar zwei Monate anmieten zu können.«

Der Geschäftsmann habe ihm einen Busfahrschein gegeben und die Adresse einer Straßenecke nahe der Eisenbahnstation von Lahore, wo er den Mantel einem Freund seines Auftraggebers übergeben sollte.

»Ich ahnte natürlich, dass an der Sache was faul ist. Ich wusste es«, gestand er. »Er sagte, dass ich ganz allein auf mich gestellt sein würde, wenn man mich erwischte, und ich solle immer daran denken, dass er wisse, wo meine Mutter zu finden sei. Aber ich habe dem Geld nicht widerstehen können. Und es war bald wieder Winter.«

»Wie weit bist du gekommen?«, fragte Laila.

»Nicht sehr weit«, sagte Tarik und lachte verschämt. »Noch nicht einmal bis in den Bus. Aber ich hielt mich für immun, verstehst du? Ich dachte, mir kann nichts passieren. Als gäbe es da oben einen, der Buch führt, einen netten alten Mann mit Bleistift hinterm Ohr, der alles aufrechnet und Bilanz zieht, der auf mich herabschaut und sagt: ›Was soll's, das lassen wir ihm durchgehen. Er musste schon sein Teil bezahlen und hat was gut.‹«

Das Haschisch war im Saum versteckt und fiel auf die Straße, als die Polizei mit einem Messer Nachforschungen anstellte.

Tarik lachte wieder, als er das sagte. Es war ein aufsteigendes, zittriges Lachen, das Laila noch von früher kannte und das immer dann von ihm zu hören gewesen war, wenn er versucht hatte, eine Dummheit wiedergutzumachen.

»Er hinkt«, sagte Zalmai.

»Ist es der, von dem ich glaube, dass er's ist?«

»Er war nur zu Besuch«, antwortete Mariam.

»Du hältst dich da raus«, blaffte Raschid und drohte mit dem Finger. Und an Laila gewandt: »Na, wie sieht's aus? Laila und Madschnun wieder vereint? Wie in alten Zeiten?« Sein Gesicht war wie versteinert. »Du hast ihn also hereingelassen. In mein Haus. Du hast ihm die Tür geöffnet. Er war hier mit meinem Sohn.«

»Du hast mich hinters Licht geführt, mich belogen«, entgegnete Laila mit Wut in der Stimme. »Du hast diesen Mann angeheuert ... Du wusstest, dass ich dich verlassen würde, wenn ich hätte glauben können, dass er noch lebt.«

»Und du? Hast du mich etwa nicht belogen?«, brüllte Raschid. »Glaubst du, ich bin blind und sehe nicht, dass du mir einen *harami* ins Nest gelegt hast? Hältst du mich für einen Trottel, du Hure?«

Je länger Tarik sprach, desto mehr fürchtete Laila den Moment, wenn er zu reden aufhören würde. Denn dann wäre sie aufgefordert, Rechenschaft abzulegen und mit eigenen Worten zu erklären, was er wahrscheinlich schon wusste. Ihr schnürte sich jedes Mal das Herz zusammen, wenn er eine Pause einlegte. Sie wich seinen Blicken aus und betrachtete seine Hände, auf denen sich in den vergangenen Jahren dunkle Haare gebildet hatten.

Von der Zeit im Gefängnis erzählte Tarik kaum etwas; er erwähnte nur, dass er dort Urdu zu sprechen gelernt hatte. Als Laila mehr wissen wollte, zeigte er sich ungehalten und schüttelte den Kopf. In dieser Geste glaubte Laila, rostige Gitterstäbe und ungewaschene Körper erkennen zu können, gewalttätige Männer, überfüllte Korridore und Zellendecken voller Schimmel. Sie las seiner Miene ab, dass er unsägliche Erniedrigung und Verzweiflung hatte erleiden müssen.

Tarik sagte, seine Mutter habe versucht, ihn im Gefängnis zu besuchen.

»Sie ist dreimal gekommen, wurde aber jedes Mal abgewiesen«, berichtete er. »Die Wärter verlangten eine ›Besuchsgebühr‹, die wir nicht aufbringen konnten.«

Er hatte ihr Briefe geschrieben, obwohl er wusste, dass sie sie nicht erreichen würden.

»Auch dir habe ich geschrieben.«

»Wirklich?«

»Oh ja, Bände«, antwortete er. »Ergüsse, die deinen Freund Rumi vor Neid hätten erblassen lassen.« Er lachte wieder, lauthals diesmal, verblüfft, wie es schien, über seine Offenherzigkeit und zugleich verlegen.

Oben fing Zalmai zu plärren an.

»Also wie in alten Zeiten«, sagte Raschid später. »Ihr zwei. Schätze, du hast ihn dein Gesicht sehen lassen.«

»Ja«, sagte Zalmai. Und zu Laila: »Das hast du, Mami. Ich hab dich gesehen.«

»Dein Sohn hat nicht viel für mich übrig«, bemerkte Tarik, als Laila nach unten zurückgekehrt war.

»Tut mir leid«, sagte sie. »Das ist es nicht. Er hat bloß … Ach, was soll's?« Laila schämte sich für das, was ihr über Zalmai zu sagen auf der Zunge lag; er war ja noch ein Kind, ein kleiner Junge, der seinen Vater liebte und eine durchaus verständliche Aversion gegen diesen Fremden hatte.

Auch dir habe ich geschrieben.

Bände.

»Wie lange wohnst du schon in Murree?«

»Noch nicht ganz ein Jahr«, antwortete Tarik.

Er habe sich im Gefängnis mit einem älteren Mann angefreundet, einem Pakistani namens Salim, der früher ein guter Feldhockeyspieler gewesen sei. Er hatte schon häufig wegen kleinerer Vergehen eingesessen, büßte jetzt aber zehn Jahre ab, weil er einen Informanten der Polizei niedergestochen hatte. Tarik erklärte, dass wohl jedes Gefängnis einen Mann wie Salim habe, jemanden, der sich auch hinter Gittern zu helfen wisse und gute Beziehungen unterhalte, der einem sehr gefährlich werden, aber auch nützlich sein könne. Dieser Salim hatte für Tarik Erkundigungen über seine Mutter einholen lassen und ihm schließlich mit väterlich sanfter Stimme beigebracht, dass sie an Unterkühlung gestorben sei.

Tarik hatte sieben Jahre im Gefängnis verbracht. »Damit bin ich glimpflich davongekommen«, sagte er. »Ich hatte Glück. Mein Richter war milde. Vielleicht lag's daran, dass er eine afghanische Schwägerin hatte. Ich weiß es nicht.«

Nach Ablauf seiner Haft zu Beginn des Winters 2000 hatte Salim ihm die Adresse und Telefonnummer seines Bruders gegeben. Sein Name war Sajid.

»Er sagte, Sajid sei Besitzer eines kleinen Hotels in Murree. Mit zwanzig Zimmern und einer Lounge. Eine Touristenherberge. Ich sollte ihn aufsuchen und mich auf Salim berufen.«

Schon auf den ersten Blick war Tarik von Murree angetan gewesen, von den verschneiten Kiefern und der kalten, frischen Luft, den Holzhäusern mit ihren Fensterläden und Schornsteinen, aus denen der Rauch aufstieg.

Hier bin ich richtig, hatte Tarik gedacht und an Sajids Tür geklopft. Dieser Ort war Welten entfernt von dem Elend, das er hinter sich zurücklassen wollte. Allein der Gedanke an Not und Kummer schien ihm hier fehl am Platz zu sein.

»Ich dachte mir, das ist ein Ort, an dem ich was aus mir machen kann.«

Tarik wurde als Hausmeister angestellt, absolvierte eine einmonatige Probezeit, in der er zum halben Lohn arbeitete, und konnte sich, wie er sagte, bewähren. Während Tarik sprach, stellte sich Laila den Hotelbesitzer Sajid als einen Mann mit eng stehenden Augen und rötlichem Gesicht vor, der am Fenster in der Rezeptionshalle stand und Tarik beim Holzhacken und Schneeschaufeln zuschaute. Sie sah ihn über Tarik stehen, der unter einem Waschbecken am Boden lag und das undichte Abflussrohr reparierte, und sie sah, wie er in der Registrierkasse nachprüfte, ob womöglich Geld fehlte.

Er selbst, sagte Tarik, habe eine Hütte neben dem kleinen Bungalow der Köchin bezogen, einer matronenhaften alten Witwe namens Adiba. Beide Hütten gehörten zum Hotel, dessen Hauptgebäude von Mandelbäumen abgeschirmt wurde, unter denen im Sommer aus einem pyramidenförmigen Brunnen den ganzen Tag lang Wasser sprudelte. Laila malte sich aus, wie Tarik in seiner Hütte auf dem Bett hockte und durchs Fenster auf eine Welt voller Blüten und Blätter blickte.

Nach der Probezeit bezog Tarik das volle Gehalt. Darüber hinaus hatte er freie Kost und Logis. Sajid schenkte ihm sogar einen Wollmantel und versprach, ihm eine neue Prothese anpassen zu lassen. Tarik sagte, die Freundlichkeit dieses Mannes habe ihn zu Tränen gerührt.

Mit seinem ersten Monatslohn in der Tasche war Tarik auf den Markt gegangen, wo er Alyona erstanden hatte.

»Ihr Fell ist ganz und gar weiß«, sagte er lächelnd. »Wenn es in der Nacht geschneit hat und ich morgens aus dem Fenster schaue, sehe ich von ihr nur zwei Augen und die Nüstern.«

Laila nickte. Es wurde wieder still. Oben hatte Zalmai damit angefangen, seinen Ball gegen die Wand zu werfen.

»Ich dachte, du wärst tot«, flüsterte Laila.

»Ich weiß. Das sagtest du bereits.«

Ihr blieb die Stimme weg. Sie räusperte sich, nahm Haltung an. »Der Mann, der mir die Nachricht brachte, wirkte so ernst ... Ich habe ihm geglaubt, Tarik. Leider. Wären mir doch Zweifel gekommen! Aber ich fühlte mich so allein und hatte schreckliche Angst. Sonst hätte ich nie eingewilligt, Raschid zu heiraten. Auf keinen Fall hätte ich ...«

»Lass gut sein. Du musst mir nichts erklären«, sagte er ruhig und vermied es, ihr in die Augen zu sehen. Seine Worte waren ohne jeden Vorwurf oder Anklänge von Enttäuschung.

»Doch, ich muss es dir erklären. Es gab einen sehr gewichtigen Grund, warum ich ihn geheiratet habe. Es gibt da etwas, das du wissen solltest. Ich muss es dir sagen.«

»Hast du auch mit ihm gesprochen?«, fragte Raschid Zalmai.

Zalmai schwieg. Er war merklich verunsichert. Es schien, als spürte er, etwas ausgeplappert zu haben, das Schaden anzurichten drohte.

»Ich habe dich was gefragt, Junge.«

Zalmai schluckte. »Ich war oben und hab mit *Khala* Mariam gespielt.«

»Und deine Mutter?«

Der Kleine war den Tränen nahe und blickte flehend zu seiner Mutter auf.

»Keine Bange, Zalmai«, sagte Laila. »Sag die Wahrheit.«

»Sie war ... hier unten und hat mit dem Mann gesprochen«, sagte er mit dünner Stimme, die kaum mehr als ein Flüstern war.

»Verstehe«, knurrte Raschid. »Teamarbeit.«

Als er aufbrach, um zu gehen, sagte Tarik: »Ich will sie sehen. Ich möchte zu ihr.«

»Das lässt sich einrichten«, erwiderte Laila.

»Aziza. Aziza.« Lächelnd ließ er sich die Silben auf der Zunge zergehen. Wenn Raschid den Namen aussprach, klang er ungeschlacht, fast vulgär. »Aziza. Ein schöner Name.«

»Schön wie das Kind. Du wirst sehen.«

»Ich zähle die Minuten.«

Fast zehn Jahre waren seit ihrem letzten Stelldichein vergangen, seit den heimlichen Küssen in der kleinen Gasse und auf dem Boden des Wohnzimmers. Laila fragte sich, welchen Eindruck sie jetzt wohl auf ihn machte. Ob sie ihm noch gefiel? Oder fand er sie verbraucht, erbärmlich oder gar abstoßend? Fast zehn Jahre. Doch als sie im hellen Sonnenlicht neben Tarik vor der Tür stand, war ihr für einen Moment, als hätte es all diese Jahre nicht gegeben. Den Tod ihrer Eltern, die Eheschließung mit Raschid, die zahllosen Kriegsopfer, die Raketen, die Taliban, die Schläge, den Hunger oder auch ihre Kinder. All das erschien ihr fast wie ein Traum, ein bizarres Intermezzo zwischen dem letzten Nachmittag mit ihm und dem heutigen Wiedersehen.

Plötzlich wurde Tariks Miene ernst. Sie kannte diesen Ausdruck. Der war auch damals, vor Ewigkeiten, auf seinem Gesicht zu sehen gewesen, als er sein Bein abgeschnallt und Khadim damit verdroschen hatte. Er streckte nun die Hand aus und berührte ihren Mundwinkel.

»Er behandelt dich schlecht«, sagte er wütend.

Von seiner Berührung erregt, erinnerte sich Laila an den Nachmittag voller Leidenschaft, als sie Aziza empfangen hatte. Sie meinte, seinen Atem im Nacken zu spüren, die angespannten Muskeln seiner Hüften, den Druck seines Körpers auf ihren Brüsten, die ineinander verschränkten Hände.

»Ach, hätte ich dich doch mit mir genommen«, flüsterte Tarik. Laila musste gegen die Tränen ankämpfen und blickte zu Boden.

»Ich weiß, du bist eine verheiratete Frau und Mutter. Und ich kreuze nach all den Jahren, nach alldem, was passiert ist, vor deinem Haus auf. Vielleicht war es nicht richtig, vielleicht ist es unfair, aber ich bin den weiten Weg gekommen, um dich zu sehen und … Oh, Laila, hätte ich dich doch nie allein gelassen.«

»Hör auf«, krächzte sie.

»Ich hätte hartnäckiger sein sollen. Ich hätte dich heiraten sollen, als es noch möglich war. Dann wäre alles anders gekommen.«

»Sprich nicht so. Bitte. Es tut mir weh.«

Er nickte, trat einen Schritt auf sie zu, blieb dann aber stehen. »Mir ist klar, dass ich keine Ansprüche stellen kann. Es steht mir auch nicht zu, aus dem Nichts aufzutauchen und dein Leben auf den Kopf zu stellen. Wenn du willst, dass ich verschwinde und nach Pakistan zurückkehre, brauchst du es nur zu sagen, Laila. Ich meine es ehrlich. Sag's, und ich gehe, ohne dich jemals wieder zu belästigen. Ich werde …«

»Nein!«, sagte Laila, schärfer als beabsichtigt. Sie ergriff seinen Arm, klammerte sich daran fest und senkte den Kopf. »Nein. Geh nicht, Tarik. Bitte bleib.«

Tarik nickte.

»Er arbeitet von zwölf bis acht Uhr abends. Komm morgen Nachmittag zurück. Dann werden wir zusammen Aziza besuchen.«

»Denk nicht, dass ich Angst vor ihm hätte.«

»Ich weiß. Komm morgen Nachmittag.«

»Und dann?«

»Und dann … Wer weiß? Ich muss nachdenken. Es ist …«

»Ich weiß, was ist«, erwiderte er. »Ich verstehe. Es tut mir leid. Mir tut vieles leid.«

»Gräm dich nicht. Du hast versprochen zurückzukehren und dein Versprechen gehalten.«

Seine Augen wurden feucht. »Es ist gut, dich zu sehen, Laila.«

Sie stand zitternd da und schaute ihm nach. *Bände von Briefen*, dachte sie, von einem Schauer geschüttelt, in dem Trauer und Verlorenheit schwangen, gleichzeitig aber auch so etwas wie waghalsige Hoffnung.

45

Mariam

»Ich war oben und hab mit *Khala* Mariam gespielt.«

»Und deine Mutter?«

»Sie war … sie war hier unten und hat mit dem Mann gesprochen.«

»Verstehe«, knurrte Raschid. »Teamarbeit.«

Mariam sah, wie sich seine Miene entspannte. Die Falte zwischen den Brauen verschwand. In seinen Augen zeigten sich Argwohn und Zweifel. Er straffte die Schultern und schien für einen Moment einfach nur nachdenklich zu sein – wie ein Schiffskapitän, der gerade den Hinweis auf eine bevorstehende Meuterei erhalten hatte und darüber nachdachte, was zu tun war.

Er blickte auf.

Mariam wollte etwas sagen, doch er hob die Hand und sagte, ohne sie anzusehen: »Zu spät, Mariam.« Und an Zalmai gewandt: »Geh nach oben, Junge.«

Zalmai war sichtlich alarmiert. Nervös sprang sein Blick zwischen den dreien hin und her. Er schien zu spüren, dass er mit seinem Plappermaul die Erwachsenen ernstlich verstört hatte.

»Sofort«, knurrte Raschid.

Er packte Zalmai beim Ellbogen und führte ihn zur Treppe.

Mariam und Laila standen reglos da. Beide starrten vor sich hin, als fürchteten sie, Raschids Argwohn Nahrung zu geben, wenn sie einander ansähen, ihm Grund zu der Annahme zu geben, dass, während er Hotelgästen, die ihn keines Blickes würdigten, die Tür aufhielt und deren Koffer schleppte, hinter seinem Rücken und in seinem Haus verschwörerische Unzucht getrieben wurde, und das in Gegenwart seines geliebten Sohnes. Keine von ihnen sagte ein Wort. Sie lauschten den Schritten im Obergeschoss, die einen bedrohlich und schwer, die anderen trippelnd wie die eines scheuen kleinen Tieres. Sie hörten die gedämpften Worte, die gewechselt wurden, ein flehentliches Fiepen, eine barsche Erwiderung. Eine Tür schlug zu, ein Schlüssel klapperte im Schloss. Und dann kamen die schweren Schritte zurück, schneller jetzt.

Mariam sah ihn die Treppe heruntereilen, sah, wie er mit der einen Hand den Schlüssel in die Tasche steckte und mit der anderen seinen Gürtel gepackt hielt. Das gelochte Ende hatte er um die Knöchel gewickelt, die Schnalle aus imitiertem Messing baumelte herab.

Sie ging auf ihn zu, um ihn aufzuhalten, wurde aber unwirsch zur Seite gestoßen. Wortlos holte er zum Schlag gegen Laila aus, so schnell, dass ihr keine Zeit blieb, sich zu ducken oder auch nur eine schützende Hand zu heben. Laila befühlte mit den Fingern ihre Schläfe, sah, dass sie blutete, und schaute Raschid verwundert an. Doch die Verwunderung wich schnell einem anderen Ausdruck, dem des Hasses.

Raschid schlug wieder mit dem Gürtel zu.

Diesmal hob Laila den Unterarm vors Gesicht und versuchte, den Gürtel in der Luft abzufangen. Sie griff daneben, bekam ihn aber, als er wieder auf sie niedersauste, kurz zu fassen. Doch Raschid entriss ihn ihr und peitschte abermals auf sie ein. Laila nahm Reißaus und rannte durchs Zimmer, gefolgt von Raschid, der ihr immer wieder den Weg abschnitt, während Mariam ihn kreischend anbettelte, von Laila abzulassen. Einmal gelang es Laila, ihm einen Schlag aufs Ohr zu versetzen, worauf er einen wüsten Fluch ausstieß und umso heftiger tobte. Er packte sie, schleuderte sie an die Wand und traf mit der Gürtelschnalle auf Brust, Schulter, Arme und Hände. Laila blutete an mehreren Stellen.

Mariam war außer sich. Schreiend und händeringend irrte sie im Zimmer umher, bevor sie schließlich, ohne zu wissen, was sie tat, die Hand gegen Raschid erhob, an seinen Haaren zerrte und ihm mit ihren schartigen Fingernägeln das Gesicht zerkratzte.

Er ließ von Laila ab und wandte sich ihr zu. Es schien, als blickte er durch sie hindurch. Dann aber sah er ihr in die Augen, zuerst verblüfft, dann schockiert, kopfschüttelnd, ja fast enttäuscht, und schließlich verfinsterte sich sein Blick.

Mariam erinnerte sich an den Moment, als sie in Jalils Beisein und hinter ihrem Hochzeitsschleier zum ersten Mal Raschids Augen, von einem Spiegel reflektiert, wahrgenommen hatte, wie sich ihre Blicke auf der blanken Oberfläche trafen, er mit gleichgültiger Miene, sie zahm, fügsam, fast als wolle sie sich entschuldigen.

Entschuldigen.

Mariam erkannte nun in ebendiesen Augen, wie töricht sie gewesen war.

Ob sie ihren Mann jemals getäuscht habe, fragte sie sich. Konnte man ihr den Vorwurf machen, eine selbstgefällige Frau zu sein? Eine ehrlose Frau? Lügenhaft? Vulgär? Womit hatte sie seine Beleidigungen verdient, seine Boshaftigkeit und all die Quälereien? Hatte sie ihn nicht immer gepflegt, wenn er krank war? Ihn und seine Freunde bekocht? Gehorsam und pflichtbewusst den Haushalt geführt?

Hatte sie ihm nicht ihre Jugend geopfert?

Hatte sie ihm jemals Grund für seine Gemeinheiten gegeben?

Raschid ließ den Gürtel fallen und kam auf sie zu. Manches, so schien er mit dieser Geste zum Ausdruck bringen zu wollen, ließ sich besser mit bloßen Händen erledigen.

Doch als er gerade über sie herfallen wollte, sah Mariam, wie Laila hinter ihm einen Gegenstand vom Boden aufhob, den Arm in die Höhe reckte und zuschlug. Glas splitterte. Die Scherben eines Wasserglases regneten herab. Lailas Hand war voller Blut, Blut rann aus einer Schnittwunde auf Raschids Wange und tropfte auf sein Hemd. Mit gefletschten Zähnen und aufflackerndem Blick fuhr er herum.

Laila und Raschid stürzten gemeinsam zu Boden und rangen miteinander. Er kam auf ihr zu liegen, legte ihr die Hände um den Hals.

Mariam zerrte an seinem Hemd. Sie schlug ihn, versuchte, ihn von Laila loszureißen. Sie biss ihn. Doch er ließ nicht locker. Er drückte Laila die Kehle zu, und es war klar, dass er bis zum Letzten gehen würde.

Mariam wich zurück, durch die Tür in den Flur, wo sie Klopflaute wahrnahm. Oben schlug Zalmai mit seinen kleinen Händen gegen eine verschlossene Tür. Sie rannte nach draußen, durchquerte den Hof.

Im Werkzeugschuppen langte sie nach der Schaufel.

Raschid sah sie nicht ins Wohnzimmer zurückkommen. Er saß immer noch auf Laila, hatte das Gesicht zu einer Grimasse verzogen und die Hände um ihren Hals geschlungen. Laila war blau angelaufen; sie hatte die Augen nach oben verdreht und schien sich nicht länger zu wehren. Er bringt sie um, dachte Mariam. Er meint es ernst. Doch das konnte und das wollte sie nicht zulassen. Er hatte ihr in den siebenundzwanzig Jahren ihrer Ehe schon genug weggenommen. Nicht auch noch Laila.

Mariam packte die Schaufel mit beiden Händen am Stiel und hob sie über den Kopf. Sie rief ihn beim Namen. Sie wollte sein Gesicht sehen.

»Raschid.«

Er blickte auf.

Mariam schlug zu.

Sie traf ihn über der Schläfe. Er ließ von Laila ab und kippte zur Seite.

Raschid wischte sich mit der Hand über den Kopf, sah das Blut an seinen Fingern und richtete dann den Blick auf Mariam. Es schien, dass sich seine Miene entspannte. Mariam dachte, der Schlag habe ihn vielleicht zur Besinnung gebracht. Vielleicht sah er auch etwas in ihrem Gesicht, das ihn aufmerken ließ. Vielleicht sah er Zeichen jener Selbstverleugnung, der Aufopferung und Strapazen, die sie das jahrelange Zusammenleben mit ihm gekostet hatten, ein Leben, das aus Gewalt und Zumutungen, Vorwürfen und Gemeinheiten bestand. Was war es, das sie da in seinen Augen sah? Respekt? Bedauern?

Doch dann verzog sich sein Mund zu einem tückischen Grinsen, und Mariam sah ein, dass es falsch wäre, vielleicht sogar unverantwortlich, wenn sie jetzt nachgäbe. Wenn sie ihn aufstehen ließe, würde er nicht lange fackeln, nach oben gehen und seine Pistole aus dem Zimmer holen, in dem er Zalmai eingesperrt hatte. Hätte Mariam sicher sein können, dass er nur sie erschießen und Laila verschonen würde, wäre sie womöglich eingeknickt. Doch aus Raschids Blicken sprach, dass er entschlossen war, sie beide umzubringen.

Und so holte Mariam noch einmal mit der Schaufel aus, so weit, dass das Blatt ihr Kreuz berührte. Und während sie die Schaufelkante in Schlagrichtung brachte, wurde ihr bewusst, dass sie zum allerersten Mal in ihrem Leben das Heft des Handelns selbst in die Hand nahm.

Mit diesem Gedanken führte sie den Schlag aus und setzte all ihre Kraft hinein.

46

Laila

Laila war sich der lebensbedrohlichen Gefahr bewusst, die im wutverzerrten Gesicht über ihr geschrieben stand. Sie nahm auch Mariam am Rande wahr, die mit ihren Fäusten auf Raschid eintrommelte. Ihr Blick aber war unter die Zimmerdecke gerichtet, auf die dunklen Schimmelflecken, die sich wie Tinte auf einem Stofftuch ausbreiteten, und die Risse im Putz, die, je nachdem, wo man im Zimmer stand, mal wie ein gleichmütiges Lächeln, mal wie ein Stirnrunzeln anmuteten. Laila dachte daran, wie oft sie mit Lappen und Besen die Spinnweben aus den Ecken entfernt hatte. Dreimal hatten sie und Mariam diese Decke mit weißer Farbe überstrichen. Die Risse erschienen ihr jetzt nicht wie ein Lächeln, sondern wie ein höhnisches Grinsen, das sich immer weiter von ihr entfernte. Die Zimmerdecke hob sich, schrumpfte, stieg auf in eine diesige Düsternis. Bald hatte sie nur noch die Größe einer Briefmarke, strahlend weiß, umgeben von Schwärze, darin das Gesicht von Raschid wie ein heller Fleck.

Funken sprühten vor ihren Augen wie kleine silberne Sterne, die zerstoben. Bizarre Lichter bewegten sich auf und ab, hin und her, verschmolzen miteinander, verformten sich, verblassten und verschwanden im Dunkeln.

Gedämpfte, ferne Stimmen.

Unter ihren Lidern tauchten unscharf die Gesichter ihrer Kinder auf. Aziza, wachsam und betrübt, wissend, verschlossen; Zalmai, voller Eifer und mit bangem Blick auf seinen Vater.

So also sollte es enden. Was für ein jämmerlicher Abgang, dachte Laila.

Doch dann verflüchtigte sich die Dunkelheit. Sie wähnte sich aufgerichtet, hochgehoben. Die Zimmerdecke rückte wieder näher und breitete sich aus, so dass bald wieder die Risse zu erkennen waren, und sie schienen wieder das altvertraute dumpfe Lächeln zu zeigen.

Jemand rüttelte an ihrer Schulter. »Ist mit dir alles in Ordnung? Antworte, alles in Ordnung?« Mariams Gesicht, zerkratzt und sorgenvoll, schwebte über ihr.

Laila schnappte nach Luft. Ihre Kehle brannte. Als sie das zweite Mal Atem schöpfte, brannte auch die Brust. Dann hustete und ächzte sie. Sie atmete, wenn auch keuchend. In ihrem gesunden Ohr rauschte es.

Als sie sich aufrichtete, fiel ihr erster Blick auf Raschid. Er lag reglos auf dem Rücken und starrte ins Nichts. Er hatte den Mund geöffnet wie ein Fisch auf dem Trockenen. Rosafarbener Schaum rann ihm von den Wangen. Der Hosenschritt war durchnässt. Laila sah seine Stirn.

Dann sah sie die Schaufel.

Sie stöhnte laut auf. »Oh«, hauchte sie stimmlos. »Oh, Mariam.«

Jammernd irrte Laila im Zimmer auf und ab. Mariam hockte neben Raschid am Boden, die Hände im Schoß, ruhig und ergeben. Sie gab keinen Laut von sich.

Laila zitterte am ganzen Leib. Ihr Mund war wie ausgetrocknet. Sie stammelte unzusammenhängende Worte vor sich hin und wagte es nicht, Raschid anzusehen, die klaffende Mundöffnung, die aufgerissenen Augen und das am Boden gerinnende Blut.

Draußen ging die Sonne unter; Schatten legten sich über den Hof. Im Halbdunkel wirkte Mariam verschwindend klein. Sie war abgespannt, zeigte aber keinerlei Erregung oder Furcht. Sie schien in Gedanken versunken und weit entrückt. Als sich ihr eine Fliege aufs Kinn setzte, schenkte sie ihr keine Beachtung. Die Unterlippe war nach vorn geschoben, wie immer, wenn sie grübelte.

Schließlich sagte sie: »Setz dich, Laila *jo*.«

Laila gehorchte.

»Wir müssen ihn fortschaffen. Zalmai soll ihn so nicht sehen.«

Mariam zog Raschid den Schlüssel zum Schlafzimmer aus der Tasche, bevor sie ihn mit Lailas Hilfe in ein Bettlaken einwickelte. Laila packte ihn bei den Kniekehlen, während Mariam die Arme unter seine Achseln schlang. Sie versuchten, ihn anzuheben, doch er war zu schwer, und so mussten sie ihn über den Boden schleifen. Als sie die Haustür passierten, blieb sein Fuß am Pfosten hängen, und sein Bein knickte zur Seite weg. Bei dem Versuch, den Leichnam über die Schwelle zu zerren, war oben ein Klopfen an der Schlafzimmertür zu hören. Lailas Knie wurden weich. Sie ließ Raschid fallen und ging schluchzend und zitternd zu Boden. Mariam stand über ihr, die Hände in die Hüften gestemmt, und sagte, dass sie sich zusammenreißen müsse. Was geschehen sei, sei geschehen.

Laila stand auf und wischte sich das Gesicht. Mit vereinten Kräften hievten die beiden Frauen Raschid über den Hof und versteckten ihn im Schuppen hinter der Werkbank, auf der seine Säge, ein paar Nägel, ein Stechbeitel, ein Hammer und ein zylindrischer Holzblock lagen, aus dem Raschid ein Spielzeug für Zalmai hatte schnitzen wollen, wozu er aber nicht gekommen war.

Die beiden gingen ins Haus zurück. Mariam wusch sich die Hände, fuhr mit den Fingern durchs Haar und holte tief Luft. »Lass dich jetzt verarzten. Du bist übel zugerichtet, Laila *jo*.«

Mariam sagte, sie müsse die Nacht über in sich gehen, ihre Gedanken sortieren und einen Plan fassen.

»Es gibt einen Ausweg«, murmelte sie. »Ich muss ihn nur finden.«

»Wir müssen fort. Wir können hier nicht bleiben«, entgegnete Laila mit gebrochener, heiserer Stimme. Sie stellte sich vor, wie es geklungen haben mochte, als die Schaufel auf seinem Kopf aufgetroffen war, und ihr drehte sich der Magen um.

Mariam wartete geduldig, bis es Laila wieder besser ging. Sie legte Lailas Kopf auf ihren Schoß, streichelte ihre Haare und sagte, sie solle sich keine Sorgen machen; alles werde gut werden. Sie stellte ihr in Aussicht, gemeinsam aufzubrechen, sie, Laila, die Kinder und auch Tarik. Sie würden dieses Haus, diese unversöhnliche Stadt und das elende Land hinter sich zurücklassen, versprach sie, und einen fernen, sicheren Ort aufsuchen, wo man sie nicht fände, wo sie mit ihrer Vergangenheit abschließen könnten und geborgen wären.

»Es wird dort Bäume geben«, sagte sie. »Ja, viele Bäume.«

Sie würden in einem kleinen Haus am Rand einer Stadt leben, von der sie noch nie gehört hätten, sagte Mariam; in einer entlegenen Ortschaft, durch die zwar nur eine enge, ungepflasterte Straße führe, doch sei diese von vielen verschiedenen Pflanzen und Sträuchern gesäumt. Vielleicht gebe es dort grüne Weiden, auf denen die Kinder spielen könnten, oder sogar einen klaren blauen See voller Forellen und mit Schilf an den Ufern. Sie würden Schafe und Hühner halten, gemeinsam Brot backen und den Kindern Lesen und Schreiben beibringen. Sie würden ein neues Leben beginnen, ein friedliches, abgeschiedenes Leben, befreit von aller erlittenen Not und beschenkt mit Glück und bescheidenem Wohlstand.

Laila stimmte ihr murmelnd zu. Es würde, wie sie voraussah, ein Leben voller Schwierigkeiten sein, die aber mit Freude und Stolz angenommen und wertgeschätzt werden könnten wie ein Familienerbe. Mariam sprach ihr mit sanfter, mütterlicher Stimme weiter Trost zu. »Es gibt einen Weg«, sagte sie, und morgen früh wolle sie erklären, was zu tun sei; vielleicht würden sie morgen um diese Zeit schon aufgebrochen sein und dieses neue Leben begonnen haben, ein Leben voller Möglichkeiten, Freude und willkommenen Schwierigkeiten. Laila war dankbar dafür, dass Mariam die Initiative übernommen hatte und sich im Stande wähnte, mit nüchtern klarem Blick für beide zu planen. Sie selbst war dafür viel zu durcheinander.

Mariam stand auf. »Du solltest dich jetzt um deinen Sohn kümmern«, sagte sie, und Laila sah erst jetzt in Mariams Gesicht, wie angeschlagen sie war.

Laila fand ihn zusammengerollt auf Raschids Bettseite liegen. Sie schlüpfte zu ihm unter die Decke.

»Bist du noch wach?«

Ohne ihr das Gesicht zuzuwenden, antwortete er: »Kann nicht schlafen. Baba *jan* hat noch nicht die *Babalu*-Gebete mit mir gesprochen.«

»Wie wär's, wenn ich es heute täte?«

»Du kannst das nicht so wie er.«

Sie streichelte über seine kleine Schulter und drückte ihm einen Kuss in den Nacken. »Ich könnte es versuchen.«

»Wo ist Baba *jan*?«

»Baba *jan* ist weggegangen«, sagte Laila mit erstickender Stimme.

Die schreckliche Lüge war zum ersten Mal ausgesprochen. Wie oft würde sie davon noch Gebrauch zu machen haben, fragte sich Laila; wie oft würde sie Zalmai täuschen müssen? Sie dachte an die Jubelrufe des Kleinen und wie er auf seinen Vater zustürmte, wenn dieser von der Arbeit nach Hause kam, wie sein Vater ihn dann bei den Ellbogen fasste und herumwirbelte, bis die kleinen Beine waagerecht durch die Luft flogen, wie sie dann kicherten, wenn Zalmai anschließend wie betrunken durchs Zimmer torkelte. Sie dachte an die ausgelassenen Spiele der beiden, an ihr prustendes Lachen und die verschwörerischen Blicke.

Wegen ihres Sohnes empfand Laila tiefe Scham und Traurigkeit.

»Wohin ist er gegangen?«

»Ich weiß es nicht, mein Liebling.«

Wann Baba *jan* wieder da wäre? Ob er ihm ein Geschenk mitbrächte, wenn er zurückkäme?

Sie betete mit Zalmai. Einundzwanzigmal *Bismallah-e-rahman-e-rahim*, abgezählt auf den Knöcheln von sieben Fingern. Sie sah, wie er die Hände vors Gesicht hielt, hineinblies, dann beide Handrücken auf die Stirn legte und zu einer wegwerfenden Geste flüsterte: »Geh weg, Babalu, komm nicht zu Zalmai, er hat nichts mit dir zu schaffen, geh weg, Babalu.« Zum Abschluss wiederholte er dreimal die Worte *»Allah-u-akbar«*.

Später in der Nacht schreckte Laila auf, geweckt von einer gehauchten Stimme: »Bin ich schuld, dass Baba *jan* gegangen ist? Ist er gegangen, weil ich das über dich und den Mann gesagt habe?«

Sie beugte sich über ihn, um ihm tröstend zu versichern, dass es nicht seine Schuld sei, doch Zalmai schlief, und seine kleine Brust ging auf und ab.

Beim Zubettgehen hatte Laila in ihrer Bestürzung keinen klaren Gedanken fassen können. Doch als der Muezzin zum Morgengebet rief, war ihr Verstand wieder wach.

Sie richtete sich auf und betrachtete für eine Weile den schlafenden Sohn, der sein Kinn auf den Handballen gebettet hatte. Wahrscheinlich, so dachte sie, war Mariam in der Nacht ins Zimmer geschlichen, hatte ihnen beim Schlafen zugeschaut und Pläne geschmiedet.

Laila erhob sich vom Bett. Ihr taten alle Knochen weh. Sie spürte die schmerzenden Spuren von Raschids Gürtelschnalle im Nacken, auf den Schultern und im Rücken, an Armen und Beinen. Stöhnend verließ sie das Schlafzimmer.

Das Licht in Mariams Zimmer schimmerte dunkelgrau; es hatte jene Tönung, mit der Laila immer krähende Hähne und taufrisches Gras in Verbindung brachte. Mariam kniete auf ihrem Gebetsteppich, das Gesicht dem Fenster zugewandt. Langsam ging Laila in die Knie und nahm ihr gegenüber auf dem Boden Platz.

»Du solltest gleich losgehen und Aziza besuchen«, sagte Mariam.

»Ich glaube, ich weiß, was du vorhast.«

»Geh nicht zu Fuß. Nimm den Bus. Als einziger Fahrgast in einem Taxi würdest du auffallen und aufgehalten werden.«

»Dein Versprechen von letzter Nacht ...« Laila stockte. Die Bäume, der See, der entlegene Ort. All das war zu schön, um wahr zu sein. Mariam hatte sie nur besänftigen wollen. So wie man ein verstörtes Kind mit fantastischen Geschichten zu beruhigen versuchte.

»Ich habe es so gemeint«, sagte Mariam. »Für dich, Laila *jo*.«

»Ohne dich will ich es nicht«, krächzte Laila.

Mariam lächelte matt.

»Ich möchte, dass es genauso wird, wie du es gesagt hast, Mariam, für uns alle, für dich, mich und die Kinder. Tarik hat eine Wohnung in Pakistan. Dort könnten wir uns für eine Weile versteckt halten und abwarten, bis Gras über die Sache gewachsen ist …«

»Nein. Das wäre nicht möglich«, entgegnete Mariam geduldig wie zu einem Kind, das es gut meinte, aber einem Irrtum erlag.

»Wir kümmern uns umeinander«, beharrte Laila stammelnd und mit Tränen in den Augen. »Wie du es vorgeschlagen hast. Nein. Zur Abwechslung werde ich mich um *dich* kümmern.«

»Oh, Laila *jo*.«

Laila ließ nicht locker. Sie flehte und feilschte. Sie versprach, den Haushalt ganz allein zu führen. »Du brauchst keinen Handschlag zu tun. Nie wieder. Du ruhst dich aus, schläfst, solang du willst, und legst einen kleinen Garten an. Du tust, was dir gefällt, und ich erfülle dir jeden Wunsch. Lass uns nicht allein, Mariam. Es bräche uns, Aziza und mir, das Herz.«

»Einem Brotdieb werden die Hände abgeschlagen«, erwiderte Mariam. »Was glaubst du, haben Frauen zu erwarten, deren Ehemann tot aufgefunden wird?«

»Wir machen uns aus dem Staub«, hauchte Laila.

»Früher oder später wird man uns schnappen. Sie sind wie Bluthunde.« Mariam sprach mit leiser, vorsichtiger Stimme. Verglichen mit ihren Worten, klangen Lailas Versprechungen abwegig und töricht.

»Mariam, bitte …«

»Und wenn sie uns aufgreifen, sind wir alle geliefert. Auch Tarik. Ich will nicht, dass ihr in ständiger Angst lebt und von einem Ort zum anderen fliehen müsst. Was wird mit den Kindern geschehen, wenn sie dich stellen?«

Laila vergoss heiße Tränen.

»Wer wird sich dann um sie kümmern? Die Taliban? Sei vernünftig, Laila *jo*. Vergiss nicht, du bist eine Mutter.«

»Ich kann nicht.«

»Du musst.«

»Aber es ist ungerecht«, ächzte Laila.

»Was soll's? Komm her. Komm zu mir.«

Laila rückte näher und legte den Kopf auf Mariams Schoß. Sie erinnerte sich an all die gemeinsam verbrachten Nachmittage; während sie sich gegenseitig das Haar flochten, hatte Mariam immer ihren weitschweifenden Gedanken und Geschichten zugehört, voller Dankbarkeit und mit einem Ausdruck im Gesicht, als würde ihr ein einzigartiges Privileg zuteil.

»Es ist recht so«, sagte Mariam. »Ich habe unseren Ehemann getötet. Ich habe deinem Sohn den Vater genommen. Es wäre falsch, wenn ich fliehen würde. Ich kann es nicht. Selbst wenn uns die Flucht gelänge, könnte ich niemals ...« Ihre Lippen zitterten. »Ich könnte der Trauer deines Sohnes nicht entkommen. Wie sollte ich ihm jemals wieder guten Gewissens unter die Augen treten, Laila *jo*?«

Mariam fuhr Laila durch das Haar und zupfte an einer Locke.

»Für mich ist die Sache hier abgeschlossen. Mir bleibt nichts zu wünschen übrig. Was ich mir als kleines Mädchen erhofft habe, hast du mir gegeben. Du und deine Kinder haben mich glücklich gemacht. Es ist gut so, Laila *jo*. Wirklich. Sei nicht traurig.«

Laila hatte keine überzeugende Antwort parat. Trotzdem redete sie auf Mariam ein, in unvollständigen Sätzen und fahrig stammelnd wie ein Kind. Sie sprach von Obstbäumen, die zu pflanzen seien, und von Hühnern, die es großzuziehen gelte, von kleinen Hütten in namenlosen Dörfern und Ausflügen an Seen, in denen es von Forellen nur so wimmelte. Am Ende versiegten die Worte, nicht so die Tränen. Sie schluchzte wie ein Kind, das gegen die bittere Logik der Erwachsenen nicht anzukommen vermochte und dem nichts anderes übrig blieb als nachzugeben. Laila kauerte sich zusammen und legte ein letztes Mal den Kopf auf Mariams Schoß.

Später am Morgen packte Mariam für Zalmai ein Stück Brot und getrocknete Feigen ein. Ein zweites Proviantpaket, gefüllt mit Feigen und Keksen in Form von Tieren, war für Aziza bestimmt. Sie steckte alles in einen Papierbeutel, den sie Laila reichte.

»Gib Aziza einen Kuss von mir. Sag ihr, dass sie der *noor* meiner Augen ist und mein Ein und Alles. Willst du ihr das ausrichten?«

Laila nickte und presste die Lippen aufeinander.

»Nimm den Bus, wie gesagt, und halte den Kopf gesenkt.«

»Wann werde ich dich sehen, Mariam? Ich möchte dich sehen, bevor ich meine Aussage mache. Ich werde ihnen sagen, wie es passiert ist, und erklären, dass es nicht deine Schuld war. Dass du nicht anders konntest. Sie werden Verständnis dafür haben, meinst du nicht auch, Mariam? Sie werden nachsichtig sein.«

Mariam antwortete mit einem sanften Lächeln.

Sie ging in die Hocke, um Zalmai in die Augen zu schauen. Er trug ein rotes T-Shirt, eine verschlissene Hose und die Cowboystiefel, die Raschid aus zweiter Hand auf dem Markt von Mandaii gekauft hatte. Mit beiden Händen hielt er seinen neuen Basketball gepackt. Mariam gab ihm einen Kuss auf die Wange.

»Sei jetzt ein guter, starker Junge«, sagte sie. »Und sei lieb zu deiner Mutter.« Sie nahm sein Gesicht in die Hände. Er wich zurück, doch sie hielt an ihm fest. »Es tut mir leid, Zalmai *jo*. Glaub mir, dass du traurig bist und Kummer hast, tut mir sehr leid.«

Laila nahm Zalmai bei der Hand und ging mit ihm auf die Straße hinaus. Bevor sie um die Ecke bogen, schaute Laila zurück und sah Mariam in der Tür stehen. Mariam hatte einen weißen Schal um den Kopf gewickelt. Sie trug eine dunkelblaue zugeknöpfte Strickjacke und eine weiße Baumwollhose. Sonnenstrahlen streiften ihr Gesicht. Sie winkte freundlich.

Laila und Zalmai bogen um die Ecke und sahen Mariam nie wieder.

47

Mariam

Nach all den Jahren, so schien es, wieder zurück in einer *kolba*.

Das Frauengefängnis Walayat war ein würfelförmiges graues Gebäude in Shar-e-Nau nahe der Hühnerstraße. Es befand sich inmitten eines größeren Komplexes, der Haftanstalt für Männer. Ein mit Vorhängeschlössern abgesichertes Tor trennte Mariam und die anderen Frauen von den anderen Teilen des Gefängnisses. Mariam zählte vier belegte Zellen, kleine kahle Kammern, in denen der Putz von den Wänden bröckelte. Die unverglasten Fensterluken waren vergittert und blickten auf den Innenhof, den die Frauen nach Belieben aufsuchen konnten, denn die Türen zu ihren Zellen blieben unverschlossen. Weil es keine Vorhänge vor den Fenstern gab, konnten die Wärter, die im Hof patrouillierten, ungehindert Einblick nehmen. Einige Frauen beschwerten sich darüber, dass die Wärter vor ihren Fenstern rauchten, sie, die Gefangenen, mit lüsternen Blicken begafften und zotige Witze rissen. Aus diesem Grund trugen die meisten Frauen den ganzen Tag über Burkas, die sie erst nach Sonnenuntergang ablegten, wenn die Pforte abgeschlossen war und die Wärter ihre Posten eingenommen hatten.

Nachts war es stockdunkel in der Zelle, die sich Mariam mit fünf Frauen und vier Kindern teilte. Wenn es ausnahmsweise Strom gab, wurde Naghma, eine klein gewachsene junge Frau mit flacher Brust und schwarzem krausem Haar, unter die Decke gehoben, aus der ein Stück abisoliertes Kabel heraushing. Naghma klemmte dann mit der Hand die Phasen an eine Glühbirne und sorgte so für Licht.

Die Toiletten waren so groß wie Kleiderschränke. In der Mitte des an mehreren Stellen aufgesprungenen Betonbodens befand sich ein kleines rechteckiges Loch, darunter ein Haufen Unrat. Fliegen schwirrten durch dieses Loch ein und aus.

Mitten auf dem rechteckigen Innenhof gab es eine Wasserstelle, die aber keinen Ablauf hatte, weshalb der Hof meistens verschlammt war. An einem Gewirr aus Wäscheleinen hingen Socken und Windeln zum Trocknen. Hier empfingen die Insassen auch ihre Besucher; hier wurde der Reis gekocht, den die Familien mitbrachten – das Gefängnis gab selbst kein Essen aus. Der Hof war gleichzeitig auch Spielplatz der Kinder, von denen viele, wie Mariam erfuhr, in Walayat zur Welt gekommen waren und die Welt jenseits dieser Mauern noch nie gesehen hatten. Mariam sah ihnen beim Spielen zu und wie sie auf bloßen Füßen durch den Matsch tollten. Den ganzen Tag tobten sie herum, ungeachtet des Gestanks, der dem gesamten Gelände und ihren eigenen Körpern anhaftete; auch von den Taliban nahmen sie keine Notiz, es sei denn, sie wurden geschlagen.

Mariam hatte keine Besucher. Es war das Erste und Einzige, worum sie die Gefängnisleitung gebeten hatte: keine Besucher.

Keine der anderen Frauen in Mariams Zelle saß wegen eines Gewaltverbrechens ein. Sie büßten alle dafür, von zu Hause weggelaufen zu sein, was viele Frauen versuchten. Als Mörderin genoss Mariam eine Sonderstellung. Die Frauen betrachteten sie mit Respekt, fast ehrfürchtig. Sie boten ihr ihre Decken an und rissen sich geradezu darum, sie an ihrem Essen teilhaben zu lassen.

Besonders angetan von Mariam war Naghma, die ihr mit verschränkten Armen auf Schritt und Tritt folgte. Naghma empfand offenbar ein eigentümliches Vergnügen daran, von Unglücksfällen zu berichten, die nicht zuletzt ihre eigene Person betrafen. Sie erzählte, dass ihr Vater sie einem Schneider versprochen habe, der an die dreißig Jahre älter sei als sie.

»Er stinkt wie *goh* und hat weniger Zähne im Mund als Finger an der Hand«, beschrieb Naghma den Schneider.

Sie hatte mit einem jungen Mann, dem Sohn eines Mullahs, nach

Gardez zu fliehen versucht, war aber nicht weit gekommen. Nach ihrer Gefangennahme war der Mullah-Sohn ausgepeitscht worden, bis er sich reuig zeigte und sagte, dass Naghma ihn mit ihren weiblichen Reizen verführt habe. Er sei von ihr in eine Art Bann geschlagen worden, sagte er und versprach, sich hinfort voll und ganz dem Studium des Koran zu widmen. Er wurde freigelassen, Naghma zu fünf Jahren Haft verurteilt.

Hier im Gefängnis sei sie wenigstens in Sicherheit, sagte sie; ihr Vater habe geschworen, ihr am Tag ihrer Freilassung die Kehle aufzuschlitzen.

Als Naghma dies erzählte, fühlte sich Mariam an jenen Morgen vor langer Zeit zurückversetzt, als vor verlöschenden kalten Sternen rosarote Wolkenschlieren über das Safid-koh-Gebirge zogen und Nana zu ihr sagte: »So wie eine Kompassnadel immer nach Norden zeigt, wird der anklagende Finger eines Mannes immer eine Frau finden. Immer. Denk daran, Mariam.«

Mariams Prozess hatte vor einer Woche stattgefunden. Es gab keine Verhandlung, keine Rechtsberatung, keine Beweisaufnahme, keinen Einspruch. Mariam verzichtete auf die Aussage von Entlastungszeugen. Das gesamte Verfahren dauerte nicht länger als eine Viertelstunde.

Ihr saßen drei Männer gegenüber; der in der Mitte, ein gebrechlicher alter Talib, war allem Anschein nach der vorsitzende Richter. Er war außergewöhnlich hager, hatte eine gelbliche, lederne Haut und einen krausen roten Bart. Er trug eine Brille, die seine Augen vergrößerte und erkennen ließ, dass sich das Weiß der Augäpfel gelb verfärbt hatte. Der dünne Hals schien kaum geeignet, den Kopf samt sorgsam gewickeltem Turban tragen zu können.

»Sie sind geständig, *hamshira*?«, fragte er mit müder Stimme.

»Ja«, antwortete Mariam.

Der Mann nickte. Vielleicht auch nicht. Das Zittern seiner Hände und des Kopfes erinnerten Mariam an Mullah Faizullahs Tremor. Wenn er einen Schluck Tee trinken wollte, ließ er sich von dem stämmigen Mann zu seiner Linken das Glas an die Lippen führen.

Dann schloss er die Augen und dankte mit stummer, vornehmer Geste.

Er hatte, wie Mariam fand, etwas Entwaffnendes an sich. Wenn er sprach, schwangen sowohl Arglist als auch Zärtlichkeit in seiner Stimme mit. Er lächelte geduldig und blickte nicht mit Verachtung auf Mariam herab. Seine an sie gerichteten Worte waren ohne Gehässigkeit oder Vorwurf, ja sogar in einem eher entschuldigenden Ton vorgetragen.

»Ist Ihnen klar, was das heißt?«, fragte der knochige Talib zu seiner Rechten. Er war der jüngste der drei, redete sehr schnell und überheblich und gab sich besonders selbstsicher. Es irritierte ihn, dass Mariam kein Paschto sprach. Auf sie machte er den Eindruck eines jener streitsüchtigen jungen Männer, die es genießen, Macht auszuüben, überall Verstöße sehen und es für ihr Geburtsrecht halten, Urteile zu fällen.

»Ja«, antwortete Mariam.

»Ich weiß nicht«, entgegnete der junge Talib. »Nach Gottes Willen sind Mann und Frau verschieden. Unsere Gehirne funktionieren anders. Ihr Frauen könnt unseren Gedanken nicht folgen. Das ist von westlichen Ärzten und Wissenschaftlern nachgewiesen worden. Darum hat für uns die Aussage eines Mannes ebenso viel Gewicht wie die von zwei Frauen.«

»Ich habe meine Tat gestanden, Bruder«, sagte Mariam. »Aber hätte ich sie nicht begangen, wäre sie nun tot. Er hat sie gewürgt.«

»Das sagten Sie bereits. Aber Frauen behaupten vieles.«

»Es ist die Wahrheit.«

»Haben Sie, abgesehen von Ihrer *ambagh*, irgendwelche Zeugen?«

»Nein.«

»Na dann …« Er warf die Hände in die Luft und verzog das Gesicht.

Als Nächstes sprach der kränkliche Talib.

»Ich bin bei einem Arzt in Peschawar in Behandlung«, sagte er. »Er ist ein sehr tüchtiger junger Pakistani. Erst letzte Woche war ich bei ihm. Ich bat ihn, mir die Wahrheit zu sagen, Freund, und er antwortete: ›Ich gebe Ihnen drei Monate, Mullah *sahib*, höchstens sechs, wenn Gott will.‹«

Er nickte dem Mann zur Linken zu und nahm einen weiteren Schluck Tee aus dem gereichten Trinkglas. Mit dem Rücken der zitternden Hand wischte er sich über den Mund. »Es macht mir keine Angst, aus diesem Leben zu scheiden. Mein einziger Sohn ist mir schon vor fünf Jahren vorausgegangen. Dieses Leben bereitet uns Kummer über Kummer, bis wir daran zerbrechen. Nein. Ich glaube, ich darf glücklich sein, dass ich bald daraus entlassen werde.

Was mich allerdings beunruhigt, *hamshira*, ist, dass ich vor Gott treten werde und er mich fragen wird: ›Warum hast du nicht getan, was ich von dir verlangt habe, Mullah? Warum hast du meinen Gesetzen nicht gehorcht?‹ Wie werde ich mich Ihm gegenüber rechtfertigen können, *hamshira*? Wie entlaste ich mich von dem Vorwurf, ungehorsam gewesen zu sein? Alles, was ich tun kann – was wir in der uns verbleibenden Zeit tun können –, ist, den Gesetzen zu entsprechen, die Er uns gegeben hat. Je deutlicher ich mein Ende vor Augen sehe, *hamshira*, je näher der Tag meines Todes heranrückt, desto entschlossener bin ich, Sein Wort zu erfüllen. So schmerzlich es auch sein mag.«

Er rutschte ächzend auf seinem Stuhl hin und her. Seine Kollegen richteten das bestickte Kissen, auf dem er saß.

»Ich glaube Ihnen, wenn Sie sagen, dass Ihr Mann sehr jähzornig war«, fuhr er fort und fixierte Mariam durch seine dicke Brille. Sein Blick war ernst und mitfühlend zugleich. »Nichtsdestotrotz schockiert mich die Brutalität Ihrer Tat, *hamshira*. Mich entsetzt, was Sie getan haben, während sein kleiner Junge im Schlafzimmer eingeschlossen war und weinte.

Ich bin müde und dem Tod geweiht. Ich würde gern Gnade walten lassen und Ihnen vergeben. Aber wenn Gott mich ruft und sagt, ›Es war nicht dein Amt, zu vergeben, Mullah‹, was soll ich dann antworten?«

Seine Kollegen nickten und sahen ihn bewundernd an.

»Sie machen auf mich nicht den Eindruck einer verruchten Frau, *hamshira*. Und doch haben Sie eine verruchte Tat begangen. Dafür müssen Sie büßen. Die Scharia schreibt für solche Fälle ein klares Urteil vor. Sie sagt, dass ich Sie, *hamshira*, dorthin schicken muss, wo ich selbst bald sein werde.

Verstehen Sie mich, *hamshira*?«

Mariam blickte auf ihre Hände und bejahte seine Frage.

»Möge Allah Ihnen vergeben.«

Bevor man sie abführte, wurde ihr das schriftliche Urteil des Mullahs vorgelegt. Unter den Augen der drei Taliban unterzeichnete Mariam mit ihrem Namen – *meem, reh, yah, meem* –, und während sie schrieb, erinnerte sie sich an ihre letzte Unterschrift vor siebenundzwanzig Jahren, an Jalils Tisch und unter den aufmerksamen Blicken eines anderen Mullahs.

Mariam verbrachte insgesamt zehn Tage in Haft. Sie hockte in der Zelle vor dem Fenster und schaute auf den Hof hinaus. Wenn der Sommerwind wehte, wirbelten Staub und Papierfetzen bis über die Gefängnismauern auf und tanzten in Strudeln wie Irrwische durch den Hof. Alle – die Wärter, die Kinder, die Inhaftierten und Mariam – vergruben dann das Gesicht in der Armbeuge, doch der Staub ließ sich nicht aufhalten. Er drang in Ohren und Nase, in Augen, Hautfalten und Mund, wo er zwischen den Zähnen knirschte. Gegen Abend flauten die Stürme ab, und die Brisen in der Nacht waren so lau, als schämten sie sich für die Auswüchse ihrer Geschwister bei Tage.

An Mariams letztem Tag im Walayat schenkte ihr Naghma eine Mandarine. Sie drückte sie ihr in die Hand und schloss die Finger darüber.

»Du bist die beste Freundin, die ich jemals hatte«, sagte Naghma und brach in Tränen aus.

Auch den Rest des Tages verbrachte Mariam vor dem vergitterten Fenster und blickte nach draußen. Jemand kochte. Nach Kreuzkümmel duftender Rauch und warme Luft drängten in die Zelle. Kinder versuchten einander mit verbundenen Augen zu fangen. Zwei kleine Mädchen sagten einen Reim auf, der Mariam daran erinnerte, dass ihr ebendieser Vers von Jalil beigebracht worden war, als sie am Ufer des Flusses gesessen und geangelt hatten.

Eine Vogeltränke, klitzeklein,
war gehöhlt in einen Stein.
Stichling saß am Rand und trank,
rutschte aus und – plumps – versank.

Mariam hatte in der vergangenen Nacht ein buntes Kaleidoskop aus Bildern zusammengeträumt: elf vertikal angeordnete Kieselsteine; Jalil, wieder jung, mit gewinnendem Lächeln, dem Kinngrübchen, Schweißflecken unter den Achseln und dem über die Schulter geworfenen Jackett, auf dem Weg zu seiner Tochter, um sie zu einem Ausflug in seinem blank polierten schwarzen Buick Roadmaster einzuladen; Mullah Faizullah, der seinen Rosenkranz befingert und mit ihr am Flussufer entlangschlendert, gefolgt von ihrer beider Schatten, die über das Wasser gleiten; und die begraste Uferböschung, auf der lavendelblaue Schwertlilien wachsen, die im Traum wie Nelken riechen. Sie träumte von Nana im Eingang der *kolba*, hörte sie von ferne zu Tisch rufen, während Mariam im kühlen wuchernden Gras krabbelnde Ameisen, Käfer und Heuschrecken inmitten einer Vielzahl von Grüntönen beobachtete. Das Rad eines Karrens, der über den staubigen Weg bergan geschoben wurde, knarrte. Kuhglocken läuteten. Auf einem Hügel blökten Schafe.

Unterwegs zum Ghazi-Stadion wurde Mariam auf der Pritsche eines Lastwagens, der durch Schlaglöcher polterte und Kies aufspritzen ließ, so heftig durcheinandergeschüttelt, dass ihr das Steißbein wehtat. Ein junger bewaffneter Talib behielt sie im Auge.

Mariam fragte sich, ob er ihr Scharfrichter sein würde, dieser freundlich aussehende junge Mann mit den tief liegenden hellen Augen und leicht zugespitztem Gesicht, der mit dem schwarz angelaufenen Fingernagel seines Zeigefingers an das Seitenblech klopfte.

»Hast du Hunger, Mutter?«, fragte er.

Mariam schüttelte den Kopf.

»Ich hätte einen Keks. Schmeckt gut. Du kannst ihn haben, wenn du Hunger hast.«

»Nein. *Tashakor*, Bruder.«

Er zuckte mit den Achseln und lächelte. »Hast du Angst, Mutter?«

Ihr Hals war wie zugeschnürt. Mit zitternder Stimme sagte Mariam die Wahrheit. »Ja. Große Angst.«

»Ich habe ein Bild von meinem Vater«, erklärte er. »Ich kann mich nicht an ihn erinnern. Er hat früher Fahrräder repariert, so viel weiß ich, nicht aber, wie er sich bewegt hat, wie er gelacht oder wie seine Stimme geklungen hat, wenn du verstehst, was ich meine.« Er schaute zur Seite, richtete aber gleich darauf seinen Blick wieder auf Mariam. »Meine Mutter sagte immer, er sei der tapferste Mann, den sie kenne. Wie ein Löwe, sagte sie. Aber als ihn eines Morgens die Kommunisten abholten, habe er geweint wie ein Kind. Damit will ich dir sagen, dass es ganz normal ist, Angst zu haben. Dafür braucht man sich nicht zu schämen, Mutter.«

Zum ersten Mal an diesem Tag weinte Mariam ein wenig.

Auf den Tribünen waren Tausende Augenpaare auf sie gerichtet. Man reckte die Hälse, um besser sehen zu können. Gebete wurden gemurmelt. Viele schnalzten mit der Zunge. Ein Raunen ging durchs Stadion, als Mariam von dem Lastwagen heruntergeholt wurde. Sie stellte sich vor, dass in der Menge alle den Kopf schüttelten, als über Lautsprecher bekannt gegeben wurde, welches Verbrechen ihr zur Last gelegt wurde. Aber sie blickte nicht auf, um zu sehen, ob dieses Kopfschütteln missbilligend oder wohlmeinend war, vorwurfsvoll oder mitfühlend. Mariam blendete die Zuschauer aus.

Vor ein paar Stunden hatte sie noch gefürchtet, sich lächerlich zu machen als jemand, der um Gnade winselte, in Schreikrämpfe ausbrach, sich erbrach oder gar einnässte, dass sie am Ende auch noch den letzten Rest Würde verlieren und tierischen Instinkten nachgeben würde. Doch als ihr von dem Lastwagen heruntergeholfen wurde, gaben ihre Beine nicht nach. Sie rang nicht mit den Händen und musste auch nicht zur Hinrichtungsstelle geschleift werden. Als sie spürte, dass sie ins Wanken zu geraten drohte, dachte sie an Zalmai, dem sie den geliebten Vater geraubt hatte, worunter er nun zeit seines Lebens würde leiden müssen. Dann raffte sie sich wieder auf und ging mit sicherem Schritt weiter.

Ein bewaffneter Mann kam ihr entgegen und wies ihr den Weg in Richtung der Torpfosten auf der Südseite des Spielfeldes. Mariam glaubte, die angespannte Erwartung der Menge spüren zu können. Sie blickte nicht auf. Sie schaute zu Boden, auf ihren Schatten und den des Scharfrichters, der ihr folgte.

Mariam blickte auf ein Leben zurück, das ihr, von einigen wenigen schönen Momenten abgesehen, übel mitgespielt hatte. Doch als sie ihre letzten zwanzig Schritte setzte, wollte sie trotz allem an diesem Leben festhalten. Sie wünschte, Laila noch einmal sehen zu können, wünschte, sie lachen zu hören, mit ihr unter einem Sternenhimmel *chai* zu trinken und *halwa*-Reste zu essen. Sie bedauerte, nicht miterleben zu dürfen, wie Aziza zu einer schönen jungen Frau heranwuchs, dass es ihr nicht vergönnt sein würde, Azizas Hände mit Henna zu bemalen und zu ihrer Hochzeit *noqul*-Bonbons unter die Gäste zu werfen. Sie würde nie mit Azizas Kindern spielen.

Kurz vor dem Torpfosten forderte sie der Mann auf, stehen zu bleiben. Mariam gehorchte. Durch den Sehschlitz ihrer Burka sah sie den Schatten seines Arms, mit dem er seine Kalaschnikow anhob.

In diesen letzten Momenten wünschte sich Mariam vieles. Als sie aber die Augen schloss, wich ihr Leid dem Empfinden grenzenlosen Friedens. Sie dachte an ihren Eintritt in diese Welt als *harami* einer geringen Dörflerin, als ungewünschtes Ding und bedauernswerter Unfall, als Unkraut. Und doch verließ sie diese Welt als eine Frau, die liebte und geliebt wurde. Sie ging als Freundin und Begleiterin, Beschützerin und Mutter. Als eine Person von Belang. Nein, dachte Mariam, es war nicht so schlecht, auf diese Weise zu sterben. Es war das legitime Ende eines Lebens, das illegitim begonnen hatte.

Mariams letzte Gedanken richteten sich auf einen Koranvers, den sie unter angehaltenem Atem vor sich hin murmelte:

»Er hat Himmel und Erde der Wahrheit gemäß erschaffen. Er lässt die Nacht über den Tag und den Tag über die Nacht rollen. Er hat die Sonne und den Mond dienstbar gemacht. Jeder läuft in seiner Bahn für eine bestimmte Zeit. Er ist der Allmächtige, der Allvergebende.«

»Knie nieder!«, sagte der Talib.

»Oh, mein Herr! Vergib mir und sei mir gnädig, du, Allerbarmer.«

»Knie nieder, *hamshira*. Und halte den Kopf gesenkt!«

Mariam gehorchte ein letztes Mal.

Vierter Teil

48

Tarik leidet an Kopfschmerzen.

Manchmal wacht Laila mitten in der Nacht auf und sieht ihn, das Unterhemd über den Kopf gezogen, auf der Bettkante sitzen und vor- und zurückschaukeln. Es habe in Nasir Bagh angefangen, sagt er, und sei im Gefängnis schlimmer geworden. Mitunter muss er vor Schmerzen erbrechen und kann nur noch auf einem Auge sehen. Er sagt, es fühle sich an, als würde ein Messer in die Schläfe eindringen, das Gehirn zerreißen und auf der anderen Seite austreten.

»Ich bilde mir sogar ein, den Metallgeschmack wahrnehmen zu können, wenn die Schmerzen einsetzen.«

Laila legt ihm dann ein feuchtes Tuch auf die Stirn, was die Schmerzen ein wenig lindert. Auch die kleinen weißen Pillen, die Tarik von Sajids Arzt bekommen hat, tun ihre Wirkung. Aber in manchen Nächten sind die Anfälle so heftig, dass nichts mehr hilft. Dann hält er sich den Kopf und stöhnt; die Augen sind blutunterlaufen und die Nase tropft. Laila setzt sich in solchen Momenten an seine Seite, massiert ihm den Nacken und nimmt seine Hände in ihre.

Sie heirateten am Tag ihrer Ankunft in Murree. Sajid war sichtlich erleichtert, als er von ihrem Vorhaben hörte. Er hätte sich schwer damit getan, ein unverheiratetes Paar in seinem Hotel wohnen zu lassen. Sajid sieht ganz anders aus, als Laila ihn sich vorgestellt hat. Weder stehen seine Augen eng zusammen, noch hat er eine rötliche Gesichtsfärbung. Er trägt einen adrett gezwirbelten melierten Schnauzbart und langes graues Haar, das er aus der Stirn zurückkämmt. Er ist ein freundlicher Mann mit guten Manieren, gewählter Sprache und anmutigen Bewegungen.

Es war Sajid, der einen befreundeten Mullah zur *nikka* bestellt hatte und Tarik beiseite nahm, um ihm Geld zuzustecken. Tarik wollte es nicht annehmen, doch Sajid bestand darauf. Also ging er in die Mall und kehrte mit zwei schlichten schmalen Eheringen zurück. Sie heirateten am Abend, nachdem die Kinder zu Bett gegangen waren.

Durch den grünen Schleier, den ihnen der Mullah über die Köpfe gelegt hatte, trafen sich Lailas und Tariks Blicke im Spiegel. Es gab keine Tränen, keine strahlenden Mienen, keine geflüsterten Treueschwüre. Schweigend betrachtete Laila das gemeinsame Spiegelbild, Gesichter, auf denen die Jahre Spuren hinterlassen hatten. Tarik öffnete den Mund, um etwas zu sagen, doch bevor er dazu kam, wurde ihnen der Schleier weggezogen.

Im Beisein der Kinder, die im Etagenbett unter ihnen schliefen, lagen sie in dieser Nacht als Mann und Frau zusammen. Laila erinnerte sich, wie unbeschwert sie in jüngeren Jahren miteinander geplaudert hatten, wie sie einander ins Wort gefallen waren und an den Kragen gezerrt hatten, um dem Gesagten Nachdruck zu verleihen. Wie leicht es ihnen damals gefallen war, den anderen zum Lachen zu bringen. Es hatte sich seit diesen Kindertagen so vieles zugetragen, das ausgesprochen werden wollte, doch in dieser ersten Nacht kam ihnen kaum ein Wort über die Lippen. Es war ihnen ein Segen, zusammen zu sein, die Wärme des anderen zu spüren, Stirn an Stirn zu legen und einander die Hand zu halten.

Als Laila mitten in der Nacht aufwachte, weil sie Durst hatte, sah sie die Hände immer noch fest ineinander verschränkt wie bei Kindern, die den Bindfaden eines Luftballons festhalten.

Laila genießt die kühlen, nebelverhangenen Morgenstunden in Murree, den funkelnden Sternenhimmel bei Nacht, das Grün der Kiefern, in denen Eichhörnchen turnen, und die plötzlichen Regenschauer, die die Besucher der Mall unter den Markisen der Geschäfte Zuflucht suchen lassen. Ihr gefallen die Souvenirläden, ja sogar die Touristenhotels, auch wenn sich die Einheimischen über die vielen Neubauten beklagen, die, wie sie meinen, die natürliche Schönheit des Ortes verschandeln. Laila findet es seltsam, dass sich Leute an der *Errichtung* von Bauwerken stören. In Kabul würde man dies feiern.

Es gefällt ihr, dass sie ein Badezimmer haben, keine Außentoilette, sondern ein richtiges Badezimmer mit Wasserklosett, einer Dusche und einem Waschbecken mit zwei Wasserhähnen, aus denen buchstäblich im Handumdrehen kaltes und heißes Wasser kommt. Es gefällt ihr, beim Erwachen am Morgen Alyona meckern und Abida, die mürrische, aber harmlose Köchin, die in der Küche Wunder bewirkt, mit dem Geschirr klappern zu hören.

Manchmal, wenn Laila Tarik und die Kinder schlafen sieht, überkommt sie ein Gefühl tiefer Dankbarkeit, das ihr aber wie ein Kloß im Hals steckt und Tränen in die Augen treibt.

Vormittags bringen Laila und Tarik die Hotelzimmer in Ordnung. An Tariks Gürtel klimpert ein Schlüsselring; daneben hängt ein Sprühreiniger für die Fensterscheiben. Laila trägt einen Putzeimer, ein Desinfektionsmittel, eine Toilettenbürste und Holzpolitur für die Kommoden. Auch Aziza hilft; sie hält einen Mob in der einen Hand und die mit Bohnen ausgestopfte Puppe von Mariam in der anderen. Zalmai folgt den dreien, widerwillig und schmollend.

Laila saugt, macht die Betten und wischt Staub. Tarik säubert Waschbecken und Toiletten und putzt die Linoleumböden. Er füllt die Regale mit frischen Handtüchern, kleinen Shampooflaschen und Seifestücken auf, die nach Mandeln duften. Aziza hat es sich zur Aufgabe gemacht, die Fenster zu putzen. Ihre Puppe ist immer dabei.

Wenige Tage nach der *nikka* hat Laila ihre Tochter über Tarik aufgeklärt.

Wie die beiden aufeinander eingehen, verwundert Laila immer wieder. Aziza vervollständigt seine Sätze, er die ihren. Sie reicht ihm Dinge, bevor er darum gebeten hat. Die Blicke, die sie einander über den Esstisch zuwerfen, sind so zutraulich, dass man den Eindruck haben könnte, sie seien alte Freunde, die nach langer Trennung wieder vereint sind.

Als Laila ihr sagte, wer Tarik sei, betrachtete Aziza mit nachdenklicher Miene ihre Hände.

»Ich mag ihn«, erwiderte sie nach längerem Schweigen.

»Er liebt dich.«

»Sagt er das?«

»Das braucht er gar nicht, Aziza.«

»Erzähl mir den Rest, Mami. Ich will Bescheid wissen.«

Laila ließ sich nicht lange bitten.

»Dein Vater ist ein guter Mann, der beste, der mir je begegnet ist.«

»Was, wenn er uns verlässt?«, fragte Aziza.

»Er wird uns nicht verlassen. Schau mich an, Aziza. Dein Vater wird dir niemals wehtun und immer bei uns bleiben.«

Die Erleichterung auf Azizas Gesicht ging Laila zu Herzen.

Tarik hat für Zalmai ein Schaukelpferd besorgt und einen kleinen Handwagen gebastelt. Von einem Mitgefangenen hat er gelernt, Tiere aus Papier zu falten, und so verwandelt er, um Zalmai eine Freude zu machen, zahllose Blätter in Löwen und Kängurus, in Pferde und bunte Vögel. Zalmai aber zeigt sich unbeeindruckt und weist seine Geschenke meist gelangweilt, manchmal zornig zurück.

»Du bist ein Esel!«, schreit er. »Ich will dein Zeugs nicht.«

»Zalmai!«, schreckt Laila auf.

»Ist schon gut«, sagt Tarik. »Lass ihn nur.«

»Du bist nicht mein Baba *jan*. Mein wirklicher Baba *jan* ist verreist, und wenn er zurückkommt, haut er dich. Und du wirst ihm nicht weglaufen können, denn er hat zwei Beine und du hast nur eins.«

Abends hebt Laila ihren Sohn auf den Schoß und spricht mit ihm die *Babalu*-Gebete. Seinen Fragen weicht sie jedes Mal aufs Neue aus und antwortet, dass sein Baba *jan* weggefahren sei und sie nicht wisse, wann er zurückkommt. Es ist ihr schrecklich, das Kind zu täuschen.

Laila glaubt an dieser beschämenden Lüge festhalten zu müssen. Zalmai fragt immer wieder, er fragt, wenn er von einer Schaukel springt oder von einem Mittagsschlaf erwacht. Auch später, wenn er so alt ist, dass er sich selbst die Schuhe schnüren kann und zur Schule geht, wird sie ihn belügen müssen.

Irgendwann, so hofft Laila, wird er aufhören zu fragen, wo sein Vater geblieben sei und warum er ihn im Stich gelassen habe. Er wird ihn nicht mehr in all den älteren Männern wiederzuerkennen meinen, die gebückt über die Straße schlurfen oder unter den Vordächern von Samowarhäusern Tee trinken. Irgendwann einmal wird er, wenn er an einem Fluss entlangwandert oder über ein verschneites Feld schaut, feststellen, dass ihn das Verschwinden seines Vaters nicht länger beunruhigt und der Verlust verschmerzt ist. Dann werden die Erinnerungen an ihn vielleicht etwas Angenehmes sein, das es zu bewahren und zu ehren gilt.

Laila ist glücklich hier in Murree. Doch dieses Glück fliegt ihr nicht zu, es hat seinen Preis.

Wenn er frei hat, besucht Tarik mit Laila und den Kindern die Mall mit ihren Souvenirläden und der anglikanischen Kirche, die Mitte des 19. Jahrhunderts erbaut wurde. Von einem Straßenhändler kauft Tarik für sie scharf gewürzte *chapli*-Kebabs. Sie spazieren durch die Menge der Einheimischen, der europäischen Touristen mit ihren Mobiltelefonen und Digitalkameras und der Punjabi, die hierhergekommen sind, um der Hitze des Flachlands zu entfliehen.

Manchmal fahren sie mit dem Bus nach Kashmir Point. Von dort zeigt ihnen Tarik das Flusstal des Jhelum und die üppig grünen Hänge und Hügel, wo in den Kiefernwäldern, wie er sagt, Affen von Ast zu Ast springen. Oder sie fahren bis nach Nathia Gali, das dreißig Kilometer von Murree entfernt liegt. Dort nimmt dann Tarik Laila bei der Hand und führt sie und die Kinder über eine von Ahornbäumen gesäumte Straße zum Haus des Gouverneurs. Sie machen vor dem alten britischen Friedhof Rast oder fahren mit einem Taxi auf den Gipfel eines Berges, der eine herrliche Aussicht über das grüne, häufig nebelverhangene Tal bietet.

Wenn sie auf solchen Ausflügen an einem spiegelnden Fensterglas vorbeikommen, sieht Laila das Abbild von Mann, Frau, Tochter und Sohn. Fremden, so glaubt sie, werden sie wie eine ganz gewöhnliche Familie vorkommen, unbeschwert von Geheimnissen, Lügen und Leid.

Aziza wird manchmal von Albträumen heimgesucht, aus denen sie schreiend aufschreckt. Laila legt sich zu ihr auf die Matratze, trocknet ihre Wangen mit dem Ärmel und spricht ihr Trost zu, bis sie wieder eingeschlafen ist.

Auch Laila hat ihre Träume. Darin kehrt sie immer wieder in das Haus in Kabul zurück, geht durch den Flur und die Treppe hinauf. Sie ist allein, hört aber hinter den Türen ein Bügeleisen zischen und das Schnappen von Bettlaken, die mit einem Ruck gestrafft und dann zusammengelegt werden. Mitunter hört sie auch eine dunkle Frauenstimme ein altes Herati-Lied summen. Doch wenn sie die Tür öffnet, blickt sie in einen leeren Raum. Es ist niemand da.

Wenn sie aus solchen Träumen aufwacht, ist Laila schweißgebadet, und in den Augen brennen heiße Tränen. Sie ist jedes Mal erschüttert.

49

An einem Sonntag im September, als Laila Zalmai, der sich erkältet hat, gerade ins Bett legt, kommt Tarik in den Bungalow gestürzt.

»Hast du schon gehört?«, fragt er keuchend. »Er ist umgebracht worden. Ahmad Schah Massoud. Er ist tot.«

»Was?«

Tarik berichtet, was er in Erfahrung gebracht hat.

»Es heißt, dass er zwei Journalisten ein Interview geben wollte. Sie haben behauptet, gebürtige Marokkaner mit belgischem Pass zu sein, und während sie sich miteinander unterhalten, geht eine Bombe hoch, die in der Videokamera versteckt war. Massoud und einer der beiden Journalisten sollen auf der Stelle tot gewesen sein. Der andere wurde erschossen, als er wegzulaufen versuchte. Man geht davon aus, dass die Journalisten Mitglieder von al-Qaida waren.«

Laila erinnert sich an das Poster von Ahmad Schah Massoud, das Mami in ihrem Schlafzimmer an die Wand geheftet hatte. Darauf beugt sich Massoud vor und lupft eine Augenbraue; seine Miene ist konzentriert, und es scheint, dass er jemandem aufmerksam zuhört. Laila erinnert sich, wie dankbar ihre Mutter diesem Mann dafür gewesen war, dass er am Grab ihrer Söhne ein Gebet gesprochen hatte. Davon hatte sie allen erzählt. Selbst nachdem der Krieg zwischen seiner und anderen Fraktionen ausgebrochen war, hielt Mami ihn in Ehren. »Er ist ein guter Mann«, sagte sie immer. »Er will Frieden. Er will Afghanistan neu aufbauen. Aber man lässt ihn nicht. Man lässt ihn einfach nicht.« Selbst später noch, als Kabul in Trümmern lag, war Massoud für Mami nach wie vor der Löwe von Pandschir.

Laila ist weniger nachsichtig. Sein gewaltsames Ende kann sie zwar nicht froh stimmen, doch erinnert sie sich allzu gut an die unter seinem Kommando zerstörten Häuser in der Nachbarschaft, an die aus Trümmern geborgenen Toten, an die abgerissenen Hände und Füße von Kindern, die noch Tage nach ihrer Bestattung auf Hausdächern oder in den Zweigen von Bäumen entdeckt worden waren. Allzu deutlich erinnert sie sich an den Ausdruck im Gesicht ihrer Mutter, wenige Sekunden bevor die Rakete eingeschlagen war, und sosehr sie auch versucht hat, zu vergessen, sieht sie immer noch Babis zerfetzten Rumpf neben sich auf der Straße liegen, die aus dichtem Nebel und Blut aufragenden Brückenpfeiler, die auf sein T-Shirt gedruckt waren.

»Es wird ein Begräbnis geben, bei dem es zu einem Massenauflauf kommt«, sagt Tarik. »Da bin ich mir sicher. Wahrscheinlich in Rawalpindi.«

Zalmai, der fast eingeschlafen war, hat sich aufgerichtet und reibt sich die Augen mit geballten Fäusten.

Zwei Tage später, als sie gerade ein Gästezimmer aufräumen, werden unten im Hotel plötzlich Rufe laut. Tarik lässt den Besen fallen und eilt aus dem Zimmer. Laila folgt ihm.

Die lauten Stimmen kommen aus dem Foyer. Rechts neben der Rezeption befindet sich die Lounge mit einer sandfarbenen Sitzgarnitur aus mehreren Ledersesseln und zwei Sofas. In der Ecke steht ein Fernsehgerät, vor dem sich Sajid, der Portier und mehrere Gäste versammelt haben. Laila und Tarik drängen sich in den Raum.

Im Fernseher läuft eine Nachrichtensendung der BBC. Auf dem Bildschirm ist ein Wolkenkratzer zu sehen; aus den oberen Etagen steigt schwarzer Rauch auf. Tarik und Sajid wechseln gerade ein paar Worte, als am Rand des Bildschirms ein Flugzeug auftaucht. Es stürzt in den benachbarten Turm und explodiert in einem Feuerball, der so gewaltig ist, dass Laila ihren Augen nicht traut. Alle, die im Foyer sind, schreien auf.

In weniger als zwei Stunden brechen beide Türme in sich zusammen.

Bald ist auf allen Fernsehkanälen nur noch die Rede von Afghanistan, den Taliban und Osama bin Laden.

»Hast du gehört, was die Taliban sagen?«, fragt Tarik. »Über bin Laden?«

Aziza sitzt ihm auf dem Bett gegenüber und blickt aufs Spielbrett. Tarik hat ihr das Schachspielen beigebracht. Sie runzelt die Stirn und tippt mit dem Zeigefinger auf die Unterlippe, was sie sich von ihrem Vater abgeschaut hat, der, wenn er nachdenkt, eine ähnliche Miene aufsetzt.

Zalmai hat sich von seiner Erkältung fast erholt. Laila reibt ihm Wick auf die Brust. Er ist dabei eingeschlafen.

»Ja«, antwortet Laila.

Die Taliban haben verlauten lassen, dass sie bin Laden nicht ausliefern werden, weil er ein *mehman* sei, ein Gast, der in Afghanistan Zuflucht gesucht habe. Das *Paschtunwali*, der Rechts- und Ehrenkodex der Paschtunen, verbiete die Auslieferung eines Gastes. Tarik lacht spöttisch, und Laila hört seinem Lachen an, dass er empört ist über diese abwegige Auslegung einer ehrenhaften paschtunischen Sitte.

Wenige Tage nach dem Anschlag sind Laila und Tarik wieder im Foyer des Hotels. Im Fernsehen hält George W. Bush eine Ansprache. Hinter ihm ist das amerikanische Sternenbanner zu sehen. Plötzlich gerät seine Stimme ins Stocken, und Laila glaubt, dass er gleich zu weinen beginnt.

Sajid spricht Englisch und erklärt, dass Bush gerade den Krieg erklärt hat.

»Wem?«, fragt Tarik.

»Erst einmal eurem Land.«

»Vielleicht ist es gar nicht so schlecht«, sagt Tarik.

Sie haben sich gerade geliebt. Sein Kopf liegt auf ihrer Brust; mit dem Arm hält er ihren Leib umschlungen. Bei den ersten Versuchen, miteinander zu schlafen, hat es Schwierigkeiten gegeben. Tarik geriet immer wieder in Verlegenheit, und es half nichts, dass Laila ihm gut zusprach. Schwierigkeiten gibt es immer noch, aber keine körperlichen mehr, sondern logistische. Die Hütte, die sie mit den Kindern teilen, ist sehr klein. Die Kinder schlafen im Etagenbett unter ihnen. Mit Rücksicht auf die Kinder lieben sich Laila und Tarik meist lautlos und mit zurückgenommener Leidenschaftlichkeit, vollständig bekleidet unter der Decke. Sie hüten sich davor, Laken rascheln oder Bettfedern knarren zu lassen. Doch Laila nimmt die widrigen Umstände gern in Kauf, um nur mit Tarik zusammen sein zu können. In seinen Armen fühlt sie sich sicher und geborgen. Ihre Sorge, das gemeinsame Glück könne nicht von Bestand sein und bald wieder enden, wie auch die Angst vor Trennung ist dann verflogen.

»Was soll das heißen?«, fragt sie jetzt.

»Vielleicht hat das, was zu Hause passiert, sein Gutes.«

In der Heimat fallen wieder Bomben, diesmal von amerikanischen Flugzeugen abgeworfen. Bilder davon sieht Laila jeden Tag im Fernsehen, beim Bettenmachen oder Staubsaugen. Die Amerikaner haben die Stammesführer aufgerüstet und unterstützen die Nordallianz in ihrem Kampf gegen die Taliban und bei dem Versuch, bin Laden ausfindig zu machen.

Tariks Worte tun ihr weh. Sie stößt ihn von sich.

»Nicht so schlecht? Dass Menschen sterben? Frauen, Kinder, alte Leute? Dass wieder Häuser zerstört werden? Nicht so schlecht?«

»Pst. Du weckst die Kinder.«

»Wie kannst du so etwas sagen, Tarik?«, sagt sie aufgebracht. »Nach dem sogenannten Versehen in Karam? Über hundert unschuldige Menschen! Du hast die Toten mit eigenen Augen gesehen.«

»Nein«, erwidert Tarik. Er richtet sich auf dem Ellbogen auf und blickt auf sie herab. »Du hast mich falsch verstanden. Ich meinte …«

»Du hast doch keine Ahnung«, sagt Laila. Sie bemerkt, dass sich ihre Stimme überschlägt, dass sie ihren ersten Ehekrach haben. »Du bist gegangen, als die Mudschaheddin zu kämpfen anfingen. Erinnerst du dich? Ich bin zurückgeblieben. Ich kenne den Krieg. Ich habe meine Eltern verloren. Meine *Eltern*, Tarik. Und jetzt willst du mir weismachen, dass der Krieg sein Gutes hat?«

»Es tut mir leid, Laila. Ehrlich.« Er nimmt ihr Gesicht in beide Hände. »Du hast recht. Verzeih mir. Ich wollte nur sagen, dass wir vielleicht hoffen dürfen, nach langer Zeit vielleicht endlich einmal wieder …«

»Lass uns über etwas anderes reden«, fällt sie ihm ins Wort und ist selbst überrascht von der Heftigkeit, mit der sie ihn attackiert. Sie weiß, dass er ihren Groll nicht verdient hat. Hat der Krieg nicht auch ihm die Eltern genommen? Ihr Ärger verfliegt. Tarik spricht mit sanfter Stimme weiter, und als er sie an sich zieht, lässt sie ihn gewähren. Sie lässt es zu, dass er ihre Hand küsst, dann ihre Stirn. Vielleicht hat er recht, denkt sie. Sie weiß, was er meint. Vielleicht ist das, was passiert, wirklich notwendig. Vielleicht gibt es Hoffnung, wenn Bush seine Bombardements eingestellt hat. Aber sie kann Tarik nicht zustimmen, nicht, solange das, was Babi und Mami widerfahren ist, anderen Landsleuten droht, nicht, solange irgendein Junge oder Mädchen nichts ahnend nach Hause kommt und feststellen muss, dass die Eltern nicht mehr leben. Laila kann dem nichts Gutes abgewinnen. Es erschiene ihr geradezu pervers.

Später in der Nacht fängt Zalmai zu husten an und wacht auf. Bevor sie die Augen geöffnet hat, ist Tarik schon aufgestanden. Er schnallt seine Prothese an, geht zu Zalmai und nimmt ihn auf den Arm. Vom Bett aus sieht Laila, wie er mit dem Kleinen im Dunkeln auf und ab geht. Sie sieht die Umrisse von Zalmais Kopf auf Tariks Schultern, die in seinem Nacken verschränkten kleinen Hände, die Beinchen, die um seine Hüften geschlungen sind.

Als Tarik ins Bett zurückkehrt, streckt Laila wortlos den Arm aus und berührt sein Gesicht. Tariks Wangen sind feucht.

50

Für Laila ist das Leben in Murree beschaulich und voller Annehmlichkeiten. Die Arbeit geht ihr leicht von der Hand, und an den freien Tagen fahren sie, Tarik und die Kinder mit dem Sessellift auf den Patriata oder sie gehen nach Pindi Point, wo man bei klarem Wetter bis nach Islamabad und zur Innenstadt von Rawalpindi sehen kann. Dort breiten sie eine Decke im Gras aus, essen Brote mit Fleischbällchen und Gurkenscheiben und trinken gekühltes Ginger-Ale.

Es ist ein gutes Leben, denkt Laila, ein Leben, für das sie dankbar sein kann. Ja, es ist genau die Art von Leben, die sie sich in der düsteren Zeit mit Raschid immer erträumt hat.

Das ruft sich Laila tagtäglich in Erinnerung.

An einem warmen Abend im Juli 2002 – sie und Tarik sind zu Bett gegangen – unterhalten sie sich im Flüsterton über die Veränderungen in ihrer Heimat. Es sind viele.

Die Koalitionsstreitkräfte haben die Taliban aus jeder größeren Stadt vertrieben und bis ins Grenzland von Pakistan beziehungsweise in die Berge im Süden und Osten Afghanistans zurückgedrängt. Die ISAF, eine von der internationalen Gemeinschaft aufgestellte Friedenstruppe, hat in Kabul Stellung bezogen. Das Land wird jetzt von einem Interimspräsidenten regiert, von Hamid Karzai.

Laila findet, dass es an der Zeit ist, mit Tarik zu sprechen.

Noch vor einem Jahr hat sie alles darangesetzt, um aus Kabul herauszukommen. Doch seit einigen Monaten sehnt sie sich in die Stadt ihrer Kindheit zurück. Sie vermisst das geschäftige Treiben im Shor-Basar, die Gärten von Babur, die Rufe der Wasserträger mit ihren prall gefüllten Schläuchen aus Ziegenleder. Sie vermisst die feilschenden Textilhändler der Hühnerstraße und die Melonenverkäufer im Karteh-Parwan.

Es sind nicht so sehr Heimweh und Nostalgie, die Laila in diesen Tagen so häufig an Kabul denken lassen. Sie wird von Unruhe geplagt. Ihr kommt zu Ohren, dass in Kabul Schulen gebaut und Straßen repariert werden, dass Frauen an ihren Arbeitsplatz zurückkehren. Das Leben in Murree, so dankbar sie auch dafür ist, reicht ihr nicht mehr. Es kommt ihr belanglos vor, schlimmer noch, verschwendet. Seit kurzem hört sie im Geiste Babis Stimme. »Dir stehen alle Türen offen, Laila. Davon bin ich überzeugt. Und ich weiß auch, dass, wenn dieser Krieg vorüber ist, Afghanistan dich genauso nötig haben wird wie seine Männer.«

Sie hört auch Mami und erinnert sich an ihre Antwort auf Babis Vorschlag, Afghanistan zu verlassen. »Ich will den Tag erleben, an dem sich der Traum meiner Söhne verwirklicht. Ich möchte dabei sein, wenn das geschieht, damit meine Söhne durch mich, mit meinen Augen sehen, dass Afghanistan endlich befreit ist.« Nicht zuletzt darum möchte Laila nach Kabul zurückkehren: um Mami und Babi durch ihre eigenen Augen zu zeigen, welche Veränderungen sich zugetragen haben.

Was sie aber regelrecht zwingt, ist Mariams Andenken. Ist sie dafür gestorben?, fragt sich Laila. Hat sie sich geopfert, damit sie, Laila, als Dienstmädchen in einem fremden Land arbeitet? Vielleicht wäre ihr das nicht so wichtig; es ging ihr ja vor allem um ihre, Lailas und der Kinder, Sicherheit. Aber für Laila ist es wichtig. Mit einem Mal ist es ihr sehr wichtig.

»Ich möchte zurück«, sagt sie.

Tarik richtet sich auf und schaut sie an.

Laila ist wieder einmal beeindruckt von seiner Schönheit, der perfekten Wölbung seiner Stirn, den schlanken, muskulösen Armen, seinen nachdenklichen, intelligenten Augen. Es ist ein Jahr vergangen, doch noch immer gibt es Momente wie diesen, wenn Laila kaum fassen kann, dass sie sich wiedergefunden haben, dass sie tatsächlich zusammen sind, als Mann und Frau.

»Zurück? Nach Kabul?«, fragt er.

»Nur, wenn du es auch willst.«

»Bist du hier denn unglücklich? Ich dachte, du wärst zufrieden. Die Kinder sind es jedenfalls.«

Laila richtet sich auf. Tarik rückt zur Seite, um ihr Platz zu machen.

»Ich *bin* glücklich«, erwidert Laila. »Natürlich bin ich das. Aber … Was wird werden, Tarik? Wie lange sollen wir bleiben? Wir sind hier nicht zu Hause. Unser Zuhause ist Kabul, und da passiert zurzeit jede Menge. Viel Gutes. Ich möchte daran teilhaben. Ich möchte etwas tun. Einen Beitrag leisten. Verstehst du?«

Tarik nickt bedächtig. »Das ist also dein Wunsch. Bist du dir auch sicher?«

»Ja, ich bin mir sicher. Und es ist mehr als ein Wunsch. Ich habe das Gefühl, zurückzu*müssen*. Es erscheint mir nicht richtig, hierzubleiben.«

Tarik betrachtet seine Hände und sieht ihr dann wieder in die Augen.

»Aber nur, wirklich nur, wenn du es auch willst«, betont Laila.

Tarik lächelt. Die Falte zwischen seinen Brauen verschwindet, und für einen kurzen Moment ist er wieder ganz der Alte, so wie früher, als er noch nicht von Kopfschmerzen geplagt wurde und bemerkenswert fand, dass in Sibirien der aus der Nase tropfende Schnodder noch in der Luft zu Eis gefriert. Vielleicht ist es nur Einbildung, aber Laila meint, dass sie in letzter Zeit diesen Tarik von früher wieder häufiger zu sehen bekommt.

»Ich?«, sagt er. »Ich würde dir bis ans Ende der Welt folgen, Laila.«

Sie zieht ihn an sich und küsst ihn auf den Mund. Es kommt ihr so vor, als hätte sie ihn nie inniger geliebt als in diesem Moment. »Danke«, flüstert sie und lehnt ihren Kopf an seine Stirn.

»Lass uns nach Hause gehen.«

»Aber zuerst möchte ich nach Herat«, sagt sie.

»Herat?«

Sie erklärt ihm, warum.

Den Kindern muss Mut zugesprochen werden, jedem auf seine Weise. Aziza reagiert verstört auf die Pläne ihrer Eltern. Sie leidet immer noch unter Albträumen und hat sich in der vergangenen Woche, als bei einer Hochzeitsfeier Böllerschüsse abgefeuert wurden, fast zu Tode erschrocken. Laila muss ihr versichern, dass die Kämpfe in Kabul eingestellt, die Taliban fort sind und sie auch nicht wieder ins Waisenhaus zurückmuss. »Wir wohnen zusammen. Dein Vater, ich, Zalmai und du, Aziza. Wir werden uns nie trennen, niemals. Das verspreche ich dir.« Sie lächelt. »Es sei denn, du willst dich irgendwann einmal selbständig machen, wenn du dich in einen jungen Mann verliebst und ihn heiraten möchtest.«

An dem Tag, als sie Murree verlassen, ist Zalmai untröstlich. Er schlingt die Arme um Alyonas Hals und will nicht von ihr ablassen.

»Er lässt sich nicht losreißen, Mami«, sagt Aziza.

»Zalmai. Wir können die Ziege nicht mit in den Bus nehmen«, erklärt Laila zum wiederholten Mal.

Erst als Tarik vor ihm niederkniet und ihm verspricht, dass sie sich in Kabul eine Ziege wie Alyona anschaffen werden, gibt Zalmai widerwillig nach.

Beim Abschied von Sajid fließen Tränen. Er wünscht gutes Geleit und hält ihnen an der Türschwelle einen Koran entgegen, den Tarik, Laila und die Kinder dreimal küssen, bevor Sajid ihn über ihre Köpfe hebt und sie darunter hindurch nach draußen gehen. Sajid hilft Tarik dabei, die beiden Koffer ins Auto zu schaffen. Er selbst chauffiert sie zur Haltestelle und winkt ihnen nach, als der Bus abfährt.

Als sich Laila im Sitz umdreht und Sajid im Ausschnitt der Heckscheibe verschwinden sieht, kommen ihr Zweifel. Sie fragt sich, ob es nicht doch töricht ist, Murree, diesen sicheren Ort, zu verlassen und dahin zurückzukehren, wo sich der Rauch der Bomben gerade erst legt?

Doch dann tauchen aus den dunklen Windungen ihrer Erinnerung zwei Gedichtzeilen auf, Babis Abschiedsode an Kabul:

Nicht zu zählen sind die Monde, die auf ihren Dächern schimmern,
noch die tausend strahlenden Sonnen, die verborgen hinter Mauern stecken.

Laila lehnt sich im Sitz zurück und zwinkert Tränen aus den Augen. Kabul wartet. Es braucht Hilfe. Nach Hause zurückzukehren ist richtig.

Aber zuerst muss an anderer Stelle Abschied genommen werden.

Die Kriege in Afghanistan haben die Straßen zwischen Kabul, Herat und Kandahar über weite Strecken verwüstet. Der beste Weg nach Herat führt heute über Mashad im Iran, wo Laila und ihre Familie die Nacht in einem Hotel verbringen. Am nächsten Morgen besteigen sie einen anderen Bus.

Mashad ist eine dicht bevölkerte, geschäftige Stadt. Vom Busfenster aus betrachtet Laila die Parks, Moscheen und Restaurants. Als sie am Heiligen Schrein von Imam Reza, dem achten Schia-Imam, vorbeikommen, reckt sie den Hals, um einen besseren Blick auf die glänzenden Fliesen, die Minarette und die prachtvolle goldene Kuppel zu erhaschen, die alle sorgfältig und liebevoll instand gehalten werden. Laila denkt an die Buddhas ihres Landes, die jetzt zu Staub zerfallen sind und vom Wind über das Tal von Bamiyan verstreut werden.

Fast zehn Stunden lang folgt der Bus der iranisch-afghanischen Grenze. Die Landschaft ist wüst und leer wie fast überall in Afghanistan. Bevor sie bei Herat die Grenze passieren, kommen sie an einem afghanischen Flüchtlingslager vorbei, einem Meer aus gelbem Staub, schwarzen Zelten und windschiefen Wellblechhütten. Laila greift nach Tariks Hand.

In Herat sind die meisten Straßen asphaltiert und von duftenden Kiefern gesäumt. Öffentliche Parks, neu gebaute und noch nicht ganz fertig gestellte Bibliotheken, gepflegte Höfe und frisch gestrichene Gebäude bilden eine ansprechende Kulisse. Die Verkehrsampeln funktionieren, und auf die Stromversorgung ist Verlass, was Laila am meisten überrascht. Sie hat davon gehört, dass Herats feudaler Kriegsherr Ismail Khan den Wiederaufbau der Stadt mit beträchtlichen Summen aus den Zolleinnahmen fördert, die er an der afghanisch-iranischen Grenze eintreibt, Geldern, von denen es in Kabul heißt, dass sie nicht ihm, sondern der Zentralregierung zustehen. Der Taxifahrer, der sie zum Hotel Muwaffaq bringt, spricht Ismail Khans Namen mit Hochachtung und Ehrfurcht aus.

Die beiden Nächte, die sie im Muwaffaq verbringen, kosten sie fast ein Fünftel ihres Ersparten, doch die Fahrt von Mashad war lang und ermüdend; die Kinder sind erschöpft. Der ältliche Portier, der ihnen an der Rezeption den Zimmerschlüssel überreicht, erklärt, dass das Muwaffaq bei internationalen Journalisten und NGO-Helfern sehr beliebt sei.

»Auch bin Laden hat hier einmal übernachtet«, prahlt er.

Das Zimmer hat zwei Betten und einen Waschraum mit fließend kaltem Wasser. Zwischen den Betten hängt ein Porträt des Dichters Khwaja Abdullah Ansari an der Wand. Vom Fenster aus blickt Laila über die verkehrsreiche Straße hinweg auf einen Park mit pastellfarbenen gepflasterten Pfaden und bunten Blumenbeeten. Die Kinder sind enttäuscht, dass es keinen Fernsehapparat im Zimmer gibt. Doch sie sind schon bald eingeschlafen, ebenso Tarik und Laila. Laila schläft tief und fest in Tariks Armen. Mitten in der Nacht schreckt sie aus einem Traum auf, an den sie sich aber nicht erinnern kann.

Am nächsten Morgen, nach einem Frühstück mit Tee und frischem Brot, Quittenmarmelade und gekochten Eiern, bestellt Tarik für Laila ein Taxi.

»Soll ich nicht doch mitkommen?«, fragt er. Laila hält ihn bei der Hand. Zalmai steht neben Tarik und lehnt mit der Schulter an seiner Hüfte.

»Wirklich nicht.«

»Ich mache mir Sorgen.«

»Es wird mir schon nichts passieren«, erwidert sie. »Geh mit den Kindern auf einen Markt und kauf ihnen was Schönes.«

Zalmai fängt zu weinen an, als das Taxi abfährt. Laila schaut zurück und sieht, dass er sich von Tarik auf den Arm nehmen lässt. Dass er Tarik zu akzeptieren lernt, erleichtert Laila, schmerzt sie aber auch ein wenig.

»Sie sind nicht aus Herat«, sagt der Taxifahrer.

Er hat dunkles schulterlanges Haar – wie viele Männer, die sich von den Taliban abzugrenzen versuchen. Eine Narbe teilt seinen Schnauzbart auf der linken Seite. An der Windschutzscheibe klebt das Foto eines jungen Mädchens mit rosigen Wangen und gescheiteltem Haar, das zu zwei Zöpfen geflochten ist.

Laila vertraut ihm an, dass sie das letzte Jahr in Pakistan verbracht hat und jetzt nach Kabul zurückkehren will. »Deh-Mazang.«

Im Vorüberfahren sieht Laila Kupferschmiede, die Messinggriffe an Trinkgefäße löten, und Sattler, die Rohleder zum Trocknen in die Sonne legen.

»Wohnen Sie schon lange hier in der Stadt, Bruder?«, fragt Laila.

»Zeit meines Lebens. Ich bin hier geboren und habe alles miterlebt. Erinnern Sie sich an den Aufstand?«

Laila sagt ja, was ihn aber nicht davon abhält, die Geschichte noch einmal zu erzählen.

»Das war im März 1979, ungefähr neun Monate vor dem Einmarsch der Sowjets. Eine Gruppe wütender Herati hatte mehrere sowjetische Berater getötet, worauf die Sowjets Panzer und Hubschrauber schickten und Vergeltung übten. Drei Tage lang haben sie die Stadt beschossen, Gebäude in Schutt und Asche gelegt, eines der Minarette zerstört. Tausende sind gestorben. Tausende. Ich selbst habe zwei Schwestern verloren. Die eine war damals erst zwölf Jahre alt.« Er zeigt auf das Foto an der Windschutzscheibe. »Das ist sie.«

»Tut mir leid«, sagt Laila. Ihr ist klar, dass unzählig viele afghanische Biografien von Verlust und Trauer gekennzeichnet sind. Und doch schaffen es diese Menschen weiterzumachen. Laila denkt an ihr eigenes Leben, an das, was ihr widerfahren ist, und staunt darüber, immer noch am Leben zu sein, hier im Taxi zu sitzen und der Geschichte dieses Mannes zuzuhören.

Gul Daman ist eine kleine Ortschaft aus wenigen festen Häusern, die von Mauern umgeben sind, und mehreren flachen, aus Lehm und Stroh gebauten *kolbas*. Vor den *kolbas* sieht Laila sonnenverbrannte Frauen vor ihren Kochstellen hocken; die Gesichter sind schweißnass, und aus großen geschwärzten Töpfen, die auf einem provisorischen Holzkohlegrill stehen, steigt Dampf auf. Maultiere fressen aus Trögen. Kinder, die soeben noch Hühnern nachjagten, rennen jetzt dem Taxi hinterher. Männer schieben Karren vor sich her, die mit Feldsteinen gefüllt sind. Sie bleiben stehen und blicken dem Auto nach. Der Chauffeur biegt in eine Kurve ein und fährt an einem Friedhof vorbei, aus dessen Mitte sich ein verwittertes Mausoleum erhebt. Er sagt, dass dort ein Dorf-Sufi begraben liege.

Im Schatten einer Windmühle, deren rostfarbene Flügel stillstehen, kauern drei kleine Jungen im Staub und spielen. Der Fahrer bremst ab und steckt den Kopf durchs Seitenfenster. Der älteste der Jungen antwortet auf seine Frage und zeigt auf ein Haus weiter oben an der Straße. Der Fahrer bedankt sich und fährt bis zu dem Haus vor.

Es ist einstöckig und von einer Hofmauer umgeben, die von Feigenbäumen überragt wird.

»Ich bleibe nicht lange«, erklärt Laila dem Fahrer.

Ein Mann mit kurzem rotblondem Haar öffnet ihr die Tür. Er ist um die vierzig. Seinen Bart durchziehen parallel verlaufende graue Strähnen. Über seinem *pirhan-tumban* trägt er einen *chapan*.

Sie grüßen einander. »*Salaam alaikum.*«

»Ist dies das Haus von Mullah Faizullah?«, fragt Laila.

»Ja. Ich bin sein Sohn Hamza. Kann ich etwas für Sie tun, *hamshireh*?«

»Ich komme wegen einer alten Freundin Ihres Vaters. Ihr Name ist Mariam.«

Hamza zwinkert rätselnd mit den Augen. »Mariam …«

»Die Tochter von Jalil Khan.«

Er zwinkert immer noch. Dann legt er eine Hand an die Wange und zeigt ein Lächeln, das Zahnlücken freilegt. »Oh!«, sagt er. Es klingt wie stimmhaft ausgestoßener Atem. »Oh! Mariam! Sind Sie ihre Tochter? Ist sie …« Er reckt den Hals und blickt suchend über ihre Schulter. »Ist sie hier? Nach all den Jahren! Ist Mariam hier?«

»Ich fürchte, sie lebt nicht mehr.«

Das Lächeln verschwindet aus Hamzas Gesicht.

Betreten schaut er zu Boden. Für eine Weile stehen sie schweigend vor dem Eingang. Irgendwo schreit ein Esel.

»Kommen Sie herein«, sagt Hamza und stößt die Tür auf. »Bitte, treten Sie ein.«

In einem spärlich möblierten Zimmer, das mit einem Herati-Teppich ausgelegt ist, nehmen sie auf perlenbestickten Kissen am Boden Platz. An der Wand hängt ein gerahmtes Foto von Mekka. Sie sitzen vor dem geöffneten Fenster, zu beiden Seiten eines länglichen Rechtecks aus Sonnenlicht. Ein kleiner barfüßiger Junge serviert ihnen grünen Tee und Pistaziennougat auf einem Tablett. Hamza nickt ihm zu.

»Mein Sohn.«

Wortlos verlässt der Junge den Raum.

»Erzählen Sie«, sagt Hamza mit müder Stimme.

Laila berichtet. Sie lässt nichts aus. Es dauert länger, als sie erwartet hat. Zum Ende hin ringt sie um Fassung. Über Mariam zu sprechen fällt ihr auch nach einem Jahr sehr schwer.

Hamza sagt lange Zeit nichts. Er dreht langsam seine Teetasse auf dem Unterteller, mal links-, mal rechtsherum.

»Mein Vater, er möge in Frieden ruhen, hat sie sehr gern gehabt«, sagt er schließlich. »Er hat ihr bei ihrer Geburt den *athan* ins Ohr gesungen und sie regelmäßig jede Woche einmal besucht. Manchmal hat er mich mitgenommen. Er war ihr Lehrer, ja, aber auch ein Freund. Er war ein sehr großherziger Mann, mein Vater.

Es brach ihm fast das Herz, als Jalil Khan seine Tochter weggegeben hat.«

»Dass Ihr Vater nicht mehr lebt, tut mir leid.«

Hamza nickt. »Er ist sehr alt geworden und hat sogar Jalil Khan überlebt. Wir haben ihn auf dem Friedhof des Dorfes begraben. Er liegt ganz in der Nähe von Mariams Mutter. Mein Vater war ein sehr guter, lieber Mann. Ein Platz im Himmel ist ihm sicher.«

Laila stellt ihre Tasse ab.

»Darf ich Sie um etwas bitten?«

»Natürlich.«

»Würden Sie mir zeigen, wo Mariam gelebt hat? Wären Sie so freundlich, mich dorthin zu führen?«

Der Taxifahrer erklärt sich bereit, noch eine Weile zu warten.

Zu Fuß lassen Hamza und Laila das Dorf hinter sich und folgen der abschüssigen Straße, die Gul Daman und Herat verbindet. Nach etwa einer Viertelstunde deutet er auf eine schmale Schneise im hohen Gras, das sich zu beiden Seiten der Straße ausbreitet.

»Hier geht's lang«, sagt er.

Der Pfad ist überwuchert und nur schwer auszumachen. Hamza geht voraus. Bis zu den Knien taucht Laila im Gras ein, das, vom Wind bewegt, ihre Waden umwogt. Sie steigen bergan. Ringsum entfaltet sich ein buntes Kaleidoskop aus blühenden Wildblumen und breitblättrigen Kräutern. Butterblumen sprießen aus dem Gezweig schütterer Sträucher empor. Laila hört Schwalben in der Luft zwitschern, begleitet vom Zirpen der Grashüpfer am Boden.

Nach etwa zweihundert Metern Steigung ebnet sich der Pfad. Sie halten an und schöpfen Atem. Laila wischt sich mit dem Ärmel über die Stirn und verscheucht einen Schwarm von Stechmücken, der sie umschwirrt. Am Horizont zeigen sich die Berge. Auf ihren Ausläufern sieht sie Pappel- und Weidenhaine und viele verschiedene Wildsträucher, die sie nicht benennen kann.

»Dort war einmal ein Fluss«, erklärt Hamza, ein wenig aus der Puste. »Doch der ist längst ausgetrocknet.«

Er weist ihr den Weg durch das Flussbett und sagt, sie müsse auf die Berge zugehen.

»Ich warte hier.« Er setzt sich unter eine Pappel. »Gehen Sie nur.«

»Aber ich kann Sie doch nicht ...«

»Keine Sorge. Und lassen Sie sich ruhig Zeit, *hamshireh*.«

Laila bedankt sich. Sie durchquert das Flussbett und tritt von einem Stein auf den anderen. Zwischen dem Geröll liegen zerbrochene Glasflaschen, verrostete Konservendosen und, halb im Bett verschwunden, ein von Schimmel überzogener Metallbehälter mit Zinkdeckel.

Auf die Berge zugehend, nähert sie sich einer Gruppe von Trauerweiden, deren weit ausladende Zweige im Wind schaukeln. Laila spürt das Herz in der Brust pochen. Sie erkennt, dass die Bäume genauso angeordnet sind wie von Mariam beschrieben: im Kreis um eine Lichtung. Laila beschleunigt ihren Schritt, fängt zu laufen an. Sie schaut zurück und sieht Hamza als winzige Gestalt; sein *chapan* hebt sich hell von den dunklen Stämmen der Pappeln ab. Sie stolpert über einen Stein, fängt sich und eilt den Rest des Weges mit hochgekrempelten Hosenbeinen. Keuchend erreicht sie die Weiden.

Mariams *kolba* steht noch.

Als sie darauf zugeht, sieht sie, dass der einzige Fensterausschnitt leer und die Tür verschwunden ist. Mariam hatte von einem Hühnergehege gesprochen, von einem *tandoor* und einem Außenabort, doch davon ist nichts zu sehen. Laila bleibt vorm Eingang der *kolba* stehen. Im Innern hört sie Fliegen summen.

Um eintreten zu können, muss sie ein großes, dichtes Spinngewebe zerreißen. Es dauert eine Weile, bis sich ihre Augen an die Dunkelheit im Raum gewöhnt haben. Was sie dann sieht, ist noch kleiner als in ihrer Vorstellung. Von den Bodendielen sind nur ein paar morsche Bretter übrig geblieben. Der Rest ist wahrscheinlich, so glaubt sie, zum Verfeuern herausgerissen worden. Trockenes Laub und Glasscherben, Kaugummipapier, Pilze und gelbe Zigarettenstummel bilden nun einen Teppich, aus dem Unkraut wuchert. Manches davon ist verkümmert, doch einige Triebe ranken an den Wänden hoch.

Fünfzehn Jahre, denkt Laila. Fünfzehn Jahre an diesem Ort.

Sie setzt sich mit dem Rücken zur Wand auf den Boden und lauscht dem Wind in den Weiden. Die Decke ist von Spinnweben überzogen. Jemand hat mit einer Sprühdose einen Schriftzug über die Wand gesprayt, der aber verblichen und nicht mehr zu entziffern ist. Es handelt sich, wie sie dennoch feststellen kann, um kyrillische Zeichen. In einer Ecke liegt ein verwaistes Vogelnest. Im Winkel zwischen Wand und Decke hängt eine Fledermaus.

Laila schließt die Augen.

In Pakistan war es ihr nur schwer möglich, sich Mariams Gesicht mit all seinen Merkmalen in Erinnerung zu rufen. Manchmal blieb ihr Bild abstrakt wie ein Wort, das einem auf der Zunge liegt. Hier aber, an diesem Ort, sieht sie Mariam klar und deutlich vor Augen: ihren sanften Blick, das längliche Kinn, die raue Haut im Nacken, das schmallippige Lächeln. Hier kann Laila wieder ihren Kopf auf Mariams Schoß legen, spüren, wie sie, vor- und zurückschaukelnd, Verse aus dem Koran zitiert, wobei ihre Worte im ganzen Körper widerhallen.

Plötzlich verschwindet das Unkraut, wie von Geisterhand zurück in die Erde gezogen, bis auch der letzte Trieb vom Boden der *kolba* verschluckt ist. Auf geheimnisvolle Weise entspinnt sich das Spinngewebe. Das Vogelnest zerfällt in seine Bestandteile, die eins ums andere zum Fenster hinausfliegen. Ein unsichtbarer Radiergummi löscht das russische Graffito von der Wand.

Die Bodendielen kehren zurück. Laila sieht nun zwei Schlafstellen, einen Holztisch, zwei Stühle, in der Ecke einen gusseisernen Ofen, Regalbretter entlang den Wänden, darauf Tongefäße und Pfannen, einen verrußten Teekessel, Tassen und Löffel. Draußen hört sie Hühner gackern, das Gurgeln des Flusses in der Ferne.

Mariam sitzt als junges Mädchen am Tisch und bastelt im Licht einer Öllampe eine Puppe aus Stoff. Sie summt eine Melodie vor sich hin. Ihr Gesicht ist glatt, das Haar gewaschen und zurückgekämmt. Sie hat noch all ihre Zähne.

Laila beobachtet sie dabei, wie sie der Puppe Wollfäden an den Kopf klebt. In ein paar Jahren wird das Mädchen eine Frau sein, die eigene bescheidene Ansprüche an das Leben stellt, ohne irgendeinem Menschen zur Last zu fallen. Sie wird niemanden mit ihren Sorgen, Nöten und Enttäuschungen behelligen. Sie wird eine Frau sein, die klaglos duldet und gleich einem Fels im Flussbett den Turbulenzen, die über sie hinweggehen, standhält und Gestalt annimmt. Schon jetzt erkennt Laila hinter den Augen des Mädchens jenen festen inneren Kern, den weder Raschid noch die Taliban zu brechen vermögen. Er wird ihr am Ende selbst zum Verhängnis und wird Lailas Rettung bewirken.

Das Mädchen blickt auf, legt die Puppe nieder und lächelt.

Laila *jo*?

Laila zuckt zusammen und reißt die Augen auf. Von ihr aufgeschreckt, schwirrt die Fledermaus durch die *kolba*. Ihre Flügel flattern wie Buchseiten. Sie fliegt zum Fenster hinaus.

Laila steht auf und klopft sich das Laub vom Hosenboden. Sie tritt nach draußen. Die Sonne ist ein Stück weitergerückt. Der Wind hat zugenommen. Das Gras wogt und die Zweige der Weiden schlagen aneinander.

Bevor sie die Lichtung verlässt, wirft Laila einen letzten Blick auf die *kolba*, in der Mariam geschlafen, gegessen, geträumt und bangend auf Jalil gewartet hat. Die Weiden werfen ein bizarres Schattenmuster auf die bröckelnden Wände der Hütte. Auf dem Flachdach hat sich eine Krähe niedergelassen. Sie pickt, krächzt und fliegt davon.

»Adieu, Mariam.«

Laila tritt den Rückweg an; sie bemerkt nicht, dass ihr Tränen fließen.

Hamza sitzt immer noch unter der Pappel. Er steht auf, als er sie kommen sieht.

»Fahren wir«, sagt er. Dann: »Ich habe Ihnen noch etwas zu geben.«

Laila wartet auf Hamza draußen im Garten. Der Junge, der ihnen Tee serviert hat, steht mit einem Huhn im Arm unter einem der Feigenbäume und beobachtet sie mit ausdrucksloser Miene. Hinter einem Fenster entdeckt Laila zwei Gesichter, das einer alten und das einer jungen Frau. Beide tragen *hijab*.

Die Haustür öffnet sich. Hamza tritt ihr entgegen. Er hält eine Dose in den Händen.

»Die hat Jalil Khan meinem Vater gegeben, ungefähr einen Monat bevor er starb«, sagt er. »Er bat ihn, sie in Verwahrung zu nehmen und Mariam auszuhändigen, falls sie irgendwann einmal kommen sollte. Zwei Jahre später, kurz vor seinem Tod, hat mir mein Vater diese Dose anvertraut, mit der Bitte, sie für Mariam aufzubewahren. Aber ... Sie wissen ja, sie ist nie gekommen.«

Laila betrachtet die ovale Blechdose, eine alte Bonbonniere, wie es scheint. Sie ist olivgrün und am Rand des zerkratzten Deckels mit goldenen Ornamenten verziert. Die Seiten haben ein paar Rostflecken, und am vorderen Rand des Deckels sind zwei kleine Dellen zu sehen.

Laila nimmt die Dose entgegen und versucht, sie zu öffnen, doch der Deckel ist verschlossen.

»Was ist da drin?«, fragt sie.

Hamza reicht ihr einen Schlüssel. »Wir haben nie nachgeschaut. Ich vermute, es ist Gottes Wille, dass Jalils Hinterlassenschaft für Mariam nun an Sie übergeht.«

Tarik und die Kinder sind noch unterwegs, als Laila ins Hotel zurückkommt.

Sie setzt sich auf das Bett und legt die Dose in den Schoß. Sie zu öffnen und Jalils Geheimnis zu lüften widerstrebt ihr, doch die Neugier setzt sich durch. Sie steckt den Schlüssel ins Schloss. Es klemmt ein wenig, springt aber schließlich auf.

In der Dose befinden sich ein Brief, ein Beutel aus Sackleinen und eine Videokassette.

Mit der Kassette geht Laila hinunter zur Rezeption, wo ihr der ältliche Portier, der sie am Vortag in Empfang genommen hat, mitteilt, dass es im Hotel nur einen Rekorder gebe, in der größten Suite, die zurzeit jedoch nicht belegt sei. Der Portier erklärt sich bereit, sie hinzuführen. Er lässt sich von einem jungen, Anzug tragenden Mann mit Schnauzbart vertreten, der ein Funktelefon am Ohr hält.

Der Portier führt Laila in den zweiten Stock und durch einen langen Flur an eine Tür. Er schließt auf und lässt sie eintreten. Laila sieht den Fernseher in der Ecke stehen. Für alles andere hat sie keinen Blick.

Sie schaltet Fernseher und Rekorder ein, legt die Kassette ein und drückt auf Wiedergabe. Der Bildschirm bleibt für eine Weile schwarz, und Laila fragt sich schon, warum Jalil seiner Tochter ein unbespieltes Band hinterlassen hat. Dann aber ist Musik zu hören; auf der Mattscheibe erscheinen Bilder.

Laila legt die Stirn in Falten. Nach einer oder zwei Minuten hält sie das Band an, lässt es schnell vorlaufen und drückt erneut auf Wiedergabe. Es ist immer noch derselbe Film.

Der alte Mann schaut sie fragend an.

Zu sehen ist Walt Disneys *Pinocchio*. Laila versteht nicht.

Kurz nach sechs kehrt Tarik mit den Kindern ins Hotel zurück. Aziza läuft auf Laila zu und zeigt ihr die Ohrringe, die Tarik ihr gekauft hat: emaillierte Schmetterlinge in silberner Fassung. Zalmai hält einen Delfin in den Händen, der quietscht, wenn man ihm aufs Maul drückt.

»Wie geht's dir?«, fragt Tarik und legt ihr einen Arm um die Schulter.

»Bestens«, antwortet Laila. »Ich berichte dir später.«

Sie gehen in ein nahe gelegenes Kebab-Haus, um zu Abend zu essen. Der kleine Gastraum ist verraucht und laut; die Plastikdecken auf den Tischen sind klebrig. Aber das Lammfleisch ist zart und saftig, das Brot frisch gebacken. Nach dem Essen bummeln sie noch eine Weile durch die Straßen. Tarik spendiert den Kindern Rosenwassereis, das er einem Straßenhändler abkauft. Sie machen es sich auf einer Bank bequem; die Berge im Rücken ragen dunkel in den scharlachroten Abendhimmel auf. Die warme Luft ist von Zederndurft erfüllt.

Nachdem sie sich das Video angesehen hatte, war Laila auf ihr

Zimmer zurückgegangen, wo sie den Briefumschlag öffnete. Darin steckten mehrere Blätter linierten gelben Papiers, mit blauer Tinte von Hand beschrieben.

Darauf stand zu lesen:

13. Mai 1987

Meine liebe Mariam,
ich hoffe, der Brief erreicht Dich bei guter Gesundheit.

Wie Du weißt, bin ich vor einem Monat in Kabul gewesen, in der Hoffnung, Dich sprechen zu können. Aber Du wolltest mich nicht sehen. Ich war enttäuscht, kann Dir aber keinen Vorwurf machen. An Deiner Stelle hätte ich mich wahrscheinlich ähnlich verhalten. Ich habe das Privileg Deiner Gunst vor langer Zeit verloren, und dafür trage ich die Schuld allein. Aber wenn Du diese Zeilen liest, hast Du auch gelesen, was in dem Brief stand, den ich Dir vor die Haustür gelegt habe. Du hast ihn gelesen und Mullah Faizullah aufgesucht, worum ich Dich gebeten habe. Dafür bin ich Dir dankbar, Mariam jo. *Ich danke Dir, dass Du mir die Möglichkeit gibst, noch ein paar Worte an Dich zu richten.*

Wo soll ich anfangen?

Seit unserer letzten Begegnung habe ich, Dein Vater, viel Kummer erfahren. Deine Stiefmutter Afsoon wurde am ersten Tag des Aufstands von 1970 getötet. Am selben Tag starb auch Deine Schwester Niloufar, tödlich verletzt von einem Querschläger. Ich sehe sie noch vor mir, meine kleine Niloufar, wie sie auf den Händen stand, um Gäste zu beeindrucken. Dein Bruder Farhad schloss sich 1980 dem Dschihad an. Zwei Jahre später wurde er vor Helmand von den Sowjets erschossen. Seinen Leichnam habe ich nie zu Gesicht bekommen. Ich weiß nicht, ob Du, Mariam jo, *Kinder hast. Wenn ja, bete ich zu Gott, dass er sie beschützen und Dir den Kummer ersparen möge, der mich getroffen hat. Ich träume immerzu von ihnen, von meinen lieben Kindern.*

Auch von Dir, Mariam jo, *träume ich. Du fehlst mir. Ich vermisse den Klang Deiner Stimme, Dein Lachen. Mit Wehmut denke ich an die Zeit zurück, in der ich Dir aus Zeitungen vorgelesen und mit Dir am Fluss geangelt habe. Weißt Du noch, wie oft wir zusammen fischen waren? Du warst eine gute Tochter, Mariam* jo, *und es erfüllt mich mit Scham und Bedauern, dass ich Dir kein guter Vater gewesen bin. Ja, ich bedauere zutiefst, dass ich Dich an dem Tag, als Du nach Herat gekommen bist, nicht willkommen geheißen und Dir nicht die Tür geöffnet habe. Ich bedauere, Dich nach all den Jahren unseres Zusammenseins nicht in meine Familie aufgenommen zu haben. Und was waren das für Gründe, die mich davon abhielten? Die Sorge, das Gesicht und den vermeintlich guten Ruf zu verlieren? Ach, wie wenig bedeuten mir solche Gründe jetzt, nach all den Verlusten, nach all den schrecklichen Dingen, die dieser verfluchte Krieg mit sich gebracht hat. Aber zur Reue ist es natürlich zu spät. Vielleicht ist es eine gerechte Strafe für herzlose Menschen, dass sie erst dann zur Einsicht gelangen, wenn sie nichts wiedergutmachen können. Mir bleibt nur zu sagen, dass Du eine gute Tochter warst, Mariam* jo, *und ich kann Dich nur noch um Verzeihung bitten. Vergib mir, Mariam* jo. *Vergib mir. Vergib mir. Vergib mir.*

Ich bin nicht mehr der vermögende Mann, als den Du mich kennst. Die Kommunisten haben einen Großteil meiner Ländereien und alle Geschäfte beschlagnahmt. Doch darüber zu klagen wäre kleinlich, denn Gott hat mich aus unerfindlichen Gründen trotz allem über die Maßen beschenkt. Nach meiner Rückkehr aus Kabul ist es mir gelungen, den mir verbliebenen Landbesitz zu verkaufen. Ich lasse Dir mit diesem Brief Deinen Anteil an meinem Nachlass zukommen. Wie Du siehst, ist es beileibe kein Vermögen, aber immerhin doch etwas. (Dir wird auch aufgefallen sein, dass ich mir die Freiheit genommen habe, das Geld in Dollars zu wechseln. Ich glaube, es ist besser so. Gott allein weiß, was aus unserer kranken Währung werden wird.)

Du wirst hoffentlich nicht denken, dass ich mir Deine Vergebung zu erkaufen versuche. Allein der Gedanke liegt mir fern, denn ich weiß sehr wohl, dass sie nicht zum Verkauf steht. Ich gebe Dir nur, wenn auch verspätet, das, was Dir von Rechts wegen immer schon zustand. Zu Lebzeiten war ich Dir kein treusorgender Vater. Vielleicht kann ich's im Tod sein.

Ja, ich sehe nun meinen Tod vor Augen, will Dich aber nicht mit Einzelheiten belasten. Herzschwäche, sagen die Ärzte – ein, wie mir scheint, passender Abgang für einen schwachen Mann.

Mariam jo,

ich wage zu hoffen, dass Du mir, wenn Du diesen Brief gelesen hast, wohlgesinnter bist als ich es Dir gegenüber war, dass Du Dir vielleicht ein Herz fasst und mich aufsuchst. Dass Du noch einmal an meine Tür klopfst und mir Gelegenheit gibst, Dich willkommen zu heißen und in meine Arme zu schließen, was ich schon vor all den Jahren hätte tun sollen. Ich weiß, diese Hoffnung ist kaum begründet und so schwach wie mein Herz. Aber ich werde warten und hoffen, dass Du anklopfst.

Möge Dir Gott ein langes, gesegnetes Leben und viele gesunde Kinder schenken. Ich wünsche Dir Glück, Frieden und die Anerkennung, die ich Dir vorenthalten habe. Leb wohl. Ich weiß Dich in Gottes liebender Hand.

Dein nichtswürdiger Vater
Jalil

Als die Kinder zu Bett gegangen sind, berichtet Laila Tarik von dem Brief. Sie zeigt ihm das Geld in dem sackleinenen Beutel. Als sie zu weinen anfängt, gibt er ihr einen Kuss und schließt sie in seine Arme.

51

April 2003

Die Dürrezeit ist endlich ausgestanden. Im vergangenen Winter hat es viel Schnee gegeben, und jetzt regnet es seit Tagen. Der Kabul führt wieder Wasser. Seine Fluten haben Titanic City weggespült.

Die Straßen sind voller Schlamm. Fußgänger versinken darin bis zu den Knöcheln. Autos bleiben stecken. Mit Apfelsäcken beladene Esel schleppen sich voran und spritzen mit den Hufen Matsch auf. Doch keiner beklagt sich. Niemand trauert um Titanic City. »Kabul soll wieder grün werden«, sagen die Leute.

Gestern hat Laila ihren Kindern dabei zugesehen, wie sie bei strömendem Regen und unter einem bleigrauen Himmel im Hof umhertollten und von einer Pfütze in die andere hüpften. Sie stand am Küchenfenster des kleinen gemieteten Hauses in Deh-Mazang. Im Hof wachsen ein Apfelbaum und mehrere Weinrosensträucher. Tarik hat die Mauern verputzt, den Kindern Rutsche und Schaukel gebaut und für Zalmais neue Ziege ein kleines Gehege eingerichtet. Dem Kleinen rinnt der Regen vom kahlen Kopf – er hat darum gebeten, geschoren zu werden wie Tarik, dem jetzt die Aufgabe zufällt, die *Babalu*-Gebete mit ihm zu sprechen. Azizas langes Haar ist klatschnass; wenn sie den Kopf herumdreht, spritzt das Wasser.

Zalmai wird bald sechs. Aziza ist zehn. Vergangene Woche waren sie zur Feier ihres Geburtstags im Cinema Park, wo endlich der Spielfilm *Titanic* öffentlich gezeigt wurde.

»Beeilung, Kinder, wir kommen noch zu spät«, ruft Laila und packt die Mittagsbrote in eine Papiertüte.

Es ist acht Uhr. Schon um fünf hat Aziza ihre Mutter geweckt, um mit ihr den Morgen-*namaz* zu sprechen. Über die Gebete versucht Aziza, wie Laila weiß, an Mariam festzuhalten; sie ist ihr dann nahe. Doch irgendwann wird Mariam aus dem Garten ihrer Erinnerung verschwinden wie ein Kraut, das bei seinen Wurzeln ins Erdreich zurückgezogen wird.

Nach dem *namaz* ist Laila wieder ins Bett gestiegen. Sie schlief, als Tarik das Haus verließ, und erinnert sich nur vage, dass er ihr einen Kuss auf die Wange gegeben hat. Tarik arbeitet jetzt für eine französische Hilfsorganisation, die Landminenopfern und Kriegsversehrten Prothesen anpasst.

Aziza und Zalmai kommen zur Küche hereingestürmt.

»Habt ihr eure Hefte eingepackt? Die Stifte? Die Schulbücher?«

»Ist alles da drin«, antwortet Aziza und hebt ihren Tornister. Ihr Stottern hat merklich nachgelassen.

»Dann los jetzt.«

Laila verlässt mit den Kindern das Haus und schließt hinter sich ab. Heute regnet es nicht, aber die Luft ist kühl. Am blauen Himmel zeigt sich kein einziges Wölkchen. Hand in Hand marschieren die drei zur Bushaltestelle. Auf den Straßen herrscht bereits viel Verkehr. Es wimmelt nur so von Rikschas, Taxis, UN-Transportern, Bussen und Jeeps der ISAF. Verschlafen aussehende Geschäftsleute ziehen die Rollläden ihrer Schaufenster hoch. Straßenhändler hocken hinter Bergen von Kaugummi und Zigarettenstangen. An den Straßenecken stehen schon die Kriegswitwen, die Passanten um Geld bitten.

Die Stadt hat sich, wie Laila findet, sehr verändert. Überall werden Bäume und Sträucher gepflanzt, die Fassaden alter Häuser gestrichen und Ziegelsteine für Neubauten zusammengetragen. Es entstehen auch neue Abflusskanäle und Brunnen. Vor den Fenstern sind Pflanzen zu sehen, eingetopft in leere Granatenhülsen. Bei den Kabuli heißen sie Raketenblumen. Vor kurzem hat Tarik Laila und die Kinder in den Garten von Babur geführt, der neu angelegt worden ist. Zum ersten Mal seit Jahren hört Laila wieder Straßenmusiker, die auf ihren *rubabs* und *tablas, dootars*, Harmonien und *tambouras* Lieder von Ahmad Zahir spielen.

Laila wünschte sich, ihre Eltern hätten diese Veränderungen noch miterleben können. Doch wie Jalils Brief kam auch die Reue Kabuls zu spät.

Laila und die Kinder wollen gerade die Straße überqueren, als plötzlich ein schwarzer Landcruiser mit getönten Scheiben angerast kommt, im letzten Augenblick ausweicht und im Abstand einer Armeslänge an den dreien vorbeischießt. Dunkelbraunes Regenwasser spritzt auf und besudelt ihre Kleider.

Laila reißt die Kinder auf den Gehweg zurück. Das Herz schlägt ihr bis zum Hals.

Der Landcruiser hat die nächste Kreuzung erreicht, hupt zweimal und biegt auf schliddernden Reifen links ab.

Laila schnappt nach Luft. Sie hält die Kinder bei den Handgelenken gepackt.

Es macht sie krank, dass den Kriegsherren erlaubt worden ist, nach Kabul zurückzukehren, dass die Mörder ihrer Eltern wieder in stattliche Häuser mit ummauerten Gärten eingezogen sind, Regierungsämter bekleiden und mit ihren kugelsicheren Protzautos durch die von ihnen verwüstete Nachbarschaft kurven. Es macht sie krank.

Doch Laila hat beschlossen, sich nicht verbittern zu lassen. Das hätte Mariam nicht gewollt. Was bringt's? würde sie mit unschuldigem und zugleich klugem Lächeln fragen. Was hättest du davon, Laila *jo*? Also schluckt sie ihren Groll und macht tapfer weiter – um Tarik, der Kinder und um ihrer selbst willen. Und für Mariam, die ihr nach wie vor im Traum erscheint und immer nah ist. Laila macht weiter; etwas anderes als Engagement und Hoffnung, so weiß sie, bleibt ihr nicht übrig.

Zaman steht mit leicht gebeugten Knien an der Freiwurflinie und lässt den Basketball aufprallen. Er trainiert eine Gruppe von Jungen, die alle dasselbe Trikot tragen und im Halbkreis auf dem Hof am Boden hocken. Als er Laila sieht, klemmt er den Ball unter den Arm und winkt ihr zu. Er sagt etwas zu den Jungen, die daraufhin ebenfalls winken und rufen: »*Salaam*, *moalim sahib!*«

Laila winkt zurück.

Auf dem Spielplatz des Waisenhauses stehen jetzt entlang der Mauer im Osten ein paar junge Apfelbäume. Laila will auch welche vor die Südmauer pflanzen, sobald sie wieder aufgebaut ist. Neu sind auch die Schaukeln und das Klettergerüst.

Laila geht durch die Fliegengittertür ins Haus.

Das Waisenhaus ist frisch gestrichen worden. Tarik und Zaman haben das Dach abgedichtet, die Wände neu verputzt, Fenster eingesetzt und die Zimmer, in denen die Kinder schlafen und spielen, mit Teppichen ausgelegt. Laila hat im vergangenen Winter zusätzliche Betten beschafft und gusseiserne Öfen einbauen lassen.

Anis, eine der Kabuler Tageszeitungen, hatte, einen Monat bevor mit den Arbeiten begonnen wurde, von der geplanten Renovierung des Waisenhauses berichtet. Dazu erschien ein Foto von Zaman, Tarik, Laila, einer Pflegerin und den Kindern, die hinter den Erwachsenen Aufstellung genommen hatten. Als Laila den Artikel zu Gesicht bekam, fühlte sie sich an ihre Freundinnen Giti und Hasina erinnert, insbesondere an Hasinas Worte: »Wenn wir, Giti und ich, zwanzig sind, hat jede von uns schon vier oder fünf Kinder geworfen. Und auf dich, Laila, werden wir zwei Strohköpfe einmal richtig stolz sein. Aus dir wird noch was. Ich bin mir sicher, irgendwann sehe ich eine Zeitung mit deinem Foto auf der Titelseite.« Hasina hat mit ihrer Prognose recht behalten, auch wenn es nicht die Titelseite war, auf der das Foto gezeigt wurde.

Laila folgt demselben Korridor, durch den sie vor zwei Jahren, von Mariam begleitet, gegangen war, um Aziza dem Heimleiter vorzustellen. Laila erinnert sich, wie sie sich von ihrem Kind, das sich krampfhaft an ihr festhielt, losreißen musste und wie sie dann tränenblind durch diesen Flur davongelaufen war, Mariams Rufe und Azizas gellende Schreie im Rücken. An den Wänden hängen jetzt Poster, auf denen Dinosaurier, Comicfiguren und die Buddhas von Bamiyan abgebildet sind. Es sind auch etliche Kunstwerke der Waisenkinder zu sehen, Zeichnungen von Panzern, die Lehmhütten überrollen, und Soldaten mit Sturmfeuergewehren, von Flüchtlingslagern und Kriegsszenen.

Laila biegt um eine Ecke und sieht die Kinder vor dem Klassenzimmer stehen. Sie tragen Scheitelkappen auf den kahl geschorenen Köpfen und Schals um den Hals. Ihre kleinen Körper sind mager, aber quicklebendig und voller Anmut.

Als die Kinder Laila erblicken, kommen sie mit schrillen Willkommensrufen auf sie zugerannt. Laila wird umschwärmt. Hände strecken sich ihr entgegen, greifen nach ihr, betätscheln sie und zerren an ihren Kleidern. Alle buhlen um ihre Aufmerksamkeit. Manche nennen sie Mutter. Laila korrigiert sie nicht.

Es dauert eine Weile, bis die Kinder zur Ruhe gebracht sind und, in Reih und Glied aufgestellt, das Klassenzimmer betreten.

Tarik und Zaman haben die Wand zwischen zwei kleineren Räumen eingerissen und so für ein ausreichend großes Klassenzimmer gesorgt. Der Boden ist noch voller Risse, und es fehlen mehrere Fliesen, doch Tarik hat versprochen, die schadhaften Stellen auszubessern und das Zimmer mit einem Teppich auszulegen. Bis dahin liegt eine Plane auf dem Boden.

Über der Tür hängt eine rechteckige Holztafel, die Zaman abgeschliffen und weiß lackiert hat. Darauf stehen, mit Pinselstrichen aufgemalt, vier Gedichtzeilen, die, wie Laila weiß, Zamans Antwort auf all jene verärgerten Stimmen sind, die beklagen, dass die versprochene Finanzhilfe für Afghanistan noch nicht eingetroffen sei, der Wiederaufbau nicht schnell genug vorangehe und wieder Korruption um sich greife, dass sich die Taliban neu formierten und auf Rache sännen und dass die Welt einmal mehr Afghanistan vergessen werde. Die Zeilen stammen aus seinem Lieblingsgedicht von Hafis:

Jusuf kehrt nach Kanaan zurück – traure nicht,
aus Ödnis werden Rosen sprießen – traure nicht.
Und steigt auch eine Flut, die alles Leben nimmt,
führt Noah durch den Sturm – drum traure nicht.

Laila geht unter dieser Tafel hinweg ins Klassenzimmer. Die Kinder nehmen ihre Plätze ein, kramen ihre Hefte hervor und plappern.

Aziza schwätzt mit einem Mädchen am Nebentisch. Ein Papierflugzeug segelt durch den Raum. Jemand wirft es zurück.

»Schlagt eure Farsi-Bücher auf, Kinder«, sagt Laila und legt ihre eigenen Bücher auf das Pult.

Während die Seiten rascheln, tritt Laila an das vorhanglose Fenster. Im Hof sieht sie die Jungen Freiwürfe üben. Im Hintergrund steigt die Morgensonne über den Berggrat. Ihr Licht glitzert auf dem Metallgestänge des Basketballkorbs, den Kettengliedern der Schaukel, der Trillerpfeife, die Zaman an einer Schnur um den Hals hängt, und auf seiner neuen, blitzblanken Brille. Laila legt ihre Hände an die warme Scheibe. Sie schließt die Augen und wendet das Gesicht der Sonne zu.

Bei ihrer Rückkehr nach Kabul war Laila untröstlich, weil sie nicht in Erfahrung bringen konnte, wo Mariam begraben liegt. Sie hätte ihr Grab allzu gern aufgesucht und mit Blumen geschmückt. Jetzt hat sich der Kummer gelegt. Für sie ist Mariam ohnehin immer in der Nähe. Sie ist hier, zwischen den frisch gestrichenen Wänden, in den neu gepflanzten Bäumen, in den Wolldecken, die die Kinder wärmen, in diesen Kissen und Büchern und Stiften. Im Lachen der Kinder. In den Versen, die Aziza aufsagt, und in den Gebeten, die sie, nach Westen gewandt, vor sich hin murmelt. Vor allem aber ist Mariam in ihrem eigenen Herzen, wo sie so hell wie tausend Sonnen leuchtet.

Laila bemerkt, dass jemand nach ihr gerufen hat. Sie dreht sich herum und richtet unwillkürlich das gesunde Ohr nach vorn. Es ist Aziza.

»Mami? Geht's dir nicht gut?«

Es ist still geworden. Die Kinder beobachten sie.

Laila will gerade antworten, hält aber plötzlich die Luft an. Sie greift sich an den Unterleib, durch den soeben eine warme Welle gefahren ist. Sie wartet.

»Mami?«

»Doch, mein Liebling.« Laila lächelt. »Mir geht es gut. Sehr sogar.«

Als sie auf ihr Pult zugeht, denkt Laila an das Namensspiel, mit dem sich die Familie auch gestern wieder am Esstisch die Zeit vertrieben hat. Seit Tarik und die Kinder Bescheid wissen, wird allabendlich gestritten, und jeder versucht, seinen Vorschlag durchzusetzen. Tarik favorisiert Mohammad. Zalmai, der kürzlich *Superman* auf Video gesehen hat, kann nicht verstehen, warum nicht auch ein afghanischer Junge Clark genannt werden kann. Aziza macht sich für den Namen Aman stark. Laila fände Omar schön.

In dem Spiel geht es ausschließlich um Jungennamen. Denn falls es ein Mädchen wird, steht für Laila der Name längst fest.

Nachwort

Seit fast drei Jahrzehnten ist die Situation der afghanischen Flüchtlinge eine der dramatischsten der Welt. Krieg, Hunger, Gesetzlosigkeit und Unterdrückung zwangen Millionen Menschen – wie Tarik und seine Familie in dieser Geschichte –, ihre Heimat zu verlassen und aus Afghanistan zu flüchten, um sich im benachbarten Pakistan oder im Iran niederzulassen. Auf der Höhe der Auswanderungswelle lebten mindestens acht Millionen Afghanen als Flüchtlinge außer Landes. Derzeit befinden sich noch mehr als zwei Millionen afghanische Flüchtlinge in Pakistan.

Seit 2002 konnten fast fünf Millionen Flüchtlinge mit Hilfe der UNHCR, dem Flüchtlingskommissariat der Vereinten Nationen, in ihre Heimat zurückkehren. Im September 2007 habe ich einige dieser Heimkehrer in Nordafghanistan besucht. Ich begegnete Familien, die von weniger als einem Dollar am Tag lebten. Sie hatten mehrere Winter eingepfercht in unterirdisch ausgehobenen Löchern verbracht. Ich besuchte Dörfer, in denen es alltäglich war, dass Familien sommers wie winters zehn bis fünfzehn Kinder verloren, weil diese die klimatischen Extreme nicht überlebten. Die Menschen tranken Wasser aus schlammigen Flüssen; viele starben an Krankheiten, denen man leicht hätte vorbeugen können. Sie hatten nur wenig Unterkünfte und keinerlei Zugang zu Einrichtungen des Gesundheitswesens, zu Schulen, Nahrung oder Arbeit. Ich war vollkommen verzweifelt.

Die Khaled Hosseini Foundation wurde als Ergebnis dieser Reise gegründet, die mein Leben veränderte. Wir hoffen, damit eine sinnvolle und bleibende Verbesserung der Zustände zu erreichen. 2009 entstanden in Zusammenarbeit mit dem UNHCR Unterkünfte für über siebzig obdachlose Familien in Nordostafghanistan. Weitere solcher Zufluchtsstätten sind in Planung. Wir finanzieren vor allem solche Projekte, die den Flüchtlingen zugutekommen, aber auch Frauen und Kindern, die in diesem belagerten Land mehr gelitten haben, als irgendjemand sonst, und die die Zukunft Afghanistans garantieren.

Der Bedarf an Wiederaufbauhilfe in Afghanistan ist riesig und angesichts des menschlichen Leids eine gewaltige Aufgabe. Um mehr darüber und die Khaled Hosseini Foundation zu erfahren, besuchen Sie uns auf unserer Website www.khaledhosseinifoundation.org.

Vielen Dank.
Khaled Hosseini

Danksagung

Bevor ich mich erkenntlich zeige, hier ein paar Erläuterungen: Das Dorf Gul Daman ist ein fiktiver Ort. Allen, die sich in Herat auskennen, wird auffallen, dass ich mir bei der geografischen Beschreibung ein paar kleinere Freiheiten herausgenommen habe. Der Originaltitel des Romans ist einem Gedicht von Saeb-e-Tabrizi entlehnt, einem persischen Poeten des 17. Jahrhunderts. Wer dieses Gedicht im Original auf Farsi kennt, wird bemerken, dass die betreffende Zeile im Englischen nicht wortwörtlich übersetzt ist. Gleichwohl handelt es sich um eine allgemein anerkannte Übersetzung von Dr. Josephine Davis, die ich sehr schön finde. Ich bin ihr dafür dankbar. Danken möchte ich überdies Qayoum Sarwar, Hekmat Sadat, Elyse Hathaway, Rosemary Stasek, Lawrence Quill und Haleema Jazmin Quill für Beistand und Unterstützung.

Mein besonderer Dank gilt Baba, meinem Vater, für die Begutachtung dieses Manuskripts, seine Rückmeldungen und, wie immer, für seine Liebe und Unterstützung. Und meiner Mutter, deren selbstlose und sanfte Art in der ganzen Geschichte mitschwingt. Du bist mein Beweggrund, Mutter *jo*. Dank auch meinen Schwiegereltern für ihre Großzügigkeit und die vielen Freundlichkeiten. Auch allen anderen meiner wundervollen Familie bin ich zutiefst dankbar. Außerdem möchte ich meiner Agentin Elaine Koster danken, die mir immer Mut macht, darüber hinaus Jody Hotchkiss, David Grossman, Helen Heller und dem unermüdlichen Chandler Crawford. Dank schulde ich des Weiteren allen MitarbeiterInnen von Riverhead Books, im Besonderen Susan Petersen Kennedy und Geoffrey Kloske für ihr Zutrauen in diese Geschichte. Von Herzen Dank gesagt sei auch Marilyn Ducksworth, Mih-Ho Cha, Catharine Lynch, Craig D. Burke, Leslie Schwartz, Honi Werner und Wendy Pearl. Ein besonderes Dankeschön geht an den scharfäugigen Redakteur Tony Davis, dem kein Fehler entgeht, und an meine großartige Lektorin Sarah McGrath für ihre Geduld, Voraussicht und Beratung.

Schließlich möchte ich mich auch bei dir, Roya, bedanken, dafür, dass du den Text immer und immer wieder gelesen, mir über etliche kleinere Krisen (und auch ein paar größere) hinweggeholfen und nie an mir gezweifelt hast. Dieses Buch wäre ohne dich nicht zustande gekommen. Ich liebe dich.

Caroline Brothers

»Eine Geschichte, die unter die Haut geht und zum Denken anregt.« Buchjournal

Caroline Brothers
Niemandsland

Sie sind auf der Flucht: Ihr Ziel ist London. In Lieferwagen und Güterzügen versteckt oder zu Fuß durchqueren die Brüder Aryan und Kabir ganz Europa. Jeden einzelnen Tag kämpfen sie, um ihrem Ziel ein kleines Stückchen näher zu kommen. Und immer halten sie zusammen. Ein bewegender Roman, der den Leser das Schicksal von Flüchtlingskindern hautnah miterleben lässt.

Sayed Kashua

»Der Palästinenser Sayed Kashua gehört zu den besten Schriftstellern Israels.« Der Spiegel

Sayed Kashua
Zweite Person Singular

Sayed Kashua erzählt die kunstvoll verwobene Geschichte zweier arabischer Israelis, die sich nichts sehnlicher wünschen, als Teil des jüdischen Israels zu sein. Doch in einem kulturell tief gespaltenen Land bleiben die Glücksversprechen der Popkultur und eines westlichen Individualismus zwangsläufig leer.

»Ein eindrucksvoller Roman über das heutige Israel und die Zerrissenheit der arabischen Minderheit.« *Deutschlandradio*